게르만 신화 연구 ②

나남
nanam

한국연구재단 학술명저번역총서
서양편 360

게르만 신화 연구 ②

2017년 2월 15일 발행
2017년 2월 15일 1쇄

지은이_ 엘라르트 후고 마이어
옮긴이_ 송 전
발행자_ 趙相浩
발행처_ (주) 나남
주소_ 10881 경기도 파주시 회동길 193
전화_ (031) 955-4601 (代)
FAX_ (031) 955-4555
등록_ 제 1-71호 (1979. 5. 12)
홈페이지_ http://www.nanam.net
전자우편_ post@nanam.net
인쇄인_ 유성근(삼화인쇄주식회사)

ISBN 978-89-300-8726-1
ISBN 978-89-300-8215-0 (세트)

책값은 뒤표지에 있습니다.

'한국연구재단 학술명저번역총서'는 우리 시대 기초학문의 부흥을 위해
한국연구재단과 (주)나남이 공동으로 펼치는 서양명저 번역간행사업입니다.

게르만 신화 연구 ②

엘라르트 후고 마이어 지음 | 송전 옮김

나남
nanam

Mythologie der Germanen

by

Elard Hugo Meyer

1903

게르만 신화 연구 ②

차 례

제 7 장 신들의 세계와 신의 역할 95

제 8 장 게르만 남신들 177

일러두기

1. 텍스트의 각주는 독자의 이해를 돕기 위해 역자가 마련한 것이며 특별히 **[원주]**로 표기된 각주는 원서 말미에 게재된 주(註)를 각주로 바꾸어 각 면 아래로 옮겼다.
2. 역자의 각주는 Wikipedia, Die freie Enzyklopädie의 도움을 받은 것들이다. 따라서 학문적 정확성은 보다 치밀하게 검증될 필요가 있을 것이라 생각한다.
3. 독일어 원문을 번역한 것이기 때문에 고유명사에서 영미권 원문의 번역어가 다를 수 있다.
4. 이 책의 목차는 원저를 따랐다.

제 5 장

리 제

낮은 단계의 신화학은 자연의 의인화라는 유일한 종류에 만족하지 않는 경향이 있다. 그것은 그것과는 또 다른 제 2의 종류를 창조하는데, 바로 엘프에 비견되는 리제라는 존재의 창출이다. 엘프와 리제의 양분법을 있게 한 것은 선과 악을 나누려는 규범적인 시각이 아니라, 외적인 크기의 차이와 자연력이 지닌 힘의 차이이다.

엘프 형상 뒤에 거대한 대립의 형상, 리제의 모습이 우뚝 솟아 있다. 이 리제는 엘프처럼 자연력을 구체화하고는 있지만, 그 거센 격동성이나 초토화할 수 있는 범위 및 만물을 압도하는 광대함 또는 무제한 확장력 때문에 엘프에 비할 바 못된다.

리제도 엘프처럼 뇌우와 폭풍, 구름의 정령들이다. 그러나 엄청나게 강력한 기질의 그것들이다. 아주 높고 곧게 솟은 산들이나 눈으로 측량할 수 없는 넓은 대양이 리제가 되며, 모든 것을 감싸고 채우는 안개, 뚫고 들어갈 수 없는 아주 깊은 어둠 그리고 마지막으로 지하세계의 영원한 밤 또한 리제가 된다. 그러나 몇몇 리제는 부드러운 바람의 모습으로 날아오기도 하며, 아름다운 리제는 눈처럼 하얀 구름 속에서 자신의 사지를 펼친다.

북방 지역에서는 신화학이 이미 중세 때 하나의 학문으로 확립되어 있었지만, 리제 종족을 하나의 잘 정돈된 단일체로 포괄하려던 이 지역에서의 시도는 절반의 성공으로 끝나고 말았다.[1]

사람들은 다양한 리제 계통수(系統樹)[2]를 세웠지만, 모두 불완전하고 일방적인 것들이었다. 그런 것들 중에서 특별히 북방적인 양상의 한 계보학에 따르면 이 리제 종족의 시조(始祖)는 늙은 유틀란트 노인인 '포르뇨트르'(Fornjótr)이며,[3] 그는 세 아들 '흘레르'(Hlér), '로기'(Logi), '카리'(Kári)를 두었다.

쏴쏴 소리를 내는 파도, 충돌하는 파도를 뜻하는 흘레르는 에기르(Aegir)[4]라고도 하며, 삭소는 대양(大洋)을 의미하는 레르(Ler) 또는 에이르(Eyr)라 부르기도 했다. 흘레르나 에기르는 악명 높은 카테가트(Kattegat) 해[5] 중앙의 흘레세이(Hlésey) 섬이나 레소(Lesso) 섬에 산다. 이 카테가트 해의 유틀란트 해안은 거대한 모래 띠를 앞세우고, 스웨덴 해안 쪽은 넓게 트여 있고 보다 음흉하게 감춰진 절벽들을 내세운다.

흘레르의 아내 란(Rán)은 여(女) 강도라는 뜻인데, 란은 흘레르와의 사이에 9명의 딸을 낳았다. 이들은 모두 파도 처녀들로 우드르

---

1) [원주] Weinhold, die Riesen des germanischen Mythus 1858.

2) [원주] 리제의 계통수에 관해서는 Uhland, Thor 30. Much, d. germanische Himmelsgott 224 vgl. Anzeiger f. d. A. 26, 96.

3) [원주] S. 227. Fornjótr wird von Kock(Indogerman. Forschungen 10, 103) als FornÞjótr der alte Heuler gedeutet und Hlér mit κλέος, Ruf in Verbindung gebracht. Wellenmädchen: Bugge, Studien 65. Die Kinder des Riesen Snaer heißn Þorri, Fön, Drifa, Mjöl.

4) 게르만 신화와 북유럽 신화에서 '바다'와 '맥주'를 주관하는 리제이다.

5) 덴마크가 자리 잡은 유틀란트 반도와 스웨덴 서부 해안에 위치한 2만 2천 ㎢ 넓이의 바다이다.

(Uđr), 흐뢴(Hrönn), 빌기야(Bylgja), 바라(Bára)와 여자 잠수부라는 뜻의 두파(Dúfa), 여자 파도라는 뜻의 콜가(Kólga), 여자 폭풍이라는 뜻의 헤프링(Hefring), 절벽에 부딪쳐서 짓이겨진 망자들의 피가 튀겨진, 피 묻은 반곱슬 머리라는 뜻의 블로덕하다(Blóđughadda), 그리고 하늘까지 거품을 뿜는 히밍글래파(Himinglaefa)가 바로 그들이다.[6]

〈하르바르드의 노래〉(*Harbardslied*)[7]에 따르면, 흘레세이 섬에는 베르세르커의 아낙들과 늑대 여인들이 살고 있는데, 토르가 이들을 때려잡았다. 이들이 모든 사람들을 속이고 또 토르의 배를 흔들어 대기 때문이다. 아마도 앞에서 말한 파도 처녀들일 것이다. 에기르는 예전에 신들을 보필하는 착한 술집 주인이었다. 에기르의 집에서 신들이 주연을 벌일 때면 맥주가 저절로 식탁 위에 차려지곤 한다.

포르뇨트르의 둘째 아들 '로기'는 이름이 '활활 타는 불꽃'이라는 뜻을 지니는데, 그의 성격은 모호한 편이다. 이에 비해 그의 아내 글로트(Glod)는 명랑하고 빛을 발하는 여인이다. 로기는 하늘의 불꽃이 아니라 그저 현세의 불꽃, 위협적인 날씨의 발광을 의미했고, 그래서 그의 이름이 할로기(Hálogi)라고 불리기도 했다.

셋째 아들 '카리'는 쐴쐴 소리를 내는 자, 즉 바람을 뜻하는 말로,

---

6) **[원주]** Wellenmädchen: Bugge, Studien 65. Die Kinder des Riesen Snaer heißn Þorri, Fön, Drifa, Mjöl.

7) 〈하르바르드의 노래〉는 《고 에다》에 있는 신들의 노래이다. 내용은 다음과 같은데, 토르가 거지 행색을 하고 동쪽을 여행하다 어느 해변에 이르렀다. 거기서 신은 뱃사공 하르바르드를 불렀다. 오딘이 변장한 모습의 뱃사공은 토르의 요구를 거절하며 토르에게 리제와 싸우는 것 말고는 잘하는 것이 없는 힘은 있지만 멍청한 투사라고 비웃는 것이었다. 두 신 사이 언쟁의 정점은 "오딘은 전쟁에서 전사하는 왕들을 거느리지만, 토르는 하인의 족속이다"라는 노래가 되고 있다.

이 카리는 노르웨이 스네헤타(Sneehätta) 산[8] 둘레 도프레필드 평원의 눈과 얼음으로 뒤덮인 들판 위 하늘에서 미친 듯이 질주한다. 이 카리의 아들이 빙산을 뜻하는 외쿨(Jökull)이거나 서리인 프로스티(Frosti)이다. 이 프로스티의 아들이 또한 스네르(Snaer), 즉 눈(雪)이고 이 스네르의 아이들이 가뭄인 토리(Thorri)와 눈 쌓는 여인(Schneehäuferin), 눈 회오리바람 여인(Schneewirberin)과 가루눈 여인(Schneestäuberin) 등이다.

노르웨이가 가진 거대한 자연의 특징들, 즉 광포한 바다와 폭풍이 빈발하는 눈 덮인 산맥이 이 대목에서 분명하게 육화되어 나타나고

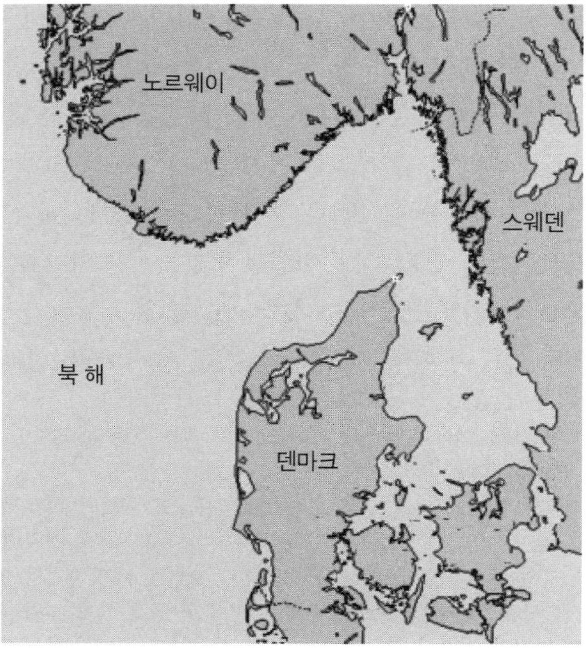

8) 노르웨이 표기는 'Snøhetta'이며 높이 2,286m로 노르웨이의 최고봉이다.

있으며, 거기에 노르웨이 해안에서 겨울철까지 자주 번쩍이며 펼쳐지는 거센 뇌우현상까지 덧붙여진다. 그러나 구름 여성 리제나 숲 속 리제는 존재하지 않으며 여타 다른 것도 그렇다. 그러나 이런 막강하고 폭력적인 자연 데몬 중에서 마치 엘프의 경우에 그랬던 것처럼 인간에게 도움을 베푸는 들판정령이나 집안정령을 찾으려 해서는 안 된다. 이런 리제나 여성 리제는 엘프 무리들이 열정적으로 몰입하곤 했던 인간과의 관계를 거의 맺지 않는다.

영웅이 리제와 관계를 맺는 것은 수치로 여겨졌다(Helg. Hund, 1, 43 참조). 그러나 노르웨이-아이슬란드의 많은 전설은 이 관계에 대해서 달리 전한다. 하랄드 쇤하르는 도브레(Dovre) 리제를 족쇄에서 풀어주었고 그 이후 왕국을 물려받을 때까지 도브레 평야에서 성장했다. 나중에 서로 헤어질 때 도브레 리제는 하랄드에게 전쟁을 할 때마다 항상 그를 도와주겠노라고 약속했다.

바근호베트(Vagnhoved) 리제는 자기가 키운 아들[9]인 하딩이 도움을 요청하자, 하딩의 군대와 더불어 전투를 했고, 이 리제의 딸 하르트그렙(Hardgrep)은 하딩의 연인으로 리제의 무리에서 떨어져 나와 트롤레와 싸우는 하딩을 적극 도왔다.

전체적으로 최근 전설들, 거명하자면 〈창작전설〉(*Lügensagen*)[10]은 인간과 애정관계를 맺는 리제의 이야기를 담고 있다. 후기 티롤 지방 전설에서처럼 리제의 무리가 농부들을 돕기도 하는데, 고맙게도 알프스 산중에서 농가가 폭풍이나 산사태로 피해 보는 것을 막아준다. 그러나 대부분 인간은 이 리제를 기피하며 제사나 경배는 리제가 아

---

9) **[원주]** Pflegesöhne der Riesen: Olrik, Sakses Oldhistorie 1, 40.

10) **[원주]** 〈창작전설〉에 대해서는 Z. f. deutsche Philol. 26, 5. 8. Riese Doner: Z. f. d. A. 42, 186.

닌, 리제의 절대 적대자인 신들에게 바쳐서, 이 악령들에 대해 보호받기를 원한다. 때문에 리제의 이름이 사람 이름으로 사용되는 경우는 거의 없고, 반대로 사람 이름이 자주 리제 이름으로 쓰인다. 리제는 대부분 인간, 신, 영웅들과 적대관계 위에서 다툼을 벌이는 편이다. 아주 최근에 이뤄진 신화 형상화에 와서야 비로소 이 리제가 이색적인 창조 역사나 세계 멸망의 사건에 엮여 들어간다.

고대 북방 신화는 다양한 리제의 형상들을 갖춘 긴 갤러리를 보여준다. 이에 비해 독일의 그것은 아주 빈약한 편이고, 리제의 존재는 흔히 아주 단조로운 악마의 전설에서나 연명하고 있다. 앓고 있는 질병을 쫓는 쾌유의 기도문이 고고 독일어로 쓰인 것이 있다. 이 기도문에 대단히 막강한 힘을 지닌 '도네르'(Doner) 리제가 악마의 아들로 나타난다. 이 리제는 바위를 산산조각 낼 정도의 위력을 가졌지만, 아담의 다리 위에서 아담의 아들(그리스도)에 의해 숲 속으로 쫓겨난다.

리제의 주요 이름들은 그들의 위력으로부터 발생한다. 거의 모든 게르만인들이 잘 아는 고고 독일어 어휘 '두리스'(*duris*), 중고 독일어 어휘 '튀르세'(*türse*), 북부 독일어 어휘 '드로스'(*dros*), 앙겔작센 어휘 '디르스'(*dyrs*), 고대 북방어 어휘 '푸르스'(*purs*) 등은 고대 인도어로 '강한'이라는 뜻을 지닌 '투라스'(*turas*)와 친족관계에 있는 어휘들이다. 이는 독일어 리제, 고대 작센어인 '브리소'(*wriso*)가 산스크리트어로 '강한'이라는 의미를 지닌 '브르산'(*vrsăn*)과 친족관계에 있는 것과 마찬가지이다.

고대 북구어 '외툰'(*jötun*), 스웨덴어 '예테'(*jätte*), 앙겔작센어 '외톤'(*eoton*) 그리고 고대 작센어 '에탄'(*etan*)은 모두 탐식자로서의 리제를 표기하는 말이다. 13세기 이전에 "리제"라는 어휘의 의미에 포함되지 않았던 "휘네"(Hüne)[11]는 포악한 훈족으로부터 유래한 것처럼 보인다. 게르만어의 '트롤'은 대개 리제스럽지만 동시에 엘프다운 특성을 지닌 데몬을 뜻하는 말이다. 여성 리제는 북구에서 경악을 일으키는 여인을 뜻하는 '기그르'(Gýgr)라는 이름을 지니고 있다.

리제 무리들은 엘프의 경우보다 더 자주 동물형상으로 나타난다. 여성 리제의 무리들은 '힌들라'(Hyndla)나 '쾨트'(Kött)라고 불린다. 북구 지역에 앉아 있는 거대한 독수리 '흐뢰스펠그르'(Hroésvelgr)는 시체를 먹는 독수리인데, 이 독수리 날갯짓으로부터 바람이 나와 모든 인간들의 머리 위를 스쳐간다. '피아치'(Pjazi) 리제는 독수리 형상으로 신들이 황소를 구워먹는 불을 내려다보는 나무에 앉아 있다. '수퉁'(Suttúngr) 리제는 오딘으로부터 메트 노획물을 빼앗으려고 독수리의 형상으로 오딘 독수리 뒤로 날아오기도 한다.

악룡인 '파프니르'는 레긴 리제의 동생이며 그리고 '미드가르드오름'(Midgardsormr)이란 거대한 뱀은 대지 전체를 칭칭 감는다. 거대한 늑대들이나 울부짖는 소리를 내는 바람들은 마나가름(Managarmr), 하티(Hati) 그리고 스쾰(Sköll)이며, 구름에서 솟아올라 달과 태양을 쫓아간다. 가장 무서운 '펜리르'(Fenrir)나 '펜리르 늑대'(Fenriswolf)는 그 아가리를 벌려서 위턱으로는 하늘을, 아래턱으로는 지하세계를 긁어댄다.

우리는 이 리제가 신들한테 어떻게 잡히는지 나중에 알게 된다. 그러나 이런 리제가 취한 인간의 형상도 자연현상이 드러내는 끔찍스러운 외양을 갖고 있다. 검은 머리와 얼음 두개골은 구름의 음침한 얼음 색깔에 의거한 한 쌍의 북구 리제가 지닌 명칭이다. 이때 깊게 드리운 소나무 형상의 이 구름이 '헹갼캬프타'(Hengjankjapta)라는 여성

11) **[원주]** Hüne: Much, der german. Himmelsgott 22. Hengjankjapta Edda 1, 260. Paul-Braune, Beiträge 14, 42.

리제에 이름을 부여했던 것으로 여겨진다.

메클렌부르크[12] 사람들은 육중한 구름떼가 나타나면 "어머니가 다시 또 두툼한 아랫입술을 만드시는군!" 하고 말한다. 뇌우 구름의 "우르릉 소리를 내는 머리들"은 오늘날에도 여전히 위협적으로 느껴지는데, 이런 뇌우 구름 때문에 북구에서나 독일에서 다수의 리제들이 머리가 3개, 6개 또는 9개를 가졌다는 속성이 생겨났던 것 같다. 하늘 맨 끝에 위치한 '히미르'의 홀에 머리가 9백 개인 리제의 시조 할머니가 격노한 표정으로 앉아 있다. 히미르의 눈초리는 기둥을 두 조각으로 동강을 낸다. 순수한 바람귀신인 '파솔트' 리제의 머리에서는 여인의 머리카락이 휘날린다. 이것은 오래전부터 있어온 바람이 지닌 포획의 욕망으로, 이것이 그리스 신화에서 팔 100개에 50개의 머리를 지닌 헤카톤케이레스의 경우처럼 하임의 4개 팔꿈치나 아스프리안의 4개 손으로 표출되는 것일까? 이 대목에서 바람의 신 오딘이 타는 말의 다리가 8개라는 점을 상기할 수도 있을 터인데, 이것은 분명히 바람의 빠른 속력을 표현하는 것일 것이다. 리제의 무리들은 사람의 살을 탐하여 쫓아다니는데,[13] 그래서 바람은 식인종, 식인 독수리라고 불리기도 한다.

이런 탐욕은 바람의 속성을 보여준다. 식인 독수리의 날갯짓은 모든 바람을 흥분시키고(15쪽 참조), 독일 동화 속에서는 폭풍이 자기 아내가 한 소녀를 숨겨 놓은 방으로 들어와 사람 냄새를 맡고 식인 욕망을 충족하려 한다. '티아치'(Þjasi) 리제는 허기진 독수리가 되어 황

---

12) 독일 북부지역. 오늘날 메클레부르크-폼머른(Mecklenburg-Pommern) 주의 서쪽 부분이다. 주도는 슈베린(Schwerin)이다.

13) **[원주]** 민담 속에 나오는 식인종에 관해서는 ZdV. f. Volksk. 3, 194. Rinderschinder: E. H. Meyer, Bad. Volksleben 367.

소 반 마리를 삼켜 버린다. 트라키아의 보레아스(Boreas)[14]는 소 도살꾼이었고 독일의 북풍은 말과 염소 도살꾼이었다. 사람들은 바람에게 뭔가 먹을 것을 주려고 알곡을 흩뿌려 준다. 리제는 미련하고 우둔한 존재로 여겨지지만—그래서 누군가는 리제를 '둠브르'(Dumbr)라고도 한다—반대로 어린아이처럼 마음 착하고 명랑하며 금(金)처럼 한결같다고 생각되기도 한다.

리제는 또 날씨를 예언하는 능력이 있다. 하지만 이 리제가 신들보다 나이가 훨씬 많기 때문에 원초적인 지혜를 소유한 리제는 몇몇에 그친다. 〈바프트루드니르〉(*Vafþrudnir*)라는 《운문 에다》에서 오딘은 신화적인 사물을 알아맞히는 경연대회에서 이 리제에게 자문을 구한다. 〈힌들라의 노래〉에서 프레이야(Freyja)는 여성 리제 힌들라로부터 오랜 왕가에 대한 정보를 얻어낸다. 마술가는 모두 리제 '스바르트되프디'(Svarthöfđi)의 후손들이며, 이들은 엘프가 종소리를 싫어하듯 농사일을 전혀 모르고 또 무섭게 여긴다. 그러나 이 리제는 스웨덴 전설에서 살찐 검은 가축을 소유하고, 리제의 우두머리인 '트림'(Þrymr)은 언덕바지 위에 앉아 자기 말들의 갈기에 빛을 비추고 집으로 돌아오는 황금 뿔을 가진 암소 떼와 아주 까만 황소를 바라보며 기뻐한다.

몇몇 리제는 비중이 큰 왕들로, 재산이 많고 자선을 많이 베풀고 화려함을 좋아하며, 또 몇몇 '스카디'(Skadi)와 '게르드'(Gerđr)와 같은 여성 리제는 빛나는 미모를 과시한다. 리제나 여성 리제는 그것들이 대표하는 자연력에 따라, 다시 말해서 뇌우, 폭풍, 구름, 산, 숲, 물의 데몬들인데 이런 남녀 리제는 바로 이런 자연력 속성에 따라 각기 상이한 양상으로 나타난다. 밤의 리제나 지하세계 리제는 나중에

14) 티탄족의 아스트라이오스(Astraios)와 여신 에오스(Eos) 사이의 아들이며, 그리스 신화에서 북풍(北風)을 의미한다.

모습을 나타냈다.

뇌우의 리제들 중에서 '분노하는 자'라는 뜻을 지닌 리제 '흐룽그니르'(Hrungnir)가 독보적이다. 이 리제는 오딘에게 경주를 하자고 도전한다. 황금 갈기를 지닌 준마 굴팍시(Gullfaxi)를 탄 흐룽그니르는 분노하여 준마 슬레이프니르(Sleipnir)를 탄 오딘을 뒤쫓아 가며 동쪽에 있는 리젠헤임(Riesenheim, '리제의 집')에서 천공과 바다를 넘어 아젠부르크(Asenburg, 아제 신들의 성)까지 뛰어 들어간다. 거기서 이 리제는 신들이 마시는 메트에 취하여 발할을 리젠헤임으로 끌고 가겠다고 호언한다. 그리고 놀란 신들은 불러낸 토르에게 양 제국의 경계선에 있는 펠스슈타인호프(Felssteinhof)에서 양자 결투를 하자고 제안한다. 여기서 리제는 동료인 찰흙 리제 뫼크르칼피(Möckrkalfi)와 함께 투석능력, 돌 머리, 돌 가슴을 지니고 있었음에도 토르와 그의 하인 티얄피(Thjalfi)에게 패배한다.

리제가 던진 숫돌은 공중에서 토르가 마주 던진 망치에 부딪혀 산산조각이 나지만 한 조각이 토르의 머릿속으로 파고든다. 반면 리제의 두개골은 박살이 나고 만다. 토르의 귀환은 완성형 신화의 제3부를 이룬다. 그러나 이 신화는 스칼데에 의한 여러 변형에도 불구하고 원래 지닌 자연속성을 은폐하지 못한다. 천둥소리를 내는 흐룽그니르가 바람의 신 오딘에게 승리를 거두는 것은, 바람에 비해 속도가 빠른 황금갈기 번개를 상징한다. 그래서 스페인 시와 루마니아 동화에선 말이 빠르지만, 이것보다 빠른 것은 번개이며 가장 빠른 것은 생각이다. 러시아 동화에서 가장 빠른 말은 바람, 천둥, 번개이다.[15]

토르가 흐룽그니르에 대해서 승리한 것은 노르웨이 해안에서 갑자

15) **[원주]** Die Pferde Wind, Blitz u. Gedanke: Euphorion 1, 49, im Dr. Faust: Laistner, Nebelsagen 187. 322.

기 동풍이 불 때 맞부딪히는 두 뇌우 사이의 충돌을 나타낸다. 이럴 때 거대한 진흙 붕괴사태가 일어난다. 에레미아스 고트헬프[16]는 이 뇌우를 레슬러와 비슷한 형상으로 묘사하는데, 이것들은 한 자리에서 서로 드잡이를 하다가, 점점 더 높이 치솟아 올라 저 멀리 수평선 위로 올라간다.

토르는 두 번째 뇌우 리제이며, 붉은 창이라는 뜻의 '게이뢰드'(Geirrödr)[17]와 싸움을 벌일 수밖에 없게 된다. 리제 게이뢰드는 자기 마당으로 새가 되어 날아든 로키를 잡았다가, 로키가 토르를 설득하여 비무장으로 리젠헤임으로 오게 한다는 조건을 내걸고 로키를 자유롭게 풀어준다. 로키는 토르를 설득하는 데 성공한다. 토르는 이제 어떤 무기도 없이 로키와 함께 길을 떠난다. 그러나 길을 가던 도중 동정심이 많은 착한 여성 리제 '그리드'(Gridr)가 토르에게 마력의 허리띠, 쇠 장갑 한 쌍, 마법의 지팡이를 갖춰준다. 토르는 게이뢰드의 딸 기얄프(Gjalp)가 부풀려 놓은 비무르(Vimur) 강을 건너다가 물에 빠져 죽을 위기에 직면하지만, 에버에쉐(Eberesche) 나무를 붙잡고 간신히 물에서 빠져 나온다.

리제 게이뢰드의 집에 들어간 토르는 한 의자에 앉게 되는데, 이 리제의 두 딸 기얄프와 그레이프(Greip)는 토르가 앉은 의자를 그의 몸체와 함께 지붕에 부딪히게 하려고 높이 솟아 올린다. 그러나 토르는 이 두 딸의 목을 꺾고 증기를 품는 구름과도 같은 게이뢰드 집을 산산

---

16) 에레미아스 고트헬프(Jeremias Gotthelf)는 스위스 출신의 개신교 목사이자 작가였던 알베르트 비치우스(Albert Bitzius: 1797~1854)의 필명이다. 독일의 비더마이어 작가로 분류되는 그는 당대 최고작의 하나로 평가된《혹거미》(*Die schwarze Spinne*)라는 작품에서 고대 전설을 비유법을 활용하여 선악의 문제에 대한 기독교-인도주의적인 관념을 표출했다.

17) 토르를 무방비 상태로 자기 농장으로 유인하여 죽이려 한 리제이다.

조각 낸다. 토르는 게이뢰드가 사용하는 불 쇠도끼를 잡아 게이뢰드뿐만 아니라 그 뒤에 있는 산 벽을 꿰뚫어 버렸다.

이런 신화의 세부적인 것들을 누가 과연 해석할 수 있을까? 그러나 중심 행위는 명확하다. 그리고 벌레를 뜻하는 그리드, 굉음을 뜻하는 기얄프, 손잡이를 뜻하는 그레이프 및 사냥꾼을 뜻하는 비무르 등의 이름들은 부차행위가 기상학적 상황을 의미한다는 것을 분명히 한다. 그리고 여기에 활용되는 신이 우트가르드로키(Utgardaloki)로 간다는 그 알레고리적 행차는 신들의 이야기에서 논의될 것이다.

뇌우끼리 쟁패를 벌이는 전설을 기독교화한 것이 독일에도 비슷하게 존재한다. 날씨의 주재자인 베드로(페트루스)가 언젠가 공중에서 종을 갖고 가는 악마를 만났다. 그리고 악마로부터 종을 빼앗고 악마는 바다 속에 던져 버렸다. 그러자 리제 무리가 베드로 성당에 돌을 던졌다는 이야기가 그것이다.

이런 뇌우 리제에 관한 전설과 흡사한, 완성된 전설 하나를 북구 사람들도 전해 주고 있다. 이 전설은 폭풍 리제에 관한 것으로 트림(Thrymr)이라는 리제에 관한 아주 아름다운 봄의 신화이다. 토르가 한 번은 깊은 잠을 자다가 깨어났는데, 망치가 없어진 것을 알고 아쉬워했다. 트림 리제가 망치를 여덟 라스텐 깊이의 땅속에 묻어 버렸던 것이다. 리제는 토르의 심부름꾼인 로키가 찾아오자, 아름다운 여신 프레야를 주는 조건으로 해머를 돌려주겠다고 한다. 프레야가 그런 조건을 거부하자 헤임달(Heimdall)은 신들의 회합에서 토르가 신부로 변장하고 리젠헤임으로 가는 게 어떻겠냐는 계책을 내놓는다. 토르는 처음에 강력하게 거부했지만, 결국 로키를 자신의 하녀로 삼아 신부 복장으로 건너가기로 결심한다. 트림 리제는 아름다운 여인들과 여인들이 가져온 암소와 황소들을 보고 매우 기뻐했다. 그러나 트림은 이들의 막강한 식욕과 주량에 경악하고, 또 불을 품는 눈을 의심으로 번득였지만, 로키가 이 리젠헤임을 향하여 8일 동안 열심히 왔다고 말하자, 의심을 거두었다. 트림이 토르의 망치 미욀니르를 가져온 순간 토르는 망치를 잡아 티름 리제와 그 일족을 쳐서 척결해 버렸다. 오래전부터 덴마크와 노르웨이에서 전해져 내려오는《에다》노래는 이같이 재미있게 8달(여덟 라스텐 깊이!) 동안 폭풍 리제가 숨겨온 천둥 쐐기를 천둥 신이 되찾아 오는 이야기를 전하는데, 토르는 겨울 동안 도난당했던 천둥번개를 여름에 찾아온 것이다.

또 다른 폭풍 리제는 '마구 처먹는 자'라는 뜻의 '티아치'(Thjázi) 이다. 이 티아치 리제는 배고픈 독수리 형상으로 나무에 앉아 있고, 그 아래에서는 세 신 오딘, 로키 그리고 회니르가 황소 한 마리를 솥에 삶고 있다. 리제는 고기 삶는 것을 방해하면서 고기의 제일 맛있는 조각을 준다면 도와주겠다고 약속했다. 그러나 이 리제가 고기 절반을 삼키자 로키가 리제를 때리려 덤벼들었다. 리제는 로키를 잡아채어 날아가면서 로키가 트림하임으로 납치한 맥주 제조 여인인 이둔(Idun)을 주면 풀어주겠다고 한다. 이둔이 제조하는 불사의 음료를 마시지 않으면 늙어갈 수밖에 없는 신들은 로키에게 이둔을 다시 데려오라고 강요한다. 티아치가 바다 위에서 날뛰는 동안, 로키는 프레야의 솔매 형상으로 호두로 변해 있던 이둔을 훔쳤다. 그러자 티아치는 독수리로 변하여 로키를 추격했고, 신들이 일궈 놓은 불에 휩싸여 티아치의 깃털이 불타고, 모든 신들이 달려들어 또는 토르 혼자서 이 티아치를 추락시켜 죽이고 말았다.

오딘 또는 토르는 이 티아치의 두 눈을 하늘로 던졌다. 분명히 탐욕스러운 독수리 데몬은 폭풍을 가리키는 것이고, 이둔은 새로운 젊음을 가져다주는 봄철 비구름일 것이다. 우리가 앞에서 폭풍의 리제로 인식했던(11쪽 참조) 카리와 토르가 싸우는 것은 티아치의 가을 형상과 싸우는 것이라고 할 수 있다. 후대 북구 전승에 따르면 카리는 창문을 두들겨 율 축제 날 소녀들을 겁주고 자식들의 결혼식 날 토르와 싸움을 벌여 자식들끼리 서로 죽이는 사태를 유발한다.

이들의 무덤은 유틀란트의 농원 근처에 자리하는데, 그 문은 8월의 특정한 날 밤에 열어 두어야만 한다. 문제의 결혼식 신부가 이곳을 통과하곤 하기 때문이다. 푀엔(Föhn) 바람이라고 불리기도 하는 리제 '서부 프리슬란트 사람'은 독일 쉐이덱(Scheidegg)[18]에 있는 젖 공장들을 지나는 목초지 길을 택하고, '야생 사냥대'는 특정한 독일 농장과 문을 쏴 소리를 내며 통과한다. 가장 뒤늦게 오는 가을 뇌우 때에는 천둥까지 죽음을 맞는다.

독일 숲에서는 "놀라게 하는 자"라는 뜻의 바람 리제 파솔트가 거칠게 움직인다.[19] 13세기 〈에켄의 노래〉에서 이 파솔트 리제는 사냥꾼처럼 뿔 안으로 치달아 들어가서 음탕한 바람 데몬의 모습에 걸맞게 긴 머리카락을 흩날리며 야생 처녀 엘프를 좇아 숲을 질주한다. 이때 사람들은 반 마일 정도 멀리 떨어진 곳의 나뭇가지가 우지끈 소리를 내며 꺾이는 소리를 들을 수 있다. 그러다가 이 파솔트는 영웅왕 디트리히 폰 베른에게 무릎을 꿇는다. 중세 때 활용된 뮌헨의 날씨기도에서 파솔트를 불러들여 나쁜 날씨를 끌어가 달라고 부탁한다. 거센 북동풍 바람으로 악명 높은 지벤게비르게 산맥의 한 협곡은 오

---

18) 독일 남부 보덴 호수 곁 스위스와 국경지대에 위치한 요양도시이다.

19) [원주] Fasolt: Zupitza Proleg. de carmine Eckio 29. Ein Wettersegen Grimm, DM. 4 3, 494. Aber Mermeut, der in einem. ältern Segen angerufen wird a. a. O. S. 493, ist der orientalische Hageldämon Mermeoth Brinkmann, Rhein. Museum 1899, 110, wonach meine Germ. M. § 193 zu verbessern ist.

늘날에도 여전히 파셀트의 굴(*Faseltskaule*)[20]이라고 불린다. 파솔트의 계보에 속하는 리제들로는 '소리를 울리는 자'인 헬레(Helle), '찢어발기는 자'라는 뜻의 체레(Zerre), '숲 속 남자'라는 뜻의 벨더리히(Welderich), 여성 리제 룬제(Runse) 등인데, 티롤 사람들은 오늘날도 여전히 진흙, 강물의 범람을 룬제라는 명칭으로 표기한다.

거대한 체구의 '스미드'(Smidr)는 건축의 대가인데, 이 스미드는 겨울이나 여름 첫날에 이르기까지의 6개월 동안 리제를 방어할 성을 신들에게 쌓아주려 하고, 그 대가로 프레이야와 해, 달을 받기로 약속받는다. 스미드는 구름을 탑처럼 쌓는 바람이다. 이 바람과 함께 작업하는 리제의 말(馬)이 스바딜파리(Svadilfari)[21]이다. 이 말은 연기가 피어오를 만큼 멀리까지 달리는 말이며 먼지를 소용돌이처럼 올리는 폭풍의 말이기도 하다. 로키는 이 리제의 말을 작업에서 이탈시켜서 성 쌓는 작업이 멈추게 된다. 여름의 첫날 토르가 이 건축의 대가를 쳐서 죽인다.

후대의 노르웨이 민속전설은 고대 북구의 양식화된 묘사보다 훨씬 더 충실하게 자연속성을 보유한다. 이런 후대 전설은 건축 대가를 폭풍과 함께 위로 올라가는 것으로 묘사하고 그것을 말하는 명칭으로 "빈드 오크 베더"(Vind och Veder) 혹은 바람을 일으키는 자라는 뜻의 "블레스터"(Bläster), 현대적인 명칭으로 토이펠(Teufel, 악마)이라는 단어를 사용한다. 그러나 이런 악마는 그 이름을 부르거나 수탉 울음소리에 급격히 소멸한다.

---

20) 파솔트가 변형된 파셀트(*Faselt*)와 굴(窟)이라는 단어인 카울레(*Kaule*)가 합쳐진 복합명사이며, 바람이 심한 계곡이라는 의미이다.

21) [원주] Svađilfari: Noreen Ynglingatal S. 205 geht auf schwed. svedja, ahd. swedan mit Rauch verbrennen, mhd. swadem, ags. svađul Rauch zurück.

엘사스 지방 전설은 막강한 건축물에 대하여 중점적으로 다루지만, 건축작업은 뒷전으로 물러나고 리제의 말이 전면에 부상하고 있다. 언젠가 한 번 악마가 "말" 위에 탄 것처럼 바람을 타고 슈트라스부르크 대성당[22]으로 와서, 바람에서 내려 성당 내부를 구경하게 되었다. 바람은 밖에서 기다려야 했다. 악마가 밖으로 나오려 했지만, 그럴 수 없었다. 그는 사로잡힌 것이었다. 바람은 그 기다리는 시간이 너무 길게 느껴져서 히힝 대며 성당 둘레를 빙빙 돌았다. 이 바람은 오늘날도 여전히 주인을 기다리고 있다.

'도취한 자', '취해서 강요당한 자'로 해석되는 '수퉁'(Suttungr)[23]이라는 리제가 있다. 이 리제 소재를 스칼데가 상당한 정도로 가공하여 변형한 한 신화가 유래한다. 모든 부가내용들을 제외한 원본에 따르면 수퉁[24]은 '서로 맞부딪치는 산'이란 뜻의 흐니트뵈르크(Hnitbjörg) 산에 아주 귀한 메트 솥인 오트뢰리를 갖고 있었다. 이 솥 이름은 '문학에 도취하게 하는 자'라는 의미였다. 오딘은 뱀의 형체로 작은 구멍을 통해 바위 안으로 들어갔다. 그러자 그 안에 있던 수퉁의 딸, 싸움에 초대하는 여인인 군뢰드(Gunnlöd)[25]가 자신의 곁에서 사흘 동안 잠을 자는 오딘에게 매일 밤마다 자기 아버지가 마시는 메트 한 잔을 건넸다.

오딘은 군뢰드의 호의를 악으로 되갚았다. 오딘은 메트 두 잔과 함

---

22) [원주] Straßburger Münster: Stöber-Mündel, Elsass. Sagen 2, 231. -Mecklenburger Wind: Z. f. Volksk. 5, 435.

23) [원주] Suttungr = Suþ-Þungr schwer vom Brau: Noreen, Ynglingatal 205. Altisländ. Gramm. 2 § 186.

24) 스칼데의 메트를 소유한 리제. 오딘은 신과 인간을 위해 메트를 훔친다.

25) "전쟁에의 초대"라는 뜻의 여성 리제이다. 수퉁의 딸이며 시적 재능의 원천인 메트를 지킨다.

께 메트 솥 전체를 마셔 버린 후 다른 노획물을 가지고 독수리로 변해 그곳을 빠져나왔다. 그러나 수퉁이 역시 독수리가 되어 그를 추격하자 오딘은 아스가르드에 마련해 놓은 용기 안에 도적질한 메트를 토해 넣고 뒤에서 쫓아오는 추격자에게 일부만을 돌려주었는데, 그것을 무명의 시인들이 받아 마셨다.

목적성이 있게 손질된 이 스칼데 일화에 담긴 민중적 정서의 핵심은 아마도 다음과 같은 것이었을 터이다. 즉, 폭풍 리제가 자신의 쾌락을 위해서 맞부딪치는 뇌우 구름떼 안에 있는 비를 구름 솥 안에 숨겨두고 있다는 뜻이다. 그래서 메클렌부르크[26]에서는 사람들이 아직도 "바람이 비를 함께 품고 있고만"(*de Wind hahlt Regen tohop*) 하고 말한다. 수퉁의 딸은 바람피우는 바람 신 오딘에게 시혜를 베푸는 구름 여성 리제인 듯하다. 오딘은 폭풍 리제에게 추격을 당하자 메트 일부를 소나기 형태로 내어놓을 수밖에 없게 된 것이다.

후대 문학에 따르면 아제 신과 바네 신들은 평화협약을 맺을 때 한 개의 잔에 침을 뱉고 거기에서 가장 현명한 피조물을 만들었는데 그것이 바로 크바시르(Kvásir)였고, 아제 신들은 이 크바시르를 바네 신들의 볼모로 잡아두었다고 한다. 그런데 츠베르크 피얄라와 갈라가 이 크바시르를 살해하고 그의 피와 꿀을 섞어 메트를 만든 뒤, 이 메트를 오트뢰리 솥과 두 개의 잔인 손(Son)과 보든(Bođn)에 채웠다(①권 302쪽 참조).

곁가지 리제 종족에 포함되는 여성 폭풍 리제들도 존재한다. 우리가 이미 잘 아는 티아치(21쪽 참조)는 그러니까 부(富)의 주관자 '욀발디'(Ölvaldi)와 맥주의 주관자 '아우드발디'(Audvaldi) 또는 만물의

26) **[원주]** Mecklenburger Wind: Z. f. Volksk. 5, 435.

주관자 '알발디'(Allvali) 사이에 태어난 아들이며 강(Gang)과 이디(Idi)의 형제이다. 부자 아버지는 세 아들에게 똑같이 한 입 가득 금을 물려주었다. 그중의 한 아들은 수퉁과 비슷하게 음료의 소유자였으며, 금을 많이 가졌다가 나중에 막강한 힘을 갖게 된 왕이 되었다. 티아치의 딸이 '스카디'이며 그의 친척이 페냐(Fenja)와 메냐(Menja)이다. 스칼데는 바람을 손상시킨다는 의미의 스카디라고 이름 지었다. 북구에서는 오늘날도 여전히 북풍을 스카디라고 부른다. 그리고 추측컨대 스칸드나비엔(Skandinavien), 예전 형태로 스카디나비아(Skadinavia)라는 명칭은 '북풍의 섬'이라는 의미인 듯하다.[27)]

스카디는 또 '설화(雪靴)를 신고 달리는 여인'이라는 뜻의 왼더어구드(öndergud) 혹은 왼더어구디스(öndergudis)라는 이름과 '빙하의 숲, 원시 숲의 여인'이라는 뜻의 야른비디아(Jarnvidja)라는 이름도 갖고 있다.

스카디는 날씨가 온화한 해변을 싫어하여 높은 산맥인 트림하임과 슈트름하임에서 활을 갖고 사냥을 즐긴다. 그녀의 아버지 티아치가 신들에게 살해당하자(21쪽 참조), 스카디는 복수심에 불타 완전무장을 하고 아스가르드로 쳐들어가서 그 일에 대한 보상으로 니오르드(Njordr) 신을 남편으로 얻는다. 이 니오르드 신에게서 우리는 사람의 마음을 위로하는 봄바람을 인식할 수 있다. 이 스카디의 슬픔을 웃음으로 바꾸어 놓았던 것은 로키와 그와 함께 묶여 있던 염소가 보여준 우스꽝스러운 재주넘기였다.

그러나 스카디 아버지의 죽음을 도모한 자가 로키였던 까닭에, 스카디는 지하세계에서 로키 머리 위에 매달린 뱀의 독을 로키 얼굴에

27) **[원주]** Skađi u. Skadinavia: ZfdA. 36, 126. Noreen, Ynglingatal 218.

떨어지게 만들며, 이것은 세계 종말까지 계속된다. 로키가 고통으로 몸을 꿈틀거리면 대지가 뒤흔들린다. 로키의 아내 지긴(Sigyn)은 떨어지는 뱀독을 손으로 잡으려고 노력한다. 이 세계 종말의 장면은 이질적인 근원에서 유래한 것으로 의심스러운 묘사이다.

페냐와 메냐는 티아치의 친척이다. 이들은 프로디(Frodi) 왕의 하녀로 일하면서, 프로디 왕의 방앗간에서 금, 재물, 평화, 행복을 빻는 일을 한다. 그러나 왕이 이들을 너무 혹사해서 이들은 방앗간이 부서질 때까지 전쟁을 빻아 만들어냈다. 《에다》의 다른 곳에서는 이 방앗간이 부서진 것이 아니라 바다의 왕 미싱(Mysingr)이 멀리서 건너와 프로디 왕을 죽이고 배에 방앗간을 싣고 거기에서 여성 리제들로 하여금 소금을 빻도록 하였다. 그러나 그 일이 지나쳐 결국 배가 바다 속으로 침몰하였고, 그런 연유로 바닷물 전체가 짠맛을 지니게 되었다.[28] 이 일은 스코틀랜드 해안에서 일어났던 일이다.

금과 은, 싸락눈과 소금 그리고 분쟁거리를 갈아 만드는 마법의 방앗간은 북구, 독일, 핀란드, 아일랜드 등에 수없이 존재한다. 페냐와 메냐는 원래 힘이 아주 거센 날씨 방앗간 주인들이었을 것이다. 이들은 한편으로는 소용돌이치는 구름을 이용하여 비, 햇빛, 싸락눈, 금, 재화를 만들기도 하고, 다른 한편으로는 전쟁이나 프로디 왕의 여름 평화도 빻아 만들었다. 또 페냐와 메냐는 일반적인 물 소용돌이와 같은 종류인 바다 소용돌이 안에서 소금을 빻았다. 바람이 일으키는 거센 파도들은 에기르의 아홉 딸이다. 스칼데의 묘사에 따르면, 이것들

28) **[원주]** Die finnische Sampo-(altn. Sambū Ordnung?) mühle Comparetti, Kalevala 231 f. PBB. 18., 551. Reichtums-u. Salzmühle versinkt ins Meer Asbjörnsen u. Moe, Norweg. Volksmarchen 2, 182 ff. Der Skalde ist Snaebjorn: Edda 1, 328. Givrinarhol Z. f. V. 2, 6 Liebrecht, Volksk. 317.

은 사람들에게 매우 위협적이다. 덴마크인들은 오늘날에도 여전히 악천후를 '바다 빻는 짓'이라고 말한다.

폭풍 리제는 바다 리제만 아니라 산악(山岳) 리제가 되기도 한다. 페로 제도에 있는 기브리나르홀(Givrinarhol)이라는 깊은 땅 구멍에서는 아직도 그 아래서 늙고 눈먼 여성 리제가 금을 빻는 소리를 들을 수 있다. 이웃에 사는 또 다른 리진은 금을 일부 훔쳐간 기사를 쫓아가 기사가 탄 말의 꽁지를 잡아 뽑아 버렸다. 떠돌아다니는 여성 리제 '게피온'(Gefjon)[29]은 바람 리제 무리 중 하나로, 어떤 리제와의 사이에서 4마리의 황소를 낳아, 이 황소들을 거느리고 길피(Gylfi) 왕이 내어준 경작지, 즉 호수의 경지를 일군다. 게피온은 여기서 맬라르세(Mälarsee)[30] 호수를 일궈냈다.

곱슬머리 여성 리제 '히로킨'(Hyrrokin)은 신들의 명령에 따라 구렁이를 고삐를 삼아 늑대를 다루며 그 늑대를 타고 달려가 발더의 시체를 운반하는 배를 바다 안으로 세차게 밀어 넣는다. 이때 원통 모양의 땅 구멍에서 불이 솟아나고 온 땅이 흔들린다. 신들은 이 히로킨의 머리를 박살내려고 벼르는 토르를 만류한다. 히로킨은 완전히 스칼데의 창작물이다.

후대 민중전설은 보다 자연스러운 날씨와 관련된 여성 리제에 대해 많이 이야기하는데, 이런 리제들은 흔히 혼자 존재하며 율 축제 때나 십이야 절기 때 엘프와 함께 어울려 요란스럽게 돌아다닌다. 노르웨이에는 '구로(Guro)의 꼬리'라는 뜻의 '구로리세'(Gurorysse)나 '번개 올라타기'라는 뜻의 '아스케레이다'(Aaskereida)가 있었고, 이것은 아

---

29) [원주] Gefjon s. u. die Göttinnen.

30) 스톡홀름 남쪽에 위치한 스웨덴에서 3번째로 큰 호수이다. 넓이는 1,140㎢이다.

스가르드레이드(Aasgardsreid)로 변형되었다(①권 147, 328쪽 참조).

번개와 천둥이 치는 가운데 — 겨울 뇌우는 남부 노르웨이에서 드문 편은 아니다 — 바다와 대지 위로 데몬의 군대가 말을 타고 질주한다. 이 무리는 율 축제가 벌어지는 집에서 말을 내려 가축과 사람을 잡아간다. 이들이 사람들을 무기력하게 하고 많은 혼란을 일으키지만, 사람들이 칼이나 십자가를 던지면 이들의 해악을 없앨 수 있다. 이 데몬 군대 선두에 어린아이들을 놀라게 하는 긴 꼬리 여성 리제 구로(Guro)가 말을 타고 달린다. 북서부 독일에서는 사나운 여성 리제 슈트레겔(Sträggel)로 이뤄진 '포스텔리 사냥대'(Posterlijagd)가 몰려다니지만, 구로의 무리처럼 미친 듯이 난리를 피우지는 않는다.

구름 리제 중에서 가장 강력한 리제는 히미르로 《운문 에다》는 이 히미르를 물의 리제로 묘사한다. 그러나 '훔'(húm)은 컴컴한 데몬의 대기를 의미하는데, 이것은 겨울 구름 때문에 유발된다. 그리고 히미르가 가진 솥과 비슷한 것을 둘러싸고 리제 무리나 뱀과 벌어지는 싸움은 인도게르만 신화에 나오는 아주 오래된 이중 모티브로서 뇌우의 신과 구름 리제 또는 구름 괴물 사이의 싸움과 겹을 이룬다. 이 싸움으로부터 충만한 결실을 보장하는 거센 여름비가 발생한다.

어느 날 에기르의 연회에 초대받은 신들은 마실 것이 없어 매우 서운해 했다. 그러자 토르는 자기 자신이 그 안에서 끓임을 당한 적이 있는 솥을 티르(Tyr)와 함께 원초 지혜를 가진 히미르에게서 가져오기로 결심했다. 토르와 티르는 히미르가 머리가 천 개이고 성정이 까다로운 자기 어머니와 하얀 눈썹의 황금애인과 함께 동쪽 하늘 맨 끝에 있는 것을 알았다. 이 황금애인이 토르와 티르를 솥 밑에 숨겨준다. 그때 수염이 꽁꽁 얼어붙은 채로 히미르가 얼음덩어리를 깨뜨리는 소리를 내며 사냥에서 돌아온다. 이 리제의 시선이 닿기만 하면 기둥과 발코니와 여덟 솥이 깨져 버렸다. 그런데 솥 하나가 멀쩡하게 남아 있었다. 그때 숨어 있던 토르와 티르가 앞으로 나섰다. 그리고 이들은 히미르와 더불어 3마리의 황소를 먹어 삼켜 버렸고, 그중 2마리를 토르가 삼켰다. 토르는 또 한 끼를 위해 물고기를 잡을 요량으로 소머리를 잘라서 미끼로 삼았다. 이들은 노를 저어 바다로 나아갔다. 히미르는 낚시로 고래를 잡아당기고 있었다. 반면 토르는 미드가르드 괴물을 조각배 뱃전까지 끌어올린 후 해머로 괴물을 두들겨 팼다. 그러자 괴물이 괴성을 질러대고 그 소리가 바위에 부딪쳐 울려 퍼졌으며 대지 전체가 뒤흔들렸다. 이 괴물은 다시 바다 속으로 들어가 버렸다. 토르와 히미르도 돌아왔다. 히미르는 말이 없어지고 기분이 영 좋지 않았다. 히미르는 다시 토르를 자극하여 힘자랑을 하도록 했다. 토르가 이번에는 퍼낸 물과 도구들이 담긴 배를 한꺼번에 들어 리제의 집에 있는 산기슭 솥 안에 넣어 버렸다. 그리고 또 자극을 받자 토르는 히미르의 머리 곁에 있는 목이 긴 술잔을 부숴 버렸다. 이때 히미르는 머리를 다치지 않았다. 결국 히미르는 자기 솥을 내어놓았고 토르는 그것을 거꾸로 뒤집어 머리 위에 썼다. 이때 반지 모양의 손잡이가 발꿈치에 부딪쳐 소리를 냈다. 토르는 집으로 돌아가는데 히미르가 머리가 여러 개인 자기 백성들과 뒤를 따라오는 것을 알아차렸다. 토르는 어깨에 멘 솥을 들어 올린 뒤에 망치로 그 백성들을 모두 짓이겨 없앴다. 그런 다음 토르는 제 힘을 빼기면서 솥을 들고 신들의 회장으로 들어갔다.

〈히미르의 노래〉는 다음과 같이 이야기를 달리 전하고 있다 — 《산문 에다》는 황소머리 미끼로 미드가르드 괴물을 잡은 이야기에 한정되는데, 《에다》에 따르면 무시무시한 장면이 나타난다. 즉, 토르와 뱃전에 끌려 오른 미드가르드 뱀은 서로를 사나운 눈초리로 노려보았고, 뱀이 토르를 향해서 분노하여 쉭쉭 위협적인 소리를 내질렀는데, 리제 히미르는 겁이 나서 얼굴색이 변했었다는 것이다. 그 순간 히미르〔여기에서는 이미르(Ymir)로 달리 표기됨〕가 낚싯줄을 끊어주어서 이 괴물 뱀이 다시 바다 속으로 돌아갔다. 토르는 이 괴물을 향하여 망치를 던져 적중시켰지만 이 괴물 뱀이 죽었는지, 아직 살아 있는지 아무도 알 수 없었다. 그러자 토르가 이번에는 대상을 바꿔 리제 히미르를 타격했고, 이 리제는 걸음아 나 살려라 하고 배를 벗어나 하늘 위로 도망가 버렸다. 이때 배가 부서지고 말았기 때문에 토르는 물을 밟으며 육지로 되돌아왔다. 이런 토르 신화는 토르가 게이뢰드나 우트가르드로키[31]를 찾아갔던 사건 등과 같이 동화적 수식으로 멋있게 꾸며졌지만, 이런 신화는 여러 게르만 신들을 정확히 알고 난 후에야 완전한 의미를 제대로 평가할 수 있다.

구름 여성 리제들은 폭풍의 여성 리제들과 구별이 안 되는 경우가 많다. 이런 구름 여성 리제로는 페냐와 메냐, 기얄프와 그레이프(19, 27쪽 참조) 그리고 '그리드'[32] 등이 있다. 리진 그리드는 토르가 게이뢰드에게 갔을 때 토르에게 구름 혁대와 검은 구름장갑 그리고 번개 지팡이로 무장시켜 주고 콧바람으로 국지성 호우와 폭풍, 우박 등을 동원한다. 회색 늑대들은 흔히 구름 여성 리제들의 종마(種馬) 무리로 지칭된다. 이 여성 리제들은 구름 여성 엘프들처럼 빈들거리며 배회하는 특징이 있다. 아이슬란드의 아이들을 놀라게 하는 그릴라(Gryla)도 마찬가지이다.

산의 리제인 베르크리자르(bergrisar), 피얄가우타르(fjallgautar),

---

31) 환각을 이용해서 토르와 그의 동료를 자신의 성에서 우롱한 리제이다.

32) [원주] Griđr: ihre, gránstód, ihre Schaar grauer Rosse, bedeutet ein Rudel Wölfe Helgi Hundingsab. 2, 25.

스웨덴어로는 베르가폴크(bergafolk)라고 하는 리제 등은 대개 원래 구름 산들이나 실제 산 위에 살았던 수퉁, 티아치 그리고 스카디처럼 폭풍 리제들이고, 흐룽그니르, 페냐, 메냐처럼 돌을 던지거나 깨뜨린다.

티롤 지방에 사는 사나운 사냥꾼들인 바츠만(Watzmann)과 서얼(Serles) 그리고 휘트(Hütt) 부인은 북구의 날씨 여성 리제인 흐림게르드(Hrímgerđr)처럼 암벽 산이 되었다. 노르웨이 고산지대의 도브레피엘드(Dovrefjeld)는 리젠헤임을 다스리는 왕 '도브리'(Dovri)로 의인화된다. 독일의 리제는 나란히 붙은 산에 사는 경우가 있다. 이때 이들은 서로 돌, 도끼를 던지며 그들 신발에서 들판의 돌을 털어낸다.

리제의 딸은 산에 껑충 뛰어 내려와 밭에서 일하는 농부를 황소와 쟁기와 함께 장난감처럼 몽땅 자기 앞치마 안으로 쓸어 담는다.[33] 그랬다가 다시 제자리에 갖다 놓을 수밖에 없는데, 이것은 그녀 아버지 리제가 농부들이 농사일 없이는 존재할 수 없다는 것을 기억해 내기 때문이다.

슐레스비히 근처에서 한 리제 처녀가 아마 씨를 뿌리는 농가 여인을 만나서 셔츠를 한 벌 달라고 청했다. 이 여인이 주겠다고 약속했다. 리제 처녀는 아마에서 봉오리가 만들어지고 꽃이 피어나고 또 나중에 다 자라 뽑히게 되었을 때 마냥 마음이 기뻤다. 처녀는 셔츠가 만들어졌다고 생각했다. 그러나 그 준비과정이 너무 지루하게 느껴진 이 리제 처녀는 자기의 긴 유방을 어깨 너머로 던져 넘긴 후 단숨에 근처 산을 껑충 넘어서 자취를 감춰 버렸다.[34]

---

33) **[원주]** Das Riesenspielzeug: Grimm, D. M. 4 1, 440. 3, 157.

34) **[원주]** Das Riesenmädchen u. der Flachs: Müllenhoff, Schlesw. -holstein. S. no. 376. Anm.

산에서 짙은 안개가 피어오르면 리제가 담배를 피우는 것이다. 동굴에는 미래를 점지하는 힌들라(Hyndla) 리제와 12명의 리제가 사는데, 이 12명의 리제는 쉴붕(Schilbung)과 니벨룽(Nibelung)의 부하들이다. 그 안에서 이 리제들은 수통처럼 맛있고 값진 메트와 니벨룽겐의 보물을 지키며, 또 군뢰드나 크림힐트처럼 아름다운 젊은 여인을 지키기도 한다.

바람 리제인 파솔트는 우리에게 이미 숲의 리제로도 알려졌는데, 디트리히 시는 이 파솔트의 동족으로 '펠렌발트'(Fellenwalt), '루멘발트'(Rumenwalt) 그리고 '쉘렌발트'(Schellenwalt)를 언급한다(23쪽 참조). 쉘렌발트는 숲이 요란한 소리를 내게 만든다. 바이에른 지방의 리제 '비돌트'(Widolt)는 운문 서사시 〈로테르 왕〉(*König Rother*)[35]에 등장하는 나무의 왕이다. 이 비돌트 리제는 쏴쏴 소리를 내 땅을 진동케 하며 딸랑딸랑 소리를 내는 갑옷을 두르고서 총림을 훌쩍 넘어간다.

〈지게노트의 전설〉(*Die Sage von Sigenot*)[36]에서 리제는 나무를 뿌리째 뽑고, 이 리제가 숨을 쉬면 나뭇가지들이 허리를 굽혀 절을 한다. 그러나 상처가 난 곳을 보다 부드러운 바람정령이 하는 방식으로 묶어주기도 한다. 거의 비슷한 이름의 옛 덴마크 지역 리제 비톨프(Witolf)는 안개로 속임수를 쓰는 숲 속의 독거자(獨居者)인데, 이 비톨프는 겁을 주면서 야생남처럼(①권 339쪽 참조) 얼른 치료약을 내놓는다. 예

35) 쌍각운(雙脚韻)의 중고 독일어로 쓰인 작가 미상의 문학작품이다. 서로마제국 황제인 로테르가 동로마제국의 공주에게 청혼하여 어렵사리 소원을 성취한 이야기이며, 그 안에는 동로마·서로마제국의 통합이라는 염원과 기독교 수호라는 당대의 종교적 가치가 용해되어 있다.

36) 13세기경 슈바벤-알레만 지역에서 성립된 전설이다. 게르만의 영웅 디트리히 폰 베른의 생애를 담고 있다.

언녀들인 뵐루르(Völur, 여자 점쟁이)의 이름도 비돌프(Viđolfr)라는 이름 집단에서 유래한 것이었다.

토르가 세계의 끝 너머로 뻗어나가는 지역인 우트가르드(Utgard)로 가는 여정 중 한 밀림지역에서 리제 '스키미르'(Skrymir)가 합류한다. 이 스키미르는 조용한 한밤중에 코를 심하게 골아 지축을 떨게 만들었다. 토르는 이 스키미르 장갑의 엄지 부분이 방인 것처럼 그 안에서 머물렀다. 티롤의 한 농부가 자기 마차를 몰고 풀이 무성히 자란 오솔길을 가고 있었는데, 그 길이 바로 숲 리제의 콧구멍이었다. 그런데 이 리제가 재채기를 하는 바람에 농부와 황소 그리고 수레가 몽땅 저 멀리로 날아갔다.

물의 리제와 바다 리제의 우두머리는 "바다 사나이" 에기르이다. 그는 흘레르(10쪽 참조) 또는 기미르라고도 불린다. 이 에기르도 이미르와 히미르(29쪽 참조)처럼 술 도가니를 갖고 있었으며, 신들의 주연을 마련하고 그때 바다의 불빛을 의미하는 엘드(Eldr, 불)와 푸나펭(Funafengr, 불티)을 대접했다. 에기르의 아내는 '란'(Rán)이다. 란은 폭풍이 불 때 뱃사람에게 품을 열어준다. 또 아무도 빠져나갈 수 없는 작은 그물코의 그물로 물에 빠져 죽은 사람들을 바다 속 자신의 방으로 끌어온다. 그리고 이들에게 바닷가재와 작은 물고기를 대접한다. 란의 아홉 딸은 하늘을 향하여 일렁이고 깨지고 위로 솟구치면서 난파자들의 피로 자기의 반곱슬 머리를 붉게 물들인다(10쪽 참조).

미친 '그렌델'(Grendel)은 에기르처럼 불이 창백하게 타오르며 주위를 밝히는 수중의 집에서 산다. 그 위치는 바닷물이 작은 바위 틈새로 스며들어가는 눈에 띄지 않은 늪지이다. 수중의 집 위엔 시들어 버린 숲이 드리워 있다. 이 그렌델과 함께 무시무시한 그의 어머니와 수많은 요정 니케라(Nicera)가 동거하고 있으며, 이 니케라는 돛단배의 항해를 쇠 발톱과 어금니로 공포에 몰아넣는다. 바람이 뇌우를 몰고 오면 밀물이 구름 있는 곳까지 치솟고, 나중에는 대기가 굉음소리를 내고 하늘이 울음을 운다.

그렌델은 안개와 구름 속에 몸을 숨겨 매일 밤 자기의 늪지를 빠져나가 왕궁인 헤오로트(Heorot)로 향한다. 그리고 잠자고 있던 무사를 그의 쇠 발톱으로 한 명씩 끌어온다. 그런데 어느 날 밤 베어울프가 이 그렌델의 팔을 어깻죽지에서부터 물어뜯어 버렸다. 그렌델은 치명상을 입고 늪지의 자기 침실로 피신했다. 이번에는 그렌델보다 더 무시무시한 그의 어미가 나서서 왕궁에서 또 한 명의 무사를 낚아채서 황급히 빠져나왔다. 하지만 이번에도 베어울프가 이 어미를 좇아가서 격렬한 싸움 끝에 그렌델의 어미를 해저평원에서 죽였다. 이런 식으로 베어울프는 오락가락하며 해안 늪지를 할퀴고, 심지어 해안의 마을까지 덮치곤 하는 해일을 막아냈다.

노르웨이에서는 낙차가 큰 폭포도 하나의 리제로 파악하곤 했다. 알루 폭포에는 여덟 손의 '스타르카드'(Starkad)가 살고 있다. 스타르카드가 알프헤임에서 찬란한 빛을 발하는 알프힐드를 강탈해 갔다. 그러자 그녀의 아버지 알프 왕이 이 리제에 대항하며 토르에게 구원을 청했다. "그러자 토르가 스타르카드를 가파른 바위로부터 떼어 던져 버렸다. 이 물의 리제는 고함소리를 질러대며 뒤쪽으로 8개의 손을 뻗으며 아래로 추락했다. 요즈음에도 사람들은 매순간 공포심을 자극하며 추락하는 이 리제의 모습을 보게 된다".[37] 독일의 고산지대에서는 그런 폭포를 미쳐 날뛰는 악룡이라고 하며, 이를 디트리히 폰

37) **[원주]** Uhland, Thor 179, Vgl. Müllenhoff, D. Altert. 5, 353.

베른이 척결했다고 한다.

북구의 밤의 리제, 낮의 리제, 달의 리제 또는 태양의 리제는 비교적 뒤늦게 나타난 순전히 시적인 의미로 실제 신화적 실체는 아니다. 때문에 민속전설에서조차도 이것들의 흔적을 발견할 수 없다. 그러나 스칼데들은 또다시 완전한 씨족 계통수를 하나 고안했다. 그 계통수 꼭대기에 시조 리제 '나르피'(Narfi) 또는 '나르비'(Narvi)가 위치한다. 그의 딸 노트(Nótt, 밤)는 세 남자와 관계를 맺어 아우드(Auđr) 또는 운(Unnr), 외르드(Jörd, 땅) 그리고 다그(Dagr, 낮)를 낳았다. 스칼데들은 그 밖에도 여러 종류의 준마를 고안하기도 했는데, '서리갈기의 말'이라는 뜻의 흐림팍시(Hrimfaxi) 또는 피외르스바르트니르(Fjörsvartnir)가 그중 하나로, 이 준마는 밤을 끄는 말이다. 또 빛을 내는 갈기의 준마 스킨팍시(Skinfaxi)는 글라드(Glađr)라고도 불리며 낮을 끄는 말이고, 아르박(Arvakr, 새벽)이나 알스비드(Allsviđr, 신속, 점화)는 태양을 끄는 말이다.

여성인 '솔'(Sól, 태양)과 남성인 '마니'(Máni, 달)는 '문딜페리'(Mundilferi) 혹은 '문딜파리'(-*fari*, '중심축을 잡은 자')의 자식들이다. 문딜페리, -파리는 천구(天球), 즉 아틀라스[38]의 중심축을 잡은 고대의 일꾼 리제이다. 그는 플레야데(Plejade)[39]와 히야덴(Hyaden)[40]의 아버지를 연상하게 한다.

북구 리제도 엘프 무리들처럼 '외툰헤임'(Jötunheimr)에 자신들의 왕국을 가졌다. 위치는 백해(白海) 곁 그뢴란드(Grönland)[41]나 비야

---

38) [원주] Atlas, der Achsenträger: Vergil. Aen. 4, 482. Roscher, Mythol. Lex. 1, 705.

39) 사람의 육안으로 식별되는 별의 무리로 은하수의 일부를 가리킨다.

40) 황소자리 별자리에 포함되어 있는 V자 모양의 별무리를 가리키는 말이다

르메란드(Bjarmeland)[42] 뒤쪽의 동쪽이나 북쪽에 자리 잡고 있는 노르웨이의 높은 산맥이다.

이것이 리제의 왕국으로, 사람이 사는 미드가르드 외곽에 있으며 우트가드르로키[43]가 사는 그 왕국이다. 다음에 나오는 이야기는 이 미드가르드로키에 관한 이야기로 동화적인 특징을 지니고 있고 또 알레고리로 치장되어 있기도 하다. 이야기는 다음과 같다. 언젠가 토르와 로키가 한 농부 집에서 밤을 보내게 되었다. 토르는 그의 염소들을 죽여서 솥에 넣어 끓이라고 했다. 그리고 농부와 그의 아내 그리고 그의 자식들을 저녁식사에 초대했다. 그리고 먹고 난 뼈를 염소털가죽 위로 던지라고 했다. 날이 밝기 전 토르는 망치를 들어 염소가 다시 살아나도록 그 털가죽에 축수를 했다. 그런데 한 마리가 다리를 절었다. 그것은 농부의 아들 티얄피가 염소 뒷다리에서 골수를 빨아 먹으려다 거기에 구멍을 내어놓았던 것이었다. 이미 그 순간 토르의 눈초리는 매섭게 날카로워져서 망치를 세차게 움켜쥐었다. 그 순간 그의 손가락뼈가 하얗게 변했다. 농부 가족들이 비명소리를 질러대는 것에 마음이 약해진 토르는 농부의 두 아이 티얄피와 뢰스크바(Röskwa)를 데리고 나오는 것에 만족했다.

토르는 이어 염소를 농부 집에 남겨둔 채 동쪽으로 이동하여 마침내 깊은 바다에 도달하여 수영으로 바다를 건넜다. 토르와 함께 로키, 티얄피, 뢰스크바도 동행했다. 이제 그들은 커다란 숲을 지나가

---

41) 통상 그린란드로 표기되는 북극 근처에 위치한 세계 최대의 섬이다.

42) 바이킹 시대에까지 이르는 북유럽 신화에 등장하는 지역으로, 16세기에 발간된 지도에도 이 명칭이 존재한다. 추측컨대 현재의 러시아 북서지역 끝에 위치한 아르칸겔스크(Archangelsk)가 그 지역이다.

43) **[원주]** Utgarđaloki: Edda 1, 142. Bugge im Morgenbladet Christiania. 1891 no. 262. v. d.-Leyen, das Märchen i. d. Göttersagen d. Edda 40.

게 되었고, 이때 사람 중에 가장 빨리 달리는 티얄피가 토르의 배낭을 짊어졌다. 저녁이 되자 그들은 넓은 문이 있는 커다란 집에 누워 잠에 빠져들었다. 그러나 자정 무렵 땅이 흔들리자 잠에서 놀라 깨어난 그들은 규모가 작은 옆집으로 피신했다. 다음날 아침 토르는 엄청나게 코를 골며 자는 한 리제를 발견했다. 이 리제가 잠에서 깨어나 몸을 일으켰을 때, 토르는 우선 당혹해 할 수밖에 없었다. 이 리제는 자기 이름이 스키미르(34쪽 참조)라고 밝혔다. 그리고 자기 장갑을 쳐들었는데, 그 엄지손가락 자리로 토르 일행이 기어 들어갔던 것이었다.

그런 다음 이 리제는 큰 걸음으로 숲을 헤치고 지나갔다. 둘째 날 밤에 토르는 잠을 자는 리제의 머리를 망치로 3번 내려쳤지만 아무 소용이 없었다. 이 리제는 자기 머리 위에 나뭇잎이나 도토리 또는 새똥 같은 것이 떨어졌다고 생각했다. 이제 그들이 우트가르드 성 부근에 도착했을 때 그 거대한 길 안내자는 동행한 꼬마들에게 성에서 너무 거드름을 피우지 말라고 좋은 말로 충고했다.

정오경이 되었을 때 들판으로 둘러싸인 우트가르드 성이 그들의 시야에 들어왔다. 그 성은 엄청나게 높아서 머리를 뒤로 재껴도 성의 꼭대기를 쳐다볼 수 없었다. 그들은 성문의 높은 격자 틈으로 어렵사리 통과해 들어가 마침내 성 안의 넓은 방으로 들어갔다. 방에 있는 의자는 많은 리제가 차지하고 있었다.

우트가르드로키 왕은 토르 일행을 거들떠보지도 않은 채 이빨을 하얗게 드러내면서 이 꼬마들에게 너희들은 어떤 기술을 갖고 있느냐고 물었다. 로키는 리제 로기와 함께 큰 통에서 꺼낸 고기를 먹었고, 티얄피는 리제 후기(Hugi)와 달리기 경주를 했다. 그러나 로키나 티얄피 모두 패배하고 말았다. 토르도 벌주의 잔을 다 비우지 못했고, 회색 고양이를 땅에 한 발로 선 채로 바닥에서 들어 올리지 못했으며, 늙은 여성 리제와 씨름을 해서 제압을 하지 못했다. 그러나 밤의 손님접대가 끝난 후 주인이 손님을 성 앞으로 안내할 때 그가 그들에게 이렇게 밝혔다. 그 자신이 바로 스크리미르이며 마법의 힘으로 토르의 망치 타격으로부터 자신을 보호할 수 있었고, 로기는 들불이었으며, 후기는 생각이었고, 뿔 술잔의 끝은 바다에 이르렀으며, 고양이는 대지를 휘감고 있는 미드가르드 괴물이고 여자 씨름꾼은 세월이었다는 것이다. 토르가 이 말을 듣고 나서 망치를 휘둘렀지만 그 모든 것이 흔적도 없이 사라졌다. 다만 사랑스러운 평야가 그 앞에 넓게 펼쳐졌다. 토르는 이 순간 자신의 고향인 트루드방(Thrudwang)으로 돌아왔다.

우트가르드로키에서 벌인 토르의 옛 투쟁은 게이뢰드 전설(19쪽 참조)의 동화적 요소들과 알레고리의 모티브들이 풍성하게 스며들어 짜여 있다. 이 두 편의 《에다》 서사시에 삭소는 한층 새로운 특징을 부여했다. 삭소는 토르의 후계자로서 담대한 토르킬(Thorkill)[44]을 설정했다. 토르킬은 길을 가면서 토르가 구멍을 뚫어 놓은 '게루투스'(Geruthus, 게이뢰드)를 절벽 높은 곳에 못을 박아 걸어 놓았으며 역시 토르에 의해 등이 으깨진 게루투스의 딸을 만나기도 했다.

두 리제의 왕국은 이미 지하세계의 뚜렷한 특징들은 지닌다. 아이슬란드인들은 덴마크 왕 고름(Gorm)[45]에게 게루트(Geruth)의 보물이 풍성한 나라에 대해서 얘기를 했었는데, 이 나라는 대양을 통해 대지와 나뉘며 저 깊은 지하세계에 태양빛도 별빛도 없는 컴컴한 곳

---

44) **[원주]** Thorkills zwei Fahrten: Saxo Grammat. 8, 286. 292.

45) 고름 1세(Gorm der Alte: 900~936/958). 덴마크 제1대 왕으로 알려진 인물이다. 덴마크의 옐링(Jelling)에 그와 그의 아내의 묘비가 있다.

에 자리 잡고 있다.

토르킬의 안내를 받아 고름은 3백 명의 일행과 함께 저 북단에 위치한 영원히 추운 비야르메란드(Bjarmeland)로 배를 타고 나간다. 그들이 이 나라에 상륙하자 리제 '구트문트'(Guthmund)는 이들을 마법의 음식과 아름다운 여인들을 즐기도록 초대했다. 이미 토르킬의 주의를 받았던 터였기 때문에 덴마크 일행 중 네 사람만이 유혹에 넘어가서 기억력을 잃었다. 그러자 구트문트는 나머지 일행을 무섭고 추운 강으로 옮겨 놓았다. 황금의 다리가 걸려 있는 이 강은 사람들을 지하세계의 거주민들과 분리시키는 기능을 하고 있었다. 뭉게구름과 비슷한 컴컴한 도시가 그들 앞에 놓여 있었는데, 요철 모양의 도시 성벽에는 사람의 머리가 걸려 있었고 또 사나운 개들이 망을 보고 있었다. 계단 하나로 사람들이 몰려들었다. 사방이 울부짖는 귀신들과 견디기 어려운 끔찍한 냄새로 가득 차 있었다. 가장 음침했던 것은 그을음과 배설물로 가득 찬 암석 방이었는데, 그 지붕은 창(槍)으로 덮여 있고 방바닥엔 독사가 우글거렸다.

여기에서 토르킬은 게루트와 그의 딸들이 비참한 지경에 처해 있는 것을 발견했다. 토르가 이것들을 여기로 몰아넣었던 것이다. 거기 있는 이 귀신들과 싸움을 하느라 대부분의 덴마크인들이 목숨을 잃고, 고름과 토르킬 등의 소수만이 모국으로 돌아올 수 있었다.

토르킬은 우가르트힐로쿠스(Ugarthilocus)에게 사후 영혼들이 잔류할 수 있는지 물어볼 요량으로 다시 길을 떠났다. 멀리 북단 지역에서 많은 난관을 넘어선 끝에 토르킬은 더러운 때가 끼어 있고 뱀들이 꿈틀대는 동굴 안에서 손과 발에 엄청나게 큰 사슬이 채워져 있는 상태의 우가르트힐로쿠스 리제를 드디어 만났다. 그의 악취 풍기는 머리카락은 뿔 모양의 단단한 창처럼 위로 솟아 있었다. 토르킬이 동료의 도움으로 이 리제의 턱에서 털 한 가닥을 뽑아내자 숨을 막히게 하는 연기가 터져 나오고 사방에서 뱀이 달려들었으며 독침을 뿜어댔다. 거기 갔던 모든 사람들이 신들에게 간절히 애원했지만 모두 목숨을 잃고 오직 조물주에게 기도했던 토르킬만 겨우 죽음을 피할 수 있었다.

아침과 저녁 여명으로부터 명랑한 저승세계가 만들어지는 것처럼, 수평선에 있는 위협적이고 부풀어 오르며 음침한 뇌우 구름으로부터 그 정반대의 세계인 지옥이 생겨났다. 명랑한 저승세계는 엘프(①권 295쪽 참조)의 나라이고, 지옥은 리제의 나라이다. 이 두 나라의 혼합형이 빛의 평원, '글래시스벨리'(Glaesisvellir)로 리제의 왕 구드문트(240쪽 참조)가 통치하는 나라인데, 이 나라에는 꽃과 온갖 환상적인 사물과 매혹적인 여인들이 있는 엘프 주도의 쾌락나라가 포함되어 있다.

이 쾌락나라의 이름은 '우다인사크'(Udainsakr, 불멸의 땅)46)이다. 그러나 여기서 불멸이라는 의미는 보통 인간의 수준을 넘어서는 생명의 양을 뜻하는 것으로, 이 나라 왕도 5백 년이 지나면 죽어서 마치 신처럼 제사를 통해 숭앙을 받는다.

현세 너머에 있는 리제의 왕국과 엘프의 왕국을 함께 파악하면, 어둠과 빛의 저승세계 사이에 심한 요동이 존재함을 알 수 있다. 사람들은 망자를 그 좁은 무덤 띠에서 떼어 이 지상의 경계를 뛰어넘어 불멸의 존재 아니면 훨씬 더 오랜 삶을 사는 존재, 즉 친절한 엘프나 음침한 리제 같은 존재로 바꿔 놓고 싶어 한다. 이는 사람들이 저 너머에 무엇이 기다릴지 모르기 때문이다. 불멸사상이라는 것이 아주

46) [원주] Ŭdainsakr: Bezzenberger, Beiträge 13, 41 vgl. Ryqerg, Undersökningar 1, 235.

어렵사리 불완전하게 관철될 뿐이다. 다만 예외적으로 장소나 그 장소의 지배자를 빼놓고 이 지배자의 신하, 망자들 그리고 망자의 행동거지들을 묘사할 뿐이다. 심지어 생명이 제한된 자들도 저승으로 쳐들어온다. 이 지하세계 리제 무리들 중에서 가장 예리한 윤곽을 갖고 전면에 나서는 존재는 바로 '헬'이다. 이 헬은 남성 리제들보다 훨씬 더 깊게 현세나 내세의 인간 운명에 개입한다. 헬은 결국 나중에 높은 수준의 데몬으로 승격한다(이하 참조).

리제가 막강하게 보이고 또 몇몇 나이가 많으나 아직 설익은 신들처럼 보이는 만큼, 실제 리제 경배의 흔적은 빈약한 편이다. 악천후를 피하려고 독일의 리제 파솔트(22쪽 참조)에게 호소하는 일도 있고, 북구의 리제로 500세에 이른 구드문트에게 제사를 올리기도 한다. 삭소는 지하세계의 탐험자 토르킬이 우트가르트힐로키 리제와 약속을 맺고 선물을 주는 대신 리제가 토르킬에게 좋은 날씨를 제공하는 것으로 묘사한다. 또 노르웨이에서는 후대에 와서 율 축제 기간 동안 우트가르티로키(Utgarthiloki)에게 제물을 바쳤다. 그렇긴 하지만 이런 기록들은 엘프 숭배에 대한 수천 가지 기록들과 비교하면 아무것도 아니다. 게르만인들이 리제와 맺고 있는 정신적 관계가 무절제한 형식을 취하는 데서 쉽게 설명할 수 있듯이, 그 관계란 희귀한 편이었고 또 리제는 나중에 보다 고상한 신들에 의해 축출당하고 말았다.

삭소는 그러나 하딩을 리제들의 총아로, 심지어는 한 여성 리제의 애인으로 그린다. 하지만 하딩은 나중에 오딘이나 프레이 같은 신들에게 의존했고, 아마도 프레이야로 여겨지는, 앞자락에 꽃을 담고 있던 한 여인이 하딩을 지하세계의 낙원으로 안내한다. 삭소와 스노레 시대에 사람들은 멀리 남쪽이나 동쪽에서 온 아제족들이 리제 무리를 모두 박멸하였으며 올라프 트릭바손[47] 전설에 따르면 토르가 마지막 남은 리제의 두 아내를 주살해 버렸다고 믿었다.

후대 전설에 따르면 리제들도 자기들 시대가 이제 지났다고 예감한다. 유틀란트 반도에서 엘사스 지방에 이르는 지역에 퍼져 있는 전설에 따르면 한 여성 리제가 농부와 그의 쟁기를 마치 장난감처럼 자기 앞치마에 담고 갔다고 한다. 그러자 이 여성 리제의 남편인지 아버지인지 하는 리제가 말하길 "빨리 다시 밭에 갖다 놓아라. 인간이 없으면 우리가 해를 입고 빵을 잃게 된다"고 했다는 것이다. 다른 변형에는 "그렇지 않으면 저들이 우리를 쫓아 낼 거다"[48] 라고 되어 있다.

낮은 단계의 게르만 신화는 리제 신화와 함께 마무리되었다. 이 신화는 게르만인들의 종교심을 수백 년, 수천 년 동안 지배해왔고 그것도 대략 4가지 형태로 그렇게 했다. 죽음에 대한 상념은 영혼 숭배로 나아갔고, 악몽에 대한 상념은 마렌 신앙으로, 여러 자연력에 대한 상념은 한편으로는 엘프 신앙으로 다른 한편으로는 리제 신앙으로 나아갔다. 이런 4가지 흐름은 깊은 원천에서 태어나 우리 시대에까지 흘러 들어왔다. 그리고 이런 신앙의 순수한 상부흐름이 덮여 있을 경우, 흐려져 있지만 접근 가능한 하부흐름으로부터 이런 오랜 내용을 인식해야만 했다. 이런 4가지 흐름은 오늘날도 여전히 저마다 다른 강도로 우리 민중신앙의 저변을 마신다. 유령 신앙은 마렌 신앙처럼

---

47) 올라프 트릭바손(Olaf Tryggvason: 968~1000). 노르웨이의 왕. 그렇게 많지 않은 그에 대한 자료에 따르면, 노르웨이 최초의 왕이었던 하랄드 쇤하르의 후계자이다. 그는 노르웨이 최초의 기독교 신앙의 왕이며 이 때문에 그의 전설이 남아 있을 수 있었던 것으로 추정된다. 그의 생애는 예수의 그것과 유사하게 묘사된다.

48) **[원주]** Einen älteren Riesenkultus nimmt Weinhold an. 리제의 장난감에 대해서는 Stöber-Mündel, die Sagen d. Elsasses 2, 39.

여전히 강한 편이다. 엘프 신앙은 이보다는 약하지만 다양한 형태로 살아남아 있다. 리제 신앙은 아마도 몇몇 사탄전설의 안에만 나타나고 있을 것이다. 리제에 관한 학설은 대체적으로 확실하지가 않다. 그것은 대부분의 리제 신화가 후대의 게르만 신들의 전설과 연결되어 있는 시대에 나온 것들이기 때문이다. 반면에 영혼 신화, 마렌 신화, 엘프 신화는 몇몇 예외를 제외하고는(①권 277쪽 참조) 모두 신들의 신화로부터 자유롭다.

그러나 전체적으로 보았을 때 앞서 말한 4개의 기둥에 근거한 가장 오래된 게르만 신앙이라는 건축물은 오래된 문헌이나 오늘날 존재하는 유적으로부터 어느 정도 신빙성 있게 인식할 수 있다. 오랜 세월 동안 종교적 요구에 대한 유일한 보호처이며 피난처였고, 나중에 그 상부구조가 갖춰지면서 많은 전망을 하게 했다고 할 수 있다.

제6장

상위 데몬들

오랜 세월 유랑민처럼 거주지를 반복해서 바꾸지만 대개 이런 변경을 통해서 보다 높은 문화수준에 도달하는 자연민족들이 있다. 게르만인들은 바로 이런 자연민족 중의 하나이다.

게르만 신화가 낮은 단계에서 보다 높은 단계로 넘어가는 것도 이 점을 보여준다. 게르만인들이 유령이나 마레, 엘프 그리고 리제에 대한 신앙을 포기하는 법이 없었지만—이런 신앙은 그들 종교의 항구적인 기초를 이루었다—그런 신앙이 더 이상 충분하지가 않았다.

이런 모든 존재들은 이것들이 다양한 마력을 지니긴 했지만 비슷한 부류의 것들보다 특별히 더 비중 있는 것은 아니었다. 게르만인들은 동쪽에서 중부 유럽으로 그리고 나중에는 남부 유럽과 서부 유럽으로 이동하는 거대한 운명의 격변을 체험하면서 보다 높은 삶의 목적을 인식하게 되었고, 이때 그들은 데몬에 대한 확실한 신뢰심을 갖고 아직 부족한 강력한 신앙심, 즉 경건한 마음을 일깨우기 위해서 낮은 단계의 데몬보다 더 강력한 힘을 필요로 하게 되었다.

사람들은 외적 사물과 사건뿐만 아니라 내적 특성들의 주체가 되고자 했으며 이에 따라 언어 면에서 옛 어휘는 점차 의미의 변천을 겪게 되었다. 이와 함께 신화어휘의 감각적인 내용에 점점 더 많이 정신적·규범적·미적 모티브들이 유입되었고, 이에 따라 옛 신화어휘들이 신앙 면에서 질적인 변화를 하게 되었다.

옛 형상들도 변하고 정신적이 되었으며, 이들에 대한 경배도 순수하게 바뀌고 깊어졌다. 감각적인 신화 소재로부터 점점 더 강력히 미와 추, 선과 악, 과거와 미래를 구분하는 감각들이 생겨났다.

시초의 암석 위로 서서히 여러 조각으로 나뉘어 한층 값지게 보이는 새로운 겹이 서서히 덮어 가는데, 이 겹은 그러나 아직 옛것이나 나중에 생성된 겹의 막강함을 아직 지니지 못하고 있었다. 다른 말로 바꿔 말하면, 신앙이 한 단계 높은 곳, 즉 한 단계 높은 데몬의 단계로 올라간 것이었다. 이 데몬 계단은 낮은 수준의 신화와 신들 중심의 신화의 중간단계에 해당되는 것이라 할 수 있다.

데몬을 고상하게 추앙하고 정신적으로 숭배하는 것은 데몬을 그보다 차원이 낮은 신앙대상과 구분 짓는 중요한 특징이 된다. 이 데몬들이 감각적인 자연현상과의 관련성을 모두 절연한 것은 아니지만 이 데몬의 생명을 채우는 것은 보다 수준이 높고, 다소간의 차이가 있더라도 그런 자연현상들로부터 독립적인 소명이었다.

이런 데몬은 무더기로 등장하지 않고 후기 신화에 나온 리제들처럼 하나의 씨족으로 정돈되거나 2, 3개의 무리로 분화된다. 그것도 아니면 발퀴레나 노르네(Norne)[1]처럼 12명, 7명, 3명 등으로 하나의 결속된 무리를 이룬다. 또 단 한 쌍이 되는 경우도 있고 또 유일한 형상으로 통합되어 나중에 개별적으로, 미미르(Mimer)나 로키처럼

1) [원주] Das Wort Nornen führt Schade, Altdeutsches Wb. 1, 657 auf * norhni Verknüpfung zurück vgl. Siebs in d. Zeitschr. f. Volksk. 3, 388. Parca: Curtius, Grundzüge5 166.

반신(半神)적인 존재로 변화되기도 한다.

이 데몬은 후기 미토스의 엘프나 리제처럼 자주 포괄적인 신들의 신화나 영웅신화에 함께 엮이기도 하지만 인간의 삶 안에도 깊게 개입한다. 그래서 이 데몬들은 하나의 데몬 귀족집단을 내보이며, 이들은 낮은 차원의 옛 귀신 씨족들을 내몰지는 않지만 이들보다는 뛰어나고, 그렇지만 이제 갓 태어난 왕과 같은 신들의 아래로 규합되고 그들에게 봉사해야만 했다.

영혼, 마레, 엘프 및 리제 등의 낮은 차원의 데몬들이 인도게르만 민족권에 존재하는 국제적인 형상들이지만, 상당수 게르만적 특징들이 이미 이런 것들에 부가되어 있었다. 고차원의 데몬들은 그 뿌리를 부분적으로 이미 인도-유럽권으로 통합된 보다 넓은 지역에 두고 있었지만, 또 일부는 게르만 민족 특유의 특징들을 지니기도 했다.

이런 상위 데몬 중에서 선두적 위치를 차지하는 것은 여성 데몬들인데, 집단으로 등장한다. 북구인들이 거명하는 이러한 상위 여성 데몬은 '디시르'(Dísir, '현명한 여인들')라는 데몬 무리이다. 이들의 정확한 이름은 '스파디시르'(Spádísir), '프라미비사르 디시르'(framivisar Dísir, '미래를 투시하는 여인들')이다. 북구 사람들은 이런 데몬들을 노르네, 발퀴레 또는 수호정령으로 이해했다. 정확하게 성격이 규정되어 있지는 않지만 독일의 이디시는 바로 이 디시르에 상응하는 데몬이다.

운명의 여인들, 노르네(넨)는 그 첫 번째 무리들로 그리스 신화의 모이라(렌)와 로마신화의 파르체(첸)와 거의 정확히 상응하는 형상들이다. 노르네(넨)라는 이름은 원래 아이슬란드, 페로 제도 그리고 노르웨이에서만 사용되었지만 그 의미를 확실히 알 수는 없다. 일반적인 추측대로 이 이름이 베를 짜는 여인들을 나타낸다면, 라틴어 이름인 파르첸에 대한 가장 명확한 설명과 합치되는 것일 뿐만 아니라 이 데몬의 중요한 특징을 나타내는 말이 되기도 할 것이다.

이 북구 이름뿐만 아니라 이 노르네와 상응한 독일의 데몬 '쉐펜'(Schepfen) 도 운명의 실을 짜고 감는 행위를 한다. 이 노르네라는 이름 대신 드물기는 하지만 북구에서는 '우르디'(Urđir) 라는 명칭도 사용하며 그 단수형은 '우르드'〔Urđ(r)〕이며 아이슬란드 노르네들 중에서 가장 비중이 큰 데몬이다. 우르드는 운명, 숙명, 죽음이라는 의미로 고고 독일어로는 '부르트'(Wurt), 고대 작센어로는 '부르드'(Wurdh), 앙겔작센어로는 '위르드'(Wyrd), 영어로는 '위어드'(Weird) 등 여타 게르만어로 변형된다.

그러나 그리스의 모이라(삶의 숙명)처럼, 이런 명칭은 다소간의 차이가 있겠지만, 현세 초월적인 존재의 특징을 지니게 되었다. 이 부르트는 여성성을 지닌 운명의 주관자가 되었다.

힐데브란트(Hildebrand)[2] 의 아들 하두브란트(Hadubrand) 는 아버지가 죽은 것으로 알았다. 그래서 상대가 누구인지 모르는 상태에서 자신의 아버지와 결투를 벌이며 멈추려 하지 않는다. 그러자 힐데브란트가, "자, 보시오, 주재자인 신이여, 통탄스러운 숙명(Wehwurt, 베에부르트) 이 펼쳐지는군요!"라고 소리친다. 중세 서사시 〈헬리안트〉(*Heliand*) 와 〈베어울프〉(*Beowulf*)[3] 에서 부르드와 위르드는 인간을

---

2) 디트리히 폰 베른과 관련된 영웅담에 등장하는 영웅이며 영웅 서사시 〈힐데브란트의 노래〉(*Hildebrandslied*) 의 주인공. 뵐핑어(Wölfinger) 가계의 영웅으로 30세에 가족을 떠나 베른의 디트마르 왕의 궁정에 들어가 디트마르 왕의 아들 디트리히의 스승이 되고, 〈니벨룽겐의 노래〉에서 분한의 핵심인물인 크림히트를 지그프리트의 검으로 죽이는 역할을 담당한다.

3) 앙겔작센어로 쓰인 서사시로 집필 시기는 700년 이후, 그리고 내용의 무대는 600년경의 스칸디나비아로 추정된다.

보다 인격적인 차원에서 처리한다. 다시 말해 인간이 죽으면, 위르드는 인간의 운명을 직조(織造)하는 식이다. 영국에서는 3명의 위어드 자매들이 유명하다.

그 밖에 운명의 여인들은 고 독일어로는 '쉐파룬'(Sheffarun), '스케펜툰'(Skephentun), '쉐펜'(Schepfen),[4] '가쉐펜'(Gâchschepfen, '신속한, 급박한')이라는 이름으로, 또한 미카엘 베하임[5]의 책에서는 '게쇠펜'(Geschöpfen, '여자 심판자들')이라는 이름과 함께 '스카파'(Skapa, 선고하다)라는 이름도 함께 사용되었다. 앙겔작센 지방에서 삶을 측정하는 여인들은 '그라만 메테나'(graman Mettena, '분노한 여성 측량사')이며 운명 전체는 고대 색슨어로 '부르디기스카푸'(Wurdigiscapu) 또는 '메토도기스카푸'(Metodogiscapu)이며, 조언하는 힘의 산물이라는 의미의 '레가노기스카푸'(Reganogiscapu)라고도 부른다.

이 운명의 여인들은 거의 항상 3명씩 무리를 이루는데 아마도 삶의 처음, 중간, 끝을 규정했기 때문이었을 것이다. 그리고 대단히 자주 이들은 자매관계이거나 아니면 밀접한 친족관계를 맺는다. '파르첸' 숭배를 비판했던 부르카르트 폰 부름스는 이들을 자매들(Schwestern)이라고 불렀고, 삭소는 운명을 좌우하는 자매님프라고 했으며, 영국인들은 '비어드 자매들'(Weirdsisters), 프리슬란트 사람들은 '세 여인들'(drei Weiber), 니더작센인들은 '3명의 백설 처녀들'(drei weißen Jungfern), 남부 독일인들 중 특히 바이에른 사람들은 '세 자매'(drei Schwestern), '바젠'(Basen), '무멘'(Muhmen), '처녀들'(Jungfern) 또

4) [원주] 쉐펜이라는 명칭은 독일 중세 가요인 민네의 유랑시인 마르너(Marner: 13세기 슈바벤 지역 사람)에게서도 확인된다. -Die bayrischen drei Schwestern: Panzer, Beiträge z. deutschen Mythologie Bd. I u. 2.

5) 미카엘 베하임(Michael Behaim: 1420~1470). 여러 궁정과 비인의 황궁에서 활동했던 작가이다.

는 '행운을 비는 세 여인들'(drei Heilrätinnen)이라 불렸다.

발퀴레와 노르네를 모두 지칭하는 디지르(Disir)는 하얀색이나 검은색을 발하며, 우르드와 비슷한 헬은 절반은 검은색, 나머지 절반은 흰색을 띤다. 바이에른 지방의 행운을 비는 세 여인들 중 한 명 이름이 '헬(드)'〔Hel(d)〕인데, 첫 번째 여인은 하얀색, 두 번째 여인은 하얀색 절반 검정색 절반, 세 번째 여인은 검정색을 띤다. 환한 분위기의 생일에는 하얀 여인이, 즐거움이 충만하지만 수고스러운 삶의 절정부에는 색이 혼합된 여인, 그리고 진지한 죽음의 시간에는 검정색 여인이 해당된다. 그 이전 시대의 여성 엘프 무리들이 그때그때 각기 다른 색의 구름 안에, 즉 어떨 때는 환하고 친근한 색, 어떨 때는 어둡고 적대적인 색, 어떨 때는 두 경우 사이의 색의 구름 한가운데에 나타났었는데, 이런 여성 엘프 무리의 색 구분이 이런 세 가지 분류에 영향을 끼쳤을 것이다. 인도의 《베다》 경전에서 아침놀의 여신은 이와 비슷하게 은은히 떠오르는 태양빛(과거)과 충만하게 과시하는 빛(현재), 스러져 가는 빛(미래)의 3가지 형태로 자신을 드러내었다.

노르네는 구름 여성 엘프나 샘의 여성 엘프와 밀접한 친족관계를 맺고 있다. 스코틀랜드인은 '위어드엘브스'(Weirdelves)를 잘 알고 있다. 스쿨드(Skuld) 노르네는 한 여성 알프의 딸이고 알프 무리와 노르네들로 둘러싸여 있다. 삭소는 노르네를 님프로 말했고, 바이에른 지방의 세 자매는 물의 처녀들 또는 바다 처녀들이라고도 불렸다. 하얀색의 사나운 여인들인 독일의 닉세들처럼 바이에른의 세 처녀들도 실을 짜고, 베를 짜며 노래하고 예언을 한다. 북구의 노르네는 백조이거나 백조의 처녀이다. 남부 독일의 세 처녀는 회오리바람 신부들(①권 289쪽 참조)처럼 허리띠를 하나씩 매고 있는데, 인간이 이것을 맬 경우 그 몸이 찢겨져 나간다.

한편 이 운명의 여인들이 〈뵐루스파〉에서 막강한 위력을 지닌 여성 리제로 불리며 우르드가 홀로 검은 여성 리제로 출현한다. 이것은 이들이 옛 자연 데몬들로부터 유래하는 것을 나타내며, 또한 이들의 고상한 소명의 힘이 표현되는 대목이다. 이들 행동의 특성이나 영역에 따라 그때마다 이들의 출처가 아제족, 알프, 츠베르크 등인 것으로 여겨진다.[6] 그러나 이 여인들은 신들의 삶에 대해서 어떤 힘도 발휘하지 못하는 듯하며 〈뵐루스파〉에서 인간 창조 이후에 등장하는 것으로 보아 인간의 운명을 좌우하는 기능을 지녔던 것으로 보인다.

《운문 에다》와 《산문 에다》에 있는 노르네 묘사는 아주 오래된 것과 그 이후의 것이 함께 뒤섞여 있다. 세 노르네는 항상 푸른 이그드라실 나무, 구름 나무(①권 258쪽 참조) 아래의 우르다르 우물가에 앉아 이 나무에 매일 찬란한 빛의 물을 부어주는 일을 한다.

이 나무로부터 이슬방울이 계곡들 안으로 떨어진다(백조 두 마리가 이 샘에서 수영하고 있다). 백조 처녀들의 목욕장소로 여겨지는 이 오래된 구름장면 안으로 이제 보다 품격 있는 소명의식이 스며든다. 나무 밑에 있는 홀에서, 또는 읽는 방식에 따라서는 호수라고 할 수 있는 곳에서 한없이 박식한 처녀들인 '우르드', '베르단디'(Verđandi) — 이들은 나무를 조각으로 쪼갠다. 이 조각들이 운명의 선고이다 — 스쿨드가 나온다.

이들은 법률을 정하고 사람 자식들의 삶을 선별하며 남자들의 운명을 정한다. 그리고 이제 〈뵐루스파〉에서 세계의 운명이 펼쳐지기 시작한다. 노르넨은 조용히 그들의 높은 직무를 수행한다. 순수하고 뛰어난 북구 영웅인 헬기[7]가 태어날 때 그들 뒤에서 웅대한 땅이 열린

---

6) **[원주]** Die Nornen stammen ab von Asen, Alfen u. Zwergen: Fafnismal 13.

다. 이때 독수리들이 까악까악 울어대며, 성스러운 물길이 하늘 높은 산들로부터 열렸다. 노르넨은 성을 무너뜨리는 듯한 폭풍 속에서 운명의 실을 힘차게 감아 들였다. 그런 식으로 노르넨은 자연의 힘처럼 격정적이고 짧은 전투의 삶을 예고한다.

이 3명의 노르네처럼 3명의 바이에른 처녀들은 어느 샘 또는 어느 호숫가에 살면서 오리 형상으로 그 안에서 노닐다가 노래도 하고 거대한 사건이 일어나기 전에 구슬프게 울어댄다. 알프스 산중 저 높은 곳에 위치한 메란센(Meransen)[8]에 있는 이 "처녀들의 휴식처"[9]에 성스러운 나무 한 그루와 작은 샘 하나가 솟아났다. 이 처녀들은 여기에서 비를 선사했고, 그래서 사람들은 19세기에도 가뭄이 발생하면 거기까지 7~9시간이 소요되는 순례를 벌이곤 했다.

노르넨이 운명의 실을 감거나 푸는 것처럼 바이에른 처녀들도 실을 잣고 빨래를 펼쳐 걸어 놓고 밧줄을 이 산에서 저 산으로 팽팽하게 당겨 놓는다. 이렇게 해서 날씨의 좋고 나쁨을 예고하는 것인데, 이 밧줄이 손상을 입으면 악천후가 발생했다.

이 세 노르네의 개별 이름은 각각 우르드, 베르단디, 스쿨드로 아주 추상적인 이름인데, 이는 이미 이뤄진 과거(우르드), 생성과정에 있는 현재(베르단디), 되어야 할 미래(스쿨드)를 각기 의미하고 있다. 그런데 이 이름들이 후기 라틴 시대의 세 파르체 이름인 프레테리툼(Praeteritum, 과거), 프레센스(Praesens, 현재) 그리고 푸투룸(Futurum, 미래)을 모방한 것이 아닌가 의심된다.

남부 독일 세 자매의 이름은 '아인베트'(Einbet), '빌베트'(Wilbet)

7) [원주] 헬기의 출생에 관해서는 Helgakv. Hundingsb. I, I ff.

8) 오스트리아 남부 티롤 지역의 해발 1,414m의 산이다.

9) [원주] Die Jungfernrast: ZdV. f. Volksk. 2, 323.

그리고 '베르베트'(Werbet)인데, 별로 신선하게 느껴지지 않은 이 이름들은 순수한 독일 발음의 명칭들이다. 그런데 이 이름은 원래 명령하다는 의미를 지녔던 비텐(*bitten*)이라는 동사에서 유래했다고 할 수 있다. 이처럼 명령하다, 규정하다는 뜻을 지닌 북구어 어휘인 비디아(*Bidja*)는 노르네의 주된 임무를 강조한 것으로 볼 수 있다. 아인베트는 최고 결정권자로 운명을 결정하는 여인이고, 빌베트는 의도된 것이나 소망되었던 것의 결정권자, 베르베트는 삶의 혼란과 변화의 결정권자이다.

이 3명의 토착종교 자매들은 성자의 위치에 오르지 못했을 뿐만 아니라 여러 곳에서 3명 모두 또는 그중 2명이 기독교 성녀들로 교체되었다. 그래서 그들 이름이 성녀 아인베트, 성녀 베르베트, 성녀 빌베트가 되었다. 그중 성녀 아인베트에게만은 그녀를 위한 예배당이 독일 남서부의 프라이부르크(Freiburg i. B.) 시에 헌당되어 있다. 겡겐바하(Gengenbach)[10] 근처에 있는 카펠렌베르크(Kapellenberg)라는 곳은 원래 로마군 요새가 있던 곳이다. 이곳에 아인베트와 2명의 기독교 여성 순교자인 성녀 페르페투아(St. Perpetua)와 성녀 펠리치타스(St. Felicitas)를 위한 예배당이 건립되어 있다. 또 윌릭센(Jülichschen)이나 엘사스(Elsaß)에서는 세 여인의 자리에 피데스(Fides), 스페스(Spes), 카리타스(Caritas)가 들어서 있다.[11]

이 세 처녀들은 1만 천 명의 성 처녀의 반열에 함께 들어갔다. 바이에른인들은 지하동굴이나 지하통로, 즉 "석실" 그리고 이탈리아 블릭센(Brixen)[12] 지역에 이르기까지 존재하는 온천 지역들에서 이 세

10) 독일 남서부 맨 끝 쪽에 위치한, 바덴-뷔르템베르크 주의 한 도시.

11) **[원주]** Fides, Spes u. Caritas: Montanus, Vorzeit von Cleve u. Mark 1, 55. Stöber-Mündel. Sagen d. Elsasses 2, 26.

자매에게 경배를 드린다. 또한 알레만인들은 리기(Rigi) 산[13]의 세 자매 샘과 슈바르츠발트의 여러 언덕 그리고 라인 강 위에서 경배하고, 프랑크인들은 특히 니더라인 지방의 윌리히가우에(Jülichgaue)[14]에서 그렇게 한다. 삭소는 북구의 세 자매에게 3개의 보좌가 있는 사원을 마련토록 지시했다.

독일 운명의 여인들과 북구의 그들은 자연의 삶뿐만 아니라 그들의 직무에서도 일치하는 점을 보인다. 이들 모두 운명을 선포하고〔샤펜(schaffen) 혹은 셰펜(schepfen)〕, 명령하고 규정하며〔비텐(bitten)〕, 운명을 결정〔라텐(raten)〕한다.

착한 노르네는 행운과 명예를 만들고, 악한 노르네는 우울하고 수치스러운 삶을 만들어낸다. 그들은 사람이 태어날 때 이미 점괘를 정하고 보여주며 예언한다. 그리고 첫 번째 노르네 우르드와 두 번째 노르네 베르단디가 그 점괘를 나뭇조각 위에 새긴다. 때문에 앙겔작센 지방에서는 운명의 결정을 부를 때 운명의 철자인 비르드슈탭(*Vyrdstäf*)[15]이라고 한다. 사람들 말로는, 그들의 예언에 대해 아무도 거역할 수 없거나 아니면 "어느 누가 노르네의 말을 듣게 되면 그는 단 하룻밤도 더 살 수 없다"고 한다. 여기에서 어쩔 수 없다는 감정이 터져 나온다. 이런 감정은 남부, 북부 게르만 영웅들을 대담한 숙명론으로 무장시켰고 그 후대의 아이슬란드 엘프 전설에서 감동적으로 표현되었다(①권 327쪽 참조).

---

12) 이탈리아에 소재한 도시. 에이삭(Eisack)과 리엔츠(Rienz) 강이 합류하는 지역이다. 휴양도시이고 18세기에 세워진 대성당(돔)이 있다.

13) 스위스에 위치한 산맥의 중심 산. 높이 1,798m([원주] 리기 산의 자매 샘에 대해서는 Lütolf, Sagen aus d. Fünforten 295.).

14) 노르드라인-베스트팔렌 주 루르(Ruhr) 강변에 위치한 도시.

15) [원주] Vyrdstäf: Guthlác 1325.

1000년경 부르카르트 폰 보름스에 따르면 세 자매는 인간이 태어날 때 그 운명을 정하며 인간이 베어볼프로 변할 수 있는 능력을 부여할 수 있다고 되어 있다. 삭소에 따르면 프리들레프(Fridlev) 왕이 엄숙하게 맹세한 뒤 사원의 의자에 앉아 있는 세 님프에게 자기 아들의 미래가 어떻게 되겠냐고 물어보았다고 한다. 제 1, 제 2 님프는 왕에게 부와 행복을 선사하겠다고 약속했지만, 제 3의 님프는 탐욕을 주었다. 고대 멜레아거스(Meleagers) 전설[16]과 북구 전설인 노르나게스트(Nornagest) 전설과 매우 비슷하다. 이 전설에서 두 노르네는 어린아이에게 행복을 약속했지만, 제 3의 노르네는 아이 곁에 타고 있는 촛불과도 같은 짧은 생명을 점지했다. 멜레아거스 방의 아궁이에 타오른 불이 그의 운명을 드러낸 것인 것처럼, 이 촛불이 빨리 타들어가지 않도록 이 촛불은 즉시 꺼뜨려졌다.

독일의 세 자매 역시 그들의 예언에 있어 늘 일치하지 않았다. 두 하얀색 자매는 생각이 일치하였지만, 나머지 한 자매는 두 자매의 의지에 함께 하려 하지 않았다. 두 자매의 눈이 멀었다고 간주되었고 그래서 세 번째 자매에 의해 예언이 늘 바뀌어 선포되었다. 세 자매는 예언이나 문서로만 판정을 내렸던 것은 아니다. 그들은 인간의 생명을 실처럼 짜기 시작하고 또 계속 짜 나가다가 그 실을 끊어 버린다. 그들은 또 생명 천을 짜거나 밧줄을 엮다가, 자매 중의 하나가 그 밧줄을 끊는다. 13세기의 민네 가수인 마르너(Marner)가 이를 명확하게 표현하고 있다.

16) 멜레아거스라는 이름의 그리스 영웅. 칼리돈 왕과 그의 아내 알타이아 사이에서 태어남. 아르테미스가 보낸 사나운 산돼지를 제압한다.

"두 쉐르펜이 내 생명줄을 짰었구나, 그때 제3의 쉐르페가 앉아 있었지. 그녀가 내게 불행이 일어나도록 그 줄을 끊었구나."

헬기[17]의 노래 제1부는 명확하지 않다. 헬기를 위해 힘차게 감겨진 운명의 밧줄은 금 밧줄이었다. 노르넨은 이 밧줄을 풀어서 하늘 아래 단단히 매어두었다. 그리고 그 끝을 동쪽과 서쪽에 묻었고 그 사이 중앙지역은 헬기의 땅이 되게 했다. 그런데 그중 한 노르네가 북쪽으로 사슬 하나를 던지고 난 후 이를 늘 지탱하라고 명령했다. 이것은 헬기의 빛나는 명성이 널리 퍼져 나가게 하고 북구에서 그에 대한 존경이 영원히 유지되도록 하기 위한 것을 의미할까?[18]

출생의 노르넨은《운문 에다》의〈나우드괭글루〉(*Naud-gönglur*)[19]에서 구원자의 역할을 하는데, 이들은 산모를 갓 태어난 아이들로부터 분리시켜 준다. 그래서 두 명의 착한 바이에른 치료여인은 산모가 누워 아이를 쉽게 낳을 수 있게 아마포를 짠다. 쉴드투른(Schildturn)의 세 처녀는 성공적인 분만을 도와주었다. 이 세 처녀를 위한 예배당이 1237년 봉헌되기도 했다. 이 때문에 노르넨이나 중세 때 독일의 세 자매 또는 신(新)아이슬란드의 블라카푸어(Blakapur) 또는 검은 외투들(Schwarzmäntil)은 출산이 있는 집에 모습을 나타내어 대접을 받았다. 꿀을 넣어 아주 달게 만든 걸쭉한 곡물가루(그뤼체, *Grütze*) 죽은 아주 인기 있는 것으로, 페로 제도에서는 산모가 출산 후 맨 처음 먹는 음식인데 그 죽 이름이 "노르넨그루체"이다. 이 죽은 아마도

17) 북구 전설의 형상. 북구 영웅 지그문트와 보르그힐트(Borghild) 사이에 태어난 아들로, 가문의 적인 훈딩을 죽인다.

18) [원주] 헬기노르넨(Helginornen)에 대해서 필자는 의심이 있긴 하지만 다음의 책에 의견을 같이 한다. Bugge, Edda S. 408a u. Fritzner s. v. ey an.

19) [원주] nauđgönglur: Fafnism. 12.

노르넨에게 제물로 바쳤던 것으로 생각된다. 독일이나 네덜란드에서는 새로 태어난 것이 그의 형제자매들에게 사탕과자를 가져온다고 생각한다. 이때의 사탕과자는 원래 운명의 여인들을 위한 것이었는지도 모른다. 부르카르트 폰 보름스는 세 자매를 위해서 음식과 음료, 세 벌의 나이프를 갖춘 성찬(盛饌) 테이블을 언급하기도 했다. 이 상차림은 생일날이 아니라 정월 초에 이뤄졌는데, 동양과 또 나중에 서양에서 음식과 음료로 행운의 식탁[20]을 차렸던 절기로 옮겨졌던 것이다.

독일 여기저기에서는 출산한 아이의 첫 목욕이 잘 이뤄지기를 바라는 뜻에서 작은 돈이나 회초리, 주걱 등을 선물하거나 어린이 손에 쥐어주는 습속이 있는데, 이때의 이 선물들은 일찍이 운명의 여인들의 선물이라고 생각했다. 다음에 언급되는 그리스 습속이 이를 잘 표현한다. 독일의 운명여인들을 환영하는 노래도 있었던 것 같은데, 이 노래를 다음과 같이 현대적인 형태로 바꾸어 많은 농가 아이의 요람 위에서 부른다.

"황금의 집이 있는 어떤 곳에
밖을 쳐다보는 3명의 처녀들(마리엘레)
한 처녀 비단을 감고
또 한 처녀 분필을 깎고
세 번째 처녀 호밀대를 꺾는데,
신이여 제 애도 살펴주셔요!"

---

20) **[원주]** Glückstisch, tabula fortunae: Tille, Yule and Christmas 107 ff. Bilfinger, d. german. Julfest 50.

아름다운 비단 감는 일로 희망을 가득 담아 삶이 시작되고 불투명하고 아마도 변질된 분필 깎기 가운데 이어지며 마침내는 죽음을 상징하는 앙상한 밀대의 꺾임과 함께 마무리된다.

세 번째 처녀에 대한 더 우호적인 대목도 있는데, "세 번째 처녀 성스러운 문을 여는군요"라는 대목이다. 그러니까 이 처녀는 하늘 문을 열고 있는 것이다 — 손톱의 흰자위는 독일 미신 때문에 오늘날도 여전히 행운의 표시로 생각하는데, 이 흰자위는 페로 제도에서는 "노르넨의 흔적"이라고 부른다.

고대 북구 노르넨은 구름 나무에 물을 부었고, 그 나무에서 땅으로 이슬이 떨어졌다. 바이에른의 세 자매는 여인의 출산을 도와줄 뿐만 아니라 들판의 수확도 풍성하게 했다. 그래서 티롤 지방에서는 가뭄이 들면 사람들이 산과 계곡을 지나 메란센 높은 곳까지 올라가는 순례행렬을 하곤 했다.

독일 프륌(Prüm)[21] 지역의 뤼츠캄펜(Lützkampen)에서는 3월의 첫 번째 목요일에 목각으로 만든 피데스, 수페스 그리고 카리타스 세 자매에게 제사를 드렸다. 아마도 그런 다음 이뤄지는 첫 번째 밭 쟁기질을 위한 것이었을 것이다.

베드부르크(Bedburg)[22] 인근 프라우바일러(Frauweiler)에서는 8월 1일, 즉 추수가 마무리된 시점에 아인베트, 빌베트, 바르베트 세 처녀에게 바치는 축제가 열렸다. 또 남부 독일의 세 여의사 자매에게 사람들은 3개의 검은 페니히 동전을 제물로 바치거나 추수 전에 아직 밭에 서 있는 3개의 알곡 줄기를 하얀 비단 줄로 묶어 7세 이하의 어

21) 독일 중서부 룩셈부르크-벨기에 접경지역이다. 카롤링거 왕조 때인 721년 수도원이 세워졌다.

22) 독일의 거대도시 중의 하나인 쾰른 행정구역에 속한 작은 도시.

린아이를 시켜 들판에 갖다 놓도록 했다. 이 세 자매는 결혼을 보호하는 역할도 했다. 라이켄할(Reichenhall)[23] 부근 슈타우펜(Staufen)의 '세 야생(野生) 여인들'(drei wilden Frauen)은 두 여인이 하얀색이었고 한 여인은 절반은 하얀색, 절반은 검정색인 여인이었는데, 이들은 아이를 출산한 집에 와서 노래하고 아이를 축복하기도 했지만, 결혼식에 찾아오기도 했다.

예전에 매르크 지역(märkischer Kreis)[24] 결혼식에는 '세 파이엔'〔drei Feien, 단수형태는 파이(Fei)〕 혹은 여인의 옷을 입은 3명의 '마쉬케르스'(Maschkers)가 나타났다. 또 키싱엔(Kissingen)[25]에서는 세 자매가 어린이 세례, 결혼식, 장례식 때는 앞에서 언급한 슈타우펜의 여인들과 같은 색깔을 띠고 부근의 성(城) 보텐라우베로(Botenlaube)부터 모습을 나타냈다.

노르넨의 예언이 떨어지면 누구도 하룻밤을 더 살 수가 없었다. 반원 모양의 우르드 노르네의 달(月), '우르다르마니'(Urdarmani)가 어느 집 벽 위에서 움직이면 이 집에 큰 죽음이 있을 것을 예언하는 것이었다. 마찬가지로 베스트팔렌 지방의 '크바들레히트'(Ouådlecht)도 벽에다 집안사람의 죽음을 예고했다. 그러니까 우르드, 부르드 또는 비르드는 그들의 개입을 통해 죽음을 불러오고, 또 아인베트(Ainbet)도 살인의 성(城) 처녀로 묘사된다. 아인베트가 '헬트'(Held) 또는 '라켈'(Rachel), 즉 지하여신으로 복수를 행하는 헬이 되는 것처럼 우르드도 역시 북구의 헬과 가까이 접촉한다. 헬은 원래 무덤을 나타내는 말이었고 나아가서 사자의 집 그리고 마지막으로는 사자의 집을

---

23) 독일 남부 오버바이에른 지방의 휴양도시이다.

24) 독일 중서부 노르드라인-베스트팔렌 주의 한 지역이다.

25) 독일 바이에른 주 북부에 위치한 국가 지정 휴양도시이다.

지배하는 자였다. 헬은 절반은 검은색, 절반은 인간의 색깔을 띠거나 완전히 검은 색이다. 또 헬은 바이에른의 헬드처럼 밧줄 하나와 개 한 마리를 갖고 있다. 고대 북구인들의 이해와 민중전설에 따르면 헬은 모든 사자들을 거둬들이는데, 후대의 전설에 의하면 헬은 전사하지 않은 죽음들 또는 악인들의 죽음만을 거두는 존재로 변한다.

헬은 또 죽음을 당한 발더 신을 높은 곳에 호화롭게 장식된 집, 메트가 마련되어 있고 마루가 화려한 홀 엘류드니르(Eljuđnir)에서 기다린다. 사람들은 헬의 길을 따라 죽음의 강을 건너고 마침내 지옥의 울타리인 헬그린드(Helgrind)에 도착한다. 사자들의 집인 나스헤임(Násheim)으로부터 큰 체구의 여인이 회색 말을 타고 나타나는데, 말꼬리는 한 남자를 질질 끌고 오고 있다. 이 남자가 저지른 악행을 징계하는 것이다. 덴마크에서는 전염병을 예고하는 다리 3개의 헬헹스트(Helhengst, 헬의 말)가 배회하는데, 이것은 계시록에 나오는 말을 탄 남성 죽음을 연상시켜 준다. 바이에른 지방에서는 이런 유령 같은 죽음의 말이 홀로 나타나거나 세 운명의 자매들과 더불어 나타난다.

세 자매 신앙은 인도게르만 공동체 안에서 생성되었던 것이 아니며, 유럽 인도게르만인들에게만 한정된 것인 듯하다. 이 운명의 여인들은 하급신화와는 달리 심리학적인 근원현상들이며, 유럽 후기 문화의 정신적 산물들이다. 이때의 유럽 문화는 더 이상 아시아계 아리안인들, 이란, 인도인들과 정확한 연계관계를 맺지 않은 문화였다.

이미 호머 문학에서 단 한 명의 운명의 여인이나 대개 3명인 다수의 그것이 등장한다. 즉, 모이라(Moira)이거나 모이렌(Moiren)[26] 이며,

---

26) **[원주]** Die Moiren: B. Schmidt, Neugriech. Volksleben 1, 210. Polites, Melete 208. Thumb Z. f. Volksk. 2, 123. Roscher, Mythol. Lex. s. v. Moiren.

게르만 신화에서도 한 명의 우르드-부르트(Urd-Wurt)이거나 3명의 우르디(Urdir)이다.

고대 그리스의 모이렌에서 첫 번째 여인 클로트(Kloth)는 실 짜는 여인으로 인간이 태어날 때 생명줄을 짜는 여인이며, 나머지 두 여인은 이 생명줄을 계속 짜거나 짜는 것을 마무리한다. 마지막 여인은 실을 끊거나, 로마적인 시각에 의하면 가위로 절단한다. 이처럼 게르만 여인들도 실을 짜고 돌리고 직물을 짜며 밧줄을 돌리거나 잡아 뜯는다. 헬레니즘 신앙이나 신(新)그리스 신앙에 따르면 한 여인이 실을 짜고, 두 번째 여인은 3개의 운명 패 중에서 하나를 뽑고 3번째 여인은 운명의 예언을 나무판이나 책에 적는다.[27] 앙겔작센인들은 비르드(Vyrd)의 운명을 점치는 작은 막대기인 비르드스탭(Vyrdstäf)을 잘 알고 있었다. 북구의 노르넨 중에서 2명은 운명의 예언을 나무에 새겨 넣었다. 그리스인이나 게르만인들은 세 여인의 결정이 번복 불가능한 것이라 믿었다. 얼마 전까지만 해도 아테네 임산부들은 모이렌의 도움을 청원하며 자신의 몸을 칼리르회(Kalirrhoë)[28]라는 샘 부근에 있는 암벽에 비벼댔다. 바이에른의 여의사들도 출산하는 여인들 등 밑에 그들이 짠 삼베포를 깔아 주었다.

모이렌은 출산할 때 청원의 대상이었으며 시키온(Sikyon)[29]에서는 매년 이 모이렌에게 새끼 밴 양들, 꿀물, 꽃을 제물로 바쳤다. 신(新)그리스의 모이렌은 출산 후 사흘째 되는 밤에 모습을 나타내는

---

27) [원주] Die Bucheintragung ist nach Dieterich, Nekyia 127 f. jüdisch u. wurde durch die lateinische apokalyptische Literatur auch nach Deutschland verbreitet vgl. ZfdA. 6, 149.

28) 옛 아테네 아고라에 있던 샘이다. 원래 이 이름은 그리스 신화에서 세계를 둘러싸고 흐르는 강의 신 오케아노스(Okeanos)의 딸 이름이다.

29) 그리스 펠로폰네소스 반도 북부에 위치한 도시이다.

데, 이 모이렌을 맞아들일 때는 집을 깨끗이 청소하고 쟁반에는 꿀, 사탕과자, 3개의 유리잔, 3벌의 작은 숟가락과 3개의 손수건을 담아 두었다. 지중해 코르푸(Corfu) 섬에서는 새로 태어난 아이 옆에 모이렌을 위한 빵과 사탕과자 외에 금도 마련되었다. 게르만의 운명의 여인들도 비슷하게 대접받고 제물을 받았는데, 독일 아이 곁에 비슷한 선물과 사탕과자, 돈이 놓여 있었다.

또 비슷한 예를 들자면, 프랑스 브르타뉴 지방[30]에서는 페엔(Feen)[31]이 갓난이에게 좋은 기분을 지니도록 이들에게도 3개의 식기가 갖춰진 잘 차린 식탁이 마련되었다. 이 관계에서 주고받는 것은 유동적이었다. 선물은 현세 초월적인 여인네들을 위한 것일 때도 있고, 새로 태어난 약한 아이를 위한 것일 때도 있었다. 모이렌이 새 생명에 대한 입장을 항상 통일시켰던 것은 아니다. 그래서 이들 사이에 최종적인 운명의 예언 전에 싸움이 일어나곤 했다. 마찬가지로 북구의 노르넨이나 바이에른의 세 자매도 서로 싸움을 벌였다.

갓난이의 코 위에 맺힌 작은 핏방울은 신(新)그리스에서 모이렌의 글씨자국이라고 여겨졌다. 손톱 위의 하얀 반달 모양은 "손톱의 꽃피움", 북구에서는 노르넨의 흔적이라고 생각했다. 독일 어머니들은 아이 요람 곁에서 세 처녀를 맞아들이는데, 이 처녀들은 황금의 집에서 어머니를 쳐다본다. 모이렌은 올림포스 산꼭대기에 살거나 세상 끝에 있는 화려한 정원을 갖춘 집에서 산다. 세 모이렌이 제우스와 헤라의 결혼식, 펠레우스와 테티스의 결혼식에 결혼축가를 불렀듯이, 라이켄할의 슈타우펜(Reichenhaller Staufen) 세 야생 여인들도 결혼축가를 부른다.

---

30) 프랑스 서북부 영국 쪽을 향한 해안 지역이다.

31) [원주] Die drei bretonischen Feen: Polites a. a. O. 215.

부르트와 죽음의 여신 헬이 서로 연결되듯, 《일리아스》에서도 모이라와 두 죽음의 신 타나토스(Tanatos) 및 케르(Ker)와 동지관계를 맺는다. 또 모이라는 신(新) 그리스의 죽음의 신 카로스(Charos)를 죽음의 영역에서 축출하는데, 이때 말을 탄 카로스의 모습은 죽음의 노르네 역할을 맡은 게르만의 헬헹스트(Helhengst)를 연상시킨다.

게르만의 노르넨과 그리스의 모이렌 신앙의 특징들이 유별나게 일치하는 현상은 슬라브족과 겔트족 신화에서도 빈번히 나타나는 현상인데, 이것을 차용한 것으로 귀착시키기보다는 옛날에 이것들이 모두 하나의 신앙공동체였다고 설명하는 것이 더 낫다.

각 민족이 서로 갈라진 후 이 하나의 신앙공동체로부터 각 민족이 개별적으로 특이하지만 아주 비슷한 특징들을 자체적으로 발전시켰던 것이다. 이런 신화형상들의 전체적인 명칭 체계는 나중에야 비로소 확정될 수 있었던 듯하며 그래서 사방에서 서로 다른 명칭 체계가 존재하고 또 이 세 형상에 대한 개별적으로 다른 명칭이 있게 된 것이다.

로마의 파르첸과 북구의 노르넨은 이름에서 유일하게 일치를 이루는 경우이다. 그러나 이것은 학습적 요인을 갖는 경우이다. 이미 프라톤의 공화국에서 모이렌은 과거, 현재, 미래를 노래하는 시간의 여신들이었다.[32] 그러나 시간이 흘러서 이시도르[33]의 책에 와서 후기 라틴어 시대의 이 세 파르첸[34]의 이름인 프레테리튬, 피레센스, 푸

32) **[원주]** Plato's Republik 614b. vgl. Dieterich, Nekyia 115.

33) 이시도르(Isidor von Sevilla: 560~636). 대주교, 교회학자. 서양의 마지막 교부(教父)로 평가받는다. 교회교육과 사제교육에 전념했다. 그가 편찬한 20권짜리 《기원론》(*Etymologiae*)은 당대의 지식을 백과사전식으로 담았다. 그를 기리는 축제는 4월 4일에 열린다.

34) **[원주]** Albae, hilares, benignae, laetae u: nigrae, durae, invidiosae,

투룸이 나타나고, 그 이후 〈뵐루스파〉에 세 노르넨의 이름, 우르드, 베르단디, 스쿨드가 모방이름으로 나타난 것이다.

한편 독일 세 여인이나 역시 바이에른과 로마의 파르첸이 띤 하얗거나 검은색의 이중성은 이것들이 본질적으로 분열적 성향을 지닌 것에서 비롯된 것이다. 그리스와 게르만의 운명의 세 여인들처럼 파르첸도 실을 잣고, 아이를 낳을 때 노래를 부르며, 그중의 한 여인, 스크리분다(Scribunda)라는 여인이 운명의 예언을 책에 기록한다. 파르체 세 여인의 각 이름 앞에 "어머니"라는 명칭이 부가된 것은 새로운 일이었다. 이때 이 세 고귀한 어머니들은 라인 강 건너까지 영향을 끼쳤던 듯하며, 그래서 라인란트 각 지역에는 비문과 그림이 새겨진 수백 개의 암석들이 이 세 여인들에게 봉헌되었다.

이 세 여인은 그러나 운명의 여신들이 아니라 오직 풍성한 결실을 기원하는 지역 여신들이었으며, 그 인접 게르만인들이 이 지역 여신을 받아들였던 것이다. 이 세 여인은 모성애를 가진 여인들로 묘사되고 있으며 나란히 앉아서 앞자락에 놓아둔 바구니들 안에 대지를 축복하는 말을 담아두었다. 운명의 여인들은 인간의 삶의 행로를 정해주지만 멀리서 이들을 따라갈 뿐 함께 동행은 하지 않는다. 이들이 집안에 나타나는 경우는 출생할 때, 결혼할 때 그리고 임종 시뿐이다.

그러나 인간은 그의 길을 줄곧 따라오는 개인적인 동행을 갖고 있는데, 바로 수호정령이 그것이다. 이 같은 존재가 그리스에서는 다이몬(Daimon)이나 헤로스(Heros)이고 로마에서는 남자의 경우 게니우스(Genius), 여자의 경우 유노(Juno)이며 게르만 계열의 북구—독일에서는 이런 수호정령을 발견할 수 없다—에서는 '필기아'(Fylgja)

---

malae, ferreae parcae: Klausen, die Parzen oder Fata S. 249 ff. Matribus Parcis: Preller, Röm. Mythologie 3. 1, 194.

또는 '필규코나'(Fylgjukona, 수행 여인)이다.

이 필기아와 자주 동일시되는 것으로는 '하밍기아'(Hamingja)라는 정령[35]이 있다. 이 정령 이름은 함(Ham)에서 비롯된 것이다. 함은 새로 태어난 아기의 머리에 간혹 붙어 있는 양막(羊膜)으로, 사람들은 이것이 길조를 나타낸다고 믿었고, 필기아가 앉은 자리라고 생각했다. 필기아와 하밍기아의 차이는 전자가 믿을 만한 보호자가 되지 못한 반면, 후자는 원래부터 사람이 길을 갈 때 함께 동행하는 친절한 행운의 여인 포르투나(Fortuna)와 매우 흡사하다.

그리스인, 로마인, 북방 게르만인들의 경우 이 수호정령은 인간의 영혼개념에서 발전되어 나온 것이어서, 인간의 영혼과 중요한 특징들을 공유한다. 즉, 수호정령은 인간의 꿈속에 보이며 죽음에 임박해서 그러니까 영혼이 인간과 분리되는 경우에 나타난다. 그러므로 수호정령의 출현은 영혼의 출현이 그렇듯이 죽음을 예고한다. 이때 수호정령은 영혼처럼 짐승의 형태를 띠지만 사람 형태도 취하는데, 역시 영혼마냥, 그것도 집지키는 뱀이나 수호 대상자 성격과 일치하는 동물의 모양을 띤다. 그리스의 헤로스는 뱀 또는 늑대의 모양으로 나타난다. 게니우스에게 봉헌된 로마인 제단은 뱀이 휘감은 것으로 묘사된다.

북구에서 우리는 위대하고 용감한 용사들의 삶의 궤적만을 듣게 되는데, 이런 경우 뱀은 뒷전으로 밀려난다. 대신 꿈속에 용맹한 남성의 영혼인 "후기르"(Hugir)는 곰이나 늑대의 모양으로 달려들며 독수리나 까마귀 또는 백조 그리고 환상의 짐승 모양으로 공중을 날아 지

35) **[원주]** Fylgja, Hamingja: Fritzner, Ordbog s. v. vgl. hamr u. hugr Rieger in d. ZfdA. 42, 277. Usener, Götternamen S. 296. Roscher, Mythol. Lexicon, 1, 1616.

나간다. 영웅 비야르키의 수호정령 필기아는 영웅이 텐트 안에서 조는 동안 곰의 형상으로 싸우다가, 잠에서 깨어난 비야르키가 싸움터로 뛰어들면 모습을 감춘다. 재미있게도 어떤 노인은 손자가 쓰러져 죽는 것을 보는 순간 손자가 그의 수호정령인 곰에게 걸려 넘어졌다고 주장했다.

여러 개인들과 그들의 운명이 용맹한 동물의 모양을 한 필기아를 통해서 예고된 경우가 얼마나 자주 있는가! 그러나 니알(Njal) 가문[36]의 일원으로, 노예신분에서 풀려난 토르드(Thord)는 죽음 전에 평범한 가축인 숫염소 모양을 한 그의 필기아가 피를 흘리며 더러운 물이 고인 웅덩이에 누워 있는 것을 보았다. 타인의 꿈속에 붉은 말로 나타난 필기아는 거창한 죽음을 예고하는 것으로 해석되기도 했다.

북구 수호정령 중에서 가장 수준 높은 형태는 여성적인 형태로 옛 영혼개념과 분명하게 단절을 이루었으며 자유로움과 조형적 선명성에 있어 또 인간이 자신의 보다 나은 반쪽에 대해서 맺는 관계를 표현하는 깊이 면에서 고대 수호정령의 형태를 능가한다. 그리스인이나 로마인 대부분은 수호정령이 남성이라고 생각한 반면, 북구인들은 아내를 삶의 동반자로 여기는 터였던지라 초현세적인 수호정령을 여인이라고 생각하였고 이를 특별히 '디스'(Dís, 47쪽 참조)라고 불렀다. 그리고 각 개인은 원래 곁에서 비밀스럽게 일을 하는 한 여성 필기아를 갖고 있다. 정령을 보는 자 또는 밝게 보는 자(스파마드, spámađr)도 타인이기 때문에 이 필기아를 볼 수 없다. 이미 언급했듯이 수호정령의 보호를 받는 당사자도 꿈속이나 죽기 임박해서만 필기아를 볼 수 있다.

---

36) 아이슬란드의 전설에 나타나는 가문. 서로 친구지간이었던 군나르 가문과 불화하여 투쟁을 벌인다.

필기아는 싸움이 있기 전에 피보호자의 용기를 북돋아주거나 필요한 경고를 했다. 필기아가 이런 식으로 피보호자에게 가까이 접근했기 때문에 말 뒤에 올라타고 다니는 마레와 비견되기도 했다. 하지만 필기아의 출현방식이 완전히 다른 경우도 있다. 토착신앙과 기독교 신앙 사이를 왔다 갔다 했던 할프레드 반드레다스칼드는 죽음의 상태에서 바다를 항해하고 있었다. 그때 필기아가 발퀴레처럼 갑옷을 착용한 여인의 모습을 하고 파도를 넘어 그가 탄 배를 향해 다가오는 것을 보았다.

폭력에 의한 죽음이 예정된 사람에게는 자신의 피가 뿌려진 것처럼, 필기아가 피 묻은 모습으로 출현했다. 1286년 암살당한 에릭 글리핑(Erik Glipping)[37]에 관한 민중 발라드는 수호정령이나 모든 삶의 쾌락으로부터 고통스러운 이별을 하는 장면을 다음과 같이 아주 감동적으로 그려냈다. 사냥을 나갔다가 길을 잃은 왕은 자신의 필기아가 숲 속 안가에서 아름다운 처녀의 모습으로 나타난 것을 보고 껴안으려고 했다. 그러나 필기아는 왕의 손을 빠져나가 사라져 버렸다. 그리고 왕은 다시 빽빽한 덤불 안에 선 상태로 치욕적인 죽음을 당했다.

영혼 중 가장 위엄 있는 것은 가문의 우두머리, 조부모 등의 영혼들이다. 이런 영혼은 여러 세대를 통해 영향을 끼쳤다. 이에 따라 이 노인네들의 개인 다이몬이나 게니우스는 전체 집안의 수호정령이 되었다. 그런 식으로 개인의 필기아, 즉 대표인물인 필기아가 가문 전체의 수호정령인 '킨필기아'(Kynfylgja) 또는 '에타르필기아'(Aettarfylgja)가 되었다. 이런 가문 필기아 또는 하밍기아는 초대(初代) 피보호자가 죽었을 때 또는 죽음에 임박해서 그 가문에서 가장 가깝고 젊은 인

37) [원주] Erik Glipping: Bugge, Studien, I, 186.

척에게로 옮아간다. 히외르바르드(Hjörvard)의 아들인 영웅 헬기는 자신의 필기아가 뱀으로 재갈이 물린 늑대를 타고 자기 동생인 헤딘(Hedin)에게 달려가는 것을 보고 자신의 죽음이 임박했음을 예감했다. 스칼데인 할프레드(Hallfred)가 임종에 자신의 수호정령 필규코나에게 작별인사를 하자, 그 정령이 할프레드의 동생에게 "나를 데려갈 건가요?" 하고 물었는데 동생은 이를 거부했다. 그러자 할프레드의 아들이 자기가 그 정령을 데려가겠다고 선언했다. 그러자 그 정령이 사라졌다.

'비가글룸'(Vigaglum)은 바다 건너 자기를 향해 말을 타고 오는 여인을 맞으러 나가는 꿈을 꾸었는데, 그 여인의 어깨가 피오르드 해안의 바위보다 높게 치솟아 있었다. 비가글룸은 아마도 돌아가신 조부의 하밍기아가 손자인 자기에게 오려는 것으로 생각했다. 〈바튼스델라 전설〉에서 대표인물인 하밍기아는 그의 아들들이 살아 있는 동안은 그들을 보호하고 또한 다른 친척들을 "따라"다닌다.

필기아의 확장개념인 하밍기아와 디스는 복수의 형태로 인간을 둘러쌀 경우 점점 소멸되고 만다. 로마인들은 아우구스틴(아우구스티누스) 시대에 개인의 그림자 영혼을 "움브레"(*umbrae*)라는 복수형태로 나타내기는 했지만, 게니우스를 그렇게 비논리적으로 복수화하는 것은 용인할 수 없었다.

그리스인들은 개별 데몬을 강하게 고수했다. 그러나 핀다르[38]의 경우처럼 악한 수호정령이 착한 수호정령을 쫓아내는 경우이건 또는 에우리피데스[39]의 경우처럼 옛 데몬이 자기 피보호자에게서 지루함

38) 핀다르(Pindar: B.C. 522 혹은 518~445). 그리스의 극작가 겸 신서정시의 모범시인으로 평가된다.

39) 에우리피데스(Euripides: B.C. 480~406). 그리스 아이쉴로스, 소포클레스

을 느껴 다른 정령에게 자리를 내어주는 경우이건 간에 사람이 수호 정령을 바꾸기도 했다.

북구 사람들은 수호정령의 통합조직이 있다 믿었다. 그러나 이 조직은 정령들이 개별적으로 각 개인에게 밀착되려고 하는 통에 해체되어 버렸다고 한다. 〈바프투르드니르의 노래〉[40]에서 영리한 리제 처녀 3명이 세계종말이 있은 후 지상 주민들의 하밍기아가 되어 행복을 선사하려고 말을 타고 달렸다. 그렇게 해서 만사가 모두 잘 이뤄지게 되었다. 그러나 이제 개인이 수호정령을 여럿 갖게 되었다. 그런데 거대하고 강력한 정령이 있고, 작고 약한 정령이 있었으며, 이것들끼리 부딪힐 경우 약한 것이 강한 것을 견뎌낼 수 없게 되었다. 그래서 디스의 무리들도 그들의 피보호자들을 떠나 버렸고 힘없이 죽어 사라졌다. 그런 후 이들은 피보호자의 꿈속에 죽은 여인들 모습으로 나타났다.

〈지그드리파의 노래〉(*Sigrdrifumal*)[41] 제 9연에 따르면 아이를 낳을 때 사람들은 뱃속에서 돌고 있는 아이를 돕기 위해 "산(山)의 루네"를 이용하고 또 디시르('디스'(Dis)의 복수형태)에게 도와달라고 부탁했다. 힘이 있고 착한 디시는 그들의 피보호자에게 빛을 비춰주었다. 그래서 한 핀란드 예언자는 올라프 트릭바손 왕[42]의 머리 주변에 빛을 비치고 있는 "신들"이 떠나는 것을 보았고, 이 신들 근처에 가까이 갈 수 없었다.

와 함께 3대 고전 비극작가를 이룬다.

40) 《에다》의 가사 중의 하나. 오딘이 강그라드르라는 이름의 리제와 대화형식으로 싸우는 이야기를 담고 있다.

41) 《에다》의 가사 중의 하나로 시구루트가 마법의 잠에서 깨어나는 사건을 노래한 가사이다.

42) 올라프 트릭바손(Olav I. Tryggvason : 968~1000). 노르웨이의 왕.

새로운 모티브를 처음 가져왔던 것은 발흥을 시작한 기독교였다. 기독교는 한 대표인물의 필기아 무리들을 두 개의 파당으로 나누는데, 이들은 기독교인의 영혼을 둘러싸고 선과 악의 영이 쟁패를 벌이듯이 그들의 피보호자를 서로 차지하려고 투쟁을 벌인다. 아이슬란드 티드란디(Thidrandi)는 달 밝은 밤에 자기 부친의 집 대문 앞에서 검은 옷을 입은 9명의 디시르가 칼을 빼들고 북쪽에서 말을 타고 오고, 또 다른 하얀 옷의 9명이 남쪽에서 오는 광경을 보았다. 티드란디는 이들로부터 치명적인 부상을 당했다. 이들은 이 가문을 지키는 토착신앙의 필기아들이었고, 이 가문이 개종하려고 하자 제물, 즉 디사블로트(Dísablót, 76쪽 참조)를 요구했던 것이었다. 하얀 옷의 9명은 기독교 수호천사였다. 그 일이 있은 후 최초의 선교사 탕그브란드(Thangbrand)가 섬에 착륙하였고, 티드란디의 부친은 수호천사 미카엘이 그들의 필기아 천사가 되어준다는 약속을 받고 자기 "고향 사람들"과 함께 세례를 받았다. 이렇게 해서 평화로운 방식으로 옛 신앙은 새로운 신앙으로 대체되었다. 독일의 경우 이와 비슷한 신앙의 흔적들은 아주 약하게 존재한다. 부르스텐(Wursten) 지방[43]의 프리슬란트인이 망일(亡日)을 "수행(修行)의 지붕(*Folgedach*)[44]"이라고 불렀는데, 이 명칭이 신앙의 흔적인지는 그렇게 확실하지 않다.

이에 반해서 또 다른 영혼의 개념인 그림자(①권 148쪽 참조)라는 말에서 남부 게르만인들이나 신(新)그리스인들에게서도 발견되는 비슷한 개념이 발전되어 나왔다. 신그리스인들은 개인 수호정령을 이스키오스(Iskios),[45] 즉 그림자라고 불렀다. 노르웨이인들은 집에 온

43) 유럽 북해 연안의 제란트(Seeland) 일부로 맨 동쪽 지역을 가리킨다.

44) **[원주]** Folgedach: Paul-Braune, Beitr. 16, 559.

45) **[원주]** Iskios: B. Schmidt, Neugriech. Volksleben 181.

손님들과 헤어지면 문을 두 번 열었는데, 이는 손님들의 수호정령 '푈기에'(Fölgie)가 뒤따라갈 수 있도록 한 것이었다. 이때 그들은 문을 닫으면 한순간 이 푈기에가 문틈에 끼어 있다고 생각했는지도 모른다. 그림자는 또 다른 자아처럼 태양과 달이 가는 길을 비치고 불과 빛이 길을 밝게 하는 곳이면 어디든지 사람을 따라간다. 그런 점 때문에 그림자는 죽음에 임박해서 또는 죽음의 순간에 그림자로서 사람을 벗어나거나 그림자 같은 작은 동물 모양으로 훌쩍 떠나가는 영혼과 아주 비슷하다.

그래서 고대 시대에 영혼 현상이나 수호정령 현상과 죽음의 사고가 연계되었듯이 오늘날도 여전히 그림자 현상과 죽음의 사고가 연계되어 있다. 바이에른에서는 성탄절 저녁 자신의 그림자[46]가 두 개가 된 것을 본 사람은, 다시 말해 자신의 원래 그림자에 그림자 형상의 수호정령이 겹쳐지는 것을 본 사람은 그날 밤 반드시 죽는다고 믿었다.

성탄절 저녁에 헬기의 수호정령도 그를 떠났었는데(68쪽 참조), 독일 다른 곳에서는 이런 중요한 시기에 머리가 없는 그림자를 갖거나 그림자가 전혀 없는 사람에게는 죽음이 가까이 다가왔다고 믿었다. 이때 수호정령은 서서히 사라지거나 아니면 나타났다가 없어져 버린다. 스웨덴에서 그해 안에 죽게 되어 있는 사람은 율 축제 기간에 겹 그림자나 머리 없는 그림자와 함께 율 식탁에 함께 앉게 된다.

그림자 현상과 비슷한 것은 독일의 '복제인간'(*Doppelgänger*)[47] 현상이다. 이 복제인간 현상도 죽음을 예고하는 것으로 믿었는데, 여타 게르만인들의 지역에서도 잘 알려져 있었고, 페로 제도에서는 이것을

---

46) [원주] Weihnachtsschatten: Wuttke, Deutscher Volksaberglaube § 314.
Weihnachtsschatten: Wuttke, Deutscher Volksaberglaube § 314.

47) [원주] Doppelgänger: Wuttke D. V. § 322.

'다른 형상으로 들어간다'는 의미의 '함페르드'(Hamferd) 라고 불렀다. 복제인간이나 함페르드의 작용은 모두 동일했다.

자주 호전성을 띤 수호정령들은 고대 독일의 '이디시'나 '디시르'라고 불리기도 했던 북구의 '발키뤼르'(Valkyrjur) 같은 새로운 여성 반신 그룹과 가까워진다(47쪽 참조). 발키뤼르, 또는 앙겔작센어로 '밸키리겐'(Välcyrigen) 이라고도 하는 이 호전적인 수호정령은 전장에서 사망한 용사들, 즉 발(Wal) 을 선발하는 일을 한다. 이 용사들 내부에서는 게르만인들 특유의 격렬한 전투욕구가 숨을 쉬고 있고 이 욕구는 천년마다 이뤄지는 정복원정이 있을 때 남자들뿐만 아니라 많은 여성들까지 휩싸이게 될 욕구이다.

게르만인들은 일찍이 독일 동북부 평야지대로 진출했었는데, 통게른(Tongern) 48) 에 있는 로마인 비문이 전하는 바에 따르면 그 당시로부터 이미 전쟁여신인 '비한자'(Vihansa) 가 존재하고 있었으며, 이 여신에게 방패나 창을 봉헌했다. 비슷한 여신으로 쾰른 지역의 '하리아사'(Hariasa), 하드리아누스 장벽에서 게르만인들이 경배를 바친 여신으로 확실한 군대여신들인 '하리멜라'(Harimella) 등이 있었다.

타키투스는 프리슬란트인들이 경배하는 '바두헨나'(Baduhenna) 여신 임원(林苑, *Hain*) 의 존재를 기록하고 있는데, 이 임원은 서기 28년 모반을 일으킨 프리슬란트인들이 9백 명의 로마인들을 살해한 곳이었다. 바두(Badu) 라는 단어는 전투라는 뜻이었다.

호전적인 여성49) 의 이름으로 예컨대 '브룬힐트'(갑옷 입은 여전사) 와

---

48) 벨기에 중동부 독일 접경지역에 위치한 가장 오래된 고대 도시이다(B.C. 15세기).

49) **[원주]** Kampfweiber, Schildmädchen, Walküren: Müllenhoff, D. Altertumsk. 4, 205. Golther in d. Abhandl. d. bayr. Akad. 1888. 18, 2, 401. Olrik, Sakses Oldhistorie 1, 52.

'헬름군드'(Helmgund, 투구를 쓴 여전사)가 있는데, 이 이름들은 내용 없는 상상의 이름이라기보다는 거센 남자들의 전쟁에서 그렇게 무장한 여인들이 모범으로 삼아 따르려 노력했던 내세적인 여성 이상형을 나타내는 말이었다. 타키투스는 독일 여성들이 노동이나 위험에서 남편의 동지였으며 평화 시나 전시에 모두 마찬가지로 남편과 똑같이 견디고 어떤 일도 무릅썼다고 적고 있다. 여인들이 흔들리거나 도망가는 남편들의 전열을 다시 일으켜 세우는 일도 일어났다. 후기 황제 시대 때의 로마인들은 고트족 포로의 무리에서 걸어 나오거나 마르코만넨(Markomannen)족이나 크바덴(Quaden)족[50]의 전사자 중에 섞여 있는 남자들처럼 무장을 갖춘 여인들을 보고 엄청나게 놀라워했다. 게르만 여인들의 이런 호전성은 북구에서는 민족이동 시기를 넘어서도 이어졌다. 8세기와 9세기에 노르웨이와 덴마크 처녀들은 방패를 든 처녀용사로서 바이킹족과 더불어 작센과 이렌 지역을 공격하는 전열에 참가했다.

전선(戰船)의 이름은 여인의 이름을 따서 불렸다. 얼마 전에 후기 빙하시대의 큰 봉분이 열렸는데, 그 안에는 완전무장을 한 여인이 누워 있었고, 불에 탄 배 안에는 말도 함께 들어 있었다. 유명한 브라발라(Bravalla) 전투[51]에는 3명의 방패든 처녀들이 지휘하는 낯선 3개의 부대가 참가했었는데, 이때 라트게르타(Lathgertha)[52]는 머리를 물결

50) 엘베 강이 흐르는 독일 지역에 포진했던 게르만 부족 수에브족의 일원이었던 씨족이다. 크바덴족 역시 규모는 작지만 비슷한 씨족이었다.

51) 북구 전설에 의하면 8세기경 스웨덴의 외스트괴틀란트(Östgöt land)에서 벌어졌다는 대전투를 가리킨다.

52) 삭소 그라마티쿠스에 따르면, 9세기 북유럽 바이킹 잉링거 가문의 영웅이자 덴마크와 스웨덴 왕이었던 라그나 로드브록(Ragnar Lodbrok, 845년 사망 추정)의 세 아내 중 첫 번째 아내로서 뛰어난 전투력과 긴 머리가 특징으로

치듯 흩날리며 전위대에 끼여 전투를 수행했다.

고대 북구 전설이 묘사하는 게르만 여인들은 오만하고 권력지향적이며 심지어 왕좌까지 노린다. 덴마크 민중가요에서 여인이 무기를 들고 형제와 신랑을 풀어주며 자신의 명예를 지킬 뿐만 아니라 나이 먹은 아버지를 대신해 싸우기도 하며, 아버지의 죽음을 복수하려 갑옷을 입고 출정한다. 1500년경에는 디트마르셴(Dithmarschen) 지방의 여인[53]들이 헤밍슈테드(Hemmingsted) 전투[54]에 모여들었으며, 1516년에는 방패를 든 처녀들을 중심으로 그런 일이 이뤄졌다.

분노하여 완전무장을 갖춘 폭풍의 리제 스카디를 생각했듯이(26쪽 참조), 이런 여성 영웅들의 모습은 폭풍이나 음침하고 번개가 치는 날씨현상에서 발견되었다. 북구 시인들은 전쟁을 무기와 창 그리고 방패가 만든 날씨로 바꿔 표현했다. 더 정확히 말하자면 발퀴레 무리가 일으키는 바람소리나 소나기, 폭풍 그리고 바람 등으로 바꿔 표현했다.

이미 발퀴렌 이름들인 스쾨굴(Skögul)이나 괸둘(Göndul)은 다름 아닌 구름 띠나 구름 공의 이름이었을 것이며, 흐리스트(Hrist)나 미스트(Mist)라는 이름도 폭풍이나 안개구름을 뜻했다. 발퀴레 지그드리파(Sigrdrifa)는 승리를 구가하는 눈 폭풍이다. 이 지그드리파가 목 갑옷을 입은 채 타오르는 불꽃인 바버로헤(Waberlohe)[55]에 둘러싸여 잠에 빠져 있다. 다른 발퀴레들은 번쩍이는 번갯불 속에 갈기에서 풍

전해진다.

53) 독일 가장 북쪽에 위치한 주인 슐레스비히-홀슈타인 주의 서해안 지역이다.

54) 1500년 2월 17일에 벌어졌던 이 전투에서 이 지역 농민들로 구성된 군대가 덴마크 왕이 통솔한 대규모의 침공을 무너뜨렸다.

55) 북구 신화에서 성을 외부로부터 보호하는 타오르는 불꽃이다.

요의 이슬과 우박을 흩뿌리는 말을 타고 대지와 바다 위를 질주한다.

군(Gunnr)과 궨둘은 올덴부르크의 발리데르스케(①권 288쪽 참조)와 흡사하게 "노를 젓는데", 그렇게 해서 혈우(血雨)가 내린다. 그렇게 되면 전사들은 이런 혈우가 내리는 것을 기뻐하는데, 그것은 트로이아 앞의 그리스군처럼 이들도 이런 혈우가 잔혹한 전투의 전조라고 믿기 때문이다. 그래서 날씨 여인들은 점점 더 전장의 여인들로 변하고, 이름이 여전사 '군'과 여전사 '힐드' 등으로 불린다.

이런 전장의 여인들은 또 엘프의 영역에서 그렇듯이, 산중 여인으로 옮아가서, 전쟁을 조절하고 혼란의 와중에서 보이지 않게 자리하며 자기 친구들을 몰래 도와준다. 또 이들은 발더의 적인 덴마크의 호터(Hother)[56]에게 단단한 목 갑옷과 승리의 혁대를 선사한다. 삭소는 밤에 말을 타고 나가 영웅을 만나 행동하도록 부추기는 이런 처녀의 대담함에 거듭 놀라워했다.

전쟁이 나면 발퀴레 무리나 디시르는 독수리나 까마귀, 탐욕스러운 식인 새들의 펄럭임에 둘러싸여 9명이나 27명 또는 36명이 무장해 말을 타고 내려왔다. 고대 북구 승리의 처녀 '지그메이야르'(Sigrmeyjar)나 앙겔작센 승리의 여인 '지게비프'(Sigevif)는 전쟁과 승리를 관장하고 용병술을 구사하며 전사들 속으로 뛰어 들어가 군용 족쇄인 "헤르피외트"(Herfjötr)로 적의 다리를 마비시켜 사살하고, 자기의 피보호자를 도와주며 살아 있거나 죽었거나 그들에게 입을 맞추고 껴안아 준다. 이것은 구름으로 뒤덮인 북구 하늘 아래서 펼쳐지는 얼마나 야성적인 전쟁놀이인가!

어떤 사람이 포로 상태에서 벗어나려고 던진, 천 년 이상 묵은 한

56) **[원주]** Hothers Waldfrauen: Saxo Gramm. 3, 112.

마법의 주문은 위와 비슷한 독일적 이미지를 암시하고 있다.

"옛날 옛적에 이디시가 앉았네, 이리저리 앉았네.
어떤 사람들은 감옥을 지키고, 어떤 사람들은 군대를 막네.
어떤 사람들은 주위의 족쇄를 뜯어내고
포박을 벗어나 적군으로부터 도망가네."

전쟁 여인들은 세 곳에 세 무더기로 포진한다. 제 1진은 아군 뒤편에서 포로로 잡힌 적군을 포박하고, 제 2진은 적을 향해 몸을 던지고, 제 3진은 대열 뒤에서 포로들의 포박을 마법의 주술로 풀어주어 자유롭게 한다. 어떤 발퀴레의 이름은 '흘룍'(Hlöck, 사슬)이고 또 어떤 발퀴레의 이름은 '헤르피외트'(Herfjötr, 군용 족쇄)였다는 데서 발퀴레들이 위와 같이 행동했다는 것을 알 수 있다. 이 전쟁 여인에게 바치는 앙겔작센의 전쟁기도는 포괄적인 뜻을 담고 있다. 이 기조는 나중에 붕붕거리며 몰려다니는 벌떼에게 전용되었다.

"승리의 여인들이여 앉으오.
여기 이 땅으로 내려오구려,
숲 속으로 날아오지 않으려오!
모든 사람이 양식과 고향을 생각하듯
내 행운도 생각해 주오."

사람들은 디시르에게 제사를 올렸다. 그것도 디사르 홀(Disarhalle)에서 올렸는데 예컨대 웁살라(Uppsala)[57]에 있는 사원 마당들이 바로 그

57) 스웨덴의 4번째 거대도시. 1477년 스칸디나비아에서 두 번째로 대학이 세워진 전통의 도시이다.

런 장소였다.

전사(戰士)들이 그들의 전쟁수호 정령과 맺는 관계는 남부지역보다 북구 지역의 그것이 훨씬 더 내밀하고 격정적이었다. 특히 바이킹시대에 그랬다. 몇몇 발퀴레는 여인이 연인을 보호하듯이 그렇게 전장에서 자기의 피보호자들 머리 위를 떠다니면서 보호한다. 그러나 그들의 노력도 항상 충분한 것은 아니어서, 헬기는 자신의 수호 발퀴레 카라(Kara)가 도와주었음에도 결국 살해당한다. 영웅들이 "발"(Valr)이 되어 땅에 쓰러지면 발퀴레들은 이들을 전장에서 들어 올려 하늘에 있는 전사들의 고향인 발할라로 이끌어간다. 그런 다음 이 발퀴레들은 전쟁의 주관자이고 발할의 왕인 '오딘의 시녀'(Odinsmädchen)가 되며 군대 신인 디시르의 시녀 '헤르얀스'(Herjans)가 된다. 오딘은 발퀴레들을 전쟁터에 내려 보내 전사들을 선별하고 주워 모으며 그들에게 "이제 추종자들이 늘어나는군요"라는 환호의 외침을 전하게 한다.58)

다른 발퀴레들은 발할라에 새로이 들어오는 전사들을 맞아들이며 메트와 포도주를 부어 주었다. 이런 오스크메이야르(Oskmeyar, 소망의 처녀들)는 죽어가는 바이킹 전사 주변을 맴돌면서 보살펴 주었는데 이 얼마나 사랑스러웠을 것인가! 오딘의 말에 순종치 않는 발퀴레는 발할에서 쫓겨났다. 예컨대 지그드리파는 오딘의 뜻을 거슬러 자신의 애인인 아그나르(Agnar)에게 승리를 선사했던 죄 때문에 오딘은 이 발퀴레를 가시로 찔러 깊은 잠 속에 빠뜨려 버렸다. 이 지그드리파 발퀴레는 지구르트(Sigurdr) 덕분에 잠에서 깨어나자 그에게 매우 쓸모 있는 루네 문자를 가르쳐 준다. 아이슬란드의 부호 올라프

58) **[원주]** 발퀴레의 노래는 〈니알 전설〉 c. 157에 실려 있다.

파우(파) 〔Olaf Pfau(Pá)〕의 저택에 있는 9개의 홀에서 오딘이 자기 여동생 리트(Ritt)를 타고 발더의 주검을 불태우는 장소로 달려가는 모습을 담은 그림들을 볼 수 있었다.

창(槍)의 여신이랄 수 있는 성녀 '게르트루드'(Gertrud)는 그 이름이 발퀴레 이름 같은데, 그녀의 전설에 따르면 이 성녀는 자기를 경배하는 기사 앞에 양치기 지팡이를 들고 나타나 포도주 주발을 건네기도 하고 또 기사의 말 뒤에 앉아 기사를 하늘나라로 구하기도 한다. 이런 전설은 약해지고 기독교화된 발퀴레의 잔향(殘響)인가? 게르트루드는 망자들을 죽은 그 다음날에 잠재운다. 그리고 이 망자들이 두 번째 날 천사장에게로 가며 그 다음날 비로소 하나님의 군대로 나가게 된다. 그림으로 그려진 게르트루드 형상은 실을 잣는 여인이며, 그녀의 치마, 옷, 머리 위로 우리가 잘 아는 영혼의 짐승들인 쥐와 들쥐들이 다닌다.

게르트루드는 운명의 실을 잣고 있었던 것일까? 하지만 고대 북구 발퀴레는 실을 잣는 여인이 아닌 천을 짜는 여인의 모습으로 나타나기도 했는데, 아일랜드의 클론타르프(Clontarf)[59]에서는 1014년 아일랜드인들과 북구인들이 치른 전투가 있기 전 무서운 내용이 담긴 천을 짜는 일에 몰두하는 여인들의 모습이 나타나기도 했다. 천 표면에는 사람의 머리들이 추로 매달려 있었고, 사람의 내장은 표시 종이와 씨줄로, 칼은 실패로, 화살은 빗으로 걸려 있었다. 그리고 계속 반복해서 다음과 같은 후렴구가 노래로 울려 퍼졌다.

"창(槍)으로 짠 천을 돌린다, 돌린다!"

---

59) 아일랜드 수도인 더블린의 한 구역으로, 더블린 항 북쪽에 위치한다.

마침내 그들은 피에 젖은 천을 찢고 말에 올라타서 6명은 남쪽으로, 나머지 6명은 북쪽으로 달려간다. 이 전쟁에서 발퀴레가 보호하는 북구인들이 승리를 거두었다. 기독교 신자였던 노르웨이 강건(强健) 왕 하랄드 하르드라데(Harald Hardrade)[60]는 자신의 생명을 내어놓아야만 했던 1066년 스탬포드(Stamford) 전투[61]가 임박해 전쟁터를 떠다니면서 자신에게 전쟁기법을 가르쳐주었던 발퀴렌을 찬양하는 노래를 불렀다.

이런 발퀴렌과 정반대인 조용한 삶을 산 발퀴레의 사랑스러운 모습을 《에다》 중의 한 가사인 〈빌란트 노래〉(①권 281쪽 참조)가 이렇게 전한다. '알비트'(Alvitr), '스반비트'(Svanhvit), '욀룬'(Ölrun)이라는 세 발퀴레가 높고 광대한 슈바르츠발트 산맥[62]의 남단에서부터 전쟁의 도구를 만드는 일을 피해 바닷가로 날아왔다. 그리고 값비싼 아마포를 짜면서 지냈다. 그들이 입고 온 백조의 옷이 곁에 놓여 있었다. 그러다가 이 발퀴레들은 빌란트와 그 형제들에게 잡히고 말았다. 이들은 7년 동안을 빌란트 형제들과 함께 살아야만 했지만 8년째 되는 그해엔 내내 향수에 젖어들었고 9년째 되는 해에 다시 전쟁터를 찾아 그곳을 날아 떠나갔다. 빌란트의 두 동생은 이 발퀴레를 찾아 떠났는데, 한 동생은 동쪽으로, 다른 한 동생은 남쪽으로 찾아 나섰다. 그러나 빌란트 자신은 뒤에 홀로 남아서 볼프스탈(Wolfstal)의 깊은 곳에서 그의 밝은 아내를 기다리며 금과 보석을 다듬어 값비싼 장신구

---

60) 노르웨이 왕(1047~1066년 재위)으로 하랄드 3세라고도 한다.

61) 영국의 요크셔(Yorkshire) 부근의 소도시. 여기에서 노르웨이 왕 하랄드 하르드라데와 영국 왕 하랄드 2세 사이의 전투가 벌어졌다. 하랄드 하르드라데는 전사했고, 이 전투로 노르웨이의 영국에 대한 압박이 종결되었다.

62) 독일 남서부 끝자락에 자리 잡고 있는 독일최대의 산맥. 바덴 뷔템베르크 주에 위치한다.

로 만들었다.

순수한 발퀴레의 이름을 또 다른 백조 여인들도 지녔다. 〈니벨룽겐의 노래〉에 나오는 "현명한 바다의 여인들"인 '하드부르크'(Hadburg)와 '지글린트'(Siglint)가 그들이다. 이 두 백조 여인이 아름다운 샘에서 몸을 식힐 때 심성이 못된 하겐(Hagen)이 이들의 하얀 옷을 훔쳐 숨겨 버렸다. 그러자 그중의 한 여인이 옷을 되찾으려고 부르군드족에게 에첼(Etzel)[63]의 땅에서 큰 영예를 얻게 하겠다고 예언했다. 하겐이 옷을 돌려주자, 다른 백조 여인들은 "내 자매가 너를 속인 것이야. 너희들은 모두 죽음을 손에 쥔 것이야"라고 경고했다.

니벨룽겐 전설에서 브룬힐트는 여성 영웅으로 변해 있고, 하늘과 공중에서 살지 않으며 지상으로 내려와 웅대하지만 힘든 운명을 살아간다. 그녀는 창던지기, 바위 던지기, 뜀뛰기, 씨름 등에서 지그프리트를 제외한 그 어느 누구에게도 지지 않는다. 그러나 북구 전설에서 이 브룬힐트는 자신 주변에 출신의 위상을 나타내는 신성한 불꽃인 바버로헤를 피워 올리며, 오직 지그프리트만이 말을 탄 채 이 불꽃을 지나간다.

북구의 발퀴레는 운명의 여인들과 닿는 부분이 많다. 이들 운명의 여인들도 결정적인 예언을 하고 실도 잣고 직물도 짜기 때문이다. 또 수호여인(Folgefrauen)들과도 일치점이 있다. 이들이 하늘을 떠다니며 자기들이 아끼는 영웅들을 보호한다는 점이 그렇다.

이 수호여인들 중 9명은 헬기가 태어난 뒤 말을 타고 달려온다. 그중에 가장 강력한 여인인 스바바(Svava)가 헬기에게 성자의 이름을

63) 니벨룽겐 서사시에 등장하는 훈족 왕(434~444/45년 재위)이며 크림힐트의 두 번째 남편인 아틸라(Attila)를 가리킨다. 아틸라의 나라는 지금의 헝가리 지역에 잠시 존재했었다.

부여한다. 이 성자는 신들의 보호를 통해 절대로 상해를 입지 않는 그런 성자이다.

이 그룹의 여성권력은 단순히 자연현상으로 설명할 순 없다. 이 그룹의 힘은 풍부한 예감능력, 감정의 공유능력, 협동능력, 강한 투쟁력 등 고대 게르만족 여성이 지녔던 고유 특성을 수혈받았기 때문이다. 발퀴레의 특징을 지닌 여성 리제로는 할레이기(Háleygi) 또는 횔기(Hölgi)의 신부였던 '토르게르드 횔가브루드'(Thórgerđr Hölgabrúđr)와 '이르파'(Irpa)가 있다. 앞의 여성 리제는 노르웨이 할로갈란트(Halogaland)[64]의 이알 하콘[65] 왕의 수호정령이었다.

아이슬란드에서 나중에 이들을 위한 사원이 봉헌되기도 했지만, 그림켈(Grimkell)[66] 대주교는 이 여성 리제가 자신에게 유리한 예언을 하지 않은 것에 분노해 모든 신상들을 포함한 전 사원을 불태웠다. 그날 밤 그림켈은 죽음을 맞이했다. 토르게르드의 신상은 팔에 금팔찌를 두르고 손은 안으로 약간 굽었는데, 여성 리제가 허락을 하지 않았는데도 어떤 남성이 손을 잡으려 해서 뿌리쳤기 때문이었다. 그러자 그 남자는 바닥에 무릎을 꿇고 여성 리제의 발에 많은 돈을 놓았다. 그리고 그 남자가 다시 그 팔찌를 잡자 여성 리제는 팔찌를 풀었다.

노르웨이의 사원에는 3개의 신상이 서 있었는데, 토르와 팔찌 장

---

64) 노르웨이 북쪽 지역. 이 지역에는 1천 5백 개의 섬들이 포함된다. 이 지역에는 기독교화 이전에 독자적인 왕국이 존재했었다.

65) 이알 하콘(Iarl Hakon: 937~995). 975년부터 995년까지 노르웨이를 통치했던 왕이다.

66) 1015년부터 1031년까지 노르웨이 니다로스(Nidaros)에서 활동했던 대주교. 니다로스는 현재 오슬로와 베르겐에 이은 노르웨이의 3번째 대도시로 인구 17만 4천 명을 지닌 트론드헤임이다.

식을 한 토르게르드 그리고 이르파의 신상이 그것들이었다. 전투 중에 이들은 아주 적극적인 발퀴레들처럼 각 팔로부터 우박, 폭풍, 화살을 자기가 보호하는 피보호자들의 적에게 날려 보냈다. 긴박한 상황에서 노르웨이 왕 하콘은 이들 여성 리제들에게 자신의 아들을 제물로 바치기도 했다.

반신의 위치에까지 이른 또 다른 둘의 여성 리제로는 '멩글뢰드'(Menglöđ, '기쁨의 목띠를 두른 여인')와 게르드(Gerđr, '유폐된 여인')가 있다. 이 둘은 봄철 악천후 중에 있는 음침한 구름감옥에서부터 해방된 화창한 여름 구름 여인들이다. 멩글뢰드는 인도 구름처럼 무지개로 만든 기쁨의 목띠를 한 여성 리제로 여덟 겨울(달)을 갇혀 있었던 처지였는데, 이들을 자유롭게 한 것은 바로 스비프닥이었다. 그는 순간적으로 대상을 포착하는 눈길이면서 대낮처럼 주위를 밝히는 번개인 스비프(svip)처럼, 징계의 회초리인 레바테인(Laevateinn)을 휘둘러서 멩글뢰드를 자유롭게 했다. 이 영웅 스비프닥은 스칸디나비아 민중가요 안에 스베이달(Sveidal)이라는 형상으로 계속 살아남아 있다.

빛나는 팔을 가진 게르드는 흐림투르사(HrimÞursar)[67] 로부터 영원히 유폐시키겠다는 위협을 당했는데, 프레이 아니면 그를 대신한 프레이의 하인이며 화창한 날씨를 만드는 스키르니르가 저절로 움직이는 프레이의 칼을 휘둘러 이 게르드를 구해 주었다. 이때의 칼 이름은 마법의 회초리라는 뜻의 감반테인(Gambanteinn)이며 레바테인처럼 번개를 뜻하기도 한다. 이 두 여성 리제가 사는 홀은 브룬힐트의 거소(居所)처럼, 날씨를 밝히는 불인 바버로헤로 둘러싸여 있고 여러

67) 흐림트루제(Hrimthurse)라고도 하며 서리와 이슬의 리제이다.

마리의 개와 파수꾼 하나가 지킨다. 이런 북구 신화는 하얀색을 띤 궁중 여인이나 산성 여인들을 구원하는 독일 전설과 매우 비슷하다.

마지막으로 쌍둥이 승전(勝戰)의 여신인 알레시아가 베다와 알레시아가 핌밀레나[68]에 대해 언급할 필요가 있다. 이 두 리제와 마르스 팅수스(Mar Thingsus)[69]를 위해 3세기경 로마군과 트벤테(Twenthe) 출신의 프리슬란트인들이 하드리아누스 장벽에 두 개의 제단을 봉헌했다. 한 제단은 제사 용기(容器)의 형상을, 다른 제단은 화환과 종려나무 가지를 가진 여인 형상만을 보여줄 뿐이다. 쌍둥이 여신족의 하나는 보이지 않는다. 마르스 팅수스 안에는 로마식 형식과 게르만적 내용이 통합을 이루는데, 그런 것처럼 쌍둥이 여신도 로마 승리의 여신 빅토리아의 자리에 들어섰는지도 모른다. 이 여신들은 그들을 섬기는 사람들이나 이름으로 판단할 때 분명히 독일적 형상이다. 그들의 전체 이름은 설명할 수 없고 두 개의 개별 이름도 확실히 해석이 안 된다. 그러나 베다라는 이름은 프리슬란트의 시칭어(時稱語)인 '베다'에서 유래한 듯한데, 이 단어 안에는 '청하다'와 '명하다'의 뜻이 함께 들어 있으며, 이 베다로부터 독일 유명 여신의 이름이 생성되기도 했다(53쪽 참조). 핌밀레나는 유동성을 띤 형상들을 지칭하는 이름일 것이다. 이들은 그들이 지원하는 주신에 의거해 판단해 볼 때 '팅'의 여신들, 다시 말해서 정의와 전쟁의 여신들이라고 할 수 있다.[70]

자연력이 변하여 상위 데몬으로 승급하는 경우는 로키와 미미르

---

68) 알레시아가(Alaesiaga)에 대해서는 ①권 43쪽과 이 책 184쪽에 있다.

69) [원주] 마르스 팅수스는 게르만 신화에 나오는 용감한 무력의 신인 티르의 별칭이다.

70) 남부 독일의 세 운명의 여신인 아인베트, 빌베트, 베르베트의 이름은 '비디아'(*Bidja*)에서 유래한 것이다. 52~53쪽 참조.

(Mimir)의 경우에는 그 절정에 도달한다. 그중에서 로키는 지금까지 거의 주목받지 못했던 불을 의인화한 것이고 미미르는 그 이전에 있었던 물의 데몬보다 더 정신적으로 고양된 데몬이 된 것이다.

로키[71]는 폭력적인 하늘의 불, 날씨의 빛이긴 했지만 다른 날씨를 좌우하는 힘들을 돕는 조력의 위치에 있었으며, 하위의 가정정령처럼 집구석에 밀려 있던 아궁이 불이었다. 이 때문에 로키는 온전한 신이 되지는 못했으며, 신들의 곁에서 신들의 운명에 아주 깊게 개입했지만 자주 신하적인 위치에서 그렇게 했다. 그러나 독자적 제식을 통해 훨씬 존경받는 인도게르만 불의 신들, 예컨대 인도 불의 신 아그니(Agni), 그리스 불의 신 헤파이스토스, 로마 불의 신 불카누스 등도 로키의 그런 위치를 차지했다. 로키는 이런 신들과 비슷하지만, 아궁이 여신인 헤스티아(Hestia)나 베스타(Vesta)와는 거의 공통점이 없다. 게르만인들이 태양과 달 외에 불칸을 숭배했다는 카이사르의 언급은 전혀 신뢰성이 없다(①권 24쪽 참조).

이런 특별한 중간적 존재는 그러나 신으로 불리고 있으며 《에다》에 나온 3, 4개의 신들 목록에 함께 거명되어 헤아려진다. 그러나 로키는 여타 신들과는 달리 하늘에 거처가 없다. 〈로카세나〉에 따르면, 주신이 그런 끔찍한 자식들을 신의 반열에 끼게 한 것은 기적일 수도 있다. 그래서 로키는 리제나 엘프 또는 츠베르크로 불리기도 하며 심지어는 비히트라고 욕을 먹기도 한다. 어떨 때는 신들의 친구가 되고 또 적이 되기도 하며 신을 모함하는 일도 하고, 신들의 치욕이 되기도 한다.

예컨대 로키는 청춘의 여신 이둔을 처음에 신들로부터 훔쳐서 리제

---

71) [원주] Loki: Weinhold in d. ZfdA. 7, 1. C. Meyer, Loki u. sein Mythenkreis 1880. Kock in d. Indogerm. Forschungen 10, 90.

에게 데려갔다가, 나중에는 다시 리제로부터 훔쳐 신들에게 데려온다. 외모로는 아름답지만 생각은 악독하다. 또 엘프처럼 마법을 부려 크고 작은 짐승들로 변신하는 데 능하여 말, 암소, 연어, 파리, 벼룩 그리고 아주 즐겨 여인으로 변신하고 심지어는 마녀(헥세) 퇴크(Thökk)로도 변한다. 그는 또 엘프들로 하여금 신들에게 바칠 선물 장식품을 만들게 한다. 이 로키의 혈통은 리제 집안이며 거짓말과 간지(奸智)에서 타의 추종을 불허한다. 모든 생명체를 미워하며 심지어 신들까지 증오한다.

로키라는 이름은 '화염'을 뜻하는 (불)로기〔(V)logi〕와 일치하며 로마의 불카누스와 동일한 뿌리에서 나오는 듯하다. 로키의 또 다른 이름으로는 로프트(Loptr)가 있다. 이 이름은 바이에른 어휘인 로프테른(Loftern, 불타오르다)과 친족관계이며, 로프트란 이름은 로키가 불의 신임을 나타낸다. 로키의 아버지는 '파르바우티'(Fárbauti) 리제로 위험한 몽둥이, 즉 번개이고 어머니는 '라우페이'(Laufey) 혹은 '나알'(Nál)로 마른 잎이나 마른 솔로, 불을 피우거나 불을 북돋우는 소재들이다. 로키 형제의 이름은 '빌레이프트'(Byleiptr)이며 이 이름에는 번개를 뜻하는 레이프트(leiptr)라는 의미가 숨겨져 있다. 또 다른 형제 이름은 '헬블린디'(Helblindi)로 이 이름은 지옥과도 같은 음침하고 어두컴컴한 악천후 날씨를 나타낸다. 로키의 아내인 지긴과 '앙그로보다'(Angrboda) 그리고 그의 아들은 설명하기가 쉽지 않다. 이 이름들은 아마도 부분적으로 이방의 예를 본뜬 것으로 추정된다.

로키는 하늘의 화염이고, 여름철의 후덥지근함이며 열을 받아 떨리는 대기, 더 나아가서는 아궁이 불 그리고 마지막으로는 화산 같은 대지의 불이다. 로키는 움직이고 파괴적인 불이다. 날씨가 수평선에서 으스스하게 빛을 발하며 일어나면 로키는 큰 소리로 웃는다.

티롤 지방에서 비나 천둥이 없이 맨 하늘에 번개가 칠 때 이를 화구(火口) 곁에서 일어나는 "날씨웃음"72) 이라고 표현했는데, 이때 그 이전처럼 날씨의 주검이나 날씨의 놀이라고 생각하지는 않았다. 로키는 어두컴컴한 폭풍의 구름인 스카디를 웃게 만들려고 자기에게 매어 있는 암염소를 갖고 우스꽝스러운 짓을 벌이곤 했는데, 이런 소극은 그런 웃음을 자아내는 놀이와 흡사했다. 로키는 또 스카디나 토르의 아내 지프(Sif)와 바람을 피우기도 하고 지프의 머리카락을 잘라내기도 했다. 기적의 비행신발을 신고 하늘과 바다를 누비고 다녔다. 〈뵐루스파〉의 묘사에 따르면 사람을 짓누르는 후덥지근한 날씨는 로키가 대기에 독을 뿌렸기 때문이다.

메클렌부르크에서는 "불꽃이 일어나고 공기가 흔들리면, 악마가 들판의 제 양 떼를 지키고 있구나"73) 라고 말하고, 덴마크에서는 더 고대풍으로 "로키가 제 암염소를 내어 쫓는다"라고 말하며, 신아이슬란드인들은 "로키가 밭 위를 달린다"고 말했다. 유틀란트에서는 "로키가 귀리 씨를 뿌린다"라고 말했는데, 이때 귀리는 동물들에게 해를 끼치는 풀이었다. 덴마크와 노르웨이에서는 아궁이의 불이 빠지직하는 소리를 내면 그것은 로키가 제 자식에게 매를 때리는 것으로 여겼다. 독일에서는 아궁이 불이 펑하는 소리를 내는 것은 분쟁이 일어날 것을 예시하는 것으로 생각했다. 그리스에서는 불타는 소리를 아궁이 여신 헤스티아와 불의 신 헤파이스토스의 웃음소리로 여겼다. 화를 내는 로키를 달래는 방법은 끓인 우유의 점막인 "모피"를 화염 속에 던져 넣는 것이라고들 생각했다. — 〈뵐루스파〉에 로키가 솥의 숲,

72) [원주] Es "wetterlacht" ist volksetymologisch entstellt aus es, wetterleicht ZdV. f. Volksk. 2, 191. Roscher Mythol. Lex. 1, 2608.

73) [원주] De Duwel hoddt sin Schap: ZdV. f. Volksk. 5, 436.

즉 용출 샘 아래, 그러니까 아이슬란드 게이시르(*Geysir*)[74] 아래 누워 있다고 밝히는 대목이 있다. 이런 화산과 로키에 대한 신화는 상대적으로 나중의 신화인 것처럼 보인다. 로키가 묶인 밧줄을 흔들면 땅이 흔들린다고 했다.

9세기에 아이슬란드의 식민화가 이뤄졌는데, 이때가 되어서야 비로소 게르만인들은 지진과 화산에 대해서 알게 되었다. 이때는 바로 서로 유사관계에 있는 존재, 즉 티폰(Typhon)과 루치퍼에 대한 고대적 기독교적 관념이 북구인들의 의식 안에 들어선 시기였다.

끊임이 없는 분쟁과 치욕 그리고 재난을 의도하는 로키만큼 그런 역할을 맡도록 창조된 존재는 더 이상 존재하지 않는다. 로키의 이런 일반적인 특징들은 데몬들이나 신들과 로키가 맺는 우호적이거나 적대적인 관계들에서 반복적으로 나타난다. 로키가 토르와 함께 트림, 게이뢰드, 우트가르드로키(20, 31쪽)에게로 갔던 것은 오래전부터 있었던 일이다. 날씨의 번쩍임은 악천후의 자연스러운 움직임이었기 때문이다.

신아이슬란드 속담에는 "로키와 토르가 가는데, 악천후가 물러서지 않는다"라는 말이 있다. 토르가 미드가르드 악룡이나 히미르 리제와의 격렬한 싸움 뒤 귀향했을 때 로키는 토르의 수레를 끄는 염소가 발을 절뚝거리게 만들었다.

토르의 망치가 땅속으로 아홉 나락 깊이 떨어져 있었던 것처럼 로키도 8년을, 다시 말해 여덟 겨울을 땅속에서 보내야 했다. 토르가 우트가르드로키로 가는 행로에 로키와 '티얄피'(번개)가 동행했다. 이때 티얄피는 동작이 빠른 후기와 싸우기 위해서였고, 로키는 들불〔野

---

74) 일정한 또는 일정치 않은 간격으로 솟아나는 지하의 용출수를 가리킨다. 대표적인 것이 아일랜드의 게이시르이다.

火〕 로기와 싸우기 위해서였다. 토르가 게이뢰드와 트림에게 갔을 때 로키는 프레이야의 솔개 옷을 입은 염탐꾼이 되어 미리 날아갔다. 게이뢰드를 향한 행로 때에는 로키는 하인 입장에서 비무르 강을 발로 건넜으며, 그때 무서워서 토르의 마법 혁대에 매달려 갔다. 하지만 트림에게 갈 때에는 영리한 하녀가 되어 동행한다(19쪽 참조). 로키가 이둔을 훔쳐낼 때, 토르가 그를 추격하는 폭풍의 리제 티아치로부터 로키를 보호한다(21쪽 참조). 스바딜파리(23쪽 참조)는 거대한 질풍의 말 리제인데, 로키는 그 리제로부터 슬레이프니르를 낳고, 이 리제가 바람의 신인 오딘의 전용 말이 된다.

그러나 토르와 로키는 그들이 대표하는 자연현상에 따른다면 서로 적대관계에 서 있다. 이 점은 이른바 〈로카세나〉(로키의 배신)라는 제목이 붙은 《운문 에다》가 분명히 보여준다. 로키가 신들이 연회를 갖기 위해 모여 있던 에기르의 큰 홀 앞에서 에기르의 하인 피마펭(Fimafengr) 또는 푸나펭(Funafengr, 34쪽 참조)을 살해하자 로키의 입장을 막고 나선 엘디르(Eldir)와 언쟁을 벌였다. 로키는 오딘과 맺은 피의 맹세를 내세워 홀 안으로 들어갈 수 있었다.

로키는 신들이 마시는 메트에 이물질을 넣기도 하고 또 신들을 비웃어대며 자기가 세 여신과 애정관계를 맺었노라고 뻐기며 떠들어댄다. 그러다 마침내 토르가 등장하자 수다를 멈추고 조용해지는데, 그것도 토르가 '핥아대는 화염인 '로기'로 로키를 태워버리겠다고 위협하고 난 뒤의 일이었다.

나중에 토르는 로키가 지프의 머리를 깎자 로키를 붙잡았지만, 로키는 츠베르크(난쟁이) 이발디(Iwaldi) 아들들(①권 277쪽 참조)이 만든 값진 장신구를 주고 풀려난다. 그러나 토르는 로키를 재차 붙잡아 들였다. 로키가 준 장신구보다 츠베르크 브록(Brokkr)이 준 것이 월

등히 좋았기 때문이었다. 그리고 로키의 입술을 붙여 꿰매어 버렸다(①권 279쪽 참조). 토르가 로키를 3번째로 붙잡은 것은, 로키가 발더를 죽게 한 책임을 져야 할 처지에서 연어의 형상으로 변하여 폭포 안에 숨어 있을 때였다.

이런 모든 신화는 자연현상들과 관련한 갖가지 상상력의 유희에 그 뿌리를 두었을 것이다. 그러나 이것들이 시간이 지난 다음 신들의 삶을 보다 자유롭게 묘사하는 것으로 발전되었다. 로키가 솥들로 가득 찬 임원 안에 묶여 있는 것으로 설정된 가장 잔혹한 처벌은 기독교 설화에서 차용된 것이었다.

로키와 토르가 함께 여행의 동반자가 되는 것은 자연현상에 뿌리를 둔 것이었다. 반면 로키가 일원으로 포함된 천상(天上)의 3인 방랑자 모임은 소설 같은 모티브고 그리스나 기독교 설화에서도 인기 있는 모티브이다. 그리고 이런 모티브는 북구인들에게도 잘 알려졌던 것이었다.

티아치 신화[75](21쪽 참조)에서 오딘, 회니르 및 로키는 여행 동행자들이다. 하지만 앞의 둘은 불필요한 존재들이었다. 이와 동일한 3명이 북구의 니벨룽겐 전설 도입부에서 대지 위를 지난다. 가던 도중 로키가 오트(Otr)를 죽이고 츠베르크 안드바리로부터 돈을 챙겼다. 이는 그 지역의 아버지인 흐레이드마르(Hreidmar)에게 살해의 배상금을 지불하려는 것이었다. 로키는 또 계속해서 금을 만드는 금반지를 얻었다. 그러나 안드바리는 로키의 소유물이 계속해서 썩어 버리라는 저주를 내렸다. 신들의 이야기가 니벨룽겐 전설 전체의 테두리가 되는 것처럼 니벨룽겐 보물의 사전 스토리도 북구에서 나중에야

75) 티아치는 폭풍의 리제 또는 서리 리제로 알려져 있으며, 올발디(Olvaldi)의 아들이며 스카디의 아버지이다. 아스가르드의 요새 트림헤임에서 살고 있다.

첨가되었다.

오딘과 로키가 피로 맹세한 형제관계를 맺는다거나 또는 오딘이 로키에게 프레이야가 츠베르크에게 호의를 베풀고 얻은 목띠를 훔치게 시킨다거나 하는 오딘과 로키의 또 다른 관계들은 자유로운 부가적 착상일 가능성이 높다. 로키가 아름다운 메르니레(Meerniere, 무지개)를 얻으려 헤임달과 싸우는 이야기도 또 다른 착상에 속한다.

이 로키는 악하고 사기꾼 같은 모험가로 게르만 신화 천상세계의 가장 독창적 형상인 셈인데, 이 로키에게 후기 신화의 형상화 과정에서 보다 중요한 새로운 역할이 덧입혀졌다. 이는 기독교가 부과한 것이었다. 즉, 로키가 사탄이 된 것이다. 로키는 이제 그리스도-발더의 죽음을 사주한 자, '발더의 라드바니'(ráđbani Baldrs)가 되었다. 또 로키는 족쇄를 찬 지옥의 왕이며 세계 몰락의 최대 결정이 이뤄질 때 신들의 최고 대적이 된다. 이에 대해서는 맨 마지막 장에서 다룬다.

북구에서 로키 경배는 리제 경배만큼 크게 이뤄지지 않았다. 나중에 사람들은 로키가 아이들을 때린다고 생각하면 불 속에다 우유껍질을 던져 넣었고 스웨덴에서는 아이들이 치아를 뽑으면 로키로부터 새 치아를 받으려고 뺀 치아를 불 속에 던져 넣었다. 그것이 전부였다!

거센 소리를 발하는 물과 숲의 정령, 그것도 예언능력이 있는 정령 무리들 중에서 또 하나의 상위 데몬이 돋보이는데, 바로 미미르이다. 미미르라는 이름은 라틴어 단어 메모르(*memor*)와 관련된 이름으로 보다 정신적인 존재, 생각하는 자를 뜻한다.

남부 스칸디나비아에서 미미르는 근세에 이르기까지 여전히 위험한 물 정령으로 여겨졌으며, 스마란드[76]의 미메사(Mimesa, 미메의

76) 남부 스웨덴에 위치한 역사적 지방이다.

개천)에 살았으며 또 그래서 미메스외(Mimesjö, 미메의 호수)[77] 라고도 불렸다. 삭소는 미미르를 원래 미메(Mime)였을 듯한데 그냥 미밍이라고도 불렀으며, 미미르가 갖고 다니는 유명한 칼 이름 역시 미미르의 이름을 따라 미밍이 되었다.

미미르는 숲의 사티르로 사람의 접근이 불가능한 얼음산으로 둘러싸여 단단해진 동굴 안에 기거하고 그 안에 칼을 숨겨두고 있다. 이 칼은 마법을 통해 모든 얼음으로부터 보호받는 반신 발더를 죽일 수 있었던 위력의 칼이다. 미미르는 팔에 팔찌를 둘렀는데, 이 팔찌는 주인의 부를 줄곧 증식시키는 마력을 갖고 있었다. 발더의 적인 호터가 이 황량한 숲으로 서둘러 달려와 미밍을 얻으려 오랫동안 노렸지만 뜻을 이루지 못했다.

한 번은 미미르가 밤중에 동굴에서 나왔는데, 이때 미미르의 그림자가 동굴 앞에 펼쳐진 호터의 천막 입구를 가려 어둡게 만들었다. 그러자 호터가 미미르를 칼로 찔러 쓰러뜨렸다. 미미르는 묶인 상태에서 칼로 위협받자 호터에게 칼과 팔찌를 내어놓을 수밖에 없었다. 이는 뫼를 얻기 위해 독일 산중정령을 포박한다는 모티브로 비톨프 또는 숲의 남자 모티브는 매우 오래된 것이다(33쪽 참조). 원래의 전설에서는 발더가 이 칼에 의해 살해당한다.

독일의 '미메'(Mime)는 지혜로운 산중 대장장이로 빌란트의 스승이고, 북구에서는 통상 '레긴'(Regin, 조언자)으로 불리며 뛰어난 마법능력이 특징이다. 미메는 악룡인 파니르의 동생일 뿐인데, 어떨 때는 리제, 어떨 때는 츠베르크, 또 어떨 때는 심지어 악룡이라고까지 불린다. 어두운 산중 대장장이로부터 찬란한 빛을 발하는 영웅의 삶

---

77) [원주] Mimessojö: Arvidsson. Svenska Forns. 2, 311 ff.

이 터져 나온다. 그러니까 미메가 젊은 지그프리트를 교육시키며 자기 형인 악룡의 금을 탐하여 지그프리트로 하여금 그 악룡을 죽이도록 사주한다. 레긴은 이를 위해 지그프리트에게 그람(Gram)이라는 칼을 만들어주었다. 이 칼은 매우 예리하여 라인 강 안에 담겨 있으면서도 떠내려 오는 털 뭉치를 둘로 가를 정도였다. 이 칼은 젊은 영웅 지그프리트를 승리자로 만들었고, 영웅은 악룡의 피가 묻은 칼을 풀로 씻어냈다.

아이슬란드의 전설은 미미르에 관한 옛날의 단순한 산중정령이나 수중정령에 관한 전설을 인공적으로 고양시킨 것, 말하자면 하늘의 이야기로 상승시켜 놓은 것이다. 미미르의 샘은 이제 우르다 샘처럼 세계수인 이그드라실 뿌리 곁에 자리 잡고 있으며, 그 때문에 세계수 이름이 '미마메이드'(Mimameiđr, 미미르의 나무)로 불린다. 미미르 샘은 또 오드뢰리(Odroerir, 정신의 자극자)라고 불리기도 하며 지혜와 이성을 보유한다. 오딘은 이 샘에 빠져서 헝클어진 루네 문자를 길어 올리는데, 이 문자가 오딘에게 마력을 부여한다. 오딘은 이 샘의 정신을 아주 높게 평가하여 자신의 눈을 그 샘의 원천에 담보물로 맡기고 그 물을 마신다.

토르는 낮은 소리로 미미르의 머리통과 말을 나누는데, 이것은 원래 자연에 존재하는 샘의 근원, 즉 머리인 보른회베데(①권 344쪽 참조)를 말하는 것이고, 나중에 신화를 쓴 한 시인이 이것을 육체로부터 떼어낼 수 있는 실제의 머리로 표현했던 것이다.

그러니까 서로 적대관계에서 싸우던 두 신족 아제족과 바네족이 서로 평화협정을 맺게 되었다. 양편은 볼모를 교환하는데, 아제족은 회니르를 보냈고, 미미르는 회니르와 바나헤임(Wanaheim)까지 동행시켰다. 이에 대해 바네족은 아름다운 프레이야를 보냈다. 바네족은 회니르가 건장하긴 하지만 멍청해서 아제족에게 속았다고 판단하자, 화를 내며 미미르의 머리를 잘라 아제족에게 보냈다. 그러자 오딘은 주문을 외우면서 잘린 미미르의 머리가 썩지 않고 계속해서 자신에게 조언할 수 있도록 머리에 약을 발랐다. ─신의 눈을 담보로 잡힌다거나 그보다 더하여 미미르의 머리를 자른다거나 또 머리에 약을 바르는 등은 단연코 민중신화의 내용일 수 없다.

또 두 종류의 신족이나 이들 사이의 태고시대 전쟁이 있었다는 가정은 절대 토착신앙적인 것이 아니다. 대체적으로 그 자체로 매우 비밀스러운 산중정령과 수중정령 안에는 기독교 신화를 통해 보다 많은 것들이 비밀로 스며들었던 것이다.

우리가 로마적이거나 게르만적인 이름이 많이 새겨진 비석을 살펴보면 게르만인들이 보다 많은 상위의 정령들을 경배했었다는 인상을 받는다. 그러나 본질 자체는 거론하지 않는다 하더라도 그들의 이름조차 해석하는 일은 쉽지 않다. 2세기경 쾰른 부근에서 발견된 레크발리바하누스(Requalivahanus, 어둠 속에 사는 남자)에서 산중 어둠 속에서 비밀스럽게 살아가는 미메를 생각했다. 미메와 연관된 지그프리트의 전설은 바로 니더라인 지방에서 전승되며 거기에 접하는 베스트팔렌 지방의 도시인 뮌스터의 아주 옛날 이름인 미미가르데포르드(Mimigardeford)는 이 산중정령의 이름을 따서 불렸던 것으로 보인다.

제7장

신들의 세계와 신의 역할

초월적 존재에 대한 신앙의 발아(發芽) 다음에 이어 민중들이 하위급의 영혼신앙이나 정령신앙에서 보다 상위급의 제신 숭배로 방향을 선회한 것은 신화의 역사에서 깊게 생각할 가치가 있는 비중 있는 사건이다.

수백 개의 연결선을 통해 이 새로운 신앙은 옛 신앙과 연계된다. 이 새 신앙은 자연정령의 영역에 가장 길게 뿌리를 내리고 있다. 개인에 의존하는 영혼이나 마레는 그 존재의 양태로 볼 때 상위급의 완결된 체계에 통합되기 어렵기 때문이다. 이들은 수없이 많이 그리고 넓게 분산되어 있으며 데몬적 속성을 넘어서 이상화되기에는 한계가 있다.

자연정령의 왕국은 그 정령들 사이에서 왕들이 세워졌고 또 정령들을 신격화하려는 시도로 상위 데몬들이 이런 자연정령으로부터 발전되어 나왔다. 이런 자연정령의 왕국은 그러나 외부·내부적으로 많은 변화를 겪는데, 그 까닭은 우선 자연에 대한 인식이 점차 성숙해졌고, 또한 파편으로 나뉜 자연의 힘들을 통일적으로 파악하려는 시도가 있었고, 자연계를 인간계와 흡사하게 보다 더 질서 있게 잘 정돈하려는 노력이 있었으며 문화의 발달과 더불어 규범의 힘이 작용하는 현세적 삶을 점점 더 의식했기 때문이다.

사람들은 개별 관념으로부터 보다 상위의 포괄적 개념으로 진보해 나아갔다. 또 보다 비중 있는 자연정령의 집단들, 예컨대 홀데(Holde) 무리나 베르크텐(Berchten)은 개별 여신의 이름, 즉 홀다(Holda)나 베르크타(Berchta)라는 이름으로 바뀌었다. 그것도 아니면 유별난 자연력을 새롭게 대변하는 존재에 대해서는 새로운 이름이 정해졌는데, 예컨대 도나르 같은 경우가 그렇다.

그래서 우리는 모든 옛 데몬이 된 자연력들, 천둥을 제외한 바람과 구름, 하늘의 빛과 싹이 터나오는 대지 등이 이제 새로운 신들의 형상에 다시 나타나는 것을 보게 된다. 이제껏 이런저런 자연력의 주인이었던 많은 존재의 특성, 위력, 명예가 이제는 하나의 천둥 신, 하나의 바람 신에게 귀속되었으며, 이들은 마치 제한받지 않은 왕들처럼 그의 권력영역에서 지배권을 행사하게 되었다. 이런 천둥 신이나 바람 신은 하인이나 추종자가 된 옛 자연정령들에 의해 가장 높은 존재로 높이 모셔지고 또 자식들이나 여타 친족들을 거느리게 되었다. 옛 자연정령들의 처소는 공중이나 대지였던 것에 비해, 이 신들은 어머니인 대지를 제외하면 전부 하늘을 처소로 삼는 존재이며, 아주 예외적으로 땅으로 내려와 영예를 베풀었다.

여러 신들의 숭배는 비교적 나중에 이뤄진 종교적 구성체이다. 그렇기 때문에 이런 제신 숭배는 그 이전의 신앙형식보다는 민족적 색채를 더 강하게 띠게 되었다. 이것이 인도게르만족들 사이에 언제 대두되었는가는 대략적으로만 밝힐 수 있을 뿐이다. 하늘이나 천둥의 신, 대지의 모신(母神)에 대한 근원신화 그리고 빛과 어둠이 바뀌는 과정에 사는 쌍둥이 형제와 아침 여명의 여신 등에 대한 근원신화 등이러한 근원신화들은 개별 민족공동체가 시작되기 전에 이미 형성되었던 것처럼 보이며, 다른 여타 중요한 신들에 대한 미완의 체계도 마찬가지이다.

이에 관한 정보는 우선 신들의 이름이 알려준다. 몇몇 신들의 이름은 인도게르만의 태고 시절로 소급된다. 독일의 치우(Ziu)와 고대 북구의 티르(Tyr)라는 신 이름은 인도의 디아우스(Dyãus), 그리스의 제우스(Zeus), 로마의 주피터〔(D)Jupiter, (디)우피터〕에서 다시 만나며, 앙겔작센의 대지여신인 폴데(Folde)는 철자가 모두 다르긴 하지만 인도의 대지여신인 프리티비(Prithivî, 넓이)와 일치한다.

다른 게르만 신들은 각자의 명부를 갖는다. 옛 신들 중에서 아주 분명한 명칭 변화를 보여주는 신 이름은 도나르(Donar)-토르(Thor)다. 왕과 여왕을 뜻하는 프레이(Frey)-프레이야(Freyja)는 나중의 신 이름들과 동일하다. 보단-오딘의 관계는 그리 명확하지 않다. 그러나 독일 민족은 오랫동안 부오트(Wuot)라는 단어와 우리의 부트(Wut, 분노)라는 단어의 상관관계를 확실시했다. 그 예가 성나고 사나운 군대라는 뜻의 뷔에퉁스헤르(Wüetungesheer)를 부오탄헤르(Wuotanheer)라고 표기하는 것이다. 그러나 게르만인들은 보단의 아내인 프리그(Frigg)-프리아(Fria)라는 이름을 애인, 아내 또는 딸의 의미를 지닌 인도어 프리야(prija)로 느끼지는 못했다. 중요한 신들 중에서 복합적인 이름을 가진 신은 후대의 북구 신인 헤임달(Heimdall)뿐이었다.

신의 집단에 대한 명칭의 맨 꼭대기에 마치 민족의 대표기호처럼 달려 있는 것이 바로 비밀스러운 '고트'[1]라는 명칭이다. 이 명칭은 게르만 민족의 모든 분파어에 쓰이지만, 다른 인도게르만족 언어에

1) **[원주]** 'Gott'라는 단어의 의미는, 클루게(Kluge)의 어원사전에 따르면 사람들이 외쳐 부르거나 제물을 바치는 대상이 되는 존재이다.

는 존재하지 않는 단어이다.

이 고트는 가장 높은 위치에 있는 명칭으로 아제와 바네족을 모두 포함한다. 다른 범(汎) 게르만적인 이름이 있기도 하다. 고트어와 고지 독일어로 '안스'(Ans)라 발음되는 명칭이 있다. 요르다네스[2]는 이 명칭이 영웅적 존재를 가리키는 반신이라고 이해한다. 또 이 명칭은 저지 독일어와 앙겔작센어로는 '오스'(Ôs), 북구어로 '아스'(Âs) 등으로 발음되며, 유명한 개인 이름으로 안스가르(Ansgar), 오스카르(Oskar) 그리고 많은 지명에 포함되어 있기도 한다. 그러나 이런 게르만적인 이름들도 고트와 마찬가지로 여태껏 확실하게 그 의미가 설명된 적이 없다. 이 명칭과 가장 가까이 있는 단어는 '삶의 정신'을 뜻하는 아수(*Asu*)[3]라는 고대 인도 어휘이다.

'레긴', '뢰근'(Rögn, 상의하는 자들, 결정하는 자들)도 범게르만적인 어휘로 최고 결정권을 가졌다는 로마의 12신인 디(Dii)를 연상케 한다. 이 레긴, 뢰근이라는 명칭을 활용하여 '신들의 어둠'을 라그나뢰크(Ragnarökkr)로, 북구에서는 '신들의 몰락'을 라근뢰크(Ragnrökk), '신들의 운명'을 고(古) 작센어로는 레가노기스카푸라고 부른다(49쪽 참조). 고 작센어로 칼은 '메토드'(Metod), 운명은 메토디기스카푸(Metodgiscapu)이며 두 어휘 모두 앙겔작센어가 되었다. 고대 북구어 '베아르'(Véar, 성자들)와 '회프트'(Höpt, 구속), '뵌드'(Bönd, 무리) 등의 어휘는 스칼데들이 만든 표현들이며, 아마도 '바니르'(Vanir, 개활지)[4]도 그럴 것이다.

---

2) 요르다네스(Jordanes: 552년 이후의 사람). 고대 후기의 로마-고트족 출신의 학자이며 역사가이다.

3) **[원주]** Asu: Fick, Etymol. Wb. 3, 3, 18.

4) **[원주]** '바니르'를 옛 작센어인 '환하다'라는 의미의 '바누모'(*vanumo*)와 연관

이런 어휘를 이용해서 만든 지명이 한 군데도 없다는 것은 이것들이 전혀 민중적이지 않다는 의미다. 다만 고대 북구어인 '티바르'(Tivar, 개활지) 만은 인도게르만의 선사시대로 거슬러 올라간다. 인도어 데바스(devas), 그리스어 디오스(dios), 라틴어 디부스(divus)와 친족관계를 이룬다.

다음에 이어지는 신들의 특징 묘사는 그것들이 오직 북구의 기록, 특히 대부분 스칼데 문학에 기초하기 때문에 일방적인 것이다. 신들의 형상은 힘이 넘치는 당당한 인간의 형상이지만, 그 체구의 면에서는 리제에 훨씬 못 미친다. 예컨대 토르는 리제 스키미르의 장갑 엄지손가락 부분 안에서 밤을 보낸다. 또 여러 개의 머리나 손을 가진 리제 형상의 특징이 신들의 경우 전혀 나타나지 않는다. 그리하여 오딘은 외눈이고, 티르는 팔이 한 개이며, 회드(Hödr, 회드르)는 눈이 멀었다. 그러나 티르나 회드는 게르만 고유의 신이 아니다.

신들이 동물의 형상을 하기도 하지만, 그것은 일정한 목적으로 하는 것이며 오딘, 프레이야, 프리그 등이 그러했다. 토르는 그런 법이 없었고 다만 리제 트림에게 가야 했을 때 신부 복장으로 변장한다. 모든 여신들은 매의 옷에 힘입어 하늘을 나는 능력을 갖게 되고, 오딘은 준마(駿馬) 슬레이프니르 덕분에 날렵하게 달릴 수 있고, 토르의 힘은 허리띠, 철 장갑, 망치 때문이며, 망치가 없으면 힘이 전혀 없다.

신들은 모두 걸어 다니거나 고대 신들에게 아주 이질적으로 느껴지

시키는 가설이 있었다. 고대 인도어로 '물'을 의미하는 '바남'(*vanam*)을 물의 신들로, 그리고 또 고대 인도어로 '숲'을 뜻하는 '바나'(*vana*)를 숲의 신으로 생각하는 가설도 있다. 필자는 뒤의 가설보다 앞의 가설이 더 옳다고 생각한다. PBB. 15, 522. 18, 174. 참조.

는 것이긴 하지만 말을 타고 다니기도 했다. 다만 토르와 프레이야만은 걸어 다니거나 수레를 타고, 프레이는 배를 타기도 했다.

신들이 타거나 수레를 끄는 동물로는 말 외에도 산돼지, 염소, 고양이 등이 있으며, 오딘은 까마귀, 늑대, 개를 데리고 다니고, 발퀴렌이나 야생 사냥대도 대동한다. 토르는 로키와 티얄피를 동행으로 삼았고, 리제 히미르에게 갈 때는 티르까지 동행시켰다.

신들은 인간에게 예기치 않게 나타난다. 오딘이 그런 방식이다. 그러나 토르의 경우 부르는 소리에 나타나지만 팔오금을 통해 언뜻 모습을 드러내고 엘프(흐베르파, hverfa)마냥 갑자기 사라진다. 이들은 그러나 돌 위에 손이나 발 또는 타고 왔던 말발굽 자국 등을 남겨둔다.

북구의 게르만인들은 해가 아직 남아 있는 한여름 밤에 울부짖음 소리를 감지하고 빛을 발하는 머리를 가진 신의 형상들을 볼 수 있다고 믿었다. 타키투스가 그렇게 기록하고 있다. 벨레이우스[5]에 따르면 한 독일 노인은 무기를 번쩍이는 로마의 정복 황제 티베리우스를 신으로 여겼으며 아이슬란드에서는 히알티의 아들들이 아버지가 베푼 연회에 아주 멋지게 차려입고 등장하여 사람들이 아제족들이 출현한 것으로 여길 정도였다고 한다. 남녀 신들은 엘프처럼 피부나 머리카락 색 때문에 용모가 아름다웠는데, 이둔과 헤임달의 경우가 그러했으며, 《에다》에 나오는 발더에게는 기이한 광채가 깃들어 있었다.

북구 신들의 심성들은 압도적으로 선하고 우호적이다. 이들은 명랑하고 고상하며 유익한 능력이 있다. 〈뵐루스파〉가 인간이 창조될 때 부여했던 그런 고차원적인 사랑은 북구의 신이나 게르만 신 그 누

---

5) 벨레이우스(Vellejus Paterculus: B. C. 20~A. D. 30). 로마의 역사가이다.

구에게도 존재하지 않는다. 그런 사랑은 기독교에서 유래한 것이다. 신들은 개별 인간들에게 호의를 베풀어줄 수는 있다. 그러나 신들은 오딘처럼 악의가 없지 않은 분노를 품고 인간들을 추격한다. 그러나 토르는 정의와 명예의 분노를 터뜨리기도 한다.

신들은 장기놀이를 좋아하며 리제 에기르의 집에서 열린 연회에서 운명을 점치는 점괘놀이를 하며 시간을 죽치기도 한다. 몇몇 신들은 사랑놀음6)에 빠지기도 한다. 오딘과 프레이야가 그런 경우이다. 토르는 절대 그런 법이 없다. 신들은 엘프로부터 값비싼 무기, 장신구 기타 귀중품들을 선사받는다. 그러나 자신들은 그런 것들을 만들 재주가 전혀 없다.

신들은 리제 스미드로 하여금 신들의 성을 쌓게 한다. 〈뵐루스파〉는 이다 평원에서 신들이 자신들의 제단과 사원을 목수작업으로 만들고, 쇠를 다스려 집게와 기타 연장들을 직접 만드는 것에 대해 전한다. 이런 가사 내용은 엘프와 리제의 무리들이 이것들을 제공한다는 설과 모순되기는 하지만, 다른 이방 신들의 모범을 따라 행해지는 창조적 행동의 한 과정을 보여준다.

토착신앙의 신들로서 게르만 신들은 육체성 때문에 신적 위용에 제약을 받는다. 오딘은 하늘 보좌인 흐리트키알프(HliÞskialf)에 앉지 않으면 세상을 넓게 굽어볼 수 없다. 프리그나 프레이도 이 하늘 보좌에 앉으면 오딘만큼 세상을 조망할 수 있다. 오딘이나 바네족은 현명하며 루네 문자에 대한 지식을 갖고 있다. 오딘이 신들 중에서 가장 현명한 신이라고 일컬어지지만 리제 빌링(Billing)의 딸에게 속고, 리제 파프트로드니르는 오딘만큼 세계의 역사에 정통하다.

---

6) [원주] Götterliebe: Nägelsbach, Nachhomer. Theologie S. 58.

신들 중에 토르 같은 신이 없고 또 토르가 리제 무리들과 부단한 투쟁을 하지 않았다면, 세계는 이 리제들 때문에 곧 망해 버렸을 것이다. 이런 신들은 상해를 입지 않은 존재로 여겨지기도 하고 그렇지 않기도 하다. 삭소는 신들이 자기가 총애하는 자에게 어떤 손상도 받지 않을 능력을 부여한다고 말한다. 그러나 이런 삭소 자신과 《에다》의 기록에 따르면 발더는 회드의 공격을 받아 치명상을 입는다. 또 삭소에 따르면 이 발더를 도우러 왔던 오딘은 토르의 몽둥이 자루를 벤 다음 회드에게 맞아 도피한다. 〈그림니르의 노래〉에서는 오딘이 오직 포도주만 먹고 산다지만, 신들이 영원히 이름을 유지하는 것은 아니다. 또 이들은 영원히 살 수도 없었다. 모두 부모가 있고 자식들이 있기 때문이다.

그래서 토르는 오딘의 아들로 여겨졌고 토르는 다시 아들인 마그니를 두었다. 갓 태어난 신들은 엄청나게 빨리 성장하여 곧바로 위력을 충분히 발휘한다. 마그니는 태어난 지 겨우 3일이 되던 날 길게 뻗은 아버지 목 위에 앉아 리제 흐룽그니르의 도끼를 들어 올린다. 또 태어난 지 하룻밤이 된 발리는 형 발더를 대신하여 피의 복수를 감행한다. 이렇게 갑자기 충만해진 신들의 위력은 영원히 유지되지는 않는다. 신들은 이둔이 주는 사과를 취하지 못하면 나이를 먹어 늙어간다. 〈뵐루스파〉에 따르면 세계가 몰락할 때 신들도 모두 사망하며 이대 파국 뒤에 다시 떠오른 재활한 신들의 형상은 뚜렷하지 않다. 이런 형상들은 기독교에서 운위되는 최후 심판에 울리는 거대한 종말의 잔향일 뿐이다.

엘프 무리들에게는 왕이 있었으나(①권 271쪽 참조) 이들이 하나의 국가조직을 갖추고 있지는 않았다. 타키투스도 역시 젬노넨족의 왕을 "레그나토르 옴니움 데우스"(regnator omnium Deus, 만물의 주재자, 최고 지배자)라고 불렸다.[7] 《에다》의 신들은 하나의 국가를 구성하고, 그 안 궁정에서 왕좌를 차지하는 한 명의 지배자가 국가를 통치하며, 모든 개별 신들은 각자의 궁전을 갖는다. 그리고 그 궁전 안에서는 회의와 법정이 열린다. 삭소와 스노레가 쓴 나중의 역사적 문건은 신을 세속적인 부족으로 묘사했고, 이들은 오딘의 영도 아래 비잔츠(Byzanz) 혹은 티르크란드(Tyrklande)에서 스웨덴의 작센, 퓌넨(Fünen) 및 시그튼(Sigtun)으로 이동했다고 적고 있다.

오딘은 자신 휘하의 12사원 사제들에게 거처를 나눠 주었다. 그중에서 프레이는 웁살라 궁전을 얻었는데, 프레이는 이 궁전에서 인간 제사를 도입했다. 삭소의 발더 전설에 따르면 신들의 회의는 오딘을 폐위하고 올러(Oller)를 왕으로 선출했다고 한다.

중요 신들은 이 왕국에서 각기 나름의 위치와 소명을 가졌고, 엘프나 리제보다 더 개성적이고 윤곽이 뚜렷한 특징들을 내보이며 보다 명확하고 중요한 성격들을 지녔다. 그러나 가장 중요한 점은 3가지이다. 첫째, 신들이 인간을 상대로 행동할 때 날씨처럼 변화무쌍하고 변덕스러운 자연정령에 비해 훨씬 일관성이 있다는 점이다. 둘째, 이들이 분노하고 벌을 내리지만 구체적으로는 평화를 깨뜨리는 자에게 그렇다는 것이다. 셋째, 그들은 철저히 선을 장려하고 인간에게 자비로우며 신뢰와 희망을 불어넣는다는 것이다.

신의 손안에 들어 있는 가공할 만한 데몬적인 번개무기는 대지나 거기에 사는 인류를 위한 보호와 축복의 도구가 된다. 민중의 도덕성에 대한 신들의 내밀한 영향력은 느낄 수 없다. 신들의 도덕성은 당시 대지에 사는 위대한 영웅들의 그것보다 수준이 높지는 않다. 신들

---

7) **[원주]** Regnator omnium Deus: Tac. Germ. c. 39 vgl. Baumstark, Ausführl. Erläut. z. Germania 2, 158.

은 그 안에 순수한 것과 불순한 것이 함께 담긴 용기(容器)와 비슷하며, 〈빌루스파〉가 말하는 것처럼 저 위에서 내려오는 막강한 자가 깨뜨리려고 덤벼들 만한 가치가 있는 존재들이었다.

신들의 숫자는 유동적이다. 애초에 3명의 주요 신과 한 명의 여신이 있었는데 타키투스 시대에만 해도 이런 신들에게 신적인 권위가 배타적 · 우선적으로 부여되어 있었다. 로마 황제 시대에 만들어진 수많은 로마 · 게르만 비석들이 전하는 많은 신 이름들이 있다는 점 때문에 앞의 견해를 잘못 판단해서는 안 된다. 아마도 그런 이름들은 흘루다나(Hludana)[8] 처럼 그런 주요 신들의 다른 이름이 아니면 그런 신들의 별명이었을 수 있다. 그런 것들로는 헤르쿨레스의 별명인 막강신 마구사누스나 토르의 별명인 막강신 힌 라미(hinn rammi) 등이다. 아니면 이들 이른바 "여신들"은 상위의 지역정령이거나 켈트 신들이 아니라면 군인들의 수호신인 하리아사(Hariasa) 같은 발퀴레 같은 존재였을 수도 있다.

그러나 나중에 통상적인 인도게르만 부족들의 경우에 나타나는 발전법칙에 따라 세기를 거듭하며 신들의 숫자는 증가를 거듭하여 개종이 이뤄지던 시기에 신들의 숫자는 12명에 이르렀다. 타키투스는 투나르를 헤라클레스로, 보단을 메르쿠리우스(Mercurius)로, 티우 또는 작스노트를 마르스로 생각했다. 그리고 곧 로마의 요일 이름이 독일에 도입되었는데 그때 마르티스(Martis)의 날(화요일), 메르쿠리(Mercurii)의 날(수요일) 및 요비스(Jovis)의 날(목요일)이 옛 타키투스의 견해에 따라 티스의 날(Tiestag), 나중에 딘스의 날(Dienstag) 또는 치스틱(Zistig) 그리고 보탄의 날(Wotanstag, 수요일), 네덜란드

8) 대지의 여신 외르드의 별칭이다.

에서는 보엔의 날(Woensdag), 영어로는 웬스의 날(Wednesday)이라고 번역했다.9) 그러나 독일인들은 타키투스의 견해로부터 벗어나 투나르를 헤라클레스와 동렬에 놓는 것을 깨뜨리고 주피터의 위치에 올려놓았다. 즉, 요비스의 날(목요일)이 투나르의 날, 독일의 돈네르의 날(Donnerstag)이 된 것이다.

이 삼신(三神) 구도는 독일에서 오랫동안 하나의 기준이 되었으며, 카롤링거 시대에 기독교 사제들은 세례를 받는 독일인들에게 투나에르, 보덴, 작스노트(티우)의 삼신을 더 이상 신봉하지 않겠다는 서약10)을 하게 했다.

타키투스는 이 삼신 외에 두 형제 신(神)인 알키스에 대해서도 언급한 바 있는데, 이 신은 나하르발리(Naharvali)족의 임원에서 형체 없이 모셔지는 신으로 아마 이 부족들만이 신봉하던 신이었던 듯하다. 그 밖에 타키투스는 한 명의 여신을 거명하는데, 이 여신은 네르투스, 탄파나 및 이시스 등의 여러 이름으로 등장한다. 많은 수의 신들을 갖고 있는 북구에서 세 여신 구조와 닮은꼴의 남성 삼신 구조가 오래된 핵심그룹으로 전면에 나타난다. 아담 폰 브레멘11)은 북구의 가장 유명한 사원인 웁살라 사원에 오딘, 토르, 프리코(Fricco)의 삼신상(三神像)이 서 있었다고 전한다. 이때 프리코는 북구의 프레이에

9) 참고로 영어-라틴어 요일 이름은 다음과 같다〔일요일(Sunday-Dies Solis), 월요일(Monday-Dies Lunae), 화요일(Tuesday-Dies Martis), 수요일(Wednesday-Dies Mercuii), 목요일(Thursday-Dies Jovis), 금요일(Friday-Dies Veneris), 토요일(Saturday-Dies Saturni)〕.

10) [원주] Drei griechische Schwurgötter: Preller, Griech. Myth. 3 1, 86. 366.

11) 아담 폰 브레멘(Adam von Bremen: 1050년 전에 출생~1081/1085년경 사망). 브레멘의 사제이며 신학자. 《함부르크 교회사》(1075)를 썼다.

해당하며 독일 티우의 변형이라 할 수 있다(이하 참조).

그리스인들이 일찍이 제우스, 아테나, 아폴로에게 서약했듯이,[12] 북방 게르만인들 역시 삼신에게 똑같이 했다. 하지만 로마인들의 서언은 그런 현상을 드러내지 않았다. 서언 때 불렀던 신은 ① 오딘, 토르, 프레이 등의 삼신, ② 프레이, 뇨르드 그리고 전능한 토르 또는 땅의 토르 등의 삼신, ③ 토르, 오딘, 프레이 또는 ④ 프레이, 프레이야, 막강신 토르였다. 서언의 형태가 아무리 달라졌다고 하더라도 그 중심은 토르였으며, 이 토르는 그리스의 제우스나 로마의 주피터와 같은 위치였다.

로마에서처럼 천둥 신이나 "다른 신들"에게도 자주 맹세가 이뤄졌다. 주요 삼신 외에도 다른 삼신들, 그러니까 바네족의 삼신인 뇨르드, 프레이, 프레이야 등도 신화에서 제 몫을 감당했으며, 원래 동쪽의 부족들에게 한정되었던 신으로서 그들의 일들이 나중에 서쪽으로까지 확대되었다.

그 밖에 오딘의 아내 프리그와 뒷전으로 물러난 늙은 티르도 신화에서는 적어도 돋보이는 신들이다. 마침내 세상을 두루 여행하고 부분적으로 배운 것도 많은 여러 지역 출신 스칼데들이 여러 지역이나 이방 지역의 신들을 끌어들였으며 오래된 신들을 이방의 신들을 모범으로 삼아 변형시켜 첨가시켰다. 그 예가 발더이다. 이제 고대의 12신 구도가 사람들에게 알려졌다. 가장 오래된 인도게르만 경전인 《리그베다》의 2, 27은 고위 신으로 단 6명만을 언급하지만, 그 숫자는 나중에 12명으로 증가했고 곧이어 신들이 무더기로 확대되었다.

그리스인들은 이 12신 구도를 우선 이른바 호머가 썼다는 〈헤르메

12) [원주] Zeus der Hauptschwurgott: Nägelsbach, Homer. Theol. 3 215-220.

스 송가〉 V. 128에서 비롯한 것으로 이해하며, 나중에 이탈리아인들이 이 구도를 제의에 받아들였다. 이 그리스 구도는 이미 한니발 시대에 로마에서 실제로 수용되었던 데 비해 북구에서는 이 12신 구도가 시인들 변덕의 노리개가 되는 데 그쳤다.

《에다》의 〈그림니르의 노래〉는 12명의 신들을 거명하지만 남녀 신 각각 6명씩이 아니라 토르, 울(Ullr), 프레이, 오딘, 발드(Baldr), 헤임달, 포르세티(Forseti), 뇨르드 그리고 비다르(Widar) 등 아홉 남신과 사가(Sága), 프레이야 그리고 스카디 등 3명의 여신, 도합 12명의 신을 거명한다. 신들의 이름에서 티르와 프리그의 이름이 빠진 것이 특이한데, 이 노래 안에 이 두 신의 이름이 숨어 있을 수도 있다.

12번째 신인 발더가 죽게 되면 11명의 아제족을 헤아릴 수도 있다. 스노레 스툴루손(Snorre Sturluson)도 12명의 아제 신족을 헤아리고,[13] 또 12명의 사원 사제들, 즉 12신들에게 오딘이 거처를 나누어 주었다고 전하고 있다.

그러나 스노레의 신들 명단은 이미 그 이전의 소박한 숫자를 상당히 넘어선다. 맨 처음의 것은 14명의 이름이 포함되었고 심지어 18명의 여신들까지 들어 있었다. 그는 〈그림니르의 노래〉에 나타난 9명에 티르, 브라기, 회드, 발리, 로키 등 5신의 이름을 첨가했고, 두 중요 여신 프리그와 프레이야를 많은 수의 작은 여신들이 에워싸게 했다. 그들은 두 여신의 하녀들이거나 그들의 특성을 드러내는 형상들이었다.

신들의 거처인 아스가르드(아젠의 집)나 라그나 시오트(Ragna Sjot, 다스리는 곳)는 서쪽 지역에서 만들어진 말이다. 서쪽 랑고바르트족의

13) [원주] Snorre's Götterlisten in der Edda 1, 82. 115. 208. 230-68. 304-320. 556.

보단은 아침마다 창을 통해 동쪽을 쳐다보았는데, 그때마다 토르가 리젠과 싸우려고 동쪽을 향해 수레를 타고 나갔다고 한다. 그래서 신들에게 무엇을 하지 않겠다고 맹세할 때 사람들은 화난 동작으로 해가 지는 쪽을 향해 몸을 돌렸고, 반대로 해가 뜨는 쪽을 향해서는 손을 쳐들고 눈을 높이 들어 쳐다보았다.

그러나 이것은 순수한 기독교 상징에서 비롯된 관습일지도 모른다. 기도와 제사를 드릴 때 북구인들은 북쪽을 향했다. 일부는 아스가르드가 지상의 한가운데에 있다고 생각했고, 다른 이들은 하늘에 있다고 생각했다. 하늘과 땅을 연결시키는 것은 신들의 다리 아스브루(Ásbrú)이거나 움직이는 휴게소 비프뢰스트(Bifröst)였다. 이것은 물푸레나무 뿌리에 있는 신들의 재판소에 이르렀다.

〈그림니르의 노래〉의 시인은 우리를 신들의 "성지"로 보다 깊게 이끌고 내려간다. 거기는 전혀 아이슬란드적이거나 노르웨이적이 아닌 성들이 설치된 넓은 아일랜드풍의 땅이다. 오직 12명의 신들만이 이 성지에 하늘의 궁전을 가진다. 토르는 빌스키르니르(Bilskírnir)라는 큰 홀이 있는 트루드헤임(Thruđheim), 울은 이달리르(Ydalir), 프레이는 알프헤임(Alfheim)에, 스카디는 트림헤임(Thrymheim), 발더는 브레이다블릭(Breiđablick)에, 헤임달은 히민비외르그(Himinbjörg), 프레이야는 폴크방(Folkwang), 포르세티는 글리트니르(Glitnir)에, 뇨르드는 노아툰(Noatun)에, 비다르는 비디(Viđi)에 살고 있었다.

모든 이런 신들의 거처는 가벼운 터치로 그 모습이 그려진 데 비해 오딘의 궁전은 그를 찬양하는 데 맞춰진 몇 편의 시들에서 빛나는 모습으로 그려진다. 오딘은 은으로 된 지붕이 덮인 농가, 발라스키얄프(Valaskjálf)를 방문하고 쇠크바벡(Sökkvabekkr)에서 사가 신과 매일 행복하게 금잔으로 술을 마신다. 오딘의 극도로 호사스러운 거처는 글라드스헤임(Gladsheim)에 있는 금빛 찬란한 발할이다. 오딘은 매일 이곳으로 전사한 용사들을 받아들인다.

발할에는 540개의 문이 있고, 이 문을 통해서 매일 8백 명의 용사 에인헤리어(Einheriar)가 오딘의 가공할 대적, 괴물늑대와 싸우러 나선다. 발할의 서까래는 창 자루들로 만들어져 있고 그 지붕은 방패들로 덮여 있다. 큰 홀에는 의자들이 빙 둘러 있고 군데군데 샘이 파여 있다. 서쪽 문 곁에는 늑대 한 마리가 걸려 있고 문 위 허공에는 독수리 한 마리가 날고 있다. 발할 안에는 저녁마다 에인헤리어, 즉 전몰용사들이 솥에서 삶아낸 멧돼지 세림니르(Saehrímnir)를 먹는 동안 오딘은 자신의 개 게리(Geri)와 프레키(Freki)를 먹이고 자신도 늘 포도주를 마신다.

큰 홀에는 암염소 헤이드룬(Heidrun)이나 사슴 에이크티르니르(Eikthyrnir)가 서서 레라드(Laerad) 나뭇가지를 뜯어 먹고 있다. 이 사슴의 젖이 손잡이 달린 용기를 메트로 채우며, 뿔에서 방울져 떨어지는 것들이 바로 이 지상의 하천들이다.

레라드 나무는 아마도 성(城)의 나무로 변한 이그드라실[14]이라는 이름의 세계수일 것이다. 오딘이 바람신이 되어 이 왕관 모양의 나무 꼭대기를 지나가며 쏴 소리를 내는 경우, 그것은 이그르(Yggr, 오딘)가 마치 드라실(Drasil, 말)처럼 달려가는 것이다.

모든 신들은 불이 활활 타오르는 신들의 다리를 지나 세계수 물푸레나무 아래의 법정으로 달려간다. 이 나무뿌리들 중 한 뿌리 아래에는 지하세계의 여왕인 헬이 살고, 제 2의 뿌리 아래에는 서리 리제가, 제 3의 뿌리 아래에는 인간들이 살고 있다. 꼬마 다람쥐 라타퇴

14) [원주] Märchenzüge an Yggdrasill: v. d. Leyen, d. Märchen in den Göttersagen d. Edda 15 ff.

스크(Ratatösk)는 레라드 나무를 타고 내려가 위쪽의 독수리 베드푈니르(Veđrfölnir)가 내뱉은 분쟁의 말을 아래쪽에 사는 해악의 악룡 니드회그(Nidhögg)에게로 가져간다.

모든 물줄기의 근원이 되는 인도게르만족의 구름 나무는 이제 오딘의 나무가 되어, 그 나무 아래의 샘 곁에는 노르넨이 살고, 미미르는 자신의 샘을 하나 갖고 있으며 갖가지 동화적인 특성들이나 알레고리 같은 나선들이 나무를 장식한다. 그리고 전체 신들의 영토가 그렇듯이 발할도 세속적인 특징들을 가진다.

《에다》의 〈그림니르의 노래〉가 나오기 전인 8세기와 9세기의 시가들은 이 약속의 땅을 아주 엇비슷하게 묘사했다. 이 시가에서 세속적 쾌락의 핵심은 솥에서 삶은 영원한 돼지와 도취하게 만드는 음료이다. 아일랜드인 코르막(Kormak)이 약속의 땅에 있는 아름다운 성 안으로 들어갔다. 그 성에서는 솥에 삶은 돼지가 그 다음날 다시 살아났으며 신선한 돼지고기에 맥주와 우유가 곁들여졌다. 아일랜드인 멜두인(Maelduin)이 찾아간 성의 한 벽은 금·은제 브로치로 만들어져 있었고, 제 2벽은 목걸이로, 제 3의 벽은 금·은제 손잡이가 있는 칼로 만들어져 있었다. 복도에는 삶은 쇠고기, 소금간이 된 돼지고기, 취기를 일으키는 술이 담긴 용기들이 마음껏 취할 수 있도록 마련되어 있었다.15)

전쟁용사의 궁전에 관한 북구인들이 상상한 내용은 상당 부분 아일랜드 바이킹의 노획물인 듯하다. 다른 스칼데들은 발할을 다음과 같이 한층 치장했다. 즉, 발할 앞에는 황금 나뭇잎 숲인 글라시르(Glasir)가 찬란한 빛을 발하고, 그 숲 곁이나 안에는 최고의 포도주 홀로 생

15) [원주] Kormak u. Maelduin: Zimmer ZfdA. 33, 266. 279. 157. S. 294.

각한 빙골프(Vingolf)가 자리 잡았다. 이 빙골프는 기믈레(Gimle) 홀과 동렬에 놓여 있었다. 이 기믈레 홀은 나중에 밝혀지지만, 기독교 사고구조의 산물이라고 할 수 있다.[16]

오딘의 발할보다 더 규모가 컸던 것은 오딘의 아들 토르의 궁전 빌스키르니르인 듯하다. 이 궁전에는 집 모양의 방이 540채가 들어 있었는데, 그럴 필요가 있었던 것이 토르는 오딘이 용사에게 그랬던 것보다 훨씬 많은 수의 하인들을 숙식시켜야 했기 때문이다. 이 하인들이 궁전에서 무엇을 했는지에 관해선 전해진 것이 없다. 그러나 헤센 지역의 민중신앙은 이 하인들이 그들의 사후(死後)에 하늘에서 천둥을 울려야 했다는데, 이런 신앙은 토착종교의 잔향이 포함된 것이다.

사랑스런 엘펜 낙원, 안개가 자욱한 린제의 지옥 또는 연회와 무장 결투놀이들이 반복되는 용사들의 숙소, 또 이와 함께 프레이야 궁전에 있는 여인들의 거처, 토르가 통치하는 하인들의 숙소 등 순수 게르만인들의 내세관념은 이런 수준의 것들을 넘어서지 못했다. 보석(寶石) 산인 기믈레 위에 자리한 항상 해가 비치는 영원한 평화의 세계는 천국의 예루살렘이라는 기독교적 모범을 모방하여 꾸며진 형상이다.

마지막으로 세계는 9개의 서로 다른 헤임으로 나뉘는데, 범게르만적 우주론에서 비롯된 것이었다. 이 우주론은 이 세계가 9개의 영역으로 축조되었다고 생각했던 것이다. 어렵사리 거론할 수 있는 이 9개 세계는 아스가르드, 바나헤임, 알프헤임, 미드가르드, 스바르트알파헤임(Svartalfaheim), 요툰헤임(Jotunheim), 무스펠스헤임(Muspellsheim),

---

16) **[원주]** Vingolf Weinhalle oder Vingolf freundliche Halle oder unwahrscheinlicher Halle der Liebenden: ZfdA. 36, 32. Libes: Strabo 7, 4(c. 292).

니플헤임(Niflheim) 그리고 헬(Hel)이다.

이렇게 보다 수준 높게 만들어졌고 또 인간의 운명에 훨씬 더 깊숙이 개입하는 신들의 세계는 정령세계나 엘펜의 세계보다 그들이 보호하는 자들에게 보다 큰 보살핌, 보다 적극적인 이해, 보다 엄숙한 기도를 요구했다. 이런 신들을 예배하는 일은 유치하고, 가정적이며, 은밀하고, 정서적인 것들이었고, 이 예배가 가끔은 섬뜩한 느낌을 일으켰다. 게다가 예배방식은 집마다 달라졌고, 또 각 집마다 모시는 신들이 제각기였다. 가부장은 철저히 옛 전통의 관습을 수행했지만, 자손들의 예배방식들은 다양했다. 그러나 이른바 제신 숭배는 이 같은 협소하고 단순한 예배의 형태 안으로 처박히지 않았다. 이런 제신 숭배는 가정의 경계를 넘어섰으며 보다 많은 주민들을 똑같이 만족시키려 하였다. 우선은 마을 단위, 그 다음은 가우 단위, 그리고 마지막으로는 넓은 주(州) 단위의 예배가 이뤄졌다. 그렇게 해서 가정의 사적인 제신 숭배는 공적인 공동체, 씨족 그리고 부족의 신앙으로 바뀌었다.

이런 현상과 밀접히 관련된 것이 법과 전쟁의 처리 문제였다. 장정들이 재판과 협의를 위해 회합을 가졌고 신들은 이런 회의체 위의 한가운데서 회합을 내려다보고 있었다. 장정들이 출정하면 신들도 동물깃발을 뒤좇았다. 이런 진지하고 넓은 범위를 다스리는 존재에 대한 예배는 전문적이고 품위 있는 선도(先導)와 엄숙한 예배를 위한 처소가 필요했다. 이 때문에 신들과 더불어 사제와 사원이 발생했던 것이다. 바로 이 두 가지 사안을 중심으로 해서 가장 중요한 예배 문제들이 발생한다.

게르만 사제집단이 오래전부터 있었다는 증거는 고고 독일어 어휘인 '하루가리'(*Harugari*) 혹은 '파라와리'(*Parawari*)이다. 이 어휘는 라틴어 루쿨라리스(*lucularis*, 사제) 처럼 임원의 남자를 가리키는 말로 옛날 임원에서 이뤄진 예배에서 발생한 어휘이다. 또 고트어인 '구디아'(*Gudja*)는 신의 남자, 고대 북구어 '고디'(*Godi*)는 신의 하인을 의미했다. A.D. 16년 게르마니쿠스[17]의 개선행진에서는 투스넬다[18]와 함께 카텐(Chatten)족 사제 리베스(Libes)가 로마군 선두에 서서 행진을 했다.

타키투스의 보고서에서도 사제라는 직업이 가부장 및 왕의 명예와 어느 정도 관계가 있다는 것을 인식할 수 있다. 아주 이른 시기에도 가부장은 정기적인 영혼 숭배나 엘펜 숭배의 일을 배타적으로 수행했으며, 대개는 집안이나 가까운 나무 밑 또는 바위 곁, 우물가에서 행했다.

비상한 경우나 아주 험악한 기후재난, 신체의 왜곡, 질병 및 여타 어려움이 있을 때 높은 지혜를 지닌 막강한 마법사가 비밀스러운 주문과 행동으로, 그것도 흔히 특별히 엄숙한 장소에서 사태에 개입했다. 이런 마법사는 시대의 변화를 넘어 계속해서 존재했지만 그런 가정 사제권은 공동체나 가우 그리고 씨족들이 서로 통합되고 또한 초월적 존재의 신격화가 지속적으로 이뤄지면서 보다 높은 수준의 명예와 힘으로 발전해 나갔다.

하지만 카이사르나 타키투스 시대에 이 사제[19]가 특별한 계급을 형

---

17) 게르마니쿠스(Nero Claudius Germanicus: B.C. 15~A.D. 19). 게르마니아 지역 정벌에 나섰던 로마제국 장군이다. 후대 로마황제 칼리굴라의 아버지이며 초대 로마황제 아우구스투스의 장조카이다.

18) 투스넬다(Thusnelda: A.D. 17년 이후 사망). 게르만 부족인 케루스커(Cherusker)인 아르미니우스(Arminius)의 아내이다.

19) [원주] Priester: Baumstark, Erläuterungen z. Germania 1, 364. Urdeutsche Staatsaltertümer 201. 252. 261.

성했던 것은 아니었고, 그 점에서 갈리아의 드루이데〔Druide(n)〕[20] 와 구분된다. 가장 나이가 많고, 다시 말해 가장 강력한 자인 왕은 신에게 봉헌하여 신의 것이라 할 수 있는 임원에서 실제적인 신에 대한 경배행위를 수행했다.

타키투스는 여전히 가부장과 공동체 사제의 기능이 갖는 내적 연계성을 인식하고 있었다. 예컨대 신탁을 묻는 경우에서 그랬다. 사람들은 그러니까 과일을 맺은 나무의 가지들을 작은 조각으로 쪼개고, 그 위에 표식을 새겨 넣은 뒤, 이 나뭇조각들을 하얀 천 위에 흩뿌렸다.

신들에게 공적 사안에 대해 물을 경우에는 사제가, 반대로 사적 사안에 대해 물을 때는 가부장이 하늘을 향해 작게 쪼갠 나뭇조각을 하나씩 3번 쳐들고 그리고 그 점괘의 의미를 해석했다. 점괘가 대답하지 않으면 그날은 더 이상 그 문제에 관하여 묻지 않았다. 그러나 그것이 긍정적인 답을 하면, 사람들은 또 다른 전조(前兆)를 존중했다.

사제는 신들에게 묻고 제사를 드리는 일과 함께 평화 시나 전시에 법을 보호했다. 때문에 사제는 고고 독일어로 '에바르트'(*Êwart*) 혹은 '에사고'(*Êsago*), 고(古) 프리슬란트어로 '아세가'(*Âsega*) 라고 불렸는데, 법의 지킴이 또는 법의 대변자라는 의미였다.

사제는 제사장소에서 부족회의를 개최하는데, 이 장소는 동시에 재판정이었다. 그 근처에 침묵을 명령하고 회의를 위한 화평을 선포함으로써 팅헬그(Þinghelgr)[21] 가 성립되었다. 사제는 또 명령을 어기는 자를 추방하는 역할도 맡았다.

군대가 전장으로 나아가면 사제는 임원에서 나와 신상과 동물깃발

---

20) 고대 켈트족의 제관(祭官)으로 예언자, 시인, 재판관, 마법사 등을 겸했다.

21) 공동체 전원이 참석하는 회의인 '팅'이 열리는 장소로 그때그때마다 정해진 모양이다.

을 선두에 들고 나섰으며 신이 그 뒤를 따랐다. 사제는 신의 하인으로써 장수의 명령이 아니라 신의 명령에 따라 죄를 지은 자에 대해 채찍질이나 구속, 심지어는 사형까지 시행했다. 통상적 노동에는 활용되지 않는 하얀 말들이 임원 안에 확보되어 있으면서 신의 성스러운 수레를 끌었다. 그러면 사제 그리고 사제 뒤를 이어 왕이나 지방 수령이 이 수레 뒤를 따라갔다. 사제나 왕은 말들의 울음소리나 콧소리를 주의 깊게 경청했는데, 전 부족이 이것이 틀림없는 예언의 소리라고 믿었기 때문이었다.

사제는 흡사 비밀임무를 수행하는 듯이 보이기도 했다. 그럴 것이, 사제는 여성의 장신구를 하고 형체가 없는 나하르나발리족[22]의 알키스(Alcis) 형제 신을 신봉하였고 또 오직 사제만이 천으로 덮여 있는 네르투스[23] 수레를 만질 수 있었으며 그 신상을 목욕시켰다. 이때 이 신상(神像) 목욕이 끝나면 이 일을 도운 노예들을 호수가 모두 삼켜 버렸다.

그래서 고대 게르만의 사제는 신의 위탁을 받아 조언하는 중개자로서 신과 인간 사이 또는 부족민과 통치자 사이를 매개했다. 그리고 왕족과 왕의 신하들에 대해서 마치 호민관처럼 오랜 규범과 부족공동체의 평화를 대변했다. 이런 사제권 안에 보다 높은 종교의식과 법의 지혜가 담보되어 있었다. 사제권과 왕권의 관계는 밀접했다. 이런 관계로부터 추정할 수 있는 점은, 많은 다른 부족들의 경우처럼 남부 게르만 부족들의 경우에도 사제와 왕이 동일한 인물이었으며, 왕은 한 지역의 최고 실권자로서 최고 사제권을 행사했었다는 것이다.

---

22) 나하르발리(Naharvali)족이라고도 불린다. 현재의 폴란드 지역에 거주했던 초기 게르만족인 루기어(Lugier) 5대 부족 중의 하나이다.

23) 《에다》에 나오는 뇨르드와 동일시되는 게르만 신화의 여신이다.

북구의 얄(*Jarl*, 대공)은 제사 때 상좌를 차지했고 신들에게 맨 먼저 민네(Minne) 주(酒)를 바쳤다. 〈리그스툴라〉(*Rigsthula*)[24]에 따르면 얄은 제사 후 루네 문자를 터득하여, 신의 아들로서 이 루네 문자를 통해 모든 자연력을 구사하고 인간의 삶과 행복을 이끌었다.

신들의 혈통을 이어받은 근원 귀족들 중에서 사제가 선발되었기 때문에 사제는 신분이 높고, 현명하며 부유한 남자였다. 혈통이 다른 자유인이나 노예 그리고 부자유한 사람들이 모든 부족공동체에 합류하게 되었을 때 사제는 스스로의 입장을 세우고, 재산이 적은 공동체 구성원들에게 대단히 근원적 양태의 사원을 건립해 주었다.

임원 사제는 사원 사제가 되었으며, 그는 성소를 관리하고 그것을 지속적으로 소유하였으며 그것을 유지하고 그 안에서의 예배를 주관했다. 사유사원(Eigentempel)의 지주로서 사제는 타키투스가 언급한 바처럼 주요 권한을 지니는데 공동체 대표권, 법의 수호권, 재판 진행권이 바로 그것들이다.

고대 게르만 사제들[25]이 이런 주요 권한을 소유하였다는 점, 고문서를 통해 보다 잘 확인된 북구 사제권의 역사, 그리고 초기 기독교 시대에 범게르만 사회에 고유한 교회가 제도화되었었다는 사실 등으로부터 우리는 그런 고대의 발전과정에 대한 모습을 얻어낼 수 있다. 그러나 이런 발전과정은 여러 다양한 부족들 사이에서 각기 다양한 방식으로 이뤄졌다.

사제가 왕이나 수령(首領)들 곁에서 영향력이 센 오랜 위치를 가장

---

24) 〈리그스말〉(*Rígsmál*)이라고도 하며 아일랜드의 신 찬양곡으로, 그 안에 사회적 계급의 연원을 밝히는 내용이 담겨 있다. 리그(Rig) 신이 3번 대지에 나타나 그때마다 노예의 선조, 자유농민의 선조, 귀족의 선조를 차례로 낳았다.

25) **[원주]** Priester der verschiedenen Stämme: Nitzsch, Gesch. d. deutschen Verfassung 2 1, 118. 162. 189. 221.

오랫동안 유지할 수 있었던 경우는 방랑을 오래 해야 했던 부르군트족의 경우였다. 이 부족의 경우 헨디노(*Hendino*, 왕)는 패전이나 흉작을 겪을 경우 "오랜 관례"에 따라 퇴위할 수 있었지만, 이런 헨디노 곁에 있는 최고 사제인 시니스토(*Sinisto*, 최고 연장자)는 자리에서 쫓겨나는 경우가 절대 없었다.

이와는 반대로 대부분의 서부 게르만족들, 특히 농경부족인 헤르만두르(Hermandur)족, 알레만(Allemann)족, 프랑크(Frank)족 등의 경우에 사제권은 일찍이 몰락했다. 이런 부족의 왕들은 민족이동이 지난 후 곧 적어도 군대 안에서 완벽하고도 배타적 징계권을 확보했다. 그러나 사유사원[26]은 존속을 했고 부족들의 개화가 이뤄질 때 이 사유사원은 범게르만의 제도로써 로마 가톨릭교회 제도 안으로 침투해 들어가 위협과 혼란의 요인을 제공했다.

자신의 땅에 사유사원을 지었던 게르만의 토지 소유권은 로마 가톨릭의 주교권과 충돌을 일으켰다. 지주는 자신의 사원을 유지하고, 그 안에서 예배를 주관해야 했으며 자신이 성직자가 아닐 경우 성직자를 임명하고 봉급을 주어야 했다. 지주는 사원을 팔거나 교환할 수도 있으며, 물려줄 수도 있고, 저당 잡힐 수도 있었다.

이 사유사원은 순전히 게르만적인 것이고 옛 로마 교회법에는 생소한 것이었다. 스페인의 수에브족, 서고트족, 부르군트족은 이런 사유사원을 아주 짧게 보유했지만, 랑고바르트족은 끈질지게 이를 비교적 길게 유지했고, 프랑크제국과 독일제국에서 이 사유사원은 5백년간 지속되었다가, 나중에 그 흔적은 크게 힘을 발휘하지 못하는 사원 설립자 권리로만 남게 되었다.

---

26) [원주] Eigentempel vgl. Stutz, die Eigenkirche 1895. Gesch. des kirchlichen Beneficialwesens 89 ff.

작센 귀족들도 그들의 판결권과 지주권을 사제권과 결합시키려 했던 것으로 추측된다. 그들이 성소를 관리했지만, 특별한 사제로서의 지위에 관한 흔적은 거의 발견할 수 없다. 앙겔작센 왕이었던 에드빈(Edwin) 왕은 최고 사제권을 가졌지만 그 권력범위는 분명하게 규정되어 있지 않았다. 다만 확실하게 알 수 있는 점은 앙겔작센의 성직자[27]는 초기에 이미 토착신앙 사제권에 대해서 국가가 인정하는 권리를 확보했다. 이미 알프레드(Alfred) 왕 시절에 성직자들의 토지소유가 우려할 만한 수준으로 확장되었다는 점이다. 아마도 이때 최고 사제권은 왕에게 예속되어 있었을 것이며, 이는 프랑크족의 사유사원의 사제가 지주에게, 또는 노르웨이 사제가 소영주인 '얄'이나 헤르시르(Hersir)에게 예속된 것과 흡사하다.

이 때문에 북구 루네 문자가 적힌 바위에는 룰프(Ruulf)라는 사람이 노리(Nori)의 고데(Gode, 사제)였고, '알리'라는 사람은 솔비(Solvi)의 고데였다고 적혀 있다. 그러니까 이들은 신분 높은 사람 휘하의 사제였다는 것이다. '얄'은 사원의 소유자였을 것이며 고데가 수하의 관리로서 사제의 의무를 수행하는 동안 '얄'은 제사연회에서 상좌를 확보했으며 신을 기억하는 건배를 할 때 맨 먼저 잔을 비울 권리를 가졌다.

게다가 노르웨이의 다른 고데들, 예컨대 드론트헤임 근처 메리(Maeri)에 있는 고데는 사원을 독자적으로 관리했었던 듯하다. 하지만 그것은 과연 사유사원이었을까? 게르만적 사제권이 이렇게 보다 넓은 범위의 독자성을 최대한 활용할 수 있었던 곳은 아이슬란드였다.

노르웨이인 고데들은 아이슬란드로 이주하면서 호프(Hof)라고 불리

27) [원주] die angel-sächsischen Priester: Pauli, Aelfred 166.

는 사원이나 호프의 중심인 들보나 토르 제단 밑의 흙을 배에 실어 아이슬란드로 옮겨 갔다. 그런 후 이들은 토르의 신상이 새겨진 호프의 상좌 받침돌을 배에서 뭍으로 옮겨 놓고 그 자리에 사원을 다시 세웠다. 그렇게 하지 않은 로프트(Loptr)라는 아이슬란드인은 3년마다 노르웨이로 가서 조상들의 사원에서 제사를 올렸다. 이쪽이나 저쪽의 사원들은 그러니까 아주 오래되고 가치 충만한 유물로 여겨졌다.

옛 고향에서 사원을 소유하지 않았거나 가져오지 못했던 유복한 주민들은 그들 자신과 재산이 많지 않은 주민들을 위해서 사원을 건축했다. 사원을 이용하는 대가로 주민들은 일정한 호프 사용료(*Hofzoll*)를 지급해야 했다. 그리고 이 사원을 세운 자는 다른 사람보다 우선권을 가졌고 또 고데나 이피르마드(Yfirmađr)의 자리 또는 관리인의 위치를 차지했다. 이 호프는 소유자의 국가권력을 떠받치는 기능을 했다. 그리고 고데의 지위, 즉 고도르드(Gođorđ)는 사법적·행정적 지배력을 강화시켜 주었다.

고데는 자신이 이끄는 팅 소속원들에게 군사의무 수행을 명할 수 있었다. 그리고 39명의 고데들이 이 지위를 기반으로 아이슬란드의 자유국가를 구성하였다. 이들의 지위는 대개 장자가 물려받았으나, 두 형제가 나눠서 물려받기도 했다. 이 지위는 프랑크족의 사유사원처럼 마치 물건을 그렇게 하듯 선사, 판매, 교환이 가능했으며, 권력지향적인 남자들은 매입, 간계 그리고 무력을 통해 보다 많은 고도르드를 장악하려고 노력하였다. 아이슬란드의 가문 전설은 기독교시대에서도 여전히 이런 고도르드 쟁취의 소음으로 가득 차 있었다. 이는 고데들이 서게르만 지주계급처럼 사유사원을 이끌면서 그들의 토착신앙 선대들이 지녔던 것과 동일한 권한을 유지할 수 있었기 때문이었다.

독일이나 북구에서 이 토착신앙의 사제권 정립은 그 토대가 되는 토지 소유권과 함께 로마 가톨릭교회 안에서도 수백 년 동안 줄곧 통용되었다. 이것이 최종적으로 파괴되었던 것은 주교 서임 논란 때였다. 그러나 오늘날도 여전히 존재하는 많은 궁전교회나 산간지대의 농장에 있는 가정교회(Hauskapelle)는 옛날을 회상케 한다. 슈바르츠발트에서는 가장 나이 많은 하녀가 하루에 3번 종을 울리고, 교회 가는 길이 눈으로 막힐 경우 가족들은 가장이 앞으로 나선 가운데 이 가정교회에서 주일예배를 드린다. 남성사제 외에 여성사제가 등장하는 것은 남부 게르만족의 경우에는 거의 없었으나 북구에서 옮겨온 사람들이나 켈트족과 혼합된 부족 그리고 켈트계 킴버(Kimber)족[28]의 경우에는 간혹 존재했다.

킴버족들의 경우 예언을 하는 늙은 여사제(女司祭)들이 전쟁에 함께 참여하였다. 이들은 맨발에 하얀 면 옷을 입고, 몸에 철제 허리띠를 두른 채 한손에 칼을 들고 포로들 앞에 나서 이들에게 화환을 씌운 뒤 거대한 솥이 있는 곳으로 데리고 갔다. 사다리 위에 올라선 여사제는 공중에 높이 들린 한 포로의 목을 칼로 베고 거기에서 나온 피가 솥 안에 떨어지는 것을 보고 예언했다. 나중에 아리오비스트(Ariovist)[29]가 카이사르에 반기를 들었을 때 수에브족 여인들은 점을 친 후 남편들이 초승달이 뜨기 전에 전쟁하러 나서면 패배할 것이라고 예언했다. 그러나 이때나 그 이후에 여사제에 대한 언급은 이뤄지지 않았다. 심지어 신비의 여신 네르투스도 여사제가 아닌 남성사제를 두었다.

이런 관점에서 보면 북구 사제권은 변형 꼴인 셈이다. 사원의 보호

28) 스칸디나비아 아래쪽인 유틀란트에서 유래한 것으로 추측되는 게르만 부족.
29) B.C. 1세기경의 게르만 수에브족의 족장으로 케사르와 쟁투를 벌였다.

와 제사임무를 여사제들인 '기듀르'〔Gyđjur, 단수는 '기디아(Gyđja')〕가 넘겨받았기 때문이다. 이런 여사제들 중 기디아 슈테인뵈르(Steinvör)는 본 사원을 관리하기도 했다. 그러나 이 여성 사제들에게는 고데가 지닌 세속권력이나 직위가 주어지지 않았다. 특히 재판에 대한 그들의 영향력은 전무했다. 특별한 의미를 지녔던 여사제는 프레이를 섬기는 젊고 아름다운 여사제로, 프레이 신상을 갖고 스웨덴 전역을 돌아다녔다. 이 여사제가 임신하면 풍성한 수확이 예상된다고 믿었다.

북구의 기듀르도 킴버족의 여사제들, 게르만 사제들처럼 예언하는 일에 익숙했을 것이다. 이 예언이 사제의 직능과 불가분의 관계에 있었던 것은 아니다. 오히려 예언은 특별히 재능을 받은 사람들, 즉 우리가 즉시 떠올릴 수 있는 연인들로부터 비롯되었다고 할 수 있다.

사제 복식(服飾)에 대해서는 알려진 것이 매우 적다. 태고 시절 마법사, 기도하는 자, 제사 담당자 등에 대해서는 정결한 겉모습이 요구되었으며, 그럴 때 이해되었던 것은 킴버족의 여사제가 취하였던 하얀 옷, 맨발 등이었다. 고트족 사제도 하얀 옷을 착용했다. 나하르발리족의 알키스 사제들도 여성 장신구를 착용했고, 이때 물결 모양의 긴 두발도 곁들여졌을 것이다. 북구와 고트족 사제들도 팔목이나 팔에 링을 장신구로 착용했고 신상 앞에서 서원할 때는 손에 맹세의 링을 쥐었다. 앙겔작센 사제는 평화의 사도로서 무장하지 않고 또 말도 타지 않았다. 다만 기독교로 개종한 최고 사제가 그의 왕 에드빈에게 토착종교의 신들이 무력하다는 것을 보여주기 위해 왕이 타는 전투마에 올라 토착신앙 신전을 향해 돌진하며 그 울타리 사이를 통해 내부 성소 안으로 창을 투척하였다.

우리는 사제의 정신활동, 그가 섬기는 신 그리고 신성에 대해 사제가 취하는 내적 자세에 대해서는 사제의 외양에 관한 것보다 더 아는 게 없다. 사제의 영향범위에 관해서는 후대의 그 누구보다도 타키투스가 정확하고 포괄적으로 전해 주었다. 그는 사제가 사형집행을 하는 전 과정을 알려주는데, 다음과 같은 사실은 그의 기록을 입증해 주는 듯하다. 즉, 아이슬란드에서는 중한 죄를 범한 죄인은 신에게 봉헌한 바위, 즉 토르의 바위 위에 눕혀져 법정의 결정에 따라 등을 꿰뚫렸다. 또한 피고의 육체와 생명에 관련된 고대 아리안족 신의 심판은 사제의 감독 아래 시행된 듯하다.[30]

우리는 이미 사제들이 맹세를 받아내었다는 것에 대해서 들은 적이 있었다. 사제들은 전쟁이 있기 전 말 울음소리에 귀를 기울이고, 성스러운 짐승깃발을 군대 무리 안으로 들고 들어갔다. 작센인들은 전쟁 전에 신의 뜻을 물었는데, 그것도 사제가 점괘를 던져서 물었다.

그러나 이로써 사제집단의 내적 삶이 전체적으로 밝혀진 것은 아니다. 신에 대한 경배에 간여한 그의 정신적 몫이 단순한 제례행위나 그것과 관련한 법적 행동 안에 확실하게 용해되는 것은 아니다. 사제집단은 신이 발생하기 전 사제가 없던 시대, 정령과 데몬을 숭배하던 시기로부터 많은 가부장적인 맹세의 표현, 축복의 말, 마법사의 주문들을 물려받았다. 이것들은 더욱 고상해지고 심화되어 사제의 입을 통해 표출되었다. 그래서 사제는 어려움과 위험에 직면하면 군대로 이디시가 강림하고 발더와 신들이 나뭇가지를 타고 와서 군대 "주변"에 난국을 해결하고 치료하는 마법의 주술을 선포해 주기를 두운(頭韻) 가락으로 노래했다.

고(古) 인도인들도 잘 아는 이런 주술처럼 원초적인 것은 브라만 관습이었다. 이것은 제사 때 신들을 찬양하는 내용을 혼합형 산문형식

---

30) [원주] Gottesurteile: Brunner, D. Rechtsgeschichte 2, 400.

에 담아내며 산문과 서사적 노래 사이를 오고가는 수법을 썼다. 그러니까 그것은 산문에 지극히 드라마적이고 시적인 독백을 엮어 넣은 것이었다.

개별 《에다》의 노래와 삭소의 소설에서는 이러한 사제와 합창단이 행하는 낭송방법이 작용한다. 우리가 세상 수수께끼, 즉 초월적인 것이나 지하세계의 수수께끼들을 모작품인 〈바프투르드니르의 노래〉(*Vafthrudnismal*),[31] 〈그림니르의 노래〉,[32] 〈알비스의 노래〉 등의 《에다》 가사로부터 유추할 수 있듯이 사제들은 이런 수수께끼를 문답형 시의 행 속에서 규명하려 하였다. 이런 민중적이며 엄숙한 시는 우리 부족법이나 마을의 지혜를 담은 언어를 통해 번쩍 튀어 나오는 것인데, 이런 시는 제사 및 재판 과정을 표현한다.

구체적으로 말하자면 프리슬란트의 법조문들은 지극히 시적이며 두운을 이용한 글과 비유 속에서 움직였으며, 여기저기에서 길고 감동적인 묘사로 표출되기도 했다. 예를 들어 헐벗은 한 아이의 어려운 처지에 대한 묘사가 그런 예이다. 이 묘사에 따르면 이 아이가 안개가 낀 어두컴컴한 겨울밤에 제 아비 때문에 울고 있는데, 그 아비는 사지에 못이 박혀 덮인 채 밤나무 아래 땅속 깊고 어두운 곳에 죽어 묻혀 있는 상황이다. 사제들이 내뱉고 낭독하는 추방의 저주문이나 맹세의 말도 역시 시적 품위를 지니고 있었다.

우리는 사제의 감정생활 안을 더 깊게 들여다 볼 능력이 없다. 우리에게는 사제가 쓴 서정시도 없고, 경건한 마음이 충만히 담긴 노래도, 실제적인 기도문도, 사제의 경건한 마음 표출의 글도, 심지어는

---

31) 오딘이 강라드르라는 이름의 리제 바프트루드니르와 대화 형식으로 벌이는 지혜의 논쟁을 담은 노래이다.

32) 오딘이 그림니르라는 가명으로 자신의 양자 게이로드를 시험한다.

어떤 평신도의 글도 없다. 신에 대한 깊은 경외심을 밝히는 진심의 글들이 없지 않았다는 점은 분명하다. 그러나 토착신앙의 프랑크 왕은 기독교 신자인 아내에게 토착신과 죄인으로 십자가에 매달린 기독교 신 중에 누가 더 힘이 세냐는 중심적인 질문을 던졌는데, 바로 이 질문은 기독교 개종자와 북구 이교도 사이에 벌어지는 논쟁의 단골 질문이었다.

많은 토착신앙인들도 사제이건 아니건 그들의 신에게 최상의 것을 제물로 바칠 준비가 되어 있었다. 아이가 없는 부부들은 신에게 아직 태어나지 않은 아이를 바쳤다. 그러면 그 아이는 오딘의 은총과 도움을 최대로 받는다고 믿었다.[33] 그러나 신은 갑자기 싸움 중에 가장 좋은 나이에 있는 보호대상 용사를 죽게 만든다. 예컨대 뵐숭 지그문트[34] 와 하랄드 힐데탄드[35] 가 그런 용사들이다. 신은 그런 식으로 아끼는 자를 데려간다. 타키투스는 그러나 게르만 사제를 신의 하인이라고 불렀고, 이 사제들은 북구에서 사랑스러운 자, 친구, 공정한 친구, 믿을 만한 토르와 프레이의 친구라고 말한다. 토르와의 특별한 우정은 3세대를 이어 유지되는데, 노르웨이 모스트(Mostr)의 토롤프(Thorolf)에서 그의 아들 토르슈테인(Thorstein) 그리고 다시 손자 토르그림(Thorgrim)으로 이어진다.

프레이의 고데(사제) 흐라픈켈(Hrafnkell)은 프레이에게 자기가 가진 최고의 무기를 바쳤다. 그러나 공동으로 사용한다는 조건이 달렸다. 그리고 그는 최고의 명마 프레이스팍시(Freysfaxi)를 바쳤다. 그

---

33) **[원주]** Odin gegen Sigmund u. Harald: Olrik, Sakses Oldhistorie 2, 85.

34) 뵐숭 지그문트(Wölsung Sigmund). 북구 신화의 한 형상. 뵐숭(Wölsung)의 아들이다. 나중에 부친의 복수를 행한다.

35) 하랄드 힐데탄드(Harald Hildetand). 스웨덴 전설에 나오는 왕이다.

러면서 그는 이 말을 올라탄 자는 죽음으로 대가를 지불케 하겠다고 맹세했다. 또 그는 이 맹세를 무시한 자를 모두 주살했다. 그러나 이 일 때문에 이 사제는 마음의 평화를 잃고 말았고, 이런 불행의 와중에 신을 믿는 것은 쓸모없는 짓이라고 선언했다.

이런 흐라픈켈처럼 많은 고집스런 바이킹들은 변화무쌍한 그들의 삶 중에서 옛 신에 대한 믿음에 실망하여 "자신의 힘과 능력" 외에는 아무것도 "믿음"을 두지 않게 되었다. 사제들을 포함한 이런 사람들은 새로운 신앙에 대해 특별히 잘 준비되어 있었다. 게르만 사제들은 갈리아의 사제들인 드루이데 집단만큼 종교적 의미를 크게 획득하지 못했다. 사제들은 대부분의 부족들에서 그들의 권위의 근거를 사유 사원에 두었던 듯하다. 그들은 신을 대변하여 왕을 도와주고 조언하면서 그들에게 예속되어 있었다. 고(古) 게르만 지역과 스칸디나비아 지역에서 그랬다.

작센의 가우(행정단위)에서는 귀족들이 사제권을 행사했고, 아이슬란드에서는 사제집단이 세속권력을 자기편으로 가져와 버렸다. 종교권위와 세속권위의 결합은 예배나 다른 행동과정에 엄숙한 진지성을 부여했고 사법제도나 군대제도에 엄정하게 작용했다.

많은 개별 사제들은 자신만의 특별한 위치를 확보하지 못했고 자기 휘하에 다만 느슨한 연계 체계를 가졌을 뿐이고 그들의 시선은 주로 세속적인 일을 향해 있었다. 이런 사제들은 어떤 상하 체계를 이루지 못했다. 이런 상하 체계가 있었더라면, 그것은 공인된 최고 수장(首長) 아래서 확고한 구심점을 구축하고 고대 게르만 신앙의 종교적 이론적 구도를 완성시킬 수 있었을 것이다.

그러니까 도처에서 독일 사제권, 약간 뒤늦게 북구 사제권은 약간의 저항을 벌인 후 침투해 들어온 새로운 교리에 투항하고 말았다. 다만 헤센 지역에서만은 많은 사제들이 개종 후에 다시 복귀하기도 했고 아니면 토착신앙과 기독교 신앙이 임의적으로 서로 융합되기도 했다. 일반 민중들도 역시 그들의 사제로부터 버림받고 또 스스로 개종한 후에도 그들의 신화 전통을 수백 년 동안 견지했다.

바네 신앙은 유럽 동부에서 약간 뒤늦게 발생했으며 약간 온건한 형태의 신앙이었고, 아제 신앙은 시기적으로 바네 신앙에 비해 약간 늦었고 투박한 형태의 신앙이었다. 이 양 신앙이 북구에서 화평하게 결합된 것은 그 지역의 토착신앙 사제인 고데 덕분이었다. 그리고 북구 신들의 세계에 충분한 내용과 지침을 주었던 것은 아제 숭배였다. 스칼데는 신화를 완성형으로 마무리하거나 때로는 신화의 심도를 높이거나 규모가 큰 다른 문학에 연결시켰다. 그렇게 함으로써 스칼데는 신화를 순수 시문학으로 발전시키는 데 기여했고 또 왕이나 궁정 국가를 즐겁게 하는 데도 큰 공을 세웠다.

사제 외에 성소 밖에서는 남녀 마법사들이 계속해서 활동했다(114쪽 참조). 그들은 중요한 종교적 사안 중의 하나인 영혼의 욕구, 즉 신의 의지를 알려고 하는 욕구를 충족시켜 주었다. 이것은 선사시대 때부터 활동해왔던 남녀 예언가들도 마찬가지였다. 포로가 흘린 피로 미래를 알아보는 킴버족의 예언은 여전히 사제의 권위와 연결되어 있었다. 하지만 사제가 아닌 사람도 점을 쳤고 또 새가 나는 것과 새가 우는 소리 그리고 말 울음소리[36] 등을 해석했다. 이는 타키투스나 그 후 7백 년이 지나서 나온 〈인디쿨루스〉도 언급한다.

사람들은 좋고 나쁜 조우(遭遇, *Angang*), 즉 동물 중에서 용감하거나 유용한 동물을 만나느냐 아니면 겁 많고 해가 되는 짐승을 만나

36) [원주] Pferdegewieher: ZdV. f. Volksk. 11, 410.

느냐에 따라 어떤 시도의 성패를 해석했으며, 이런 해석은 지금까지도 이뤄졌다. 새들의 말에서 전체 의미를 알아듣는 사람도 있었고 지금도 있다. 지구르트는 악룡의 심장을 떼어 먹은 후에 마이세(Meise)라는 새가 그의 운명에 대해 말하는 것을 이해할 수 있게 되었다.

그러나 미래를 미리 아는, 신적(神的)인 지식을 담는 가장 순수한 용기(容器)는 인간, 그것도 비상하고도 신성한 시대에 이 세상에 온 밝은 눈의 예언자이며, 특히 게르만 여인들이었다. 타키투스 시대 때 사람들은 이 게르만 여인들 안에 오류가 없는 미래 예감의 감각이 있다는 것을 감지했다. 그것은 바로 불안한 상황에서 남자의 명징한 이성보다 더 정확하게 이끌어 가는 여인의 확실한 감정이었다.

그래서 독일인들은 일찍이 이런 여인들, 즉 아우리니아(Aurinia)를 존경했다. 이 여인의 정확한 이름은 아마 알브루나(Albruna) 혹은 알루나(Alruna)였다. 19세기까지만 해도 넓고 우울한 베스트팔렌 지역의 황야에 많은 외로운 사람들, "포어키커스"(Vorkiekers)가 살았는데,[37] 이들은 공중을 이동하는 군대의 승리와 또 다른 군대의 패배를 아는 미래 예측의 시각을 가졌다.[38] 바로 여기서 브룩터러(Brukterer)족[39]의 처녀 벨레다(Veleda)[40]가 성장했다.

벨레다는 독일인의 승리와 로마 군단의 몰락을 예언했었는데, 그

---

37) [원주] Westfälische Vorgesichte: Kuhn, Westf. Sagen 1, 204.

38) [원주] Erbliche Weissagekunst in der Völsungasaga S. 89 u. in der Njals saga c. 85.

39) 리페(Lippe) 강과 엠스(Ems) 강 지역에 거주한 게르만 부족으로, 나중에 B.C. 9년 케루스커 부족과 연합하여 바루스 휘하의 로마군단을 퇴토부르크 숲에서 궤멸시켰다. 68/69년에 로마에 대한 바타버족의 반란에 참여하고 쾰른 근처로 진출하였다.

40) B.C 1세기경 게르만 부족 브룩터러족에서 활동하던 여성 예언자이다.

녀의 예언이 성취되자, 사람들은 벨레다를 은혜가 풍성한 여신으로 믿었다. 벨레나는 그녀가 속한 브룩터러족과 바타버(Bataver) 족[41] 이 클라우디우스 시빌리스(Claudius Civilis)[42] 가 지휘하는 로마군에 대항하여 치열하게 싸우던 수 년 동안 높은 탑 위에 올라가 거기서 두 부족의 운명을 이끌어 나갔다. 벨레나는 이 투쟁을 통해 신의를 어긴 우비어(Ubier) 족[43] 의 도시 쾰른이 붕괴되는 것을 막았다. 그러나 우비어족 사신의 접견을 거부했고, 또 그녀가 맹인이었던 까닭에 그녀에 대한 외경심은 더욱 상승했다. 브룩터러족 중에서 가장 뛰어난 자들이 벨레나의 조언과 대답을 중개했다. 포로로 잡힌 로마군 장교와 포획한 지휘선은 리페(Lippe) 강을 통해 그녀가 있던 탑 쪽으로 보내졌다. 그러나 게르만 동족이 결국 패배한 후 그녀는 로마의 포로가 되었으며 한때 예언을 통해 뒤흔들어 놓았던 로마에서 멸시를 당하며 쓸쓸히 생을 마감했다. 그 후 다시 한 번 로마에 맞서는 독일 여성 예언자가 등장하였는데, 엘베 강 지역 출신의 큰 체구의 여인으로, 이 여인은 게르만족 정벌에 나섰던 로마 군단장 드루수스[44] 의 죽음이 임박했음을 예언했다.

북구에서는 남성 예언자인 '스파마드'(Spamadr), 여성 예언자인 '스

---

41) 라인 강 어귀에 위치했던 서게르만 부족. 아우구스투스 황제 이래로 로마와 공식적인 동맹관계에 있었다. 그러나 69/70년에 로마의 무자비한 수탈에 대항하여 반란을 일으켰으나 진압당하고 말았다.

42) 정확한 이름은 가이우스 율리우스 시빌리스(Gaius Iulius Civilis: A.D. 25년 사망). 로마에 반란을 일으킨 게르만족 진압을 이끌었다.

43) 라인 강 우편과 엘베 강 사이의 지역에 살던 게르만족. 게르마니아 지역을 원정했던 카이저는 이 부족이 이미 문명화되어 있다고 기술했다.

44) 정확한 이름은 티베리우스 드루수스 율리우스 카이사르(Tiberius Drusus Iulius Caesar: B.C. 15~A.D. 23). 로마제국 제2대 황제인 티베리우스의 유일한 아들. 아내에게 독살당한 것으로 알려져 있다.

파코나'(Spákona)와 '뵐바'(Völwa) 등이 직업적으로 예언을 했다. 여성 예언자들은 그들이 들고 다니던 마법 지팡이인 뵐(Völr)을 특징으로 삼아 '뵐을 갖고 다니는 여성들'이라는 뜻으로 뵐부르(Völvur)라고 불렸다.[45] 이런 뵐부르는 마법을 통해 초자연적 지혜를 얻었다.

여성 예언자는 깊은 밤 특정한 시간과 장소에 이른바 우티세타(Utiseta)[46]를 위하여 좌정(坐定)하였다. 거기에서 이 여성 마법사는 지팡이와 주문, 시신 주문인 발갈드(Valgaldr)를 통해 영혼과 정령들을 불러내고 마법의 신인 오딘의 도움을 받아 이들로 하여금 미래, 과거, 현재와 관련하여 자기가 한 질문에 대한 답을 하도록 하였다. 그러니까 여성 예언자는 아주 오랜 문제인 죽음의 문제로 돌아갔다(①권 224쪽 참조). 그런 다음에 그녀는 토르뵤르그(Thorbjorg)[47]처럼 율 축제 때 털모자에 짙은 청색 망토를 입고, 허리띠에 찬 주머니에는 마법도구를 넣고, 손에는 지팡이를 들고, 가끔은 대규모의 휘하를 거느리고 지역을 누비고 다녔다.

예언자는 농장에서 도축한 짐승의 심장이나 죽을 대접받았다. 그런 다음 예언자는 높다란 마법의 의자 위로 올라앉고, 이 의자를 추종자들이 둘러싸며, 경계의 정령이나 수호정령을 불러낼 마법의 노래를 불러댄다. 그런 다음 자신의 기술에 확신을 갖게 되면 그녀는 미래를 점지하고, 농사의 작황, 가족의 운명, 내년의 커다란 사건들

---

45) **[원주]** Völur, Völvur: Maurer, Bekehrung d. norweg. Stammes 1, 202. 445. 479. 2, 133. 146. 408.

46) 고대 스칸디나비아의 종교의식 형태 중의 하나로 '야외에 좌정'하며 예언하는 것을 가리킨다.

47) 아이슬란드 전설인 〈붉은 남자 에릭 전설〉(*Eiríks Saga Rauða*)에 등장하는 여성 예언자의 이름이다. 이 전설은 한 해상 무역상의 가족이 그린란드와 뉴펀들랜드를 발견하게 된 이야기를 담고 있다.

등을 예언했다. 예언자들은 그 대가로 상을 받았으나, 그녀가 별로 환영받지 못한 말을 선포했을 경우, 벌을 받았다.

1000년경에 이 뵐루르는 노르웨이와 아이슬란드뿐만 아니라 덴마크와 그린란드에도 도입되었다. 가장 존경받은 뵐바는 10세기 후반에 등장했던 여성 예언자 토르디스(Thordis)[48]였다. 그녀는 아주 해결하기 어려운 법적 문제에서도 심판관 직능을 떠맡기까지 했다. 토르디스는 새로운 신앙에 대해 진지하게 생각했던 듯하다. 그녀는 스파콘우펠(Spakonufell)에서 아이슬란드 최초 선교사인 토르발드(Thorwald)를 교육시켰다.

가장 유명한 뵐바는 한 시인으로 하여금 〈뵐루스파〉를 낭송케 한 그 뵐바이다. 이 뵐바는 원초세계의 존재로서, 전능자의 영향 아래 있으며 이 세계 시초부터 종말까지의 운명 그리고 그 재생의 운명을 모든 인간 후예들에게 예언하고, 게르만적이라고 보기 어려운 예언자이고 흡사 시빌레(Sibylle)[49] 같은 예언자이며, 고대 기독교풍의 시에서부터 유래한 구조체이다. 이 점은 다음에서 계속 밝혀질 것이다.

그러나 이미 그 당시에도 예언을 빙자해서 많은 비리가 행해졌다. 이 때문에 고대 노르웨이 법은 십자로에 나앉는 행위, 즉 우티세타(*Utiseta*)를 율 축제의 밤이나 신년 밤에는 금지시켰다. 독일에서도 사람들이 동일한 목적으로 십자로에 소가죽을 깔고 그 위에 앉거나, 아니면 한층 고대풍으로 칼을 띠로 감고 자기 집 지붕 위에 앉았다.

이런 신탁의 정좌를 이른바 (흘)리오도르사차〔(H)liodorsâza〕[50]라

48) 북구 신화 최고신인 토르에 대한 외경심에서 비롯된 이름으로 스칸디나비아에 흔히 있는 여성 이름이다.

49) 그리스 신화에 등장하는 미래를 알려주는 여신. 그 근원은 소아시아 지역으로 추정된다.

고 하는데, 성직자들은 700년경부터 이를 박멸하려고 노력하였지만 결국 성공하지 못했다. 19세기에 이르기까지 아이슬란드나 독일에서는 사람들이 안드레아의 밤(Andreasnacht),[51] 성탄절, 삼왕(三王) 도래의 밤(Dreikönigsnacht)[52]에 십자로에 정좌했으며, 페로 제도[53]에서는 십자로에 회색 빛깔의 송아지 가죽을 깔고 날카로운 도끼로 무장한 채 정좌했다. 이때 이 정좌는 이제 예언을 받기 위해서가 아니라, 여기에 밀려든 엘프와 마귀로부터 금과 은을 얻기 위한 것이었다. 또한 무장한 사람이 지붕 위에 정좌하는 효과적인 방법도 잊지 않았다. 그러나 지붕 위의 정좌는 다른 목적을 띠었다. 브렌너(Brenner) 강변의 고센사스(Gossensaß)[54]에서는 성탄절 미사 때 지붕 꼭대기에서 낫을 두드려 날을 세우면 1년 내내 결단력을 보유할 수 있다고 생각했다.[55]

부분적으로 그로테스크한 이런 특별한 관습은 다음과 같은 견해를 통해 설명될 수 있을 것이다. 즉, 어떤 격리된 지점에서, 보통사람들과는 다른 방식으로, 탑 위에서 마법사[56]의 무장을 하고 또는 지붕 위에서 그리고 사방을 두루 쳐다볼 수 있는 고적한 십자로에서 미래에 대한 투시력을 얻어낼 수 있다는 견해가 그것이다.

---

50) **[원주]** Liodarsaza: Tille, Yule 96. 101.

51) 시몬 베드로의 형제이며 예수 12제자 중의 하나인 안드레아스가 사망한 날로 매년 11월 30일이다. 민간신앙에 따르면 이날은 결혼상대를 잡아두기 또는 결혼상대가 누구인지 알아내기 좋은 날이다.

52) 가톨릭에서 1월 6일에 행하는 교회축제일로 예수 탄생을 찾아왔던 동방박사 세 사람을 기리는 축제이다.

53) **[원주]** Faröern: ZdV. f. Volksk. 2, 13.

54) 이탈리아의 나부 티롤 산맥에 위치한 브렌너 구역의 중심도시.

55) **[원주]** Gossensasser Dachreiter: ZdV. f. Volksk.

56) **[원주]** Zauber: Gering, Weissagung u. Zauber S. 10.

앞에서 소개한 벨레다와 명성에서 차이를 보이긴 하지만 여성 예언자의 긴 계보가 만들어져 우리 시대의 "하르크뷔레"(Harkbüre)에까지 이르는데, 슈바르츠발트 숲 속에 살았던 이 여인은 옛날 토착신앙이 성했던 시대에 성탄절과 삼왕 도래의 밤사이 예언이 행해지던 시간에 별의 심야주행을 관찰하고 그것에 의거해 농부들에게 새해에 농사의 성패나 전쟁과 평화의 여부를 예언했다. 이 예언녀는 나폴레옹 전쟁과 1848년 혁명을 예견했다고 한다. 남녀 예언가와 고대 북구의 남녀 마법사인 '세이드라마드'(seiđramađr), '갈드라마드'(galdramađr) 또는 '세이드라코나'(seiđrakona)와 갈드라코나(galdrakona)는 가까운 관계를 맺는다. 북구에서는 태고 시대의 마법제도가 독일에 비해 훨씬 발달되어 있었다. 그것은 인접 부족인 라플란드[57]인이나 핀란드인들이 이런 마법제도를 육성했기 때문이다. 사람들은 이 마법기술을 배우러 핀란드인들에게 갔다. 그들의 배움 열정이 지나치게 강력해서 노르웨이에서는 이에 대응하는 기독교 성향의 법안이 제정되기까지 했다. 그러나 토착신앙의 마지막 시대에 마법술은 더 이상 권위를 갖지 못했다. 하랄드 쇤하르는 아들에게 라근발드(Ragnvald)를 비롯한 80명의 마법사를 죽이도록 명령했다. 여성 마법사는 일반적으로 용인되었지만, 공동체에 해를 끼치면 돌로 쳐서 또는 물속에 빠뜨려 죽였다.

마법이나 신탁보다 대개 제사가 선행되었다. 심지어 사람을 바치는 제사도 있었다. 마법사도, 뵐바처럼 세이드할(Seiđhjallr)이라는 높은 자리로 올라갔다. 거기에서 아래를 내려다보며 주문, 예언을 선포하기 위해서였고, 또 노래나 주문에 덧붙여진 강한 마력을 끼치는

57) 스칸디나비아 북부에 위치한 지역이다.

말, 즉 루네를 소리 높여 외쳤다. 마법사들은 마력을 발휘하기 위해 골라낸 대상, 즉 방어무기 등에 그런 루네 문자를 새겨 넣었다. 마법사는 어떤 식물이나 돌을 가지고 치유하는 능력을 갖고 있었으며 사랑이나 승리 또는 반작용을 일으킬 수 있었다.

《운문 에다》 중에서 지그드리파는 지구르트에게 맥주를 건네는데, 이 맥주에는 마법의 노래와 치유의 루네 문자, 좋은 마법과 기쁨의 루네가 가득 포함되어 있었다. 이 지그드리파는 루네를 먼저 칼 손잡이, 뿔잔 그리고 여타 많은 마법으로 보호해야 할 물건들에 새겨 넣었고, 그런 다음 다시 긁어내 그것을 성스러운 메트에 담갔다. 그렇게 만든 음료를 마신 지구르트는 어떤 행위도 할 수 있게 되었다. 바덴 지방의 어머니들은 대문자, 소문자를 잘게 쪼개서 그것을 예수 수난절 계란에 넣어 학교 입학 전의 아이에게 먹으라고 내어주었다. 아이가 공부를 잘하도록 하기 위한 것이었다.[58]

옛날부터 사악하고, 비밀스럽고, 선하고 자선을 베푸는 마법이 있었다. 마법능력이 있는 사람이 마법을 통해 타인을 마음에 먹은 형상으로 바꿔 놓을 수도 있었고 또 스스로가 갖가지 짐승의 형상으로 변신할 수 있었다. 예컨대 흔히 배를 위협하는 고래나 타인의 형상으로 변신했다. 옛 시절 루네 문자를 아는 왕은 좋은 마법에 능통했다. 〈리그스툴라〉에 따르면 이런 왕은 '얄'을 능가했으며 삶과 죽음의 루네 문자를 잘 활용했다. 선과 악의 마법기술은, 핀란드인의 그것과 마찬가지로 오딘의 속성으로 여겨졌다.

타키투스 시대에 신에 대한 예배는 대개 마을 성소에서 이뤄졌다. 예배는 이름처럼 아주 단순했다. 올덴부르크 부근의 돈너슈베

---

58) [원주] Alphabet verhacken vor dem ersten Schulgang: E. H. Meyer, Bad. Volksleben 109.

(Donnerschwee)[59]와 10세기경 확인된 마그데부르크 부근의 보데네스베게(Wodeneswege),[60] 현재 이름 구텐스베겐(Gutenswegen)은 두 최고신 오딘과 토르에게 제사를 올렸던 장소이다. 이런 장소 이름은 고지 독일어 '비(크)'〔*Wî(ch)*〕[61]와 연계된 듯이 보인다. 또 북구어인 '비'(*Vi*), '베'(*Vé*)를 사용해 토르스비(Thorsvi), 오딘스비(Odinsvi), 프레이스비(Freysvi) 같은 이름이 생겨났다. 이런 명칭에서 비(크)나 비, 베는 일반적으로 성소(聖所)를 의미했다.

그러나 또 다른 사원 명칭으로 고고 독일어 '하루크'(Haruc),[62] 앙겔작센어 '헤르그'(Hearg), 고대 북구어 '호르그'(Horgr)는 제단으로 사용했던 돌무더기[63]에서 유래한 명칭인 듯하다.

유틀란트 반도에서는 질그릇 파편과 암소의 뿔이 있는 돌무더기와 2개의 나뭇조각이 있는 돌무더기 다수가 나란히 놓여 있는 것이 발견되었다. 그 안에는 한 신상의 다리 부분이 있는 것으로 추정되기도 했다. 비보르그(Viborg) 부근의 또 다른 돌무더기 곁에는 예배 때 사용한 것으로 추정되는 나무로 된 남근의 형상이 놓여 있었다.

사원을 지칭하는 고대 북구어 '룬드'(*Lundr*), 고고 독일어 '파로'(*Paro*), 앙겔작센어 '베로'(*Bearo*) 그리고 독일어 '로'〔*Loh*, 라틴어 '루쿠스'(*lucus*)〕는 근본적으로 임원의 개념이었다. 그러니까 옛 사원은 숲의 일부를 울타리로 경계 지은 지역, 숲의 개활지였으며, 그 안에는 들판의 바위나 돌무더기로 제단의 탁자, 〈인디쿨루스〉에 작은

59) '돈너'(*Donner*)는 '천둥'이라는 뜻으로, 토르, 도나르와도 관련이 있다.
60) 'Woden'은 '오딘'의 다른 말이고, 'weg'는 '길'이라는 뜻이다.
61) **[원주]** Wîh: Sievers in Paul-Braune Beitr. 10, 511.
62) **[원주]** Haruc: zu latein career? Kogel im Anz. f. d. Altert. 19, 7.
63) **[원주]** 돌무더기에 대해서는 S. Müller, Nord. Altertumsk. 2, 180.

집으로 기록된 카술라(Casula), 첼라(Cella) 등이 만들어져 있었다. 카술라나 첼라는 신의 거처로 생각되었다.

이런 구조물 위에 손이 닿을 수 없는 높은 숲 속의 나무들은 쏴쏴 소리를 내고 있었다. 게르만 땅의 푸른 숲은 이런 성소를 도처에 갖고 있었다. 타키투스 시대에 바두헨나(Baduhenna) 임원, 오버베저 강가의 헤르쿨레스(도나르) 임원, 섬에 있는 네르투스 임원, 슈프르강 지역의 전능자(Allwalter) 임원, 동쪽 나하르발리(Naharvali)족 지역의 알키스 임원 등이 그런 것들이다.

우리는 중세 시대 동안 저지 독일에 있던 성스러운 숲, 로(Loh)와 북부 독일에 있던 성스러운 숲에 관하여 지금도 듣는다. 브레멘 대주교였던 운반(Unwan)은 이런 임원에서 제사를 올리고 있었기 때문에, 이것들을 완전히 파괴시켜야만 했다. 북구에서는 토르 룬드와 프레이 룬드가 유명했고 웁살라 임원도 잘 알려졌다. 쇼넨 룬드는 덴마크 4대 사원 중의 하나였다.

오래된 임원들은 나중에 세워진 더 큰 규모의 사원들에 점점 밀려났다. 하지만 사람들은 막강한 위용의 나무만은 보존하고 싶어 했다. 헤센 주(州) 가이스마르(Geismar)[64] 부근의 도나르 밤나무와 어디에서도 다시 볼 수 없는 웁살라 사원의 상록수가 그런 나무였다.

작센인들은 하늘이 뚫려 있고 나무가 있던 자리에 엄청난 크기의 나무 몸통을 세웠다. '이르민 기둥'(Irminsäule) 또는 '에르멘 기둥'(Ermensäule)[65]으로 이것은 에레스부르크(Eresburg), 현재 슈타트베르게(Stadtberge)로부터 상당한 거리에 있는 에게(Egge) 산맥[66]의

---

64) 독일 한가운데 위치한 2007년 기준 인구 1,237명의 작은 마을이다.

65) [원주] Irminsûl: Mannhardt, Wald- u. Feldkulte 1, 303.

66) 독일 노르드라인-베스트팔렌 주 동쪽에 위치한 최고봉 높이 468m의 산맥.

이르민 기둥은 게르만 신화에서 상상의 나무인
세계수 이그드라실을 본뜬 것이다.

한 성역(聖域)에 서 있었다. 이 기둥들은 때에 따라 각기 하인(*Hain*, 임원), 하일리히툼(*Heiligtum*, 성물), 이돌(*Idol*, 우상)이라 불렸다.

이런 모든 종교적인 "거대 주상(柱像)들"은 작센족[67]이나 엥게른(Engern)족[68] 전체의 성소였던 듯하며, 이것들은 772년 칼 대제가 행한 최초의 계획적인 작센 정벌의 목표가 되었다. 그의 군대가 이 주상들과 여타 시설들을 모두 파괴하는 데에는 사흘이 걸렸다. 그는 이때 발견된 금과 은을 모두 노획물로 취하였다. 비투킨트 폰 코르베이[69]의 기록에 따르면, 이 전쟁이 있기 250년 전에 작센인들은 운스트루트

---

67) 서쪽 게르만 부족이었던 작센족은 지금의 독일 서북부와 네덜란드 동부에 거주했다.

68) 앙그리바리어(Angrivarier)라고도 불리는, 현재 독일 중남부 베저(Weser)강 오른쪽에 거주했던 게르만 부족이다.

69) 비투킨트 폰 코르베이(Widukind von Corvey: 925~973). 작센족 출신의 역사가. 《작센족의 역사》(*Res gestae Saxonicae*)라는 책을 썼다. 이 책은 오토 황제 시절에 나온 가장 중요한 역사 원전이다.

의 갈림길에서 전대미문의 승리를 거두고 나무기둥과 비슷한 기념물을 세웠다. 그리고 이를 역시 이르민 기둥이라고 불렀다. 이것은 승리를 염원하는 부족의 상징물이었다. 그 다음에 세워진 4개의 '5월 나무'(*Maibaum*)는 패배한 겨울에 대한 봄의 승리의 상징물로 세워진 것이었을 것이다.

성소의 다른 형태로 고대 독일어로 '알라(크)'〔*Ala*(*c*)*h*〕라는 고트족의 '알'(*Alhs*)이 있다. 이것은 이 단어의 옛 의미로는 방어시설, 그러니까 환상(環狀)의 방벽,[70] 성(城)을 의미했는데, 이 때문에 옛날 연대기는 자주 이 사원을 카스트룸(castrum)이라고 표기했다. 북부 독일에는 전시에 피난처나 요새로 사용되었던 지상 구조물이 흔히 발견되는데, 이런 것들은 제사장소로도 이용되었다. 또 로마인들의 도로가 합쳐지는 곳[71]은 가장 쉽게 도달할 수 있는 회합지점이었고, 게르만 이교도들은 그들의 예배장소로 이용했던 것으로 추정된다. 뮌스터〔미미가르데포르드(Mimigardeford)〕,[72] 오스나브뤽(Osnabrück), 파데보른(Paderborn), 민덴(Minden) 등이 그런 곳이었다. 리부아리안법(*das ribuarische Gesetz*) 72, 1에서 프랑크인은 십자로에 위치한 하라(Harah)라는 사원에서 맹세를 했다. 게다가 덴마크인들은 알프릭(Alfric)[73] 성인(聖人)의 생활방식에 따라 십자로에서 오덴(OÞen)[74]에게 제사를 올렸다.

보다 정교하게 꾸며진 사원은 인도게르만족의 경우엔 나중에 나타

---

70) [원주] Ringwälle als Tempel: E. H. Meyer, Germ. Mythol. 56. 4, 109.

71) [원주] Tempel an Kreuzwegen: Dünzelmann in d. Jahrb. f. class. Philol. XX. Suppl. 87, 141.

72) 뮌스터 교회 부근에 위치한 옛 작센 부족의 주거지이다.

73) 973년에 영국의 초기 대법관을 지낸 인물이다.

74) 여기서 '오덴'(Othen)은 '오딘'을 가리키는 듯이 보인다.

났고, 그리스인들의 경우에도 그러했다. 미케네 문화에도 그런 사원은 없었으며, 《일리아스》의 후기 발굴 부분에서 비로소 나타났다. 타키투스는 신들의 존엄함에 대한 게르만인들의 관념 때문에 그들은 신들을 4개의 벽 안에 가둔다거나 그것을 모양으로 표현하는 것을 하지 않았다고 생각했다.

그의 이런 생각은 후기 로마 시대의 사고에 매몰된 것으로, 사실의 제시나 그것의 논증에서 모두 오류를 범하는 것이다.

독일 뮌헨의 한 시장에 세워진 5월 나무.
통상 4월 30일이나 5월 1일에 세워진다.

타키투스는 주목받았지만 폐허로 남은 마르센란드(Marsenlande)의 탄파나[75] 사원과 네르투스 사원을 그 예로 인용했다. 이런 성소들이 아무리 단순한 형태의 것이었다고 하더라도, 그것들은 울타리와 마당을 가진 것으로 가치가 있는 것들이었고 그 소유자에게 상당한 권리를 갖춘 사제의 위치를 부여했던 것처럼 보인다(116쪽 참조).

로마의 문물이 유입되기 시작했던 5세기경부터 남부 독일의 토착 신앙 사원들, 또 보다 규모가 커진 사원들에 대한 언급들이 자주 이뤄졌다. 그러나 그 시설들에 대해서는 자세한 내용이 전해지지는 않았다. 다만 게르만인들이 제사의 향연을 펼쳤던 쾰른의 한 사원이 여러 신들의 신상이나 갖가지 장식물 그리고 병들어 있는 구성원을 그린 모상들을 구비하고 있었다는 것에 관한 전문(傳聞)은 있었다.

에드빈(Edwin) 왕(633년 사망)은 앙겔작센족 사원과 거기에 포함된 울타리, 제단 그리고 우상들을 모두 불태워 버렸다. 프리슬란트의 사원들 중에서 가장 값있는 사원은 헬골란트에 있는 포세티 신의 사원이었다. 이런 사원들은 여러 세대를 거치는 동안 늘어난 보물들을 보유하고 있었다. 이런 사원을 도둑질하다 잡힌 자들은 잔혹하게 토막 나 죽었고, 바닷가에서 제물로 바쳐졌다. 사체는 거기에서 바닷물에 휩쓸려 사라졌다. 칼 대제는 프리슬란트를 정복한 뒤 그 보물들 중 2/3는 자기 것으로 취하고 나머지 1/3은 위트레흐트(Utrecht)[76]의 알베리히(Alberich) 대주교에게 할애했다.

---

75) 탐파나(Tamfana)가 정확한 명칭이며, 타키투스가 기록한 소규모 게르만 부족인 마르시(Marsi)족이 섬긴 여신 이름이다. 마르시족은 독일 라인 강, 루르 강, 레프 강 사이에서 거주했던 부족이다.

76) 네덜란드 한가운데 위치한 도시로 예부터 로마 가톨릭 대주교 교구청이 있었다. 유럽 교통의 중심지이고 대학도시이기도 하다. 2009년 말 기준으로 인구는 약 31만 명이다.

칼 대제는 금지령과 전쟁으로 작센 지역의 신전[77]들을 없앴다. 가장 중요한 신전은 작센 귀족들이 밀집해 거주하는 곳에 자리 잡고 있었다. 프랑크와의 접경지역이었다.

칼 대제는 에레스부르크, 이르민술(Irminsul),[78] 파더보른, 데트몰드(Detmold) 및 헤어포르드(Herford)에서 전쟁을 수행했다. 앞에서(136쪽 참조) 이미 언급한 것처럼 칼이 이르민술을 파괴할 때 금과 은을 발견하고 그것을 빼앗았다는 언급은 의심의 여지가 없으며, 프리슬란트의 신전[79] 보물에 대한 보고도 마찬가지이다. 작센인들 역시 신전훼손을 죽음으로 징계했다.

북구의 신전은 앙겔작센 신전처럼 보호된 장소라는 의미에서 호프(Hof)[80]라 불렸다. 호프는 독일 신전처럼 대부분 나무로 되어 있었다. 그러나 아이슬란드의 신전은 토탄(土炭)으로 만들어졌다.

드론트헤임 지방의 토르 신전 같이 규모가 큰 신전도 붕괴될 수도 있었고 또 부분적으로는 아이슬란드로 옮겨질 수도 있었다. 그러나 전설에 묘사된 아이슬란드 마을 신전[81]은 기독교 교회의 구조를 모방한 듯한 부분들이 있다. 이 마을 신전은 60피트의 넓이에 120피트

---

77) **[원주]** Sachsische Tempel: Nitzsch, Gesch. d. d. Verfassung 2 1, 222 vgl. Zfd. Mythol.

78) '웅장한 기둥들'이라는 의미로 '이르멘술'(Irmensul) 또는 '이르민 기둥들'(Irminsäule)이라고도 한다. 고대 게르만 작센 부족의 성소(聖所), 성물(聖物)이었다. 게르만 신화 안 세계수인 '이그드라실'의 범주에 포함된다. 웁살라에 있는 바이킹 사원의 늘 푸른 경배수(敬拜樹)에서 그 흔적을 볼 수 있다.

79) **[원주]** Friesen tempel: Hauck, Kircfiengesch. Deutschlands 2, 311. Vita Liudgeri 1, 8. 14.

80) **[원주]** Hof: Heyne, Deutsche Hausaltertümer 1, 13.

81) **[원주]** Beschreibung eines Hofs: Eyrbyggjasaga c. 4. Kjalnesingasaga c. 2(Islend. Sögur 2, 402).

의 길이로 하나의 본당 건물과 좁은 연결공간을 통해 본당과 분리된 일종의 코러스 공간인, 스투카(Stúka) 또는 아프후스(Afhûs)를 갖고 있었다. 본당은 제사향연을 위한 공간이고, 스투카는 신들과 신들에게 올리는 제사를 위한 공간으로 규정되어 있었다. 중앙에는 최고사제가 앉는 상좌(上座)인 왼드베기(Öndvegi)가 서 있었다. 상좌의 받침대에는 토르의 그림이 장식되어 있고 레기나그랄(Reginnaglar)이라는 장식용 대못들이 박혀 있었다.

스투카에는 쇠가 박힌 제단인 스탈리(Stalli) 또는 스탈(Stallr)이 서 있었다. 그 위에 신들의 상이 세워져 있고 금이나 은으로 만든 맹세의 반지[82]가 놓여 있었다. 이 반지는 사제가 제물로 바친 짐승 피에 담갔다가 꺼내어 놓는 것인데, 옛 관습에 따라 예배행위로 행하는 모든 맹세, 즉 '호프의 맹세'(*Hofseide*)는 이 반지를 두고 이뤄졌다. 알프레드 왕[83]은 875년 덴마크인들로 하여금 성자들의 유골뿐만 아니라 제물의 피를 묻혀 제단 위에 놓인 신성한 반지를 두고 조약에 대한 맹세를 하도록 했다.

신성한 반지에 하는 맹세는 나중에 교회 문고리, 반지, 지팡이, 유물 등에 하는 맹세로 대체되었지만, 이런 식의 맹세를 고트족, 프랑크족 및 작센족도 잘 알고 있었다. 541년 오르레앙(Orlean)의 프랑크 주교회의는 신들의 이름을 외치면서 동물의 머리를 만지며 행하는 맹세는 이교적인 관습이라고 저주를 내렸다.

동(銅)으로 만든 커다란 제사용 솥은 독일의 제사광경을 묘사한 데서 나타나는데, 이 솥은 제물로 바친 짐승의 피(흘라우트, *hlaut*)나

82) [원주] Ringeide: ZfdA. 17, 428. Brunner, Deutsche Rechtsgeschichte 2, 429.

83) [원주] Pauli, Konig Alfred 116.

사람의 피를 담는 용기이다. 여기에 제물의 피를 뿌리거나 점을 치는 데 이용되는 제사용 나뭇가지를 담갔다. 그란마르(Granmar) 왕이 웁살라에서 제사를 올리며 자신의 운명에 대해서 문의했을 때 이런 일이 있었다고 전해진다. 즉, 그때 왕이 담근 나뭇가지는 마치 더 이상 살 수 없을 것처럼 되어 버렸다는 것이다.

이 신전을 둘러싸고 있는 것은 사람 키 높이의 울타리였다. 앙겔작센어로는 '게르드'(Gerđr), 북구어로는 '가르드'(Garđr)라고 했는데, 웁살라 신전의 것은 금으로 연결된 울타리였던 듯하며, 나중에 독일의 마리엔(Marien) 교회, 레온하르드(Leonhard) 교회, 니콜라우스(Nikolaus) 교회도 금으로 된 담장으로 둘러싸여 있었다.

웁살라 신전 곁에는 비할 데 없이 늘 푸르른 나무 한 그루가 '샘'을 내려다보며 서 있었다. 그리고 이 샘 곁에서 제사가 행해졌는데, 바로 이 샘 때문에 웁살라가 이 지역에서 가장 신성한 신전이 되었다. 또 헬골란트는 샘 하나 때문에 포세티 신에게 봉헌된 섬이 되었다. 헬골란트에서 사람들은 제사를 드리도록 정해진 사람들을 이 신전 문 곁에 있는 "제사의 샘"에 빠뜨렸다.

사람들은 네르투스의 하인들이 가라앉았던 네르투스의 호수를 생각할 수도 있었을 것이다. 아울러 파더보른, 프라이부르크, 보른회베데(Bornhövede), 비셀회베데(Visselhövede), 벡스회베데(Bexhövede) 등의 교회를 생각할 수 있는데, 교회 안이나 곁에는 샘들이 솟아나고 있었다. '신전의 평안'이라는 의미의 '호프스헬기'(Hofshelgi)[84] 원칙은 성소(聖所)를 무흠하며 방어수단이 없는 자들에게 불가침의 피난처가 되도록 했는데, 이런 피난처를 무장한 자들이 발을 들여놓는 행

84) Hofshelgi: Egilssaga c. 49.

위는 엄격히 금지되었다.

평안이 없는 자로 선포당한 자는 늑대나 곰[85] 처럼 평안의 상태에서 배제되었다. 그리고 평안을 무력으로 깨뜨린 자를 성소 안의 늑대라는 의미로 "바르그 리 베움"(*vargr í veum*) 이라고 불렀다. 성소와 팅을 침탈한 자에게는 '평안이 없는 자'의 선포가 내려졌다. 그런 때문에 부족의 일원이 암살을 당해서 그 범인에 극도의 분노를 느꼈으면서도 그 부족 사람들이 신전의 평안을 위해 그냥 흩어져 가는 일도 발생했다. 그럼에도 그 제사장소가 암살이나 타살로 더럽혀지면 팅의 장소를 옮겼다. 이 성소가 가장 안전한 보호를 보장했을 때는 결혼 축하연이 있을 때였다.

팅 회합에서는 흔히 재판이 진행되었고, 또 사형이라는 형벌은 국가의 제사이기도 했기 때문에 제사장소는 자주 팅의 장소가 되었다. 서아이슬란드의 원형 법정인 돔링(Dómhringr) 에는 토르의 바위가 서 있었고, 그 바위 위에서 제물로 결정된 자의 척추를 부러뜨렸다. 성소나 신당(神堂) 들은 봉헌제물로 돋보이게 꾸며졌는데, 주로 전쟁 노획물들, 가끔은 무기가 봉헌제물이 되었다. 로마 시대의 게르만인들은 그들의 신들을 모시는 신성한 임원 안에 그들이 정벌한 로마 영지의 상징물을 내걸어 두었다.

1868년 힐데스하임 근처의 갈베르크〔Gallberg, 또는 갈겐베르크(Galgenberg)〕 산에서 로마 시대의 은 장신구가 발견되었다. 아마도 이 산 위에 토착종교의 신당이 있었던 듯하며, 여타 신전에서 증명되었듯이 여기에 값비싼 노획물들이 전시되었던 것이라고 추측된다. 그런데 그중에 무기는 전혀 없었는데, 그것은 무기를 전시하기보다

85) **[원주]** Bär u. Wolf überall friedlos: Gulathingsbok 94. Vgl. Sachsenspiegel II 61 § 2.

군데스트룹의 은제 솥

는 전쟁에서 활용했기 때문이었다. 아이슬란드의 고데인 흐라픈켈(124쪽 참조)도 자기가 신봉하는 프레이에게 바친 무기를 함께 사용하는 것을 용인했다.

북구 신전들은 값진 봉헌제물[86]로 치장되어 있었다. 그래서 아담 폰 브레멘은 아주 과장해서 웁살라 신전 전체가 금으로 만들어진 것이라고 말하기도 했다. 또 다른 어떤 기록자들은 노르웨이 드론트헤임의 메리에 있었다는 금과 은으로 만든 토르 신상과 두 염소가 끄는 화려한 토르의 수레를 언급하기도 했고 또한 올라프 트릭바손(Olaf Tryggvason)[87] 왕이 흘라디르(Hladir)에 있는 신전과 그 신전의 우상으로부터 돈과 장신구를 빼앗아 오라고 했다는 얘기도 전한다. 토르가 언젠가 어떤 기독교로 개종한 자가 그의 신전 은제품을 늪지에 던져 버린 것에 대해 엄청나게 분노했다는 말도 전해진다.

단순한 제사터에서 다량으로 매장되어 있었다가 발굴된 제물유적,

86) [원주] Tempel schätze: Flateyjar b. 1, 320. Heimskr. c. 65(S. 176). Floamanna S. C. 20. 21. vgl. Aarb. 1890, 216.

87) 올라프 트릭바손(Olav I. Tryggvason: 968~1000). 노르웨이의 왕이다.

유물들은 북구 성소들이 값진 봉헌물들로 장식되어 있었다는 옛 기록들의 진실성을 확인시켜 준다. 이런 유품들은 그리스도가 태어난 시점 언저리에 만들어진 것들이었다. 갈리아인들은 그들이 섬기는 전쟁 신에게 약속했던 승전의 노획물을 무더기로 쌓아 올렸다. 카이사르가 이런 것을 많은 가우에서 발견했다고 한다.[88] 이와 비슷하게 북구 전사들은 전쟁 노획물을 모아 놓은 것들을 넓은 들판에서 모두 봉헌했다. 나중에 늪지가 그런 봉헌 물품 위를 덮어 버렸다. 북구 여인들은 상당수의 청동으로 된 목 장식 링을, 한 뱃사람은 1백여 개가 서로 뒤엉킨 금제 모형보트를, 전사들은 화려하고 커다란 청동제 나팔을, 특히 루레(Lure)라고 하는 나팔들을 그들이 믿는 신들에게 바쳤다.

봉헌물 중에서 대단히 풍성하지만 아직 확실히 이해가 안 되며 이질적 형상 때문에 돋보이는 것들이 있다. 유틀란트의 군데스트룹(Gundestrup)의 은제 솥과 신성한 제사용품이었던 슐레스비히산(産) 황금 뿔 두 개가 여기에 해당되는 것들이다.

헬골란트나 프리슬란트의 신전들은 농부, 야생물, 샘, 초식동물 등을 보유하고 있었다. 아이슬란드의 신전이나 호프는 호프세(稅)라는 돈을 받았는데, 이것은 교회의 십일조에 해당된다고 볼 수 있다. 또 신앙이 깊은 사람들은 신전이나 호프에 땅을 봉헌하기도 했다.

가장 상급의 신전 장식물 상태는 어떠했을까? 사람들은 선사시대부터 나무를 깎아 만든, 등급이 분명치 않는 우상들을 품고 다니기 좋아했다. 북구에서는 그런 우상을 목각신(Schnitzgötte) 또는 그냥 슈퇴케(Stöcke)라고 불렀다. 사람들은 그런 신상들을 돌무더기 위나

---

88) **[원주]** S. 317. Opferfunde: S. Müller a. a. O. 1, 430. 439. 2, 145 (Calsar, Bell. gall. 6, 17). 172. 177.

곁에 가져다 놓았다(134쪽 참조). 북구의 에이드시피아(Eidsifja) 법은 이런 슈테케나 제단을 집안에 두는 것을 금지했다.

그러나 타키투스는 독일에 실질적으로 신상들이 존재한다는 것을 알지 못했다. 그가 기록한 바에 따르면 사제들은 임원에 있던 그림, 형상, 표시물 등을 전쟁터로 갖고 나갔다. 그런데 그것들은 그저 야생 짐승들의 그림이나 형상들이었다는 것이다. 타키투스는 또 다른 기록에서 그것이 호전적인 멧돼지나 늑대들의 형상이었다고 분명히 지목했다. 그리고 배를 이시스의 표시라 했듯이, 표시물들을 신의 상징이거나 그 형용물이라고 생각했었던 듯하다.

북구 늪지에서 발견된 가장 오래된 실제 신상들은 로마 시대의 청동 입상들이었다. 즉, 마르스, 주피터, 비너스[89] 신상들이었다. 영국이나 라인 강 유역에서 발견되었던 수많은 신들 중에 몇몇 신상들이 그랬던 것처럼, 이것들은 게르만 신들로 해석되었고 또 경배의 대상이 되기도 했었을 것이다. 또 이것들에 자극받아 모방이 이뤄지기도 했을 것이다.

네르투스는 사람들이 이리저리 옮겨 다니고 또 물로 씻고 했던 여신상인데, 이 네르투스나 신상이 그려진 탑의 게르만 신상을 인정할 수밖에 없다. 특히 토착신앙을 믿던 아타나리크(Athanarich) 왕(382년 사망)은 기독교를 믿는다고 의심되는 사람들 집 앞에서 신상이 각인된 탑을 수레에 싣고 빙빙 돌게 하고, 거기에 제사를 지내도록 명령했다.

선교사들은 취리히 호수에서부터 헬골란트에 이르는 지역의 게르만 부족들이 지녔던 신상[90]들의 존재를 자주 기록했으며, 세 신이

89) [원주] Römische Götterbilder: S. Müller a. a. O. 2, 87, 80.

90) [원주] Nordische Götterbilder: H. Petersen, Nordboernes Gude-

나란히 있는 신상들에 대해서도 여러 번 기록했다. 이런 신상들에 대해 북구에서는 어떨 때는 개별적으로 또는 셋이 묶여서 언급된다.

노르웨이 드론트헤임의 메리에는 금·은제 토르 신상이 홀로 서 있는데 비해, 웁살라에는 토르 옆에 오딘과 프리코(Fricco, 프레이) 신상이 서 있었다. 노르웨이와 아이슬란드에서 그림으로 가장 자주 표현된 신은 토르였다. 아담 폰 브레멘의 웁살라에 있는 신상만 알고 있었던 스웨덴에 비해 노르웨이에서는 신상들의 이름이 훨씬 더 자주 거명된다. 덴마크에서 신상이 존재했었다는 증거는 전혀 없다.

신전 안팎의 시설과 단장, 규모와 명성, 부분적으로는 제사관습이나 축제방식 등이 서로 많이 달랐는데, 거기에는 그 해당 신전이 단순한 '호프' 혹은 '회프우드호프'(Höfudhof) 인지 또는 작은 마을이나 행정구역을 위한 것인지 아니면 전체 주(州)를 위한 것인지가 각각 작용했다. 대규모에 큰 제사를 통해 신성하게 모셔지는 중심신전은 가능한 한 지역이나 정치적 삶의 중심에 위치하는 법인데, 이런 중심신전에 해당되는 것들이 스웨덴의 웁살라, 덴마크의 비보르그, 오덴세(Odense), 흘레이드라〔Hleidra, 링스테드(Ringsted)〕 및 룬드의 신전들이었으며, 다수의 노르웨이 신전들과 아이슬란드 섬의 39개 고도르드(Godord, 사제집단) 의 신전들이었다. 엄청난 크기의 나무기둥인 이르민술도 작센의 중심 신전이랄 수 있으며, 웁살라의 상록수도 마찬가지이다.

이런 신들을 경배하는 예배장소들은 황무지의 넓게 트인 제사터나 신성한 추방의 숲, 성채, 신전 등이었다. 이에 비해 영혼과 엘프를 위한 소박한 제사공간은 아궁이 곁, 집 근처의 나무 밑, 샘 곁이나

---

dyrkelse S. 33 ff.

바위 등이었다. 신들의 경배장소는 영혼이나 엘프의 경배장소에 비해 더 조심스럽고 근엄하게 취급되었다.

장소의 특성처럼 신들의 경배장소는 함부로 더럽히는 것이 철저히 금지되었다. 여기에서는 세속의 소음을 일으키는 것이나 평안을 깨뜨리는 일이 금지되었다. 타키투스에 따르면 명예를 잃은 자[91]는 심판과 협의를 위한 부족총회, 제사연회, 모든 종교축제와 부족모임에서 완전히 배제당했다. 역시 타키투스에 따르면, 젬노넨족[92]은 조물주 신에게 매우 복종적이었다. 그들은 으스스한 신전에 들어갈 때 자기 몸을 스스로 포박한 상태로 만들었다.

대부분의 북구 기록에 따르면, 사람들이 신전에 들어갈 때는 무기를 풀고 또 머리에 쓴 것을 모두 벗었다. 그리고 그 안에서 절을 하거나 신들이 사는 하늘의 북쪽을 올려 쳐다보거나 땅바닥에 몸을 던졌다. 이는 기도하거나 신께 문의하기 위한 행동이었다. 그래서 토르슈타인이라는 한 아이슬란드인은 이른 아침마다 면 옷을 입고 신전 안 토르 앞에 얼굴을 아래로 향한 채 누워 있었다. 똑같은 이름의 다른 사람이 (토르?) 호프 안에 있는 바위 앞에 무릎을 꿇고 토르에게 기도를 드려 대답을 얻었다. 신에게 올린 기도에서 이 토착신 숭배자들은 우리의 기도가 그렇듯이, 자신의 말은 단 한마디도 각인시키지 않았던 듯하다. 주된 기도는, 신이 어떤 사람에게 "소용이 되기"를, 다시 말해 도와주기를 원하는, 도움 요청의 기도였다. 이는 북구에서 흐비타크리스(Hvitakristr, 예수그리스도)에 의해 간구된 기도와 마찬가지이다.

---

91) [원주] Ehrlose: Tac. Germ. c. 6.-Die beiden Thorstein: Harđarsaga (Isl. Sög. 2, 109). Kjalnes. S. C. 4.

92) 엘베 강 주위에 포진했던 수에브 게르만족 중 비중이 큰 부족이었다.

예전에 사자에게 했듯이 사람들은 온갖 문제에서 신들에게 가르침을 구했다. 이들은 장엄한 제사인 "틸 프레타르"(*til fréttar*)를 마친 후에 문의에 나섰다. 그러면 신들은 나뭇가지 점을 통해서 답을 주었다. 타키투스의 기록에 따르면 드바르프(Dwarf)라는 사제가 그렇게 했다. 이 점을 북구에서는 "작은 막대기를 흔든다"라거나 "나뭇조각을 던진다"라고 표현했다. 노르웨이인들에게 가장 신임받은 신탁의 신은 토르였다. 토르는 점괘 신탁이나 다른 징표를 통해 그들에게 아이슬란드의 거주지점을 알려주었다.

프리슬란트에서는 개종 이후 두 개의 긴 막대기를 깨끗한 양모로 싸서 제단 위에 올려놓았다.[93] 둘 중 하나의 막대기에는 십자가 표시가 그려져 있었다. 그리고 사제나 순진무구한 소년이 그 제비를 집어 들었다. 십자가 막대가 들리면 7명의 혐의자의 징계는 면해졌지만, 다른 것이 들리면 7명은 각자 막대기에 자기 집 표시를 새겼다. 이 막대기들은 다시 양모에 싸여 제단에 놓여졌다. 그런 후 사제가 제비를 하나씩 연속해서 집어 들고, 마지막 제비가 살인자를 지목했다.

기도, 신탁문의와 함께 엄숙한 맹세를 하기 위해서도 사람들은 신상 앞 사원 원반 위에 올라선다(121, 141쪽 참조). 글룸(Glum)[94]은 맹세의 언약을 특별히 효과 있게 하려고 3개의 신전에서 결백의 선서를 했다. 또 바덴 지방 티티세(Titisee) 호수 곁에서 소년이 자신의 종려주일 막대기인 "종려가지 묶음"을 축성하려고 세 교회를 찾아다니는데, 이것 역시 그 막대기의 효과를 높이려는 것이다. 그 점에서 두 경우는 매우 흡사하다. 새로 개종한 프리슬란트인들이 맹세하는 곳은 원반 위가 아니라 성유물(聖遺物)이나 제단이었다.

93) **[원주]** Das friesische Loosen: Hauck, Kirchengesch. 2, 327.

94) **[원주]** Glum: F. Jonsson, Litteraturhist. 1, 237.

이런 모든 행동들은 제물을 필요로 한다. 이 제물을 고대 북구어로 '블로트'(*blót*)라고 하는데, 그 때문에 '블로탄'(*blótan*)이나 고고 독일어 '플루오찬'(*pluozan*)은 제물을 바친다는 뜻이다. 제물의 다른 고대 북구어로는 '포른'(*fórn*)과 '후슬'(*húsl*), 고트어로 '훈슬'(*hunsl*), 고고 독일어로 '켈트'(*kelt*), '겔드'(*geld*), 앙겔작센어로 '기일드'(*gield*)가 있었다.

정령이나 엘프에 대한 제사는 피가 흐르지 않는 제물을 바쳤다는 점에서 신들에 대한 제사와 구분된다. 신들의 제물은 들판의 과일들과 짐승들로 이뤄졌다. 즉, 봉헌이 가능하고 식용이 가능한 동물이라는 뜻의 '콘세사 아니말리아'(*concessa animalia*)가 포함되었다는 말이다. 고고 독일어로는 '체바르'(*zebar*), 앙겔작센어로는 '티퍼'(*tifer*), 현대 독일어로는 '게치퍼'(*Geziefer*)이다.

짐승 부위 중에서 신들에게 봉헌한 것은 가죽과 머리 부분이었고, 나머지는 사람의 양식으로 남겨졌다. 인간 다음으로 높은 값어치의 제물은 최고신 보단의 짐승인 말이었다. 말고기는 특이하게도 독일인들이 가장 좋아하는 고기이다. 기독교 선교사들은 말고기 먹는 습관을 없애려고 매우 노력했다. 아이슬란드인들은 개종을 하면서 기독교 신자가 되더라도 말고기 먹는 것을 허락해 달라는 조건을 내걸었다.

프레이는 황소와 멧돼지를 좋아했다. 개와 늑대는 죽이지 않았고 심지어 먹지도 않았다. 다만 제물로 바쳐는 인간제물 곁에 내걸려 있었다. 이는 이것들을 바치는 것이 종교적 의미가 있는 사형임을 분명하게 드러내기 위한 것이었다.

사람들은 제물로 바친 짐승의 피를 솥에 받아 거기에 특별히 사용할 목적으로 점을 치는 나뭇가지와 맹세의 반지, 그리고 제사용 총채를 담갔다. 이는 함께 제사를 올리는 동료들에게 피를 뿌려 그들로

하여금 제사의 축복이 공평하게 돌아가게 하도록 하기 위해서였다. 또 사람들은 안팎에서 신전 벽에다 피를 뿌렸다. 조각낸 짐승고기는 솥에 넣어 삶아서 제사 회식에 사용되었다. 이때 이 축제에 참가한 사람들은 뿔잔이나 큰 잔에 메트와 맥주를 담아 불 건너편에 앉은 사람들에게 건넸다.

큰 맥주 파티는 6세기경 보덴세(Bodensee) 호수[95]에서 열렸던 알레만족 제사의 가장 중심 부분이었다. 킴버른(*Kimbern*) 족[96]의 피를 담는 솥은 더 오래된 것으로 확인된다. 북구에서는 솥과 뿔은 신에게 바치는 아주 값진 봉헌물이었다(145쪽 참조). 길디(*Gildi*), 고(古) 독일어로 길드(*Gild*) 혹은 겔드(*Geld*)는 거창한 제사잔치로 많은 여타 다른 즐거움을 동반했다.

제물로 바칠 말이 자랑스럽게 장식을 하고 접근하거나 도금된 뿔을 단 제물용 황소가 접근하면 또 낭자한 향연이 벌어지고 갖가지 춤과 마임 형태의 놀이가 벌어졌다. 그럴 때 신들과 조상들을 칭송하기 위해 민네 주를 마시면서 소리를 지르고 또 거기에 응대하는 외침들이 빈번히 일어났다. 또 제사 노래가 울려 퍼졌다.

이런 모든 행동들은 서로 내적으로 긴밀히 연결되어 있었는데, 그 정도가 어떠했는지 알려주는 옛 단어는 라이히(*Leich*)라는 단어이다. 이 단어는 여러 상이한 게르만어에서 윤무(輪舞), 서정시, 제사, 선물 등을 각각 의미했다.

게르만인들은 개종 이후에도 이런 토착신앙의 신전 여흥에 탐닉했

---

95) 독일 최대의 호수로 독일 남부와 스위스 경계선에 있다. 라인 강의 발원처이기도 하다.

96) 원래 북부 유틀란트에서 출발한 게르만 씨족으로 B.C. 120년경 중부 유럽으로 이동하였다.

다. 심지어 그들은 이런 여흥으로 기독교 교회의 행사를 채웠다. 7세기 이후에 주교회의는 교회 안이나 앞에서 행하는 춤 놀이[97]나 연회뿐만 아니라 성서 등에 등장하는 성인들의 이름으로 행하는 점치기, 성자의 묘지에 제사 올리는 것 등에 대해서 반복해서 금지령을 내려야 했다.

그러나 봄이나 여름 축제 때 옛 방식의 연회, 춤, 내기놀이[98] 등은 야외 여기저기에서 여전히 이어지고 있다. 8세기에 나온 〈인디쿨루스〉에 따르면 그렇게 비용이 많이 들지 않는 짐승제물이나 소박한 밀반죽으로 만든 형상들도 제사 금지품목들이었다. 스웨덴과 독일에 이런 짐승 형상들[99]은 갖가지 밀가루 반죽으로 구워낸 축제 형상물로, 특히 성탄절 형상물로 다시 돌아왔다. 사람들은 이런 형상물들을 쟁기질하는 사람이나, 수레를 끄는 가축, 파종 씨를 담은 바구니에 주거나 넣었으며 밭을 풍요롭게 하거나 불을 꺼뜨리기 위해 불이 붙어 일어나는 지점에 던지기도 하였다. 이것은 제물의 마력이 이런 형상물들에 붙어 있다고 오래전부터 믿어왔기 때문이었다.

축제의 여흥은 자주 도를 넘어섰다. 아담 폰 브레멘 주교도 웁살라 제사에서 울려 퍼지는 추잡한 노래들을 비난했으며, 투박한 야인(野人) 스칼데였던 스타르카드도 여자들의 춤동작이나 연극의 소란스러움, 야릇한 작은 종소리들을 역겨워했다.

그러나 봄 축제 때 네르투스 여신이 소들이 끄는 수레 위에 올라온 지역을 돌아다닐 때의 그 광경은 얼마나 아름다웠던가! 온 땅에 넓게 신의 화평이 편만하고, 모든 무기가 잠을 자며, 모든 마을이 따

97) [원주] Tänze in den Kirchen: Tille, Yule 125. Binterim, Denkwürdigk. 2 II.
98) [원주] Wettspiele: ZdV. f. Volksk. 3, 1.
99) [원주] Tier figuren: Hofler ZdV. f. Volksk. 9, 444. Bd. 11 u. 12.

뜻한 환영의 환호를 내지르며 네르투스를 맞이했다. 여신은 인간의 모든 축제 여흥에 만족을 느끼면, 그때야 자신의 조용한 신전으로 되돌아갔다. 그리고 거기에서 여신의 신상이나 상징물은 호수 물에 깨끗이 세척되었다.

정치 · 경제 · 종교의 발달이 이뤄지고, 가축사육이 번성하고 농경이 잘 운영되며 마을이 백인마을연맹, 가우연맹, 주(州) 연맹으로 발전하고 또 옛 신앙에 대해 새로운 신앙이 승리함에 따라서 제사는 보다 확고한 시간계획과 일정한 순서, 엄숙하고 풍성한 장치 그리고 보다 중요한 의미를 갖게 되었다.

축제는 우선 감사의 제사나 청원의 제사였으며, 이때 사람들은 과일이나 식용이 가능한 짐승을 제물로 바치면서 가축과 농사의 번성 그리고 전쟁과 여타 계획하는 일들이 잘 이뤄지기를 청원했다.

그러나 예외적으로 인간의 피를 바치는 참회의 제사가 첨가되기도 했다. 신들이 저질러진 범죄에 대해 인간의 피를 요구했기 때문이다. 그리고 사람들이 함께 모여 1년에 3~4번 정도 연례제사를 올렸는데, 이런 제사들은 농경의 중요 절기와 연계된 것들이었다.[100] 즉, 밭갈이와 파종, 가축들의 방목, 수확[101]과 가축들의 복귀, 겨울나기 도축과 월동준비 감사절 등이 그때였다. 이런 축제들 중 몇몇은 대규모 비정기 부족회합과 동일한 시기에 이뤄졌다. 제사나 총회를 위한 가장 좋은 시기로는 초승달이나 보름달이 뜰 때가 선택되었다. 다른 재판과 관련한 종교적 관습[102]들과 마찬가지로 이 제사를 주관하는 자

---

100) [원주] Opferzeiten: Tille, Geschichte der deutschen Weihnacht 1893. Yule and Christmas 1899.

101) [원주] Pfannenschmid, Germ. Erntefeste 1878.

102) [원주] U. Jahn, Deutsche Opferbräuche 1884.

는 사제였다.

게르만 축제제도의 정확한 모습을 밝히는 것은 거의 불가능하다. 고대 게르만인에겐 추상적이고 포괄적인 연(年)이라는 개념이 없었다. 그들은 오직 자연으로부터 받은 시간단위인 여름과 겨울에 의거하여 시간을 계산했고,[103] 자연 햇수의 구분은 바로(Varro)[104]로부터 배운 로마식 계산법과 아주 흡사했을 것이다. 로마에서부터 권력을 행사한 교회는 그들의 기념일을 이런 로마 자연축제와 연결시켜 그런 축제와의 혼합형태를 북구 부족들에게 옮겨주었고, 그 부족들은 다시 이것을 시간적으로 상응하는 자기네 습속들과 연결시켰다.

그러나 이제 게르만 축제에 관한 가장 오래된 기록이나 그보다 후대의 기록들, 《베다》(*Beda*, ①권 57쪽 참조)에 나오는 앙겔작센의 기록 그리고 북구의 기록들이 불완전하고 모순된 것들이 많이 섞여 있다. 또 이런 기록들이 이미 교회력에 의해 조정된 것들이다. 그렇기 때문에 게르만적인 축제와 토착적인 축제 그리고 로마 기독교적인 축제를 구분한다거나 고대 세계로부터 유래한 습속과 중세 때 나중에 생겨난 습속들을 명확하게 구분 짓는다는 것은 심히 어려운 문제이다.[105]

---

103) **[원주]** Bilfinger, Untersuchungen über die Zeitrechnung der alten Germanen. 1. U. 2. Band(Stuttgarter Gymnasialprogr. 1889. 1901).

104) 로마의 관료였고 박학한 학자였던 마르쿠스 테렌티누스 바로(Marcus Terentius Varro: B.C. 116~27)를 가리키는 듯하다. 그는 카이사르가 활동하던 시절에 폼페이우스, 카이사르, 키케로 등과 관계를 맺었으며, 그 과정에서 정치적으로 곤경에 처하기도 했으나 나중에 옥타비아누스의 사면으로 옥사를 면하기도 하였다. 그는 전 생애 동안 다방면의 저술활동을 했고 나중에 아우구스투스 황제 시절의 문화에 많은 영향을 끼친 인물로 평가된다.

105) **[원주]** 현재 각 지방에서 이뤄지는 축제 풍습을 일치점과 상이점의 비교는 매우

게르만적인 시각에서 볼 때 밤이 낮을 이끌고, 어둠이 빛을 선행한다. 그런 것처럼 어두운 겨울이 밝은 여름을 이끌고, 한해는 겨울의 시작지점인 가을축제로 시작되며 그 뒤에 한겨울 축제와 봄 축제가 뒤따라온다. 북구인들이 제시한 3대 축제원칙은 한 해의 경제순환에 의거한 것이기 때문에 여타 게르만인들에게도 지표가 되었던 듯하다. 가장 첫 번째 축제인 가을축제는 여러 게르만 지역의 상이한 날씨에 따라 다소 이르거나 늦게 이뤄졌는데, 북구에서는 흔히 10월에, 남쪽에서는 11월에 열렸다.

농사의 결실을 모두 거둬들이고 가축들을 축사로 모두 몰아넣은 다음 열리는 축제는 감사의 축제로 연중 가장 중요한 축제였다. 이때 축사는 다른 계절보다 한층 풍성한 상태가 되었는데 그 많은 가축들을 겨울 동안 다 먹일 재간이 없었기 때문에 축사에서는 가계 유지와 신들에 대한 제사를 위해 대규모 도축이 이뤄졌다. 그래서 겨울의 첫 번째 달을 도축의 달 또는 제사의 달이라 불렀다. 북구에서는 왕이나 수령 또는 부유한 농부는 제사의 향연인 블로트베이츨라(*Blótveizla*)에 사람들을 초대했고, 영지의 소작인들이나 농부들은 그들이 바칠 제사용 각종 가축과 심지어 말을 끌고 또 알곡과 맥주를 가지고 거칠고 먼 길을 달려왔다.

그런 다음 151쪽에서 묘사된 것처럼, 제사가 이뤄지고 먹고 마시는 연회가 이어졌다. 축제의 주최자는 여흥이 있기 전 토르의 망치 상징물로 음식과 음료에 축복기도를 내렸고, 그런 다음 맨 먼저 통치와 승

유익한 것이라 생각한다. 다음의 책들을 비교할 필요가 있다. Andree, Braunschw. Volkskunde; Robert Wuttke, Sächsischer Volkskunde(작센 민속학); Alois John, Buch über Oberlohma; E. H. v. Meyer, Bad. Volksleben(바덴의 민중생활).

리를 위하여 오딘의 술잔으로, 그런 다음—이것이 가장 중요한 용무였는데—뇨르드와 프레이의 잔으로 '틸 아르스 오크 프리다르'(*til ârs ok friđar*, 좋은 한해와 평화를 위해서)를 위해 건배했다. 그 밖에도 맹세의 술잔인 브라가르풀(*Bragarfull*)을 들거나 죽은 자들을 위한 술잔인 민네의 잔(*Minnetrunk*)을 드는 사람들도 많았다. 축제는 이렇게 진지한 측면도 있었다. 그런데 A. D. 14년에 게르마니쿠스는 이런 축제를 할 때 기습을 벌여 술에 취한 마르센족을 토벌하고 당시 높게 추앙하던 신전으로 아마도 대지의 여신인 듯한 탄파나 여신의 신전을 완전히 파괴해 버렸다.

이런 가을축제를 대신해서 스칸디나비아와 그보다 훨씬 일찍 독일에 마르틴(Martin) 축일[106]이나 니콜라우스(Nikolaus)의 날(12월 6일) 또는 미카엘리스(Michaelis)의 날(9월 29일)이 들어섰다.[107] 그중 니콜라우스의 날은 11세기가 되어서야 시작되었다.

이 성자들은 옛 신들의 상속자가 된 셈이었다. 마르틴과 니콜라우스는 집집마다 돌아다니며 가을 선물을 나눠 주는 마음 착한 시혜(施惠)의 신이었다. 마르틴과 미카엘리스를 위하여 북구의 가을축제 때처럼 커다란 축제의 화톳불을 피우고, 마르틴의 뿔, 클라우스의 빵, 클라우스첼텐[108]이라는 둥근 과자, 미카엘리스의 긴 빵 등 달콤한 구운 과자나 빵을 먹었으며, 흥겨운 오리 연회에서는 마르틴 민네(*Martinsminne*)와 미카엘리스 민네(*Michaelisminne*)라는 술을 마셨다.

---

106) 성인 투르의 마르틴(Martin von Tour)을 기념하는 날로 매년 11월 11일이다.

107) [원주] Martins-u. Michaelstag: U. Jahn, D. O. 229-250.

108) [원주] Klausenbröte u. -zelten: Höfler in d. ZdV. f. Volksk. 12, 80 vgl. Bilfinger a. a. O. 2. Band.

미카엘리스 민네를 마실 때 사람들은 특히 망자들을 기억에 떠올렸는데, 특히 작센 지방의 축제기간인 '마인베케'(*Meinweke*) 때(①권 220쪽 참조) 그러했다.

성 니콜라우스는 한 해의 중요 축제에 끼어들었다. 즉, 한겨울 축제인 니콜라우스의 날에 마른 완두 줄기로 감싸인 사육 멧돼지인 완두 멧돼지가 제물로 바쳐졌는데, 이 니콜라우스 날 사람들은 이 멧돼지를 끌고 돌아다녔다.

보다 오래된 마르틴의 날은 경제적 특성을 강하게 드러냈다. 이런 측면은 곧 고대 게르만의 새해 첫날 특성이기도 했다. 이 마르틴의 날은 한 해의 경작과 임차기간을 마무리하는 날이었고 이미 칼 대제 시절 이날은 일반적으로 세금 징수의 날로 정해졌다. 많은 지역에서는 이날 가축들을 축사 안으로 몰아넣었고, 가축치기들은 그들의 회초리를 주인에게 넘겼다. 오늘날도 여전히 여기저기에서 이날 하인과 하녀들은 그들의 업무를 시작한다. 이때가 되면 들판이나 목초지에는 사람과 가축들이 사라지고 여기에는 오직 정령들과 신들만이 남아 거센 겨울바람 속에 그 위를 스쳐 지나간다. 젊은이들은 이런 초월적 존재들이 떠도는 움직임을 모방하여 대강절 기간 후반부의 목요일 밤에 기절할 만큼 요란한 소음을 만들면서 미친 듯이 마을 골목길을 갈고 다녔다. 그러나 농부들은 마지막으로 밖에 남은 농기구들, 수레나 쟁기들을 안전히 보관하기 위해 방치했던 것들을 옥내로 가져왔다. 겨울 파종을 미리 준비하는 것이었다.

사람들은 오직 가사노동, 즉 탈곡, 가축사육, 물레질 등에 몰두하였다. 또 수확을 통해 저장해 놓은 양식으로 다음 해 여름까지 버틸 수 있다고 생각하게 되면, 그들은 한겨울에 두 번째 큰 축제를 즐겼다. 이것을 북구에서는 '욜'(Jól) 또는 '율'(Júl)이라고 했으며 영국에서는 '유벨축제'(Jubelfest)라고 불렀다.[109] 북구의 율 축제는 원래부터 겨울 태양의 바뀜(동지) 때가 아니라, — 중세 때 이런 단어나 이와 유사한 표현은 전혀 존재하지 않았고 또 어떤 활용도 태양과 관계가 없었다 — 1월 9일부터 16일 사이였다.

이 율 축제[110]는 다시 한 번 겨울철의 욕구, 여흥, 습속 및 생각들과 지난 수확에 대한 거듭된 감사, 새로운 농사일에 대한 환호의 희망을 축제에 연결한 것이었다. 또한 이 축제는 '틸 그로드라르'(*til gró đrar*), 즉 이미 땅에서 싹을 트는 파종물의 성장을 위해 치러졌다.

이 율 축제는 독일과 영국에서 일찍이, 그러니까 이미 베다[111] 이전에, 북구에서는 그보다 뒤늦게 예수의 탄생을 기리는 축제로 옮겨갔다. 노르웨이에서는 10세기에 선왕(善王)인 하콘이 그렇게 했다. 이와 함께 축제의 확장이 이뤄졌는데, 축제기간이 예수의 탄생부터 예수의 세례가 있었던 에피파니의 날(Epiphanientag, 공현절)[112]인 1월 6일까지로 확대되었던 것이다. 그러나 토착종교와 로마 시대의 흥청망청한 축제들, 즉 동지(冬至)축제인 브루말리엔(*Brumalien*)과 고대 이탈리아의 파종(播種)축제인 사투르날리엔(*Saturnalien*, 12월 17일에 시작되어 며칠간 지속) 그리고 신년축제가 이 즐거운 탄생축제에 함께 뒤섞여 들어갔다.

그 어떤 고대 게르만 축제보다 이 한겨울 축제 안에 토착종교의 축제습속이나 그 이념들이 상당히 많이 다양하고 깊게 뒤섞여 들어가

---

109) [원주] Weihnachts-u. Julfest: Tille a. a. O. Vogt, Schlesiens volkstümliche Überlieferungen 1, 93 ff. Bilfinger a. a. O.

110) [원주] Jul von altn. jól, angels. gehhol, geohhol, lat. joculus: Kluge in den Englischen Studien 9, 311.

111) 베네라빌리스(Venerabilis)라고도 불렸다.

112) [원주] Epiphanientag: ZdV. f. Volksk. 13, 5.

있었다. 이 즐거운 탄생축제에 형식상 가려져 있지만, 이런 게르만적인 습속들은 그것이 토착신앙적인 것이든 로마기독교적인 것이든 간에 두터운 표피로부터 간헐적으로 돌출되어 나타난다.

이러한 옛날 율 축제는 '성탄절 축제'(Weihnachten), '십이야 축제'(Zwölfnächte), 그 기간 동안(12월 7일~다음 해 1월 6일) 성수(聖水)와 성스러운 연기로 악령으로부터 집을 보호한다는 '연막(煙幕) 절 축제'(Rauchnächte)로 바뀌었다.

고대 게르만 습속으로 씨돼지, 고대 북구에서는 아궁이 돼지인 소나르괼트(*Sonargöltr*)를 제물로 바치는 제사가 있었다. 이런 제사는 돼지사료가 되는 도토리 열매가 다 떨어지고 새 새끼가 예정된 경우에만 이뤄졌던 제사였다.

앞의 두 곳에서 밝혔듯이 프레이의 멧돼지는 사람에게 이끌려 율 축제의 밤에 넓은 연회장을 엄숙하게 돌아다녔다. 이 돼지를 제물로 바치기 전에 사람들이 돼지 등 위에다 자신들의 미래언약을 하도록 하기 위해서였다. 나중에까지 돼지머리는 스웨덴, 영국, 독일에서 성탄절 요리로 남아 있었다. 옛 습속 중에 하나는 이 율 축제의 돼지 모양을 밀반죽으로 빚어 구워내어 과일 틈에 넣어 문질렀던 습속이 있었는데, 이는 다음 해의 파종이 힘차게 열매를 맺도록 기원하는 의미를 지녔다. 로마의 신년축제에 극히 자연스럽게 이뤄지는 미래를 위한 돼지몰이는 게르만 한겨울 축제에도 역시 고유한 절차이며, 이는 어두운 겨울의 심연에서 보다 밝고 따뜻한 계절로 옮아가려는 소망의 표현이었다.

그러나 또 남부 독일에서처럼 로마에서도 사람들이 축제식탁 위에 여러 가지 과일 종류가 담긴 그릇을 올려놓았다. 그리고 그 다음날 그릇에 어떤 과일이 쌓여 있고 어떤 과일이 떨어졌는지에 따라 미래를 예상했다. 또 남부에는 점치는 날(Lostag)이 12일에 있었다. 이날의 날씨에 의거해서 그 다음 해 열두 달의 각 날씨를 예언했다.

"향내"로부터, 나무에 두텁게 끼인 연기의 농도에 따라 다음 해의 작황을 예측하거나 성탄절 저녁 하늘에 뜬 별들의 숫자에 따라 다음 해의 작황을 예측하기도 했다. 이런 것들은 순수한 게르만적인 것들이 아닐까? 사람들은 또 비슷한 시기에 로마에서 그랬듯이 남서부 독일에서도 주사위 점을 쳤다.

성탄절 밤〔또는 안드레아스의 밤(Andreasabend)[113]〕에 처녀가 발가벗고 침대를 흔들며 사랑하는 사람이 나타나기를 기원한다던가, 또는 이때쯤 십자로나 마법사의 자리에 또는 지붕 위에 올라가 미래를 살펴보는 것은 고대 게르만적인 느낌을 자아낸다(131쪽 참조). 신년 초에는 가면을 뒤집어쓴 무리들이 왁자지껄 소음을 일으키며 돌아다니는 풍속이 있었다. 이런 풍속은 게르만적이면서도 로마적이기도 하다. 하지만 독일의 많은 곳에서는 이미 대강절(아드벤트) 기간 동안에 이렇게 집집마다 돌아다니며 문을 두드리고 소리를 질러대며 축복과 안녕을 비는 일이 벌어졌다. 마음씨 나쁜 정령들인 율 망나니들(Julburschen)과 함께 보단이나 사나운 군사를 거느린 베르크톨드(Berchtold) 신도 함께 찾아온다. 이런 군사들이 소곤거리는 소리를 내면 평안한 한 해가 되고, 그들이 소동을 일으키면 전쟁을 예고하는 것이 된다. 사람들은 수레와 쟁기를 창고에 숨겨 이 신이 보지 못하도록 한다.

부지런한 베 짜는 여인은 축제기간이 임박하면, 물렛가락이 멈추

---

113) 성자 안드레아스를 기념하는 날로 11월 29일이다. 이날이 지나면 예수 탄생을 기다리는 4주간의 대강절 절기가 시작된다. 이 안드레아스의 밤은 통상 큰 축제가 열린다.

는 동안 모든 실패에 실이 없게 될 정도로 밤을 새워 베를 짜고〔베 짜며 새는 밤(Durchspinnacht)〕 그 다음에 풍성한 식탁을 차렸다. 그러면 베르크타가 슈레틀라인(Schrätlein) 처녀나 홀다 부인을 대동하고 나타나 베를 짠 작업을 살펴보고 게으른 여인들에겐 벌을 주고 차려진 음식을 먹고 즐겼다.

이런 어머니 같은 여신들이 찾아오는 것에 따라 앙겔작센인들은 성탄절을 '모드라니흐트'(*Mođraniht*, 어머니들의 밤)라고 불렀다. 하지만 이 밤이 앞으로 맞이할 새해의 어머니격인 밤이라고 이해하는 것은 곤란하다. 베다에 따르면 이들은 밤을 새면서 축제의 모든 습속들을 즐겼다.

이 풍성한 베르크타의 식탁은 로마인들이 동양의 모범에 따라 신년초에 각종 음식으로 채웠던 이른바 타불라 포르투네(*Tabula fortunae*, 운명의 식탁)를 강력하게 연상시킨다. 남부 유럽의 왕들처럼 북구의 왕들도 자기 백성들을 이 풍성히 차린 축제의 성찬에 불러들였다. 교회도 이런 흥청망청하는 축제 분위기에 양보해 이때를 금식이 없는 날로 선포했다.

성탄절 밤은 북부 독일에서 포만(飽滿)의 밤이라고 불렸고, 북구 달력에서 이 율 축제 첫날은 바로 세운 뿔잔으로, 마지막 날은 거꾸로 뒤집힌 뿔잔으로 표시되었다는 점은 하등 놀랄 일이 아닐 것이다. 1184년에 처음 언급된 성탄절 꾸러미(*Weihnachtsblock*) 또는 그리스도불(*Christbrand*)이라는 것이 있다. 이것은 일종의 장작 꾸러미로 아궁이에서 서서히 태우고 거기에서 나온 재와 숯을 밭에다 뿌렸다. 이것은 전 유럽으로 전파된 로마풍의 절기습속이었다. 로마인들은 이 시기에 불을 붙여 밝히고 서로 달콤한 것과 과일, 초를 선물하고 집 안팎을 푸른 풀과 작은 나무들로 아름답게 꾸몄다. 바로 여기에서부터

1605년 슈트라스부르크(Straßburg)[114]에서 확인되었던 과일들과 번쩍이는 장식들이 매달린 성탄절 트리가 시작되었던 것 같다.

성탄절 축제는 토착신앙과 고대 로마 기독교의 특징 그리고 게르만의 특징들이 다양하게 어우러진 축제인데, 이런 축제는 또한 수많은 의미심장한 전설로 장식되었다. 즉, 사람들이 믿기로 성탄절 밤에 샘물이 포도주로 바뀌고, 우리에 있는 짐승들이 서로 즐겁게 이야기를 나누며 하늘에서는 치유력이 강한 이슬이 내리고 추위 속에서도 나무들에서 새순이 돋고 꽃이 핀다는 것 등이 그런 전설들이다.

이에 따라 고대 게르만의 한겨울 축제는 이방세계로부터 온 부가물이 첨가됨에도 불구하고, 허구도 아니고 이질적인 침범체도 아니며, 오히려 겨울철의 경제상황 안에서 아주 좋은 의미를 지닌 행사였던 것이다. 아이슬란드의 월력에는 토리(*Thorri*)[115]라는 달(月)이 있다. 이 명칭은 축제를 환영하는 뉘앙스를 지니는데, 사실 이 토리 달의 시작이 한겨울 축제의 시작과 일치한다.

훨씬 단순하고 가정적인 율 축제도 있었다. 이때 "가부장"은 그들 이웃들과 더불어 흥겨운 잔치를 벌였다. "마나님들"은 그 다음에 이어지는 달(月)인 '고이'(*Gói*)를 환영하고 나섰는데, 이 달은 2월 중순에 시작되며 여인들의 축제가 열린다. 이 고이 제사는 많은 다른 축제행사들과 마찬가지로 3번째로 큰 축제인 봄 축제를 준비하는 것이었을 수 있다. 따뜻함과 밝은 빛, 성장과 생명에 대한 강력한 갈망으로 충만하여 사람들은 쟁기가 다시 땅을 파고드는 2월 말이 되면 겨울로부터 풀려나려고 갖은 애를 쓰면서 간절하게 봄맞이를 준비했다.

---

114) 현재 유럽 의회가 있는 독일과 프랑스 국경선에 위치한 엘사그 지방의 최대 도시이다.

115) 아이슬란드에서 '서리' 또는 '겨울'을 의인화한 명칭이다.

예컨대 여름 파종과 첫 가축 꼴 먹이기를 할 때 그랬다.

이런 축제 이전의 즐거움은 여러 가지 다양한 형태로 표출되었다. 칼 대제 때 작센인들은 2월에 '스프루칼리아'(*Spurcalia*) 축제를 열었고, 다른 독일인들은 이를 스프루키(*spurci*)라고 불렀다.[116] 이 의미는 그러니까 '불안정한 날들'이라는 뜻으로, 아마도 사람들이 겨울을 몰아낼 때 불렀던 평안하지 않게 느껴지는 욕설 노래 때문에 생긴 말이었을 것이다.

성 베드로 축제일인 2월 22일엔 바덴 지방 오르테나우(Ortenau)의 젊은이들은 요즘에도 가능한 모든 수단을 다해 커다란 소음을 일으켜 뱀과 두꺼비를 겨울의 정적(동면 상태)에서 깨운다. 베스트팔렌 지방의 젊은이들도 같은 방식으로 여름새(최초의 나비들?)를 그렇게 한다. 오버바이에른과 티롤 지방의 많은 사람들은 각종 방울이나 종을 울려대거나 두드리고 또는 횃불을 들고 다님으로써 봄, 5월, 알곡을 겨울잠에서 깨운다.

북부 프리슬란트인들은 비켄(*Biken*)이라는 커다란 화톳불 주위에서 여인이나 신부들과 어울려 춤을 추었다. 그런 다음 바다로 나갔다. 덴마크 양치기들이 일을 시작했다. 독일 속담에 따르면 봄은 성 베드로와 함께 시작된다. — 〈인디쿨루스〉는 너덜너덜한 옷과 신발을 신고 돌아다니는 이교 무리들을 언급하는데, 작센인들은 이들을 '이리아스'(Yrias)라고 불렀다. 어원은 불명확하지만 겨울이 넝마를 입은 형상으로 무리들에게 쫓기는 것으로 묘사되었던 듯하다. 예컨대 바덴 지방의 오버란데와 운터란데에서는 사순절 기간 한가운데 있는 레타레(Laetare)[117] 일요일에 겨울이 이런 넝마를 입은 추악한 형상으

116) **[원주]** Spurcalia u. spurci dies: Indiculus 3 u. die Homilia de sacrilegiis ed. Caspari § 17.

로 등장한다. 이때 여름을 동반하기도 하고 혼자 오기도 한다.

대체적으로 사육제는 가면 쓰고 변장하기, 시끄럽게 하기, 생명회초리(*Lebensrute*)[118]로 때리기, 축제 케이크 등 옛날의 들뜬 분위기로 가득 채워졌다. 사순절 중 일요일(인보카비트, Invocavit)에는 밀짚과 부러진 나뭇가지로 만든 마녀인형과 사순절 전날 밤 인형이 불태워지거나, 그 "죽음"이 물속으로 수장된다.

이날의 가장 아름다운 풍속은 프랑켄 지방에서 불타는 바퀴를 높은 곳에서 굴려 내리는 광경과 아직도 알레만인들이 행하는 불타는 둥근 바퀴를 두드리는 광경, 불 피우기 및 불꽃 피우기였다. 마지막 것은 맨 처음 1090년 로르크(Lorch)[119] 근처에서 언급된다. 이 봄 불은 들판과 목초지, 인간을 풍성하게 만든다. 둥근 판을 두드릴 때 사람들은 애인의 이름을 크게 소리쳐 부르고, 최근 결혼한 신부는 불을 껑충 뛰어 통과한다.

겨울은 이 풍속을 통해 점점 소멸되고, 신들이 베푼 풍요로움이 승리를 거둔다. 이 풍요로움은 모두에게 똑같이 나눠지는 것은 아니다. 가장 깨어 있는 자, 가장 부지런한 자, 가장 빠른 자가 최선의 것을 얻으며 가장 정결하고 아름다운 여인이 특별한 장식을 하게 된다.

그렇기 때문에 부활절 계란 찾기, 계란을 손가락으로 두드려 깨기, 계란 골라내기, 숟가락 위에 계란을 올려놓고 달리기 등의 놀이가 행해지고, 양치기들이 가축 방목 첫날 목초지에서 최초로 '이슬을 맞는

---

117) '기뻐하라'라는 라틴어 표현이다. 기독교 축제인 부활절을 준비하는 사순절 기간 중 한가운데 일요일을 가리킨다. 이 일요일을 장밋빛 색으로 표시하여 '장미주일'(Rosensonntag)이라고도 하며 기쁨과 위로의 주일이다.

118) 자연의 생명력을 상징한다. 이 회초리로 맞으면 왕성한 생명력이 솟아난다고 믿었다.

119) 라인 강변 라인가우 지역에 있는 포도주 생산도시이다.

자'가 되려는 경쟁을 벌이며, 그렇기 때문에 가장 사랑하는 여인과 함께 산과 숲으로 들어가는 오월 산행(*Maienfahrten*)을 하며, 사랑하는 여인을 높이기 위한 자작나무 세우기(*Maienstecken*), 오월 나무 세우기(① 권 126쪽, 이 책 135쪽 참조) 등을 했던 것이다. 특히 부족들은 이 오월 나무 주위를 돌며 춤을 췄다.

이미 1225년에 아켄(Achen)의 한 사제는, 나중에 영국 퓨리턴이 그랬던 것처럼, 이 같은 5월 나무를 도끼로 베어 눕혔다. 그러나 지방 수령은 그것보다 더 높은 5월 나무를 세우라고 명령했다. 나뭇잎으로 감싼 성령강림제 요괴(Pfingstbutz)나 물새(Wasservogel)[120]를 물속에 던져 넣었다. 이것은 건조한 대지에 봄비를 내리게 하기 위한 방편이었다.

이런 놀이 다음에 엘사스 지방에서는 '5월 레셀리'(Maireseli), 바덴 지방에서는 '우파르트 신부'(Uffardsbrud, 승천하는 신부), 저지 독일 지방의 '5월 신부'(Maibrud)나 '핑신부'(Pingsbrud)가 둥글게 엮은 화환으로 장식한 채 마을을 활보한다. 이때 처녀들이 찬양의 노래나 환호의 노래를 불러댄다. 이때 사용한 화환은 들판에 많은 수확을 가져오는 것을 의미하며 교회에 잘 보관된다. 사람들은 또 계란, 사과, 프레첼,[121] 밀 등을 모아 우파르드(Uffard) 케이크를 만든다. 이때 사람들은 누구나 장소를 옮겨가며 환호를 질러대는 봄의 순회행렬을 보며, 자신이 찾아간 땅마다 분명하게 축복을 내려준다는 네르투스 여신을 생각하게 될 것이다(152쪽 참조).

---

120) 성령강림제 요괴나 물새는 성령강림제(오순절) 민속풍습의 인조형상이다. 밀짚이나 솔잎을 채워 만들고 겉을 치장하여 숲에서 끌고 나와 마을로 데려온다. 그리고 나중에는 호수나 늪지에 빠뜨렸다.

121) 팔짱을 낀 모양의 8자형 비스킷이다.

또한 5월 1일에는 북부 독일에선 5월 백작과 그의 신부, 영국에선 로빈 후드와 그의 여종 마리안이 봄의 형상으로 짝을 이뤄 등장하는데, 이런 형상은 옛날 스웨덴의 프레이가 대지를 행차했다는 설화를 연상시킨다. 이때 동행한 프레이의 임신한 여사제는 농경지에 축복을 내려주었다(121쪽 참조).

우리는 이미 800년경의 〈인디쿨루스〉에서 작센인들이 신들을 그린 그림을 들판에 끌고 다녔고, 나중에는 그 대신 성자들의 모습이 그려진 성의(聖衣)들을 들판에 내세웠다는 것을 들은 적이 있다.

북구의 승리를 염원하는 제사도 봄에 이뤄졌다. 사람들은 완벽한 무장국가 안에서 승리만을 구가하는 해전이나 여름의 육상원정을 위하여 제사를 올렸다. 클로드비히(Chlodwig)[122]는 486년 자신 휘하의 군대를 마르츠 평원(Märzfeld)[123]으로 불러 모아 창, 검, 도끼를 내보이며 위용을 자랑했고, 나중에는 프랑켄 지방의 마이펠드(Maifeld)에서도 그렇게 했다.

노르웨이의 굴라팅 법(*Gulathingsgesetz*)에 따르면 모든 봉신은 무장하고 봄 회합에 참여해야 했다. 14세의 디트마르세(Ditmarsche)는 성령강림절이나 5월 1일에 모든 장정들과 더불어 갑옷을 입고 대규모 무기 시위장에 참여해야 했다. 1747년에도 여전히 이들은 울려 퍼지는 북소리에 맞춰 검무를 선보였다. 그 최고의 기예는 칼날을 능숙하게 서로 엉키게 한 다음 전위 춤꾼이 위에 올라서면 겹친 칼날 위에서 공중으로 치켜 올려진 상태에서 춤꾼이 연설하는 것이었다.

하지(夏至) 축제, '순기히트'(*Sungicht*)는 4번째 축제이긴 하지만 크게 돋보이지는 않았다. 비교적 뒤늦게 등장했으며 이방에서 도입된

---

122) 프랑크 왕국 메로빙거 왕조의 클로드비히 1세(Chlodwig I)를 말한다.
123) **[원주]** Märzfeld: Kauffmann ZfdPhil. 31, 454.

전통적인 요한니스 화톳불. 산 위에서 피어오르고 있다.

듯하다. 이 하지축제는 그리스에서부터 노르웨이까지 광범위하게 펴져 있었다.

그러나 고대 아이슬란드는 이미 여름 축제를 하고 있었다. 이 축제는 아이슬란드의 민중총회인 알팅 때, 그러니까 11번째 여름 주간, 대략 6월 중순에 열렸다. 아주 고적한 곳에 마련된 회합장소는 수일간의 예정으로 섬 전 지역에서 온 수백 명의 장정들로 채워졌다. 노르웨이에서 이 축제는 평화와 풍성한 수확을 염원하여 이뤄졌다. 독일과 여타 나라에서의 이 축제는 산꼭대기와 시장광장에 피우는 요한니스 화톳불(Johannisfeuer)[124]이 특징이었다. 사람들은 그 안에 풀을 던져 넣어 자신의 액운을 불태웠다. 총각들은 애인과 이 화톳불을 껑충 건너뛰며 건강을 기원했다. 화염이 높이 치솟을수록 대마, 아마, 호밀이 높이 자란다고 믿었다. 여기에서 어떤 신이나 심지어 어떤 태양 여신 같은 것을 지시하는 것은 아무것도 없다. 다만 의미는 참회의 뜻을

124) 세례 요한 기념일인 6월 24일에 이뤄지는 민속행사. 하지 즈음이다.

담은 것으로, 나쁜 정령을 몰아내고 질병과 흉작을 쫓아내며 그리스에서는 죄를 몰아내는 불이기도 했다.

이에 반해 수확을 결정하는 것은 의심의 여지가 없이 보단 또는 오딘이었다. 바이에른과 니더작센의 벼 베는 농부는 〔이 신들의 이름에서 유래한〕 바우들(*Waudl*) 또는 바울(*Waul*), 바우덴(*Wauden*)이라는 단어에 일정한 운율의 노래를 부르며 풍성한 수확을 간구했다. 그들은 스웨덴에서처럼 볏단 하나는 말을 위해 들판에 남겨두었다. 니더작센에서는 농부들이 마지막 낫질을 한 다음 털모자를 공중에 던지고 이 모자를 위한 불을 언덕 위에 피웠다. 이 때문에 바이에른에서는 이런 곡물을 바우들 풀(*Waudlmähe*)이라고 했고, 이런 추수 때 마시는 맥주를 보델 맥주(*Wodelbier*)라고 불렀다.

실제 수확의 중심시기는 8월이었지만, 들판 곡물들의 전체 수확은 가축들을 축사로 모두 몰아넣는 성 마르틴 축일 언저리에 마무리되었다. 따라서 추수축제는 8월부터 11월까지 행해졌다. 나중에 행해진 정식 교회봉헌은 앞에서 언급한 가을축제(155쪽 참조)에서 가장 뚜렷하게 표현되었다. 그러니까 가톨릭 지역에서는 농부와 하인, 젊은이와 늙은이, 부자 농장주인과 가장 가난한 소작인, 살아 있는 자와 죽은 자이지만 기억에 떠오른 자들까지 모두 이 기쁨의 축제에 참여했다. 교회 봉헌을 기념하는 축제이며 동시에 교회를 보호하는 성자들을 기억하는 축제가 바로 이 축제인데, 이런 축제의 배경은 나중에 설정된 것이었다. 어떻든 이런 배경 위에서 본질적으로 이교적이며 수많은 고대 시대의 특징들이 끼어든 축제가 펼쳐지는 것이다. 이 축제는 여름 작업을 모두 마친 후 전 가족, 또 자주 흩어져 있던 친구나 친척들이나 가난한 사람들로 하여금 들판의 선물을 공동으로 함께 즐길 수 있도록 서로를 통합하는 기능을 했으며 하인들에게 며칠

마르틴이 성문 앞에서 추위에 떠는 걸인에게 자신의 망토 절반을 칼로 베어 내어주는 장면.

동안의 충만한 자유를 선사하는 기회이기도 했다.

성인 그레고르 1세[125]가 600년경 앙겔작센인들에게 흥겨운 제사향연을 위해 오래된 교회 주변 땅을 허용해 주었던 것처럼, 이제는 교회가 옛 토착신들의 신전들을 대신하게 되었을 것이다. 이곳저곳에서 교회 헌당 기념일에 가정의 수장들이 묘지에 모여 가족들과 함께 죽은 자들을 추모하며 축제를 가졌다. 예컨대 슈바르츠발트에서는 알레만인 농부 부부가 하인의 주인과, 하인으로서 가장 멋진 역할인 진짜 주인 역할을 맡았다. 오후에는 제일 큰 즐거움인 춤이 곁들여진 연말 시장이 그 중심점이 되었다.

이런 식으로 해서 축제의 사슬은 마무리된다. 마지막 고리는 새로운 경제생활 1년의 첫 고리가 된다. 경제관련 사건들이 토착신앙의 한 해를 구성하는 제사시점을 규정하며 각 축제에 중요한 특징들을 부여한다. 기독교 연간 축제는 예수의 단속적 생애에 의해 결정된다. 그러니까 두 가지 축제질서에는 아주 깊은 간극이 입을 벌리고 있다. 그럼에도 게르만 부족과 교회 사이에는 많은 지점에서 연결다리가 만들어질 수 있었다.

그런데 특별한 불과 통상적인 제사의 불은 다른 점이 있다. 그것은 특별한 불이 늘 있는 축제 때 점화되는 것이 아니라, 가축 전염병이 창궐한다거나 아니면 농토에 가뭄이 든다거나 또 그 밖에 기후에 의한 피해가 발생하는 경우에 점화되었다는 점이다. 그리고 제사음식을 요리하는 데 활용되는 것보다는 보호와 정화의 수단이었으며, 이를 통해 악령을 방어하고 대기를 악령으로부터 깨끗케 하였다. 이 때

---

125) 성인 그레고르 1세(Gregor I: 540~604). 위대한 성인 그레고르라고도 한다. 590년부터 604년까지 가톨릭교회 교황으로 재임했으며, 가장 뛰어난 교황 중의 한 사람이다. 후기 교부철학의 시조이다.

문에 이 불은 〈인디쿨루스〉에서 작센어로 '노드피르'(*Nodfyr*) 라고 했고, 그보다 일찍이 742년에 프리슬란트어로 '니드피르'(*Niedfyr*), 고고 독일어로는 '노트피우르'(*Nótfiur*), 노르웨이어로는 '나우엘(델)드'〔*Nau*(*d*) *eld*〕, 즉 비상(非常) 불126) 이라고 했다. 그러나 스웨덴 말로는 불을 '브리델드'(*Vrideld*, 돌리는 불) 혹은 '그니델드'(*Gnideld*, 마찰의 불) 라고 불렀다. 이는 불이 나무와의 마찰을 통해, 그러니까 주로 자작나무 가지와 원통형 나무통이나 바퀴와 비비거나 부싯돌을 서로 부딪쳐 아주 순수하고 자유로운 요소로 얻어져야 했기 때문이다.

자작나무 들판에서 사람들은 이 때문에 이 불을 들불, 이른바 '야화'(野火, *Wide Feuer*) 라고 했고 영국에서는 '빌파이어'(*Willfire*) 라고 했다. 이 불이 가장 효과를 발휘할 수 있는 경우란, 사람들이 먼저 마을의 불을 모두 끈 후 엄숙한 침묵 아래 모두 모인 자리에서 아주 수줍어하는 젊은이들이 마른 가지를 비벼서 불티를 얻어낸 경우였다. 이 불꽃으로 나뭇가지 더미에 불을 붙였다. 이 더미는 모든 가족들이 갹출하여 모은 것들이었다. 사람들은 이 불로 가축들을 대개 3번씩 우리에서 내쫓았으며, 총각과 처녀들은 이 불을 껑충껑충 뛰어 넘어갔다. 또 장작을 가지고 연기를 멀리 퍼뜨리고 재를 밭에 흩뿌리고 가축의 여물에 섞어 넣었다. 스웨덴에서는 그런 불로 과일나무와 어망을 그을렸다. 1855년까지만 해도 브라운슈바이크 지방에서는 이런 야화가 만들어져 타올랐다.

드물게 이뤄진 제사로는 인간제사127) 가 있다. 게르만인들이 천 년

---

126) [원주] Notfeuer: Wuttke, D. Volksaberglaube 93. Feilberg, Dansk Bondeliv 2 181.

127) [원주] Deutsche Menschenopfer: Müllenhoff, DA. 2, 153. 182. 4, 215; nordische Lyngby in der Tidskr. f. Philologie 10, 115 f. Petersen, Nordboernes Gudedyrkelse 25.

동안 이런 제사를 행했다는 증거가 있다. 최초로 등장한 게르만인들 중 킴버른 부족이 있는데, 이 게르만 부족은 전쟁포로를 죽여 얻은 피를 이용하여 미래를 예측했다. 그들은 또 적의 만행에 대한 격분 때문에 포로들을 목매어 죽였다. 아르미니우스의 게르만인들이 로마의 전쟁포로들의 두개골을 나무에 고정시켰던 것이 한 예이다.

타키투스는 전지전능한 젬노넨족 신의 임원에서 일정한 기간 동안에 인간제사가 이뤄졌지만 매년은 아니었던 것으로 언급한다. 다른 부족들도 최소한 최고신인 오딘에게만은 일정한 기간 동안에 인간제사를 통해 자비를 구하는 것은 정당하다고 여겼다. 반면에 다른 두 중요 신인 도나르와 티우스(Tius)는 동물제사에 만족했다.

서기 58년에 카텐족과 헤르문두렌(Hermunduren)족 사이에 전쟁이 일어났다. 이때 카텐족은 보단에게, 헤르문두렌족은 티우스에게 각각 상대 포로를 제물로 바쳤다. 나중에 전쟁에서 패한 카텐족은 끔찍한 보복을 당해야 했다. 당시 독일에서 "보단이 너희 주인이다!"라는 말은 끔찍한 저주로 들렸다. 낮에 북구의 장수들은 적들에 대해 이런 저주의 말을 던지곤 했다. 포로의 갈비뼈 사이에 있는 허파를 끄집어내는 것을 '피 묻은 독수리 절단'이라고 했는데, 이런 행위는 독수리를 자신의 표시로 삼은 오딘을 겨냥한 것이었다. 작센인들은 칼 대제 시대까지도 인간제사를 굳게 믿었다.

스웨덴인들은 웁살라에서 열리는 주(州) 대축제에서 매 9년마다 춘분날에 9명의 인간을 죽여서 개 옆에 걸어두었다. 또 덴마크의 레트라(Lethra)에서는 매 9년마다 1월 열리는 주 축제에서 말, 개, 수탉 각각 99마리와 함께 사람 99명도 제물로 바쳐졌다고 한다. 삭소도 웁살라에서 이뤄졌던 인간제사를 증언하며 이를 프레이 탓으로 돌린다. 그러나 이 인간제사에 대한 독일인 증인인 아담 폰 브레멘과 디트마르 폰 메르세부르크(Dietmar von Merseburg)는 이를 과장하는 듯하며, 디트마르는 짐승이 신들에 대한 제물이 아니라 지하세계에 있는 살해당한 인간들의 양식이었다고 적었는데, 이는 착오이다.

한 노르웨이 왕은 언젠가 인간제물을 최고의 제물이라고 말했고, 게르만인들도 도처에서 그렇게 간주했다. 인간제물의 가치는 인간의 생명이 귀해질수록 상승했다. 프랑켄, 헤룰러(Heruler),[128] 작센인들은 심지어 무고한 친척을, 또 신의 심사를 누그러뜨리는 제물로 사제들을 죽인 후에 제물로 바쳤다고 한다. 어쨌든 북구에서는 흉년이 들었을 때 왕까지도 신들의 제물로 바쳤다. 스웨덴인들은 첫 흉년에는 황소, 두 번째 흉년에는 인간, 세 번째 흉년에는 그들의 왕이었던 도말드(Domald)[129]를 제물로 바치고 그 피로 웁살라에 있는 신들의 보좌를 붉게 물들였다. 부르군트족은 패전했거나 흉작이 들면 그들의 왕을 퇴출시켰는데, 이는 그래도 온건한 형태의 제사였다(117쪽 참조).

노르웨이의 왕 이알 하콘은 욤스(Joms) 바이킹족[130]에게 승리를 거두려 자기 아들을 제물로 바쳤고, 다른 왕은 자신의 생명을 9년 연장하기 위해 아홉 아들을 차례차례 오딘에게 제물로 바쳤다.

오딘은 항해를 도울 바람을 주겠다며 비카르(Wikar) 왕에게 휘하의 선원들 중 하나를 뽑아 목을 매달라고 요구했다. 그래서 제비뽑기를 했는데 그만 왕이 점지되고 말았다. 그 다음날 아침 스타르카드[131]는

128) 동게르만 부족으로 360년경에 흑해 연안에 처음 출현하였으며 6세기까지 문헌에 남아 있었다.

129) 고대 스칸디나비아의 전설적인 잉링거 가문의 8번째 왕. 초대 왕은 오딘으로 상정된다.

130) 전설의 용병부대로 현재 폴란드 오스트세(동해) 해안에서 활동했다.

131) 덴마크 전설에 등장하는 영웅이자 스칼데(음유시인)이다. 덴마크의 성직자

비카르 왕을 엄숙하게 돛대에 매달고 창으로 변한 긴 갈대줄기로 왕을 찌르며 "이제 당신을 오딘 신께 바칩니다!"라고 했다.

그러나 이런 제사의 개별행동은 복수심, 잔인함 그리고 이기심의 행동일 뿐이었다. 이것들은 철저히 신성한 사형집행, 범죄에 대한 징벌의 제사, 범죄로 인해 필연적으로 주어진 불안정 상태의 귀결 등으로 묘사되었다. 특히 이런 제물이 된 자들은 부족의 적으로서 평화를 깨뜨린 전쟁포로와 역시 평화를 깨뜨린 범죄자들이었다. 사형집행 방법은 해당되는 범죄의 유형에 따라 달라졌다. 프리슬란트에서 신전을 파괴한 자는 바닷가에서 그 몸을 토막 내어 파도에 내맡겨 버렸다. 겁쟁이와 호색한은 늪 속에 가라앉힌 후 그 위에 나무를 엮어 짜서 만든 틀을 던져 그들의 모습이 영원히 보이지 않도록 했다. 아이슬란드에서는 범죄자를 토르의 바위 위에 엎어 그 등을 부러뜨려 죽였다. 아마도 위증을 한 자나 사기꾼을 그렇게 했었던 듯한데, 민중신앙에 따르면 번개가 그들을 쳐서 죽인 것이었다.

토착신앙의 제사에서 끔찍한 일 중의 하나는 목매단 자가 죽었건 살았건 교수대에서 내려 오딘 신에게 바치는 것이다. 이것은 이 매달린 자가 북구에서 매달린 자의 신인 항가구드(Hangagud), 즉 오딘이었기 때문이었다. 북구의 습속엔 이른바 "굴려서 붉게 물들이기"라는 것이 있다. 이것은 사람 몸 위로 배를 굴려 진수시키는 습속이었다. 그때 사람의 피는 속죄하는 의미로 배의 용골을 적셨다. 이런 습속은 매우 전설적으로 들린다.

오래된 독일 건축물, 시 방벽, 다리 및 제방을 해체할 때 관에 담겨 있거나 그냥 파묻혀 있는 유골들이 발견되었다. 옛날부터 중요한

이자 역사가인 삭소가 쓴 《덴마크인들의 행위》에 등장하는 인물이다.

방어용 건축물을 만들 때에는 그 초석들 사이에 산 사람을 넣고 벽을 쌓았었다는 이야기가 전해진다.[132] 오늘날까지도 사람들이 그 이야기를 믿는다. 앞에서 말한, 발견된 해골들은 이런 이야기의 진실성을 확인시키는 사실이라고 할 수 있다.

132) [원주] Einmauern lebendiger Menschen: Wuttke, D. Volksaberglaube § 440.

제8장

게르만 남신들

개별 신들

게르만의 제신 숭배는 각기 제 갈 길을 갔고, 그 신들도 다른 인도게르만 신들과는 구별되는 운명을 지녔다. 그러나 아주 오래된 민족신들 중에 몇몇 신들은 아직도 인도게르만의 흙냄새를 휘감고 있다. 이런 흙냄새는 이런 신들이 동일하거나 비슷한 리제나 엘프 그리고 원초적인 정령의 세계에서부터 성장하여 나온 것이라는 생각을 하게 만든다. 또 각 민족에 따라 신들의 세계는 서로 다른 구조를 지닌다. 그리고 이런 구조는 어디서나 지침이 되는 어떤 경계선들을 드러낸다. 특히 구조의 기본 윤곽에서 그렇다. 최소한 하나의 신성(神性)만은 인도게르만 각 공동체들이 상당히 뚜렷한 윤곽을 그리며 내적 성숙의 단계에까지 도달했음을 보여준다.

그런 신성은 바로 하늘 신을 말하는 것으로, 이 하늘 신은 모든 것을 포괄하는 하늘의 광휘를 통해 초기의 다른 신화 구성체보다 확실히 높은 위치에 올랐다. 이 하늘 신이 지닌 축복의 힘은 구체적으로는 비를 통해 나타났고, 위엄을 갖춘 통치자로서의 모습은 뇌우로 현현되었다. 이러한 하늘 신이 바로 티바츠(Tiwaz),[1] 티우스, 치우, 티르였다.

티바츠, 티우스, 치우, 티르

가장 오래되고 가장 지위가 높은 이 신 이름을 원시 게르만인들은 아마도 '티바츠'(Tiwaz), 앙겔작센인은 '티우'(Tiu), 북구인들은 티르, 그리고 고지 독일인들은 '치우'(Ziu)라고 불렀던 듯하다. 이 이름의 뿌리는 "디브"(*div*)로 "빛나다, 비치다"는 의미이며, 여기에 "아버지"의 의미가 부가된다. 본질적으로 동일한 명칭을 인도인, 그리스인, 로마인은 각각 디오스피타(Dyôspitâ), 제우파터(Zeupater), (디)우피터〔(D)jupiter〕라고 불렀다.

이러한 등식들은 객관적으로 규명을 해야 할 것이긴 하지만 사소한 발음 법칙상의 문제 때문에 이 공식을 흔들어서는 안 된다. 이 이름들의 뿌리엔 유별나게도 무수하게 많은 변종들이 있기 때문이다. 예컨대 제우스만 해도 비슷한 이름들로 디스(Dis), 데우스(Deus), 다스(Das), 체스(Zes), 첸(Zen) 그리고 단(Dan) 등이 있고, 주피터의 경우 그 변형으로 요비스(Jovis), 디스피터(Dispiter, Diespiter) 등이 있다.

게르만인들의 하늘 신 명칭에도 "아버지"라는 부가명칭이 없는 것은 아니다. 타키투스가 "신적인 만왕(萬王)"의 신성한 임원에 대해 기록한 것은 하늘 신과 관련된 것이다. 젬노넨족은 이 "만왕"을 "부족

---

1) **[원주]** Tiwaz: Much, der germanische Himmelsgott 1898.

의 첫 조상들"로 생각했다. 이는 신이 부족의 아버지로 경배되었던 것과 마찬가지의 경우였다. 그러므로 이런 이름에서 부가명칭인 "아버지"를 유추할 수 있다.

A. D. 3, 4세기 로마에서 시작된 화요일의 명칭인 마르티스 디스(*Martis dies*)의 번역어는 이 아버지의 명칭을 드러내는데, 앙겔작센의 '티웨스덱'(*Tiwesdaeg*), 고대 북구어인 '티스닥'(*Tysdagr*), 영어 '튜즈데이'(*Tuesday*), 알레만어의 '치스탁'(*Ziestag*), '치스틱'(*Zistig*) 등이 그것들이다.

현재의 독일어 명칭인 '딘스탁'(*Dienstag*)은 이 옛 형태와 관련이 없다. 이 단어는 저지 독일어 '딩다크'(*Dingsdach*)가 중부 독일 지방에서 변형된 형태인데, 이 딩다크는 게르만 신 이름을 따서, 그것도 그 옛 별칭인 '팅스'(Things)를 본떠서 만든 명칭이었다. 베르톨드 폰 레겐스부르크는 딘스탁이 북부 독일 지방에서 운용되는 봉사의 날에서 비롯되었다고 설명했다.

젬노넨족은 이동하면서 신처럼 모시는 부족 조상들의 제사를 마르크 브란덴부르크에서 슈바벵란트로 들여왔다. 거기에서 치우아리(Cyuuari),[2] 즉 치우의 경배자들이 생겨났다. 그리고 그 중심도시가 오늘날의 아우크스부르크(Augsburg)가 된 순수한 독일 명칭인 치스부르크(Ziesburc)가 성립했다. 독일 남서부에서는 오늘날도 여전히 딘스탁(Dienstag, 화요일)을 치스탁(Zistag) 또는 치스틱(Zistig)이라고 부른다. 하늘 신의 이력은 인도게르만의 네 부족들의 경우 많이 달랐었으나, 그 시작은 모두 동일했으며, 그 다음에는 보다 비슷한 발전단계를 드러냈다. 제우스[3]와 주피터는 가장 가깝게 보인다. 이 두 신은

---

2) [원주]Cyuuari: Much a. a. O. S. 4.

3) [원주] Κερυνς = Zeus: Max. Mayer, Giganten u. Titanen 108 ff.

돌망치를 든 옛 뇌우의 신으로부터 가장 높은 위치의 가정의 신, 재판의 신, 전쟁의 신 그리고 국가의 신으로 변천했던 경배과정을 모두 거쳤다. 다만 주피터는 대개의 로마 중요 신들이 그런 것처럼 자신의 중요 신화들, 그것도 뇌우의 신, 격정적인 전쟁의 신으로서 지녔던 신화를 모두 잃어 버렸다. 게다가 그는 제우스처럼 완전한 숙성에 도달했다. 두 신은 완전히 동일한 신이며 토착종교가 끝날 때까지 최고 권력을 유지했다.

이와는 반대로 디오스피타(Dyôspitâ) 혹은 디아우스와 티바츠는 심한 혼란을 겪었다. 이 두 신은 옛 부분에 정체된 채 자신들의 고유 특성을 아들이나 젊은 신에게 넘겨주어야만 했는데, 디아우스는 뇌우의 신 인드라에게, 티바츠는 역시 뇌우의 신 도나르에게 그렇게 했다. 제우스나 주피터가 긴 변화과정을 독자적으로 거쳐 갔던 것에 비해 두 신은 짝을 이루며 변화를 거쳤다. 디아우스는 그냥 하늘 신으로, 그 대칭이 되는 땅과 밀접히 연계되어 있었으며, 비를 뿌려 대지를 축복했다. 반면에 인드라는 《리그베다》 시대 때 전쟁 신이며 최고신이었다.

티바츠, 티우스는 최고신, 재판 신, 전쟁 신으로서 더 잘 각인되었으나, 신화적인 선봉장의 명성과 인간사에서 가장 중요한 신의 위치를 도나르에게 넘겨주고 말았다. 인도나 게르만 하늘 신의 경력은 두 방향으로 서로 나뉘어 흩어져 버렸다. 그리고 의기양양하게 왕좌를 가로챈 신들은 나중에 다시 또 다른 보다 강력한 신들, 즉 인도의 비쉬누(Wischnu)와 루드라, 게르만인들의 보단 같은 신들에 의해 그 왕좌에서 쫓겨나고 말았다.

가장 오래되고 여전히 인도게르만적 속성의 뇌우신의 모습은 이런 분열과 변형을 뚫고 분명하게 드러난다. 이 뇌우신은 손에 승리의 무기를 쥐고 흔든다. 이런 신에 대해서 신화적인 시각에 사로잡혀 있던 철학자 헤라클리트[4]는 "번개가 모든 것을 지배한다!"라고 말하기도 했다.

최초의 예술가들은 이 신을 위해서 승리의 무기를 제조했다. 인도의 리부, 그리스의 키클로프, 북구의 알파르가 그런 예술가들이었다. 이 무기를 통해 그 신에게 영구권력을 보장해 주기 위해서 그렇게 한 것이었다(①권 279쪽 이하 참조).

그 때문에 인드라, 제우스 그리고 주피터는 그냥 "번개"라고 불렸는데, 뇌우의 가장 뚜렷한 시각적 표현에 따른 것이었다. 반면에 옛 게르만인들은 티바츠를 가장 커다란 청각표현에 따라 툰나라츠(*Thunaraz*, 천둥)라고 불렀으며, 나중에 이 명칭으로 독자적인 다른 신을 이름 지었다.

승리의 무기는 원래 석기시대 분묘에서 발견되는 모서리가 3개인 돌덩이이거나 망치였다. 신들은 신들과 인간에게 생기를 불어넣는 여름비를 시기하여 솥이나 산 속에 가둬버리고 신의 권능에 도전하는 들을 향해 이 무기를 내던졌다. 이 망치 신의 대적은 락샤사스(Rakschasas), 티탄(Titan), 북구의 외튠(13쪽 참조) 같은 리제이거나 아니면 아히(Ahi), 티페우스(Typhoeus), 그리고 북구의 미드가르드 뱀이다.

신화처럼 이런 이 망치 신을 위한 제식은 아주 고대적인 특징들을 지니고 있다. 떡갈나무가 번개를 끌어들이기 때문에 사람들은 나이 먹은 떡갈나무 안에 들어 있는 이 신을 경배했다. 로마에서는 비를 오게 하려면 마르스 사당에 있던 기우석(祈雨石, Lapis mauelis)을 골

---

4) 헤라크리트(Heraklit von Ephesos: B.C. 520년경~460년경). 이오니아 에페이소스 출신으로 소크라테스 이전의 철학자이다.

목길로 끌고 다녔고, 고트란트에서는 묵직한 토르의 망치로 망치질을 했다. 이 번개신의 무기를 건드리면 구름이 흥분했다. 자연력은 분노하며 다투고, 마음 착하게 베풀며, 단호하게 결정하고 또 강력하게 지배하는데, 나중에 나타난 보다 고상하고 인간의 삶에 깊숙이 개입하는 이 망치 신의 속성은 바로 이런 자연력의 속성으로부터 유래한 것이었다. 앞의 네 민족에게 망치 신은 전쟁 신, 목초지의 신, 농업의 신이었으며 세 유럽 민족에게는 정의와 심판, 가족과 국가의 신이었고 또 신들과 인간에겐 가부장적인 최고신이었다.

게르만 땅에서 이 오래된 티바츠의 경배를 확고히 다진 것은 가장 유명했던 수에브족과 마르크 브란덴부르크의 젬노넨족의 성스러운 임원이었을 것이다. 이 임원에서 얻은 선조들의 예언 안에서 또 봉헌된 신전에 대한 외경심을 통해 이 부족 대표자들은 정해진 시간에 모여들었다. 그리고 수많은 부족들 앞에서 한 사람이 살해당하고, 무자비한 풍속에 따라 제물로 바쳐졌다.

임원에 발을 내딛는 사람은 한 사람의 예외도 없이 몸이 묶인 채 들어가야 했다. 이는 인간의 연약함과 신의 권능을 인정한다는 의미였다. 또 사람이 넘어지면 몸을 일으켜서는 안 되었다. 대신 땅바닥에 몸을 굴려야 했다. 이런 전체적인 제의가 지시하는 바는, 부족의 발생지이며 만물이 종속되고 거기에 복종해야 하는 신의 거처가 이 임원 안에 자리 잡고 있다고 사람들이 믿었다는 점이다. 신의 위엄은 젬노넨족의 성공으로 강화되었다.

가장 오래된 독일 땅인 북동부 게르마니아 지역에서는 가장 오래된 형태의 뇌우신이 임원에서 모든 신들 위에 군림했으며, 이는 도나우 강변 임원에 있는 제우스와 같았다. 사람들은 나중에 토르 신전에서 그렇게 했듯이 이 임원에서 신의 음성을 들었다. 천둥소리는 바로 전지한 신의 음성이었기 때문이다. 또 토르의 바위(174쪽 참조)에서 사람을 죽여 토르에게 바쳤듯이, 이 임원에서도 그렇게 했다.

사람들은 임원에 들어갈 때 무장을 해제했을 뿐만 아니라 제 몸을 스스로 묶었다. 신 앞에서 모든 것을 분쇄하는 듯 격렬하게 땅 위에 몸을 굴렀다. 19세기에도 여전히 천둥이 처음 울리면 농부들이 그렇게 했다. 젬노넨족이 오랜 근거지 성소를 벗어나 남서쪽으로 이동할 때, 티바츠, 티우스는 부족에겐 승리의 지도자였고, 이들은 신의 백성, 신의 추종자들이었다. 그런 후 젬노넨족은 치우바리(Ziuwari: '치우의 추종자')라고 자칭했고 그들 근거지 중의 한곳인 아우크스부르크를 치스부르크라고 불렀다. 또 그들이 신봉한 가장 오래되고 가장 높은 이 신이 전쟁이 연속해서 이어지는 이동기간 동안 용사적 특성을 가졌기 때문에, 로마의 전쟁 신을 추앙하는 요일인 마르티스 디스를 치스탁(*Ziestag*)이라고 이름 지었다. 알레만인들은 오늘날도 여전히 이 요일을 치스틱(*Zistig*)이라고 부른다.

이런 선례에 따라 대부분의 다른 부족들도 이날을 이 신의 이름을 따서 불렀다. 티우, 치우, 고대 북방어로 티르 등의 이름을 가진 이 신은 점차적으로 본래 지녔던 자연력으로부터 분리되어 오직 전쟁과 재판을 이끄는 역할로 규정되었다.

이 신의 자연력은 그 이름을 명백히 갖게 된 신, 즉 도나르, 토르가 물려받았다. 그리고 이 신은 실제 뇌우신이 되었다. 이런 역할 변화는 독일 서부 지역에서 시작되었다. 이미 타키투스 시대에 니더라인 지방 텐크터(Tencter)족[5]은 티바츠로 이해할 수 있는 그 부족 최고신을 마르스로 이해했다.

---

5) **[원주]** Tenctern: Tacitus Histor. 4, 64 vgl. Bugge, Studien 1, 344.

인접부족인 카텐족의 가장 용감한 전사들은 긴 수염과 긴 머리카락 외에도 쇠로된 링을 족쇄로 지녔는데, 이들이 적을 죽이면 이 링에서 풀려났다. 이는 이 전쟁 신의 역할이었다. 하지만 많은 전사들은 그대로 그런 차림새를 유지했는데, 일류 투사로서 전쟁에 몰두하기 위해서였다.

A. D. 2세기경 제작된 14개의 봉헌석이 로마에서 출토되었다. 이것은 라인란트 출신들로 구성된 로마 황제의 근위대원[6]들이 이방 이름을 가진, 자신들의 고향에서 섬기는 세 신에게 반복해서 바쳤던 것들에 속한 것이었다. 그것에 따르면 그 세 신은 메르쿠어(보단), 헤어쿨레스(도나르) 그리고 티우라고 단정되는 마르스였다.

이들 중에서 티우라는 이름이 13번이나 맨 처음 적혔다. 이로 볼 때 티우가 최고신이었던 것이 틀림없다. 네덜란드에서는 로마 클라우디스 황제 시절 게르만 출신의 백인 부대장이 마르스 할라마르두스(Mars Halamardus: 무사를 죽이는 자)에게 비석을 봉헌했다. 3세기에 네덜란드 트벤테(Twenthe) 출신 프리스란트인들은 마르스 팅수스[7]에게 비석을 봉헌했고 두 쌍둥이 여신인 알레시아가 베다와 알레시아가 핌밀레나에게 북잉글랜드의 두 제단을 헌납했다(①권 43쪽 참조).

프리슬란트인들은 동일한 장소의 투스 팅수스(Tus Tingsus)에게 비석을 바쳤고, 또 다른 곳에서는 켈트족 전쟁 신인 벨라투카드루스(Belatucadrus)가 투스 팅수스로 번역되었다. 이런 봉헌비석에서 늙은 전쟁신인 티우스가 팅의 신, 재판의 신으로 동시에 모셔지고 있었

6) **[원주]** Gardereiter Equites singulares: Zangemeister, Neue Heidelberger Jahrbücher, 5, 46. Möller i. d. Ztschr. f. deutsche Wortforsch. 4, I 10.

7) **[원주]** Thingsus: Much a. a. O. S. 5.

고 그 양편에 심부름하는 여신들이 서 있었다(83쪽 참조). 마찬가지로 제우스와 주피터도 순수한 경배의 신이며 제우스의 아내가 되는 여신은 정의의 여신 디케(Dike)였다.

이렇게 라인 출신 근위대가 내세운 삼신 구도는 이미 타키투스가 강조한 것이었는데, 이런 삼신 구도는 800년경 작센 지방의 세례서언에 다시 등장했다. 투나에르와 보단에 더해 제 3의 신으로 작스노트, 앙겔작센어로는 섹스네트(Seaxneat)가 연계된 것이다. 이 세 번째 신은 양날 단검인 삭스(*Sachs*)를 가진 동지라는 뜻으로, 타키투스가 북방 게르만인의 특징으로 거론했던 것이었다. 에섹스 가계의 도표가 밝히는 이 신의 후손들은 본질적으로 전쟁의 다양한 동인들을 의미한다. 그러니까 섹스네트는 분명히 전쟁 신을 가리키는 것이며 아마도 늙은 하늘 신의 별명을 따서 붙여진 듯하다.

티스, 투스, 투바츠는 일찍이 한때는 최고신이었지만 성격이 모호해 권력기반을 빼앗겨 버렸다. 이 신은 독일 민중신앙 속 약간의 흔적만을 남겼을 뿐이다. 그의 요일인 딘스탁은 바로 이 신 덕분에 명칭된 것이며 재판요일로 자주 활용되었는데, 돈너스탁(*Donnerstag*, 목요일)과 함께 수백 년 동안 제자리를 유지했다. 또 프랑켄-작센 지방의 딩에스닥(*Dingesdag*)도 사물(*Ding*)이 아니라 티우의 부가어 "팅"(회의)에서 비롯된 것이었다. 이 신의 3번째 이름으로 아직 충분한 설명이 없는 이름은 바이에른의 요일 이름인 에르크탁(*Erchtag*, 화요일)[8]에 내포되어 있다.

북구 스칸디나비아 지역에서 비슷한 발전양상이 있었음에 틀림없다. 티르는 여기에서 유일한 전쟁 신, 투쟁의 신이었으며, 모든 신들

8) **[원주]** Erchtag: Much a. a. O. 7.

중에서 가장 용감한 신으로 전투에서 더 용감한 자들이 이 신에게 승리를 달라고 요구한다. 사람들은 칼 손잡이에 승리의 루네문자를 새기도록 하고 그때 티르 이름을 두 번 부르도록 했다. 타키투스가 언급한 적이 있고 또 우리 시대에까지 이어진 검무(劍舞)가 정말로 티르에게 바쳐진 것인지는 확실치 않다. 용감무쌍한 남자를 가리켜 '티르처럼 대담한'이라는 의미의 티라우스트(*tyhraustr*)라 하고—어울리지 않는 것이긴 하지만—현명한 자를 가리켜 '티르처럼 현명한'이라는 의미의 티스팍(*týspakr*)이라는 형용사를 쓴다. 이것은 어떤 늙은 말(馬) 이름처럼 들린다. 이 말은 아주 오래전 널리 알려진 티르에 관한 뇌우신화로 〈히미르의 노래〉를 통해 전해진 것이다.

신들은 리제 히미르가 가진 거대한 솥을 갖고 싶어 했다. 그러자 토르가 이 솥을 빼앗아 오려고 히미르를 찾아가려 했을 때 티르가 거기에 함께 가겠다고 선언했다. 그때 티르의 늙은 말이 도망쳐 버렸다. 우리는 여기에서 이제 늙어 버린 뇌우신 티르를 젊은 신 토르를 통해 깎아내리는 것을 짐작할 수 있다. 또 이 노래에서는 히미르와 황금으로 만들어진 히미르의 아내가 티르의 양친으로 서술되고, 그의 모친이 티르를 토르와 함께 솥 아래로 숨긴 다음엔 티르의 행적이 없어져 버린다. 이는 이런 중요한 솥 탈취 원정에 티르를 참여시키는 것이 작가의 경솔하고 신중치 못한, 그리고 치밀하게 완성된 착상이 아니라는 것을 분명히 나타내는 대목이다. 이것은 결코 민속전설이 될 수 없다.

그러나 티르가 북구 신화에서 행동하지 않은 그런 신으로 존재했던 것은 결코 아니다. 신들은 로키의 무서운 아들인 괴물늑대 펜리르 늑대[9]를 자기들이 키웠는데, 이 괴물에게 먹을 것을 건네는 유일한 신이 바로 티르였다. 그러자 신들은 이 괴물이 매일 자라는 것을 보고 이 괴물이 신들을 멸망시킬 것이라는 예언이 선포되자, 이 괴물을 결박하기로 결정했다. 펜리르 늑대는 자신의 힘을 과시하려고 강력한 사슬인 레딩〔Laedingr, '나쁜 물건'(?)〕으로 자기 몸을 묶는 걸 조용히 받아들였다. 그리고 사슬이 채워지자마자 그것을 가볍게 깨뜨려 버렸다. 신들은 강도가 두 배인 드로미(Drómi)라는 사슬을 가져와 괴물을 묶으면서 만약 이 사슬을 깨뜨리면 커다란 영예를 부여하겠다고 약속했다. 잠시 걱정했지만 펜리르 늑대는 다시 이 제안을 받아들였다. 그리고 몸을 흔들고 몸을 땅에 딛고 힘을 주었다. 그러자 이 사슬도 산산조각 나 버렸다. 그러자 최고신(오딘)은 프레이의 심부름꾼 스키르니르에게 스바르트알파헤임에 사는 츠베르크들로부터 글레이프니르라는 사슬을 가져오라고 명령했다. 이 글레이프니르는 6가지의 물질로 만들어진 것이었다. 고양이의 발걸음 소리, 여인의 턱수염, 산의 뿌리, 곰의 힘줄, 물고기의 숨결, 새의 침(타액)이 그것이었다.

이 사슬은 비단 띠처럼 가볍고 부드러웠다. 신들은 암스바르트니르(Amsvartnir) 또는 암스바르니르(Amsvarnir)라고 부르는 호수 안에 있는 링그비(Lyngvi) 섬에 사는 이 괴물늑대에게 이 사슬을 보여주었다. 그러나 늑대는 이 사슬로 제 명예가 높아질 까닭이 없다고 여겨 그 사슬 착용을 거부했다. 괴물은 그 사슬이 마법의 지혜로 만들어진 것일지라도 자신의 발을 견디지 못할 것이라고 했다. 신들은 늑대를 설득하길, 만약 이 연약한 띠를 정말 끊어낼 수 없다면, 그들이 늑대에 대한 모든 공포에서 해방될 것이기 때문에 늑대를 기꺼이 풀어주겠다고 했다.

---

9) [원주] Fenris wolf: Edda 1, 105. 180. Laistner, Nebelsagen 30. v. d. Leyen, Märchen i. d. Göttersage der Edda 28.

그러자 늑대는 자기 힘을 시험하는 동안 신들 중 하나의 손을 자신의 입 안에 넣으라는 조건을 걸고 그 사슬로 몸을 묶었다. 그러자 신들은 서로 눈치만 살폈다. 마침내 티르가 자신의 오른손을 늑대의 입 안으로 넣었다. 묶인 늑대는 발로 버티며 힘을 주었다. 그러나 힘을 주면 줄수록 띠는 그만큼 더 강력해지고 더 깊게 늑대 살을 파고들었다. 그러자 티르를 제외한 모든 신이 깔깔대며 웃었다. 티르가 오른손을 잃었기 때문이었다. 이 괴물은 땅속 깊이 박힌 두 개의 암벽 기욜(Gjoll, 소음)과 트비티(Thviti)(?)에 묶여 있게 되었다. 물어뜯으려고 벌린 입을 막기 위해 신들은 그 입 안에 칼을 박아 넣었는데, 손잡이는 아래턱에 칼끝은 위턱에 꽂아 넣었다.

늑대는 분노의 괴성을 질러댔고, 그 아가리에서는 침이 마치 강물 흐르듯 떨어졌다. 그리고 이 늑대는 뛰쳐나가 아가리를 크게 벌린 채 온 하늘과 땅을 헤집으며 갈고 다녔다. 또 다른 공간이 있다면 그것을 물어뜯어 열게 할 것이었다. 늑대의 눈과 콧구멍에서 불이 솟아났다. 이 늑대는 또 최후의 전투에서 오딘을 삼켜 버렸다. 그러자 오딘의 아들인 비다르가 이 늑대의 아가리를 찢음으로써 아버지의 죽음에 복수했다. 그러자 그니파(Gnipa) 동굴 앞에 매어 있던 개(犬) 가름(Garm, 분노 또는 고함소리)이 풀려나 티르를 공격했고[10] 이 티르와 가름[11]은 싸우다 서로 죽이고 말았다.

한손잡이 티르에 관한 이 풍부한 표현의 신화는 아일랜드의 마르스 또는 누아다(Nuada)[12]를 연상시킨다. 이 마르스 또는 누아다는 데몬 족속인 피르 볼그(Fir Bolg)와 싸우다가 한 손을 잃었다가 나중에

---

10) [원주] Týr u. Garmr nur in der Edda 1, 198, nicht i. d. Völuspa.

11) [원주] Garmr: Much a. a. O. 32.

12) [원주] Nuada: Much a. a. O. 29.

이를 은제 손으로 대체한다.

우리가 이 신화에서 한 가지 추측할 수 있는 것은 이런 신화의 바탕에 밝은 하늘 신과 리제와 같은 폭풍괴물과의 싸움, 즉 하늘과 땅 사이의 대기를 괴성과 어둠으로 가득 채우는 괴물과의 싸움이 깔려 있고, 이 전투에서 신이 손을 하나 잃었다는 점이다.

〈바프트루드니르의 노래〉에 따르면 펜리르(Fenrir)는 그런 식으로 태양을 삼켜버리며, 태양과 달은 그 뒤에서 불타는 다른 늑대들인 스콜(Skoll), 하티 및 마나가름으로부터 암흑으로 덮겠다는 협박을 당한다.

그러나 이 이야기에는 모든 신들 중에서 가장 용맹한 신 티르를 강하게 부각시키려는 의도가 담겨 있다. 그 때문에 옛 폭풍의 늑대가 가진 경악스러운 특징들이 이질적인 괴물을 통해서 더욱 강조된다. 로키 족속들의 특징 묘사가 《구약성서》에 나오는 괴물 이미지의 영향을 받듯이, 펜리르 늑대의 특징 묘사 역시 그렇다.

베에모트(Behemoth)[13]는 진흙탕 안에 누워 강물을 자기 안으로 빨아들인다. 신은 칼로 이 베에모트를 공격한다. 아무도 이 레비아탄[14]을 자극할 만큼 용감하지가 못하다. 누가 이 괴물의 아가리를 열게 할 수 있을까? 이 괴물이 재채기를 할 때마다 광채가 번쩍이고, 눈은 마치 아침 여명의 눈썹과도 같았다. 괴물 발 아래에는 날카로운 돌이 놓여 있다. "네가 이 돌에 손을 대면 네가 감당할 수 없는 싸움이 벌

13) '짐승', '괴물'의 의미를 지닌 히브리어 어휘로 유대-기독교 신화에 등장하는 괴물이다. 육지에서 활동하며, 바다의 괴물인 레비아탄(Leviathan), 공중의 괴물 새인 치츠(Ziz)와 대비된다.

14) 히브리어로 '제 몸을 감아 돌다'라는 의미를 지닌 어휘로 유대-기독교 신화의 바다 괴물의 이름이다. 그 자체에 악어, 악룡, 뱀, 괴물의 속성을 모두 내포하는 형상이다.

어질 것이라는 것을 명심하라"라고 씌어 있다.

여기에서 언급해야 할 것은, 펜리르 늑대와 그의 동생인 미드가르드 괴물처럼, 베에모트와 레비아탄도 마지막 대심판 때까지 그들의 징벌장소에 남아 있다는 점이다. 또 다른 요소인 비단 띠로 얽어맨다는 동화적 모티브는 아주 정교하게 꾸며져서 안으로 들어온 것이다. 민중의 재치가 돋보이는 부분은 가장 약하고 섬세한 것으로부터 가장 단단하고 강한 것이 생성되도록 했다는 점이다.

이 사슬은 최후의 날 터져 나온 모든 사물의 총체적인 해체의 순간에 깨뜨려진다. 그러자 괴물늑대는 자유로운 상태가 되어 죽음을 맞고, 티르는 그리스 신화의 케르베로스 같은 가름(Garm)이란 개에게 살해당한다.

게르만 신 중에서 티르는 가장 오래되고 가장 높은 지위의 신이었다. 티르에 대한 우리의 지식이 비록 완전하지는 않지만, 우리가 파악할 수 있는 사실은 기독교 시작 천 년 동안에 티르의 지위는 부단히 하락했고, 티르가 그렇게 용맹성을 보였음에도 불구하고 북구에서조차 큰 비중을 차지하지 못한 부차적인 신으로 전락하고 말았다는 점이다.

투나라츠, 도나르, 토르

이런 격하는 무엇보다도 이 티르로부터 파생한 투나라츠, 도나르, 토르의 대두를 야기했고 또 완전하고 새로운 신화를 창출했으며 열정적이고 위엄 있는 제의를 성립시켰다. 이 신은 티르로부터 뇌우의 위력을 빼앗아 버렸다.

로마인들은 타키투스처럼 토르가 헤라클레스와 비견되는 신이라고 생각했지만, 육체적인 힘에서 모든 신보다 우월하며, 식욕과 성욕에서 상상을 초월하고, 리제와 악룡을 상대로 해서 싸우는 장소는 지상만이 아니라 지하가 되기도 한다. 아르민의 지휘 아래 게르만인들은 로마의 게르마니쿠스에 대항하기 위해 베저 강변 헤라클레스 임원에 집결했다.

라인 강 부근에서 출토된 서언(誓言) 비석에 적힌 막강자(莫强者) 헤어쿨레스 마구사누스(Hercules Magusanus)와 수염대장 헤어쿨레스 바르바투스(Hercules Barbatus)가 도나르를 의미한다는 주장은 가능하다. 나중에 게르만인들은 도나르를 보다 더 정확하게 주피터라고 말했다. 실제로 도나르는 고대 로마 신 주피터와 친족관계에 있었으며 최고신의 위치를 두고 오딘-보단과 쟁패를 벌였다. 그러나 주피터는 논의의 여지가 없이 최고신 위치를 보유하고 있었다.

작센의 세례서약과 북구의 맹세문장이 인용하는 게르만 삼신의 명단에서 주피터는 대개 맨 앞에 놓였다. 타키투스가 보단-메르쿠어가 서부 독일에서 신의 통수권을 장악했다고 지적한 시점 이후에 주피터는 오랫동안 최고신이거나 가장 인기 있는 신이었다.

사람들은 '아스'와 '레긴', 다시 말해서 신의 이름이 들어가거나 '프레이'와 '가우트'가 합쳐진 이름들을 선호했고, 또 이 이름을 가진 자는 신성 또는 특정한 신의 보호를 받을 수 있다고 믿었다.

그러나 이런 이름들보다 토르의 돌, 토르의 쐐기 등과 같은 토르와 관련된 이름들이 숫자나 다양성을 훨씬 능가한다. 노르웨이인 토롤프는 자기 "친구" 토르에게 자신의 아들 슈테인(Stein)을 주고 이름을 토르슈테인이라 지었고, 이 토르슈테인은 다시 자기 아들을 고데(사제)에게 주면서 토르그림(Thorgrim)이라 이름 지었다. 바이킹족들은

서부 노르웨이에서 토르와 함께 아일랜드로 건너갔다.[15]

아일랜드에서 이름을 얻은 첫 노르만인은 투르게이스(Turgeis) 또는 토르기슬(Thorgisl)의 이름을 따서 불렸고, 그 이후 얼마 되지 않아 875년부터 사람이 살기 시작한 이 아이슬란드는 토르와 관련된 이름들로 가득 채워졌다. 바이킹족이 오기 전에 있었던 대략 90개의 이름들 중 토르 관련 이름은 하나도 없었다.[16] 토르는 그렇게 아일랜드에서 높은 자리를 차지했다. 예컨대 더블린의 노르만 왕가는 토르로부터 유래했으며 신성한 토나르의 반지를 소유를 뽐냈다. 1000년경 북구에서 토르만큼 북구 도처에 신전을 갖고 있었던 신은 없었다.

이 신은 그의 투명한 이름을 천둥으로부터 얻었다. 북방에서의 별명인 빙그니르(Vingnir)는 '토르를 (천둥쐐기를) 흔드는 자'를 나타내는 말이고 레이디티르(Reiditýr), 외쿠토르(ÖkuÞórr), 바그나베르(Vagnaverr)는 수레의 신, 통행의 신을 의미한다. 토르가 그의 수레를 타고 대기를 굴러가기 때문에 뇌우가 발생한다. 천둥은 고트란트에서 오늘날 여전히 토르의 수레라고 믿고 있으며, 스웨덴 다른 곳에서는 아스칸(Askan)이 아스 신의 행차로 알려져 있다. 토르의 또 다른 별명인 흘로리디(Hlórridi)의 뜻은 분명치 않다.

오딘을 우두머리 신으로 설정하는 고대 북구의 자의적인 신 계보학에 따르면 토르는 오딘의 아들이다. 토르의 어머니는 산중 여인 피외르긴(Fjörgyn)[17]이거나 대지의 여신 외르드, 또는 의미가 확실치 않

---

15) **[원주]** Thor in Irland: Bugge im Morgenbladet. Christian. 3. Mai 1891.

16) **[원주]** Die schwedischen mit Thor zusammengesetzten Personen-u. Ortsnamen: Lundgren, Hednisk Gudatro 41. 62. -Saxo(Holder 630). -Holy mawle: ZfdA. 5, 72. Kuhn, Westf. S. 1, 106.

17) **[원주]** Fjörgyn: Much a. a. O. 16.

은 흘로틴(Hlóthyn)[18] 이다. 흘로틴은 니더라인 지방의 로마 비석에 적힌 흘루다나(Hludana)를 말하는 듯하며, 이 여신은 프리슬란트의 수산업 임차인들 사이에서 존경을 받았다.

토르의 아내는 여성 리제 야른삭사(Jarnsaxa)이거나 지프(Sif, 씨족)이며, 그의 자식은 순전히 알레고리로, 딸 이름은 트루드(Thrúdr, 힘), 아들들의 이름은 모디(Módi, 분노)와 마그니(Magni, 강력한 힘)이며,[19] 이들은 리제들과 싸움을 벌일 때 토르를 크게 도와준다. 이는 마치 헤시오도스의 《신통기》에서 제우스가 티탄족과 싸울 때 도움을 준 크라토스(Kratos, 힘)와 비아(Bia, 폭력)를 연상시킨다. 토르의 수행인은 로키와 날쌘돌이 티얄피이다.

토르는 3개의 값진 물건을 소유하고 있다. 트루드의 망치 또는 괴력의 망치로 분쇄기의 뜻을 가진 미욀니르라는 이름의 망치가 하나요, 두 번째는 두 개의 장갑 그리고 나머지 괴력의 허리띠이다. 망치는 손잡이가 짧은 몽둥이 또는 불타는 칼 그리고 앙겔작센인들은 불도끼라고도 하는 것인데, 이 망치는 토착신앙에 따르면 신들이 리제 무리에 의해서 멸망하는 것을 막을 수 있는 유일한 무기이다.

기독교 견해에 따르면 토르는 마지막 싸움에서 몰락으로부터 자신을 지키지 못하며, 아주 특이한 방식으로 정체가 뚜렷하지 않은 아들인 모디와 마그니로 세대가 넘어간다. 토르는 두 마리의 염소 "이를 가는 소리"를 뜻하는 이름의 탕그니오스트르(Tanngniostr)와 탕그리스니르(Tanngrisnir)가 끄는 마차를 타고 리제의 본거지인 리젠헤임을 향해 나아간다. 그러나 토르는 먼 길을 가고 세계수 물푸레나무 밑에 있는 법정에 가는 도중 매일 강을 건넌다.

---

18) [원주] Hlóđyn-Hludana: Kauffmann in PBB. 18, 134.

19) [원주] Móđi u. Magni erben Thors Hammer: Vafþruđn. 51.

그는 거대한 체구에 젊고 용모가 아름다웠으며 붉은 수염을 가졌다. 분노하면 수염이 터부룩한 입으로 바람을 불어대고 눈을 날카롭게 세운다. 그는 또 리제처럼 왕성한 식욕과 술 욕심이 있으며 트림의 집에서 황소 한 마리와 8마리의 연어, 3톤의 메트를 마시며, 대양의 밀물들은 그의 힘찬 호흡으로부터 시작된다. 토르의 결단력과 신적 분노의 원천은 아제족 고유의 유별난 힘인 아스메긴(*ásmegin*)이다. 토르는 언제나 짜증내지 않고 활발하여 어떤 싸움도 두려워하며 물러서는 법이 없고 인간들이 곤경에 처했을 때 늘 도우러 현장에 나타난다. 그래서 토르는 과거에 가장 높은 위치에 있었고 여전히 가장 강력한 신으로서 아스가르드와 미드가르드의 확고한 수호신, 신들과 인간의 확고한 수호신이다.

인간은 토르에 대해서 늘 감사하는 마음을 지녔으며 어떠한 신에 대해서보다도 이야기하기 좋아하는 대상이어서 그의 신선한 모험을 흥겹게 때로는 진지하게 이야기했다. 인간은 토르가 없었더라면 신들이나 세계가 멸망했으리라고 경계했다. 그러나 그들은 토르를 이야기할 때 무수한 오딘 신화나 발더 신화를 말할 때 지닌 사고의 깊이를 지니지 않았다.

토르의 이야기 중에서 일부는 아주 시원적(始原的)인 것이고 또 인도게르만 공동체의 소산이기도 하며, 나머지는 북구의 뇌우 기상 상태를 반영하고 있는데, 이런 뇌우는 항상 강력한 것이며 이것들은 연중의 다양한 양상으로 나타나는 자연현상들을 드러내는 것이다. 그래서 북구인들은 이 토르의 생애를 봄에서 가을, 아니 겨울까지 이르는 다양한 뇌우 기상 상태를 통해서 주의 깊게 뒤쫓는다. 그들은 대기 중 높은 곳에서 때로는 가까운 산중에서 또 때로는 저 멀리 수평선상에서 광포한 쟁투가 벌어지는 굉음소리를 들었고, 그럴 때 토르는 불을 번쩍이며 지하세계로 내려갔다. 이런 민중적인 모험담은 우리에게 이미 알려져 있듯이 스칼데 문학을 통과해 지나갔으며 그것에 의해 일정 부분 미화되거나 다듬어졌다.

토르는 〈트림의 노래〉(*Thrymskviđa*, 20쪽 참조)의 유명한 봄의 신화에서 겨울잠에서 깨어나는 광경의 묘사를 통해 아주 유쾌하고 구체적인 모습으로 등장한다. 그때 토르는 망치가 없어진 것을 알고 무척 상심했다. 화가 나서 머리와 수염을 절레절레 흔들고 주위를 더듬어 보았지만 망치를 찾을 수 없었다. 망치를 도둑맞은 것이었다!

토르는 무거운 마음으로 로키에게 하늘과 땅 위의 누구도 알지 못하는 이 희대의 사건을 알렸다. "우리 망치가 도둑맞았어!" 로키는 프레이야가 보관하던 날개옷을 입고 펄럭이는 소리를 내며 리제에게 날아가서 트림이 망치를 저 지하 깊은 곳에 감춰두었다는 사실을 알아내었다.

첩자 역할을 한 로키가 다시 아스가르드 위를 반복해서 나는 것을 본 토르는 흥분해서 로키에게 당장 하늘에서 내려와 알아낸 것을 자신에게 보고하라고 소리쳤다. 이는 로키가 또 조용한 곳에서 거짓말을 만들어 덧붙이는 것을 막기 위해서였다.

프레이야는 성을 내며 리제와의 결혼을 거부했다. 이 때문에 토르는 몽니를 부리는 트림의 악명에 두려움을 느끼긴 했지만, 약혼녀 프레이야로 위장하고 로키를 하녀로 삼아 트림에게 가지 않을 수 없었다. 둘은 염소가 끄는 수레를 타고 출발했는데, 가는 동안 암벽이 파열되고 땅은 불타올랐다.

트림이 얼마나 기뻐했겠는가! "리제 형제들이여, 환영파티를 위해 의자를 펼쳐 놓으라. 황금 뿔을 달고 있는 내 암소와 나의 검은 황소들이 짐승우리로 돌아올 것이다. 내가 부족한 것은 오직 하나, 프레이야뿐이다!" 트림은 그러나 약혼녀에게 어울리지 않은 탐욕스러운 식사와 술을 마시는 행태를 보고 매우 의아하게 생각했다. 트림은 약혼녀와 키스를 하면서 감춰졌던 번쩍이는 신부의 눈을 보고 놀라서 홀 끝까지 도망쳐 버렸다. 그러다가 트림이 약혼녀와 결혼하려고 그녀의 무릎 위에 미욀니르를 내려놓자, 가짜 약혼녀는 마음껏 통쾌하게 웃음을 터뜨렸다. 그리고 그 망치로 리제 족속들 모두를 몰살시켜 버렸다.

여름이 되면 장기간의 가뭄이 있은 후 뇌우가 번개와 천둥 그리고 우렁찬 소리의 빗줄기로 자신의 힘과 영광을 당당하게 펼쳐 보인다. 이때 뇌우의 신 토르도 자신의 최고 힘과 영광을 펼치며 비를 저지하려는 악룡이나 리제 무리들과의 격렬한 싸움을 한 뒤 축복의 물줄기를 선물로 내려준다. 앞(30쪽)에서 이야기한 바 있는 〈히미르의 노래〉에서 북구의 구름의 풍경들이 얼음바다로 변하고, 그 안에서 고래들이 뛰놀며 그 깊은 곳에는 악령이 웅크리고 앉아 있다.

옛 관점에서 보면 구름은 끓는 소리를 내는 양조(釀造) 솥이다. 리제는 이 양조 솥을 하늘 가장자리에 있는 자기 집에 감춰두고 있었다. 토르는 시선으로 대상을 굳게 만드는 괴물의 괴력과 독 입김에 맞서 싸워 괴물을 망치로 두들겨 저 깊은 곳으로 몰아내 버렸다. 그리고 양조 솥을 거꾸로 뒤집어 머리에 쓰고 리제들을 척결하고 의기양양하게 리젠헤임을 떠나 몹시 기다린 신들에게 돌아왔다. 이 두 괴물에 대해서 승리한 이런 이야기는 인도게르만 최고신의 중심 신화를 이루는데, 이 신화에서 토르는 최고의 봉헌을 받았다.

이 중심 신화에는 토르가 악룡과 마지막 싸움을 벌인다는 것에 대해서는 전혀 언급이 없다. 또 이 신화와 연결되는 그 후의 신화들은 부분적으로 자연 신화의 흔적들을 지닌다. 신들의 성을 세운 이 리제 건축가는 성을 완성한 뒤 신들이 그에게 약속했던 임금으로 프레이야, 태양과 달 등을 능숙하게 챙겼다. 토르는 이 건축가를 여름이 시작되는 첫날 주살해 버렸다. 이 리제가 누구인지에 대해서는 나중에 쓰인 민중 전설 안에 나타난 이름을 보면 의심의 여지가 없다. 이 리제는 바람과 날씨이거나 특히 여름이 시작할 때 구름 벽을 쌓아 올리는 바람을 일으키는 리제였다(21쪽 참조).

뇌우의 신과 시끄러운 소음을 발하는 뇌우의 리제 '흐룽그니르'(18쪽 참조) 사이의 싸움은 노르웨이의 암벽 해안에서 드물지 않게 발생한다. 이런 싸움을 다룬 또 다른 여름 신화에서 토르는 다시 한 번 커다란 위험에 처한다. 토르는 대적 흐룽그니르의 머리통을 부숴 버렸지만, 리제의 머리인 숫돌 절반이 토르의 이마 안을 뚫고 들어왔고 토르도 넘어졌다. 그리고 흐룽그니르가 앞으로 넘어졌기 때문에, 이 리제의 다리가 토르의 목을 덮쳐 버렸다. 이때 태어난 지 사흘 밤이 된 토르의 아들이 이 다리를 치워 벗어날 수 있었다. 토르는 몸을 일으켜 아들과 기쁜 재회를 할 수 있었다. 그가 트루드방(Thrudwang)의 본거지로 돌아오자, 예언녀인 그로아(Groa)가 마법의 노래를 불러 토르 머리에 박힌 숫돌을 빼내려고 시도했다.

이에 고마움을 느낀 토르는 그로아에게 이렇게 이야기했다. 즉, 그가 그로아의 남편 아우르반딜(Aurwandil)을 등 바구니에 넣고 리젠헤임으로부터 빼내어 얼음구름인 엘리바가르(Elivágar) 위를 날아왔는데, 그 바구니에서 삐져나온 아우르반딜의 발가락 하나가 동상이 걸려서 끊어 하늘에 버렸더니 그것이 "아우르반딜의 발가락"이라는 별로 변하였고, 남편이 곧 돌아올 것이라는 이야기였다. 그로아는 토르 이야기를 듣고 너무 기뻐하며 어쩔 줄 모르다가 그만 마법의 노래를 잊어 버렸다. 그래서 오늘날까지도 토르의 머리에는 그 숫돌 조각이 그대로 박혀 있다.

이 아우르반딜 신화는 후대에 나타난 별(星) 신화 중 하나이고, 아마도 주인공은 봄의 별인 듯하며, 이 별은 성장과 연계되어 있고—왜냐하면 그로아는 '자라나다'라는 뜻이다—첫 봄의 뇌우 때 리제의 겨울왕국으로부터 토르에 의해 이끌려 나와 자기 아내에게 돌아오게 된다.

연이은 새로운 위기상황 때문에 토르는 또다시 '게이뢰드'(19쪽 참조)를 찾아가는 모험을 감행해야 했다. 토르는 완전한 비무장 상태에서 게이뢰드를 만날 뻔했는데, 도중에 한 여성 리제가 필요한 무기를 빌려주었다. 토르는 갑자기 불어난 야지의 강물에 빠져 하마터면 익사할 뻔했지만 에버에쉐 나무가 구해 주었다. 민중 전설은 이후 이 나무를 토르의 구원이라는 뜻인 토르스뵈르크(Thorsbjörg)라 불렀다. 토르는 그런 일을 겪은 뒤 뇌우의 리제와 그녀의 딸들과 싸워 승리를 얻어냈다. 토르는 또 지하세계 우트가르드로키에서 바닷물을 모두 마셔 버린 후 미드가르드 괴물을 들어 올려 나이 먹는 것을 제압하려 하였지만 뜻을 이루지 못했다.

토르는 점차 동화 속의 힘센 바보가 되어갔다. 토르는 폭풍의 리제인 카리(20쪽 참조)와의 싸움에서 패배하거나 잠 속에 빠져들며 망치를 도둑맞고, 그 망치는 겨울 내내 땅속 깊은 곳에 놓여 있을 뿐이었다.

토르는 신들의 선두 투사로서 항상 신들과 인간의 안녕을 걱정하며 악의 힘들과 부단한 싸움을 하며 실천적 행동으로 가득 찬 삶을 일관했다. 그래서 스칼데 무리들이 토르를 찬양했고, 그 후 수백 년을 거쳐 민중들도 토르를 찬양했다. 민중들은 오래 섬긴 강건하며 충직한 토르를 변함없이 믿고 따랐던 데 비해, 스칼데 무리는 문인과 영웅의 신인 오딘을 토르보다 점점 더 우위에 놓았다. 민중적이고 소박한 토르와 귀족적이며 궁중 중심적인 오딘 사이에 대립이 형성되었다.

이런 대립은 생생하게 느껴졌고 또 여러 면에서 분명하게 표출되었다. 스타르카드는 "무사들"(*Kämpe*)의 이상형이었다. 그런데 한때 아제족들이 이 스타르카드의 운명을 결정하게 되었다. 오딘은 자기가 총애하는 이 무사에게 3대에 걸친 평안을 약속했는데 비해, 토르는 스타르카드 후손들의 각 세대가 악한 행동을 하나씩 저지르도록 규정했다. 오딘은 스타르카드에게 최고의 무기를 약속한 반면, 토르는 그의 모든 토지를 인정하지 않았다. 또 오딘은 모든 전투에서의 승리를 약속한 반면, 토르는 중상을 입도록 했다. 오딘은 그에게 스칼데 문학을 행할 수 있는 능력을 보장했는데, 토르는 그로 하여금 스칼데의 노래를 빨리 잊도록 했다. 오딘은 귀족들에게 자비를 주는데, 토르는 민중의 증오를 유발한다. 예전에 마음 착했던 토르는 전쟁을 통해서 직업을 얻으려는 용사들에 대해서 매우 언짢은 태도를 취한다. 그리고 마치 깊게 상처를 입은 노르네처럼 토르는 운명을 결정할 때 승리의 소망을 모두 저주로 바꾸려 했다.

또 다른 경우에 오딘과 토르는 거의 적대적인 관계로 맞서기도 한다. 《에다》 중 〈하르바르드의 노래〉에서 등에 짐을 짊어진 맨발의 방랑자가 한 뱃사공에게 자기를 해협 너머로 데려가 달라고 소리쳤다. 방랑자는 토르였고 뱃사공은 하르바르드, 즉 잿빛 수염의 오딘이었는데, 오딘은 토르의 요청에 비웃음만 보냈을 뿐이었다. 그때 두 신은 서로 자신의 위업들을 내세우며 으스댔다. 그리고 토르는 리제나 여성 베르세르커[20] 등과 같은 다른 괴물들과 싸워 무수한 승리를

20) 도취 상태에서 전투를 벌이는 광포한 전사들이다. 이에 대해서는 ①권 94, 101, 163쪽 이하, ②권 11쪽 등 참조.

거두었는데 오딘은 그저 갖가지 연애행각이나 주워섬길 수 있었다. 또한 토르는 오딘의 아들이었다. 그럼에도 불구하고 오딘은 비아냥거리며 토르에게 해협을 돌아가라고 말하면서 마지막엔 모든 괴물에게 시달리라는 저주까지 퍼부었다. 전체적인 이야기는 하르바르드의 발언으로 마무리 된다.

"오딘은 전쟁에서 사망한 귀족들을 얻는데,
토르는 하인 족속밖에 없네."

이것은 오래된 신화가 아닌 비교적 후대의 것으로, 토르가 오딘처럼 발더 전설에 끼어들은 것이다. 여기에서 오딘은 발더의 아버지로서 그에게 부과된 비중 있는 역할을 하는 데 비해, 토르에게는 부차적인 역할이 부여될 뿐이다. 삭소에 따르면 회드가 토르의 몽둥이 손잡이를 칼로 베어 버린 후 발더를 도와주러 달려온 신들이 군대를 제압해 버린다. 《산문 에다》에 따르면, 신들이 힘이 약해서 발더의 시신을 실을 배인 흐링호르니(Hringhorni)를 뭍에서 바다로 밀어 넣을 수가 없었다. 그래서 그들은 여성 리제 히로킨(Hyrrokin)을 불러 도움을 부탁했다. 그러자 히로킨이 와서 배를 단번에 바다로 밀어 넣었다. 힘을 주는 그때 원통에서는 불이 터져 나왔고 땅이 흔들렸다. 이것이 토르의 분노를 일으켰다. 이때 모든 신들이 나서서 토르에게 히로킨을 비호하지 않았더라면 토르는 망치로 히로킨의 머리통을 깨뜨리고 말았을 것이다.

신들은 이제 발더의 시신을 배 위로 옮겼다. 그것을 바라보던 발더의 아내 난나의 심장은 찢어질 듯했다. 토르는 배 위에서 불타는 장작더미를 망치로 축사하고 그 발 앞을 달려가던 츠베르크 리트(Lit)

를 밟아 불더미 속으로 밀어 넣었다.

독일 민중의 전통은 이런 풍성한 토르 신화에 비견될 만한 도나르 전설을 거의 가지지 않지만, 그것에 반해 폭풍과도 같은 존재인 보탄에 대해서는 아주 다양한 형태로 지칠 줄 모르고 표현했다. 도나르 신화는 몇몇 리제 전설이나 악마 전설에 낮은 소리의 잔향으로 포함될 뿐이다. 그 대신 독일에서 토르에 대한 제의는 타키투스가 전하는 헤어쿨레스를 통해서 확인된다.

전투하기 전에는 토르를 가장 용맹한 자로 노래 불렀다. 서기 16년 아르민은 게르마니쿠스의 군대와 전쟁을 벌였을 때 그의 무리를 베저강 동쪽 유역에 자리 잡은 토르 임원에 집결시켰다. 그러나 타키투스는 게르만인들이 전쟁에서 스스로 현실적으로 거명했던 신은 도나르였다고 전한다.

보니파키우스 시대에는 심지어 기독교 사제가 도나르를 모시는 데에 참여하기도 했다. 그래서 헤센 지방의 신성한 도나르 자작나무를 도끼로 쓰러뜨린 행위는 기독교적 사안의 대승리를 의미했다. 맨 먼저 작센인들은 토르를 믿지 않겠다 선서해야만 했다. 도나르의 이름을 따서 돈너스베르게, 돈너스하우게, 돈너스브룬넨 등의 이름으로 불렸고 여러 신들 중에서 도나르가 가장 많은 신전과 신상들을 가졌던 북구에서는 수많은 사람들과 장소들이 도나르의 이름을 차용하고 있다. 이런 이름뿐만 아니라 많은 관습에서도 도나르가 고대 세계에서 그리고 그 이후에도 향유했던 넓고 깊은 존경을 확인할 수 있다.

토르의 성격과 관련해 아담 폰 브레멘은 자연과 인간의 삶에서 취하는 토르의 행동방식을 지적하면서 "토르는 공기 중에서 다스리며 천둥과 번개, 바람과 빗줄기, 청명한 날씨와 들판의 과일 등을 통제한다"라고 적었다. 스웨덴인들은 전염병이나 기근이 위협적일 때 토

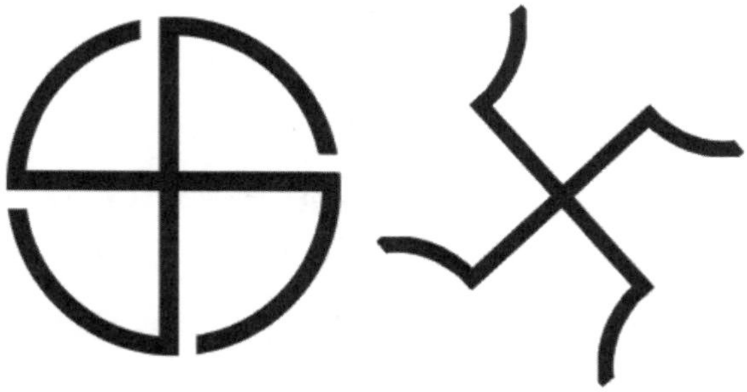

바퀴형 십자가(좌), 하켄 십자가(우)

르에게 제사를 올렸다. 신화에서처럼 제의에서도 토르의 망치가 주된 역할을 했고—이 점은 자연의 힘들을 이해하는 데 결정적 전환이 이뤄졌다는 것을 의미한다—더 이상 적대적이 아닌 우호적인 역할을 한다.

리제와 엘프가 번개를 던지면 질병과 황폐함을 가져오지만, 토르가 번개를 던지면 악령을 죽이고 인간의 일상 활동과 가정과 농토에 축복을 가져다준다.

메클렌부르크에서는 임의로 기독교 개종이 이뤄진 다음에 오늘날도 여전히 선한 자들과 천사들이 번개로 악마를 추격한다고 믿고 있다. 그런 축복을 가져오는 번개망치는 신성하게 보존되었다. 삭소는 오래전부터 추앙되었던 무거운 토르의 망치를 언급하는데, 사람들은 뇌우의 비가 너무 오랫동안 오지 않을 경우 그 망치를 두드린다.

영국의 교회 문 뒤에 걸려 있었고 나이 70의 부친을 살해하는 데 사용토록 된 신성한 망치(홀리 몰, holy Mawle)가 피쉬아르트(Fischart)에 의해 언급된 엔스하이머(Ensheim) 교회의 "돈너의 광선(光線)"(돈너슈트랄, Donnerstrahl)처럼 도나르의 망치가 아닌지 사람들은 묻는다. 오래된 세례용 돌 쟁반은 망치 그림이나 아이슬란드에서 토르의 망치라고 부르는 하켄크로이츠로 장식되어 있었다. 또한 사람들 중에 기독교 세례를 받은 아이들조차도 이 토착종교 신의 무기로 인해 악령으로부터 보호받으며, 오늘날까지도 아이들의 목에 도나르의 쐐기를 걸어준다.

이러한 망치 기호나 토착종교적으로 동일한 의미를 지닌 하켄 십자가나 바퀴형 십자가는 죽음에 이르기까지 평온한 때나 전시에 그리고 죽음 너머까지 게르만인들의 삶을 에워싼다. 이런 기호들은 북구의 수많은 무기, 생활도구, 장신구 등만이 아니라 묘비[21]나 유골단지에 그려졌기 때문이다. 또한 실제적인 토르가 존재한다는 점은 이 표시 대신에 루네 비석에다 "토르가 이 무덤에 축사하시옵소서"(*Thur viki Þisi kuml*)라고 새긴 사실을 통해서 증명된다. 또 독일과 영국에서 사람들이 그런 표시를 예컨대 쾰린(Körlin)의 마법의 반지나 묀케베르크(Möncheberg)의 창(槍) 꼭지에 새겨 넣었다.

집 전체는 토르-도나르의 막강한 보호 아래 있었다.[22] 도나르의 기호와 거기에 속한다고 할 수 있는 솥 갈고리 그림은 전형적으로 가계를 나타내는 표시 중 일부였다. 지붕 서까래 밑에서 발견되는 연옥(軟玉)으로 만든 석기시대 도끼는 아마도 수호신을 나타내는 도나르의 도끼로, 앞서 말한 그런 표시의 대용물이었을 것이다.

가정의 신이며 솥이 딸린 아궁이의 신으로서 토르는 또한 결혼의 신이기도 했다. 리제 트림의 결혼식 때 토르의 망치가 신부의 무릎

---

21) **[원주]** Thors Hammer auf Grabsteinen: Petersen, Gudedyrkelse 58. ZfdPhil. 33, 565.

22) **[원주]** Donarszeichen in Hausmarken: Homeyer, Haus., u. Hofmarken 146. 152.

위에 놓여 있었다. 결혼하는 사람들은 이렇게 외쳤다. "신부를 축사하기 위해 망치를 가져오시오. 그리고 미욀니르를 여인 무릎 위에 놓으시오!" 대규모 제사 잔치에서 맹세의 술을 마실 때 사람들은 술잔 위에 토르의 표시인 "토르의 마크"를 나타냈다.

효과 면에서 토르의 망치나 망치 표시에 버금가는 것으로 간주되는 것들은 돌, 생활도구, 표시, 식물, 동물들이 있는데, 이것들은 형태, 색, 위험성, 불의 특성 등이 망치와 비슷하게 보이며, 특히 이것들이 토르의 요일인 목요일(돈너스탁, Donnerstag)에 사용될 경우 특히 그렇다.

이런 도나르의 심벌에 해당되는 것으로는 다음과 같은 것들이다. 돈너의 돌이나 쐐기, 스웨덴의 토르킬, 토르스텐, 토렐드(토르의 불), 쇠붙이, 손톱, 솥이나 솥 갈고리, 집 마늘 또는 돈너 마늘, 붉은색 새 열매 송이를 달고 있는 에버에쉐 나무, 빨간 열매를 달고 있는 떡갈나무, 붉은색 짐승 등이고 심지어는 긴 양말, 묶는 띠, 치마 그리고 왁스로 만든 지팡이 같은 붉은색 물건들도 여기에 해당된다.

민중 집단의 상징체계에서 비롯한 이런 의미의 단면은 다른 어떤 것도 아닌, 인간이 그들의 돈너, 가장 강력한 수호신과 맺는 내밀한 연관관계로 이해될 수 있을 것이다. 때문에 《에다》에서 토르는 '인간의 친구'라는 의미로 '빈 벨리다'(Vinr verlida) 라고 불린다.

토르-도나르 신은 힘없는 자들을 위한 신(195쪽 참조)이기도 하지만 강한 자들을 위하기도 한다. 그래서 스웨덴인들은 전염병이 창궐하면 토르-도나르 신에게 제사를 올렸다. 도나르의 요일인 목요일에 앙겔작센인들은 전염병에 쓸 약초를 캤다. 또한 도나르 신에게 봉헌된 신성한 물푸레나무, 떡갈나무 밑으로 또는 하겐부텐 나무 울타리의 통로나 구멍 사이로 3번의 목요일에 연속으로 아이를 데리고 지나

가는 것이 전염병을 막는 가장 효과적 방법이라고 믿었다. 그리고 남쪽과 북쪽의 많은 토르-도나르 샘이나 우물에는 병을 낫게 하는 능력이 있다고 믿었는데, 남쪽 헤센 땅에 9세기부터 있어온 도네레스브루노(Doneresbrunno)라는 샘과 북쪽 스웨덴에서는 여러 군데 있는 샘들 중 특히 헬게 토르스캘라(helge Thorskälla)가 그런 것들이다.

사람들이 위험과 곤경에 처했을 때 순풍을 달라고 청원했던 최우선 대상은 토르였고 그 다음이 토르와 오딘에게 동시에, 그리고 또 다른 경우에는 유일하게 프레이였다.

기독교도였던 마른 체구의 헬기 왕은 바다 행로를 갈 때 토르가 예수보다 더 강력하게 도와준다고 생각해서 토르에게 제사까지 올렸다. 사람들은 또 뱃머리를 토르의 신상으로 장식했었는데, 이는 나중에 십자가로 대체되었다. 토르드는 밤에 군라우그(Gunnlaug)와 결투를 벌이러 나가기 전에 토르에게 승리를 염원하는 제사를 올렸다. 독일인들은 전쟁터에 나가면서 (헤어쿨레스) 도나르의 노래를 불렀고, 노르만인들은 "투르 아이에!"(*Tur aie*!, 토르여 도우소서!) 하고 외쳤다. 승리를 거둔 뒤에는 전쟁포로들을 제물로 바쳐서 토르에게 감사를 표했다.

석기시대 슐레스비히 지방의 사람들은 토르에 대한 감사의 표시로 토르스베르크(Thorsbjerg)[23] 부근에 방어용 무기를 놓아두었다. 나중에 전쟁 신으로서의 토르는 오딘에게 밀려났다. 토르에게 승리의 청원을 드렸던 스티르뵤른(Styrbjorn)[24]은 전사하고 오딘에게 맹세했던

23) [원주] Thorsbjerg: Du Chaillu, The Viking age 2, 196. Sophus Müller, Nord. Altertumsk. 2, 141.

24) 막강자 스티르뵤른(Styrbjörn der Starke: 960~984). 아이슬란드 전설에 따르면 스웨덴 왕 올로프 비외른손 2세(Olof II. Björnsson)의 아들. 올로프 2세가 사망하자 그의 동생이며 공동 통치자였던 에릭 제거샐(Erik Segersäll)

에이레크(Eirek)는 승리를 얻었다.

토르의 원형은 티우(Tiu)인데, 이 티우처럼 토르도 전쟁의 신이면서 동시에 정의와 법정의 신이기도 하다. 그렇기 때문에 티우의 요일인 화요일 외에 도나르의 요일인 목요일도 재판의 날이다.[25] 목요일에 북구에서 가장 중요한 회의인 팅이 개최되었다. 아이슬란드의 부족회의인 알팅을 위해 고데는 모두 금요일의 일출 전 목요일 밤중에 모여야 했다. 노르웨이의 프로스투팅(Frostuthing)[26]은 유명한 메리의 토르 신전에서 거행되었다.

토르는 소유와 땅 쟁취의 신이었다. 어떤 이주민들이 토르 신상이 새겨진 보좌 받침대를 싣고 아이슬란드 해안을 마주보았다. 그때 그들은 이 받침대를 뱃전 너머로 던져 물속에 빠뜨렸고, 이 받침대가 흘러간 곳에 상륙하여 토르 신상 또는 불을 들고 둘레를 돌아 걸어 다니면서 그곳을 자신들의 땅으로 축성했다.

토르는 부정을 징계했다. 아이슬란드 법정의 토르 바위 위에서는 범죄자의 척추를 부러뜨렸다. 지난 세기까지만 해도 사람들은 이른바 토르의 망치 머리 부분에 쐐기를 박아 절도범의 눈을 치거나 절도범으로 하여금 훔친 물건을 내놓도록 위협을 가했다. 베오르(*Véor*,

---

이 스티르뵤른의 스웨덴 왕위 계승권을 인정하지 않고 아직 태어나지 않은 자신의 아들 올로프 스쾨트코눙(Olof Skötkonung)의 왕위 계승권을 선포해 버렸다.

25) **[원주]** Donnerstag: Rochholz, die Donnerstagsfeier i. Taschenbuch d. histor. Gesellsch. d. Kantons Aarau 1862, 176 f. Aber warum glaubten auch die Corsen, daß die am Donnerstag Spinnenden Unheil treffen werde? ZdV. f. Volksk. 11, 470.

26) 프로스타팅(Frostathing)이라고도 한다. 노르웨이의 한 반도지역인 프로스타(Frosta)에서 열렸던 팅을 가리키는 말로, 이 팅에서 노르웨이 최초의 성문법이 제정된 것으로 알려져 있다.

축성하는 존재)로서 토르는 법적으로 타당한 행동에 대해 축성하는데, 예컨대 망치로 결혼을 축성한다. 또 화요일 외에 목요일은 오늘날에 이르기까지 독일 각지에서 결혼일로 선호되는 요일이다. 또 결혼식에 토르의 서언주(誓言酒)는 다른 신들의 그것보다 선호되었다. 신부 화환에 따뜻한 비가 내리고 결혼식 동안 뇌우가 있으면 그것은 독일에서 풍성한 결실을 예고하는 결혼식을 의미한다. 뇌우가 내리는 동안 결혼행진을 하거나 그 후에 신부가 어떤 무거운 물건을 들면 신부가 매우 강해진다고 믿었다.

마지막으로 토르는 죽은 인간들의 보호자 역을 맡았다. 토르의 망치나 무덤에 새겨진 토르의 이름은 영면(永眠)의 장소를 축성한다(203쪽 참조). 나중에 스칸디나비아의 루네 문자를 새겨 넣은 묘석은 토르 대신 성 미카엘의 보호를 구하는 내용을 담았다. 이때 앙겔작센인들은 자주 영혼의 왕 성 미카엘을 천둥쐐기와 붉은 허리띠를 두른 형상으로 그렸다. 토르는 저세상에서 죽은 하인들을 자기 곁으로 불러들였다.

토르-도나르는 뇌우의 빗줄기로 목초지와 농토를 적셔주며, 특히 봄에 그렇게 한다. 독일 목동들은 토르의 비호 아래 5월 1일에 그해 처음 가축들을 초원으로 몰아나가며 16세기의 축복 문장처럼[27] 어느 목요일 새벽에 그렇게 한다. 그러면 가축들은 짐승우리 문턱 언저리에 놓인 작은 불더미, 도끼, 쇠붙이, 붉은 천 그리고 그와 비슷한 도나르 심벌을 뛰어 건너갔다. 그리고 암소들 뒤를 검은 숫염소가 뒤따른다. 이 숫염소는 암소들을 보호하기 위해 짐승우리 안에 붙잡아 두었던 것인데, 이때 이 숫염소도 목초지로 따라간다. 목요일에 태어난

27) [원주] Segen des 16. Jahrhunderts: Schönbach in den Analecta Graecensia S. 32.

송아지들이 가장 잘 번성한다. 이 송아지들에게 이름을 붙일 땐 도나르에게 바친 신성한 에버에쉐 나무 가지로 그 송아지 몸을 때린다.

헤센 말로 '암소돌'이라고도 부르는 천둥석으로 사람들은 암소 젖을 문지르거나 병든 짐승을 구유 안으로 넣었다. 목요일은 암소 젖을 짜기에 가장 좋은 날이며 여름의 첫 목요일과 승천일에는 북구에센 낮에도 암소 젖을 짜서 하루에 젖을 3번 짰다. 그날 목동들은 에버에쉐 나무를 심었다. 노르웨이 목동들의 청원에 따라 토르는 도망친 가축을 다시 찾아 돌아왔다. 토르는 땅을 경작할 수 있도록 만들고[28] 인간이 암벽과 암초에 대항하여 싸우는 것을 도와준다. 티롤 사람들에 따르면 천둥이 제대로 굴러가기만 하면 "로겔"[29]은 부드럽게 풀리고 열매를 맺을 수 있게 된다고 한다. 토르는 이렇게 들판의 곡식들을 통제했기 때문에 기근이 오면 사람들이 토르를 찾았다고 아담 폰 브레멘은 전한다. "먼저 천둥이 치면, 배고픔은 나중에 온다"라는 속담이 있다. 봄 첫 뇌우에 씨를 뿌리는 자는 풍성한 추수를 한다고 믿었다. 앙겔작센족의 농업 지침서에서는 모든 악령들을 방어하기 위해 소출이 없는 농토의 네 귀퉁이에 에버에쉐 나무로 만든 십자가 4개를 각각 놓아두라고 했다. 또 불에 태운 쐐기 모양의 나무못, 쇠로 만든 쐐기, 도끼, 천둥석 등을 농토에 파묻고 아니면 녹색의 목요일[30] 저녁에 이것들을 종자 너머로 던진다. 북구에서는 파종할 때 망치 모양의 장식이 있는 율(Júl) 과자를 일하는 사람들과 밭을 가는 황소가 함께 먹었다.

이 천둥 신이 농부들과 게르만인들 사이에서 누리는 명성은 여타

---

28) [원주] Thor macht den Boden fruchtbar: Flateyjar Bok 1, 88.

29) [원주] Rogel: ZdV. f. Volksk. 1, 69.

30) 부활절 기간 동안의 목요일로, 야채만 먹는 날이다.

다른 신들의 그것보다 훨씬 월등하기 때문에 그의 요일인 목요일은 가장 드높은 축제일이었던 듯하다. 로마 주피터의 제의 중에는 주피터의 날이 있는데, 이는 사실 도나르의 요일을 모방한 것이라고 할 수 있으며 그렇기 때문에 이 천둥 신의 요일에 대한 가치평가가 로마의 주피터 제의에서 시작되었다고 말하기는 어렵다. 그런데 성 엘리기우스[31]나 〈인디쿨루스〉 및 그 이후 수많은 이들로부터 마녀(*Hexe*, 핵세) 종교재판관에 이르기까지 천둥 신의 요일(목요일)을 축제로 삼는 것에 극구 반대하는 주장들이 이어졌다. 그러나 독특한 토착신앙적 축제관습은 오늘날까지도 목요일, 녹색의 목요일, 승천주간의 목요일 및 대강절 기간 중의 목요일에 강하게 연계되어 있었다.

많은 독일 지역에서 화요일과 목요일은 육식일인 다른 요일과 구별되는데, 이는 이 두 요일을 금식 금지 예외의 요일로 규정한 많은 수도원 내규 때문일 것이다. 독일과 스웨덴에서는 녹색의 목요일에 노동을 쉬며, 메클렌부르크에서는 이날 빵을 굽거나, 도축을 하거나, 씻는 것을 금지했다. 안 그러면 소나기나 여름 뇌우가 멀리 가 버린다고 믿기 때문이다. 그러나 씨 뿌리고 야채를 심는 데 열을 올리고 양배추를 먹는다. 스웨덴 농부들은 북구의 블록스베르크(Blocksberg)[32]라고 할 수 있는 블라쿨라(Blåkulla) 산으로 달려가는 마녀의 무리를 향하여 총을 쏘았다. 747년 클로베스회(Cloveshoe)[33]의 주교회의(시노데, *Synode*)[34]는 놀이와 말 경주를, 그리고 영국에서 예수 승천일

---

31) 엘리기우스 성인(Eligius: 589~659 혹은 660). 금세공 기술을 익혀 메로빙거 왕조의 클로타르 2세(Clothar II: 584~628)의 재무관으로 활동하기도 했다. 그의 묘지는 뉴옹(Noyon)에 있다. 기념성일은 12월 1일이다.

32) 브로켄(Brocken) 산의 별칭으로 전설에서 마녀들의 무도장이 되는 산이다.

33) [원주] Cloveshoe: Pfannenschmid, Germ. Erntefeste 53. Harald Schönhaar: Flateyjar B. 1, 507.

축제를 시작하는 회식들을 금지시켰다. 그러자 영국에서 사람들은 우물에다 화환을 걸었고, 핀스텟(Fienstedt)[35]에서는 마을 공동우물 주변에서 춤을 추고 술을 마셨다. 승천일에 일하는 집엔 뇌우가 들이친다고 믿었다.

뇌우의 신 토르는 정기적인 제사에서 풍성한 몫을 차지했음에 틀림없는데, 특히 풍성한 수확을 보장하는, 비를 기다리는 봄과 여름에 그러했다. 토르는 2월 22일인 페트리(Petri) 보좌 축제일[36]에 망치로 불결한 겨울 패거리인 쥐떼, 두꺼비, 뱀들을 집안에서 두들겨 몰아내고 횃불이나 불타는 조각들로 알곡을 일깨우고 지팡이로 겨울을 들판으로 내쫓았다(163쪽 참조). 가을과 겨울 축제(155, 157쪽 참조)는 가축과 농토에 번성을 축성하는 토르를 높이지 않고는 생각할 수 없었다. 하랄드 쇤하르 왕은 율 축제 때 토르에게 제사를 올렸다.

나중에 기독교 성자가 신화나 제의에서 토르를 대신한다. 예컨대 노르웨이에서는 성자 올라프(Olaf)가 그러했다. 토르가 괴물과 바다괴물 그리고 리제 중에서 건축대가였던 "바람과 날씨" 리제를 때려눕혔던 것처럼(①권 380쪽 참조), 올라프는 붉은 수염과 마법의 도끼를 든 모습으로 묘사된다. 독일에서는 케겔 놀이를 하는 성자 베드로가 천둥 신 자리에 들어선다. 올라프 우물이나 베드로 우물은 도나르의

34) 클로베스회 종교회의라는 명칭으로 이뤄진 주교회의는 모두 일곱 번으로 742년부터 825년 사이의 일이었다. 클로베스회라는 지명은 분명히 밝혀지지는 않았지만, 런던 근처의 어떤 지역으로 추정된다.

35) 독일의 작센-안할트(Sachsen-Anhalt) 주에 있는 현재 인구 3만 5천 명 정도의 소도시이다.

36) 이 축제일은 로마에서 4세기부터 시작된 것으로 예수의 제자 베드로가 로마의 대주교 서임을 받은 날로 기념하는 날이다. 기독교 이전 로마에서 망자들을 위하여 의자를 마련하는 풍습에서 시작되었다.

우물처럼 치유력이 있으며 가이스마르 부근에 서 있다가 도끼로 잘린 도나르의 참나무 자리에는 베드로 교회당이 세워졌다.

프레이

토르와 가장 가까운 신은 '신사'라는 의미의 프레이다. 토르에게는 뇌우의 자연 특성이 지배적인데 비해 온화한 신사인 프레이에게는 날씨의 화창함이 주로 나타난다. 그리스인들은 천둥 신인 제우스와 태양신 헬리오스 또는 빛의 신 아폴론을 나란히 발전시켰으며 이들을 늘 분리시켰던 것은 아니었다. 그래서 이런 신들이 때로는 서로 배척하고 또 어떤 때는 양자 간에 타협이 이뤄졌다.[37]

《산문 에다》는 프레이에 대해서 분명하게 다음과 같이 말한다. 즉, 프레이는 비, 태양, 성장을 관장한다. 사람들은 좋은 한해와 평화를 프레이에게 간구한다. 프레이는 또 인간의 평안함을 관리한다. 아담 폰 브레멘은 프레이가 평화와 즐거움을 선사한다고 전한다. 그래서 프레이는 토르처럼 리제적 특성보다는 더욱 부드러운 알프적 특성을 지니고 있다. 이 때문에 프레이가 처음 이가 났을 때 신들이 프레이에게 알프헤임(Alfheim, 알프의 집)을 선물로 주었다.

프레이는 북구에서만 전승되었지만, 그의 별명인 잉(Ing)은 북부 독일 부족연맹인 잉그베오넨(Ingvaeonen)에서 이뤄지는 프레이 예배를 암시하는 것으로 보인다. 프레이는 아버지인 뇨르드와 누이 프레이야와 더불어 북구 신들의 세계 안에서 빛의 종족, 즉 "바네"족의 무

---

37) [원주] Zeus, Helios, Apollon: Maxim. Meyer, Giganten u. Titanen S. 65. 79.

리를 이룬다.

농사, 가축사육, 항해 등을 유리하게 하고 우선 루네 문자 마법을 행하는 이 온화한 날씨신들을 모시는 제의는 아마도 아끼는 행위에서부터 출발하였을 것이고 나중에 남쪽에서부터 웁살라의 곡창지대로 옮겨갔을 것이다. 《게르마니아》 제 44장에서 제법 사실적으로 그려지듯이, 타키투스 시대에 유명했던 "웁살라[38]의 보물", 즉 사원의 토지를 포함한 사원은 아인발트 왕의 소유였다. 그는 가장 높은 수준의 축제를 이끌며 시장과 교통거래를 보호하는 아인발트 왕의 것이었다. 프레이는 그렇기 때문에 스웨덴의 제사신이라고 불렸다. 아담 폰 브레멘은 이 프레이를 프리코(*Frikko*, 연인, 정부)라고 불렀는데, 이 프리코라는 이름으로 그는 토르, 오딘과 더불어 프리아포스(Priapos)[39] 때문에 특이한 입상을 갖고 있었으며, 스웨덴인들 가운데 많은 비나르(*Vinar*, 친구)와 특별히 프레이에게 호감을 가진 숭배자, 즉 네세사리(Necessarii)를 갖고 있었다. 스웨덴 잉링거 가문은 잉비스(Yngvis), 즉 프레이의 후예라 자칭한다. 프레이의 활동은 스웨덴에서 시작하여 드론트헤임을 넘어 아이슬란드에까지 이르며 프레이의 아버지인 뇨르드와 누이 프레이야의 활동도 프레이의 활동과 함께 이뤄졌다.

상냥한 바람 바네인 뇨르드는 노아툰(Noatun) 항구에 살면서 바람을 조절하고 바다와 불을 잠잠하게 한다. 사람들은 항해나 고기잡이 시작 전에 프레이에게 기도한다. 뇨르드의 아내는 폭풍의 리제 스카디이다. 이 스카디는 눈(雪) 신발을 신고 자기가 거느린 늑대들을 눈

38) [원주] Uppsala: Müllenhoff, Deutsche Altertumskunde 2, 5.

39) 그리스 신화에서 디오니소스와 아프로디테 사이의 아들이며, 잉태와 소산의 신이다.

(雪) 벌판 위로 몰고 다니는데, 뇨르드는 그런 눈벌판보다 자신이 거느린 백조가 떠다니는 따뜻한 해수면을 더 좋아한다. 뇨르드와 스카디는 결혼생활에 대한 많은 서로의 불만족을 겪은 다음에 합의했는데, 9번의 밤, 즉 겨울 기간을 스카디의 트림헤임, 즉 폭풍의 집에서 함께 살고, 3번의 밤, 즉 여름 기간을 뇨르드의 온화한 노아툰에서 살기로 했던 것이다. 노아툰에서 뇨르드는 예쁘게 생긴 발로 돌아다닌다. 그렇기 때문에 옛적에 스카디는 그 발을 발더의 발로 생각해서 뇨르드를 식사에 초대했던 것이었다. 그것은 산들바람의 부드러운 진행을 의미했다. 사람들은 특별히 재산이 있는 사람에 대해서 "뇨르드 같은 부자"라고 말했으며, 뇨르드의 날은 아주 평화롭고 풍성한 몇 년이었다. 그리고 제사향연 때 사람들은 뇨르드와 프레이를 위해 건배를 들었다.

일견 불평등한 것처럼 보이는 결혼을 통해서 프레이와 프레이야가 출생했다. 프레이는 어머니보다 아버지를 닮았다. 그는 명랑(스키르, *skír*)하고 밝았다(브야르트, *bjartr*). 이 프레이가 대지를 돌아다니면 날씨가 맑게 개었다. 프레이의 하인 이름도 '명랑한 자'라는 뜻의 이름인 스키르니르였으며, 이 하인은 펜리르 늑대를 결박하기 위해 츠베르크 무리들이 만든 띠를 가져왔다(187쪽 참조). 또 다른 2명의 하인은 비그비르(Byggvir, 굽히는 자)와 베일라(Beyla, 곱사등)인데, 이 둘의 이름은 날씨 때 파도의 일렁이는 모습을 나타낸 것인 듯하다. 프레이의 애인은 구름 리제인 게르드(82쪽 참조)인데, 주인을 대신해서 스키르니르가 게르드에게 청혼한다.

프레이는 앞에서 암시했듯이 온화하고 현대적인 토르이며 재미있게 우직하기보다는 감상적이며 사랑스럽다. 토르의 몽둥이나 망치처럼 프레이의 번개무기인 사슴뿔도 아주 고풍스러우며, 이것으로 리제 벨리(Beli, 고함지르는 자)를 척결했다. 그러나 프레이의 주된 무기는 기사의 검이었는데, 토르의 망치처럼 혼자서 저절로 움직였고 분실당하기도 했다. 토르의 수레에 상응하는 것이 프레이가 가진 최고의 배인 스키드블라드니르인데, 이 배는 신들을 모두 태울 수 있고 항상 순풍을 타며 조립하기가 아주 쉬운 배이다(①권 277쪽 참조). 프레이가 데리고 다니는 동물은 '금 강모(剛毛)', 또는 '예리한 이빨'이라는 이름의 멧돼지로, 이 멧돼지는 낮과 밤을 밝히는 일을 한다. 이때 이 멧돼지는 토르의 염소가 그런 것처럼 낮과 밤을 태양빛을 받아 밝히는 것이 아니라 번갯불을 받아 밝힌다. 또 프레이의 애마 블루트후프(Bluthuf, '피의 말굽')는 뇌우현상을 연상케 하는데, 이 애마는 축축한 암벽을 건너뛰고 대지를 뒤흔들며 게르드의 화염인 바버로헤를 뚫고 도약한다.

프레이는 용감한 기사들 중에서 최고의 기사이다. 《에다》에 실린 〈스키르니르의 노래〉에서 프레이는 사랑의 병에 걸리기도 하는데, 제의, 특히 웁살라의 제의 중에 프레이는 엄청나게 커다란 남근을 달고 있으며 뻔뻔스러우며 감각적인 모습으로 나타난다. 그때 이 노래에서 프레이는 "프로디"(frodi, 현명한 자)라고 불리며 이 별명으로 삭소가 쓴 신화에서 덴마크 프로토스(Frothos) 왕가의 역사에 들어간다. 거기에는 서로 다른 6명의 전설적인 왕의 모습이 담겨 있었다.

이 두 편의 《에다》에 프레이의 중요 신화가 담겨 있다. 이것은 봄의 신화이며 망치를 되찾아오는 토르 신화에 비견되며, 토르보다 부드러운 분위기에 거의 낭만적이라고 할 수 있는 그런 신화이다. 《에다》의 〈스키르니르의 노래〉에서 밝은 봄은 어두운 겨울에 승리를 거둔다. 이 승리는 급박한 대화로 이어지는 한 편의 드라마가 된다. 이는 마치 독일에서 겨울과 여름의 결투놀이가 되는 것과 흡사하다. 어느 날 프레이는 하늘 보좌 흘리드스키알프(HliÞskialf)에 앉아 온 세상을 살피다가 한 아름다운 리제 처녀 게르드를 발견하게 되었다. 그녀의 품에서 대기와 바다가 빛을 발하고 있었다. 프레이는 사랑의 열병을 앓게 되었다. 그의 젊은 시절 친구이며 하인인 스키르니르에게 자신의 고민을 털어놓았다. 그 어떤 아제, 그 어떤 알프도 그런 결합에 동의하지 않았다.

그때 스키르니르가 청혼하는 일을 떠맡았다. 이를 위해 그는 프레이에게 게르드를 둘러싸고 타오르는 격렬한 불꽃인 바버로헤를 뚫고 달릴 수 있는 프레이의 준마와 혼자서 날아다니며 리제를 공격할 수 있는 프레이의 명검을 달라고 해서 받았다. 그 후 스키르니르는 말을 타고 게르드의 아버지 기미르(Gymir)의 궁전에 있는 게르드의 거처로 달려갔다. 언덕에서 궁전을 지키던 맹견과 보초들도 스키르니르를 제지할 수 없었다.

게르드는 궁전이 뒤흔들리는 것을 느끼며 말에서 내린 스키르니르에게 소망이 무엇인지 물었다. 스키르니르는 게르드에게 프레이가 준 청혼선물인 11개의 황금사과와 〔드라우프니르(Draupnir)[40] 같은, ①권 277쪽 참조〕 금반지 하나를 건넸다. 이 반지에서부터 매 9일 밤마다 같은 무게의 금반지 8개가 방울져 떨어졌다. 게르드가 거부하자 스키르니르는 검으로 협박하며 게르드를 저세상 끝 썩은 냄새나는 리제로 만들겠다고 저주를 퍼붓고 위협했다. 그리고 불행을 가져오는 루네 "투르스"(Þurs)와 "음탕", "광증" 및 "혐오"의 세 지팡이를 들어 겁을 주었다. 그러자 결국 게르드는 축복의 말과 함께 스키르니르에게 오래 묵은 메트 한 잔을 건네며, 바네족의 아들과 결혼하기로 작

---

40) 오딘의 반지 이름. 8일 밤마다 같은 무게의 반지 8개가 방울져 떨어진다.

정하고 9일 후 고요한 바리(Barri, 싹이 트는) 임원에서 결혼식을 올리기로 약속했다. 스키르니르가 프레이에게 이런 사항을 보고했을 때 프레이는 한숨을 내쉬며 이렇게 말했다. "내겐 반나절의 그리움이 한 달 정도의 길이에 못지않거늘!" 이렇게 해서 게르드는 프레이의 아내가 되었지만, 프레이는 게르드의 오빠인 고함장이 벨리[41]를 사슴뿔로(아니면 주먹으로) 살해하고 말았다. 토르처럼 프레이도 여름의 축복을 온전히 얻기 위해서는 리제와 함께 짐승괴물을 척결해야 했다.

이런 투쟁 이야기는 여러 명의 '프로토'(Frotho)[42]와 '프리들레브'(Fridlev) 이야기를 담은 덴마크 왕의 전설로 전해진다. 이들은 프레이 신의 이름을 별칭으로 가지며 덴마크의 스킬둥엔(Skyldungen) 왕가의 선조들이 되었다. 프로토 1세와 프리들레브, 즉 프레이의 아내 게르드와 남편인 프뢰거타스(Frögerthas)는 보물을 지키는 두 악룡을 죽이고 금을 빼앗았다. 이제 평화롭고 화창한 여름이 시작되었는데, 이 여름은 프로토 3세의 7년 평화 또는 30년 평화시대 혹은 황금시대로 이상화되었다. 이 시기에는 프로토가 큰 거리에 금반지를 내

41) 북구 신화에서 거신(巨神) 리제 중의 하나이다. 프레이와 싸우다 사망한다.

42) 삭소가 쓴 《덴마크인들의 행위》에는 전설적이고 신화적인 프로토 가문 왕들의 이야기가 담겨 있는데, 그중의 하나가 프로토 1세(Frotho I)에 관한 것이다. 프로토 1세는 선왕인 하딩구스〔Hadingus, 스쾰디(Skjöld)의 아들〕를 이어 왕좌에 올랐고 전쟁을 벌여 빈 곳간을 가득 채웠다. 이때 그는 악룡을 한 마리 주살하고 이 악룡이 가졌던 보물들을 취했다고 한다. 프로토 1세는 이렇게 얻은 재물을 동해의 해안 원정에 쏟아 부었다. 그리고 이 전쟁에서 여러 전략을 활용하여 승리를 쟁취했다. 이후 본국에서 어려움을 겪었으나 브리타니아를 원정하여 런던을 장악하기도 했다. 프로토 1세는 스웨덴 왕과의 전쟁에서 사망했다. 프로토 1세의 왕위는 할다누스(Haldanus)와 두 아들 로에(Roe)와 헬고(Helgo)가 이었다.

어놓아도 감히 그걸 만지려는 사람이 없었고, 아무도 다른 사람을 해하지 않았으며 심지어 자신의 형제를 죽인 살인자가 자신 앞에 묶여 있더라도 그자를 두들겨 패는 사람이 없었다. 농부들은 파종하지 않고도 추수를 했으며 땅속엔 다양한 광석들이 발견되었다. 그러나 우리가 이미 들었듯이(26쪽 참조) 여성 리제 페냐와 메냐가 행운, 평화, 금을 빻고 있었는데, 이 방앗간에서 가을 바다의 범람에 파괴되어 버렸고 프로토 3세는 바다 암소에 의해 살해당하고 말았다.

프로토와 프레이의 죽음은 3년 동안 비밀로 부쳐졌다. 그들에게 바쳐진 봉헌이나 제사가 중단되지 않기 위해서였다. 프레이 신상이 수레 위에 세워져 전 지역을 돌아다녔듯이 그와 꼭 마찬가지로 프로토의 시신도 마치 살아 있는 듯이 왕의 수레에 태워져 그의 왕국 전체를 돌아다녔다. 프레이의 시신은 죽은 뒤 태워지지 않고 스웨덴에서 계속해서 평화와 좋은 시간을 보낼 수 있도록 그 땅에 파묻혔다. 프레이의 여름 힘은 겨울이 되어도 따뜻하게 유지되어, 그를 모시는 사제의 둥근 무덤에는 겨울에도 얼음이나 눈이 내려앉지 못했다.

제의를 통해서 프레이는 대개 결실을 보장하는 마음 좋은 시혜의 신, 농업의 신, 가축과 인간의 신으로 특정되었다. 프레이는 '좋은 시대를 가져오는 자'라는 뜻의 아르구드(árguđ)였다. 스웨덴인들은 율 저녁에 아르하우그(árhaugr, 결실의 언덕)[43]에서 제사를 올렸는데, 이는 프레이에게 바쳐지는 것이었다. 스칸디나비아의 많은 지명들,[44] 예컨대 프뢰루프(Frörup), 프뢰스투나(Fröstuna), 프뢰스호브(Fröshov) 등은 옛날 제사장소를 보여주는 지명들이다.

사람들은 스웨덴의 웁프란드(Uppland)에 소재하는 프레이 신전의

43) **[원주]** árhaugr: Fornaldars. 2, 132.

44) **[원주]** Namen von Freysortern: Rosenberg, Nordb. Aandeliv 1, 76.

축복하는 힘을 산맥 너머 외딴 곳으로 끌어오려 했다. 이를 위해 그들은 늦겨울에 프레이의 몸체를 만들고 그 위에 옷을 입힌 후 수레에 싣고 그 땅을 두루 돌게 했다. 이때 젊고 아리따운 여사제가 동행했다. 사람들은 그녀를 프레이의 아내라고 불렀다. 이렇게 순유(巡遊)하는 프레이 수레를 모든 지역에서는 잔치를 벌이며 맞아들였고, 이때 좋은 결실을 구하는 제사("연차회개제, *Jahrbuße*")를 드렸다. 그러면 날씨가 온화해졌다. 그리고 이 여사제가 순유 도중 임신이라도 할 경우에, 그 다음 해에 특별히 풍성한 결실을 할 수 있을 것으로 기대했다. 이 여사제는 하늘 신이 잉태시킨 대지의 여신을 세속적으로 대변하는 존재로 여겨졌다. 그래서 오늘날에 이르기까지 북구, 독일 및 영국에서 5월의 신부 한 쌍이 각지를 돌아다녔다.

이와 동일한 늦겨울 시기에 아궁이에 키우는 수컷 종돈인 프레이의 소나르괼트(Sonargöltr)도 돌아다녔다. 사람들은 돼지를 두고 왕의 면전에서 미래의 행위에 대한 맹세를 했다. 가축과 농사의 풍요로운 결실을 보장하는 그해 겨울의 마지막 가축제사인 셈이었다(159쪽 참조). 북구에서는 멧돼지의 모양으로 구운 과자를 파종용으로 쓰는 씨앗 속에 넣고 문지르거나 밭이랑을 일구는 일꾼들의 식사에 내놓았다. 독일에서는 나중에 완두줄기로 감싼 멧돼지—이때 이 멧돼지를 '완두곰'이라고 불렀다—나 새끼돼지(황금 새끼돼지, *Goldferchs*)를 몰고 다니는 풍속이 만들어졌다. 이러한 풍속들도 위와 같은 의미를 지닌 것이었다. 고대 게르만인들이 늦겨울에 성대한 돼지고기 잔치를 벌인 것도 마찬가지였다.

그러나 독일에서는 이런 풍속들이, 5월의 순회(巡廻)처럼, 프레이 외에도 도나르와 같은 다른 신에게도 바쳐졌던 듯하다. 독일인들에게는 프레이가 없기 때문이다. 또 멧돼지 말고도 말과 황소도 프레이에게 바치는 봉헌물이었다. 아담 폰 브레멘의 보고에 따르면, 북구에서 결혼식 때엔 프레이에게 제물을 바쳤는데, 이럴 경우 프레이는 잉태의 신이었다.

보단-오딘

지금까지 시대적으로 오래되거나 상대적으로 나중에 나타난 뇌우와 햇빛의 신에 대해서 다루었다. 이 신들은 대부분의 인도게르만인들과 게르만인들이 그들의 최고신으로 여겼던 신들이다. 그런데 옛 게르만의 폭풍 신, 보단-오딘 신이 맨 먼저 서부 독일 지역에서 앞의 두 신보다 우월한 위치로 올라서더니 확실하게 주도권을 쟁취해 버렸다. 이 보단-오딘 신이 이렇게 될 수 있었던 것은 그것이 지닌 폭풍이라는 자연적 속성 때문이 아니라 — 모든 다른 인도게르만의 바람 신들은 뇌우의 신 곁에서 두 번째 지위를 갖는 것이 일반적이다 — 여타 다른 신들보다 훨씬 빨리 정신적 승화의 과정에 접어들 수 있었기 때문이었다. 이런 정신적 승화과정은 똑같은 종류의 신을 갈리아인이나 게르만인들의 경우 공히 맨 선두의 자리에 갖다 놓았다.

로마인들은 이를 곧잘 인식했다. 로마인들은 인도게르만 부족들의 정신적인 힘으로 변한 그들의 최고신인 보단-오딘 신을 교류가 활발하고 이지적인 메르쿠리우스로 재현했다. 카이사르는 이 메르쿠리우스를 갈리아인들의 최고신으로 불렀는데, 사람들은 모든 예술의 창시자, 길과 여행의 안내자, 이익과 상거래의 신으로 간주했다.

타키투스도 위와 비슷한 특성과 공헌을 감안하여 보단을 게르만인들의 최고신이라 했다. 보단 외엔 어떤 다른 신에게서 그 같은 특성들을 발견할 수 없었기 때문이었다. 실제로 북구의 보단이라 할 수 있는 오딘은 〈힌들라의 노래〉에 따르면 인간에게 승리, 부, 유창한 언변과 이성, 교통할 수 있는 바람, 문학 그리고 마지막으로는 남성다움을 선사해 주는 신이었다. 그 밖에 보단-오딘은 메르쿠어와 비슷하게 마법능력을 갖고 있었는데, 이는 이미 〈메르세부르크의 주문〉(①권 77쪽 참조)이 강조했던 바이며, 또한 메르쿠어처럼 죽은 자 영혼의 안내자이기도 했다.

외모 면에서 메르쿠어와 보단의 특징은 모자였다. 그러나 보단의 특징인 폭풍의 성질이나 전투적 속성은 로마의 메르쿠어에게서 찾아볼 수 없다. 로마인들은 이 두 신을 동일시할 수 있는 일치된 특징들로 족했다. 그러나 보단과 메르쿠어는 상당히 다른 편이었고 또 명성 면에서도 차이가 있었다. 그러나 로마 황제 시대에 메르쿠리우스는 2~3백 개에 달하는 비명(碑銘)이 증거하듯, 제 1등급의 신으로 존중받았다는 사실을 간과할 수 없다. 그런데 이 비명들 중 상당수는 메르쿠리우스를 마르스(티우), 헤어쿨레스와 함께 거명하고 있으며, 님베겐(Nymwegen) 지역의 바타버족이 살던 지역에서 발견된 한 비명에는 이 메르쿠리우스를 심지어 왕이라는 부가어를 붙였다.

쾰른의 신전에서부터 엘사스 지방 니더브론에 있는 땅굴에 이르기까지 각종 양태의 많은 성소가 메르쿠리우스에게 봉헌되었다. 메르쿠리우스와 보단을 동일시한 것이 영원히 지속된 이유는 요일 명칭 때문이었다. '디스 메르쿠리'(*Dies Mercurii*, 수요일)가 '보단네스닥'(*Wodanes dag*)이라는 네덜란드어로 옮겨졌고, 네덜란드어로는 '보엔스닥'(*Woensdag*), 앙겔작센어로는 '보드네스닥'(*Wodnesdag*), 영어로는 "웬스데이"(*Wednesday*)라고 말하고 있다.

먼저 라인란트 지방에서 보단은 최고신으로 신봉되었는데 아마 갈리아인들의 영향을 받아서 그랬을 것이지만, 타키투스 시대 모든 부족이 그랬던 것은 아니었다. 니더라인 지방에 사는 텐크터(Tencter n) 부족은 마르스, 즉 티우스를 최고신으로 신봉했기 때문이다.

독일의 다른 지방에서는 오랫동안 티우스와 보단(알레만 지역) 또는 도나르와 보단(작센 지역)이 서로 경쟁했다. 즉, 중부 독일과 저지 독일 지역에서는 오늘날도 여전히 고데스베르크(Godesberg), 구덴스베르크(Gudensberg), 보덴스베르크(Wodensberg) 등이 보단에 대한 제의를 연상시킨다. 작센인들은 5세기에 "보단의 인도(引導)"에 따라 브리타니아로 건너갔고, 거기에서 보단은 600년경 최고신으로 불렸다. 부족 족보에 따르면 앙겔작센 전체 왕 가계는 보단으로부터 유래했다. 기독교도였던 알프레드 왕은 백성들이 왕의 가문이 옛날 토착신들과 내밀한 관계를 맺는다고 믿는 것을 억제하려 하지 않았으며 영국 왕 하인리히 2세도 자신이 보단의 후손이라고 느꼈다.

8세기경 팔루스 디아코누스(Paulus Diaconus)[45]의 기록에 따르면 보단은 모든 게르만 부족들이 신봉하였으며, 북구의 기록에 의하면 작센의 신으로 북구로 옮겨왔다. 덴마크와 스웨덴의 많은 지명들이 보단 신전에서부터 유래하는데, 여러 곳에 있는 오딘스베(Odinsvé)는 오늘날 오덴세(Odense), 온스베드(Onsved), 오덴스비(Odensvi)라고 불린다.

스칸디나비아 남부에 거주하는 가우트 부족이 보단에 대한 제의를 확고히 한 다음부터 보단은 그 부족 이름을 딴 가우트(Gautr)[46]라는 별칭을 가졌다. 덴마크 민중들도 보단을 열렬히 신봉했으며, 삭소는

45) 파울 바르네프리드(Paul Warnefried)라고도 불리며, 게르만 부족인 랑고바르트 부족 귀족 계급 출신이며 수도사 겸 역사가이다.

46) [원주] Gautr: PBB. 20, 29.

위험이 밀려올 때마다 보단이 이 덴마크 민중을 도와주었다고 기록했다. 반면 노르웨이와 아이슬란드에서 보단은 개별적인 영웅들의 수호신이었을 뿐 일반적인 민중 전체의 숭배 대상이 되지는 못했다. 이 점은 바로 이 지역에서 보단-오딘의 이름을 본 딴 지명이 거의 없다는 사실을 설명한다.

지금까지 논의되었던 신들의 모습이 뇌우에 뿌리를 두었다면 보단은 또 다른 자연의 힘인 폭풍에서부터 비롯된 것이었다. 이 보단의 본명이나 별명은 이 점을 분명히 밝혀준다. 원시 게르만어로 보단은 보다나츠(Wódanaz) 이며 고대 작센어로는 보단(Wodan), 앙겔작센어로는 보덴(Woden), 고대 북구어로는 오딘(Ođinn), 고지 독일어로는 부오탄(Wuotan), 그 밖의 구어(口語) 로는 보데(Wode), 바우드(Waud), 바우르(Waur), 부탄(Wutan), 부테(Wute), 구에트(Guet), 무에트(Muet), 오엔(Oen), 포엔(Foen), 노엔(Noen) 등으로 불린다. 이 이름이 아마도 정신(오드, *óđr*) 을 갖춘 존재라는 뜻일 것이라 설명되고 있지만, 그림(Grimm) 은 이 이름을 '격렬한 침투행위'를 뜻하며 우리가 말하는 "부트"(*Wut*, 분노, 화) 의 바탕에 놓여 있는 '바텐'(*Waten*) 에서 유래한다고 말한다.

이런 추단은 아담 폰 브레멘이 '부오단은, 즉 광포함이다'(*Wodan d. h. Furor*) 라고 한 중요한 해석과 일치하며 '부오탄의 군대'(*Wuotanes Heer*) 라는 표현을 상부 독일어로 '분노한 군대'(*wütendes Heer*) 로 옮기는 것과도 일치한다. 또 온 숲을 질주하며 달리는 보단 신의 중요 특징과도 일치한다.

게다가 보단을 나타내는 수많은 특징들과도 일치하는데, 보단은 아주 활동적이고, 크게 혹은 낮게 쐌쐌 소리를 내며, 대지를 질주하거나 말을 타고 달리고, 소리를 지르며, 어떨 때는 해(害)가 되고 어

게르만 신들의 공간인 횔숭에 들어선 보단이 나무에 칼을 꽂고 서 있다. 에밀 되플러(Emil Doepler: 1855~1922)의 그림(1905).

떨 때는 유익(有益)을 주는 바람과 날씨의 신이다. 보단은 또 움직이는 자, 떠다니는 자, 뒤흔드는 자, 쐐 하고 소리 내는 자, 부풀어 오르는 자, 충돌하는 자, 고함을 지르는 자, 시끄럽게 소리 내는 자, 멀리 달리는 자, 멀리 떨어져 사는 자, 지칠 줄 모르고 돌아다니는 자 등의 명칭을 갖기도 한다. 독수리 머리를 가진 자, 가해자, 폭풍 속에서 분노하는 놀래게 하는 자〔이그르(Yggr), 110쪽 참조〕 등의 명칭도 그것이 지닌 폭풍의 특징으로 설명할 수 있다. 폭풍의 특징은 보단의 외모나 내적 특징에도 반영된다. 다른 신들과 구별되는 특징물인 보단의 모자나 외투는 무엇을 감싸거나, 그늘지게 하거나 펄럭이는 폭풍구름을 나타낸다.

보단은 또 북구에서 그림 또는 그림니르(*Grimnir*, 가면을 쓴 자), 모자 쓴 남자, 넓은 챙 모자로 불렸으며 챙이 넓은 모자를 쓴 모습으로 그려졌다. 이는 독일에서 보단이 사나운 군대의 지도자인 "챙 넓은 모자를 쓴 무에트"로 묘사되는 것과 흡사했다.

바덴 지방 아커른(Achern)47) 부근에서는 오늘날에도 여전히 바람에 관해서 다음과 같은 노래가 전해진다. "바람은 늙은 남자이며 채앙 큰 모자를 썼네". 보단은 어떤 곳에서는 헤클루마드(Heklumađr, 망토 남자), 다른 곳에서는 하켈베르크(Hackelberg, 망토를 두른 자)라고 불렀다. 북구인들은 보단이 모자를 푹 눌러쓴 채 외눈만을 드러내며 이 눈으로 선량하게 쳐다보면 빌레이그(Bileygr)이고, 험하게 쳐다보면 발레이그(Baleygr)가 된다고 상상했다. 이 외눈은 태양의 눈이며 뱃사람들이 두려워하는 이른바 폭풍의 눈을 뜻하고, 갈기갈기 찢긴 구름 사이에 언뜻 보이는 유별나게 밝은 부분이다.

47) 독일 서남부의 바덴-뷔르템베르크 주에 위치한 프랑스 접경도시이다.

보단은 북구인들에게 때때로 완전한 맹인의 모습으로 나타난다. 독일에서는 이런 약점이 언급되는 경우가 전혀 없었다. 보단은 일관되게 잿빛 턱수염을 기르고 안개나 폭풍 속에 나타나는 늙은 남자의 모습으로 출현한다. 북구의 신으로서, 또 독일의 사나운 사냥꾼으로서 보단은 손에 창을 들고 휘두르는 모습이다. 그것은 쉿 소리를 내는 바람의 창이고 날씨의 창이며, 북구에서는 궁니르(Gungnir)라는 이름을 가지며, 뛰어난 기술을 지닌 난쟁이 장인 이발디(Iwaldi)의 아들들이 만든 것이다(①권 277쪽 참조).

스노리 《에다》는 신들의 황혼기에 보단-오딘은 금 투구에 흉갑과 창을 든 완전군장의 모습으로 말을 타고 달린다고 적고 있다. 상부 북구지역이나 아이슬란드 설화에 따르면 보단-오딘은 대개 걸어 다니는 것으로 나타나는 반면, 덴마크 설화는 말을 타고 다니는 모습을 전하고 있고, 스칸디나비아 설화는 두 가지 모습이 뒤섞여 있다.

독일 설화는 오직 말 달리는 보단-오딘만을 묘사한다. 북구에서는 보단이 타는 말이 슬레이프니르인데 바람의 빠른 속력을 표현하려는 듯이 8개의 발을 가졌다. 두 마리의 늑대(혹은 개라고 부르기도 한다)인 게리와 프레키가 오딘을 항상 따라다니는 것처럼, 오딘의 개는 독일의 사나운 사냥꾼인 보단과 함께 사냥한다.

스웨덴에서는 까마귀가 오딘의 새로 여겨지는데, 이들 까마귀 중 두 마리가 오딘의 어깨 위에 앉아 있다가 전쟁터나 교수대의 사체가 있는 곳으로 날아가곤 했다. 오딘이 사고(思考)의 신이 되자, 까마귀 이름도 무닌(*Muninn*, 기억이 좋은 녀석)과 후긴(*Huginn*, 지혜가 많은 녀석)이 되었다. 이 까마귀들은 매일 전 세계를 두루 날아다니다가 자기 주인인 "까마귀에게 묻는 자"48)에게 온갖 일들을 보고했다. 오딘의 방 위쪽에는 늑대가 한 마리 걸려 있고, 독수리가 한 마리 배회

했다. 이 둘은 폭풍의 짐승들이었다. 9일째 되는 날 8개의 금반지를 물방울처럼 새롭게 만들어 내는 오딘의 신비한 금반지 드라우프니르(①권 227쪽 참조)[49]는 무엇을 의미하는지 확실하지 않다.

오딘의 속성은 모두 바람과 폭풍에서 발전되어 나온 것들인데 특히 유별난 특징은 호전성이다. 게르만인들에게 폭풍은 아주 오래전부터 전쟁을 의미했다. 오늘날에도 바람이 많이 부는 것은 남성들에게 전쟁을 알리는 징표이다. 아담 폰 브레멘은 "보단, 즉 분노가 전쟁을 이끌고 적에 맞설 인간들의 담력을 조절한다"라고 적었다. 따라서 보단은 북구에서 투구를 쓴 자 또는 방패를 움직이는 자, 군대의 아버지, 승리의 아버지, 전쟁의 아버지라고도 불렸다. 보단은 전쟁이 임박해 갑자기 모습을 나타내고, 불화를 조장하며 자기를 신봉하는 백성들로 하여금 곰 가죽을 뒤집어쓴 난폭한 전사인 베르세르커의 거동을 하도록 부추긴다(①권 101쪽 참조). 오딘은 자기가 총애하는 개별 영웅들이나 부족들 전체에게 무기와 승리를 부여한다.

반달족이 전쟁을 일으켜 비닐러족을 침공했다. 이때 반달족의 왕인 암브리(Ambri)와 아시(Assi)가 보단에게 승리를 선물해 달라고 청원을 올렸다. 그러자 보단은 해가 뜰 무렵 먼저 눈에 띄는 족속들에게 승리를 주겠다고 약속했다. 한편 비닐러족 여왕인 감바라(Gambara)와 그녀의 아들들인 이보르(Ybor)와 아기오(Agyo)가 보단의 아내인 프리그에게 도움을 요청했다. 그러자 프리그는 비닐러족에게 남녀 가릴 것 없이 해 뜨기 전에 도착할 것이며 특히 여인들은 그들의 머리카락을 수염처럼 얼굴에 매달게 했다.

이때쯤 프리그는 보단의 침대 주변으로 가서 해 뜨는 곳을 향해 얼

---

48) [원주] Rabenbefrager: Hrafnfreistadr Edda 1, 240.

49) [원주] Draupnir: Müllenhoff, Deutsche Altertumsk. 4, 642.

굴을 쳐들었다. 보단이 잠에서 깼을 때 비닐러족과 그들의 여인들을 보게 되었다. 그때 그는 “저 수염이 긴 인간들이 누구인가?” 하고 물었다. 그러자 프리그가 “주인이시여! 당신이 이미 그들에게 이름을 주었군요. 그러니 그들에게 승리를 선물로 주소서” 하고 대답했다. 결국 일이 그렇게 이뤄지고 말았고, 그때부터 비닐러족의 이름은 긴 수염 부족인 랑고바르트족이 되었다.

오딘은 전쟁의 난장판 속에서 그가 아끼는 덴마크인들 눈앞에 나타났다. 덴마크인들의 적 헬레스폰트(Hellespont)[50] 인들이 성문 안으로 진입할 때 오딘은 구드룬의 마법으로 맹목(盲目) 상태에 빠져 있던 덴마크인들을 다시 눈뜨게 만들었다. 그리고 덴마크인들에게 어떤 화살에도 끄떡없는 적들을 돌팔매질해서 죽이라는 꾀를 알려주었다.

독일의 경우 보단이 어느 특정한 개별 영웅을 보호하는 특수한 관계가 나타나지는 않지만, 북구에서 벌어지는 반목과 전쟁에서 오딘이 개별 영웅에 대해 취하는 보호관계는 결정적 역할을 한다. 이런 관계는 그러나 갑자기 종료되고 마는데, 오딘이 총애하던 영웅을 갑자기 몰락시키는 방식을 통해 그렇게 된다. 이는 마치 오딘이 이 영웅이 발할로 들어오는 것을 더 이상 오래 기다릴 수 없었기 때문인 듯이 느껴진다.

오딘은 외눈박이 노인네의 모습으로 덴마크 왕 하딩과 바이킹의 두목 리저(Liser)가 혈맹관계를 맺도록 유도하고, 하딩을 자기 망토에 감춰 말에 태워 바다를 뛰어넘어감으로써 추적을 따돌린다. 오딘은 하딩에게 포로 상태를 벗어날 방법을 제공하기도 한다. 또 오딘은 하딩의 배로 내려와 다른 인도게르만 부족들이 잘 아는 전투대형인 쐐

50) 유럽과 아시아를 가르는 다이날레스 해협의 다른 명칭이다.

기형[51] 대형인 스빈필킹(*Svínfylking*) 대형을 가르쳐준다. 이제 오딘은 하딩을 따라 처음으로 전쟁터로 나가서 적들을 활로 쏴 죽이고, 적들이 마술노래로 불러 내린 빗줄기를 폭풍으로 몰아내고 하딩에게 승리를 안겨주었다. 그러나 오딘은 하딩에게 그가 전쟁에서가 아닌 자살로 생을 마감할 것이라고 미리 알려준다. 실제로 하딩은 훈딩을 잃은 것에 슬퍼하여 목을 매달아 죽고 만다.

오딘은 또 처형된 자들의 신이기도 했다. 오딘이 총애하는 또 다른 인물로 덴마크 왕 하랄드 힐데탄드(Harald Hildentand)라는 사람이 있었다. 오딘은 마법을 활용하여 이 왕을 어떤 철제무기에도 상하지 않도록 보호했고, 이에 대한 반대급부로 왕은 그가 죽인 모든 적들의 영혼을 오딘에게 주겠다고 약속했던 터였다. 그러나 오딘은 아주 음흉한 흉계로 왕에게 해를 가했다.

외눈박이 오딘은 왕에게 이미 쐐기 모양의 전투대형을 가르쳐준 바 있었다. 북구의 유명한 전투인 브라발라 전투에서 덴마크군은 바로 이 전투대형을 펼쳤지만 상대인 스웨덴에게 밀려나고 말았다. 엄청나게 당혹스럽게도 스웨덴군도 쐐기 모양의 대형으로 싸움을 했기 때문이었다. 오딘이 가르쳐 준 것이었다. 왕은 오딘에게 애원하며 매달렸지만 아무 소용이 없었다. 오딘은 이어서 왕이 타는 수레의 기수인 브루노(Bruno)의 형상으로 나타나 왕을 수레에서 밀어뜨리고 왕의 방망이를 빼앗아 그것으로 왕의 머리를 깨뜨려 죽여 버렸다. 오딘은 왕이 충분한 삶을 살았고 또 싸웠으며, 이제 그가 다스리는 발할로 와야 할 때라 생각했기 때문이었다.

이러한 영웅이나 여타 많은 북구 영웅들의 삶에 오딘이 운명적으로

---

51) [원주] Keilfömige Schlachtordnung: v. Peucker, d. deutsche Kriegswesen der Urzeit 2, 206. Müllenhoff, D. A. 4, 180.

개입하는 일이 이제 순수하게 독일적인 영웅인 지그프리트나 지구르트의 전설에도 유입되었다. 그리고 그런 방식을 통해 이런 영웅을 이 방지역에서 최고 등급의 영웅 위치에 올려놓았다. 이런 오딘의 개입은 독일 전설에는 존재하지 않았으며, 《에다》 문학에서는 아주 소심히 다뤄졌을 뿐이고, 나중에 〈뵐숭가 전설〉[52]에 전체적으로 녹아들었다. 아주 조심스러운 수호정령처럼 오딘은 뵐숭 왕가 몇 세대의 삶을 뒤따라갔다. 심지어 이 왕가의 시조인 지기(Sigi)는 오딘의 아들이다. 오딘은 쫓겨난 자를 막강한 왕으로 변화시키기도 했다.

오딘은 자식이 없던 아들 레리르에게 사과를 하나 줘 레리르의 아내가 그것을 먹고 임신하게 함으로써 아들 뵐숭을 선사했다. 외눈박이 노인 오딘은 자신의 딸 지그니(Signy)가 지게이르(Siggeir) 왕과 결혼하게 되었을 때 그 홀에 둘러 선 자작나무 몸통을 칼자루까지 깊이 찔렀다. 그리고 그 칼은 나무 몸통에서 칼을 빼낸 자의 것이 되도록 규정했다. 거기 모인 장정들 중 뵐숭의 아들 지그문트만이 큰 힘을 안 들이고 칼을 빼낼 수 있었다.

지그문트는 전투를 무수히 하며 보낸 평생 이 칼을 최고의 검으로 잘 휘둘렀으나 마지막 전투에서 오딘이 자신의 창을 앞으로 내민 탓에 칼이 창에 부딪혀 두 동강이 나고 말았다. 그날 밤 지그문트는 자기 부하들과 함께 죽음을 맞았다. 그는 죽기 전 밤마다 전장으로 걸어 나왔던 임신한 아내 히외르디스(Hjördis)에게 이렇게 말했다. "나는 오딘의 맘에 드는 동안만 싸웠던 거요. 이 칼 조각을 잘 보관해

52) 뵐숭은 북구 전설에 등장하는 형상이다. 레리르(Rerir)가 모친이고, 부친은 오딘의 아들 지기(Sigi)이다. 뵐숭가의 시조가 된다. 리제 흐림니르의 딸 리오드(Liod)와 결혼하여 아들 지그문트와 딸 지그니(Signy)를 쌍둥이로 낳았고 그 아래로 아홉 아들을 더 두었다.

두시오. 그리고 나중에 당신이 낳게 될 아이에게 이 쇠로 명검인 그람이 만들어져 주어질 것이오".

오딘은 그 소년 지구르트에게 자신이 타고 다니는 슬레이프니르의 새끼인 그라니(Grani)를 주었는데, 이 말은 깊은 강물을 유일하게 건너갈 수 있는 명마였다. 또 명장 레긴은 남겨진 칼 조각으로 명검 그람을 주조해 주었다. 강물을 따라 흘러가는 털 뭉치가 이 칼에 부딪혀 말끔하게 두 조각으로 베어졌다. 폭풍이 몰아치는 바다를 항해하던 중에 흐니카르(Hnikar)라는 이름의 남자가 배를 태워 달라 청하자 그 청을 들어주었다. 그러자 그 순간 폭풍이 잠잠해졌다. 이 남자는 바로 오딘이 변한 모습이었다. 지구르트가 괴물 파프니르와 싸움을 시작하기 전 오딘이 그 괴물을 어떻게 해야 죽일 수 있는지 그에게 꾀를 알려주려고 나타났다. 오딘이 잠의 가시를 찔러서 잠재워 놓은 브룬힐트를 둘러싼 마법의 불이 바바로헤인데, 오직 지구르트만이 말을 타고 이 바바로헤를 지나갈 수 있고 그 마법의 잠을 깨뜨릴 수 있었다. 그러나 지구르트의 죽음에 오딘은 전혀 관계하지 않았다.

덴마크 군대는 오딘의 새인 까마귀를 장식으로 그린 깃발을 앞세우고 다녔다. 878년 서(西) 작센인들은 덴마크의 전투깃발을 빼앗았다. 이 깃발은 로드브록[53]의 세 딸이 아침에 짜서 오빠들에게 주었던 깃발이었다. 이 깃발에 그려진 까마귀는 승리가 곧 이뤄질 경우 살아 있는 것처럼 날개를 펄럭였지만, 패전이 임박하면 미동도 없이 축 처져 걸려 있었다.

이알 하콘 왕이 상륙 전에 제사를 올리자, 두 마리의 까마귀가 까악 거리며 날라들었는데, 그것은 오딘이 이 제사를 받아들이고 그에

---

53) 라그나 로드브록(Ragnar Lodbrok: ?~845). 잉링거 가문 출신으로 덴마크 왕이자 스웨덴 왕이다. 아이슬란드 영웅전설의 한 사람이기도 하다.

게 승리를 약속한다는 표시였다. 전투에서 오딘은 죽음을 축성하는 창을 적 머리 위로 던지는데, 〈뵐루스파〉에 따르면 제 1차 부족전쟁이 터졌을 때 부족 안에다 그 창을 던졌다고 한다. 스웨덴 왕, 승리왕인 에리히(Erich)는 스티르비외른(Styrbjörn)족과 싸움을 벌이기 전에 오딘에게 맹세했다. 그러자 챙이 넓은 모자를 쓴 남자가 에리히에게 갈대줄기를 건넸다. 에리히가 이 갈대줄기를 스티르비외른 군사들 머리 위로 쏘았는데, 그때 "오딘이 너희를 모두 갖게 되었다!"라고 내뱉었다. 에리히가 그렇게 하자 갈대는 공중에서 창으로 변하였고, 그렇게 해서 결국 에리히는 승리를 거두었다.

오딘이 전쟁터에 모습을 나타내지 않으면, 대신에 자기 휘하의 발퀴레를 내려 보냈다. 그런데 이 발퀴레가 오딘의 뜻과 달리 다른 자에게 승리를 허락하면 오딘은 그 발퀴레를 처벌했다. 그 예가 바로 발퀴레 브룬힐트의 경우였다. 독일과 남부 스칸디나비아 지역에서 자주 오딘은 전쟁 신이 아니라 사냥신의 모습으로 출현한다. 이때도 그는 군대를 이끌었는데 바로 무장을 갖춘 정령들의 군대들이었다.

오딘은 바람의 신으로써 북구에서 "교수당한 자의 신"이며 민간신앙에 따르면 이 사형수들이 밀어내는 강한 호흡이 폭풍을 만들어낸다고 한다. 바람이 교수대에서 흔들거리는 시신과 놀듯이 오딘도 교수대 아래에 주저앉는다. 오딘은 독일에서 누군가가 목을 매는 밤중에 밤의 사냥꾼으로 나타난다. 오딘은 대체적으로 바람을 타고 날아다니는 영혼들과 유령들의 신이다. 구체적으로는 무기로 살해당한 장정들이 오딘에게로 달려왔다. 이미 살해당한 당일에 이들은 오딘에게 손님으로 초대되어 지내며 그의 수행대(隨行隊)인 겡기(Gengi)에 합류한다. 토르가 하인들을 받아들이는 것과는 대조적으로 오딘은 죽은 하인들을 맞아들이지는 않는다. 오딘이 바람을 움직인다는 점은 다른 방법으로 증명된다. 〈지존자의 노래〉에서 오딘은 9번째 마법사로 곤경에 처한 배를 보호하며 파도를 일렁이게 하는 바람을 달래며 바다 전체를 잠들게 한다. 오딘이 산 돌출부에서 지구르트의 뱃전으로 뛰어 내려오자, 마치 비카르 왕이 창에 뚫려 내걸렸던 때처럼(173쪽 참조), 폭풍이 잠잠해진다.

오딘은 뱃사람들에게 통행에 편리한 바람을 주기 때문에 화물선의 신이라고도 한다. 오딘은 바람을 타고 파종한 밭 위와 이삭이 여문 들판 사이를 달리면서 열매를 맺게 하며 결실의 신이 된다. 오딘은 그런 식으로 부를 선사하며, 이 "부자 오딘"은 근세에 와서도 돈 많은 스웨덴 농부의 손님이었다. 북구 사람들과 앙겔작센인들은 오딘을 해를 일으키는 겨울바람으로 여겨 오딘을 도둑의 신으로 생각했고 심지어는 그리스의 헤르메스가 발전했던 속임수의 신으로까지 생각했다. 변화가 많고 변덕스러우며 음탕한 오딘의 속성은 고대 시절 이리저리 바뀌고 살랑거리는 바람의 속성으로부터 유래되었는지도 모른다. 오딘은 그래서 여자를 후리는 바람둥이 남편의 모습으로도 나타난다.

덴마크 숲 속의 오덴만이 우악스럽게 엘프 같은 여인을 탐했던 것이 아니라, 고대 북구의 오딘도 마법의 여인과 마녀를 유혹했고 심지어 여성 리제 무리의 혼을 빼놓았다. 오딘은 수퉁의 메트를 얻으려 수퉁의 동생 바우기(Baugi)의 집에 하인으로 들어가 악행을 일삼는 하인 '뵐베르크'(Bölverkr)가 된다. 그는 풀베기 작업을 할 때 숫돌을 공중에 내던지는데 이 숫돌을 차지하려고 9명의 하인들이 서로 다투다 모두 죽고 만다. 뵐베르크는 그들의 일을 모두 떠맡았고, 그 대가로 바우기는 자기 형의 술 한 모금을 주겠다고 약속했다. 바우기의 도움을 받아 오딘은 암벽에 작은 구멍을 뚫고 뱀으로 변해 구멍을 통해 바위 속으로 들어갔다. 이어 오딘은 수퉁의 딸인 군뢰드를 속이고 메트를 갖고 날아 도망쳐서 속아 넘어간 군뢰드가 분노하면서도 어쩔 수 없게 만들었다(24쪽 참조).

오딘은 군대의 대장으로, 그 다음에는 금을 주조하는 기술자로 그리고 마지막으로는 전사로 변장하여 여성 리제 린드(Rindr) 한테 3번을 얻어맞고 퇴짜를 맞지만, 결국 오딘은 린드로 하여금 루네 지팡이를 만지게 하여 미치게 만들고, 이 여성 리제를 결박하였다가, 결국 의료를 담당하는 하녀로 삼는다.

오딘과 린드 사이에 낳은 아들이 '보우스'(Bous) 였다. 이 아들은 '알리'(Ali) 또는 '발리'(Vali) 라고도 불렸으며 발더의 복수를 담당했다. 이 린드와 비교되는 여인이 빌링(Billing) 의 아름다운 딸이다. 이 여인은 오딘과 하룻밤의 밀회를 약속한다. 그러나 오딘이 약속장소에 도착했을 때 마당에 사람들이 깨어 있고 사방에 불이 켜진 것을 발견했다. 오딘은 새벽녘에 다시 가보았지만 여인의 침대 곁에 엄청나게 커다란 개가 매여 있었다. 오딘은 희롱당한 것을 알고 물러나올 수밖에 없었다. 오딘의 부적절한 행동은 그러나 더 심각한 징벌을 받았다. 여성 리제 린드를 유혹한 오딘의 행동에 분노한 신들은 오딘을 불태워버리고 그 자리에 '올러'(Oller) 를 왕으로 삼고 그를 오딘이라고 불렀다. 그러나 진짜 오딘은 10년 후 돌아왔고, 올러는 피신하다가 스웨덴에서 덴마크인들에게 살해당했다.

이와 비슷한 이야기에서 오딘의 아내 프리그는 오딘의 신상을 장식한 황금에 대한 탐욕 때문에 자신에게 황금을 가져다주겠다고 말한 어떤 하인에게 자신을 내맡겼다. 이 때문에 크게 상심한 오딘은 자기 왕국을 포기하고 유랑을 떠나 버렸다. 그러자 미토틴(Mitothin) 이라는 뛰어난 마법사가 오딘 왕국을 장악하고 모든 신에 대한 특별한 새로운 제사를 도입했다. 오딘이 돌아오자 이 마법사는 마술의 능력을 잃고 퓌넨으로 피신했지만 그곳 주민들에게 살해당하고 말았다. 이 두 가지 신화는 오딘이 때때로 그보다 우월한 적대자와 통치권을 둘러싸고 싸우는 모습을 보여준다.

이 적대자 중 하나가 올러, 즉 고대 북구어로 '당당한 자'라는 의미의 울(Ullr)로서 겨울신이며, 또 다른 적대자는 미토딘(Mitođin)이 아닌 '지배자'라는 의미의 메오토드(Meotod)이며, 북구어로는 미외투드(Mjötuđr), 앙겔작센어로 메오토드라고 한다. 최고신 오딘의 경쟁자격인 두 존재에서 우리는 오딘에게 밀려난 지방신의 존재를 확인할 수 있으며, 사람들이 가끔씩 적어도 이 두 존재에 대해 통치권을 할애한 것을 알 수 있다.

이런 감각성을 지닌 오딘은 그럼에도 불구하고 발더를 제외한 여타 다른 북구의 신들에 비해 보다 높은 정신적 경지에 도달했다. 독일 전설들이 정신적 특성을 증명하는 정도가 약하긴 하지만 이런 특성이 독일에서도 수용되었던 것은 틀림없다. 그것은 보단만이 발더의 말(馬)을 치료할 수 있는 것으로 묘사하며 또 그랬기에 로마인들이 오딘을 정신적으로 능숙한 메르쿠리우스와 비교하고 또 타키투스 시대 때에도 게르만인들이 오딘을 최고신으로 신봉했을 것이다. 북구에서 오딘은 간단하게 말해서 "아제족 중에서 가장 현명한 아제(Ase)"이다. 오딘의 정신적 힘은 특히 마법과 마법에 속하는 루네 문자에 대한 지식 그리고 문학적 열광에서 나타난다. 비교적 나중에 출현한 신화의 형상으로서 오딘의 특징은 그가 지닌 지식이나 능력이 리제나 츠베르크 무리들의 그것처럼 원래부터 있던 오랜 것이 아니라 계약이나 책략 또는 무력으로 이들로부터 얻어야만 했던 것들이라는 점이다. 오딘은 지식, 예술, 마법을 얻을 수만 있다면 어떤 일도 마다하지 않으며, 나중에 형성된 북구의 오딘신화는 이런 모험적인 사건들을 오딘의 최고 수준의 행동들로 포함한다.

오딘은 이런 원시적인 마법지식을 그 자신보다 더 나이가 많은 데몬적인 존재나 인간적인 하인들로부터 받아들였다. 그는 여러 가지 형상의 사람으로 위장하고 또 존재하는 모든 짐승으로 변신할 수 있으며 자신의 모습이 잠자거나 죽은 것처럼 누워 있을 동안 영혼처럼 순식간에 아주 멀리 떨어져 있는 곳으로 날아갈 수 있다. 오딘은 땅속에 숨겨진 보화를 알아내고 노래를 불러 산과 돌을 열어볼 수 있고 그 안으로 들어가며 원하는 것만큼 많은 것을 취할 수 있다. 오딘은 또 무덤에서 죽은 자나 교수대에서 처형당한 자를 다시 되살려 깨울 수 있다.

이런 기술의 토대는 비밀기호와 엄숙한 주문들이다. 이 "마법의 아버지" 오딘은 지존자의 주문인 〈지존자의 노래〉(하바말)에서 마법주문의 힘을 가르친다. 그 첫 번째 노래는 〈도움〉으로 행동, 고통, 근심할 때 도움을 주는 내용이다. 다른 노래들은 적의 무기를 무디게 하고, 사슬을 깨뜨리며, 화살이 나는 것을 억제하고, 루네의 마법을 분쇄하며 불같은 정념을 식게 만들고, 증오심을 누그러뜨리며, 바다의 진행을 부드럽게 하고, 공중의 마녀들을 혼란시키며 처형당한 자를 되살리고 장정들을 전쟁터에서 건강하게 이끌며, 전사들이 상처입지 않도록 하고 또 — 이때 사랑의 모험이 그 으뜸 패를 내밀게 된다 — 여인이 고개를 돌려 쳐다보게 한다.

루네 문자는 점을 치는 막대에 새겨질 경우 미래를 알려주고 다른 물건에 새겨질 경우 그 물건이 마법의 힘을 갖게 하고, 음료에 이 문자가 가루로 섞여들면 마시는 자의 혼을 뒤집어 놓는데, 이런 "만사형통"의 루네 문자, 비밀의 기호를 발명한 주체가 오딘으로 규정되었다. 오딘은 이제 루네의 대가였다. 그가 어떻게 그렇게 되었는지는 〈지존자의 노래〉에 담긴 한 어두운 노래가 설명한다. 그 노래에 따르면 오딘은 자신을 봉헌한 상태에서 9일 밤 동안 창에 찔린 채 거대한 나무에 매달려 있다가 값진 메트를 받아 마시고, 츠베르크의 술인 오트뢰리에 푹 젖어든 후 갑자기 외마디 소리를 지르면서 루네 문자들을 집어 들었다고 한다. 오딘이 루네 문자를 발명했다는 신화 위에는 예수의 십자가 죽음의 비밀이 그림자를 던지는 듯이 보인다. 예수는 신이면서 자신을 봉헌하여, 창에 찔린 채 먹지도 마시지도 못한 채 9시(현재의 오후 3시)까지 십자가에 매달려 있다가 비명소리를 지르면서 루네 문자들, 다시 말해 자신의 죽음에 담긴 신의 비밀을 받아들였다. 오딘의 새로운 삶을 묘사하는 노래 마지막 부분은 예수의 생애를 묘사하는 복음서 일부의 모방에 불과하다. 첫 연 전반부는 다음과 같다.

> "그때 내가 번성하고 현명해지며 자라나기
> 시작하였고 편안하기 시작하였더니."

이 부분은 〈누가복음〉 2장 40절, "아이가 자라며 강해지고 지혜가 충족하여"에 분명하게 울리고 있으며, 첫 연 후반부는 다음과 같다.

> "말은 내 말 중의 말을 찾고
> 지은 것은 내 지은 것 중의 지은 것을 찾았더라."

애매한 표현을 하는데, "말"과 "지은 것"이라는 어휘를 3번씩 반복하는 이런 유별난 표현은 중세 때나 오늘날에도 여전히 주문으로 자주 쓰이는 다음과 같은 〈요한복음〉 첫 부분을 연상시킨다.

1. 태초에 말씀이 계시니라 이 말씀이 하나님과 함께 계셨으니 이 말씀이 곧 하나님이시니라.

3. 만물이 그로 말미암아 지은 바 되었으니 지은 것이 하나도 그가 없이는 된 것이 없느니라.

이 부분은 라틴어 텍스트의 확정된 표현이고 북구 작가는 이것을 작품을 통해 재연하는 셈이다. 이 애매모호한 시에 따르면 오딘은 미미르가 마시는 음료수 안에 휘저어진 루네 문자를 집어 들었다. 이런 루네 문자들은 다른 경우 그 부스러기들이 맥주나 메트에 섞이기도 했다. 또 다른 신화(24쪽 참조)에 따르면 오딘은 독수리로 변신하여 츠베르크의 술인 오트뢰리를 리제에게서 빼앗아서 신들과 인간들에게 가져다주었다고 한다.

오딘은 이 오트뢰리라는 술로부터 문학적 재능을 길어 올렸고 이것을 다시 자신이 아끼는 집단이었던 스칼데 무리들에게 전수했다. 이들을 통해서 오딘은 문학의 신이 되었지만 노래의 신은 되지 못했다. 그것은 민중들이 가장 막강한 음악인 폭풍의 신으로부터 노래를 만들 수 없었을 것이기 때문이었다. 때문에 오딘의 형상은 어떤 음악적 장식을 갖추고 있지 못하며, 그의 예술은 스칼데의 그것처럼 오직 언어예술이며, 음악예술은 아니다.

그러나 오딘에 대해서, "모든 것을 운문의 형태로 말했다"는 이야기가 있으며, 그의 문학양식은 기적을 일으켰다. 고대 북구 서정시의 가장 감동적인 한 구절에서 스칼데 에길이 오딘에게 우정관계를 청산하겠다고 통보한다. 에길의 사랑하는 두 아들의 죽음을 오딘이 막아주지 않았던 것에 분노해서였다. 그러나 에길은 곧 후회하고 오딘에게 돌아와 용서를 구했다. 오딘이 그에게 문학적 재능을 부여했고,

이 때문에 자신이 피 묻은 도끼 왕 에리히[54]에게 살해당할 뻔하다가 목숨을 구한 것을 생각했기 때문이었다.

그러나 이런 루네 문자들이나 도취의 음료로 오딘의 지적 충동은 충족되지 못했다. 오딘은 자신의 눈 하나를 저당 잡히고 미미르의 샘에서 총명함과 지혜로움을 길어 올렸으며, 바네족이 잘라 버린 미미르의 현명한 머리를 자신이 달고 다녔다. 신들의 안위를 걱정한 오딘은 지옥의 문 앞까지 말을 타고 달려가서 눈 속 깊이 잠든 여자 예언자 뵐바를 죽음의 마법으로 깨워서 그녀로부터 발더의 운명에 대한 정보를 얻는다.

삭소의 기록에 따르면 미래에 대한 지식이 제한되어 있었던 오딘은 이런 식으로 자신의 능력을 확장시켜 "아버지", 예언자가 되었고, 오딘의 지식은 결국 나중에 지옥의 밑바닥과 신들의 몰락에까지 이르는 모든 시간과 공간을 아우를 수 있었다. 오딘은 대지와 인간에 대한 지혜를 〈지존자의 노래〉, 또 내세의 세계와 거기에 사는 존재들에 대한 지혜를 〈그림니르의 노래〉와 〈바프트루드니르의 노래〉에 담아 드러내었다.

가장 현명한 리제라는 이 바프트루드니르조차 오딘과의 수수께끼 시합에서 오딘의 아들 발더에 대한 오딘의 마지막 말을 묻는 물음에 대답하지 못하고 결국 오딘에게 가장 현명한 자의 명성을 넘겨주고 말았다. 많은 약점들이 있음에도 오딘은 아제족 중 최고, 최선의 아제 신으로 여겨졌으며, 모든 신들이 마치 자식들이 아버지에게 그렇게 하듯이 복종했다. 또 대부분의 신들이 오딘의 자식이었다. 그의 아내 프리그는 오딘과의 사이에 발더와 딸 외르드, 장남 토르를 낳았

54) 에릭 1세(Erik I: 885~954)를 가리킨다. 노르웨이 왕국 제2대 왕(931~933)이다.

고, 그의 애인인 린드는 발더의 복수자 발리를 낳았다. 또 다른 애인인 여성 리제 그리드(31쪽 참조)는 비다르를, 세 번째 애인 군뢰드는 브라기를 낳았다.

오딘의 아들들이 그의 지배권을 얼마나 강력하게 만들었는가! 그러나 오딘의 아내 프리그는 때때로 오딘의 총아 대신 자신이 아끼는 자에게 승리를 안겨줌으로써 오딘의 체제를 뒤흔들어 놓았다. 반달족 대신 비닐러족에게, 〈그림니르의 노래〉에서는 괴이로드 대신에 그의 동생인 아그나르에게 승리를 선사한 것이 그런 예들이었다.

금에 대한 프리그의 욕심은 오딘을 권좌에서 몰아내기도 했다. 그러나 이러한 행위들은 마치 일시적인 구름들이 그렇듯이 오딘의 통치와 그와의 결혼생활을 일시적으로 어둡게 했을 뿐이었다. 전설상에서 오딘은 매일 진케바하 강(江)의 쇠크바벡(Sökkvabekkr)[55] 폭포 곁에서 황금잔으로 프리그와 술을 마시곤 했다. 고상한 발더의 어머니인 이 프리그는 사가, 즉 여성 예언자(?)로서 생각할 수 있지 않을까?

오딘과 프리그는 하늘의 보좌 위에 함께 앉아 있으면서 세상을 두루 살폈다. 까마귀가 이들에게 멀리 떨어진 지역에 관한 정보를 전달한다. 오딘은 하르(Harr, 높은 자), 오미(Omi, 가장 높은 자) 및 베라티르(Veratyr, 인간의 신)라 불린다. 오딘은 12신을 모두 이다 평원(Idafeld)에 판사로 세워서 이들과 함께 매일 인간의 운명을 판결했다.

막강한 유일신, 하늘과 땅 그리고 특히 인간의 창조자 및 삼위일체에 대한 기독교 관념이 북구 지역으로 점점 더 많이 밀려오면 밀려올수록, 가장 정신적인 신이었던 오딘은 시인들에 의해 점점 더 높이

---

55) 북구 신화에서 신들의 세계인 아스가르드에 있는 여러 신들의 궁전 중 하나이며 여신들의 거처이다.

추앙되어 점점 더 막강한 이방의 신들과 비슷해져 갔다. 이제 오딘은 알푀드(Alfödr) 또는 알다푀드(Aldafödr), 즉 모든 사물과 온 시대의 아버지라 불렸으며, 이 세계와 특히 인간을 창조한 자이다. 또 회니르, 로두르(Lodur)와 함께 또는 빌리(Wili), 베(Wé)와 함께 또는 동일하게 높은 자(Jafnhár, 야픈하르), 제3자(Thriđi, 트리디)와 함께 비(非)민중적이며 비밀스러운 삼위일체를 이룬다.

독일에서는 많은 점이 비슷하지만, 일부에서는 조금 다른 특징들을 지닌 폭풍신의 형상이 만들어졌다. 타키투스 때의 자유로운 게르만 장정들은 사냥, 전쟁, 잔치의 즐거움이나 잠으로 그들의 생애를 보내었으며 그들의 주신 오딘의 삶도 그들 자신의 세 가지 주된 행위로 꾸몄고, 오딘의 겨울 속성에서 유래한 것들을 형식에다 갖다 맞췄다. 우리가 이미 언급했듯이 게르만인들은 일찍이 바람을 죽은 자의 불안정한 영혼의 움직임이거나 부드럽거나 격렬하게 움직이는 엘프 무리들의 방황이라고 생각했다(①권 147쪽 참조).

이런 정령의 무리들은, 숲이 없는 북구 고지대를 제외하고 사냥터가 있는 곳이면 어디에서든지 보단 또는 격렬한 사냥꾼의 뒤를 따르는 사냥대원이 되었다. 아니면 보단의 군대에 가담했다. 보다 완전한 내용의 전설에 따르면 사냥의 대상은 숲이나 초원의 짐승들과 정령들이었다. 성난 군대는 산자락으로부터 몰려나왔는데, 저기 하늘에 있는 발할의 에인헤리어처럼 이 무리들도 이 산골짜기에서 주군과 식탁을 함께하고 전쟁놀이를 하며 떠들썩하게 지내거나 전쟁 출전, 기독교식으로 말하자면 최후의 결전을 위해 군령이 떨어질 때까지 졸면서 시간을 보냈다.

이 오딘 신화는 자유로운 게르만인들의 숲 속 생활을 가장 포괄적이고 충실하게 반영하는 모습을 담은 신화로 게르만 신화의 중심신화이다. 이것은 각 지역에 따라 약간 다르게 퍼져 있으며 민중의 영혼에 깊게 새겨져 있다. 그래서 오늘날에 와서도 농부들이 이 격렬한 사냥을 자기 귀와 눈으로 직접 보고 들었다고 맹세하는 것이다. 이 보단과 그의 투쟁의지가 열렬한 군대에 대한 신화는 적(敵) 그리스도 전설과 융합되어 있고, 아이슬란드에서는 의미심장한 신들의 몰락을 그린 신화 이미지와 연계되어 있다. 또 독일에서 이 신화는 대단히 소중한 전설인 기프호이저(Kyffhäuser) 산맥[56]의 붉은 수염 프리드리히 황제 전설에 연결되어 있다.

보단-오딘은 폭풍의 신으로 거대한 게르만 숲들의 주인이며, 이 신이 가을, 십이야 기간, 봄에 말을 타고 달릴 때면 요란한 바람소리를 낸다. 이때 바람 안에서 달리는 망자의 영혼들이나 거센 바람, 옛 시절의 숲 속 엘프들이 오딘의 충실한 하인들이 된다. 이런 상상에서 거의 모든 게르만 부족들이 일치를 이루지만, 이런 상상은 각 지역에 따라 독자적 형상이나 색깔을 띠었다.

오늘날에도 계속해서 살아남아 있는 명칭들이 그런 사실을 암시한다. 이미 12세기에 증명된 명칭인 '성난 군대'라는 의미의 '뷔테스헤르'(Wuetesheer) 또는 '뮈테스헤르'(Muetesheer)는 오늘날 특히 슈바벤 지방이나 중부 독일 지역에 자리 잡고 있다. 1400년경에 저지 독일 지역의 명칭인 '뵈덴헤르'(Wödenheer)라는 명칭도 사용되었다. 레크라인 동쪽으로부터는 바이에른-오스트리아 명칭인 '야생의 기아이드'(*wilde Gjaid*), 야생의 '그파르'(*Gfahr*), 야생의 '그쉬라이'(*Gschrei*)가 지배적이고, 북부 독일이나 북구 지방에서는 '야생 사냥대' 혹은 '오엔

56) 독일의 북부지방에 위치한 산맥. 튀링겐(Thüringen) 주와 작센-안할트(Sachsen-Anhalt) 주에 걸쳐 위치한다. 최고봉은 474미터이고 면적은 70㎢이다.

스야크트'(*Oensjagt*), '야생 사냥꾼'(*der wilde Jäger*), '밤의 사냥꾼'(*Nachtjäger*), '헬의 사냥꾼'(*Heljäger*), '보에 사냥꾼'(*Woejäger*)이라는 명칭이 지배적이다. 이 지역 사람들은 강한 폭풍이 불면 "보데, 고이가 트레크트, 드리프트, 튀트"(*Wode, Goi trekt, drift, tüht*, 보데, 고이가 움직인다, 지나간다)라고 하거나 "오덴이 거칠게 휘몰아친다"(*Oden jagar*) 또는 "오덴이 지나쳐 간다"(*Oden far vörbi*)고 말한다.

하르츠 지방에서부터 오버베저 지방까지의 지역에서 사용되는 하켈베르크(Hackelberg)라는 이름에는 하켈베렌트(*Hakelberend*), 즉 '망토를 입은 자'라는 의미가 숨어 있다. 고대 북구의 오딘뿐만 아니라 독일 야생 사냥꾼의 특징은 넓고 펄럭이는 망토이며 '챙이 넓은 모자', '백마의 기수(騎手)', '밤 까마귀' 같은 또 다른 오딘의 별명들은 신의 주된 특징을 드러내는 명칭들이다.

장엄한 자연현상들에 대해서 붙여진 옛 이름들이 이해가 쉽지 않고 평범한 이름인 경우 이런 것들은 유명한 왕들의 이름—디트리히 폰 베른, 칼 대제, 칼 5세, 아벨, 볼데마르나 헤로데스 등—으로 바뀌었다. 과도하게 격정적인 사냥 애호가, 즉 로덴슈타이너(Rodensteiner) 같은 사냥 마니아 등이 또 옛 명칭을 대신했으며 나중엔 심지어 영원한 유대인이나 사탄으로 이름이 바뀌기도 했다.

먼데서 갑자기 바람소리가 들려온다. 그 소리는 때때로 부드러운 음악 같지만 대개는 꼭대기 부분을 부러뜨리거나 나무를 쪼개는 듯한 폭풍소리이다. 앞의 소리는 풍성한 수확을, 뒤의 소리는 전쟁이나 다른 재난을 암시한다. 이때는 얼굴을 땅에 처박거나, 길의 중앙을 피하거나, 길을 가로막고 눕거나, 하얀 천 위에 몸을 눕히거나 또는 하얀 천을 머리에 둘러맨다. 스웨덴에서는 곁을 스쳐 날아가는 오딘의 화살은 질병을 일으키고, 독일의 사나운 사냥은 머리의 팽창, 미혹,

우울증 심지어 죽음까지 유발한다. 아니면 사람들이 사슬에 매어 사나운 무리들 안으로 끌려들어가거나 혁대에 맞아 찢긴다.

백마의 기수는 챙이 넓은 모자를 쓰고 망토를 두른 채, 까마귀들이 그 둘레에서 날개를 펄럭이며 개들이 짖어대는 가운데 "호이오!" 하고 외치면서 뛰어 달려온다. 그 뒤를 귀가 먹먹해질 정도로 요란한 소음을 내면서 온갖 망자와 엘프의 무리들 그리고 돼지 떼와 여타 짐승들이 따라 달려온다.

이 대열은 대개 일정한 행로를 유지하고, 특정한 나무를 스쳐가며 큰 소리를 내고 또 특정한 집을 통과한다. 뷔르템베르크[57]에서는 이 대열이 먼저 오래된 로마인들의 거리를 지나가는데, 이런 거리 중의 하나인 호엔트빌(Hohentwiel) 강변도로는 공포의 거리로 불린다. 때때로 야생 사냥꾼은 불처럼 뜨겁고 무거운 수레 안에 앉아 있곤 하는데, 이는 마치 뇌우가 폭풍을 따라가는 형상과 같다. 그래서 오덴(Oden) 왕이 스마란트에서 야간사냥을 할 때 "번개의 도움을 받았다"(*askan til help*)고 말한다. 그때 성난 기수는 방랑자들의 등을 도끼로 후려치거나 비웃는 자들에게 뼈다귀나 냄새나는 여자의 엉덩이, 말이나 소의 생식기 부위를 던지면서, "너희들이 내 사냥을 도와주었으면, 갉아먹는 것도 도와주렴!" 하고 소리를 질렀다.

야생 사냥꾼이 쫓아가는 사냥거리는 대개의 전설에서는 구체적으로 언급되지 않는다. 그러나 이때의 대상 짐승은 멧돼지, 암소, 사슴 그리고 심지어 단수 또는 다수의 여인들이 되기도 한다.

아주 열정적인 사냥꾼이었던 히켈베르크는 미래를 경고하는 꿈을 꾸었음에도 백마를 타고 멧돼지 사냥을 나갔다가 그 짐승에게 중상을

---

57) **[원주]** Württemberg: W. Hertz i. Konigr. Württemberg 2, 136.

입혔거나 죽였다고 한다. 그런데 멧돼지가 머리를 쳐들거나 또는 발로 차는 순간에 그는 멧돼지 어금니에 장딴지가 찔리는 치명적 부상을 입었다. 그의 무덤이 있다는 곳은 여러 군데이다. 이런 전설은 폼머른 지방의 보데에서 출발한 것이었다.

스위스의 야생 사냥꾼인 튀르스트(Türst)는 암소 한 마리를 다시는 땅에 내려놓지 않을 것처럼 공중 높이 올려놓았다가 3번째 날에 반쯤 죽은 채로 아니면 우유를 다 짠 다음 땅에 내려놓았다. 또 그는 암소를 쫓아 여기저기 뛰어 다니기도 한다. 슈바벤 지방의 란첸푸퍼(*Ranzenpuffer*: 곱사등)는 격렬한 폭풍이 칠 때 사람들이 자신의 뜻과 다르게 도살한 암소를 돌려 달라고 요구한다. 또 성탄절 저녁에 헬 사냥꾼의 개가 아궁이 주변을 달리면, 올덴부르크의 농부는 이 헬 사냥꾼을 위해 살찐 암소를 내보낸다. 이는 악천후가 이어져서 짐승들이 죽어 넘어가지 않도록 하려는 것이었다.

북구 고대 후기의 전설에 따르면 오딘이 금 고리장식을 단 사슴을 따라갔다. 그런데 사슴이 오딘을 북구 트롤족의 여왕인 훌다(Hulda)의 왕국으로 유인한다. 사슴을 쏘는 이야기가 담긴 후기 전설에는 기독교적 관념이 이미 스며들어 있다. 저지 독일 지역의 '고이'(Goi), '하스예거'(Hassjäger), '하켈베르크'(Hackelberg) 등은 아주 조용한 금요일에 십자가가 달린 왕관을 쓴 사슴을 쏘아 쓰러뜨렸다. 슈바벤의 영원한 사냥꾼이나 백마의 기사는 성탄절 밤이나 성(聖) 금요일 밤에 태양을 향해 활을 쏜다. 이 대목에서 마법의 사수(*Freischütz*) 전설[58]로 넘어가는데, 이 전설에서 악마와의 계약으로 야생 사냥꾼

58) 전설에 나오는 사수로, 사탄의 도움으로 발사되는 6발의 탄환 또는 화살로 피사체를 실수 없이 맞추는 사수를 말한다. 7번째 발사는 사탄이 조정한다. 이 전설을 이용한 오페라가 베버(C. M. von Weber)의 〈마탄의 사수〉

또는 백마의 기수는 빗나가는 법이 없는 사격능력을 얻게 된다.

이 바람의 신이 가장 사냥하기 좋아해 좇아가는 대상은 독일의 리제 파솔트[59]나 덴마크의 수염 기른 리제 그리니에트(Grönjette)가 그렇듯이, 바람, 산, 숲의 여성 엘프들이다. 이들은 소용돌이 바람 속에 밑으로 흘러내리는 가을날의 낙엽 머리카락을 날리며 바람신 앞을 미친 듯이 달려간다.

바람신을 발데마르(Waldemar) 왕, 보옌의 사냥꾼(Vojensjäger) 또는 운〔Un, 오딘(Odin)〕이라고도 한다. 이런 바람신은 덴마크에서 엘프의 무리들, 긴 유방을 가진 엘프 처녀, 엘프 여인들을 좇아다닌다. 이 바람신은 또 스웨덴에서는 오덴(Oden)이라는 이름을 가지고 역시 긴 유방과 긴 머리의 숲 여인을 좇아다닌다. 영국에서는 야생 사냥꾼 혹은 야생남이 백색의 처녀나 자기 애인을 좇아다니고, 독일에서는 보데 혹은 성난 사냥꾼이 역시 긴 유방과 긴 머리카락이 특징인 나무 처녀와 초지(草地) 처녀, 밤의 여인, 살리그 처녀(Saligfräulein) 및 백색의 여인을 좇아다닌다(①권 337쪽 참조).

추격을 당하는 자는 원형(圓形)을 이루며 추격자를 회피한다. 그리고 이 원형을 벗어나면, 추격자에 의해 갈기갈기 찢기고 만다. 또는 사냥꾼이 추월한 대상을 자기 앞의 말 너머로 던져버리면, 그것도 말로 변하는데 추격자는 대장장이로 하여금 이 말에 편자를 만들어 붙이게 한다. 그러나 이들이 십자가나 십자로로 피신하면 이런 사냥꾼의 추격에서 벗어날 수 있게 된다. 간혹 사냥꾼과 가우덴(Gauden) 부인, 보텐(Woten)과 홀레(Holle) 부인, 하켈베르크(Hackelberg)와 투투르셀(Tutursel)이 사이좋게 짝을 이루어 사냥을 한다. 그래서 우

(1821)이다.

59) 리제 파솔트에 대해서는 ①권 330쪽, ②권 14, 20, 31쪽 참조.

리 조상들은 그들의 주신이 광활한 북구 신화에 등장하는 여인들에게 폭풍 같은 열정으로 청혼하는 구도를 생각해 냈다. 그러나 여기서 우선 우리는 다시 성난 군대의 이야기로 돌아가기로 하자.

사냥과 함께 전투와 연회는 게르만 자유민들이 가장 즐기는 일로서 오딘의 처소에서 이뤄지는 저승 삶 전체를 채우는 내용물이었다(239쪽 이하 참조). 에인헤리어(Einherjar), 즉 '하늘의 전사들'이 사는 하늘 궁전인 발할은 독일 여러 군데에 있는 보단스베르크(Wodansberg)에 있다. 헤센 지방의 구덴스베르크 부근 오덴부르크(Odenberg) 산의 이름은 1154년까지 부오데네스베르크(Wuodenesberg)였다. 이 산은 행운의 산 또는 보물의 산(?)이라고도 할 수 있는데, 이 산에는 칼크빈테(Karl Quinte) 또는 칼 대제가 강력한 전사들을 거느리고 자리잡고 있다.

한 대장장이는 자기들이 만든 쇠구슬로 땅 당구놀이를 하는 것을 보았는데, 이 구슬은 단련 과정에서 금으로 변한다. 매 7년마다 또는 매 백 년마다 칼(Karl)이 철렁거리는 갑옷 소리를 내는 군사를 거느리고 백마를 타고 나타난다. 그리고는 말발굽으로 땅을 쳐서 목말라 하는 말들이 마실 우물 하나를 만들었는데, 이후에 이 일 때문에 산자락에서 피가 낭자한 싸움이 벌어졌다. 이 모든 이야기는 오랜 보단 신화를 알려준다. 《에다》의 노래 중에서 오딘은 자신을 "산중의 노인네"라고 자처하며, 스칼데 집단은 오딘을 바위의 신이라고 말한다.

사람들은 옆으로 뻗친 팔로 만든 둥근 구멍을 통해 구데스베르크의 백마를 보았고, 덴마크에서는 그런 방식으로 백마의 기수 오딘을 보았다(225쪽 참조). 사람들이 "바우르(보덴)가 온다"라고 외치면 메클렌부르크의 아이들은 경기를 했고 헤센에서는 "크빈테가 온다!"라는 외침이 동일한 작용을 했다. 월란트 섬에서는 오딘이 타는 말이 바위를 깨뜨리고 거기에 늪이 만들어지게 했으며 또 발길질로 샘을 만들었다. 또 다른 보단-오딘 전설에서는 대장장이가 깊게 개입한다. 노르웨이 전설에서 오딘의 말을 그렇게 했듯이, 한 대장장이가 로덴슈타인너(Rodensteiner)[60] 전설에서 야생 사냥꾼이 타는 말에 편자를 박아 넣었다.

헤센 지역 전설에 비해 덜 순수하지만 보다 인상적이고 민족전설로까지 격상된 키프호이저(Kyffhäuser) 산(山) 전설이 잘 보존되고 있다. 키프호이저 산중에는 정원 또는 홀이 하나 위치했는데, 그 안에는 하얀 또는 붉은 긴 수염을 한 노인네가 앉아 있었다. 혹은 붉은 수염의 프리드리히 황제가 앉아 있다고도 했다. 그런데 그 주변에서는 기사들이 케겔놀이를 했고 말들은 그동안 말굽으로 땅을 긁어 팠다. 그리고 이 노인 또는 황제의 집사격인 홀레 부인은 이 장정들에게 포도주를 내어주고 말들을 먹였다.

테이블을 세 바퀴 돌만큼 수염이 자라면 노인은 잠에서 깨어났다. 그리고 까마귀가 산 주위를 날아 돌아다니지 않으면 노인은 몸을 일으켜 자신의 방패를 말라 야윈 나뭇가지 위에 걸어 놓았다. 그러면 그 나무가 다시 푸르러졌다. 그러면 이제 그의 군대가 말을 타고 나가 피를 튀기는 격렬한 싸움을 해 승리를 거두었다. 낭만주의자들은 이런 전설에서 독일 제국의 찬란한 영광이 있을 것으로 믿었고 이어 독일 민족의 융성이 올 것으로 생각했다.

이 키프호이저 신화의 배경은 토착신화이다. 이 신화에 따르면 잿빛 수염의 전쟁 신 보단은 살아 있는 자들은 갈 수 없는 왕국 안에서 수많은 전사들을 다스리며, 그 전사들은 그 왕국 안에서 전투경기를

---

60) 독일 중부-남서부에 위치한 오덴발트 산맥의 한부르크라는 소도시 주변에 있는 폐허가 된 성터이다. 이 성터와 관련한 전설이 전해진다.

하거나 향연을 즐긴다. 보단의 까마귀들이 보단의 머리 위를 맴돌다 앞으로 날아가면, 보단은 군대를 이끌고 까마귀를 따라 나가 치열한 전투를 벌인다.

다른 부족들의 신앙에 따르면 어느 날 사랑받던 왕이나 부족 영웅들이 산속으로 사라져버리는데, 죽은 것은 아니고 다만 제 세상이 오면 돌아올 예정으로 잠시 자취를 감춘 것이다. 그래서 노르웨이의 키 작은 왕 헬아우그(Herrlaugr)는, 하랄드 쇤하르가 막강한 세력으로 숲을 빼앗아가자, 휘하 12명의 부하들과 언덕 속으로 들어가 버렸다. 그가 들어간 다음 그 언덕은 다시 닫혀 버렸다.

키프호이저 산 밑 틸레다(Tilleda)는 황제의 휴양 궁이었다. 그곳 산중의 신은 산으로 숨어든 황제로 변하였다. 처음에는 그리스 의 전설이었다가 나중에 독일의 전설이 된, 적그리스도와 최후의 결전을 치른다는 이 전설은 튀링겐 산의 전설과 연결되었다.

이 이방전설에서 황제는 원래 동로마제국의 황제였는데, 이 형상으로부터 사람들이 나중에 칼 대제 또는 프리드리히 2세, 프리드리히 바르바로사 대왕을 만들었던 것으로, 이 황제는 적그리스도가 출현하기 전에 예루살렘으로 향한다. 그리고 거기에서 골고다 언덕이나 기름산 위에 자신의 왕관을 내려놓았다. 또는 앙상하게 마른 가지에 자신의 방패를 걸어 놓아 그 나무가 다시 푸르러지게 만들었다. 그런 다음 황제는 적그리스도와 쟁투를 벌였다.

산으로 도피한 황제, 왕, 영웅들에 관한 유사한 아름다운 전설은 잘츠부르크(Salzburg) 부근의 운터베르크(Untersberg), 그 근처의 발처펠트(Walserfeld), 카이저라우테른(Kaiserslautern)[61]의 동굴, 고슬

61) 독일 남서부 라인란트-팔츠(Rheinland-Pfalz) 주의 작은 대학도시이다.

라(Goslar)[62] 부근의 수데메어베르크(Sudemerberg), 프랑크 게문덴 근처의 구켄베르크(Guckenberg) 그리고 산성(山城) 게로이드세크(Geroidseck)를 둘러싼다. 이것들은 모두 착한 부족들이 전설을 통해 그들이 좋아하는 형상들, 칼이나 프리드리히, 지그프리트 같은 이름을 가진 형상들에 옛 신들의 특징과 운명을 부여한 것이었다.

보단-오딘은 대단히 다면적이고 그 자체로 모순되는 요소들이 많이 내포되어 있어서 대단히 다양한 제의 형태를 취하며 모든 지역에서 동일한 강도로 신봉되진 않는다. 그래서 최북단 지역의 일상생활에서 보단-오딘은 토르에 비해 덜 신봉되는 편이다. 그러나 시인들이나 전사들은 이 보단-오딘을 베라티르(Veratyr, 인간의 신)라 하여 다른 어떤 신보다 높이 받들었다.

보단-오딘은 가장 일반적으로는 전쟁의 신으로 인정받았다. 무기 이름으로 토르가 활용되는 경우는 거의 없었고, 대개는 오딘이 활용되었다. 예컨대 갑옷은 오딘의 잿빛 옷이며, 방패는 오딘의 태양 또는 오딘 홀의 천정, 전쟁은 오딘의 폭풍이거나 브루노(228쪽 참조)의 노래, 전사는 오딘의 떡갈나무나 까마귀 후긴(Hugin) 주둥이의 붉은 점, 피는 후긴의 음료라 불렀다.

전쟁터로 나가기 전에 욀란트(Oeland) 전사들은 오딘의 돌에 칼을 갈았다. 나중에 기독교도들인 알레만 부족은 이와 유사하게 프라이부르크 대성당 정문 초석에 그렇게 했다. 또 다른 오래된 교회 본당 문 양 옆에 있는 "연마(鍊磨) 경계석"은 비슷한 용도로 쓰였다고 전해진다.

타키투스 시대의 게르만인들은 북구의 바이킹족들과 마찬가지로 죽

---

62) 독일 중부 니더작센 주에 위치한 고대 도시이다.

인 적을 오딘에게 바치겠다고 약속했다. 전장에서 사망하지 않은 자의 신체에 오딘의 무기, 즉 창으로 금을 그어 상처자국을 만들었는데 이는 오딘에게 봉헌하고 전몰자처럼 발할로 들이기 위한 것이었다. 그래서 보단은 타키투스에 따르면 다른 경우들에 대해서는 인간제물을 요구했고, 반면 다른 신들은 짐승제물에 만족했다.

전설 속의 많은 돌에 박힌 말굽 편자는 보단이 타는 말의 발길질 때문인데, 이런 편자는 제의에서 큰 역할을 했다. 스웨덴의 벡시외(Wexiö)에서는 오딘 종마의 편자가 발견되었고, 독일 교회나 예배당에 걸린 편자는 땅에서 샘이 터지게 만든 말들에 관한 전설과 관계가 있다.

뒤늦게 발견된 말굽 편자는 오늘날에도 여전히 행운을 부르는 성물로 여겨져 문, 돛대, 버터 만드는 통 밑, 요람 등에 부착되거나 놓이며, 이것은 마녀, 마렌, 코볼데 등을 방어하는 수단으로 사용되었다. 이 편자는 또 경련 방지용 링을 만드는 데 이용되었다. 그런 의미에서 보단은 치유의 신으로도 나타난다.

보단은 이미 〈메르세부르크의 주문〉에서 발더가 기르는 새끼 암말의 탈구 사실을 밝혔다. 앙겔작센 지방에서 나오는 9가지 약초는 질병과 독 중독을 당하지 않도록 보호하는 구실을 하는데, 보단은 이 약초밭에서 기적의 나뭇가지로 뱀들을 두드려 찢어 버렸다. 보단이 결혼에 간여하는 것을 증명하는 기록들은 소수에 그친다. 보단과 토르 그리고 프레이야의 민네는 북구의 결혼식 때 마시는 술이었다. 뇌르드링엔(Nördlingen)[63] 근처에서 발견된 북구 마을 사람들의 죄임쇠에 새겨진, "보단이여, 결혼이 성사되기를 원하오니! 축복하소서, 도나

63) 독일 바이에른 주에 있는 도시이다.

르여!"라는 루네 글귀를 읽었다는 것은 확실치가 않다. 지난 세기에 브란덴부르크 지역에서는 결혼식 때 보단과 비슷한 형상, 즉 붉은 망토와 챙이 넓은 모자를 쓴 백마의 기사가 나타났다.

오딘은 망자들의 신, 특히 전몰자들의 신 그리고 처형당한 자들의 신이기도 하다. 그럼에도 불구하고 우리는 엄숙하게 창으로 베는 행위 외에 특별히 다른 축성의 관습을 알지 못한다. 보단은 도나르처럼 인간뿐만 아니라 짐승들도 강력하게 보호한다. 그러나 〈메르세부르크의 주문〉에 나타난 치유행위를 제외한다면 진정으로 이교적 증거를 내세울 게 없다. 성 마르틴은 늙은 보단의 옷을 많이 입고 다녔다. 그러나 그럴수록 마르틴[64]의 전설은 동물과의 우호적인 관계를 특별히 드러내지는 않았다. 민중신앙의 틀 안에서 그가 가진 강력한 지위는 본질적으로 오래된 보단 신앙에 근거한다. 그래서 우리가 보기에 마르틴은 백마의 기수이고 열정적인 사냥꾼이며 마르틴의 열정적인 추종자들은 티롤 지방의 마르틴 게슈템페(Gestämpe)로 불린다.

가장 오래된 축복기도인, 이른바 개(犬)의 기도[65]는 10세기경에 나온 것이다. 이 기도는 성스러운 그리스도와 그의 목동인 성 마르틴에게 암수 늑대로부터 가축들을 보호하고 그것들이 모두 집으로 온전히 귀환할 수 있도록 요청하는 간원의 기도였다. 집 밖으로 몰고 나가는 것과 집으로 불러들이는 것 모두 마르틴께 기도하며 이뤄졌다. 그리고 바이에른의 목자들은 주인에게 마르틴의 회초리를 넘겨주었다. 이 회초리는 축사 문 뒤에 꽂아두어 겨울이 지나는 동안 가축들을 보호하고 봄이 오면 다시 가축을 몰고 나갈 때 사용할 수 있도록

64) **[원주]** Martin: Schönbach, Analecta Graeciensia S. 33.

65) **[원주]** Wiener Hundsegen u. seine spätere Verwandlung aus einem Hirten- in einen Jägersegen: Martin in d. ZfdPhil. 24, 226.

했다. 농부들은 “바람이 없으면 알곡이 잘못된다”라는 말을 한다. 이 말에 따르면 이미 토착신앙 시절에 바람신은 밭과 추수의 신으로 여겨졌다. 구에티스(Guetis)의 무리(242쪽 참조)가 노래하면, 아르가우 사람들이 기뻐했다.

바이에른에서는 18세기까지만 해도 여전히 추수를 바우들스메에(*Waudlsmähe*)[66] 라고 했다. 이때가 되면 사람들은 8월 24일이 축일인 성자 메하(St. Mäha), 즉 성자 바르톨로메우스(Bartholomäus)에게 “알곡도 많이, 밭이랑도 많이” 선사해 주시라고 기도를 올렸고, ‘바우들가울’(Waudlgaul)에게 한 다발의 곡식을 바쳤다. 그리고 ‘바우들훈덴’(Waudlhunden)[67] 에게는 맥주, 우유, 빵을 제물로 바치며 사악한 바람신 빌머슈니트(Bilmerschnitt, ①권 287쪽 참조)를 막아달라고 간구했다. 그런 작은 알곡 다발은 아스발트(*Aswald*, 신들의 왕) 또는 긴급 양곡이라고도 불렀다. 여기에 빵이 곁들어지면 사람들이 그 주위를 빙 돌아 무릎을 꿇거나 춤추며 돌았다. 이것은 바람의 돼지를 막는 데 도움을 주었다.

그들은 추수 때의 맥주를 보델 맥주 또는 베델(Weddel) 맥주라고 불렀다. 니더작센이나 베스트팔렌 지방에서는 보리를 베는 사람들이 마지막 호밀을 벤 뒤 바울기둥 주위에 묶인 바울 호밀 또는 바울 밀짚으로 둥글게 엮은 추수 밀짚을 빙 둘러싸고 낫을 쓰다듬고 동전을 던지며 주문을 외쳤다. 스웨덴에서는 밀 베는 사람들이 짚단 하나를

---

66) 바우들스메에에서 ‘바우들’(Waudl)은 아마도 이 대목에서 바람의 신인 ‘보단’을 나타내는 토속어인 듯하고 ‘메헤’(*mähe*)는 ‘풀 등을 베다의 동사 메엔’(*mähen*)에서 파생한 어휘인 듯하다. 우리말로 옮긴다면 ‘보단의 벼베기’라는 뜻일 것이다.

67) ‘바우들가울’은 ‘보단’(Waudl)과 ‘말’(*Gaul*)이 합쳐진 어휘로 ‘보단의 말’이라는 의미일 것이며, ‘바우들훈덴’은 ‘보단의 개들’이라는 의미일 것이다.

들판에 남겨두고 그 위에 작은 돌을 몇 개 얹어 놓았다. 이것은 오딘의 말이나 야생 사냥꾼 그로니에테(Gronjette, 245쪽 참조)를 위한 것이었다.

슈타인후더(Steinhuder)[68] 호수 주변에서는 청년들이 추수가 끝나면 언덕 위에 불을 놓고 모자를 흔들며, "바우덴! 바우덴!" 하고 소리를 질렀다. 남부 독일에서는 3, 7, 9번째 알곡 밀짚을 묶어 만든 행운의 밀 짚단을 십자가나 거실 거울 위쪽에 걸어 놓았고 행운의 짚단이나 곡식의 머리 부분을 테이블 위 선반에 걸어 놓았다. 마지막 알곡을 베면 알레만인들은 여기저기에서 기도하기 위해 무릎을 꿇었다.

이런 식으로 옛 추수의 신에 대한 경배가 기독교식으로 바뀌었다. 이것과 극렬한 대비를 이루는 고대 북구에서는 흉작이 되었을 때 오딘을 달래기 위해 소나 심지어 사람을 제물로 바치는 풍속이 있었다. 십이야의 동지축제나 그보다 이른 성 마르틴 축일과 성 니콜라우스 날에 보단은 백마나 백마의 기수 또는 펠츠마르틀레 또는 챙 넓은 모자를 쓴 성(聖) 니콜라우스의 모습으로 나타났다.

오딘의 말을 위해 아이들은 자기 신발 안에 마른 풀과 귀리를 꽂아두었고 어른들도 일찍이 들판에 엮은 밀짚 하나를 놓아두었다. 십이야 동안에는 농기구를 밖에 두는 것을 금지했는데, 그렇게 하지 않으면 하켈베르크가 제 개들을 데리고 그 아래로 숨어들기 때문이었다. 우세돔(Usedom)[69] 섬에서는, 십이야 동안 실을 잣는 일을 중단하는 경우에 "바우드"(Waud)[70]가 찾아온다고 믿었다.

---

68) 독일의 동남부 니더작센 주에 위치한 넓이 21.9㎢의 호수.

69) 독일의 동해(東海, Ostsee)에 위치한 섬. 섬의 대부분은 독일에 귀속되지만, 그 일부는 폴란드 땅이다.

70) 보단, 오딘을 가리키는 명칭이다.

그 밖의 신들

고대 게르만의 3대 신은 티우스, 도나르, 보단이며 여기에 북구에서는 프레이가 자신의 아버지 뇨르드와 더불어 끼어들며, 최소한 한 명의 여신이 끼어든다. 그런데 이 3대 신은 신앙의 영역에서만 아니라 삶에서도 지대한 영향력을 지녔다. 그들은 문학에서뿐만 아니라 게르만 민족의 가정과 공적 장소에서 경배의 대상이었다. 그러나 그 밖의 신들의 경우는 달랐다. 이들은 북구에서 대개 오딘의 씨족들로서 아들이거나 손자들이었으며 이들에 대한 제의는 대개 장소적으로 한정되어 이뤄졌다.

발더

이런 주변적인 신들 중에서 가장 유명하고도 고상한 신이 바로 발더였다. 이 발더[71]는 웅장한 신화를 통해서 주요 신들과 경합을 벌였다. 발더 역시 인도게르만 세대로부터 유래하는 듯하다. 발더라는 이름은 원래 '빛나는 자' 또는 '대담한 자' 그리고 나중에는 주인, 왕 등의 의미를 지녔던 듯하며, 앙겔작센인들은 발더를 왕이라는 뜻으로 사용했다. 프레이도 주인이라고 불렸다. 《에다》에서는 발더와 프리그가 아제족 중에서도 가장 빛나고 아름답고 선한 신이라고 표현되어 있다.

이름 그대로 발더의 얼굴은 주위에 광채를 발하고, 북구에서 가장

71) [원주] Balder: Niedner in der ZfdA. 41, 305. 42, 229. 43, 101. vgl. Döhring, Kastors u. Balders Tod im Archiv f. Religionswissenschaft 5, 38. 97. Kauffmann, Balder-Mythus u. Sage 1902.

하얀 꽃인 훈트카밀레(Hundskamille)는 발더의 눈썹이라고 부른다. 그는 가장 편하게 말하는 신, 사람에게 가장 축복을 주는 신이며, 그의 판결은 아무도 비난할 수 없다. 또한 발더의 아들인 포르세티도 모든 소송을 선한 방향으로 조정하는 최고의 심판관이다. 발더의 집인 '브레이다브릭'(Breidablik, 넓은 광채)에는 불의가 전혀 없고, 어떤 범죄도 일어나지 않는다. 의심의 여지가 없이 발더는 빛의 신이고 밝은 낮이다. 그래서 역시 보단의 아들인 앙겔작센의 밸댁(Bældæg)도 빛의 신과 동일시된다. 발더는 또 법의 신이었는데, 이는 빛이 정의를 보장하기 때문이었다. 그리고 순수한 일은 하늘이 활짝 열리고 밝은 낮에 이뤄지기 때문이었다.[72]

이 빛의 신 신화는 독일, 브리타니아, 북방 게르만인들은 잘 아는 신화이며 원시 인도게르만 시대에서부터 기독교 시대에 이르기까지 모든 역사과정을 관통한다. 발더는 그래서 아주 다양한 정황과 태도에서 아주 다양한 품위로 나타난다.

발더에 대한 설명은 독일의 이야기가 가장 객관적이나 아주 짧고 유감스럽게도 암시적이다. 〈메르세부르크의 주문〉에 따르면(①권 77쪽 참조) 폴(Phol)과 발더가 보단과 함께 말을 타고 사냥(*Holze*)을 나갔다. 그때 발더가 탄 말이 발을 삐었다. 그러자 곧 말의 이상을 진트군트(Sinthgunt)와 준나(Sunna) 자매, 프리아와 볼라(Volla) 자매가 살펴보았다. 그러나 대가 보단이 주문을 외워 말의 이상을 치료했다. 이 시는 최고의 고풍스러움을 뿜어낸다. 여기에서도 야생 사냥꾼에 관한 옛 전설에서처럼 한 신이 사냥꾼의 형상으로 나타난다. 그러나 발더는 야생 사냥꾼이나 아버지인 보단처럼 숲을 질주하는 것이

72) **[원주]** Können: E. H. Meyer, Bad. Volksleben S. 562.

아니라 아주 부드럽게 말을 달린다. 발더는 주일의 기독교 기도문이나 햇빛 속에 담겨 "말을 타고" 들어오고, 이를 사람들은 "신이 당신에게 인사한다"라는 인사말로 맞아들인다.

발더는 사냥하는 날의 새벽 신,[73] 일광의 신, 아침 여명의 신으로 나타난다. 그런 환한 빛을 발하는 태양이 솟아오르면 발더의 부드러운 광채와 새벽의 여명은 사라진다. 그러면 발더의 말 발에 마비가 오고, 태양 여신이 자매 진트군트('반려자로서 빛의 여신') 비슷한 여신과 함께 모습을 나타낸다. 그러나 이들은 별 도움이 안 되는 여신들이고, 또 근심하는 프리아(Frija, 어머니)와 그녀의 자매 볼라(Volla, 충만의 여신, 완성의 여신) 역시 도움을 줄 수 없다.

이런 신들의 나이가 많다는 것은 이들 세 여신들이 북구의 세 여신인 솔, 프리그, 풀라(Fulla)와 일치한다는 점에서 확인된다. 이는 보단 역시 마법주문의 대가인 북구의 오딘에 따라 행동하는 것과 흡사하다. 때문에 "어떻게 보단이 할 수 있었느냐"가 덧붙여진다. 오늘날에도 민중들에게 있어 병을 진단하는 것이 치료의 기술이고 간단히 말해 "능력"이기 때문이다. 게다가 보단은 베다 시대에 인도인들이 비슷한 상황에서 했던 원시의 주문을 외운다. 이제 치료가 확실히 보장되고, 사람들은 발더가 어느 날엔가 다시 기쁜 낯으로 건강한 말에 올라탈 것으로 생각한다. 하지만 사람들은 혹시 이 사고에서 빛의 신의 몰락이 조심스럽게 예고되는 것으로 느끼지 않을까?

사냥꾼 발더에 관한 신화의 실제적 귀결은 존재하지 않는다. 신화의 절반, 즉 낮의 반대편인 저녁의 빛이 없다는 말이다. 신화적으로 표현하자면 발더의 형제와 적이 존재하지 않는다. 아침시간이 저녁

73) [원주] Balder der Glänzende: Edw. Schröder ZfdA. 35, 237. Much, der germanische Himmelsgott 66.

시간으로 빛이 바뀌는 완전한 운명을 설명하는 신화로는 말을 탄 아슈빈(Ashvin) 형제[74]에 관한 인도의 베다 시(詩), 2명의 쌍둥이 형제에 관한 풍성한 그리스 신화 그리고 2명의 신의 아들을 다룬 〈라트비아(Latvija)의 노래〉 등이 있다.

이런 모든 신화에선 남신 한 쌍이 한 여신과 긴밀한 관계를 맺는다. 두 젊고 아름다운 신은 한 아름다운 여인의 정부(情夫)들이며, 여인은 그들이 떠오르고 질 때마다 하늘에서 한 몸을 이루는 아침햇살, 저녁노을 또는 태양이다. 애초부터 인도게르만 특성에 깊게 뿌리박힌 이 신화가 게르만인들에게는 흔적을 남겼을 것이라 사람들은 분명히 기대할 것이다. 그리고 실제로 이 신화는 두 개의 북구 신화에 아주 자세하지만 변형되어 나타나며, 앙겔작센의 베어울프 신화에서는 불분명하게 나타나고, 고지 독일어로 쓰인 〈하르퉁엔 전설〉(*Hartungensage*)에서는 한층 더 불확실하게 나타난다.

이런 형제 신에 관한 게르만의 전승은 불완전한 편이다. 그러나 바로 그렇기 때문에 북동부 게르만 부족인 나하르나발레 부족에 있었던 쌍둥이 형제 신 알키스(Alcis) 섬김[75]에 관한 타키투스의 기록은 더 주목받는 것이다. 오래된 임원 신전 안에서 이 알키스 신을 섬겼는데 로마인들은 이 신들과 그리스 신화의 카스토르-폴룩스 형제 신을 비교했다. 이 임원 신전의 맨 앞에는 여성 옷을 입은 사제가 서 있었다. 이 유별난 제의현상은 어떤 신화에 근거하는 것이 틀림없다.

---

74) 《리그베다》에 나타나는 쌍둥이 형제 신으로 몸이 붙어 있다. 각각의 이름은 '다스라'와 '나사티야'이다. 이들은 황금빛을 띠는 아름다운 젊은이로 묘사되며 힘이 강하고 독수리나 생각처럼 빠른 속도로 움직인다. 이 젊은 신은 매우 친절하여 곤란한 지경에 있는 인간들을 도와주고 해난에서 구제해 주며 또한 치유능력으로 병자를 보살핀다.

75) **[원주]** Dioskurenkult: Roscher, Lex. d. Mythol. 1, 1166. 1170.

프레이가 여러 지역을 돌아다닐 때 친근한 관계를 맺도록 스웨덴인들이 프레이의 연인을 그의 사제로 짝 지웠듯이, 나하르나발레 부족도 알키스 형제 신에게 연인의 모상이며 대리의 역으로 여인 옷을 입은 사제를 붙여주었던 것이다. 쌍둥이 신에 관한 가장 오래된 그리스 제의는 아주 간결한 제의인데, 이 제의 역시 신상이 없다. 이 형제 신의 상징으로 도카나(Dokana)라는 것이 있다. 이것은 두 개의 나무 기둥을 수직으로, 두 개의 각목을 수평으로 하여 연결한 골격구조이다. 스파르타에서는 한 여사제가 형제 신을 섬기면서 신의 축제일에 싸움경기 심판을 맡았다.

두 게르만 형제 신의 상호관계나 여신과의 관계에 대해서는 앞에서 언급한 두 가지 이야기가 밝은 빛을 비춰준다. 그러나 이 두 이야기는 현대화되고 변형되어서 하늘의 극과 극처럼 전혀 다르다. 삭소는 제란트와 유틀란트를 무대로 펼쳐진 덴마크 지역 전설[76]을 노르웨이 설화와 뒤섞어 기록했다. 이런 식으로 이 모티브는 몇 배로 증폭되었다. 그래서 어떤 때는 숲 속 정령의 칼, 또 다른 경우에는 요정의 혁대가 발더의 적인 호터[77]에게 승리를 안겨주는 것이다.

그렇게 해서 더 극렬한 모순이 빚어졌는데, 덴마크 전설은 발더에게, 유틀란트 전설은 호터에게 우호적이다. 삭소는 더 나아가 이 신화를 지상으로 끌어내려 덴마크 왕의 신화에 억지로 끼워 넣었다. 그리고 명백하게 발더의 경쟁자인 호터의 편을 든다. 그런데 삭소는 북구의 신들이나 영웅들에 대한 전설을 특별히 애호하면서도 그들의 웅대하고 투박한 영웅주의에 대해서는 전혀 이해가 없다. 또 발더 이야

76) **[원주]** Widerstreit der dänischen u. der norwegischen Sage: Olrik, Sakses Oldhistorie 17. Kauffmann a. a. O. 83.

77) 여기에서는 회두르(Hüdur)의 변형이라고 할 수 있다.

기는 절제가 부족하고 감상주의 성향에 매몰된다. 이 때문에 큰 혼란이 야기된다. 삭소는 영리한 세속인의 성찰과 자신의 내적 느낌을 이야기에 용해시켜 작용하게 한다. 삭소는 발더를 인기 있고 격정적이며 감각적인 반신으로 생각했다. 반면 하프 연주를 통해 정감을 아주 깊게 자극하는 호터는 최고의 노력형 남자, 숲의 정적 안에서 영혼의 평화를 모색하는 현대적 인간으로 파악했다.

삭소의 기록[78]은 본질적으로 다음과 같다. 스웨덴의 왕자 '호터'는 노르웨이 왕 게바르(Gevar)의 보호 속에 성장했다. 호터는 또 수영 솜씨, 활 솜씨, 권투 솜씨 그리고 특히 매혹적인 비파 연주 솜씨 덕분에 게바르의 딸 난나로부터 호감을 살 수 있었다.

그러나 오딘의 아들 발더가 난나가 목욕하는 소리를 듣고 그녀에 대한 욕망이 폭발하여 호터를 죽이기로 결심했다. 그런데 호터는 사냥을 나갔다가 안개 속에 길을 잃어 숲의 요정의 집에 들어가게 되었다. 이 숲의 요정들은 전쟁의 행운을 조정하는 능력을 가진 요정이었다. 이 요정은 호터에게 발더가 칼로 공격할 것이고, 그가 반신이기 때문에 주의할 것을 경고했다. 이 말을 한 후 숲의 집은 갑자기 사라져 버렸다. 호터는 매우 놀란 상태에서 빈 들판에 홀로 외롭게 서 있었다(①권 325쪽 참조).

호터는 궁으로 돌아와 게바르에게 자신이 겪은 특이한 사건을 이야기한 후, 난나를 아내로 달라고 청했다. 그러나 게바르는 이 청혼을 정중하게 거절했다. 이미 발더가 청혼 문제로 다녀간 터에 게바르는 이 문제로 발더의 분노를 사고 싶지 않았기 때문이었다. 더구나 발더는 쇠무기에도 상하지 않은 존재였다. 다만 보화를 만드는 팔찌를 가

---

78) **[원주]** Saxo's Bericht bei Saxo III S. 110.

진 숲 속의 마법사 미밍의 칼에는 손상을 입을 수 있었다. 호터는 경주마가 끄는 마차를 타고 얼음계곡을 넘어 숲의 정령이 사는 음침한 동굴로 갔다. 호터는 속임수를 피워 숲의 정령을 묶어 버렸다. 그러자 죽음의 공포에 휩싸인 숲의 정령은 호터에게 칼과 반지를 내어주었다(91쪽 참조). 이때 발더가 군대를 몰아 게바르의 땅을 쳐들어왔지만 그의 청혼은 난나에 의해 거부당했다. 인간은 신과 결혼할 수 없기 때문이었다. 이제 발더와 호터 사이에 전쟁이 벌어졌다. 발더는 오딘과 토르가 이끄는 신들의 군대를 자기편으로 삼은 반면 호터는 인간전사들을 자기편으로 삼고 있었다.

뚫리지 않는 흉갑을 입은 호터는 모두 함께 달려드는 신들의 무리 속에서 광분하듯이 싸워 마침내 토르가 가진 무적의 망치 손잡이를 부러뜨려 버렸다. 그러자 신들이 도망가고 선대가 궤멸되었다. 그 항구 이름은 오늘날도 여전히 "발더의 도주"라고 불린다. 그리고 호터는 난나를 집으로 데리고 왔다.

발더는 갈증에 시달리던 군대에게 땅을 새로 깊이 파 새로운 샘을 제공했다. 이에 힘입어서 발더는 호터를 제압했다. 로에스킬데(Roeskilde)[79] 근처의 이 샘은 오늘날 "발드스브론드"(Baldrsbrond, 발더의 샘)로 불린다. 한편 발더는 난나에 대한 사랑으로 병이 나서 걸어가지 못하고 수레를 타고 가야 했다. 그럼에도 발더는 유틀란트로 피신한 호터를 공격하여 다시 승리를 거두었다. 이때 호터가 머물던 곳은 그의 이름을 따서 하더스레벤(Hadersleben), 그 이전에는 호터스레브(Hotherslev)라고 불리게 되었다.

겨울이 끝날 무렵 서둘러 스웨덴으로 옮겨간 호터는 삶에 권태를

---

79) 덴마크 동해상에 위치한 제란트 섬에 있는 도시이다.

느껴 숲의 적막 속으로 숨어 위안을 찾으려 했다. 그곳의 한 동굴에서 호터는 자신에게 뚫리지 않는 흉갑을 선물했던 바로 그 숲의 정령들을 다시 만났다. 이 정령들은 호터에게 발더의 위력을 가능하게 하는 마법의 음식을 얻어낼 수 있다면 승리할 수 있다고 알려주었다.

발더의 신들 집단과 호터의 인간 무리 사이에 다시 싸움이 벌어졌다. 이 싸움은 어느 날 밤에 마침내 끝이 났다. 호터는 첩자의 도움을 받아 3명의 야경꾼을 피해 적진으로 숨어 들어갔다. 그런데 세 숲의 정령들이 거기에서 그 신비의 음식물을 훔쳐 나오고 있었다. 호터는 이슬을 맞으며 그들의 뒤를 쫓아 정령들의 집안으로 들어갔다. 그는 정령들에게 하프 연주자 행세를 하며 우아한 음악을 연주해 주었다. 이들은 3마리의 독사를 갖고 있었고, 독사의 아가리에서 나온 독이 발더의 신묘한 음식물 안으로 떨어졌다. 두 정령은 이 악사에 마음이 동하여 이에 대해 말해 주려 했지만, 호터의 정체를 파악한 제일 나이 많은 정령이 발더에 대한 배신이라 하여 발설을 금지시켰다. 두 정령은 호터에게 번쩍번쩍 광채를 발하는 허리띠를 선사했다.

호터는 돌아오는 길에 발더를 만나 그를 때려 눕혀 버렸다. 이 사실이 알려지자 호터 진영에서는 환호가 터졌고, 반면에 덴마크인들은 발더의 패배를 슬퍼했다. 발더는 자신의 종말이 임박함을 느끼자, 천막 안에서 불명예스럽게 죽는 것을 피하기 위해 자신을 들 것에 실어 다시 터진 전장으로 옮겨가게 했다. 그 다음날 밤 프로스페리나〔Proserpina, 헬(Hel)〕는 발더에게 내일이면 자신의 품안에서 쉬게 될 것이라고 알려주었다. 발더는 정말로 그 다음날 죽었고 한 언덕에 매장되었다.

그런데 한 핀란드인이 오딘에게 예언하길 루테니아(Luthenien)[80]의 공주 린드가 오딘의 아들을 낳을 것이고, 이 아들이 형인 발더의 복수를 할 것이라는 것이었다. 오딘도 실제로 이 공주를 제압하여(233쪽 참조) 보우스를 낳았다. 그리고 오딘은 이 보우스에게 복수를 명했다. 보우스는 어느 전투에서 호터를 주살했지만, 그 자신도 중상을 입어 그 다음날 따라 죽고 말았다.

삭소에 의해 수합된 이 기록과 극렬한 대조를 이루는 것이 스노레의 《산문 에다》[81]에 담긴 아이슬란드 설화이다. 이 설화는 삭소의 것과 거의 비슷한 연령을 가진다. 이에 따르면 발더는 자신의 생명을 위협하는 음울한 꿈을 꾸었다. 발더는 아제족들에게 꿈 이야기를 털어놓았다. 그러자 프리그가 나서서 모든 사물들로부터 발더를 해하지 않겠노라는 맹세를 받아 놓았다. 불, 물, 쇠와 여타 금속, 돌, 땅, 나무, 질병, 동물, 심지어 새와 독충들로부터도 그런 맹세를 받아내었다.

그 후 아제족들은 발더를 팅 광장 한가운데 세워 놓고 그를 향해 활을 쏘거나 돌을 던져 무사함을 확인하고 즐거워했다. 그 어떤 것도 발더에게 해를 끼치지 않았다. 그러자 이에 대해 로키는 짜증이 났다. 로키는 여인의 형상으로 변신하여 펜살리르(Fensalir)[82]에 있는 프리그를 찾아갔다. 그리고 정말 모든 사물들로부터 맹세를 받았는지 캐묻고 또 캐물었다. 그러자 프리그가 이렇게 말하는 것이었다. "저기 발할 서쪽에 새싹이 하나 터 올랐다오. 미스텔 나무 새싹이었지요. 그것은 무슨 맹세를 하라고 요구하기에는 너무 어린 나무였다오". 이 말을 들은 여인 형상의 로키는 그 자리를 떠나 미스텔 나뭇가지를 가지고 팅 광장에 나타나 발더의 형제인 회드에게 접근하여

80) 지금의 우크라이나와 백(白)러시아 지역을 일컫는다.

81) [원주] Prosaedda 1, 173.

82) 프리그의 거처로 '늪지', '물의 홀'이라는 의미이다.

왜 다른 신들과 어울려 놀이를 하지 않느냐고 물었다. 회드는 자신이 앞을 못 보고 무기가 없기 때문이라고 대답했다. 그러자 로키는 회드에게 나뭇가지를 주었고, 회드는 발더를 향해 이 나뭇가지를 던졌다. 이를 맞은 발더는 땅에 쓰러져 죽어 버렸다. 신에게나 인간에게 모두 엄청나게 슬픈 사건이었다!

모든 아제족들이 입을 닫은 채 손을 움직여 죽은 발더를 일으킬 엄두를 감히 내지 못했다. 서로 쳐다볼 뿐이었다. 모든 신들이 행위자를 향해 몸을 돌렸지만, 평화의 장소에서 복수할 생각을 할 수는 없었다. 신들은 말을 꺼내는 순간 눈물을 쏟아냈다. 오딘이 가장 심하게 충격을 받았다. 그는 엄청난 이 상실의 크기를 정확히 인식했기 때문이었다. 신들이 정신이 들자, 프리그가 신들 중에서 헬에게 말을 달려가서 발더의 몸값을 주고 발더를 다시 찾아올 신이 있는지 물었다. 그러자 오딘의 아들이며 '몸이 빠른 신'인 헤르모드(Hermod)가 앞으로 나섰다. 그리고 오딘의 말 슬레이프니르에 올라탔다.

아제족들은 발더의 시신을 바닷가로 옮겨갔다. 그리고 여기에서 세상에서 가장 큰 배인 흐링호르니를 다시 움직일 수 있게 했다. 그 위에 발더를 태울 장작더미를 쌓아 올리기 위해서였다. 그러나 그 배는 제자리에서 움직이지 않았다. 여성 리제 히로킨(200쪽 참조)을 부르기로 했다. 4명의 베르세르커가 그들이 타고 다니는 늑대를 주저앉혔다. 그들은 뱀을 늑대 고삐로 사용하고 있었다. 그 사이에 여성 리제 히로킨이 배 끝에 나타나 배를 바다 안쪽으로 밀어 넣었다. 그러자 배 밑의 원통나무에서 불이 터져 나오고 땅이 뒤흔들렸다.

토르는 베르세르커를 자신의 망치로 주살하려 들었지만, 신들이 보호하고 나섰다. 그때 발더의 주검이 배 위로 올려졌다. 네프(Nef)의 딸 난나가 그 광경을 보고 혼절하여 죽고 말았다. 이제 난나도 이 장작더미 위에 눕혀졌다. 토르가 망치를 들어 장작더미를 축성(祝聖)했다. 그리고 자신의 발 앞을 달려가던 난쟁이 리트(Lit)를 불 속으로 던져 넣었다.

이 화장에 많은 족속들이 찾아왔다. 프리그, 발퀴레, 자신의 까마귀들을 대동한 오딘, 자신의 멧돼지 굴린부르스티와 슬리드루크타니(Slidrugtanni)가 끄는 수레를 타고 온 프레이, 거기에 이어 종마 굴톱(Gulltopp)을 타고 온 헤임달, 고양이들을 대동한 프레이야 등이 그들이었고, 그 뒤에 서리 리제와 산의 리제들도 왔다. 오딘은 장작더미 위에 매 9일마다 동일한 무게의 금반지 8개를 방울로 만드는 자신의 금반지 드라우프니르를 놓았다. 발더의 말은 다른 마구(馬具)와 더불어 모두 불태워졌다.

헤르모드는 9일 밤 내내 깊고 어두컴컴한 계곡을 아무것도 보지 못한 채 무작정 말을 타고 달렸다. 이윽고 그는 기욀(Gjöll) 강의 황금다리에 도달했다. 다리를 망보는 여인인 모드구드(Módgud)가 그의 이름과 출신을 물은 후에 이렇게 말했다. “어제는 발더가 5백 명의 부하를 데리고 이 다리를 건너갔는데, 너 혼자 오는 것보다 소리가 덜 났었지. 넌 무엇 때문에 이 헬(Hel)로 오는 길을 달려오는 거냐?” 헤르모드는 “발더를 찾으러 왔지” 하고 대답했다.

대답한 뒤 헤르모드는 지옥의 울타리 쪽으로 말을 달렸다. 말의 고삐를 단단히 죈 다음 울타리를 뛰어넘었다. 헤르모드는 큰 홀 안에 자신의 형 발더가 보좌 위에 앉은 것을 본 후 그곳에서 하룻밤을 묵었다. 그 다음날 헤르모드는 헬에게 발더가 고향으로 돌아가는 것을 허락해 달라고 요청하며 아제족들이 느끼는 슬픔을 상세히 묘사했다. 헬은 발더가 정말 그렇게 사랑받는 것이 사실이라면 허용해 줄 수도 있다고 말했다. 그러니까 만물이 발더를 위해 눈물을 흘린다면 발더가 아제 신족에게 돌아가게 하겠지만, 단 한 존재라도 그걸 원하지 않으면, 발더는 거기에 있어야만 한다는 것이었다.

그때 발더는 동생을 홀 밖에까지 배웅하면서 그에게 오딘에게 자신을 기억해 달라는 징표로 전해 달라며 드라우프니르 반지를 주었다. 난나는 프리그에게 줄 두건 하나, 풀라를 위해서는 금반지를 주었다. 헤르모드는 말을 타고 고향에 돌아와 신들에게 자세한 사정을 전했다. 신들은 온 세상에 사신을 보내어 발더를 헬로부터 풀어 주기 위해 울어달라고 요청했다. 그래서 만물이 그렇게 했다. 사람과 동물, 땅과 돌, 나무와 금속들 등 눈에 보이는 모든 존재가 그렇게 했다. 모두들 춥거나 덥거나 때를 가리지 않고 그렇게 했다. 여성 리제 퇴크(Thökk)[83]는 바위동굴 안에 앉아 신들이 보낸 사신에게 이렇게 대답했다.

"퇴크는 마른 눈물을 흘리며
나무 판때기를 타고 간 발더를 슬퍼할 것이라
나는 산 사람도 죽은 사람도 즐기지 않나니
헬이 가진 것을 그대로 갖고 있으라!"

사람들은 문제의 여인이 바로 아제족들에게 가장 사악한 짓을 한 로키였다고 말했다. 로키를 침묵하는 여인으로 이해할 수 없었다. 그런 의미에서 그의 이름인 '로키'가 의미하는 "감사"는 쓰라린 비웃음처럼 울렸다.

로키가 저지른 두 가지 악행과 발더 살해의 사주 그리고 발더가 헬

83) 여성 거신 리제인 퇴크는 로키의 변신 형상이다. 로키는 모습을 바꿔 발더의 환생을 방해한 것이다.

에서 돌아오는 것을 방해한 것 등을 이유로 신들은 로키를 추격했다. 로키는 연어의 형상으로 변신하여 프라낭(Fránangr) 폭포에 숨어 있다가 토르와 다른 신들이 펼친 그물에 잡히고 말았다.

신들은 로키를 동굴 속으로 잡아들여 뾰족한 모서리가 위를 향하도록 바위 3개를 세워 놓고 로키의 아들 발리와 나리〔Nari, 또는 나르피(Narfi)〕를 붙잡았다. 두 아들 중 발리가 늑대로 변하여 나리를 갈기갈기 찢어 버렸다. 신들은 이 나리의 창자로 로키를 바위에 묶었다. 바위 하나는 로키의 어깨 아래에, 다른 하나는 로키의 허리 밑에, 나머지 하나는 오금 아래 세웠다.

스카디[84]는 로키의 머리 위에 뱀을 한 마리 걸어 놓고 뱀의 독이 로키 얼굴에 떨어지게 했다. 로키의 아내 지긴이 독을 그릇에 담았지만, 그릇이 넘치면 독이 로키 얼굴에 떨어졌고, 그러면 로키는 몸을 심하게 움찔거려서 대지가 떨렸다. 로키는 이런 식으로 신들의 황혼 때까지 묶여 있었다.

13세기에 쓰인 스노레 고대 신화의 핵심적 내용은 갖가지 새로이 첨가된 내용으로 둘러싸여 있다. 그러니까 세상의 만물로부터 맹세를 받아내는 일, 간과했던 사물인 작은 나뭇가지로 인해 치명적인 상처를 입는 일 등은 이방의 동화 모티브들처럼 느껴진다. 또한 화려하게 화장을 치르는 광경의 묘사는 북구의 문학(①권 204쪽 참조)이 즐겨하는 형상화 수법인데, 이 《에다》는 발더의 화장 광경의 묘사에서 그보다 앞선 스칼데 울프 우가손(Ulf Uggason)의 문학을 뒤따르는 것이다.

그의 작품에 따르면 프레이, 헤임달, 오딘은 잔치를 하려고 말을 타

84) 북구 신화에서 사냥의 여신, 겨울의 여신이다. 스칸디나비아라는 명칭은 바로 이 여신으로부터 유래했다.

고 발더를 뒤따라왔고 이때 까마귀들과 발퀴레 무리가 이들을 수행했다. 그런데 여성 리제가 이들이 탄 배를 침몰시켜 버렸고, 오딘의 베르세르커들이 이 여성 리제를 향해 욕설을 퍼부었다. 이런 이야기에는 순수한 신화적인 내용이 거의 숨어 있지 않다. 또 다른 스칼데는 〈발더의 꿈〉이라는 작품에서 발더를 위해 더 이른 시점에 지옥으로 찾아가는 한 신의 여정을 그린 바 있다. 그런데 이때 찾아가는 자는 발더의 동생 헤르모드가 아닌 꿈을 꾸어 두려움에 휩싸인 오딘이다. 그때 스노레는 이 동생의 지옥여행에 관한 고대풍의 전설을 잘 보존했던 듯하다. 이는 다음에서 나타나게 될 것이다.

그러나 스노레는 오딘이 아들 발더에 관한 꿈 내용에 두려움을 느껴 자신의 애마 슬레이프니르를 타고 헬로 내려간다는 식으로 신들의 아버지 오딘을 끌어들이고, 또 인기 있는 예언의 모티브를 끌어들임으로써 기존의 신화를 뛰어넘으려 했다. 이때 오딘은 여행경험이 많은 벡탐(Wegtam)이라는 가명으로 자신을 감추고 갓 죽음의 잠에서 깨어난 뵐바(238쪽 참조)로부터 정보를 듣는데, 헬의 큰 홀에 발더에게 줄 메트를 발효시켜 두었으며 그를 맞이하기 위해 의자들과 방바닥이 링과 황금으로 덮여 있다는 것이었다.

또 뵐바는 오딘에게 회드가 오딘의 아들을 죽게 할 것이지만, 발더의 시신이 화장을 위한 장작더미로 옮겨지기도 전에 오딘과 린드 사이에서 태어난 지 하룻밤이 된 아들이 몸을 씻지도 못하고 빗질도 하지 않은 채 나서서 발더의 복수를 할 것이라 예언했다. 오딘이 마지막 질문을 하는 순간에 그의 정체를 뵐바가 알게 되었고, 또 오딘도 이 뵐바의 모습 속에서 세 여성 리제의 어머니를 알아보았다. 뵐바는 오딘에게 여행을 잘 하라는 인사말로 그를 떠나보내면서 로키가 풀려나고 신의 종말이 도래하기 전에 인간이 몰려올 것이라 위로했다.

스노레의 《에다》에 나타난바, 발더에 대한 온 세상의 울음[85]은 종국적으로는 이미 기독교적인 양상이다. 유벤쿠스(Iuvencus)[86] 복음서에서 그리스도가 살해당했을 때 모든 피조물들은 앞에서처럼 애도하며, 고대 영국의 십자가에 대한 시에 따르면 모든 창조물들이 눈물을 흘린다. 때문에 우리는 그리스도의 십자가 죽음을 담은 중세 그림에서 흔히 태양과 달이 우는 얼굴을 하거나 눈물을 말려주는 전체 형상으로 나타나는 것을 볼 수 있다. 이 눈물을 사라져 버린 낮의 신을 위해 흘린 이슬눈물로 해석하는 것은 상관없는 해석이다.

그러나 무엇보다도 신의 젊은 아들의 죽음과 사악한 적의 흉계라는 관계에 부여된 결정적 의미는 두 형상이 그리스도와 루치퍼 관계의 준비단계를 보여준다는 것이다. 그러나 우리가 발더의 새로운 행로를 추적하기 전에, 삭소와 스노레의 기록을 비교하고 또 고대 쌍둥이 신화를 비교해서 얻어지는 사건 자체를 확인하는 일이 이뤄져야 할 것이다.

스노레가 전하는 발더 신화의 무대는 하늘과 지옥이며, 덴마크 발더 전설의 무대는 항구와 샘, 얼음이 덮인 산중 지역이 포함된 북구 대지이다. 스노레의 기록에서 발더는 오딘과 프리그 사이에서 낳은 아들로, 신들이 애지중지하는 존재이며, 전 세계의 총아(寵兒)로 두 번씩이나 세계의 관심이 그에게 쏠린다. 이 발더를 위해서 신들 중 하

---

85) [원주] Das Weinen der Natur: Bugge Studien 1, 59. Tauthränen: Much, der germanische Himmelsgott 68.

86) 유벤쿠스(Gaius Vettius Aquilinus Juvencus). 로마 콘스탄티누스 황제 시절(306~337) 히스파니아(지금의 스페인과 포르투갈 지역)의 교회 장로, 두 편의 기독교 서사시 작가이다. 한 편의 서사시는 소멸되었고, 다른 한 편의 서사시는 〈4복음서〉(*Evangeliorum libri quattuor*)이다. 270년경 코모디안(Commodian)과 함께 이름이 알려진 기독교 시인이다.

나가 이 지하세계로 내려가고, 발더 자신도 거기를 가야만 한다. 발더가 불가침의 존재이긴 했지만 미스텔 나뭇가지에 살해당할 수 있었고, 이 나뭇가지를 시기심 많은 로키가 발더의 눈먼 동생 회드의 손에 쥐어줘서 발더를 쏘게 했고, 그래서 발더가 쓰러졌기 때문이었다.

삭소의 기록의 경우 오딘의 아들 발더는 반신의 존재이며 과도한 사랑의 격정으로 망가진다. 그러나 신들은 그를 위해 전쟁도 불사하며, 발더는 자기 군대의 곤경에서 땅을 쳐 샘을 만드는 능력을 과시한다. 그 역시 불가침의 존재이지만, 미밍의 칼에 대해서는 그렇지 못하다. 이 발더를 죽인 존재는 (아마도 미밍의 칼을 사용한) 호터이다. 이 호터는 신적 존재로서 발더의 동생이 아닌 덴마크의 왕자이며 발더와 함께 공주에게 청혼한 사랑의 경쟁자이다. 이 호터는 눈이 멀지 않았고 또 타인의 도구도 아니다. 호터는 발더를 순간적인 사격으로 제압하는 것이 아니라, 모든 사랑의 덕성과 영혼으로 무장하고 수많은 군대와 전선을 이끌며 승패를 반복하고 오랜 기간 부단한 싸움 끝에 목표를 달성한다. 즉, 호터는 오랜 전쟁 끝에 어두운 밤에 발더를 죽게 만드는 것이다. 삭소의 기록에서 어려움에 처했을 때 황량하고 추운 숲의 유령들로부터 위안과 도움을 얻었던 것은 발더가 아니라 영웅 호터이다.

스노레의 기록에서 난나는 발더의 정결한 아내이다. 그녀는 남편의 시신이 불태워질 때 심장이 파열되어 죽음을 맞고, 연이어 함께 불태워진다. 그 외의 사항은 더 이상 없다. 이에 비해 삭소의 기록에서 난나는 호터의 애인이자 아내이다. 그리고 이 난나를 중심으로 두 정부 사이의 모든 투쟁이 반복된다. 그리고 발더는 제란트의 언덕에 파묻힌다. 다만 발더의 죽음에 대한 복수는 오딘과 린드 사이에서 나중에 태어난 발더의 동생에 의해 이뤄진다. 이 동생의 이름은 '보' 또는 '발리'이며 용감하며 행운의 총아이다. 복수가 발더의 동생에 의해 이뤄진다는 점에서는 삭소나 스노레의 기록이 모두 일치한다.

북구 발더 신화가 보여주는 이런 어울림과 반목의 유희는 이것과 아주 유사한 쌍둥이 신화에서도 다양한 변주 형태로 반복된다. 이런 유희는 신화의 바탕에 깔려 있는 자연과정에 대한 상이한 파악에서 비롯되는 것으로 설명할 수 있다. 어둠과 밝음 사이에 있는 이런 애매한 상태는 독일 단어인 '여명, 희미한 빛'(*Zwielicht*)[87] 이 의미하는 것처럼, 서로 형제관계이면서도 동일하지 않은 두 존재의 양면성으로 생각할 수 있다. 한 존재는 어둠에 속하고, 다른 존재는 하늘에서 화려하게 솟아나는 존재이다. 보에오티아(Boeotia)[88] 신화의 두 형제 중 리코스(Lykos)는 빛을 가져오는 존재이고, 닉테우스(Nykteus)는 밤의 존재이다. 이 두 형제가 통치권을 서로 교체한다. 이런 신화 속의 두 형제는 이런 빛의 교체를 분명히 표현한다.

이런 두 형제 신화는 고대 게르만의 알키스 형제 신화 형성에 영향을 끼쳤던 것으로 보인다. 그러나 이 형제들에게 중요했던 것은 왕국이 아닌 여인이었다. 이는 인도의 "기마(騎馬) 형제"나 그리스의 쌍둥이 형제(Dioskuren)에게도 마찬가지였다.

인도의 두 형제는 아침 여명의 여신 우샤스(Ushas) 또는 태양여신 수리야(Surya)와 함께 솟아오른다. 그리고 이 여신을 둘러싸고 싸움을 벌인다. 그리스 쌍둥이는 가장 아름다운 빛의 존재인 헬레나를 함께 보호하면서도 백마의 기수 레우키포(Leukippo)의 두 딸 힐레이라(Hilaeira)와 포이베〔Phoibe, 이 두 딸 역시 '백마의 기수'라는 뜻의 레우

87) 사이(*zwischen*)와 빛(*Licht*)의 결합으로도 볼 수 있고 또 둘(*zwei*)과 빛(*Licht*)의 결합으로도 볼 수 있다.

88) 그리스 중부지역을 가리킨다.

코폴로이(Leukopoloi)라는 이름을 갖기도 한다]에게 청혼하고 싸움을 벌인다. 이 알키스 형제의 시중을 드는 자는 여성 복장을 한 한 사제인데, 아마도 사랑하는 여신의 대리자로서 그 역할을 하는 듯하다(257쪽 참조). 이런 알키스 형제 신화는 전 독일과 네덜란드에까지 이르는 지역에 널리 퍼진 거짓으로 죽은 하얀 여인(weiße Frua)[89]에 대한 전설에 불완전한 형태로 보존되어 있다고 할 수 있다. 《리그베다》에서 "아슈빈스"(Ashvins)가 동반한 아침 여명의 여신 우샤스는 봄의 여신이 된다. 게르만인들은 이름이 비슷한 오스타라(Ostara) 여신이 이 우샤스 형상의 변형꼴임을 알 수 있을 것이다. 우샤스는 밤을 벗어나면서 몸을 하얗게 탈색시킨다. 마찬가지로 다른 봄의 여신들, 즉 네르투스, 홀라(Holla), 덴마크의 난나도 그렇게 한다.

특정한 도시가옥과 관련되어 가짜로 죽은 여인의 전설도 있다. 쾰른의 경우 이 여인의 이름이 리크모디스 폰 아두크트(Richmodis von Aducht)이다. 그런데 이런 전설에서 도굴꾼이 이 여인의 손가락에서 반지를 훔치면, 이 여인은 죽음에서 깨어나 자기 집으로 다시 돌아가게 된다. 남편은 여인에게 문을 열어주지 않으려 하자, 여인은 "분명히 난 당신의 아내예요. 그리고 박공(牔栱) 지붕의 백마 형상이 되어 감시하러 왔지요"라고 자기를 내세운다. 그녀의 이름을 불러주면, 이 백마는 다락방으로 올라가 구멍에서 밖을 쳐다본다. 이제 이 백마는 남편과 더불어 7년 동안 더 살게 되고 구제해 준 것에 대한 감사의 표시로 엄청나게 큰 아마(亞麻) 금식포(禁食布)[90]를 짠다. 이런 금

89) [원주] Die Sage von der scheintoten weißen Frau: Chr. Petersen, Pferdeköpfe 37 ff.

90) 가톨릭교회에서 금식기간 동안 예수를 표현하는 이미지들, 특히 십자가 수난을 그린 그림들을 가렸던 특별한 장막을 가리킨다.

식포의 존재는 9세기 이후부터 증빙된다. 이것은 교회에서 금식할 때 사용되는 것으로, 트리엔트(Trient)부터 뮌스터(Münster)에 이르는 지역 교회의 금식기간 동안 내걸렸다.

전설에 따르면 쾰른 아포스텔 교회와 프라이부르크 대성당의 금식포는 죽음에서 다시 깨어난 여인들로부터 유래한 것이라고 한다. 이 대목에서 교회의 제식과 독일 신화가 멋있게 얽힌다. 또 이른 봄의 여신은 파스테(Faste, 금식) 부인 또는 오스터(Oster, 부활절) 처녀라고 불리며, 이 여신들이 실을 타고 천을 짜는 것을 감시하는 역할을 한다. 그런데 이 여신의 부활시기와 교회에서 금식포를 내거는 시기 또한 멋있게 엉킨다. 게다가 이 여신 역시 하늘에서 7년 동안, 즉 7번의 여름 달을 보낸다. 인도의 오스타라라고 할 수 있는, 여름에 찾아오는 인도 여신 우샤스처럼 우리 전설의 이 이른 봄의 여신도 한 쌍의 백마를 대동하고 나타난다.

다른 변형들은 매우 의아스럽다. 즉, 호터와 발더의 형제관계가 극렬한 적대관계로 변형되는 것이 그 예이다. 형제 사이임에도 불구하고 양면적 특징을 갖는 두 존재에 생래적으로 존재한 대립관계는 이들을 전혀 다른 낯설고 적대적인 존재로 변화시킬 수 있을 것이다.

이와 관련하여 아이슬란드 전설은 보다 옛것의 형식을 취한다. 회드는 밤의 형제이며, 그 때문에 눈이 멀었다. 또 그래서 회드는 빛에 대항하도록 태어났으며, 그래서 이름도 '투사'라는 뜻을 갖는다. 이 회드는 발더를 죽이지만 자신도 그 다음날 태어난 지 하루밖에 안 된 빛의 형제 발리['빛을 발한다'는 뜻의 바닐라(*Vanila*)에서 유래한 이름]에게 살해당한다. 삭소의 경우 발더와 회드 사이가 최초 형제관계라는 점이 나타나지 않는다. 반면 호터는 반신 발더에 대해 거부감을 갖는 담대한 적이다.

호터는 음침한 존재에서 겨울 숲으로 변한다. 이런 호터는 봄과 여름〔"히버니스 페락티스"(*hibernis peractis*)〕에 화창한 봄에 샘물이 다시 흐르도록 하는 여름신에 대항하여 싸움을 벌여 자연의 순환에 따른 승리를 거둔다. 호터는 아침의 여명이 터올 때 발더를 죽인다. 아이슬란드의 회드처럼 호터도 발더의 동생에게 살해당한다. 아이슬란드에서는 로키가 이런 살해행위의 사주자가 됨으로써 제 4의 존재로 끼어들었다. 이를 통해 호전적인 회드의 특성이 완전히 변형되었다. 또 로키가 회드의 손에 쥐어준 무기, 즉 미스텔 나뭇가지도 변형된 것이다. 무기는 호터 전설에서처럼 원래 무엇이든지 벨 수 있는 칼로, 이 칼은 반드시 "미스텔타인"(*Misteltein*) 이라는 이름을 지녀야 한다. 다른 칼들도 동일한 이름을 지녔다.

아침의 여명뿐만 아니라 저녁의 황혼이 공히 의인화되고, 두 형제가 등장하고 이들이 절대적인 적대감으로 대립하는 정황에서 양광(兩光) 신화(*Zwielichtmyhus*)는 비로소 그 전체적인 형상을 펼치게 된다. 저녁 황혼에서 살인범이 나온다. 그러면 청혼대상 여인이 둘이 된다. 이런 이야기이다. 메세니아(Messenien)[91]의 아파레우스(Aphareus)의 두 아들 이다스(Idas)와 린케우스(Lynkeus)는 작은 아버지 레우키포스(Leukippos)의 딸들, 즉 빛나는 미녀인 사촌자매들과 결혼하기로 했다. 이 두 장정은 인접한 나라인 라코니아(Lakonien)의 두 쌍둥이 형제 카스토르(Kastor)와 폴리데우케스(Polydeukes)를 결혼식에 초대했다. 이 쌍둥이들은 배은망덕한 짓을 벌였다. 아직 처녀인 두 자매를 납치해 버린 것이었다. 신부들을 둘러싸고 싸우는 과정에서 이다스는 그 누구도 피할 수 없는 무기로 카스토르를 죽였다. 그러자 분

91) 그리스 펠로폰네소스 반도 서남쪽 이오니아 해와 접한 지역이다.

노한 제우스는 번개로 이다스를 꿰뚫어 버렸다. 폴리데우케스는 이다스의 형제인 린케우스를 죽였다. 신은 그에게 영원히 죽지 않을 것인가 아니면 카스토르와 함께 6개월 동안 죽어 있다가 다시 함께 6개월을 살 것인가 둘 중에 하나를 택할 선택권을 주었다. 폴리데우케스는 카스토르와 함께 죽고 함께 사는 것을 선택했다.

북구 신화는 어둠에서 빛으로 겁 없이 나서는 담대한 여인 난나를 둘러싸고 전개된다는 점에서 훨씬 간단하다. "빛을 발하는 남자" 카스토르는 말의 기수이자 전차 기수이다. 발더가 〈메르세부르크의 주문〉[92] 이나 《에다》에서 말을 타고 다니거나 수레를 몰고 다닌다는 면에서 이 카스토르와 일치한다.

카스토르의 어둠의 형제 폴리데우케스는 권투선수지만 체조경기가 대두한 다음에야 비로소 권투선수가 되었다. 카스토르와 폴리데우케스는 처음 죽음을 겪은 뒤 둘이 함께 지하세계에서 살아나 활동하거나, 한 사람은 지하세계에 다른 한 사람은 올림포스에서 활동하거나, 아니면 두 사람이 불가분의 관계에서 지하세계와 올림포스를 왔다 갔다 하면서 살아간다.

아이슬란드 신화에서 발더의 형제 헤르모드는 필사의 무기로 살해당한 발더를 쫓아 헬로 들어가 발더를 풀어내어 아스가르드로 데리고 돌아가려 하지만 뜻을 이루지 못한다. 발더는 나중에 실제로 아스가르드로 돌아간다. 또 다른 형제로 광채를 발하는 발리는 발더의 죽음의 복수자 역할을 맡는다. 스스로 지하세계에 몸을 던져 복수하는 형제인 발리나 헤르모드는 그리스에서는 한 명의 신으로 통합된다.

우리는 발더나 그의 형제 호터에서 고대 게르만의 알키스 형제, 북

---

92) 〈메르세부르크의 주문〉(또는 주술문)에 대해서는 ①권 77쪽, 이 책 250, 255, 302쪽 참조.

구의 쌍둥이 형제를 발견하는데, 이들은 모두 여명의 신들로 나중에 어둡거나 눈먼 겨울신이나 밝은 여름신으로 바뀌고, 서로 싸우게 되며, 어떤 계절이냐에 따라 양자가 서로 승패를 나누어 가진다. 이때 발더도 신화에서 이유 있는 죽음을 맞이한다.

이런저런 발더를 고대 게르만 속죄양의 원형으로 인정할 수는 없다. 기독교 세계관은 〈뵐루스파〉에 와서야 비로소 북구 신화세계 안으로 침투하는데, 비로소 신들 중에서 가장 밝은 신인 발더가 모든 죄에 대한 대속(代贖) 제물인 그리스도의 위치로 올라서게 되었다.

우리는 발더 신화에 비해 발더의 제의에 대해서는 아는 게 없다. 다만 알키스 형제에 대한 타키투스의 빈약한 기록만을 갖고 있을 뿐이다. 13세기와 14세기경에 성립된 환상성이 짙은 〈프리터호프 전설〉이 있다. 이 전설은 소그네피오르드(Sognefjord)[93]에 있는 발더의 신전 '발드하기'(Baldrshagi)를 거대한 건축물, 즉 묘지로 묘사한다. 전설에 따르면 그 안에서 많은 신들이 경배대상이 되며 그중에서 발더가 가장 높은 신이다. 그러나 이런 전설을 신빙하기가 어렵다. 만약 토착신앙인들이 그 장소의 성스러움을 엄격히 지켜냈더라면, 거기에서 인간이나 동물이 고통당하는 일이 일어나지 않았을 것이며, 남녀 간의 모든 교류도 이뤄지지 않았을 것이다.

실제로 삽입된 옛 노래 시연 중의 하나는 발드의 신전인 발드하기에서 프리터호프와 잉게뵈르크(Ingebjörg) 사이에 은밀한 교류가 이뤄졌고, 이 때문에 이 땅의 수호신인 발더가 상처를 입었다고 적는다. 이 발드하기 주변 지역에는 발더그로브(Baldersgrov)와 발더볼드(Baldersvold) 같은 장소가 존재한다. 그러나 이런 발더의 흔적은 노

93) 노르웨이 소근(Sogn) 지역의 피오르드 해안으로 유럽에서 가장 길고(204㎞), 가장 깊은(1,308m) 해안이다.

르웨이보다 스웨덴이 더 희소한 편이다.[94]

이에 비해 덴마크는 발더에 대한 기억을 보다 풍성히 보유하고 있고, 삭소가 기록한 발더의 형제 회드에 대한 기억도(259쪽 참조) 보유한다. 슐레스비히 지역의 하더스레벤과 볼러스레벤(Bollersleben)은 아주 가까운 곳에 서로 자리 잡고 있다. 영국의 경우 8세기경의 발더레스베르게(Baldheresberge)[95], 독일의 경우 발더와 폴의 이름이 함께 들어간 지명에 발더의 흔적이 있다. 그러나 7세기경의 것으로 확인된 모젤가우(Moselgau)의 발데브루노(Baldebrunno)는 발더 신화와 관계가 없는 것이다. 남부 독일에서는 이미 8세기에 폴레소부(Pholesouwu)라는 지명[96]이 나타났으며, 그 다음에 튀링겐 지방에서 폴레스브루노(Pholesbrunno) 그리고 폴이 들어간 또 따른 지명이 나타났다.

발더의 아들인 포르세티는 자기 아버지가 지녔던 심판관의 영예를 이어받았다. 그는 송사를 평화적인 중재로 마무리하려 했다. 그의 밝은 큰 방인 글리트니르에는 신들과 인간을 위한 심판석이 서 있었다. 노르웨이에는 포르세텔운드(Forsetelund, 포르세테의 임원)라는 마당이 있었다. 사람들은 그 이름을 법원의 의장으로 해석하고 싶어 하지만, 프리슬란트어에 포르시테(*Forsite*)라는 보통명사가 없듯 고대 북구어에도 포르세티라는 보통명사가 없었다. 때문에 프리슬란트의 헬골란트를 지칭하는 포시테스란드(Fositesland)나 포세테스란드(Fosetesland)라는 지명을 북구의 신 포르세티와 연결시키는 것은 위험하다. 특히 이 이름을 인용하는 모든 경우 'r'이 빠지기 때문에 두 배로 위험하다.

---

94) **[원주]** 스웨덴의 흔적들에 대해서 Lundgren, Hednisk Gudatro i Sverge 77.

95) **[원주]** Baldheresberge: Kemble Cod. diplom. 92 a. 744.

96) **[원주]** Pholesouwa usw.: Grienberger in d. ZfdPhil. 27, 453.

그러나 어쨌든 포르세티도 신이었으며, 헬골란트에 신전을 갖고 있었고 그 신전에 인간제물도 바쳐졌던 듯하다. 거기에는 또 범접이 불가능한 신성한 가축이 그 주위를 돌아다니며 풀을 뜯고, 우물이 물을 뿜어냈다. 이 샘에서 사람들이 물을 길을 때 말을 해서는 안 되었다.

토르와 발더, 발더의 형제들 외에도 오딘에게는 다른 아들들이 있었다. 그중에서 대표적인 아들이 헤임달로 기본 특성이 밝은 발더와 유사한 신이다. 그러나 발더와 헤임달은 전혀 다른 방향으로 발전했다. 헤임달 이름의 의미는 '온 세상을 비치는 자'란 복합어라는 점에서 유별나다. 고대 게르만의 중요한 신들의 이름은 대개 단음절이기 때문이다. 이 때문에 헤임달은 후발 형상체이며, 결코 전체 북구 부족에게 알려진 신이 아닌 아이슬란드-노르웨이 문학에서만 알려진 신인 듯하다.

헤임달에 대한 제의 흔적은 전혀 없다. 그는 발더처럼 빛의 신이며 또 아제족 중에서 가장 빛나는 자라는 명칭을 함께 갖는다. 그는 하늘의 가장자리 9명의 대양 리제 딸들로부터 태어났는데, 그런 의미에서 헤임달은 대양에서 솟아 오른 낮인 듯하며 그리스 신 헬리오스의 중요 특성들이 헤임달에게 부여되어 있다.

즉, 헬리오스처럼 헤임달도 신들의 파수꾼 역할을 하며, 또 헬리오스가 모든 것을 볼 수 있을 뿐만 아니라 들을 수도 있는 것처럼, 헤임달도 낮이나 밤이나 수백 라스트(*Rast*, 신화적 거리척도)까지 멀리 볼 수 있고, 땅의 풀과 양의 털이 자라는 소리까지 들을 수 있다. 그리고 헬리오스처럼 지칠 줄 모르며 새보다 잠을 적게 잔다. 독일 속담에 '아침시간은 입에 금을 물고 있다'고 말하는 것처럼, 헤임달은 아침의 신으로써 굴타니(Gulltanni, '황금 이빨')라는 이름을 갖기도 한다. 헤임달이 타는 말 이름은 굴톱(Gulltoppr, '황금 댕기머리')이다.

사람들은 특별한 모자 형태의 색깔 영롱한 하늘의 현상, 즉 무지개를, 더 구체적으로는 다리, 술잔, 나팔 모양의 것들을 광채의 신, 헤임달이 보호한다고 생각했다. 헤임달은 신들의 다리를 감시하여 그들이 이 다리를 통해 신들의 왕국으로 들어오려는 것을 방지한다.

인도게르만적인 이해에 따르면 무지개가 그런 것처럼 헤임달은 술을 즐기면서 하늘 가장자리에 위치한 히민비외르그(Himinbjörg)에서 등이 물에 젖은 상태로 살았다. 그는 무지개가 나타남과 동시에 악천후가 시작되면 뿔나팔을 불어 사람들이 각 처소에서 들을 수 있도록 한다. 무지개는 지하세계와 거기를 흐르는 욜(Gjoll) 강 위에도 펼쳐지기 때문에, 무지개 이름은 기얄라 다리(Gjallarbrücke)이면서 동시에 기얄라 호른(뿔)(Gjallarhorn)이기도 하다.

헤임달 신화는 여러 갈래로 나뉘어 있으며 후발 신화이다. 토르가 신부 옷을 입고 리제 트림에게 가려고 했을 때 헤임달은 프레이야의 목띠로 몸을 장식하라고 충고해 주었다. 이 목띠를 얻으려는 과정에서 헤임달은 물 표범 형상을 한 로키와 싸움을 벌이게 되는데, 헤임달은 신들의 몰락이 있은 최후의 격전에서 이 로키에게 살해당한다. 그때 헤임달을 죽인 칼은 헤임달이 가지고 다니던 "하우프트"(Haupt, 머리)라는 칼이었다.

《에다》에 나오는 〈리그의 노래〉(*Rigsmal*)에 따르면 헤임달은 켈트어 이름 리그(Rígr, 왕)로 이 땅에 내려와 인간의 세 계급, 즉 노예, 자유민, 얄러(*Jarle*, 사제)를 세우려 했다는데, 왜 그렇게 했는지 그 이유가 분명치 않다. 이에 따라 〈뵐루스파〉에서 인간은 "헤임달의 아들들"이라 칭해진다.

〈힌들라의 노래〉에서 헤임달은 원시시대에 유일하게 태어났고, 지력과 햇빛의 힘과 참회의 피로 키워지며 모든 부족 중에서 가장 풍요로운 평화의 왕으로 지칭되는데, 이런 것들이 모두 모호하다. 두 빛의 신인 헤임달과 발더 안에는 비밀스러운 그리스도 관념이 스며들어 작용하는 것은 아닐까? 계시록에서 천사들이 나팔을 부는 것처럼 헤임달도 고둥나팔을 불어 세계 멸망을 예고하는데, 이런 대목에서 기독교 영향이 분명히 나타난다.

브라그(*Bragr*, 문학)의 신, 즉 브라기(Bragi)도 오딘의 아들이라고 여겨진다. 맨 처음에는 문학의 신 오딘이 브라기라고 불렸다. 그러다 브라기가 오딘의 대변자(Thulr, 툴) 겸 아들이 되었다. 〈에이렉의 노래〉(*Eireksmal*)에서 브라기는 오딘과 더불어 발할의 중요 인물이며 죽은 전사들을 맞이하고 찬양의 노래를 불러 그를 축하한다. 신들이 리제 에기르를 화려하게 대접하는 동안, 브라기는 리제 옆에 앉아 스칼데 문학의 근원을 이야기해 주었다. 다만 냉소가인 로키가 아제족들에게 에기르가 베푼 회식자리에서 브라기를 겁쟁이라고 능멸한다. 브라기는 수염이 덥수룩하게 나고, 현명하고 또 문학에 능한 존재로서 최고의 스칼데였다. 시인들이 필요로 하는 루네의 지혜가 바로 이 브라기의 입으로부터 나온다. 그의 이름은 고령의 스칼데인 뵈다손(Böddason)[97]에게 얽혀 있다. 브라기의 아내는 이둔(Idun)이며, 이에 대해서는 다음에 언급할 것이다.

울〔Ullr, 삭소는 이를 올레루스(Ollerus)라 부른다〕은 오딘 족속의 일원은 아니지만 본질적으로 오딘 족속에 가까우며 오딘의 활동에 적대적으로 개입한다. 울이라는 이름은 고딕어인 불투스(*Vulthus*, '위풍당

---

97) 9세기에 활동했던 '노령의 스칼데'(der Alte)이다. 그는 〈라그나스드라파〉(*Ragnarsdrápa*)라는 시를 썼는데, 스노리가 그의 《신(新) 에다》 일부를 끼워 넣었다. '브라기'라는 말은 고대 북구어 '브라그'에서 나온 것으로 '뛰어난 자', '우두머리', '문학'을 뜻한다. 브라기 신이 12세기 이후에야 등장하는 것으로 보아 브라기 신은 이 뵈다손의 신격화라 볼 수 있다.

당함')에서 유래한 것인데, 이 이름으로 볼 때 울은 옛날 높은 지위를 나타내는 것 같다. 하지만 울은 북구 일부 지역에서만 그런 지위를 차지했던 것은 아닐까? 울은 빛의 신이 아닌 음침하고 겨울의 속성을 지닌 오딘의 대척 신, 일종의 겨울 오딘이라고 할 수 있다. 겨울 속성의 숲의 신 회드와 여름신 발더가 지배권을 둘러싸고 승패를 반복하듯 올러와 오딘도 우리가 앞에서 설명한(234쪽 참조) 그런 싸움을 거듭했다. 올레르는 승리를 거둔 뒤 스스로 오딘이 된다. 이 울은 몇 가지 분명한 특징을 통해 사냥의 신, 활의 신으로 모습을 내보이는데, 마치 폭풍의 여성 리제 스카디처럼 눈썰매나 스케이트 장화를 타거나 신고 소리 내며 달린다. 울은 방패 모양의 뼈를 타고 심지어 바다 위를 질주하는데, 이 뼈가 울의 배 이름이고, 또 그래서 울의 별명은 방패신이 되었다.

울은 음침한 주홍나무 계곡 안에 살고 있다. 주홍나무는 활을 만드는 데 사용되는 최고의 나뭇가지를 제공하며, 이 주홍나무로 만든 활은 최고의 사냥도구로, 이미 오버플라크트(Oberflacht)의 뷔르템베르크 나무 관에서 발견된 적이 있었다. 독일 농부들은 사육제 때 이 활을 자랑스럽게 내보인다. 주홍나무는 또 음침한 가시들을 갖고 있어서 주홍나무 집에서 울이 사는 것은 아주 적절한 양태이다. 아일랜드 주홍나무 숲은 거기 사는 귀신들로 유명하다. 울은 오딘처럼 뛰어난 무사이며, 결투를 할 때 사람들이 이 울을 즐겨 불러낸다. 이것은 북구에서 겨울이 대규모 전투가 아닌 결투에 잘 활용되는 계절이기 때문이다. 사람들은 또 울의 반지에 맹세한다. 스웨덴에서는 울의 이름은 딴 지명들이 다수 등장했다.

회니르는 오딘, 로키, 로두르의 수행자 모습으로 여러 번 모습을 드러낸다. 흔히들 이 회니르를 절반은 소멸한, 한때 막강했던 신으로 여긴다. 하지만 이것은 스칼데가 만든 그 자체로 한없이 모순되고 자의적인 작품일 뿐이다. 회니르의 별명으로 "재빠른 에이스", "긴 다리", "습기의 왕 아우르코눙(Aurkonungr)" 등이 있다. 그의 본명과 이런 별명들은 그 의미가 확실하지 않다.

신화에서 회니르는 숭고한 창조자로서 최초의 인간들에게 최고의 것을 선사하는 존재이다. 즉, 영혼과 정신을 선사한다. 그런 반면 회니르는 오딘 곁의 별 볼일 없는 동행자이기도 하다. 또 다른 경우 회니르는 외모는 당당한데 정신적으로는 빈약한 존재로, 아제족들이 바네족에게 보내는 볼모 역할을 하기도 한다. 이때 회니르는 타자에게나 자신 스스로 전혀 지혜를 발휘하지 못하는 남자의 모습이다.

〈뵐루스파〉에 따르면 오딘, 회니르, 로두르는 언젠가 시골에서 무능하고 대책 없이 있는 아스크(Ask)와 엠블라(Embla)를 발견했다. 그래서 이들에게 오딘은 호흡을, 회니르는 영혼을, 로두르는 활동성과 거동 및 신선한 색채를 주었다. 이러한 삼원성은 본질적으로 인간 창조에 대한 기독교 신화의 창조 삼원성을 본떠 만들어진 것이다. 이에 대해서는 다음에 밝힌다.

아제와 바네 두 신족 사이에 체결된 평화협정 과정에서도 회니르의 태도는 수수께끼이다. 아제족은 프레이와 뇨르드를 접수한 대신 체구가 크고 아름다운 회니르를 가장 영리한 아제인 미미르와 함께 바네족의 볼모로 보냈다. 바네족의 본거지 바넨헤임(Wanenheim)에서 회니르는 곧 우두머리가 된다. 그는 미미르가 그의 편에 서지 않자 결정할 때 아주 제한적인 역할밖에 하지 못한다. 속아 넘어간 바네족은 분노한 상태에서 미미르의 머리를 잘라 아제족들에게 돌려보냈다. 결국 〈뵐루스파〉에 따르면 회니르는 새로운 파라다이스에서 점을 치는 나뭇가지를 뽑고 두 신족들의 후손들은 빈트헤임(Windheim)에서 살게 된다. 점점 더 짙어 가는 어둠이 이 회니르 신 위를 뒤덮는 것이다.

티아치 신화와 니벨룽겐 보물 이야기에서 회니르는 오딘, 로키와 더불어 돌아다닌다. 그러나 이런 신화나 이야기도 회니르의 정체를 밝히는 데 도움이 되지 않는다. 다음에 서술되는 세 신이 등장하는 페로 제도의 새로운 동화도 마찬가지이다. 이 동화 내용은 이렇다. 장기내기를 했다가 리제에게 아들을 빼앗길 처지에 놓인 농부가 오딘, 회니르, 로키를 차례차례 도와달라고 불러내었다. 오딘은 소년을 보리알로 변신시켜 들판의 익은 보리 머리 안에 숨겨주었다. 회니르는 깃털로 변신시켜 백조 목덜미 털 안에 숨겼다. 로키는 작은 알갱이로 변신시켜 물고기 알 속에 숨겨주었다. 이 소년은 이런 식으로 운홀트의 추격을 따돌렸고 나중에 이 악마를 로키가 때려잡아 처치했다. 〈뵐루스파〉에 의해 설명된 두 개의 회니르 이야기만은 아마도 기독교 신화에 의해 어느 정도 해명될 수도 있을 것이다.

신의 계열 맨 끝을 마무리하는 신은 "과묵한" 신 비다르이다. 비다르는 숲의 신으로 덤불과 풀이 많은 비디(Wiđi)라는 땅에 산다. 그는 토르의 애인 그리드(19쪽 참조)의 아들이다. 에기르가 베푼 신들의 회식자리에서 비다르는 오딘의 명에 따라 로키에게 자리를 양보하고 술을 따라준다. 이 때문에 로키는 손님들을 자신의 혀로 난도질하지만 비다르만은 훼손을 면해 준다. 그의 수수께끼 같은 현실의 모습은 그의 복수행위에 모두 녹아들어간다.

비다르는 펜리르 늑대가 오딘을 삼켜버리자, 이 괴물에게 대담하게 복수하기 위해 말에서 뛰어내려 비디(덤불과 풀의 숲) 안으로 뛰어든다. 비다르는 사람들이 버린 가죽조각을 꿰매어 만든 가죽신발이나 쇠로 만든 신발을 신고 괴물의 아래턱 안으로 뛰어들었다. 그런 다음 칼로 목구멍을 통해 심장을 찔렀다. 그리고 위턱을 잡고 아가리를 위아래로 찢어 버렸다. 온 세계가 불 탄 후에 피를 흘리며 오딘을 복수한 비다르는 또 다른 발더의 피의 복수자와 함께 신들의 신전 안에서 살았다. 이 비다르의 행위에 대한 완전한 해명은 오직 기독교적인 시각에서만 얻어질 수 있을 것이다.

제9장

게르만 신화의 여신들

북구의 여신들

영혼신앙에서 여성은 남성의 뒷전으로 밀려나며, 이런 영혼신앙은 선도적인 남성, 가부장과 내적으로 긴밀하게 연결된다. 영혼신앙과는 반대로 악몽의 정령들 사이에서는 소녀나 여인이 주도적이며, 이들은 엘프의 왕국이나 리제 왕국에서 완전히 동일하게 간주된다. 그리고 상위 데몬들의 무리 안에서 처녀와 여인들은 남성들에 대해 우월한 위치에 있다.

게르만 신들의 세계에서 여신들의 숫자가 적고 형상화가 취약하다는 것은 게르만 여신의 낙후함을 드러내는 것이다. 그러나 여신들이 데몬 집단 그것도 압도적으로 엘프 무리에서부터 상승되었다는 점에서 여신들의 발전과 남신들의 발전은 거의 유사하다. 시혜를 베푸는 마음씨 착한 여인들인, 고대 게르만의 가비에(Gabiae)으로부터 북구의 게피온이 유래했고 하얀 여인들의 무리들, 즉 베르크테(Berchte), 홀데, 훌드레 등으로부터 여왕 같은 존재가 나타난다. 북구에서는 베르크테와 홀데가 젊은 처녀와 성숙한 여인이 되었다. 이때 처녀는 바네족에, 성숙한 여인은 아제족에 속한다.

북구에서 특이하게 최고 여신이 2개로 나뉘고 또 북구에서는 일관된 스칼데 전통이 작용한다. 반면 남쪽에는 민중적인 전통이 강력하다. 이 때문에 북구의 여신들과 남부 게르만 여신들을 분리해서 서술하는 것이 바람직하다.

북구 최고의 여신은 프리그이다. 프리그를 지칭하는 이름은 다양한데, 프리아(Friia, 고고 독일어), 프레아(Frea, 랑고바르트어), 프리그(Frig, 앙겔작센어), 프리케 부인(Frau Fricke), 프리엔(Frien, 독일 사투리) 등이 그것들이다. 이런 이름들은 모두 산스크리트어인 프리야(Príja)에 대응하는 명칭들이며 애인, 부인, 마누라의 뜻이다.[1] 대략 3세기 이후부터는 로마의 달력에서 금요일을 뜻하는 디스 베네리스(*Dies Veneris*)에 상응하는 말로〔프레이야(Freyja)가 아니라〕, 프리그의 이름을 본떠서 프레아탁(Freatag, 고고 독일어), 프리야닥(Frjadagr, 고대 북구어), 프라이탁(Freitag, 독일어)이 사용되었다.

프리그는 피외르긴(Fjörgyn)의 딸이며 오딘의 아내이다. 프리그는 아마 그 이전에는 토르의 아내로 여겨졌던 듯하다. 후대의 스웨덴 민속신앙에서는 프리그가 토르의 아내로서 토르의 행차에 동행하는 것으로 되어 있다. 프리그는 구름의 여신, 대지의 여신이며 아제족 전체의 여왕이고 가장 고상한 신 발더의 어머니이다. 그녀는 광활한 구름 홀인 펜살리르에 살며 오딘과 함께 하늘보좌 흐리트키알프를 공유한다.

프리그는 노르네처럼 인간의 운명을 알지만 스스로 발설하지는 않

1) **[원주]** Frena oder Frina setzt W. Hertz im Kgr. Würtemberg 2, 189 als schwäbische Namen der Fria, Frea an und findet sie wieder in Fru Frein im alten Schwabengau am Harz.

는다. 스웨덴 민속신앙에서는 프리그가 실을 짜는 근면한 가정주부의 모습으로, 그녀가 사용하는 프리그의 실감개 또는 방추(紡錘)가 오리온의 허리띠에 달린 것을 볼 수 있다고 한다. 프리그의 요일인 프라이탁(금요일)에 물레바퀴는 멈추어야 한다. 그날에는 프리그 여신이 거기에 앉아 실을 짜기 때문이다. 노르웨이에서는 여신의 모습이 자못 농부의 형상을 취한다. 즉, 파출부 프리그가 가축이 된 엘프를 데리고 나간다. 프리그가 날기 위해서 프리야처럼 매의 옷을 입었는지는 확실치 않다.

프리그와 함께 활동하는 여신들은 일종의 시녀들로 프리그의 다양한 측면들을 드러내는 존재들이다. 여성 예언자(?)인 '자가'(Sága)는 진케바하(Sinkebach, 239쪽 참조) 강가에서 오딘과 더불어 술을 마시며, 에이르(Eir)는 보육사로 유능한 여의사이고, 처녀 게피온은 시혜를 베푸는 여인으로 결혼하지 못하고 죽은 여인들을 다스린다. 역시 처녀인 풀라(Fulla, '충만함')는 물결머리와 황금 머리끈의 특이한 형상으로 프리그의 보석함과 신발류를 관리한다. 풀라는 프리그의 특별한 신임을 받는 존재로 그 때문에 〈그림니르의 노래〉에서는 프리그의 사신 역할을 한다.

프리그 다음으로 영예를 누리는 여신으로는 바나디스(Vanadís)라고도 하는 바네족의 여인 프레이야이다. 쇠픈(Sjöfn, '매혹')은 남자와 여자의 생각을 사랑으로 유도한다. 온화한 성품에 마음 착한 로픈(Lofn, '허용하는 여인')은 애초에 금지된 결혼에 대한 허락을 조물주나 프리그로부터 얻어 내는 활동을 한다. 바르(Vár)는 계약의 여신으로 남편과 아내 사이에 이뤄진 맹세와 계약을 존중하며 그것이 깨어질 경우 복수한다. 포어(Vor)는 신중함의 여신으로 영리하고 경험이 많아 그녀에게는 그 어느 것도 감출 수 없다. 진(Syn)은 말참견하는 여신으로 부자격자가 집안으로 들어서는 것을 거부하며 법정에서 의의를 제기한다.[2] 보호하는 여신 흘린(Hlin)은 프리그를 위험에서 보호하는 여신을 감시하는 역할을 한다. 영리한 여신 스노트라(Snotra)는 현명하고 세련된 거동을 보여준다. 그나(Gna)는 프리그의 여성 사신으로 호프바르프니르(Hófvarpnir, '편자를 던지는 자')를 타고 하늘과 바다를 건너 세계의 여러 헤임들을 찾아간다. 태양신 '솔'과 달의 신 '빌'은 여신 계보의 마지막을 이룬다.

이 16명의 여신들 대부분이 부족의 신들이 아닌, 프리그의 보다 높은 수준의 특성이나 행위를 문학적으로 의인화한 것들이다. 이런 여신들은 어떤 특성들이 스칼데들이 생각한 신적인 영예이며 1등급 여신의 본성에 합당한 것이었는지 드러내준다. 이런 의인화 안에 온유하고 공정한 의식이 작용한다. 환자와 연인, 행복한 사랑과 불행한 사랑, 결혼, 가정과 법정의 평화가 여신의 보호 아래 놓여 있다. 프리그가 사가의 형상으로 먼 미래를 투시하면, 사람들은 프리그가 사려 깊고, 현명하며, 우아하다고 칭찬한다. 그나는 여신의 명령을 저 먼 데까지 가지고 간다.

해와 달이 프리그에게 종속된 듯하다. 그리고 프리그와 연결된 여신들 중 바네족인 프레이야를 제외하면 풀라와 게피온은 스칼데 이전의 옛 시절부터 이미 독립적인 인격체로서 프리그에게 부여된 존재이다. 왜냐하면 볼라는, 독일 땅에서 발견된 제2 〈메르세부르크의 주문〉에 따르면, 이미 프리야의 가장 믿을 만한 동반자로 나타나 발더의 새끼 말을 치료하는 것을 도와준다. 그 밖에 진트군트와 준나가 있는데, 준나는 솔, 진트군트는 빌에 해당한다.

---

2) **[원주]** Syn: Gering in d. ZfdPhil. 26, 149. 464.

또 다른 기록은 프리그와 풀라의 친밀도를 다시 한 번 확인시켜 준다. 즉, 프리그의 아들 발더와 함께 헬로 달려갔던 발더의 아내 난나는 아스가르드로 돌아가는 헤르모드에게 시어머니 프리그에게 보내는 선물로 두건을 주었을 뿐만 아니라, 친절하게도 프리그의 측근인 풀라를 생각하고 그녀에게 금반지를 건네준다.

게피온(28쪽 참조) 형상으로 나타나는 프리그는 마음 좋은 시혜자이다. 게피온에 관한 중심 신화에 따르면 그녀는 아제족 출신으로 두루 돌아다니는 여신이다. 한 번은 이 게피온이 자신의 기교를 동원해서 스웨덴 왕 길피(Gylfi)를 즐겁게 했는데, 왕은 이 게피온이 4마리의 황소로 하루 밤낮 동안에 일군 땅을 모두 게피온에게 주겠다고 약속했다. 게피온은 리젠헤임에서 리제와 낳은 자신의 네 아들인 4마리 황소를 쟁기에 매어 땅을 일구고, 스웨덴으로부터 커다란 땅 일부를 떼어 내자 황소들이 그 땅을 바다로 끌고 들어갔다. 이 땅이 바로 덴마크의 비옥한 섬 제란트가 되었다. 게피온이 덴마크인들에게 이 땅을 준 당사자라는 의미에서, 이 제란트의 별칭이 게피온이라는 것은 지극히 온당한 것이다. 이와 아주 흡사하게 야르바스 왕은 떠돌아다니는 여인(femina errans, 페미나 에란스) 디도(Dido)에게 쇠가죽으로 뒤덮은 농토를 주겠다고 약속했다. 그러자 디도는 쇠가죽을 폭이 좁은 띠로 잘게 나누었다고 한다.

후대의 남부와 북부 독일 지방전설들도 마음씨 좋게 땅을 나눠 준 여신에 대한 기억을 확고하게 간직하지만 여신의 자선행위에 대한 근원적인 이야기에 대한 내용은 전하지 못한다.[3]

---

3) **[원주]** Landschenkende Frauen in Wettenhausen: Grimm, D. S. no. 532, in Baden: Alemannia 19, 149, in Bremen: Buchenau, die freie Hansestadt Bremen 3 134.

게르트루드 폰 로헨슈타인(Gertrud von Rochenstain) 백작부인은 울름과 아우크스부르크 사이에 베텐하우젠(Wettenhausen) 수도원 조성을 위해 아들들의 지원을 얻고 싶어 했다. 그러자 아들들은 그녀에게 하루 동안 일군 땅을 주겠다고 약속했다. 그러자 백작부인은 작은 쟁기를 만들어 가슴에 품고 넓은 지역을 말을 타고 돌았다. 부인은 그 땅을 수도원 조성에 기부할 수 있었다.

바덴 지방의 경우 겡겐바하 부근 베르그하우프텐(Berghaupten), 라르(Lahr), 켄칭엔(Kenzingen), 피어되르퍼발트(Vierdörferwald), 헤어볼츠하임(Herbolzheim), 슈타우펜 같은 곳에서는 숲을 기증한 소녀들, 즉 게롤드섹(Geroldseck), 웨젠베르크(Uesenberg), 슈타우펜(von Staufen) 등의 소녀들이 알려져 있다.

보다 유명한 전설로는 마지막 세대의 폰 레줌(von Lesum) 백작 미망인 엠마(Emma)에 관한 것이다. 그녀는 1032년 브레멘에 사는 츠베르크가 하루 동안 기어서 돈만큼의 목초지를 브레멘 시민들에게 선사했다고 하는데, 이른바 '시민의 목초지'가 바로 그것이다. 이런 설화에서 밭을 일구는 행위는 나타나지 않거나 아니면 밭 일구는 행위가 특이한 방식의 승마행보와 연계되어 있다.

이와 유사한 영국 전설에서는 말을 타고 도는 것이 우선적으로 나타난다. 마음씨 좋은 메르시아(Mercia) 백작부인이나 헤어포드(Hereford) 백작부인은 주민들에게 면세혜택이나 벌목권을 주기 위해 남편의 요구대로 커벤트리(Coventry) 시나 세인트 블라어블스(St. Briavels) 시를 나체로 말을 타고 통과하였다고 한다.

이 이야기가 전해진 것은 1057년이었다. 성령강림절 축제 때 한 소녀가 엉성한 백작부인의 복장을 하고 여러 곳을 순회하는 방법으로 백작부인의 선행을 기념하였다. 또 이와 비슷하게 독일에서는 같은 시기에 사람들이 나뭇잎으로 몸을 감싼 소년을 데리고 순회하다가 이 소년을 물속에 던져 빠뜨리는 행사를 벌였다. 이는 밭농사와 목초지에 필수적인 봄비를 일깨우기 위한 것이었다. 이렇게 해서 백작부인은 시혜를 베푸는 봄의 여신이 되었을 것이고 또 그래서 '신의 선물'이라는 의미의 '고디바'(Godiva)[4] 나 '시혜의 여신'이라는 의미의 '고드기푸'(Godgifu) 라는 이름을 갖게 되었을 것이다. 나체 상태를 이야기하는 것은 그것이 쟁기질이나 물 붓기처럼 풍성한 결실을 낳는 것이기 때문이었다.

그렇게 해서 고대 게르만의 가비에(①권 364쪽 참조)가 북구의 게피온이 되었고, 또 가비에나 이와 유사한 숲의 소녀, 밭의 소녀, 목초지 소녀가 봄에 쟁기질을 하는 베르크타나 홀다가 되었으며 나중에 그 자리에 독일의 귀족 여성이나 나체로 말을 달렸던 영국 백작부인 '고드기푸' 같은 고위 신분의 여인이 들어섰다. 여러 지방의 농토 위에는 고위 신분 여성의 온화하고 착한 마음씨가 떠돌고 있다.

로키는 게피온이 탐욕 때문에 서방질을 한다고 규탄했다. 그러자 오딘은 로키에게 게피온이 오딘 자신과 마찬가지로 세계의 운명에 대한 지혜를 갖고 있다며 게피온의 분노를 주의하라고 경고한다. 탐욕과 세계 운명에 대한 지혜라는 두 특성은 게피온의 여주인인 프리그의 특징이다. 황금에 대한 욕심 때문에 프리그는 오딘의 하인에게 몸을 내주고 오딘의 동생인 빌리(Wili), 베(Wé)와 정을 통한다. 랑고바르트 전설에 따르면 프리그는 또 자신이 아끼는 비닐러족에게 승리를 안겨주려고 오딘을 속인다. 그러나 프리그는 마음 졸이는 감성적인 어머니의 모습을 보이기도 한다. 자기 아들인 발더가 상처를 입지

---

4) **[원주]** Godiva: Weinhold, zur Geschichte des heidn. Ritus 19.

않도록 만물로부터 맹세를 받아내기도 하고 발더를 헬로부터 다시 데려오기 위해 울면서 헤르모드를 보낸다.

프리그를 모시는 제사에 대해서는 알려진 바가 거의 없다. 프레아를 들먹이며 저주 혹은 맹세를 하거나 민네의 건배를 하는 경우는 있지만 프리그에 대한 것은 없다. 다만 〈메르세부르크의 주문〉만이 프리그의 치유행위를 보여줄 뿐이다. 《에다》의 노래에 따르면 프리그는 프레이야와 함께 분만 중인 여인을 도와준다. 그래서 아이 없는 여인들은 프리그에게 아이를 달라고 간구했다. 프리그야르(Friggjar)의 뿌리인 오르키데아 오도라티스마(*Orchidea odoratissima*)는 최음제로 베게 밑에 놓이기도 한다.

프리그의 아래 여신들 중에 프레이야는 최우선의 특별한 위치를 점한다. 오직 프레이야만이 여신들 중에서 아제족이 아닌 바제 신족 또는 바나디스(Vanadis)의 일원이며 뇨르드의 딸이고 프레이의 누이동생이다(212쪽 참조). 또 프레이야만이 어떤 여인, 어떤 여주인인지를 밝히는 분명한 본명을 가졌다. 그 외에도 대개는 의미가 불명확한 4개의 별칭을 갖는데, 대략 '바다처럼 빛나는 여인'이라는 의미의 '마르뢸'(Mardöll), 아마도 '바다'를 의미하는 듯한 '회른'(Hörn), '게픈'(Gefn) 그리고 '시르'(Sýr)가 그런 이름들이다.

프레이야만이 오드라는 이름의 남편을 가지며 그 사이에 첫째 딸 흐노스(Hnoss)와 둘째 딸 게르세미(Gersemi)를 두었다. 이 프레이야는 후대에 프리그를 문학적으로 모사하여 빚어낸 것으로 생각되며, 노르웨이와 아이슬란드에서만 알려진 여신이다. 이 북구의 비너스라고 할 수 있는 프레이야의 가장 큰 특징은 아름다움과 애욕이다. 그러나 이 여신은 죽은 자들도 보살핀다. 프레이야는 울 때도 아름답다(grátfagra, 그라트파그라).

신들과 리제 무리, 츠베르크 무리가 모두 프레이야를 소유하고 싶어 한다. 로키는 프레이야가 모든 아제족과 알프 무리들과 통정했다며 프레이야를 비난한다. 프레이야는 오딘의 애인이기도 하다. 리제 스미드, 흐룽그니르, 트림 등은 신들에게 급료나 보석금 대신 프레이야를 요구하며, 츠베르크 무리는 그들의 공예품을 주고 프레이야의 은총을 최상으로 받아낸다. 〈힌들라의 노래〉에서 프레이야는 야밤에 남자를 찾아 헤맨다.

기독교인 스칼데 히얄티는 프레이야를 암캐로, 오딘을 수캐라고 비난했다. 프레이야는 인간의 사랑과 사랑의 노래에 은혜를 베풀고 그들의 사랑을 도와주기를 좋아한다. 그래서 프레이야는 여성 리제 힌들라에게 말을 타고 가서, 자기의 총아인 오타르가 힌들라로부터 자기 선조에 대한 정보를 얻을 수 있게 한다.

프레이야는 맨 먼저 아제족 사이에서 마법을 발휘하며, 자기 오빠인 프레이처럼 구름썰매인 스키드블라드니르나 멧돼지 힐디스비니를 타고 오거나, 매의 옷을 입고 하늘을 난다. 프레이야는 또 고양이가 끄는 수레를 타고 다니거나 전쟁의 프레이야(Valfreyja)가 되어 말을 타고 전장으로 내려가, 전몰자들의 절반을 폴크방에 있는 앉을 자리가 많은 자신의 홀인 세스림니르(Sessrýmnir)로 데리고 간다. 프레이야는 또 마치 발퀴레처럼 발할에서 리제 흐룽그니르에게 맥주를 따라주기도 한다. 스칼데 에길의 딸은 내내 힘겨워하며 프레이야의 밤 만찬에 오고 싶어 한다. 프레이야의 가장 값진 소유물은 무지개를 의미하는 듯한 브리징에의 목띠인 '브리징아멘'(Brisingamen)인데 다른 인도게르만 신화에서는 구름부인이 이 보물로 치장한다. 로키가 토르의 망치를 되찾기 위해 프레이야에게 자기 신부로 꾸며 트림에게 함께 가자고 요구하자 프레이야는 화가 나서 씩씩거리는데, 그래서 땅이 흔들리고 목띠가 끊어져 버렸다. 오딘의 애인이었던 프레이야는 이 목띠를 4명의 츠베르크인 알프릭(Alfrigg), 베어링(Berlingr), 드발린(Dvalinn), 그레르(Grerr)에게서 목격한 뒤, 목띠를 달라고 요구했다. 그러나 츠베르크들은 각자에게 프레이야가 하룻밤씩 허락해 준 다음에야 이 목띠를 팔아넘겼다. 그러자 오딘은 로키에게 프레이야의 목띠를 훔쳐오라고 명령했다. 로키는 파리로 변신하여 프레이야의 침실로 들어간 다음 다시 벼룩으로 변신해서 잠자는 프레이야의 몸을 쏘아 목을 돌리게 하고 목띠를 빼내서 오딘에게 넘겨주었다. 프레이야는 오딘에게 세력이 서로 비슷한 두 왕들 사이를 부추겨 끝없이 전쟁하도록 한다는 약속을 하고 그 목띠를 되찾을 수 있었다. 다른 문학작품에 따르면 헤임달은 로키로부터 아름다운 바다의 니레, 즉 목띠를 다시 빼앗아왔다고 한다(278쪽 참조).

토착적이라고 하기는 힘들지만 약간 감상적인 신화에 따르면 프리야가 별로 알려져 있지 않은 남편 오드에게 버림을 받았다. 오드가 프레이야로부터 멀리 떠나 버린 것인데, 남겨진 프레이야가 적황색 눈물을 흘리며 울다가 자신을 추슬러 미지의 부족들의 다양한 이름 가운데서 오드를 찾아 나선다.

프레이야의 두 딸은 흐노스(Hnoss, 보석)와 게르세미(Gersimim, 보물)이다. 이런 이야기는 영혼에 대한 기독교 성담(聖譚)의 울림처럼 들리는데, 이 성담에 따르면 영혼은 그리스도의 신부로, 바빌론의 눈물계곡에서 그리스도를 그리워하며 울 뿐만 아니라 수많은 미지의 부족들 사이를 헤매며 그리스도를 찾아 순례하다가 마침내 그와 하나가 되어 순종이라는 황금보물을 얻는다.

프레이야를 모시는 제의에 대한 언급은 거의 없다. 다만 축제 때 흔히 프레이야에 의지하여 민네 잔을 들어 맹세하는 경우가 종종 있었다. 프레이야 여신의 총아인 오타르는 황소 피로 석제 제단을 자주 붉게 물들여서 나중에는 석판이 유리처럼 만질만질해졌다. 어린이가 위급할 때 여인들은 프레이야와 프리그에게 도움을 요청했다.

이둔은 '다시 젊어지는 여인'이라는 의미의 이름으로 이 이둔은 젊은 시절의 프리그-프레이야이다. 이 여신은 대략 아티카의 판드로소스(Pandrosos)와 비슷하다고 할 수 있는데, 이 아티카 여신은 성장을 촉진시키는 봄비의 여신으로 줄곧 무엇인가를 뚝뚝 떨어뜨린다. 신선한 감각을 일깨우는 음료의 제공자로서 이둔은 욀게픈(Ölgefn, '맥주를 주는 여인')이라는 이름도 갖고 있으며 자기 상자 안에 햇빛 찬란한 여름을 뜻하는 황금사과를 담고 있다.

한 번은 폭풍의 리제 티아치가 이둔을 자신의 집인 트림헤임으로 납치해갔다. 그러자 로키가 티아치에게 압력을 가해서 이둔을 다시 아스가르드로 데려올 때까지 신들은 하염없이 늙어 갔다. 로키는 프레이야가 가진 매 셔츠를 입고 리제로부터 이둔을 다시 빼앗아왔는데, 그러자 새로운 생명이 신들 안으로 스며들었다. 북구의 음유시인 스칼데는 곰곰이 이를 생각한 끝에 이둔을 브라기의 아내로 삼도록 했다. 브라기의 젊은 문학기법은 하늘의 전몰용사 에인헤리어뿐만 아니라 다시 생기를 얻은 신들에게도 정신적인 신선한 자극을 주었을 것이다.

독일의 여신들

북구의 세 여신인 프리그, 프레이야, 이둔은 다소간의 차이가 있겠지만 스칼데들에 의해 양식화된 여신들이다. 이런 여신들에 비해 독일 여신들은 철저히 순수한 자연 그대로의 형상들인데, 그러나 이들 중 상당수의 여신들은 북구의 자매 여신들과 연결되어 있다.

독일의 신들 중에 타키투스에게 가장 깊게 인상을 준 신은 네르투스,[5] 즉 '대지의 여신'이었다. 동부 슐레스비히 지역과 그 인근에 살았던 7개 게르만 부족들이 이 네르투스 여신을 대서양의 한 섬에 위치한 고적한 임원에서 신봉했다. 그 임원에는 주름 덮개가 있는 수레가 네르투스 여신에게 봉헌되어 있었다. 이 수레를 손댈 수 있는 사람은 사제뿐이었다. 여신이 신전에 나타났다고 사제가 생각하면 소가 끄는 마차가 여신을 태우고 바깥나들이를 하게 되며 이때 사제가 수레를 수행한다. 그러면 축제가 벌어지는 지역에서는 흥겨운 며칠 동안 네르투스 여신을 귀빈으로 맞아들인다. 어떤 분쟁도 없고, 무기는 땅에 내려지고, 신성한 화평이 넓게 자리 잡게 된다. 그러다가 마침내 인간의 기쁨을 충분히 만끽한 여신을 사제가 다시 신전으로 모시고 돌아간다. 그런 후 여신이 탔던 수레와 천들 그리고 신상 등을 호수 물에 넣어 씻었다. 호수는 이때 일을 힘껏 도운 하인들을 삼켜버린다. 이때 호수에 빠져 죽음을 맞이하는 사람들을 목격한 자들은 비밀스러운 공포감에 휩싸인다.

일찍이 잘못 읽어서 헤르타(Hertha)라고 불리기도 했던 네르투스는 막강하고 힘이 있는 여신이며 북구 남성신인 뇨르드(211쪽 참조)에 상응하는 남부 게르만의 여성신이다. 그리고 이 네르투스는 뇨르드와 주된 특성인 결실을 공유한다. 결실의 여신으로서의 특징, 소가 끄는 수레를 타고 봄나들이를 하는 특징, 여신과 여신의 수레, 여신의 장식포 등을 세척하는 일 등 때문에 이 여신과 관련하여 타키투스

5) [원주] Nerthus: Mannhardt, Wald-u. Feldkulte 1, 567. 2, 295. 299.

는 로마의 대지의 여신 테라 마터(Terra mater), 프리기아의 위대한 신들의 어머니인 키벨레(Kybele) 여신을 연상했고 또 이런 여신과 더불어 그들이 타는 수레와 그 도구를 세척하는 일을 연상했다. 여기에서 대서양은 동해로, 섬은 해안 가까이에 위치한 작은 섬으로 이해할 수 있다. 여신의 사제는 임원이 푸르러지거나 첫 번째 꽃들이 피어나면 그런 현상 가운데서 여신이 도래했다는 것을 감지했고, 그러면 여신의 나들이가 이뤄졌다.

네르투스는 봄의 여신이다. 그러나 수레를 타고 돌아다닐 때 모든 부족들을 남김없이 찾아갈 수는 없었으며 합동제의를 시행하기 위해 섬으로 건너간 부족 대표자들을 환영하고 또 인접한 주변지역들을 축복했다. 환호성, 춤, 잔치 등을 통해서 나중에 모두 신록(新綠)으로 치장을 하고 마을로 들어와 무리의 즐거운 환호성 가운데 파묻히는 5월의 왕이나 5월의 왕비 또는 양자가 모두 환영을 받았다. 봄이나 가뭄엔 네르투스 신상처럼 소녀를 여신의 수레, 첫 번째 쟁기, 첫 번째 써레 위에 싣고 냇가나 강 또는 연못으로 끌어들여 물을 붓거나 그 수레에 물을 끼얹었다. 이런 의식은 새싹이 터 오르는 경작지에 풍요를 기약하는 수분을 확보하기 위한 의식이었다.

다른 곳에서는 "물새"(Wasservogel)라고 하는 소년을 나뭇잎으로 감싸서 봄의 행진을 시킨 뒤 그것이 끝나면 소년을 물속에 던져 넣는 풍속이 있었다. 이것은 물에 처박혔던 네르투스 여신 하인들의 운명을 연상시키는데, 네르투스 하인들의 일은 실제 존재했던 살아 있는 인간을 제물로 바치는 제사였거나 타키투스의 오해의 산물이었을 수 있다.

비를 불러오는 마법사는 결정적인 시대에 식물세계의 대표자를 물과 직접적으로 연결시켜 식물세계에 하늘의 물을 끌어오는 역할을 맡았는데, 앞에서 언급한 유사한 프리기아나 로마, 또 고대와 후대 게르만 습속에서는 이런 비의 마법사의 순박한 특징들이 여러 군데에서 드러나는 것이다.

수에브족의 일부가 신봉했던 또 다른 여신이 있다. 이 여신을 타키투스는 게르만 삼신인 보단, 도나르, 티우 다음에 곧바로 언급을 했다. 또 그는 이 여신을 로마의 이시스와 비교했다. 이 여신의 형용어가 '가벼운 배'였기 때문이었다. "이시스의 배"는 로마에 있었던, 풍성한 결실을 보장하는 여신의 유명한 저울 이름이었다. 이 여신은 라인 하류지역에서도 사랑받던 여신이었다. 이 여신의 신상은 나중에 쾰른에 있는 성(聖) 우르술라 교회[6]의 담장 안에 보관되었으며, 발커렌 섬[7]의 풍요의 여신 네할레니아(Nehalennia)도 이시스와 흡사하게 묘사된다. 이때 이시스는 리본이 달린 큰 모자를 썼으면서 앞치마나 과일바구니 또는 뿔고둥 안에 과일을 담고 발은 뱃머리에 얹은 형상이다.

수에브족은 나중에 울름과 여타 지역에 본거지를 두었고 이들은 날씨가 따뜻해지면 수레를 타거나 쟁기를 가는 것 외에 배나 배 썰매를 타고 다녔다. 그렇기 때문에 수에브족에게 유난스러운 배도 실제로는 게르만 순수의 것으로 간주할 수 있다.

타키투스가 거명한 이 3번째 여신이 바로 탄파나이다. 이 여신도 역시 풍성한 결실의 여신이었던 듯하다. 서기 14년 겨울이 시작될 무렵 마르센 부족이 흥겨운 분위기에서 제사를 드렸는데, 아마도 추수

---

6) 쾰른에 있는 로마 시대 교회당 12개 중의 하나이며, 성녀 우르슬라에게 봉헌된 성당이다.

7) 이 섬은 네덜란드 제란드 지방에 있는 섬이었는데, 1871년 육지와의 연결제방(*Sloedamm*, 슬뢰담) 축조로 반도가 되었다.

감사 제사였었던 듯하다. 이때 로마의 게르마니쿠스 군대의 습격을 받았고, 탄파나 신전은 파괴되고 말았다. 우리 생각으로는 이 탄파나는 타키투스 시대에 3가지 이름으로 다양한 형태와 지역에서 나타나며, 봄과 가을에 축제가 이뤄지는데, 어떤 곳에서는 농토의 축복을 간구하기 위해서였고, 어떤 곳에서는 얻은 축복에 대한 감사를 위한 축제였다. 탄파나는 또 구름과 비의 능력을 갖춘 구름과 비의 여신이기도 하다. 데아 흘루다나(Dea Hludana)는 탄파나 여신과 비슷하게 유익을 가져오는 여신이었던 듯한데, 뮌스터아이펠(Münstereifel), 크산텐(Xanten), 베트굼(Beetgum)에는 이 여신에게 바쳐진 큰 바위가 놓였다. 베트굼의 바위는 서(西)프리스란트의 어로민(魚勞民)들이 바친 바위이다.

로마 시대의 이런 여신들과 가장 근접하여 제단에 등장했던 앙겔작센족의 여신으로 에오스트라(Eostra)라는 여신이 있다. 서기 700년경에 살았던 앙겔작센의 학자인 베다(Beda)[8]에 따르면 에오스투르의 달인 4월은 여신 에오스트레(Eostre)[9]에서 이름을 따온 것이며, 이때쯤 이 여신을 섬기는 축제들이 벌어졌을 것이다.

이에 반해 우리에게 전해진 월별 이름 중에서 다른 어떤 이름도 신들의 이름에 따온 것이 없는데, 이 점은 논란의 여지가 있는 듯이 보인다. 부활절의 달, 즉 오스터의 달은 유대인들의 유월절의 달, 즉 파사(*Passah*)의 달에 상응하는 명칭이다. 왜냐하면 고대 교회 규정에 따르면 춘분이 시작되고 해가 정확히 동쪽 점에 돌아와야 부활절 축

8) 이 인물의 정확한 이름은 '영예로운 자 베다'(Beda Venerabilis: 672/673~735)이다. 베네딕트 교단의 수도승으로, 앙겔작센 출신이며 신학자이고 역사가이다. 성인으로 추앙되었으며 성일(聖日)은 5월 25일이다.

9) **[원주]** Eostre: Kluge in seiner Zeitschrift f. deutsche Wortf. 2, 42.

제가 열릴 수 있었기 때문이다. 이것을 또 증빙하는 사실은, 게르만의 아우스트로(Austro) 여신에 해당되는 아침여명의 “빛의 여신”으로 인도에 우샤스(Ushas), 그리스에 에오스(Eos), 로마에 아우로라(Aurora) 등이 있다는 점이다. 인도의 우샤스 여신이 봄의 여신으로 확대되는 것처럼, 독일의 오스타라 여신도 봄의 여신으로 확대될 수 있었다. 후대에 와서도 부활절 처녀에 대한 아름다운 전설도 없어지진 않았다. 이에 대해서는 다음에 논의될 것이다.

〈앙겔작센 농토 속죄문〉(①권 78쪽 참조)에는 성장과 파종의 번성을 위해 에오르단 모토르(Eorđan Móthor, ‘대지의 어머니’)와 폴데 피라 모토르(Folde Fira Móthor, ‘인간 어머니의 대지’)에게 도움을 요청하는 내용이 담겨 있다. 그러나 이 두 여신은 기독교 신의 보호 아래에 있는 것으로 생각되었으며, 때문에 이 두 여신이 토착신앙의 여신인지는 의심스럽다.

독일 주요 여신의 보다 완전한 모습을 우리는 대부분 후대의 민속설화에서 얻는다. 이런 설화들은 기독교가 지배하는 수백 년 동안 세월 속에서 왜곡되어 버렸지만 농부들이 보이는 순수함과 담백한 모습을 지니기도 하다. 이 여신 이름은 홀레 부인 또는 홀다 부인으로, 중부 독일과 오스트리아의 일부 주 그리고 지벤뷔르겐(Siebenbürgen)[10] 지역에서 통용되었으며, 그러다 그림(Grimm)의 민담을 통해 민중 사이에 널리 알려졌다. 튀링겐 지방에 이르는 남부 독일에서 이 홀레 부인(Frau Holle) 혹은 홀다 부인(Frau Holda)에 상응하는 독일 여신은 베르크타 부인(Frau Berchta)이다. 또 프렌 부인(Frau Freen), 프리엔 부인(Frau Frien), 프리크 부인(Frau Frick)나 고데 부인(Frau Gode) 또는 하

10) 현재 루마니아의 중심권을 이루는 지역이다.

르케 부인(Frau Harke) 같은 여신은 슐레스비히 북동부, 폼머른, 메클렌부르크에 이르는 하르츠 산맥 북단지역에서 나타났다. 그 밖에 또 다른 이름의 여신이 다른 지역에서 신봉되기도 했다.

백설 부인(die weiße Frau)이라는 이름의 독일 여신도 있다. 몇몇 근대 신화학자들[11]은 이 백설 부인을 오랜 연륜의 독일 여신의 모습으로 인정하려 하지 않는다. 이 여신의 존재를 확인하는 문서가 아주 뒤늦은 것이며 또 유령처럼 등장하고 추하고 사납게 나타나기 때문이다. 그러나 몇몇 오래된 증거자료들이 없지 않고 또 고품격 여신으로서의 특징들도 확인할 수 있다.

북구의 최고 여신 프리그는 고대 독일어로 프레아와 프리야, 근대 독일어로 프렌 부인, 프리엔 부인 그리고 친밀 축소형으로 프레케 부인(Frau Freke)와 프리크 부인으로 불렸다. 북구 문학에 따르면 프리그는 마치 여왕처럼 오딘과 함께 하늘보좌에 나란히 앉아 있으면서 남편의 의지를 거스르며 자신이 아끼는 영웅에게 승리를 안겨주는 능력을 발휘한다.

프리그는 산욕에 있는 여인에게 도움을 베풀고 박식한 여의사 에이르, 충만한 선물을 주는 여신 풀라, 땅을 선사하는 게피온 등에 둘러싸여 있다. 북구 민속신앙에 따르면 여신은 물레방추를 돌린다. 이런 특징들은 거의 독일 여신의 대응형상에 귀착되는 것들인데, 이는 훨씬 오래전에도 있었던 것으로 확인된다. 즉, 로마 달력의 5번째 요일 '디스 베네리스'(*Dies Veneris*)가 '프라이탁'으로 번역되었는데, 이는 기원 후 초기 몇 세기에 일어난 일이다.

랑고바르트족 전설의 시점도 위로 거슬러 올라간다. 이 전설에 따

11) Einige neuere Mythologen: z. B. Mogk u. Golther, vgl. Schwartz in d. ZdV. f. Volksk. 9, 1. 123. 305.

르면 랑고바르트족의 이름과 한 전투에서의 승리는 프레아 때문에 비롯된 것이었다. 이 여신의 남편인 오딘을 속여 넘겼던 사건(226쪽 참조)이 바로 그것이었다. 5세기에 앙겔작센의 보단과 프레아가 브리타니아로 건너갔다. 〈메르세부르크의 주문〉 안에서 프리야는 여의사로 변신하여 발더가 탄 말의 골절을 치료해 주고, 심지어는 북구의 프리그처럼 발더의 애인, 즉 볼라를 자기 애인으로 취한다.

북구의 프리그처럼 프리크 부인 혹은 프렌 부인은 우커마르크(Uckermark)[12]와 북부 하르츠 지방에서 직조작업을 보호하는 여신이다. 북구의 금요일에 그런 것처럼, 이 여신은 이 지방에서 자신이 돌아다닐 때 물레질하는 것을 용납하지 않으며 게으른 실 짜는 여인이 아직 완성하지 못한 아마를 더럽혀 버린다. 니더작센과 오버작센 경계선 지역인 안할트 출신 역사학자 에카르트[13]는 1750년경에 발행된 책에서 실 잣는 일을 분명히 하나의 직업으로 이해했다. 이 직업 때문에 당시에 니더작센인들은 프레케를, 오버작센인들은 홀다를 신봉했다. 홀다도 자기 구역에서 실 잣는 일을 게을리 하는 하녀들을 똑같은 방식으로 엄하게 벌을 내렸다. 두 여신은 다른 중요 특징들에서도 일치한다.

우커마르크의 프리크(Frick) 할멈은 악마의 할머니로 밤마다 커다란 자기 개를 데리고 배회하며 입과 코에서 불을 뿜어낸다. 이 프리

12) 이 지명을 가진 지역 대부분이 독일 동북부의 브란덴부르크 주에 속해 있고 그 일부가 매클렌부르크-포어폼머른(Mecklenburg-Vorpommern) 주에 속해 있다.

13) 요한 게오르크 폰 에카르트(Johann Georg von Eccard: 1644~1730). 철학자 라이프니츠의 비서를 지낸 인물로 역사가이자 도서관 전문가였다. 나중에 가톨릭으로 옮겨 쾰른 대주교 밑에서 일했다([원주] s. Eccard, de origine German. 2, 398. 1750.).

크는 홀다와 비슷하다. 1000년경 미신을 믿는 부족이 특정한 날 밤에 짐승을 타고 나타난 여성 데몬 족속의 우두머리를 홀다의 이름을 본떠서 그대로 홀다로 불렀다. 베르크테 부인(Frau Berchte)도 역시 아주 흡사한 여신으로, 13세기에 공식적으로는 도미나 페르크타(Domina Perchta)로 처음 확인되었다. 이름이 이렇게 된 것은 여신이 밤나들이를 하는 공현절(1월 5/6일)[14]을 독일어로 표현한 것 —"기페르(크)타 나(하)트"〔*giper*(*c*)*hta Na*(*c*)*h*t〕— 때문이었을 수 있다. 이는 루츠 부인(Frau Luz)이 루치엔 요일(Lucientag)에서, 또 파스테 부인(Frau Faste)이 금식일인 파스텐 요일(Fastentag)에서 유래한 것과 흡사하다. 그러나 이 여신의 신화는 이미 예전부터 있어 온 것이며, 옛 달력에는 있지도 않았던 요일의 이름으로부터 유래할 수는 없다.

앞에서 거명한 세 신들에 대해서처럼, 마르크 지방에는 하르케 부인(Frau Harke)이 십이야에 돌아다니며, 1월 1일이 되기 전에 실 잣는 것을 끝마치지 못한 하녀들의 베틀을 오물로 더럽혔다는 이야기가 있다. 에카르트가 프레케를 그렇게 했듯이 가장 나이 많은 기록자인 사무엘 발터[15]는 1732년 하르케 부인을 홀라 부인(Frau Holla)과 비견했다. 가우데 부인 혹은 보데 부인에 대한 슐레스비히-홀슈타인, 메클렌부르크-폼머른, 알트마르크 지방 등 각 지역의 일치된 기록에 따르면 이 여신도 12번째 날 밤에 게으른 실 잣는 여인을 혼내주었다는데, 이 여신은 실상 19세기에 이르러서야 등장한 여신이었다.

프렌 부인 혹은 프리크 부인과 고대 게르만 프리야-프리그 여신과

---

14) [원주] Epiphaniennacht: Mannhardt, WFK. 2, 185.

15) 사무엘 발터(Samuel Walther: 1679~1754). 작가, 교육학자, 역사가이며 프로이센 학술원 회원이었다([원주] Samuel Walther: Singularia Magdeburgica 1732, S. 767.).

의 관련성은 분명하며, 이 때문에 다른 지역에 나타난 비슷한 종류의 다른 이름의 여인들이 신적인 지위에 도달한다. 이들을 나타내는 다른 이름인 홀다(Holda, '선한 여인') 나 베르크타('빛나는 여인') 는 지극히 합당한 이름이다. 이런 여인들이 "부인"(*Frau*) 이나 "마님"(*Domina*) 같은 신분표시를 가진 것도 그 때문이다. 많은 전설에 망자의 영혼, 꼬마 요괴 슈레틀라인, 츠베르크 그리고 이런저런 여성들로 구성된 귀신 떼들이 등장하는데, 홀다나 베르크타는 이런 귀신 떼의 우두머리 역할을 한다. 특히 여인들의 무리 중에서 홀다는 보단과 같은 높은 지위를 차지한다. 튀링겐 지방에서 노년의 충직한 사도 에카르트[16]가 마치 예언자처럼 홀다를 높이 평가했는데, 이런 경우 홀다는 그 위엄에서 보단을 능가했다.

백설 부인도 함께 포함된 풍성한 내용을 담은 전설 모음집은 이 홀다의 신성에 대해 가장 분명하게 긍정적인 표현을 한다. 여기서 홀다는 거칠고 버릇없으며 기괴한 특징을 지니면서도, 온화하고 고상한 특성도 드러낸다. 이런 특징들은 원래 예전에 엘프인 홀데나 운홀데, 베르크테, 베르크텔른(Berchteln) 등으로부터 비롯된 변덕스러운 날씨의 여신이었던 농부의 여신에게 할애된 특성들이었다. 이에 따라 많은 데몬적인 특성을 보유한 이 홀다 신화는 우리의 중요 남신들처럼 수세기 동안 유포되었다.

홀다는 십이야 동안 활동하는 거친 폭풍의 여인으로 우리에게 이미 알려진 터이다. 그러나 이 홀다는 다른 곳에서는 늦은 가을에 날뛰기

---

16) 여기서는 신비주의 신학자이자 철학자였던 에카르트(Meister Eckart: 1260~1328) 를 지칭하는 듯하다. 그는 도미니크 교단 사제였으나 말년에 교황으로부터 이단의 혐의를 받아 종교재판에 회부되었다. 그러나 생전에 그 소송은 마무리되지 못했다. 그는 강설을 통해 많은 대중에게 막강한 영향력을 끼쳤다.

시작하여 사순절 금식기간까지 계속 활동한다. 홀다는 남서부 지역에서는 파스테 부인(Frau Faste)이라는 명칭을 가진다. 루터의 글에서 홀다는 포첸의 코(Potzennase)[17]를 가졌다. 이에 대응하는 남부 독일의 여신은 긴 코나 쇠로 된 코를 가진 야성적인 베르크트(Bercht), 부첸베르크트(Butzenbercht)[18]이다.

이 이상한 코에 대한 설명은 다음과 같은 아이들의 노래가 제공한다. "비야, 비야, 네 긴 코를 갖고 멀리 사라지렴!" 그러니까 계속해서 달려가는 홀다 부인이나 베르크타 부인은 빗속에 긴 코를 갖고 있다. 어머니 가우에르켄(Gauerken)이 까마귀 검은색의 구름에 싸여 다가와서 흩어진다. 눈보라가 치면 홀레 부인은 침대를 털어 내고 자신의 하얀 옷을 풀어헤친다. 이 여신은 바람과 비를 몰고 알프스에서 바다의 베를 짜는 방 안으로 달려 들어온다. 그리고 거기서 아직 완성이 안 된 치마를 흩트리고 더럽혀 버린다. 하르츠의 홀레 부인, 튀링겐의 홀레프라우(Hollefrau), 엘사스의 파스테 부인은 갑자기 창문을 통해서 게으른 실 잣는 여인에게 손을 뻗치거나 물레의 방추를 창문 안으로 던져 넣는다.

그녀에게는 실 잣는 일이 매우 중요하기 때문에, 슐레지엔에서 이 여신은 수핀델홀레(Spindelholle),[19] 슈필라홀레(Spillahole)[20]라고 불린다. 부첸베르크트도 얼굴이 검게 변하고 머리는 산발한 채 집안에 위협의 말을 외쳐대며 집안으로 사과와 호두를 다수 던져 넣는다.

---

17) "포체"(경악, 분노, 저주의 느낌이 배인 간투사)와 "die Nase(코)"가 합쳐진 복합어휘이다.

18) 독일어 "부첸"(*Butzen*)은 "꼬마, 난쟁이", "도깨비, 요괴"의 뜻이다.

19) 독일어 "Spindelholle"는 der "Spindel"(물레가락)과 "Holle"의 복합어이다.

20) 이 단어에서 "Spilla"는 "Spindel"의 다른 말인 "Spille"에서 온 단어인 듯하다.

튀링겐에서 홀라 부인은 성탄절 날 두툼하게 말려 있는 치마에 대해 "머리카락이 많은 만큼, 좋은 일 많은 해가 되렴!" 하고 외친다. 그러나 홀라가 공현절(1월 6일)에 되돌아와서 거기에 여전히 면포가 있는 것을 보면, "머리카락이 많은 만큼, 나쁜 일도 많은 해가 되렴!" 하고 말한다. 두려움을 느껴야 할 것은 하녀들만이 아니라 수레나 쟁기를 밖에 방치하고 십이야 축제 때 그것을 창고에 넣지 않은 하인들도 마찬가지로 두려움을 느끼게 한다.

바이에른, 오스트리아, 튀링겐에서 페르크트 부인(Frau Percht)은 축제 때 잘 먹는 것을 중요시한다. 그렇지 못하면 페르크트 부인은 사람들 배를 갈라 열거나 알프나 슈템페(Stempe)처럼 꿈속에 나타난다. 페르크트 부인은 혼자 오지 않는다. 마치 사나운 사냥꾼처럼 시종들을 많이 대동하고, 대개는 뿔고둥이 울리거나 개가 짖거나 짐승들이 울부짖는 가운데 그러나 드물게 음악이 울리는 가운데 나타난다. 홀레 부인은 이때 말하는 사람의 목을 돌리거나 페르크타 부인처럼 도끼로 그 사람의 어깨를 후려친다. 베르크타 부인은 이성을 마비시킨다. 베르크타 부인이 백마나 다리가 3개 달린 짐승을 타고 오는 경우는 드물며 대신 페르크타 부인, 홀레 부인, 가우덴 부인은 육중한 수레를 자주 타고 온다. 이 수레는 십자로에서 부서지고 이것을 고치는 데 도움을 준 농부에게 여신은 그때 떨어진 나무 판때기를 주는데, 이것이 나중에 금으로 변한다. 대체적으로 베르크타 부인은 12번째 날에 근면한 자, 감사할 줄 아는 자, 얌전한 아이들에게 선행을 베푼다.

15세기에 바이에른에서는 많은 사람들이 십이야 기간 동안에 페르크타 부인을 위해 갖가지 음식과 포도주를 수저와 포크를 갖춘 상 위에 차려 놓았다. 페르크타 부인이 집안의 번영과 다양한 일들을 잘 보살펴 주고 잘되기를 염원하는 의미에서였다. 당시 바이에른에서 사람들은 또 쟁기를 베르크타 부인의 식탁[21] 밑에 놓아두었다. 아마도 그녀가 이를 축복해 달라는 뜻에서였을 것이다.

운터슈타이어마르크(Unetrschteiermark)[22] 지방의 페르크타 부인은 성탄절에 아이들로 하여금 기도하게 하고 회초리로 그들을 때리거나 호두와 사과를 선물로 나눠 준다. 이 페르크타 부인의 선행의 빛은 하얀 옷에 망사를 쓴 소녀[23]에 바탕을 두는데, 이 소녀는 성탄절 아이로써 바덴, 라인팔츠, 튀링겐, 포이크트란트 등지에서 아이들에게 선물을 나눠 준다. 대강절 놀이에서는 예수가 황금수레[24]에 선물을 싣고 오는데, 이때 이 황금수레는 황금 판때기를 남겨 놓는 페르크타 부인, 홀레 부인, 가우데 부인의 황금수레를 연상시킨다. 이것은 또 네르투스의 수레도 연상시키는데, 네르투스는 봄에 수레를 타고 나라를 두루 돌아다니며 축복을 내린다. 튀링겐에서는 부서져서 다시 수선되는 이 수레가 부러진 쟁기로 묘사되며, 그것을 수선한 농부 역시 황금 판때기로 보상을 받는 것으로 되어 있는데, 이런 이야기가 있는 만큼 앞의 연상은 더욱 그럴 듯하다.

튀링겐의 페르크타 부인은 농부들이 땅 위에서 농토를 일구면 쟁기로 땅 밑에서 땅을 일구며 최고의 씨앗을 뿌린다. 그 사이에 꼬마 여인인 하임헨(Heimchen)[25] 무리가 농토에 물을 대어야만 했다. 페르

---

21) [원주] Berchtentisch: F. Vogt, Schlesische Weihnachtsspiele 95.

22) 독일의 동남부 끝에 위치한 지역으로 세계대전을 치르면서 귀속이 자주 바뀐 지역이다. 제1차 세계대전 이후에는 오스트리아에 속했다가, 제2차 세계대전 때는 독일 제3제국에 점령되었고, 그 후에는 유고슬라비아에 속했다.

23) [원주] Weißgekleidetes Mädchen: F. Vogt a. a. O. 107. 109. E. H. Meyer, Bad. Volksleben 64.

24) [원주] Goldner Wagen: F. Vogt a. a. O. 111.

크타 부인은 성(聖) 공현절 전날 밤인 페르크타의 밤에 그 땅을 떠나는데, 이때 그녀의 시종들인 이 하임혠들이 그 무거운 쟁기를 끌어다가 나룻배 안으로 밀어 넣는다. 페르크타 부인은 큰 소리로 애곡(哀哭)을 하며 이 배를 건너편 강변으로 끌어간다. 마르크 지방의 하르케 부인도 자신의 족속들을 데리고 동일한 방식으로 엘베 강을 건너가며 뱃사공에게 뱃삯으로 금을 준다. 하르케 부인에게는 쟁기가 없지만, 또 다른 특징을 통해 농토의 시혜자로서의 모습을 내보인다. 그녀는 마르크의 작은 무를 그 인근 지역에 재배한다. 이런 여인의 형상들은 독일의 다른 지역에서 땅을 시혜하는 처녀나 북구의 게피온에게 가까이 접근한다. 게피온은 쟁기로 자기 지역 모두 밭갈이를 한다(289쪽 참조).

변화무쌍한 봄철 날씨는 이런 여신들이 취하는 일련의 형상들의 공통적 속성이 된다. 그래서 날씨가 바뀌기 전에 홀레 부인이 세수를 한다는 말을 하르츠 지방 사람들은 확언하듯이 말하며, 라우시츠(Lausitz)[26]의 수(水) 부인(Wasserfrau)이 실을 잣거나 얼굴이 하얗게 변하면 날씨가 달라진다. 이 부인은 검은 옷을 입고 바닥이 없는 물통 두 개를 갖고 다니거나 하얀 옷을 입고 밝은 색의 물통으로 바닥이 없는 저수통에 물을 퍼붓는다. 니더작센의 백설 부인도 이와 비슷하게 세수를 하고 물을 깃는다. 홀레 부인은 밤마다 안드레아스베르크(Andreasberg)[27] 부근에 있는 3개의 빵 바위 위에 앉아 남편을

25) 사전적으로 귀뚜라미를 의미하기도 하지만, '아무 일도 하지 않는 필요 없는 여자'의 의미도 있다. 여기서는 페르크타 부인을 돕는 시종처럼 생각되는 신화적 형상이다.

26) 현재 이름은 포르스트이다. 독일 브란덴부르크 주 동남쪽에 위치하며 나이스 강을 끼고 있는 폴란드와의 접경도시. 2만 3천 명의 인구를 지닌 소도시로 14세기부터 존재했다.

그리워하며 진한 눈물을 흘린다. 태양이 비를 뚫고 비치면, 백설 처녀(die weiße Jungfer)가 마인 강변에 있는 훌슈타인 바위 위에서 머리를 빗거나 홀레 부인이 교회 헌당식을 한다. 홀라 부인은 헤센 주 마이스너에 있는 프라우홀렌바트와 튀링겐에서 목욕을 한다. 그 지역 부활절의 두 번째 날에는 이웃 젊은이들이 화환을 홀라 부인의 동굴로 가져간다.

봄 신화의 백미는 백설 부인의 구원에 대한 독일 전설인데, 이 전설은 북구의 경우 죄지은 게르드에 대한 프레이-스키르니르의 청혼 이야기나 죄지은 멩글뢰드에 대한 스비프닥의 청혼 이야기(82쪽 이하, 213쪽 참조)에 가장 극명하게 표현되어 있다. 이런 묘사의 배경은 초봄의 인상적인 상황 변화이다.

북구의 경우 여름구름 부인이라는 존재가 있다. 이 부인은 날씨를 비치는 뜨거운 불길인 바버로헤에 둘러싸이고 독을 품고 으르렁거리는 개들의 감시를 받으며 황금 홀에 갇혀 있다. 신이나 영웅이 "시든 나뭇가지" 또는 "마법의 나뭇가지"인 번개를 갖고 온갖 어려움을 뚫고 이 여름구름 부인을 자유롭게 한다. 신이나 영웅이 리제가 행한 어두컴컴한 겨울의 포획 상태에서 이 부인을 해방시키는 때가 바로 초봄의 계절 변화의 때이다. 독일의 경우 이 봄의 신화가 하늘 높은 곳으로부터 지상으로 하강해서 지역의 전설이 되었으며, 이런 전설이 수많은 고요한 숲이 있는 산이나 깊은 동굴 또는 퇴락한 산성에 눌러앉아 비밀스러운 마법의 주문으로 이것들을 에워싼다. 이때 전설의 영웅은 젊은 농부나 목동이며, 여자 영웅은 산성 처녀(Burgfräulein)이다. 이 산성 처녀의 이름은 대개 백설 부인으로 베르크타 부인이나 홀다 부인

27) 하르츠 산중에 있는 휴양 산중도시이다.

을 지칭했던 그 이름이다. 그러나 산성 부인(Burgfrau), 마법에 걸린 처녀, 오스터 부인(Osterfrau), 열쇠 처녀(Schlüsseljungfer) 혹은 아마(亞麻) 처녀(Flachsjungfer)라고 불리기도 한다. 이런 처녀는 보물산에 사는데, 이 보물산은 축제의 절정부나 대강절, 성탄절에 희미하게 빛나며 매 7년마다 금·은빛 때문에 미광을 비친다. 그러나 이른 봄에 이 처녀는 밖을 그리워하며 뛰쳐나오며 목욕하는 모습, 머리를 빗질하는 모습, 물 깃는 모습 등으로 나타나며 대개는 해가 따뜻하게 비칠 때 나타나고, 매년 또는 7년마다 나타나며, 시기적으로는 부활절 무렵이나 5월 1일에 나타나고, 때때로 성 요한 절(6월 24일)에 나타나기도 한다. 모두 구원을 받기 위해서이다.

그런 보물을 싣고 이런 여인을 구원하려면 중요한 것은 용기와 신중함이다. 어떤 양치기가 기적의 꽃, 행복의 꽃, 파란 꽃을 발견한다. 꽃은 노란, 붉은, 하얀 색깔을 띨 수도 있으며 열쇠꽃, 오월꽃, 장미, 백합 등의 이름을 갖는다. 혹은 하르츠 산맥 오스터로데(Osterrode)의 개울에서 몸을 씻던 오스터 처녀(Osterjungfrau)가 양치기에게 꽃을 꺾어준다. 이 꽃을 꺾으면 꽃이 우렁찬 소리를 울리며 기가 막히게 아름다운 초나 열쇠로 모양이 바뀐다.

양치기는 꽃이나 열쇠, 등대 풀뿌리 등으로 보물로 나아가는 철문을 열고 꽃을 자기 모자에 꽂는다. 양치기는 동굴 안에서 자루를 채우며 귀한 보물들에 놀라면서 모자를 벗는다. 그리고 모자를 쓰지 않은 채 "가장 좋은 것을 잊지 말지니!"라는 경고를 귀 기울이지 않은 채 걸어 나온다. 밖으로 나서는 순간 철문이 닫히면서 양치기의 발꿈치를 칠 뻔 한다. 모든 것이 사라져 버렸고 길은 다시는 발견할 수 없게 된다.

백설 부인을 구원하고자 하는 남자는 험난한 모험을 치러야만 한다. 그는 죽음의 곤경에 내몰리면서 말도 못한 채 키스를 3번 해야 한다. 백설 부인은 통상 하나의 황금열쇠를 가지고 있거나 허리춤에 열쇠다발을 걸고 있고, 아니면 불이 붙은 열쇠를 갖기도 하고, 입에는 불뱀을 물고 손에는 촛불을 들고 있다.

구원자의 최종 목표인 키스에 점점 가까워질수록 백설 부인의 모습은 처음에는 검게, 그 다음에는 반쯤 검게, 마지막에는 하얗게 변화한다. 그리스 신화에서 펠레우스가 테티스를 껴안자 처음에는 무서운 곰으로, 두 번째는 불타는 황소 그리고 가장 흔하게는 불 뱀으로 변하는데, 백설 부인도 이런 테티스와 유사하게 변한다. 백설 부인은 불길에 휩싸여 있으며, 소리를 내고 굴러오는 둥근 함 위에 불뱀의 형상으로 누워 있는데 입에는 황금열쇠가 물려 있다. 불을 토하는 검은 개들이 여인의 보물을 지키고 있다. 구원의 도구로 택함받은 남자는 2번째 키스를 감행한다. 그러나 3번째 키스를 하려다가 기겁하며 물러선다. 그러면 여인은 격렬한 폭풍이 몰아치든지 아니면 쾅 소리가 나는 가운데 슬피 울며 사라진다. 그 다음 그녀는 호두나 도토리를 떨어뜨린다. 거기에서는 나무가 자라나며, 이 나무는 나중에 올 보물 관리인이나 구원자를 위한 요람을 만들 나무를 제공할 것이다.

이런 수많은 전설의 존재 여부가 1520년 이전까지는 확인이 불가능하다.[28] 이런 전설에는 마치 오랜 고대 북구의 프레이와 스비프닥에 대한 노래와 흡사하게, 초봄의 무섭게 빛나는 날씨 구름과 번개 사이의 투쟁이 적나라하게 묘사된다. 그러나 이 투쟁은 독일 전설에서는 슬프게, 북구 전설에서는 행복하게 끝나고 있다. 그러니까 북구 전설에 따르면 신이 해방된 여인과 녹음이 짙어가는 바리(Barri) 임원 안

---

28) [원주] Über das J. 1520 hinauf: Grimm, Deutsche Sagen No: 13.

에서 합일을 이루거나, 아니면 해방된 여인이 구원자에게 키스로 반기며 나머지 생을 그와 함께 보내겠다고 약속한다.

그러나 독일 전설에서는 구원을 갈구하던 여인이 풀려나지 못한 채 큰 소리로 한탄을 내뱉으며 사라지는데, 이때 아주 뒤늦은 행복에 대한 희망이 완전히 사라지는 것은 아니다. 이 행복은 나중에 자라난 나무에 의해 이뤄질 것인데, 이런 행복의 모티브는 기독교의 아담 성담(聖譚)[29]에서 차용된 듯하다. 아담은 자기 아들을 천국으로 보내어 거기에서 나뭇가지를 가져온다. 이 나뭇가지는 나중에 구원의 나무, 즉 그리스도 십자가가 된다. 그러나 우리 전설의 핵심은 순수한 게르만 신화로만 이뤄졌다. 번개를 갖고 다니는 북구 해방자의 특징이 마법의 지팡이인데, 이 지팡이가 독일에서는 빛을 발하고 큰 소리를 내는 기적의 꽃으로 대체된다. 그리고 기적의 불꽃 바버로헤가 온갖 형상으로 반복해서 나타나고, 무시무시한 개가 지키는 보물창고도 빠지지 않는다.

자연 속에서 여러 가지 이름을 갖고 활발하게 움직이는 이 여신은 게르만인들이 점점 더 한곳에 정착하려는 경향이 많아지면서 그만큼 더 가정생활에 직접적인 영향을 끼쳤다. 그리고 기독교가 전파된 이후에도 마리아 형상과 합쳐져서 결혼과 가사노동, 농업의 수호자로 여겨졌다.

홀레 부인은 자기 우물에서 인간에게 갓난이를 데려다 준다.[30] 또 나중의 민속신앙에 따르면 홀레 부인이 우물에서 산파를 데려다 주고, 산파는 제물로 그 우물에 동전을 던져 넣는다. 홀레 부인과 베르

---

29) **[원주]** Legende von Adam: W. Meyer, die Kreuzholzsage in den Abh. d. bayr. Akademie 16, 116.

30) **[원주]** Kindlesbrunnen: E. H. Meyer, Bad. Volksleb. S. 11.

크타 부인은 아무 도움을 받지 못한 채 죽어갔지만 세례를 받지 않았기 때문에 기독교의 천국이 배제한 아이들의 혼령을 자애롭게 받아들여 위로하고, 하임헨이 된 이들을 친절하게 이끌고 돌아다닌다. 이런 하임헨들은 부인이 쟁기질하는 데 물을 대는 일을 함께 도와준다. 또 이런 하임헨들과 더불어 강을 건너 다른 지역으로 옮겨가는 것도 가끔 좋게 생각한다. 홀레 부인은 얌전치 못한 아이들에게는 끔찍스러운 유아질환의 모습으로 다가온다.

어린아이들이 처녀로 자라나면, 여신은 처녀들의 가장 중요한 일인 실 잣는 일을 감독하며 그 일에 축복을 내리고 부지런한 처녀에겐 포상하고, 게으른 처녀는 십이야나 금식기간에 또는 잠시 쉬는 동안이나 일이 끝날 때 위협을 가하거나 벌을 내린다. 여신은 또 아마 처녀라는 이름을 갖기도 한다(310쪽 참조). 이 아마 처녀는 아마의 파종과 성장을 촉진하며 아마를 햇볕에 펼쳐 놓는다. 오버팔츠 지방에서는 오직 여인들만이 아마 씨를 뿌릴 수 있고, 또 마르크 백작령에서는 옛날 이 여신의 축일이었던 금요일에만 아마 씨를 뿌릴 수 있었다.

엘사스 지방의 오버슐츠바하(Obersulzbach)[31]에서는 참회의 화요일 춤판에 처녀 총각은 참가할 수 없었다. 그런데 이 춤판에서 남녀가 껑충껑충 뛰면 그 다음해에 대마밭에 꽃이 활짝 피었다고 한다. 여신은 다른 밭작물에 대해서도 풍작을 축복했고, 그것을 위해 여신은 쟁기 뒤를 따라 갔으며, 또 쟁기의 칼날을 베르크타 부인의 축제상 밑에 놓아두었다(307쪽 참조). 또 그렇기 때문에 여인네나 미혼여성들이 새해 첫날이나 금식기간 또는 봄이 시작될 때 쟁기나 써레를 끌고 돌아다니거나 끌어다가 물에 빠뜨렸고 농기구에 불을 붙였

31) [원주] Obersulzbach: Jahrb. f. Gesch., Sprache u. Litt. v. Elsaß-Lothr. 1892, 1.

다. 이는 마치 사람들이 결실을 맺게 하는 비와 번개를 동반한 봄철 날씨를 모방하려는 것 같은 행동거지들이었다.

아이스펠디쉔(Eisfeldischen)에서는 공현절 날에 홀레 부인을, 슈바벤 지방에서는 참회의 화요일 밤(Fastnacht)[32]에 파스테 부인을 불태우고, 땅에 파묻고, 물에 던져 익사시켰다. 사람들은 농토에 축복을 내려줄 여신으로 새로운 젊고 신선한 여신, 겨울을 이기고 다시 살아난 여신을 원했던 것이었다. 이미 사순절 기간 동안 베누스베르크(Venusberg)[33]의 홀레 부인은 추수작황을 미리 예언하며 괴팅엔 지역에서는 사람들이 홀레 부인을 위해 마지막 추수 곡식을 밭에 쌓아두었다. 가우르 부인(Frau Gaur)이 개떼를 몰고 들판 위를 휩쓸면, 그해 호밀 작황은 10배가 되었다. 1712년 니더작센 지방의 한 건물 주민들이 마지막 곡식 줄기 주변에 모여들어, "가우르 부인이여, 당신의 먹이를 갖고 가소서!" 하고 소리쳤다고 한다. 알러에서부터 메클렌부르크에 이른 지역에서는 사람들이 이런 짚단을 가리켜 '고덴 부인(Frau Goden)의 몫'이라는 의미로 '페어고덴델'(*Vergodendeel*)이라고 불렀다.

전통에 따르면 이런 여신을 추앙하는 3개의 축제 기간이 나타난다. 최근까지 티롤 지방에서는 아주 옛날 방식으로 십이야 축제가 곳곳에서 열렸다. 이때 사람들은 축제 첫날인 페르크테의 날(Perchtentag)에, 고나크트(Gonacht)에서는 1월 5/6일에 푸르 페르크틀의 케이크가 테이블 또는 천정에 놓였다. 프랑켄 출신의 독일계 헝가리인들은 성

32) 유럽 가톨릭교회 풍속 중의 하나이다. 예수가 광야에서 40일 동안 금식하며 기도생활을 했던 것을 기념하는 것으로, 이 40일이 시작되는 날이 재의 수요일(Aschermittwoch)의 전날 밤이다. 매우 낭자한 축제가 벌어졌다. 기일상으로는 2월 3일 밤부터 3월 9일 사이에 이뤄진다.

33) 작센 주에 위치한 독일의 소도시이다.

탄절 축제음식으로 쓰였던, 양귀비를 활용한 음식 나머지를 홀덴 부인의 몫으로 그릇에 담아 내놓았고, 니더작센 사람들은 고 부인(Frau Go)의 몫을 들판에 내어놓았다.

사순절 기간 동안과 봄이 시작되는 기간엔 춤이나 쟁기를 끌고 돌기 등을 통해 여신의 숭배 행사가 이뤄졌다. 가을에는 추수 중 여신의 몫이 따로 할애되었다. 우리는 이때 어떤 곳에서는 네르투스 여신이 환호하며 수레를 타고 도는 형상을, 또 다른 곳에서는 마르센족의 탄파나 여신의 향연을 떠올릴 수도 있다. 아주 오래된 옛 축제의 정취는 오늘날에도 여전히 시골사람들의 마음을 들뜨게 한다.

제10장

북구 신화 안의 기독교

우리가 바라보는 게르만 신화라는 건물은 넓게 뚫린 구멍 틈새로 모양이 비틀어져 있긴 하지만, 북구와 독일에서 나온 다양한 모양의 바위들과 다양한 시대의 각기 다른 스타일로 구성되었다. 친숙하고 토착신앙적인 전설은 대단히 빈틈이 많다. 그래서 사람들은 이 전설들이 게르만 토착신앙이 더 이상 존재하지 않게 되었던 시점부터 시작된 것이라 말하기도 한다.

이런 전설에 대해서 언급할 수 있었던 이들은 이 땅에 친숙하지 않았던 로마인들과 토착신앙을 잘 모르는 승려들이었다. 이 토착전설은 크게 두 덩어리로 분류될 수 있는데, 하나는 주로 북구 음유시인인 스칼데에 의해 전해진 북구 전설과 또 하나는 주로 민중계층 사이에 전해진 범속(凡俗)한 게르만 전설이다. 바로 이 대목에서 게르만 국가구조와 사회를 지배하는 계층 간의 첨예한 대립현상이 투영된다. 농민신화와 귀족신화가 존재했던 것이다.

바로 이런 두 가지 토대 위에서 동일한 발전이 이뤄졌다. 가장 오래되고 차원이 낮은 신앙형태라고 할 수 있는 영혼신앙, 알프신앙, 데몬신앙에서부터 서서히 보다 높은 차원의 형상들이 만들어지고 그 마지막 화관(花冠)으로서 바로 여러 게르만 신들이 등장했던 것이다.

그러나 농민들이 믿던 초월적 존재들은 거의 모두 자연력들과 상관관계를 맺었고, 심지어 신들조차도 마찬가지였다. 이런 존재들은 보다 강한 정신적 영향력을 지닌 기독교 형상들의 압박에 맞서서 오랜 기간 동안 정체성을 유지했다. 대다수 민중의 신앙은 우상과 같은 신화 속에, 자연종교 안에 머물렀고, 이런 자연종교는 저 먼 태고시대 이래로 확실한 윤곽을 지니고 인간적인 양태를 지닌 형상들을 추앙했다. 이와 반대로 자신들이 신의 후손들이라고 믿었던 귀족들은 사제와 궁정시인들이 품위 있게 형상화한 보다 정신적인 존재의 신들을 추앙했다.

소박하고 흔히 투박하지만 정결하고 신중하며 자주 시적인 농민정신이 한쪽에 있다면, 다른 한쪽에는 바이킹 시대에 기록된 몇몇 에다 노래들의 가장 아름다운 형상에서 보듯이, 호전적이고 대담하며 목표지향적인 영웅감정이 있는데, 이런 농민정신과 영웅감정이 서로 어울렸던 것이다.

그렇게 해서 서서히 정신적 종교가 발전했다. 그러나 이미 형성되기 시작한 때부터 토착 정신종교는 기독교와 충돌하면서 훨씬 더 취약한 것으로 나타났다. 이것은 오래되고 투박한 민중신앙보다 훨씬 더 빨리 기독교에 패배하고 말았다. 이런 토착 정신종교가 이룩한 최고의 업적은 그것이 비록 북구에 한정된 것이긴 하지만, 친족관계와 숙명에 의해 어느 정도 연결된 신들의 위계질서를 세워 놓은 것이었다. 이 체계 안에서 신들은 왕에서부터 시작해서 궁정시인 그리고 시녀에 이르기까지 제 각기의 직위를 가졌다. 그러나 내세관은 민중이나 귀족에게나 모두 분명치가 않았고 지극히 감각적인 자연에 머물렀다. 그래서 당연히 가족의 삶은 발할 안에서 발퀴레와 어우러진 전투와 쾌락의 삶 때문에 억압당했다. 한층 더 부족한 대목은 인간의 등장과 그 과정 그리고 종말에 대한 질문에 적절한 답이 거의 없었다는 점이다. 또 교양을 갖춘 사려 깊은 사제집단의 지혜와 종교적 자극을 주는 풍부한 도시문화도 갖추지 못했다. 토착 정신종교에서 개별적으로 완성된 많은 인물신화가 생성되었고 거기서 신화의 무더기가 만들어지기도 했지만, 체계적인 세계신화의 창조를 해낼 만한 정도는 아니었다.

원천에서부터 길어 올린 우리 게르만 신화의 특성과 현격한 대조를 보이는 것이 환상시 〈뵐루스파〉[1]이다. 한 여자 예언자의 예언으로 《운문 에다》 중에서 가장 장대하고 수많은 논의를 유발한 가사가 바로 〈뵐루스파〉이다. 이 시는 의도적으로 어둡고 세부적으로는 명확하지 않지만 중심사상과 기본이념은 충분히 이해될 수 있게 펼쳐졌다. 이 시는 생각할 수 있는 최고 수준의 고귀한 주제, 즉 저 먼 태고시절부터 저 극단의 종결에 이르는 세계의 역사, 그리고 그것을 넘어서는 이 세계의 갱신이라는 주제를 다룬다.

이런 대담한 이념, 심오한 지혜가 어디에서 유래한 것일까? 하나의 계시와도 같은 시간과 공간을 장대하게 아우르는 포괄적인 사유는 그런 표현을 하기 위해서 수백 년을 요하는 준비과정을 필요로 했을 터인데, 앞에서 언급했듯이 이런 엄청난 사유가 여러 개로 조각나 있고 미성숙한 단계에 있던 게르만 신화세계에서 어떻게 갑자기 나올 수가 있었을까? 이런 기적은 토착신화의 민족적 발전과정에서 일어날 수 없는 일이었다. 아마도 이런 비약을 가능케 한 어떤 이질적인

1) [원주] Völuspa: Müllenhoff, Deutsche Altertumskunde 1883. 5, 3-157. Bugge, Studien über die Entstehung der nordischen Götter-U. Heldensagen (übersetzt von Brenner 1889 an vielen Stellen). E. H. Meyer, Völuspa 1889.

힘이 작용한 것이 틀림없는데, 이 힘이 전혀 다른 사고 체계를 옛 신화에 주입시켰던 것이다.

사물의 시작과 처음 그리고 그 심오한 의미에 대한 종교적 성찰의 본향은 동양(東洋)이었다. 교회는 모든 세상일 한가운데에 그리스도와 과거와 미래를 화해시키는 그리스도의 십자가 죽음을 밀어 넣었다. 3세기 초 이래로 기독교적 세계사는 창조, 구원, 예수의 재림, 천년왕국 그리고 세계종말을 신적 구원계획의 요점으로 파악했다. 이런 가르침은 A. D. 초기 몇 백 년 동안 북구에 다양한 형식으로 잘 알려져 있었다. 이를 위한 가장 간단하고 인기 있던 형식은 이른바 신학의 총체, 설교였다. 이런 설교는 아주 민중적인 방식으로 교회 전체에 구원의 역사를 환기시켰다. 그렇게 해서 이런 가르침은 북구의 스칼데 계급과 충돌을 일으켰다.

토착종교에서 기독교로 내적 개종이 이뤄지던 시기에 북구 세계의 중요한 두 정신적 흐름이 마치 저수지 속으로 들어가듯 이 〈뵐루스파〉 안으로 합류하였던 것이다. 이 시의 편찬자는 새로운 종교의 가르침과 예전의 기술적 가르침 사이에 위치했다. 새로운 가르침은 시인에게 장대하고 낯선 개념들을 충만히 공급했고, 예전의 기술은 스칼데 양식으로 새로운 개념들을, 아주 낯선 것들이긴 하지만 예부터 익숙한 신화학적인 표현법과 명칭을 이용하여 바꿔 쓰기를 할 수 있게 했다.

기독교의 개별 사건들과 함께 기독교 내용을 담은 전체 시들도 토착종교의 스타일로 포장되었다. 비슷한 현상이 남부 유럽에서도 일어났다. 4세기에 여류시인 프로바 팔토니아(Proba Faltonia)[2]는 천지창

---

2) 팔토니아 베티티아 프로바(Faltonia Betitia Proba: 306/315~353/366)를 가리키는 듯하며, 로마 명문가문 출신의 여류시인이다. 예수에 관한 시를 집필

조에서부터 노아의 홍수까지의 《구약성서》 사건들과 예수 승천까지의 《신약성서》 안의 중요한 사건들을 순수한 버질풍의 라틴어 운문으로 서술했다. 이 여류시인은 마치 노예처럼 토착 표현양식 앞에 굴복하여 십자가 순교를 묘사함에서도 단 한 번도 "십자가"라는 단어를 감히 사용하지 못했다.

북구 예술가들과 시인들은 마찬가지로 그들의 옛 형상들에 집착했다. 순수한 기독교 문화재인 컴버랜드[3]의 제 2의 고스포르스 십자가 비석에는 토르가 이미르 리제의 무리들 사이에서 배낚시를 해서 미드가르드 괴물을 잡으려는 모습이 그려져 있다(30쪽 참조).

중세적인 표현방법에 따라 예수가 십자가라는 낚싯바늘로 악룡이나 레바이아단 또는 악마를 잡으려 하는 것과 흡사하게, 북구의 예술가들은 토르를 통해서 이미 예수를 표시하려 했다. 때문에 그들은 가장 성스러운 기독교 상징물인 십자가 위에 순수 토착신앙의 한 장면을 그려 넣었던 것이다.

또 10세기에 북구에서 예수를 높이 찬양하는 찬양시가 쓰였는데 이 찬양시에서 예수는 산의 리제를 이긴 승리자로 명명되고 노르네(Norne)의 샘에 자리를 잡는다. 비슷한 시기에 시인이자 기독교를 믿는 2명의 왕 에리히 블루트악스트(Erich Blutaxt)[4]와 선한 왕 하콘이 게르만 신앙의 낙원이랄 수 있는 발할에 들어오는 정경을 묘사한다. 거기에서 오딘과 브라기가 에리히 블루트악스트를 영접하고 발퀴레는 하콘 왕을 엄숙히 영접한다.

했다. 작품으로는 *Cento vergilianus de laudibus Christi*(362년경)가 있다.

3) 영국 북부 지역의 명칭이다. 1934년 다른 지역과 병합하여 컴브리아(Cumbria)가 되었다.

4) '피의 도끼를 지닌 왕'을 의미한다.

영국 컴브리아 지역 마리아 교회 묘지에 서 있는 고스포르스 십자가 모습

고스포르스 십자가에 새겨진 그림의 일부. 토르가 배낚시를 하고 있다.

스칼데는 이런 모순들에 괘념치 않았다. 그들은 그저 세대에서 세대로 대물려온 시적 양식과 북방적 표현방안이 끼치는 구속력 안에 머물렀던 것이다. 순전히 세속적 내용을 담은 토착종교의 소재는 예컨대 독일의 〈니벨룽겐의 노래〉가 그렇듯이 스칼데의 양식변용 작법에 종속될 수밖에 없었다. 헬기와 같은 스칼데의 북구 영웅도 거기에 포함되었고, 옛 무대인 온화한 라인란트 지방이 거친 빙하의 산맥이나 눈 덮인 산맥으로 변용되었으며, 이런 산맥들을 브룬힐트가 매일 밤 사악한 생각들을 가득 품고 넘어 다녔다. 그뿐만 아니라 독자적 착상으로 첨가된 니벨룽겐 보물과 얽힌 사건들을 통해 지그프리트 가문이 북방 토착신들의 신화세계와 연결되고, 오딘은 영웅들의 운명을 좌지우지하는 조정자의 위치로 올라가기도 했다.

이런 식으로 북구 시인들은 위대한 게르만 전설소재를 자신의 것으로 만들고 또 영원한 명예를 부여했다. 또 기독교 세계관의 정수인 구원의 가르침도 그렇게 했다. 이미 프리민(①권 54쪽 참조)은 이런 가르침을 보덴 호수 부근의 알레만족들에게 선포했다. 또 칼 대제는 구원의 가르침을 모범설교, 즉 신학의 총론으로 집필하게 하였다. 그리고 성직자들은 칼 대제의 제국 안에 있는 교회에 시간이 날 때마다 이런 가르침을 감명 깊게 전하여 기독인들이 어떤 것을 알 필요가 있는지 깨닫게 했다.

중·남부 유럽의 작가들도 인상 깊은 이런 소재를 충분히 습득하고 있었다. 중요한 대목들에서 일치했기 때문에, 성경 전승의 여러 변용과 확장내용들과 함께 산문이나 운문으로 된 설교내용은 북방세계로 밀고 들어갔다. 그리고 이런 설교는, 세계 종말에 대한 두려움이 사람들 마음을 사로잡을 경우, 마지막으로 〈요한계시록〉의 우렁찬 울림이 크게 진동하게 했다.

이 총설은 영원한 성(聖) 삼위일체에 의한 6일간의 천지창조로 시작된다. 그리고 성 삼위일체는 그들의 가장 마지막이자 고결한 작업인 한 쌍의 인간창조에서 가장 강력하고 사랑이 충만하게 나타났다. 한 쌍의 인간들의 거처로 운명의 나무들이 있는 파라다이스가 지정되었다. 인간의 범죄가 일어났고 그 책임이 이브에게 돌려졌지만, 실제로 이 범죄를 일으킨 존재는 하나님과 동등한 지위에 오르려 하고 복수를 꾀하려던 천사장(天使長)으로, 이 천사장은 반항하였다가 추락했던 터였다.

이브를 통해서 이 땅에 옮겨온 죄들 때문에 징계의 법정이 필요하게 되었고, 그래서 패악스러운 바빌론의 탑이 무너지고 언어가 뒤엉켰다. 그리고 마침내 하나님의 징표인 예수가 십자가에 매달렸고, 예수가 그의 상처로부터 용서의 성수와 구원의 피를 흘린 것이다. 예수는 지옥으로 내려갔다가 부활하여 하늘 위에 존재한다. 최후의 심판은 여러 가지 징조를 통해서 선포되는데, 그 첫 번째 그리고 가장 독특한 징조는 가장 강력한 악의 존재인 적그리스도의 출현이다. 그런 다음 인간의 범죄와 전쟁이 뒤따른다. 전 세계가 요동치고, 다섯 데몬이 하늘의 권세를 공격하며 이방의 신들이 지상으로 내려온다. 어둠이 세계를 뒤덮고 화염에 휩싸인다. 그때 예언자는 새로운 하늘과 땅이 솟아오르는 것을 본다. 새롭고 행복한 삶이 시작되며, 새 예루살렘이 황금과 보석들로 인해 태양보다 더 밝게 빛나게 된다. 전지전능하신 분이 대심판을 위해 나서게 된다.

그럼 이제 〈뵐루스파〉에 나타난 영상들을 살펴보자. 이 예언시는 6일간의 천지창조 내용을 담은 2연으로 시작되는데, 이 창조의 마지막 과정은 3명의 신이 강력하고도 사랑이 충만하게 한 쌍의 최초 인간을 창조하는 일이었다. 그런 후 운명의 나무가 우리 앞에 세워진다. 죄를 지은 여인은 하늘에서 추방당하여 악한 마법사를 지상으로 데리고 온다. 여인의 범죄는 바네족이 신들과 동등해지려고 신들에 대항하여 일으킨 전쟁과 관련이 있다. 그리고 패악한 리제가 일으켰던 거대한 건축물은 여기에서 수수께끼처럼 암시되며 우리에게 달리 알려져 있다. 그 사이에 토르가 나타나고 모든 계약과 약속이 깨져 버린다.

그런 다음 조물주의 담보가 매달린 성스러운 나무가 솟아나고, 거기에서부터 물이 폭포로 떨어지며, 몇몇 모호한 시 몇 줄이 이어진 다음 피 흘리는 발더가 등장한다. 천국과 지옥은 토착신앙과 기독교 색깔이 혼합되어 묘사된다. 세계 멸망이 시작될 때 가장 거대한 악의 존재가 나타나는데, 나중에 이 최고 악은 수르트르(Surtr)로 불린다. 인간의 범죄와 전쟁이 창궐하고 전 세계가 요동하며, 다섯 데몬이 신들을 공격하며 신들이 죽음을 맞는다. 태양이 빛을 잃고 종말이 도래하며 세계가 불탄다. 그때 여자 예언자가 바다에서 새로운 땅이 솟아나는 것을 보게 된다. 새롭고 행복한 삶이 시작되고, 황금으로 덮인 보석의 집이 태양보다 더 밝게 빛나며, 대심판을 위해 전능자가 도래한다. 다시 한 번 솟아나온 악룡이 이제 영원히 침몰한다.

이렇게 두 신화를 동일화하는 것이 놀랄 일이지만, 그 세부적인 부분을 검토하고 독특한 변용과정을 자세히 살펴볼 경우, 이런 동일화가 결국 스칼데 시인이 기독교의 전법을 이용하여 변용을 행한 것임을 확실히 알 수 있다. 스칼데가 뵐바[5] 또는 여성 예언가의 예언형식을 빌어 우선 이야기 전체를 포장한 것이다.

---

5) Die Wölwa u. die Schöpfung: Meyer, die eddische Kosmogonie 1891.

1. 성스러운 모든 인간의 후손들이여 들으소서
헤임달의 높고 낮은 아들들이나니
내게 천부(天父)를 정확히 알리기를 바라는 그대
인간의 옛 역사를 처음부터
생각할 것이라

2. 일찍이 태어난 리제 무리를 기억하나니
저 옛날 나를 낳았더라.
9개의 터전들, 9개의 내부 거처들,
저 땅 깊은 곳까지 이르는 웅장한 나무를 기억하노라.

북방의 가난한 여성 예언자 뵐바는 율 축제 때 농가를 가가호호 방문하여 농민들에게 날씨나 내년 작황, 가족의 일들, 더 나아가서는 전쟁과 평화에 대해서 대가를 받고 예언해 주는 역할을 했다(129쪽 참조). 그런 뵐바가 이 대목에서 어떤 존재가 된 것일까?

우리의 뵐바는 이 대목에서 신의 의지를 실천하는 자로서 전 인류를 향하여 발언한다. 이에 따라 뵐바는 인간의 오랜 역사를 그 시원에서부터 설명하는 역할을 하는 것이다. 뵐바는 태고시대의 여성 리제이며 세계의 모든 것을 이 땅의 가장 내밀한 곳에 이르기까지 속속들이 정통한 자이다.

그런 막강한 여성 예언자는 단 한 번 창조된 적이 있었다. 바로 알렉산드리아의 유대인들이었다. 이들은 신 옆자리에 천상적인 정신적 존재, 전지전능한 여인의 형상으로 창조적인 지혜의 담지자 또는 사피엔티아(Sapientia)[6]를 대담하게 설정했던 것이다. 이 여성 예언자는 헬레

6) 라틴어로 '지혜'를 의미한다. 구약성경의 한 부분인 〈솔로몬의 지혜서〉에서 유래한다. 이 텍스트는 B.C. 5세기경 이집트 알렉산드리아의 디아스포라(*Diaspora*) 즉, 이산(離散) 유대인 중의 한 사람이 집필한 것으로 추정된다.

니즘 시대의 《구약성서》 문건을 통해 서양세계 전체에 알려졌다. 즉, 솔로몬의 〈잠언〉들과 〈시편〉 그리고 《예수스 시라크》(*Jesus Sirach*)[7]가 바로 그것이다. 이런 예언자의 성스러운 천성을 〈뵐루스파〉 작자는 자기 고향의 가난한 마법사 여인에게 옮겨 놓았다. 우리 뵐바의 위대한 특징들은 이미 사피엔티아에 들어 있는 것들이다. 사피엔티아는 이렇게 외친다.

"너희 인간의 자식들아, 내 말을 들어라. 신께서 길의 초입에서 나를 택하셨나니, 나는 이 땅의 처음부터, 영원부터 놓여 있다."

그녀는 신의의 조력자로 신의 의지를 실현하며 인간의 사고와 시대의 처음을 잘 알고 있다. 그녀는 그러니까 처음부터 존재했던 "기간트"의 무리와 함께 살았고 둥그런 대지질서를 잘 알며 하늘의 높이, 땅의 넓이, 심연의 깊이를 측정한다. 뵐바는 이런 것들을 아홉 터전과 9개의 내부 거처 그리고 웅장한 나무로 말한다.

기독교의 견해에 따르면 아홉 하늘은 9개의 천사제단과 거기에 상응하는 9개의 지옥세계를 의미하며, 웅장한 나무와 척도는 십자가로 반복해서 거명되며, 우주의 나무로 파악되는데, 이 나무 꼭대기는 하

이 텍스트는 가톨릭교회와 그리스정교회의 성경에는 정경으로 포함되어 있으나 프로테스탄트 성경에는 외경으로 되어 있다. 이 지혜서에서 '지혜'는 여성으로 의인화되어 있다. 그리스어로 집필되었고, 헬레니즘의 영향을 받은 것으로 평가된다.

7) 〈에클레시아스티쿠스〉(*Ecclesiasticus*)라고도 한다. 《구약성서》의 예언서 중의 하나로 외경(外經)이며 율법문학으로 분류된다. 이 예언서는 B.C. 180년경 예루살렘에 살았던 예수스 벤 엘레자르 벤 시라(Jesus ben Eleazar ben Sira)가 히브리어로 쓴 것이며 나중에 그의 손자가 이집트에서 그리스어로 번역하였다. 번역문에는 손자가 쓴 서문이 포함되어 있다.

늘까지 뻗치고, 그 가지는 대지 전체 위로 펼쳐지며 그 뿌리는 대지 밑 저 지옥에까지 이른다. 이제 그 천지창조 사건이 이어진다.

3. 태초에 이미르가 살았던 시대가 있었나니
모래도, 바다도, 차가운 파도도 없었고,
대지도 없었고, 위에 하늘도 없었나니,
입을 벌린 심연도 없고, 풀조차 없었더라.

4. 보르의 아들들이 대지를 들어올려
마침내 거대한 미드가르드를 창조하고,
남녘의 태양이 홀의 바위를 비추었더니
땅이 푸른 풀로 녹색이 되었더라.

5. 달의 동반자, 태양이 남쪽에서부터
하늘의 끝자락을 오른손으로 휘감나니
태양은 제 거처가 어딘지 알지 못하며
달은 제 힘이 어떤 것인지 알지 못하며
별들은 제 자리가 어딘지 알지 못하였더라.

6. 그러자 심판대에 좌정한 모든 심판관들,
높고 성스러운 신들, 함께 의논하나니
밤과 새 달에 이름을 내리고
아침과 정오를 이름 부르고
연하여 오후와 저녁과, 햇수를 헤아렸더라.

7. 이다 평원에 함께 모인 아제족들
제단과 사원을 드높이 쌓았나니
음식을 차리고 황금을 가다듬고
집게를 만들고 도구를 생산했더라.

8. 신들이 정원에서 주사위 놀며 즐거워했더라
그들은 황금이 아쉽지 않았더니
저 리젠헤임에서 막강 무비한
세 리제의 처녀들이 오기까지

9. 높고 성스런 신들 모두, 심판관 되어
판결석 좌정하여 의논하였나니
브리미르[8]의 피와 블라엔의 뼈로
사람을 만들 츠베르크는 누구인가

10. 가장 뛰어난 츠베르크 모트소그네르,
또 다른 츠베르크 두렌. 두렌의 말대로
두 츠베르크, 수많은 사람 몸체
땅속에서 만들었나니

(11~16행은 츠베르크의 이름 명단임)

17. 신들의 무리에서 세 명의 아제
막강하고 너그러운 이들이 집으로 갈 때까지
저 변두리에서 하잘것없이, 하염없이 서 있는
아스크 나무와 엠블라 나무를 보았나니

18. 숨결도, 정신도 없고, 피도,
움직임도, 좋은 색깔도 없는 이것들에,
오딘이 숨결을, 회니르가 정신을,
로토르가 피와 색깔을 주었다네.

---

8) 태고시대의 거신(巨神, 리제)인 이미르를 지칭하는 한 표현이다. 그러나 다른 거신을 나타내는 말일 수도 있다.

위와 같은 수수께끼 같고 이상한 환상시에서 성경이 기록한 천지창조 역사의 모상을 그 누구도 인식할 수 없을 것이다. 기껏해야 동일한 숫자나 태초의 허공으로부터 최초의 인간 한 쌍을 창조하는 데까지 이르는 중요한 행위의 연속이 불확실하고 어렴풋하게 비치고 있는 것을 짐작할 뿐일 것이다. 다만 스칼데가 사건들을 감싸는 양태로 형식을 갖춘 것이라는 점을 파악할 수 있다. 또 중세의 많은 다른 창세사가 널리 알려진 플라톤풍의 창세론 특성들을 지녔으며, 기독교 성서의 천지창조 역사로부터 다소간 일탈한다는 점을 파악할 수 있다. 그리고 이런 경우 게르만 토착종교의 겉모습 아래에서 작용하는 《구약성서》의 원초상(原初像)을 재발견할 수 있을 것이다. 우리 시인은 황량한 텅 빈 대지와 어둠으로 뒤덮인 태초 심연을 다음과 같은 표현으로 납득할 수 있게 옮겨 놓았다.

> "모래도, 바다도, 차가운 파도도 없었고, 대지도 없었으며, 위에 하늘도 없었나니, 심연 중의 심연, 긴눙가갑(Ginnungagap)이 있었다."

천지창조 역사를 기술한 앙겔작센족 기독교인 시인이 성경의 그 부분에, "대지는 아직 풀로 푸르러지지 않았다"라고 덧붙였듯이, 우리의 시인도 앞의 고상한 천지창조의 그림에 아주 작은 특성을 덧붙였다. "그러나 어느 곳에도 풀이 없었다". 이 부분은 원래 "대지는 존재하지 않았고 풀도 푸르러지지 않았다"라고 쓰일 터였을 것이다.

그러나 이미르는? 게르만 토착종교의 거신 리제인 이미르는 원래 '술 취한 자'라는 뜻인데, 이런 이름에도 불구하고 이미르는 라틴어 《불가타(Vulgata) 성경》[9]의 〈창세기〉 부분에서 비롯된 것이다. 이

9) 교황 다마수스 1(Damasus I)세 때인 382년 히로니무스(Hieronymus:

《불가타 성경》은 그저 심연〔深淵, 아비수스(*Abyssus*)〕에 대해서만 슬쩍 언급한 것이 아니라, 심연의 얼굴, 단면에 대해서 말하였고, 거기에서 사람들은 중세 때 하나의 리제 머리 모양을 만들었다. 이런 의인화 수법이 아주 인기가 있었지만 칼 대제는 그림 존중에 대해서 다룬 이른바 카롤링거 법전[10]에서 태고시대 심연을 인간의 형상으로 표현하는 수법을 혐오하여 금지시켰다. 그러나 그의 금지령은 별 효험이 없었다.

11세기와 12세기에 제 2 창세기에 있는 심연은 베를린 박물관의 상아판, 프랑스의 누알레(Noailles) 프랑스-라틴어 성경 삽화, 몽레알레(Monreale)의 모자이크[11] 위에 리제의 두상으로 묘사되는데, 이 두상은 파도의 산을 깨부순다. 〈뵐루스파〉가 묘사한 북구의 원초 리제는 그러므로 창세기 해석의 산물이라고 할 수 있다. 마찬가지로 우리가 《운문 에다》와 《산문 에다》의 여러 대목에서 알아낸 모든 것들은 게르만 토착신화에서 유래했다기보다는 원초 물질에 대한 중세 신학론에서 비롯된 것이다.

많은 신학자들은 창조주 하나님이 이미 태초에 발견한 형체 없는 원초 물질의 모습을 심연이라 했다고 설명했다. 이에 반해 또 다른 신학자들은 태초의 무(無) 상태를 설정했다. 격렬한 신학논쟁 때문에 스노레는 엄격한 정통주의 입장에서, "태초에 이미르가 살았던 시대였다"라는 〈뵐루스파〉의 시행을, "태초에 아무것도 없는 시대가 있었

347~420)가 기존의 라틴어 성경을 개정하기 시작하면서 성립된 성경 텍스트이다. 히로니무스는 후기 고대의 4대 교부(教父) 중의 한 사람이다.

10) 칼 대제가 프랑스 신학자들 사이에서 벌어진 아이콘 경배 혹은 부정의 논쟁과 관련하여 제정하도록 한 법률을 말한다.

11) 이탈리아 시칠리아 섬 북쪽에 위치한 몽레알레 시의 대성당에 그려진 모자이크를 말한다.

다"로 바꾸었다.

이미르의 출생과 삶, 죽음을 다룬 전체 이야기의 출처는 서양철학이었다. 스노레에 의하면 대지가 만들어지기 전에 '엘리바가르'라는 12개의 강이 저 북방 혹한의 땅, 안개의 땅이며 그 안에 끓는 솥 '흐베르겔미르'(Hvergelmir)가 놓여 있던 '니플헤임'에서 흘러나왔다. 이 강들이 흐르는 중에 얼음으로 응고하였고, 이것이 '긴능가갑'의 안에서 점점 더 높게 쌓여갔는데, 그 안에는 오직 습기와 바람만이 만들어질 뿐이었다. 그런데 저 남쪽 밝고 뜨거운 불의 땅인 '무스펠스헤임'으로부터 불꽃이 뒤따라와서 긴능가갑이 미지근해지고 바람이 소멸했다. 뜨거운 기운이 얼음을 물방울이 되게 했고, 열기를 생성하는 힘이 물방울을 활발하게 하여 사람 형상의 존재가 되게 했다. 그것의 이름이 '이미르'였다. 그러나 그 곁에는 취하게 만드는 습기인, 서리의 리제 아우르겔미르(Aurgelmir) 혹은 막강한 취한(醉漢) 오르겔미르(Orgelmir)가 있었다. 이런 우주 진화론은 순수 북구 우주론을 냉각시켜 버렸다. 하지만 이런 우주론은 어차피 이교적인 것이었으며 플라톤이 쓴 《티마이오스》(*Timaeus*)[12]에서 유래한 것이었다. 실제 그의 책은 칼키디우스(Chalcidius)[13]의 라틴어 번역과 주해로 중세 초기에 열렬히 읽힌 책이었다.

중세를 줄곧 지배했던 플라톤의 이론에 따르면 4대 원소가 혼합된 강이 차갑고 축축한 땅의 원소들과 뜨겁고 건조한 불 사이를 흐르면서 얼음으로 응고한다. 땅 쪽으로는 냉기와 열기 사이에서 습한 물

---

12) 플라톤의 후기 저서로 B. C. 363년에 집필되었으며, 우주의 기원에 대한 내용을 담고 있다.

13) 고대 후기(4세기 말~5세기 초)의 플라톤파 학자이며 철학자이다. 플라톤의 《티마이오스》를 라틴어로 번역했으며, 기독교 신자였던 것으로 추정되나 확실하지는 않다.

이, 불이 있는 쪽으로는 따뜻하고 습한 공기가 형성된다.

형태가 없는 원초 소재는 이제 최초로 형태를 취하는데, 그것도 "창조자의 힘"을 통해서 된다. 여기에서도 냉기와 열기 사이에서 얼음으로 변한 물 흐름이 나타나고, 오래된 원소들의 충돌로부터 신생요소인 물과 공기가 생겨나며, 무형체한 것들이 형체로 변환되고 또 이를 일으키기 위해 보다 높은 수준의 힘이 직접 작용한다. 이 대목에서 스노레와 플라톤이 다른 점은 스노레가 이 형체를 갖춘 물질에 대해서 사람 이름을 부여했다는 점인데, 이때의 이름이 이미르이다. 그런데 〈뵐루스파〉에서 이미르는 형체 없는 물질에 대한 명칭인데, 스노레는 그것을 무(無)라 말한다.

물방울이 녹아떨어지는 서리 리제로부터 '아우두물라'(Audhumla)라는 암소가 생겨났는데, 자기 모유로 이미르를 먹이고 제 스스로는 소금기가 있는 얼음조각을 핥아먹었다. 그 결과 그 얼음조각으로부터 서서히 사람 형체가 나타났는데 그것이 힘세고 아름다운 '부리'(Buri)였고, 이 부리가 (아내 없이) "생산자"이며 동시에 "피생산자"인 아들 '보르'(Borr)를 낳았다.

또 보르에게는 리제의 딸 '베스틀라'(Bestla)가 세 아들 오딘, 빌리(Wili), 베(Vé)를 낳아주었다. 양육하고 혀로 핥는 리제 암소는 빙하를 둘러싸면서 아래쪽에서 생명을 창조하는 구름의 옛 모습일 수도 있다. 그러나 생산자와 피생산자는 그리스도론의 제니토(Genitor)와 제니투스(Genitus)와 상응하며, 마찬가지로 오딘, 빌리, 베와 상응하는 것은 신, 의지, 성령의 삼위일체론이다. 이에 따라 앞의 세 사람은 신, 의지(볼룬타스), 성령으로 표기되었다.

스노레에 따르면 아우두물라는 신들의 조상 모(母)이며 이미르의 유모인 셈인 반면, 에다의 〈바프트루드니르의 노래〉에서 이미르나 아우르겔미르는 머리가 6개 달린 리제인 '트루드겔미르'(Thrudgelmir)의 아버지가 된다. 이 리제는 이미르 또는 아우르겔미르가 오른발과 왼발을 비벼서 낳은 리제이며, 또 그의 겨드랑이 사이에서는 남자 하나와 여인 하나가 나왔다. 이는 이레노이스(Irenäus)[14]에 의해 서양에 잘 알려진 환상적인 뱀 숭배론과 연관된다. 여기에서 원초 리제는 왜곡된 모습으로 나타나는데, 원초 리제는 제 자신으로부터 여섯 아들, 즉 6가지 덕목을 생산하고 아담과 에바에게 생명을 부여한다.

겔미르(Gelmir)의 계보학을 마무리하려면 언급할 것이 있다. 즉, 트루드겔미르의 아들이 베르겔미르(Bergelmir)이고, 〈바프트루드니르의 노래〉에 따르면, 그는 대홍수 때 상자 안에 누워 있었다고 하며, 스노레에 따르면 아내와 아이를 상자에 태워 구했다고 한다. 이런 모습에서 리제 종족의 형상을 한 노아의 모습을 인식하지 못할 사람이 어디 있겠는가? 또 사람들은 이 베르겔미르가 홍수 후에 아라라트(Ararat)[15] 산에 상륙했기 때문에 이름을 베르겔미르라고 했던 게 아닌가 추정하기도 했다.

이 이야기에서 대홍수는 신들이 살해한 이미르의 피 때문에 발생한다. 또 다른 전설에 따르면 신들은 이 원초 리제를 토막 내고 그 살로 땅을, 뼈로 산맥을, 두개골로 하늘을, 땀으로 바다를, 머리카락으로는 나무를, 눈썹으로는 미드가르드를, 그리고 뇌로는 구름을 만들었다고 한다. 인간을 세계와 비교시키는 방식, 즉 미세한 세계를

14) 현재 세르비아에 위치한 시르미움(Sirmium)이라는 옛 도시의 대주교로 활동하다 304년에 순교한 인물이다. 로마제국의 기독교 박해 때문이었다.

15) 아라라트 산은 터키 동부에 위치한 해발 5,137m의 고산으로 《구약성서》에 노아의 방주가 상륙했던 산으로 불린다. 베르겔미르라는 이름 안의 베르크(*Berg*)는 독일어로 '산'이라는 뜻이다.

거대한 세계와 비교하는 방식은 아주 멀리 떨어진 민족들도 취했던 방식이었다. 그런데 우리는 중세 교회의 문서에도 이것과 정확히 일치한 것들을 발견한다. 생각과 구름의 비교는 가장 유별난 비교라고 할 수 있는데, 이것은 중세 교회의 문건에서도 생각이 자리 잡은 뇌에서 구름이 만들어진다고 나타나 있다. 이런 창조의 오랜 역사가 창세기에서 벗어나 있다고 하더라도 그것에는 기독교 사상과 모티브가 강하게 작용하는데, 그런 양태를 마지막으로 보여주는 것이 다음과 같은 작은 특징이다. 스노레는 이미르의 특징을 설명하면서 다음과 같은 질문을 갑자기 던진다. "이미르가 신인가?" 그러면서, "우리는 이미르를 절대로 신으로 생각하지 않는다. 왜냐하면 그것은 그것의 모든 후손들처럼 악하기 때문이다"라고 답을 얻는다. 이런 진지한 질문은 민중적인 리제 집단에 대해서는 아무 의미도 없는 질문이지만, 우리를 갑자기 기독교 사상 세계 안으로 옮겨 놓는다. 왜냐하면 플라톤 이래 오늘에 이르기까지 이미르가 대표하는 원초물질 안에서 근본악을 인식하려는 경향이 있기 때문이다.

〈뵐루스파〉로 다시 돌아가자! 이 시인은 〈창세기〉의 가장 독특한 첫 창조행위인 어둠으로부터 빛을 분리시키는 행위를 그냥 뛰어넘는다. 이때 아마도 빛은 태양이 창조된 이후에야 비로소 가능했을 것이라는 반론을 조용히 제기했을 것이다. 그런 이유에서 많은 기독교 〈창세기〉 시인들도 빛의 창조 부분을 생략한다. 〈뵐루스파〉 4연부터 6연에서 신(神)은 다음의 3단계 창조행위, 즉 2번째, 3번째, 4번째 창조행위를 성경의 창조순서인 하늘, 땅, 천체의 순서대로 수행한다. 신들은 하늘을 들어 올리고 대지를 창조하며 천체의 조언에 따라 그 궤도와 시간을 정한다. 시인은 어떤 경우에는 창세기와 연결되고, 또 다른 경우에는 그것의 신학적 해석에 의존한다. 그래서 그는 성서의 천공(天空)을 "원판"으로 대체하여 표현하며, 이는 교회 신부들이 중세의 공간이론에 따라 천공을 하늘의 영역, 원주(圓周), 환(環)으로 옮기는 것과 흡사하다. 신은 또 이어서 마른 것을 땅이라고 불렀고, 땅에서 풀과 식물이 자라나게 했다. 그렇게 해서 〈뵐루스파〉 안에 땅이 만들어졌고, 이 마른 것을 표현하기 위해 시인은 넓은 홀과 비교되는 태양으로 하여금 미리 땅을 비치는 것으로 만들었다. 그럼으로써 땅은 푸른 식물로 덮이게 된다.

4번째로 신은, 성경에 의하면 두 개의 빛을 만들었는데 낮을 지배하는 큰 빛과, 밤을 지배하는 작은 빛이 그것이고 거기에 추가하여 별을 만들었다. 이 빛들이 낮과 밤을 나누고 징표, 시간, 낮 그리고 햇수를 부여한다. 그래서 〈뵐루스파〉에서도 이런 식으로 태양, 달, 별이 등장하고, 신들이 이것들에게 이름을 주고 이에 의거하여 시간, 햇수를 헤아린다.

분명히 이런 3가지 창조행위의 대상들은 동일하다. 그러나 창조자의 수는 서로 다르며, 또 다를 수밖에 없다. 기독교의 교리는 창조의 힘을 다수의 신적 개인들에게 분배하는데, 그런 만큼 다신교에 뿌리를 두는 스칼데 집단의 신화 묘사방식은 주저하지 않고 유일신의 자리에 보르(Bor)가 낳은 다수의 아들(334쪽 참조)을 끌어다 놓았다. 그러니까 이들은 토착신앙의 가상(假像) 신들이었으며, 이런 신들에게는 창조의 힘이 부여되지 않았고, 전체적으로 게르만인은 하나의 창조론, 하나의 우주론이란 것을 알지 못했다. 타키투스는 이에 관한 언급을 전혀 하지 않았다. 그는 땅에서 태어난 투이스코(Tuisco)의 아들을 만누스(Mannus), 그의 세 아들을 잉그베오넨(Ingvaeonen), 헤르미노넨(Herminonen), 이스트베오넨(Istvaeonen)이라고 부르는데, 이것은 부족 생성사일 뿐 우주론이 아니다.

6백 년 후에 현명한 대주교였던 다니엘 폰 빈체스터(Daniel von Winchester)16)는 독일 토착신앙의 가장 중요한 허점은 신에 의한 창조설의 부재라고 인식했다(62쪽 참조). 그리고 토착종교를 믿는 북구인들이 기독교 선교사들과 세부적인 논쟁을 벌일 때 날씨와 괴물들을 지배하고 농사의 번성과 전쟁의 승리를 주관하는 오딘과 토르를 자랑스럽게 추앙하며 내세웠는데, 그때 선교사들이 자꾸 자극하며 대답을 요구했지만, 끝내 그들은 이런 신들의 창조력을 주장하지는 못했다. 그러므로 사람들이 〈뵐루스파〉에서 창조행위를 하는 신들을 기독교 신성을 단지 시적으로 대체하는 형상이라고 파악하는 것은 권리일 뿐만 아니라 의무이기도 하다.

그러나 천상의 방들과 신들의 금 처리기술 그리고 그들의 장기놀이 등은 어떻게 설명할 수 있을까? 〈창세기〉 1장 31절부터 2장 2절까지의 부분은 이에 대한 주도 동기를 부여한다.

> "하나님이 그 지으신 모든 것을 보시니 보시기에 심히 좋았더라. 천지와 만물이 다 이루니라. 하나님이 안식하시니라."

앙겔작센의 기독교인들은 하늘을 "높은 방"이라고 불렀고, 이 하늘방과 땅이 완성되자, 그들의 창세기에는 부족한 것이 전혀 없다고 느낀 천사들이 환호작약하고 잔치를 벌였다고 되어 있다. 그래서 북구신들은 마치 예배당처럼 하늘을 두들기고 짜서 만들고 금을 주조하여, (별 장식을 만들기에) 아쉬운 것이 없었으며 그런 다음 장기놀이를 하며 즐겼다.

---

16) 브리타니아 남서부에 6~10세기경에 존재했던 웨섹스 왕국에서 8세기경 활동했던 대주교이다.

하나님이 하늘과 땅을 지으신 후 누린 행복한 휴식은 앙겔작센의 〈창세기〉 집필자가 북구의 〈뵐루스파〉처럼 아주 자유롭게 기술한 것이다. 앞에서는 천사들이 환호하며 전혀 아쉬움이 없이 잔치를 즐겼다면, 〈뵐루스파〉에서는 신들이 부족함이 전혀 없이 보석들을 만들면서 놀이를 즐긴다.

실제 토착신앙의 모티브는 이 대목에서 완전히 배제되었다. 이는 순수한 북구 신앙은 그들의 신들에게 창조적인 힘뿐만 아니라 특히 무엇을 세우고 주조하는 능력을 부여하지 않았기 때문이다. 이런 능력을 갖춘 것들은 츠베르크와 리제의 무리들이다. 그런데 갑자기 3명의 막강한 리제의 여인들이 등장하여 우리를 놀라게 한다. 그런데 이런 특징, 즉 운명과 별의 창조를 연결시키는 점은 중세의 우주론에도 등장한다. 신학자인 칼키디우스는 새로이 창조된 별에서 자신의 운명을 발견하고 그것도 3명의 파르츠, 즉 아트로포스, 클로토, 라크시스에 삼분되어 나타난 것을 발견한다.

한층 더 놀라운 것은 다음과 같은 내용인바, 신들은 회합을 갖고 츠베르크에게 땅속에서 물과 돌로 인간 형체를 만들라고 지시한다는 것이다. 이에 비해 〈창세기〉는 5번째 작업으로 동물의 창조를 거론한다. 이 대목에서 〈뵐루스파〉 작자는 플라톤의 창조역사를 정확하게 따른다. 왜냐하면 그 다음에 이어 신들의 모임은 북구의 작가들이 츠베르크라고 부르는 낮은 지위의 신들이나 데몬들에게 기본 원소들을 사용하여 유한한 존재를 만들도록 내맡기기 때문이다.

〈뵐루스파〉 작자는 곧이어 6번째 창조행위를 통해 성경의 모범과 그것의 중세 해석으로 되돌아온다. 전체적인 창조행위의 대미는 역시 〈뵐루스파〉에서도 한 쌍의 인간을 창조하는 행위이다. "우리 인간을 만들자"라는 〈창세기〉 안 하나님의 말씀은 교회 사제들에 의해 일찍이 삼위일체론으로 해석되었다. 그런 것처럼 〈뵐루스파〉에서도 신들이 작업에 착수하는 데 이들을 움직인 두 가지 특성은 권력과 선한 마음이다. 삼위일체 하나님은 흙덩이를 발견하고 그의 코에 살아 있는 숨결을 불어넣어 인간은 살아 있는 영혼이 된다. 기독교 해석에 따르면 이런 능력은 3명의 기독교 주체에게 부여되는데, 하늘 성부(聖父)는 호흡을, 성자(聖子)는 영혼을, 그리고 성령은 역동적인 생명력을 부여한다.

북방의 세 신들은 츠베르크가 흙으로 만든 인간 형체가 무능력하고 가련하다 생각하고 그것들에게 3등분이 된 능력을 부여해 주었다. 그리고 이 형체들은 별 의미 없이 지어진 이름인 '아스크'와 '엠블라'라는 이름을 가졌는데, 이름들이 아담과 에바와 동일한 두운을 이룬다.

삼위일체의 첫 번째 존재는 최고 북구 신 오딘으로 표기된다. 이것은 당연한 것으로 스노레 역시 높이 있는 자라는 뜻인 '하르'(Hár)라고 표기하고 기독교 성 삼위일체의 또 다른 존재인, 똑같이 높은 이라는 뜻의 '야픈하르'(Jafnhár)와 세 번째 존재 '트리디'(Thriđi)라는 이름과 같이 놓았다. 그러나 이와는 대조적으로 두 창조신의 이름이 '회니르'와 '로토르'(LóÞor)로 바뀐 것은 불행한 일이었다. 회니르(281쪽 참조)는 지극히 비중 없는 신이 되었고, 로토르는 거의 알려져 있지 않고 이 대목을 위해서만 지어진 이름이기 때문이다. 〈뵐루스파〉 제 3장은 19~26연으로 구성되어 있다.

19. 한 그루의 물푸레나무, 그 이름이 이그드라실이니
높다란 나무, 물기를 머금어 빛을 발하고,
나무에서 물방울 맺혀, 깊은 계곡으로 떨어지나니,
우르다르브룬넨 샘 위로 늘 푸른빛으로 버티어 있구나.

20. 저 나무 꼭대기 아래 넓은 홀(호수)에서
지혜로운 세 처녀가 나왔나니
그중 하나는 우르드요, 또 다른 하나는 베르단디요, 나머지 하나는 — 그들은 나무에 금을 그었다 — 스쿨디이다.
그들은 규약을 정하고, 사람 자식의 생명과
남자들의 운명을 선택하였도다

21. 내게 세상에서 처음 생각나는 것은, 민족의 전쟁
남자들이 골베이크를 창으로 찌르고
높은 이의 홀에서 태웠도다,
세 번 태어난 자, 3번 불태웠도다.
드물지 않게, 자주;
그럼에도 여전히 살아 있는 골베이크.

22. 골베이크가 집안으로 들어가면,
그들은 그녀를 헤이드라고 불렀나니,
지혜를 갖춘 뵐바; 마법사를 잘 준비하였도다.
할 수 있는 곳에서, 마술 걸린 자가
정신을 혼미케 하였도다
그녀는 늘 사악한 여인의 욕망

23. 그때 모든 판관들 법정에 좌정하였나니
높으신 신들이 서로 상의하였었네
아제족들이 대가를 지불하게 해야 할지
아니면 신들이 제사를 받아야 할지

24. 오딘이 적들에게 창을 던지고 찌르니
그것이 세계 최초의 종족전쟁이라
아젠베르크의 방벽이 무너지고
용감한 바네족들이 전장을 짓밟았더라.

25. 모든 판관들, 높으신 신들이
법정에 좌정하여 서로 상의하였더니
대기를 재난으로 뒤섞은 자가 누구이며
오드츠의 리제족들에게 처녀를 줄 자 누구인가

26. 분노한 토르 공격을 해대니
이럴 때에 토르는 주저하지 않았으며
그들 사이에 맺어졌던 맹세와 언약과 서약,
모든 엄숙한 약조들이 모두 짓밟혔더라.

사람의 창조 다음에 이어지는 것은 〈창세기〉에서도 생명수 나무의 모습이다. 이 생명수는 계시록에 따르면 수정과 같이 맑은 물이 흐르는 강의 양 옆에 서 있으며 영원히 과실과 푸른 잎을 달고 있다. 시인은 이 생명수와 토착신앙의 높다란 물푸레나무 세계수를 뒤섞는데, 이 세계수를 스칼데는 오딘의 준마(駿馬), 즉 이그드라실이라고 불렀다(109쪽 참조).

이 대목에서도 시인은 운명적인 선악과나무, 즉 천국의 생명수와 같은 종류를 염두에 두었던 듯하며 그 때문에 그 앞에 예전부터 전해온 민중적인 노르네 장면이 나타나지 않고, 대신 3명의 운명여인들이 나무줄기에 등을 대고 앉아 있다(50쪽 참조). 3명의 노르네 이름, 과거, 현재, 미래는 우리가 중세학자들, 예컨대 이시도르(Isidor)에게서 발견했던 파르츠의 라틴어 이름 프레테리툼, 프레센스, 푸투름을 본떠서 지어졌던 이름이 아닐까(63쪽 참조)?

이제 세계의 운명이 서서히 펼쳐진다. 성경에서처럼 〈뵐루스파〉도 여인에게 짐 지우는 일로 시작된다. 이 짐은 성경에서나 〈뵐루스파〉에서나 모두 한참 오래전의 혼란, 즉 전쟁을 암시한다. 교회의 가르침에 따르면 루치퍼와 여타 불충한 천사들이 하나님과 동격이 될 욕심으로 최초의 전쟁, "프리뭄 벨룸 시빌레"(*primum bellum civile*)를 일으켰던 것이다.

이들은 하늘에서 추방당하고, 이에 대해 복수할 요량으로 사탄이 이브를 유혹하여 죄를 짓게 만든다. 시인은 이 빛나는 천사를 빛나는 바네족(211쪽 참조)으로 변화시켜, 신들처럼 제사를 통해 추앙받는 존재가 되게 한다. 그것 때문에 최초의 종족 간 전쟁이 발발한다.

앙겔작센의 〈창세기〉는 하늘의 최고 왕이 반란자들에게 분노하여 손을 높이 쳐든 모습을 묘사하며, 48개의 작은 그림 중 하나에서 하나님이 천사들에 둘러싸여서 한 무더기의 화살을 이 반란자들을 향하여 발사한다. 〈뵐루스파〉에서도 그처럼 오딘이 종족들을 향하여 창을 던진다.

그럼에도 천사의 추락을 긴장감 있게 묘사하는 글, 예컨대 호노리우스 폰 아우구스토두눔(Honorius von Augustodunum)의 묘사에 따르면 이런 모반의 천사들은 전능자의 한 궁전을 파괴하는 데 성공한다. 〈뵐루스파〉에서도 마찬가지로 바네족이 아제족의 성벽을 깨부순다. 여성 예언자가 원죄를 묘사하는 과정에서 이런 종족 간 전쟁을 떠올리는 것은 적절한 것이라 할 수 있다. 왜냐하면 '황금 음료'라는 뜻을 지닌 '골베이크'(Gollweig)는 투창에 찔리고 신들의 홀에서 3번 불태워졌다가 3번 모두 다시 살아나 지금도 사는데, 바로 이 골베이크는 교회 성부들이 묘사하는 에바(Eva)에 다름 아니기 때문이다.

암브로시우스[17]에 의하면 골베이크는 독화살 세 발, 즉 사탄의 유

17) 암브로시우스 아우트페르투스(Ambrosius Autpertus: 774년 무렵 남부 프랑스 출생, 같은 곳에서 784년에 사망)를 지칭하는 듯하다. 베네딕트 교단 산하 수도원장을 지낸 신학자이다.

혹을 3번 맞는 것으로 되어 있는데, 교회 성자들은 이 유혹을 3개의 불에 달군 창(槍)이라고 부르기도 했다. 이 사건은, 〈뵐루스파〉의 경우 신들의 홀이라 부르는 파라다이스에서 일어난다. 에바가 맨 처음 아담의 내부에서 함께 태어나고 그 다음 아담의 갈비뼈에서 태어나고, 마지막으로 땅에서 다시 한 번 태어나기 때문에 3번 태어난다고 말하는 것일 수도 있으나 명확하지 않다. 골베이크는 이 땅에서 오늘날도 여전히 명랑하고 환한 모습의 여인, 자신의 미모에 매료된 채 여전히 악한 여인의 욕망인 헤이드(Heiđr)로 살아간다.

그 뒤에 이어지는 제25연과 26연의 시 의미는 여기에 등장하는 리제인 체구가 거대한 건축기술자 스미드를 가리키는 것으로 이해할 때 비로소 제대로 파악할 수 있다. 스미드는 신들에게 거대한 성을 지어주고 그 대가로 오딘의 애인인 프레야를 얻기로 한 것인데, 이때 토르가 중간에 끼어들어 약조를 파기하고 이 건축기술자를 주살해 버리는 것이다. 고대 토착신앙 이야기(23쪽 참조)의 암시들은 이 대목에서 바벨탑 쌓기가 인간이 원죄 때문에 범한 중요한 사건이라고 보여주는 기독교 구원론을 밀쳐 내는 셈이다. 기독교 작가들은 바벨탑이 사악한 거인들의 건축물로 신들에 의해 파괴되어야 하는 건축물이라 생각했다. 그리고 맹세, 언약, 서약, 그리고 약조들의 파괴라는 유별난 행위들의 숨은 원인은 바벨탑의 의미인 언어의 파괴나 혼란 때문이라고 생각했다.

27. 골베이크는 헤임달의 뿔이 드높은
성령수 밑에 숨겨 있음을 알고,
천부의 담보물에서 흘러난 강물이
세찬 폭포에 섞여 떨어지는 것을 보고 있도다. 그대는 또 아는 게 있는가?

28. 골베이그 홀로 밖에 앉아 있을 때, 아제족의 끔찍한
노인네가 다가와 그녀 눈을 들여다보았더니,
"내게 무얼 물으며, 어찌 날 유혹하려는고?
오딘이여, 그대가 눈동자를 어디에 숨겼는지, 난 알도다."

29. 나는 오딘의 눈동자가 그 유명한
미미르의 샘에 숨겨 있음을 알고 있나니
매일 아침 미미르는 천부 저당물에서
메트를 떠 마시는구나. 너희들은 또 뭘 알지?

30. 천부께서 반지와 목걸이를 선물했다니
나는 지혜와 마법의 기술을 받았고
온 세계 너머 넓고 멀리 쳐다보았도다
……

31. 발퀴레 무리가 영웅들의 무리 안으로
말 타고 갈 준비를 마친 채 저 멀리서 다가옴을 보았네
스쿨드는 방패를 잡았고
스쾨굴은 또 다른 여인
구드르, 힐드르, 곤둘 그리고 게이르스쾨굴이었다.
지상으로 말 타고 떠날 헤리얀의 처녀,
발퀴레의 수가 정해졌구나

32. 오딘의 아들, 피 흘리고 있는 신,
발더의 운명이 숨겨져 있음을 보았네
부드럽고 아름다운 겨우살이 가지가
평야 위로 높게 자라 드리워 있었네

33. 너무 부드럽게 보이는 그 나무줄기로
위험스러운 불행의 활이 만들어졌네. 회더가 활을 쏘려
손에 잡았네.

발더의 동생이 곧 거기를 떠났고
그때, 태어난 지 하루된, 오딘의 아들이 복수를 떠맡았네

34. 손을 씻지 않고 머리 빗질도 하지 않았던
발더의 적을 장작더미 위로 옮겨왔네.
자신의 펜셀에 있던 프리그
발할의 고통에 울었네:
당신네는 더 아는 것이 있는가?

35. 솥이 걸린 나무 숲 아래 묶인 채 누운
재난을 품어내는 형상, 그 보기 싫은 로키.
거기에 남편으로 인해 별로 기쁨이 없이,
앉아 있는 지긴:
당신네는 더 아는 것이 있는가?

이런 모호한 시연에서 뵐바는 지극히 정당하게 전면에 나타난다. 새롭게 창조된 세계를 맨 처음 죄스럽게 혼란케 한 것을 포함한 창조과정이 이제 뵐바 뒤에 놓여 있다. 이제 뵐바에게 밀려오는 것은 보다 중요한 어떤 것, 어려운 어떤 것, 사적인 어떤 것들이다. 뵐바는 고통과 전쟁으로 가득 찬 과거, 현재 그리고 미래를 연결하는 어떤 중심적인 사건을 선포할 수 있는 입장이다. 이 사건은 가장 은밀한 신비를 그 안에 품고 있으며, 이 비밀은 가장 무시무시한 심판의 법정을 나중에 펼치게 되고, 이 신비는 뵐바에게 점점 더 명료하게 또 점점 더 겁을 주면서 모습을 드러낸다.

뵐바는 '헤임달'의 뿔고둥과 '오딘'의 눈동자가 어디에 감춰진지 알고 있다. 그러나 뵐바는 이 모든 것을 북방의 언어를 이용하긴 하지만, 북방의 신화로부터 아는 것이 아니다. 기독교 이념 체계로부터 알게 된 것이며 그것도 구원론의 핵심인, 하나님의 독생자 예수의 십

자가 죽음을 둘러싼 기독교 이념 체계로부터 알게 된 것이다.

헤임달의 뿔고둥이 높은 하늘로 솟아오른 성스러운 나무 밑에 숨겨진 특이한 사실에 관하여 북구 전설에서 알려져 있는 것은 전혀 없다. 아주 사소한 암시조차도 없다. 이에 반해 수많은 교회 작가들이나 앙겔작센이나 북구 작가들은 십자가를 "성스러운 나무"라고 말하고 이 나무의 맨 꼭대기가 하늘을 향해 올려 쳐다본다고, 그러니까 높은 하늘에 산다고 찬양해 마지않았다.

이 신성한 나무의 가지를 기독교 작가들은 뿔이라고 불렀다. 그런데 뵐바는 땅속 깊이 숨어 있는 나무 아랫부분, 즉 아래 뿔을 특별히 강조한다. 이는 십자가의 보이지 않는 "밑둥"이 탐색이 불가능한 하나님의 법정을 암시하는 것이었기 때문이며, 이에 대해서는 뵐바가 곧 이야기할 터이다. 헤임달의 경계(警戒) 뿔고둥(277쪽 참조)은 여기에서 아무것도 창조하지 못하는데, 그것이 다만 신화적 인식이거나 기독교 개념을 바꿔 쓴 것에 불과하기 때문이다. 뵐바가 기독교 이념세계의 매우 깊은 영역을 활용하는 것은 다음과 같은 뵐바의 직접적인 언급이 잘 보여준다. "천부의 담보물(ved, 베드)로부터 습한 폭포(forse, 포르세) 안으로 강물이 쏟아지는 것을 보고 있도다".

이미 〈에베소서〉와 여타 교회 문헌에서 하나님의 아들은 그의 피를 통한 구원의 담보물이다. 십자가에 매달리신 그를 로마 병정이 창으로 그 옆구리를 찌른 후, 그 상처에서 그야말로 폭포수처럼 피와 물을 쏟아내는 것으로 많은 옛 그림에 그려졌다. 16세기에 쓰인 북구의 한 종교시에는 다음과 같이 표현되어 있다. "오, 그리스도시여, 당신의 피의 폭포수로 우리를 씻으셨습니다".

뵐바는 두 번째 환상에서 오딘의 눈동자가 미미르의 샘에 감춰져 있음을 보게 된다. 미미르는 천부(天父)의 담보물에서 매일 아침 메트를 축내어 마셨다. 〈뵐루스파〉에 나타난 오딘의 눈동자와 미미르의 샘은 헤임달의 뿔고둥처럼 기독교 이념을 묘사하는 데 활용된 것이다.

이는 교회의 언어가 성 삼위일체론에서 신을 눈동자로, 그리스도를 샘으로, 성령을 샘에서 흘러나오는 물줄기로 파악했기 때문이다. 그리고 그리스도가 재차 "하나님의 담보물"이라고 불렸기 때문에, 그리스도는 성령의 샘에 담보물로 저당을 잡힌 눈동자로 여겨진다. 미미르가 매일 신의 담보물을 축내면서 취하도록 마시는 술이 미사를 집전하는 사제의 제식음료를 의미하는 것은 아닐까? 왜냐하면 옛 해석가들에 따르면 의심의 여지가 없이 호노리우스(Honorius)[18]의 글에 다음과 같이 씌어 있기 때문이다. "교회에 맡겨진 '담보' 때문에 사제는 성령의 축복과 함께 매일 빵과 포도주, 즉 살과 피를 취한다". 앙겔작센인 엘프릭(Älfric)은 이 담보물을 뵐바가 "베드"(wedd)라고 부르듯이 그냥 "담보"라고 말한다. 스노레는 미미르의 샘에 신적 지혜의 샘(visindi, 비신디)이라는 이름을 부여함으로써 이미 이 샘에서 새로운 의미가 있음을 예감했다고 할 수 있다. 그러나 이 애매한 부분은 자연의 상징성 때문에 어렵게 받아들여지므로 해명을 필요로 한다.

뵐바는 토착신앙 뵐루르(Wölur)의 규범에 따라 수수께끼 같은 그림들을 바깥의 고적한 상태에서 보게 된다. 이때 마법의 왕 오딘이 여러 종류의 재능을 부여함으로써 뵐바를 도와준다. 이렇게 준비를 갖춘 뵐바는 발퀴레의 거친 말 행차를 예고하는 최후의 비극적인 장면을 보게 된다. 전쟁은 지상에서, 하늘에서처럼 선한 존재와 악한

18) 후기 고대 시대 라틴어로 쓰인 우주론 《코스모그라피아》(*Cosmographia*) 작자로 추정된다.

존재 사이의 암호이다.

이제 시인은 대가의 솜씨를 발휘한다. 고대 게르만의 쌍둥이 형제 중에서 밝은 빛의 형제, 즉 여름의 신 발더(273쪽 참조)를 밝은 그리스도의 자리에 놓고, 어둠의 형제 역할을 회드에게 내맡긴다. 이 겨울의 신 회드는 겨우살이 나무로 발더를 죽게 하는데, 그러나 실제 이 살인의 원인 제공자는 재앙덩어리 로키로 설정된다. 그러나 삭소의 글에서는 로키의 존재가 나타나지 않는다.

이렇게 해서 로키는 그리스도의 죽음을 실제로 유발한 일종의 악마가 되었고, 그 행위로 지옥에 묶인 존재가 되었다. 로키는 이 같은 신화의 기독교화 과정을 받아들일 수밖에 없게 되었다. 발더 신화의 주 내용은 찬란한 빛의 신의 몰락인데, 이런 발더 신화는 우울한 특징을 지니기도 했지만 다른 신들을 불안하게 만들고 심지어 겁주는 특징을 지녔을 것이다.

그러나 우주의 운명을 결정하는 중심 의미를 지닌 이 발더의 죽음은 그리스도의 죽음을 본뜬 것이었을 수 있다. 〈계시록〉 19장 11절에 다음과 같이 씌어 있다.

"나는 왕 중의 왕, 만주의 주께서 피 묻은 옷을 입고 있음을 보았으며, 짐승을 보았고, 짐승과 함께 거짓 예언자를 보았도다. 이 둘은 유황불이 타는 큰 웅덩이에 산 채로 던져 넣어졌도다."

〈뵐루스파〉에도 다음과 같이 씌어 있다.

"나는 피 흘리고 있는 신, 발더에게 운명이 감춰져 있음을 보았고, 뜨거운 소용돌이의 작은 숲 아래 재앙을 만드는 역겨운 로키가 묶여 누워 있음을 보았다."

울고 있는 마리아는 발더의 어머니 프리그로 대체된다. 가장 빛나는 두 존재인 발더와 그리스도의 죽음을 묘사한 대목은 최후의 심판 도래를 예비한다.

36. 강물 하나 동쪽으로부터 독(毒)의 골짜기들을 지나 흐르니
칼과 베는 무기들이 범벅이네. 이름하야 잔인한 강이라.
……

37. 어둠의 들판 북쪽에 자리 잡은
진드리 종족의 황금 홀
그러나 웅킬헤임에 또 다른 홀이 있으니
리제의 맥주 홀로 이름이 '브리메르'더라.

38. 태양도 이르지 못하는 주검의 해안들 곁에
홀 하나 자리 잡았으니, 문이 북쪽을 향했구나.
빛이 스며들 구멍들로 독물 방울이 떨어졌고
뱀의 등을 엮어 홀을 만들었더라.

39. 그때 거짓 맹세를 한 남정네와 살인자들
육중한 강을 철벅거리며 건넜고
남의 아내를 유혹한 자도 있었네.
그때 니그회그, 죽은 자의 주검들을 빨아먹고
이 악룡이 남정네들을 찢어발겼다.
너희들은 또 다른 걸 알고 있는가?

이런 지하세계의 모습, 즉 동쪽의 서리계곡을 통해 흘러온 무기(武器)의 강, 츠베르크가 사는 황금 홀, 리제의 맥주 홀, 뱀으로 만든 지붕이 있는 헬의 홀 등은 우리가 처음 보았을 때 비기독교적, 완전 북구적인 것으로 느껴질 것임에 틀림없다.

죄인들이 강물을 철벅거리며 건너고, 악룡이 주검의 피를 빨아먹으며, 괴물들이 그것을 찢어발기는 모습이 그것들이다. 그러나 무기의 강을 제외하고 지하세계의 모든 모습들은 고대 북구 신앙에서 찾아 볼 수가 없는 것들이다. 특히 죄인들이 사는 고통의 장소로서의 헬이 그러한데, 이 점은 이런 영상들이 고대 토착종교에서 유래한다는 주장과 반하는 것이다.

이에 반해 기독교 원전들은 이와 동일한 수많은 그림들을 묘사하고 있다. 예컨대 4세기에 쓰인 바울의 《종말론》은 9세기에 와서 여러 언어로 번역되고 또 각색되었는데, 이 《종말론》에서 바울 사도는 망자들이 사는 황금문의 도시, 부드러운 심성을 가진 자들이 살며 황금보다 더 찬란한 빛을 발하는 도시로, 또 마지막으로 꿀과 우유와 포도주 강을 가진 신의 도시로 옮겨간다.

바로 이런 그림으로부터 북구의 시인들은 츠베르크가 사는 황금의 홀이나 리제가 사는 홀을 꾸며냈다. 그런 도시에서부터 바울 사도는 간통한 죄인들이 건너는 "징벌"의 강이 있는, 저주받은 자들의 어두운 지역과 도적과 살인자들이 고통당하는 불의 강을 쳐다본다. 이런 죄인들의 입에서는 벌레들이 스멀스멀 기어 나온다. 900년경 칼 3세의 환상을 묘사한 그림에서는 강도와 깡패들이 금속으로 된, 그러니까 "육중한" 강 한가운데 서 있고 강변으로부터 뱀 떼가 이들을 덮치고 있다. 〈요한계시록〉에 늙은 뱀인 악룡이 저 깊은 심연에 묶인 것으로 묘사되듯이, 〈뵐루스파〉에서도 악룡이 저 깊은 지하세계에 살고 있다.

이런 일련의 시연에 나타난 사고의 흐름에서 기독교에 부과된 위치 때문에 그 안에서 작용하는 기독교 영향은 절대적인 것처럼 보인다. 교회의 오래된 벽화나 이탈리아와 독일의 복음서 삽화에서는 법정 그림 아래 흔히 천국과 지옥이 나란히 그려져 있으며, 중세의 설교나 종교시는 법정묘사를 하기 전에 이 두 세계를 내보인다. 이런 것처럼, 천국과 지옥의 묘사가 실제 최후의 심판 법정묘사의 서두를 장식한다.

40. 늙은 여인이 에이젠발트 숲 속에 앉아 있었고
펜리르가 한 무리의 새끼를 낳았었네.
만인 중에서 별자리를 살펴 아는 자
괴물 옷을 입은 탐식자가 될 것이라.

41. 탐식자가 죽은 남정네들의 살로 제 배를 채우고
붉은 피로 신들의 자리를 붉게 물들였도다
이어지는 몇 해 여름 내내 태양빛은 어두워지고
날씨들은 모두 앙심을 품었네. 또 다른 걸 알고 있는가?

42. 쾌활한 에그터, 저 언덕에 앉아
여성 리제 히르테의 하프를 켜고,
포겔바이테 숲에서 멋진 수탉,
피얄라르가 에그터에 대해 노래했네.

43. 아제족에 대해 노래했던 굴린캄비는,
오딘의 집에서 남정네들을 잠 깨우지만,
땅 밑 저 아래, 헬의 방 안에서
노래하는 또 다른 존재, 검붉은 수탉.

44. 가름이 그니파헬리 앞에서 큰 소리로 짖어대고
사슬이 뜯어지고, 늑대가 달리는구나!
많은 것을 알고 있는 나는 저 앞을 멀리 볼 수 있도다,
승리를 쟁취했던 저 신들의 장대한 몰락을.

시에서 에이젠발트(Eisenwald) 숲, 즉 광활한 숲 속에 앉아 있는 늙은 여인은 저 멀리 동쪽 리젠헤임에 사는 숲의 여성 리제라고 설명할 수 있다. 그러나 게르만 전설 어디에서도 동쪽이 특별히 사악한 존재의 거처로 등장하지 않으며, 또 이런 존재의 좋지 못한 특징들, 그러니까 성격에 대한 정보도 없고 또 이야기의 결정적인 순간에 이런 사악한 존재가 등장한다는 대목도 없다.

반대로 〈요한계시록〉과 중세 때 특별히 애호되었던 '적그리스도 전설'[19]은 이 두 경악의 인물, 즉 어머니와 딸의 모습을 세계 파멸에 임박한 시점에 우리 눈앞에 제시한다.

저 동쪽 멀리 황야에는 지상의 참혹한 일들의 어머니, 공포의 여인이 앉아 있다. 악마의 좌정(坐定)이며 늙고 부정(不淨)한 정령들의 집결이고, 중세 때 자주 거명된 "오래고 황량한 바빌로니"이다. 게르만인들의 이해를 멀리 벗어난 광활한 황야는, 적그리스도 전설의 다른 묘사에서처럼, 이 환상시에서 광활한 숲으로 표시된다.

이 숲의 야생 상태에서는 악룡과 온갖 벌레들이 번성하고, 아주 심한 악동(惡童)으로 악마와 어울리는 최고의 악한이 되는 적그리스도를 낳는다. 그리고 이 적그리스도는 인류를 부패시키는데, 그것도 "악마의 형태"로, 즉 악귀의 옷을 입고 그렇게 한다. 이 적그리스도는 동쪽으로부터 침투해 들어와서, 에이젠발트 숲의 여인 아들처럼 똑같은 범죄를 자행한다. 그것은 예루살렘을 향하여 오면서 모든 신앙인들을 죽이고 목 졸라 제거하고 여호와의 성전에 자기 자리를 펴

---

19) **[원주]** 적그리스도에 관한 성담(聖譚, *Legende*)의 지침이 되는 문건으로는 950년경에 쓰인 Adso, Libellus vom Antichrist; Wattenbach, Deutschlands Geschichtsquellen 2, 112가 있으며 성담자료를 가장 많이 제공하는 것으로는 Malvenda, de Antichristo. Romae 1604가 있다.

기 위해 그 안으로 쳐들어온다. 적그리스도가 위대한 징조와 기적을 행할 것이며 해와 달이 빛을 잃고 하늘에서는 별들이 추락하며 하늘의 힘들이 움직일 것이라는 그리스도의 예언을 이 악귀가 현실화한다. 적그리스도 전설에는 이렇게 적혀 있다. "적그리스도가 온 하늘을 바람으로 자극하게 될 것이다".

또 그 몇 번의 여름 동안 앙심을 품은 날씨는 〈빌루스파〉에서 세계몰락의 징조들 중의 하나인데, 〈빌루스파〉와 거의 같은 연륜의 또 다른 가사인 〈바프트루드니르의 노래〉나 《산문 에다》에서는 이런 날씨를 '핌불베트'(Fimbulvetr) 라고 표기한다. 이 단어는 곧 거대하고 무시무시한 겨울을 뜻한다.

언급한 두 편의 시 역시 적그리스도 전설에 완전히 의존한다. 적그리스도도 자연의 질서를 뒤집고 바람과 여러 가지 방해작용을 통해 대기를 자극하기 때문이다. 이런 끔찍한 괴로움은 온 세상에서 3년 반 동안 이어지는데, 어떤 신학자는 3년이라고도 한다. 《산문 에다》는 이런 겨울을 이렇게 표현한다.

> "그때 온 사방에서 눈이 쏟아지고 엄청난 냉기가 온 세상을 뒤덮고 혹독한 바람이 불며, 태양도 제 구실을 못하게 된다. 3번의 겨울이 함께 몰려오며 그 사이에 여름이 단 한 번도 끼어들지 못한다."

여기에도 역시 3년간 무서운 날씨가 나타난다. 더 나아가 적그리스도가 하늘에서 불이 떨어지라고 간구하면 많은 사람들이 고립 상태로 빠져든다. 《산문 에다》에 따르면 수르트르가 하늘에서 빼앗아 온 불이 타는 동안, 두 인간이 호드미미스홀트(Hoddmimisholt) 안으로 몸을 숨긴다. 수르트르는 검정색이라는 뜻으로 하늘의 세력들이 밀어닥칠 때의 적그리스도와 동일시된다. 이때 인간이 둘 존재하는데, 그 이름은 '리프'(Líf)와 '리프트라시르'(Lífthrasir)이며, 각각 삶과 삶의 소망자라는 의미이다. 이 두 인간은 아침 이슬을 양식 삼아 먹고 산다. 교회 시인 라크탄츠(Lactanz)[20]에 따르면, 인간이 적그리스도를 피해 고적한 곳으로 가면 하나님이 축복의 이슬을 내려준다는 것이다. 하나님은 풍성하고 정결한 양식을 선사한다. 이어지는 제 42, 43연은 특별하거나 심오한 의미는 없다. 에그터(Eggther)의 하프 연주나 수탉 3마리의 꼬꼬댁 소리는, 44연의 개 짖는 소리나 늑대의 출현처럼 결정적인 사건을 준비하는 것처럼 보인다.

마지막 특징은 역시 기독교 전설에서부터 유래한 것이다. 이미 8세기경에 한 기독교인이, 마치 스킬라[21]와 그 새끼 개들이 지옥 앞에서 멍멍거리는 울음을 멈추지 않듯이, 세계 종말의 징조로서 개 짖는 소리를 들었다. 〈계시록〉에도 최후의 심판 전에 짐승이 나타나고 악룡이나 늙은 뱀, 악마와 사탄 등의 이름이 거명된다.

이제 뵐바는 신들의 거대한 몰락, 몇몇 가사에 신들의 황혼으로 불린 세계의 종말(Ragna røk, 라그나뢰크)을 조망한다. 중세의 기독교인들도 이와 흡사하게 최후의 심판을 피니스(Finis) 또는 콘숨마티오 문디(Consummatio mundi), 즉 세계 종말 또 다른 표현으로 베스페라 문디(Vespera mundi, '세계의 석양')라고 부른다.

---

20) 라틴어로는 라크탄티우스(Lactantius: 250~320)로 불리며 아프리카 출신으로 라틴어 수사학자이며 기독교 옹호자였다. '기독교인이 된 키케로'라는 평가도 받았다.

21) 그리스 신화에 등장하는 괴물로 상체는 여인의 몸이며 하체는 6마리의 개로 이뤄져 있다([원주] Scylla: Jaffé, Biblioth. rerum german. 3, 307.).

45. 형제들이 서로 싸워 죽은 자가 될 것이며
사촌들이 씨족을 깨뜨릴 것이라.
세상이 그악스러워졌도다: 거대한 간통,
도끼의 시대, 칼의 시대, 방패가 갈라질 것이며,
바람의 시대, 늑대의 시대, 그리하여 세계가 붕괴하리니
아무도 다른 일을 아껴주지 않을 것이라.

46. 밈의 아들들이 놀고 있는데, 늙은 기얄라 호른 소리에
폿대 나무에 불이 붙었도다.
헤임달이 큰 소리로 부르니, 고둥소리가 공중에 울리도다.
오딘이 밈의 머리와 이야기하는구나.

47. 높이 솟아 오른 이그드라실, 물푸레나무가 떨리나니,
늙은 나무가 신음을 뱉도다. 다가오는 리제!
수르트의 전우가 나무를 휘감기 전
모두들 몰락의 길 위에서 두려워하는구나.

48. 아제족들은, 엘프 족속들은 무얼 하는가?
요툰헤임은 굉음소리를 내고, 아제족들은 상의중이도다
암벽의 현자들, 츠베르크 족속은
돌문 앞서 울부짖는구나. 너희들이 더 아는 게 있느냐?

49. 44연의 반복

시인은 제 45연에서 세계 종말에 대한 성경 묘사에 의존한다. 〈마가복음〉 13장 12절에 이렇게 씌어 있다

"형제가 형제를 죽이도록 내어주며 아비가 아들을 그렇게 할 것이며, 아들들이 부모에게 대들며 그들을 죽일 것이라."

이미 〈이사야〉 9장 19절도 만군의 여호와가 분노하실 때에 아무도 딴 사람을 아끼지 않을 것이라고 선포한다. 결혼의 붕괴는 언급되지 않지만, 마가에 따르면 사람들이 모든 것이 끝에 이르기 전에 전쟁과 전쟁의 외침소리를 들을 것이며, 지진이 일어나고 혹독한 시간이 될 것이라고 했다. 칼의 시대, 바람의 시대, 늑대의 시대가 바로 그것을 의미한다.

시인이 보다 단순하고 명백한 표현방법을 구사하는 것은 잠시뿐이고 그 다음 시연으로 옮겨가면 곧 다시 스칼데 풍의 수수께끼 같은 음성으로 다시 빠져들고 만다. 그의 음성이 애매하게 울리지만, 세계 종말을 앞둔 사건들에 대한 게르만 토착신앙적인 재현이 아닌, 성경적인 재현이 우리에게 그 의미를 분명하게 밝혀준다.

〈마태복음〉 24장 29절에 따르면 그 환란의 날이 지나고 나서 하늘의 힘들이 움직이기 시작한다. 그런 다음 하늘에 인자(人子)의 징조가 나타난다. 그는 큰 나팔소리와 함께 천사를 보낸다. 여러 힘들이 움직이는데, 이때의 여러 힘들이란 성령이 생명을 불어넣은 천사들을 가리키는 말이다. 게르만 시인은 이 힘들을 미미르의 아들들의 놀이로 옮겨 놓았다. 이 놀이에서 우리는 이미 성령의 존재를 앞에서 추정한 바 있다.

십자가 죽음을 맞은 예수, 주님의 징표를 앙겔작센인들은 빛나는 징표라고 하고, 빛나는 나무라고도 하며 특히 베르톨드 폰 레겐스부르크는 이 "빛나는" 것을 심판의 징표라고 했다. 이런 징표는 스스로 불타오르는 횃대나무로 불린다.[22] 그리고 이 징표는 앞서 언급한 것처럼 기얄라 호른[23]과 직접적으로 연결된다.

---

22) [원주] Crux splendida: Schönbach, Grazer Handschr. lateinischdeutscher Pre-digten 67.

여기에서 이 기얄라 호른은 더 이상 감춰져 있지 않으며, 오히려 전투를 선포하는 천사의 큰 나팔과 흡사하게 군대나팔처럼 큰 소리로 공기 중에 울려 퍼진다. 하나님 아버지와 성령이, 오딘과 미미르가 서로 이야기를 나눈다. 이는 교회 시인들에 의하면 이들이 최후심판에서 인자 편에 서는 것과 같은 상황이다.

다음에 이어지는 시 연은 토착신앙적 표현과 기독교적인 내용 사이에서 움직인다. 그러나 토착신앙의 세계수인 이그드라실 물푸레나무는 우주 전체를 나타내는 상징이며, 이 나무는 전체적인 붕괴가 시작될 때에 자연스럽게 떨리게 되고 이 세계의 전 존재, 즉 리제나 인간, 아제족이나 츠베르크 족속들 모두를 격동 상태로 몰아넣게 된다.

이 세계수의 몇몇 특징들은 《구약성서》의 〈에스겔〉 제 31장과 〈이사야〉 14, 26, 31장에서 유래한다. 이 성경 구절에서 그들은 아시리아의 붕괴와 엄청나게 큰 나무의 붕괴를 비교한다. 많은 민족들은 나무가 쓰러지는 소리를 듣고 이 나무가 민족들과 함께 구덩이 안으로 들어가는 소리를 듣기 때문에 엄청나게 경악하게 된다. 하나님이 엄청난 규모의 바벨탑을 부서뜨렸을 때, 기간테 족속들을 잠에서 깨웠던 것이다.

〈에스겔〉에 따르면 아시리아의 나무는 전능자가 그 나무를 통해서 행하려 했던 것처럼, 바로 그 전능자의 손으로 붕괴된다. 전능자는 나무뿌리를 뽑아 버린다. 아마도 이 나무를 휘감은 것은 수르트의 전우, 불일지도 모른다. 리제, 여러 신들 그리고 산중 문 앞에서 신음하는 암벽 현자인 츠베르크 무리들의 격동은 〈계시록〉 제 6장처럼 최후의 심판에 임박해서 동굴 속과 바위 틈새로 몸을 숨긴 왕들과 권력자들,

23) "큰 소리가 나는 뿔나팔"이라는 의미다. 북구의 신 헤임달과 미미르와 유관한 물건이다.

시민들과 노예들이 느낀 공포심과 상응한다.

다음에 이어지는 시연들도 역시 〈계시록〉의 길로 접어든다.

50. 흐림이 동쪽에서 와, 방패를 치켜든다.
세계의 뱀이 리제의 분노로 스스로 몸을 휘감고,
괴물이 파도를 일으킨다. 독수리가 허공을 맴돌다,
부리 멍들도록 주검을 찢는구나. 나글파르가 오는구나.

51. 배 한 척이 북쪽에서 온다. 헬의 무리들이 바다 너머 오니,
로키가 배를 젓는구나.
미친 무리들이 모두 늑대와 동행하는데,
이들과 함께 블레이프트의 형제가 함께하는구나.[24)]

---

24) **[원주]** 필자는 제 51연을 번역함에서 부기스(Bugges)의 훌륭한 개정판을 따랐으며, 시몬스(Sijmons)도 그의 《에다》 전집에 이를 받아들였다. 필자는 "동쪽에서"와 "무스펠" 대신 "북쪽에서"와 "헬"로 썼다. 스노라(Snnora) 《에다》가 그렇게 표현하듯이, 무스펠의 백성과 아들들은 불의 모양으로 달려드는 수르트르로부터 벗어날 수 없다. 또한 무스펠은 불을 암시하는 듯(원본 S. 329 참조) 하지만, 명확하지는 않다. 9세기경에 나온 바이에른 지역 기독교 시는 세계의 몰락인 무스필리(*muspilli*)에 대해서 적고 있는데, 이 세계의 몰락이 있기 전 대화염과 함께 갑자기 닥치는 속죄의 날에 한 친척이 다른 친척을 도울 수 없는 것으로 되어 있다. 그 밖에 고대 작센지역에서 나온 Heljand 79, 24. 133, 4에는 '무트스펠리'(*mutspelli*, *der mudspelli*) 라고 적혀 있다. 그 위력은 인간을 덮치며, 세계의 종말이다. 그것은 도둑처럼 어두운 밤에 찾아온다. 이 단어의 두 번째 부분인 '스펠'(*spell*)은 '말, 연설, 정보, 예언' 등을 의미할 가능성이 크지만, 그 첫 번째 부분인 '무'(*mu*) 혹은 '무트'(*mud*, *mut*)는 수수께끼로 남아 있다. 이 단어는 아마도 토착어에서 나온 것일 가능성이 크며 거대한 불을 의미하는 듯하다. 이 단어는 우리의 기독교 원전에서 세계 심판의 대화재의 한 부분으로 기능하는데, 〈뵐루스파〉도 이런 기독교 원전에 속하는 것으로 간주할 수 있다. 스노레에 따르면 이 단어는 세계창조가 이뤄질 때의 근원의 화염을 나타내기도 하는데, 이는 기독교 철학이 플라톤으로부터 받아들인 것이다.

52. 남쪽으로부터 수르트르가 불검을 가져오니:
전쟁 신들의 태양이 칼날에 번쩍인다.
바위산들이 서로 맞부딪치고,
산의 여성 거신(巨神)들이 추락하는구나.
남정네들은 헬로 가는 길을 밟고,
하늘은 스스로 갈라진다.

53. 흘린의 두 번째 애통함이 다가오나니,
오딘이 늑대와 싸우러 출정하누나.
벨리를 이긴 자, 빛나는 자가 수르투르와 맞서고,
프리그의 연인이 넘어질 것이라.

54. 승리 신의 위대한 아들, 비다르,
주검 먹는 괴물과 싸우러 와서,
흐베트룽의 아들 심장에 칼을
꽂는구나: 이렇게 아버지 복수가 이뤄지누나.[25)]

55. 흘로틴의 늠름한 아들이 오누나:
땅허리 휘감는 괴물 아래로부터 크게 입을 벌리니
……
오딘의 아들이 괴물을 대적하려 나서는구나.

56. 괴물이 성을 내어 미드가르드 수호자를 눕히니
모든 인간이 헤임슈타트를 떠나겠구나!
프외르긴의 아들이 추악함을 따지지 않는
뱀으로부터 아홉 발을 채 내딛지 못하는구나.

25) **[원주]** Str. 54: Hvethrungssohn ist der Fenriswolf, dessen Bestrafung durch Vidar S. 346 berichtet ist.

57. 태양이 어두워지고, 대지가 바다에 잠기며,
하늘에서 청명한 별이 떨어진다.
불과 연기가 휘몰아치고
한없는 열기가 하늘까지 치솟누나.

58. = 44. 49.

〈뵐루스파〉는 공격하는 다섯 괴물을 헤아린다. '흐림'(Hrym), '뱀', 헬의 아들들을 거느린 '로키', 늑대 '프레키'(Freki), '수르트르'가 그들이다. 〈계시록〉 20장에는 마귀(Mors, 모르스)와 사탄(Infernus, 인페르누스), 16장에는 또 다른 셋인 악룡, 짐승, 거짓 예언자 등 다섯이 공격자가 된다. 흐림은 사자 손톱을 모아 만든 '나글파르'(Naglfar)라는 배를 소유한 뱃사람이며, 그 이름으로 볼 때 고대 신화 속의 카론〔Ch(a)rón〕과 근사하다.

카론은, 중세 때 마귀가 여성임에도 철저히 남성으로 내세워졌던 〈계시록〉상의 죽음을 나타낸다. 〈계시록〉에서 카론은 중세 회화나 문학에서처럼 지옥의 제왕, 사탄의 역할을 담당한다. 〈뵐루스파〉에서는 로키가 그런 역할을 맡아서 지옥의 동료들과 함께 바다를 건너온다. 〈계시록〉에서 바다와 죽음 그리고 지옥이 사자들을 내어놓는 데에 비해, 〈뵐루스파〉에서는 흐림, 파도의 뱀 그리고 로키를 동반한 독수리가 바다 위에 떠도는 사자들을 찢어발긴다.

〈계시록〉에서 하나님을 공격하는 세 적, 악룡, 베스티아, 적그리스도에 가장 상응하는 존재는 괴물, 늑대 그리고 수르트르이다. 여기에서 수르트르와 적그리스도의 등치가 완성된다. 수르트르는 파멸의 힘, 즉 불을 갖고 움직인다. 스노레는 수르트르가 무스펠의 아들들, 즉 불의 선두에서 자기 앞뒤로 활활 타는 불을 둔 채 말을 타고 온다고 표현한다. 이 수르트르는 그런 식으로 빛나는 칼에 대항한다. 하늘은 타격을 받아 갈라져 있다. 그리고 꺼지지 않은 불이 적그리스도 앞에서 나아간다. 하늘에서는 칼이 하나 떨어지고, 그 하늘이 중간에서 활짝 열린다.

이제 싸움이 시작된다. 전설에 따르면 적그리스도는 아폴로, 주피터, 메르쿠리우스를 이겨 넘긴다. 〈뵐루스파〉에서도 라틴어 해석에 의거해 볼 때 위 세 로마 신과 정확히 일치하는 세 신들이 패배한다. 프리그 또는 흘린(288쪽 참조)의 애인 오딘은 메르쿠어와 일치하고, 벨리를 척결한 온화하고 소박한 프레이(213쪽 참조)는 빛의 신 아폴로와 흘로틴(Hlothyn)의 늠름한 아들 토르는 주피터와 일치한다. 두 경우의 전투묘사는 서로 상당히 다른 편이다. 적그리스도는 세 신 모두를 이겨버리는 데 비해, 〈뵐루스파〉에서는 오직 프레이만 수르트르에게 패배한다. 그러나 〈계시록〉 16장에 보면 하나님의 대심판일 아마겟돈 전쟁터에서 이 적그리스도와 나머지 두 짐승인 데몬과 악룡이 서로 집결하여 싸움을 벌인다. 〈바프트루드니르의 노래〉에서는 이 전쟁터의 이름이 비그리드(Vígriðr)이다.

그때 이 악룡의 대적자는 고대 북구 신화의 나이 먹은 악룡 척결사 토르가 될 수밖에 없고 늑대로서의 베스티아, 즉 펜리르 늑대의 대적자는 오딘일 수밖에 없었다. 이렇게 서로 짝짓는 것이 어색하게 된 것은 이유가 있다. 즉, 〈뵐루스파〉 전체를 일관하여 오딘은 기독교 신앙의 하나님 역할을 하는데, 이런 오딘이 이 대목에서 보통 이교도 신처럼 적그리스도의 침공에 패배하고 말기 때문이다. 우리가 자연스럽게 받아들이기 어려운 이런 모순은 진지하고 억지스러운 트라베스티(Travestie)[26] 작품 안에서는 불가피한 것이다.

스칼데들은 게르만 종교의 신들이 발할에서 기독교 왕들을 엄숙하게 영접하도록 형상화하거나 그리스도로 하여금 리제와 싸우고 노르네 샘 곁에 앉아 있는 장면을 묘사하는데, 오딘은 이런 경우보다 힘이 더 센 경우는 거의 없다(321쪽 참조). 시인은 적그리스도 전설의 압력에 밀려서 실제로 오딘이나 토르, 프레이 같은 게르만 신들이 패배하여 죽음을 맞게 한다. 또 시인은 실제로 기독교의 모범을 쫓는다. 그렇게 묘사하는 까닭은 찬란하게 새롭게 바뀐 세계로 복귀하는 신은 이 세 신들 중의 그 어떤 신이 아니다. 오히려 마지막 전투에 참여하지 않는 신들이나 발더처럼 기독교화된 신 그리고 그 비중이 없는 신들이다.

〈뵐루스파〉의 작자는 오딘, 토르, 프레이와 같은 오랜 게르만 신에게 새로운 영광을 돌리지 않고 그 대신 다른 젊고 제사에서 중요하지 않은 신들에게 영광이 돌아가도록 묘사하는데, 진정한 게르만 신앙의 시인이 어떻게 이런 생각을 할 수 있었을까? 57연의 자연교란을 묘사하는 대목은 다시 〈계시록〉 6장과 연결된다.

> "그때 거대한 지진이 일어났고 태양이 털 부대자루처럼 컴컴하게 되었으며, 하늘의 별들이 땅에 떨어졌다. 하늘이 두 개로 갈리고 모든 산과 섬들이 제 자리에서 벗어나 움직였다."

〈베드로후서〉 3장 7절에 따르면 하늘과 땅은 최후심판의 날 불사르기 위해 남겨두었던 것이며 〈계시록〉 20장에 따르면 모든 것을 삼킬 수 있는 불이 하늘에서부터 데몬과 같은 공격자들에게 떨어지게 된다.

---

26) 일종의 문학형식으로, 기존의 작품을 내용은 그대로 유지하면서 형식만 바꾸는 방식을 말한다.

59. 이제 다시 바다에서 땅이 생생하고 푸르게
솟아나는 것을 그녀가 보는구나.
급류가 폭포를 이루고, 그 위를 나는 독수리
암벽 위에서 고기를 낚는구나.

60. 이다 평원에 모여든 아제족들
세계를 뒤흔든 막강한 자들에 대해 말하고
거창한 사건들과 핌불티[27]의 오랜 루네 문자를
생각하더라.

61. 그때 다시 신묘한 황금 놀이판이
풀밭 속에서 발견될 터이니
태고 적에 아제 신들이 지녔던 것이더라

62. 씨를 뿌리지 않아도 그 농토는 열매를 맺을 것이며
사악한 모든 것이 치유될 것이라.
발더가 돌아오며
회더와 발더가 흐로프트의 승리 홀에 거할 것이니
위대하도다, 전쟁의 신들이여. 너희들이 더 아는 게 있느냐?

63. 그러면 회니르가 운명의 나뭇가지를 택할 수 있으리니
두 형제의 아들들이 드넓은 바람의 헤임에 거하는구나.
너희들이 더 아는 게 있느냐?

64. 기믈레 언덕 위 황금 덮개의 큰 홀 하나
태양보다 아름답게 서 있구나.
거기에 충성스런 무리가 거하며
영원한 기쁨을 누리리라.

---

27) 오딘을 의미한다.

65. 이윽고 권능자가 가혹한 심판을 하러 오니
만물을 지배하는 저 높은 곳의 강한 자라.

66. 음침한 악룡이 날아서, 저 아래 흑암의 산들로부터
번쩍이는 뱀이 오는구나
저 들판을 건너 날아오는 니드회그—그 날개 아래
주검을 품었구나. 이제 그것이 가라앉을 것이라.

전쟁과 대화재가 지난 다음 〈뵐루스파〉 환상시는 〈계시록〉 21장의 음조로 계속되는데, 〈계시록〉에는 "나는 새로운 하늘과 땅을 보았도다"라고 씌어 있다. 폭포 위를 나는 독수리에 깊은 의미가 있는지는 확실하지 않다. 〈베드로후서〉 32장에서 보면 최후의 심판일이 오기 전에 경건한 자들이 성스러운 말씀을 듣기 위해 함께 모이며, 〈이사야〉 65장에 따르면 이들이 새로운 하늘과 땅에서 예전의 근심을 잊어버릴 것으로 씌어 있고, 〈계시록〉에서 주님은 이렇게 말씀하신다. "나는 알파와 오메가라". 이처럼 아제족들도 이다 평원에서, 즉 새로운 세상에서 조용히 예전에 그들을 공포에 몰아넣었던, 세계를 뒤덮고 있던 미드가르드 뱀 떼에 대해서 이야기를 나누고 저 옛날의 루네문자를 떠올린다.

〈이사야〉는 이렇게 예언한다. "그들은 영원히 기뻐할 것이라. 그리고 집을 짓고 거기에 살 것이고, 포도농장을 가꿀 것이며 그 과일을 먹을 것이라". 〈에스겔〉 36장에 따르면 주님은 다시 이스라엘의 산들에 관심을 기울이시어 그쪽을 쳐다보시고, 그래서 그 산들이 일궈지고 씨가 뿌려질 것이라고 말한다.

기독교 신학은 한걸음 더 나아갔다. 예컨대 호노리우스는 이렇게 말한다. "그렇게 되면 저주받은 땅이 축복을 받고 노동과 고통이 사

라진다". 그처럼 〈뵐루스파〉에서도 그들이 영원히 기쁨을 누리고, 회더(Höder)와 발더가 집에서 기거하고 농토는 씨를 안 뿌려도 과실들을 맺는다. 발더가 돌아올 것이며 그는 모든 해악을 선하게 바꿔 놓을 것이다. 승리 홀 안에 있는 발더를 앙겔작센인들은 승리의 왕이라 부르는데, 이 발더가 그리스도에 상응하는 것이라면, 전쟁 신 회더는 여기에서 전투력을 지닌 천사장 미카엘을 의미할 수도 있다. 미카엘은 천국의 통치자로 중세 때에는 유능한 전사들의 숙식을 책임진 존재였다.

〈계시록〉에 따르면 그리스도와 미카엘 말고도 예녹(Henoch)과 엘리아스(Elias)는 데몬 세력들과의 싸움에 엉켜 들어간다. 그들은 이 전쟁에서 사망하지만 〈계시록〉에 따르면 이들은 다시 소생한다. 이들은 《구약성서》에 나오는 독특한 두 사람으로써 옛 낙원에 속한 것처럼, 이들은 새로운 세계에도 속하는 존재들이다. 《구약성서》 인물이면서도 예녹은 새로운 세계의 유대인을 보호한다. 〈에스겔〉 37장(47장 14절 비교)의 유명한 환상에 따르면 네 군데 바람으로부터 다가온 한 개의 바람이 넓은 사자의 들판 위를 지나가며 사자들을 새로운 생명으로 일깨운다. 그런 다음 새로운 이스라엘의 거처가 오랫동안 분열되어 있던 이스라엘과 유대족속 후손들의 거처가 되게 한다. 이는 운명의 나뭇조각으로 분열된 형제의 공동 거처가 되었던 것과 마찬가지이다. 중세는 이런 분열의 일을 예녹에게 부과했다.

〈뵐루스파〉 작자는 예녹의 이름을 스칸디나비아인들이 발음하기 쉬운 북구 신의 이름 회니르로 바꾸었다. 언어의 의미는 이렇게 해석된다. "그러자 회니르는 운명의 나뭇가지를 선택할 수 있으며, 두 형제의 아들들이 넓은 빈트헤임(Windheim)[28]에 살게 된다".

이제 하늘의 예루살렘이 정확히 〈계시록〉의 특징들을 통해 묘사된다. 태양이 필요 없으며, 그들의 집들은 황금으로, 담장은 보석으로 만들어졌다. 그렇기 때문에 교회 문인들의 글 속에서 '보석과 황금의 예루살렘'(*die gemmata et aurea Jerusalem*)이라는 말이 나타난다. 그래서 뵐바는 여기에서 새로운 세계의 이 홀을 태양보다 아름답다 말하며 황금으로 덮여 있고 절반의 외래어인 기믈레(Gimle), 즉 겜멘헤임(Gemmenheim, 보석의 집)이라는 이름을 부여한다. 기독교 원전에 따르면 새로운 예루살렘에는 하나님의 막역한 친구들이 하나님과 영원히 즐기기 위해 사는 것으로 되어 있는데, 〈뵐루스파〉에서는 충성스러운 무리가 이 보석의 집에서 살게 된다. 〈마태복음〉 24장은 인자가 하늘의 구름을 타고 능력과 큰 영광으로 심판하러 오실 것이라고 적었으며, 〈뵐루스파〉는 만물을 지배하는 막강한 자가 무서운 심판을 위해 위에서 내려온다고 적었다. 마지막으로 악룡이 날개 안에 사자들을 품고 지옥에서 몸을 일으키며 그 후 침몰한다. 그래서 심연 속에 던져져 있던 〈계시록〉 20장의 악룡은 천 년 동안 묶여 있다가 풀려나지만 잠시뿐이다.

이렇게 해서 진지하고 고상한 고대 북구의 시는 막강하고 위로를 주는 화음으로 마무리된다. 시의 마지막 부분에서 기독교 사상의 흐름은 훨씬 더 자유롭게 토착종교의 언어제방을 깨뜨리지만, 여전히 몇 개의 토착적인 이름을 도입한다. 그렇다고 토착신화를 수반하지는 않는다. 〈뵐루스파〉 환상 위에 감도는, 최후의 정의와 영원한 평화에 대한 희망은 기독교인들의 마음 아닌 어떤 다른 곳에서 솟아날 수 있을까? 사람들은 새로운 신앙이 과거의 신앙을 거의 완벽하게 제어함을 보는 것이다.

---

28) 여기에서 '빈트'(Wind)는 '바람'의 의미이다.

중세 성직자들은 신약의 사건과 인물들을 구약의 그것들 안에서 재발견하기를 좋아한다. 이것은 새로운 것에 대해서 심오하게 형성된 옛것이 앞서 갔었기 때문이었다. 이런 것처럼 북구 스칼데 집단은 옛 신앙과 예술에 대해서 여전히 강한 자부심을 가졌는데, 이들이 새로운 기독교 구원론을 대하면서 그들 문학의 오랜 유적지에서, 즉 토착신화에서 어떤 모범이 되는 형상들을 찾고 싶어 했다. 하지만 오딘이나 토르와 같이 강력한 신들은 하나님과 많은 점에서 공통점을 가지고 젊은 발더는 그리스도와 그렇지 않은가! 한층 더 중요한 점은 북구의 문학어가 그들의 신화 그림들을 통해 기독교 사고를 변용해서 충분히 표현할 수 있다고 느끼는 점이 아니겠는가!

북구 시인들이 성경이나 성경 주해서에서뿐만 아니라 다른 기독교 기록들로부터 이방의 지혜와 갖가지 기독교 신화를 보다 깊은 차원에서 얻는데, 그러면 그럴수록 옛 북구 전통은 더욱더 기꺼이 "새로운 신학의 총체"에 접합을 이룬다. 그렇게 해서 〈뵐루스파〉29) 는 스칼데

29) [원주] 〈뵐루스파〉에 대한 연구는 아직 완결되지 않았다. 이에 대한 연구는 1883년 뮐렌도르프(Müllenhoff)가 발표한 견해와 1889년에 필자가 밝힌 견해 사이에서 불안정하게 이리저리 움직인다. 필자가 존경하는 스승 뮐렌도르프는 " 〈뵐루스파〉는 북유럽과 노르웨이 토착종교에서 비롯되었고 우리가 고대 게르만의 공통된 유산의 기본특성들로 인식하는 세계인식의 마지막 순수한 결론이다"라고 말한다. 이에 대해 필자는 다음과 같이 주장하지 않을 수 없다. " 〈뵐루스파〉는 북유럽의 스칼데 문학에서 비롯된 것이며, 스칼데의 신화언어로 표현된 기독교 구원론 사상을 반영하며, 그 기본 특징들은 순수한 게르만 토착종교와는 이질적인 것들이다". 이 〈뵐루스파〉에 대해 많은 공적을 쌓은 부게(Bugge)의 이름은 거명하지 않겠다. 그는 내용의 전체 성격보다는 그 개별적 특성을 주로 판단하기 때문이다.

많은 독문학자들이 이 시의 핵심을 토착종교적인 것으로 받아들이지만, 간혹 기독교의 영향을 인정한다. 그들은 북유럽 토착종교의 정신적 역량을 과대평가하고 그 바탕의 본질적 특성을 놓친 것이다. 그들은 포괄적인 기독교의 힘을 과소평가하고 그 구원론의 신화적 다양성을 애써 무시한다. 그러

나 최근의 몇몇 독문학자들은 이 점을 느끼기 시작했고 아직 못 내켜 하면서도 〈뵐루스파〉 전체가 거대한 이질적인 모범을 바탕에 깔고 있다는 필자의 견해를 받아들인다.

매우 보수적인 덴마크 문학사가인 피누르 욘손(Finnur Jónsson: den oldnorske og oldislandske Litteraturshistorie 1, 134. 1894)은, "〈뵐루스파〉의 작자는 자신의 동시대인들에게 순수하며 훼손되지 않은 토착종교의 가르침을 묘사하려 하였고 특히 재탄생과 그것과 연관된 삶을 묘사하려 하였다. 이는 토착종교의 교리가 그 당시 점점 강대해지는 새로운 교리인 기독교 신앙보다 뒤떨어지지 않았다는 것을 증빙하려는 것이었다. 〈뵐루스파〉는 이 새로운 교리에 맞서려는 것이었다"라고 언급한다. 그러나 필자는 그에게서 그 다음의 반론을 기대할 수 없었다. 그도 역시, 〈뵐루스파〉 가사가 뮐렌도르프가 주장하듯이 북유럽의 세계관을 드러내는 순수하고 때 묻지 않은 토착문학이라는 생각을 더 이상 하지 않았기 때문이다. 그도 기독교 교리를 알게 되었고 압박을 받았던 것이다. 욘손의 지식은 정확해서, 그는 기독교의 개별 교리와 그것과 동등한 가치가 있는 토착교리를 대응시켜 비교하려 하였다. 그러나 이런 경향에 있어 바로 커다란 위험이 드러난다. 즉, 반론을 제기할 때 기독교 교리의 확고한 사상 체계로부터 자신의 논리를 끄집어낸다는 점인데, 욘손도 이를 인정하지 않을 수 없을 것이다. 그렇게 되면 반대 논리에 대응하기 위해 특히 귀중한 기독교 교리 일부를 토착종교 교리에 다소 억지스럽게 적용한다. 그러나 그렇게 해서 〈뵐루스파〉의 전체 이념 체계에 담긴 일련의 기독교 교리를 이해할 수 있게 된다. 아울러 설명이 가능한 것은 미래의 삶이 전투적인 발할의 양태와는 현격하게 다르게 매우 부드럽고 평화로운 빛깔로 그려진다는 점이다. 욘손 역시 소극적으로나마 〈뵐루스파〉 가사가 막강한 기독교 이념의 영향을 받았다는 점을 인정한다. 네덜란드 연구자인 소세(Chantepie de la Saussaye: the religion of the Teutons igoz. r, 202. 353)도 비슷한 고백들로 욘손과 동일한 입장을 취한다.

소세는 〈뵐루스파〉 가사의 작자가 토착신앙의 소유자이긴 하지만, 세계 재생의 기독교 이념에 대해서 알고 있을 뿐만 아니라, 창조와 죄 그리고 최후의 심판에 대해서 알고 있었으며, 기독교의 세계 드라마 이념의 모델이 없었다면 〈뵐루스파〉 가사를 창작하지 못했으리라고 생각했다. 그러나 그는 토착신앙의 원료로 그런 작품을 만들었던 것이고, 아마도 그는 토착신앙의 요소들과 기독교의 그것 사이에 존재하는 다른 점들을 의식하지 못했던 듯하다. 그러나 〈뵐루스파〉 가사가 기독교 독단론을 신중하고 기술적으로 모방한 작품이라고 이해해서는 안 된다.

문학이라는 은쟁반에 기독교라는 황금과일을 옛날 질서에 따라 차곡차곡 아름답게 쌓아서 우리에게 제공한다. 그러므로 〈뵐루스파〉는 예술작품이긴 하지만 진정한 예술작품이 지닌 중심 추동력, 즉 내적 진실이 없다는 의미에서 일류의 예술작품이라고는 할 수 없을 것이

나의 중요한 두 가지 주장, 즉 〈뵐루스파〉 가사가 기독교 독단론을 모방한 것은 아니며 토착신앙의 질료로 창작된 것이라는 주장은 쉽게 받아들여진다. 그러나 소세의 3번째 주장, 즉 토착신앙의 요소들과 기독교 요소들의 차이점을 별로 의식하지 않은 혼합주의자가 본질적으로 기독교적인 내용과, 본질적으로 토착적인 형식을 수미일관한 논리를 갖추고 또한 정교한 형태로 된 6행 이상의 혼합가사를 창작할 수 있었다는 주장은 거의 신뢰성을 주지 못한다. 그러므로 아마도 자신의 예술적 기량을 충분히 의식하면서 기독교 이념에 친숙한 시인이 11세기에 웅대한 기독교 소재를 스칼데 방식으로, 그러니까 북유럽 신화의 표현방식과 거기에 적절한 언어를 활용하여 토착신앙의 소재와 혼합하여 창작한 것이라는 필자의 주장이 계속 유지될 수 있을 것이다.

〈뵐루스파〉 가사가 이방적인 요소를 바탕에 깔고 있으며, 이것이 고대 북유럽의 신화 이미지를 통해서 묘사된다는 점은 카우프만(Kauffmann, Balder 1902. S. 304)도 인정하며, 그가 의식적인 창작력을 발휘한 시인의 존재를 가정한다는 점에서도 필자와 일치한다. 그러나 카우프만은 이방적인 요소를 생명력이 풍부한 위대한 구원의 계획에서 발견한 것이 아니고, 세계의 대화재로 마무리되는 공허하고 별 색깔 없는 고대철학의 세계연력(年歷)을 이방적인 것으로 파악한다. 이는 새롭고 행복한 세계의 역사를 보여주기 위한 것이었다. 고대의 세계연력의 정오 시점에서 발더가 아제 신들의 영역에 새로운 삶을 불러일으키기 위해 제물로 끌려가고, 그 효과가 다 소진되자 전 우주적인 정화(淨化)를 위한 신들을 모두 소멸시키는 대화재의 제의가 필요하게 된다. 필자의 생각은 가사에서부터 진전되어 나온 이런 생각의 갈래들에 대해 동의하지 않는다. 필자의 시 해석을 많은 이들이 억지스럽게 느끼는 듯하지만, 그것은 그런 이들에가 아니라 스칼데 문학유형에 부담스러운 해석이다. 물론 필자가 모호한 모든 세부사항들을 명쾌하게 해명했던 것은 아니다. 다만 필자는 독자들이 판단에 따라 주요 특성을 올바로 이해했다면 그것으로 만족할 것이다.

앞에서 필자들이 언급한 내용들은 내 의도보다 빈번히 예전의 저서들을 인용하는데, 이는 이런 책들에서 이번 책에 간략하게 정리한 것을 보다 자세히 풀어쓰고 있기 때문이다.

다. 그러나 신화 연구가들에게 이 〈뵐루스파〉는 저물어가는 토착종교에 대한 우월한 위치에 선 기독교 정신이 보내는 인사처럼 소리를 낸다.

(끝)

▪ 참고문헌

(게르만 신화 개론서)

Grimm, Jakob. Deutsche Mythologie. I. Aufl. 1835. 4. Aufl. in 3 Bänden, m. Nachträgen aus Grimms Nachlaß, hrsg. v. E. H. Meyer 1875-1878.

Müller, Wilh. Geschichte u. System der altdeutschen Religion 1844.

Petersen, N. M. Nordisk Mythologi. 1. Aufl. 1849, 2. Aufl. 1863.

Simrock, Karl. Handbuch der deutschen Mythologie. 1. Aufl. 1853, 6. Aufl. 1887.

Petersen, Henry. Om Nordboernes Gudedyrkelse og Gudetro i Hedenold 1876.

Meyer, E. H. Germanische Mythologie 1891.

Mog k, E. Germanische Mythologie in Pauls Grundriß der Germ. Philologie 1, 982. 1891. 2. Aufl. 3, 230. 1898.

Golther, W. Handbuch der germanischen Mythologie 1895. 덧붙여서:

Mannhardt, W. Germanische Mythen 1858.

______. Wald- u. Feldkulte 1875/77.

______. Mythologische Forschungen (Quellen u. Forschungen 51) 1884.

Much, R. Der germanische Himmelsgott 1898.

Kauffmann, F. Balder 1902.

게르만 신화·고대사 그리고 기독교

게르만 신화의 온전한 이해를 위해 개략적이나마 게르만족의 형성과 역사 그리고 게르만 신화의 역사적 배경이 되는 북유럽 역사를 포함한 고대 유럽의 역사를 개괄적이나마 살펴볼 필요가 있다. 특히, 역자는 훈족의 유럽 침입으로 유발된 게르만 민족의 이동과 유럽의 기독교화 과정은 전 유럽에 퍼진 게르만 신앙 양태를 이해하는 데 필수적이라고 판단한다. 아울러 게르만 신화의 가장 중요한 원전(原典)인 《에다》의 형성과 그것의 문학적·역사적 의미 그리고 그것의 발생지인 아이슬란드의 역사도 함께 살필 것이다.

1. '게르만'족의 개념과 형성 및 로마제국과의 접촉·충돌

'게르만'(German)이라는 명칭은 원래 B.C. 2000년경 청동기 시대부터 중부 유럽과 스칸디나비아 남단 지역에 거주하던 몇몇 무리의 부족들에 대한 집합명칭이다. 이 무리가 주변의 여타 부족과 구분되는 언어를 사용했는데 후세의 언어학자들은 유럽과 아시아의 원초언어로 인도유럽어(*Indo-European languages*)라는 원초원어를 설정하였고, 이 언어에서 B.C. 3000년경부터 여러 언어가 분화되었다고 추정한다. 그리고 B.C. 600년경 제1차 자음변화 현상을 특징으로 하는, 즉 "게르만어", "켈트-이탈리아어", "그리스어"의 분화가 이뤄지고 이어지는 변화를 거쳐 "켈트-이탈리아어"는 라틴어로, 이 라틴어는 다시 프랑스어, 스페인어 그리고 이탈리아어로 분화되었다고 추정한다. 이에 비해 "게르만어"는 북유럽의 언어를 포함한 북게르만어, 없어진 고트어를 포함한 동게르만어 그리고 영어와 독일어를 포함한 서게르만어 등 세 부류의 게르만어로 나뉘었다고 추정한다.

그러니까 앞서 말한 지역에 거주한 부족은 B.C. 600년경 인도유럽어가 분화되기 이전부터 살았던 이른바 게르만어를 사용하는 부족인 셈이다. 이때의 제1차 자음변화 현상이란 나중에 그림(Grimm) 형제가 발견했다고 해서 '그림의 법칙'이라 명명된 언어현상으로, 어휘발음에서 자음 'p/f'가 나뉘게 된 현상을 말한다.

이런 언어를 쓴 무리를 '게르만'족이라고 명명했던 유래는 분명치 않고 또 '게르만'이라는 단어 자체가 어떤 의미인지 또 언제부터 사용했는지 아직까지도 논의가 분분하다. 가장 뚜렷하게 라인 강 동편이라는 지역을 거명하며 그 지역에 사는 야만족을 게르만족이라고 규정한 것은 《갈리아 원정기》(*Commentarii de Bello Gallico*, B.C. 58~50)를 쓴 카이사르(Gaius Julius Caesar: B.C. 100~B.C. 44)였다. 그는 라인 강을 북방 야만족과 갈리아 땅을 가르는 경계선으로 명시함으로써 '갈리아 땅의 정복자'로서의 자신의 업적을 크게 강조하려 하였던 것으로 추정된다.

약 100년 후 타키투스(Publius Cornelius Tacitus: 58~120)는 그의 저서 《게르마니아》(*Germania*)에서 부패하고 방만한 삶을 사는 로마인보다 정결하고 순박한 삶을 사는 순수 야만인 게르만인을 이상적으로 그려냄으로써 후세에 큰 영향을 끼쳤다. 이 책은 '게르만족'이라는 통칭을 확정한 역할을 했다고 할 수 있다.

그는 《게르마니아》에서 다음과 같이 설명한다. '게르만'이라는 명칭이 그가 글을 쓰던 당시 기준으로 '비교적 최근에' 생긴 것이며 라인 강 동편에서 살던 퉁그러(Tungrer) 족이 라인 강을 건너 갈리아족을 침탈하자, 이들이 공포심에서 이 퉁그러족을 '게르만'이라 불렀고 그 이후에 이 명칭이 전체 종족을 지칭하는 말이 되었으며, 나중에는 그들 스스로가 자랑스럽게 '게르만'족임을 내세웠다는 것이다.[1]

게르만 신화의 흔적이 전 유럽에 산재한 데는 게르만족의 로마제국과의 투쟁, 협상, 협력 및 군사적 협력관계와 척박한 자연환경을 극복해내기 위한 자구노력으로서의 게르만 부족 집단이주 활동과 관련이 있다고 볼 수 있다. 그러니까 B.C. 2000년경의 청동기 시대 때의 스칸디나비아 남단과 북유럽으로 확인된 게르만족의 모토(母土)는 지역적으로 시간의 흐름과 더불어 서쪽과 동남부로 확대되었다고 할 수 있다.

즉, 철기 시대인 야스토르프(Jastorf) 문화가 형성되었던 B.C. 6/5세기에 유럽 북해 연안의 유틀란트 반도로부터 메클렌부르크(Mecklenburg)를 거쳐 북부 보헤미아에 이르는 지역이 엘베 게르만족의 무대가 되며 그 이후 독일 북부 평원지역과 미텔게비르게(Mittelgebirge) 산맥 사이의 공간, 라인(Rhein) 강 하류와 라인 강 중류, 마인(Main) 강, 주데텐(Sudeten) 산맥 및 바이크셀(Weichsel) 강으로 둘러싸인 지역이 게르만 부족의 지역이 된다.

세기 전환기 때 게르만족의 거주지를 강과 바다를 기준으로 다양한

1) Vgl. 이광숙 (편역) (1999), 《타키투스의 게르마니아》, 서울: 서울대학교 출판부, 62쪽. 이하, Tacitus, *Germania* 2. 5.

게르만 부족을 분류하면 다음과 같다.

① 북해 연안 게르만 그룹: 타키투스에 의하면 잉게보넨(Ingaevonen)족에 해당한다. 프리젠 (Friesen), 카우켄(Chauken: 나중에 작센족으로 병합), 작센(Sachsen), 바르넨(Warnen).

② 라인-베저 강 유역 게르만 그룹: 앙그리바리어(Angrivarier), 바타버(Bataver), 브룩터러(Brukterer), 텡크터러(Tenkterer), 주감브러(Sugambrer), 케루스커(Cherusker), 카텐(Chatten), 우비어(Ubier), 우시페터(Usipeter) 등. 이 라인 강 유역의 부족들로부터 3세기경에 거대부족인 프랑켄(Franken)족이 형성되었고, 베저 강 유역의 케루스커와 앙그리바리어족은 작센족에 합병되었다.

③ 엘베 강 유역 게르만 그룹: 이 그룹은 수에벤(Sueben) 또는 스베벤(Sweben) 그룹으로도 불린다. 여기에 속한 부족은 다음과 같다. 헤르문두렌(Hermunduren), 랑고바르덴(Langobarden), 마르코만넨(Markomannen), 크바덴(Quaden), 젬노넨(Semnonen), 바스타르넨(Bastarnen) 등이다. 이 그룹에서 3세기에 거대부족 알라만넨(Alamannen)족이 출현했고, 마르코만넨족은 다른 부족과 연합하여 바유바렌(Bajuwaren)이라는 거대부족을 형성했고, 헤르문두렌족은 거대부족 튀링거(Thüringer)족을 형성했다. 그 후 406년에 수에벤족 일부가 알라넨(Alanen), 반달렌족과 함께 라인 강을 넘어 쳐들어가서 이스파니아까지 이르렀다. 그리고 이들은 이스파니아 북서지역에 수에벤 왕국을 건립하였는데, 이 왕국은 나중에 포르투갈의 토대가 되었다. 또 랑고바르덴족 역시 다른 부족들을 수용하여 먼저 판노니아에 그리고 568년 이후 이탈리아에 왕국을 세웠다.

④ 북게르만 그룹 또는 동해(Ostsee) 연안 게르만 그룹: 유틀란드 반도와 스칸디나비아 남단 지역에 할거했던 게르만 부족들을 지칭한다. 에스티어(Ästier)족과 수이오넨(Suionen)족이 해당되는데, 여기에서 나중에 데넨(Dänen)족과 쉬베덴(Schweden)족, 남부

노르베거(Norweger)족이 출현했다. 이들 그룹과 북해 연안 그룹 사이에 낀 부족이 앙겔른(Angeln)족과 위텐(Jüten)족이다.

⑤ 오데르(Oder)-바르테(Warthe) 강 유역 게르만 그룹: 부르군덴(Burgunden), 루기어(Lugier), 반달렌(Vandalen) 등. 이 부족들은 고고학적으로 지금의 남부 폴란드 지역에 B.C. 3세기부터 A.D. 5세기에 존재했던 철기문화인 프르쩨보르스크(Przeworsk) 문화에 속했다.[2]

⑥ 바이크셀 강 유역 게르만 그룹: 바스타르넨, 게피덴(Gepiden), 고토넨(Gotonen), 루기어(Rugier), 스키렌(Skiren) 등.

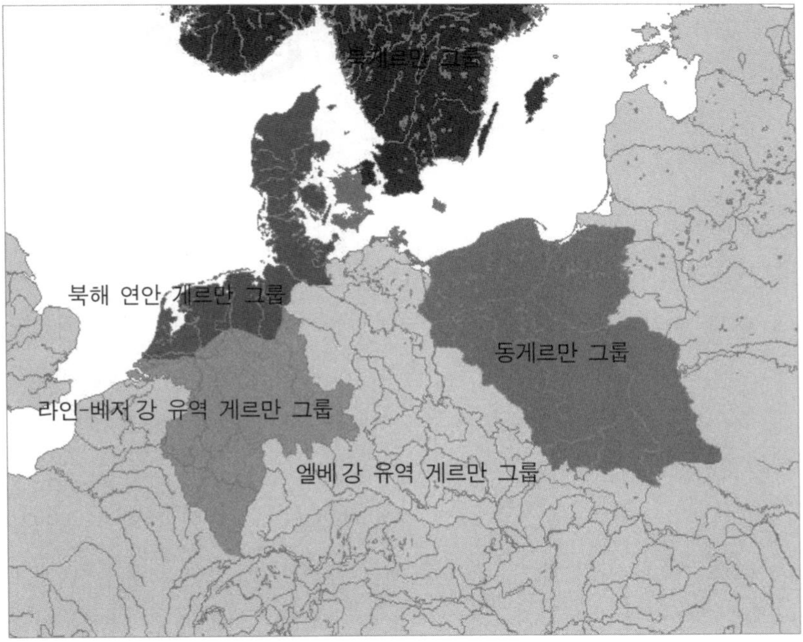

2) Teresa Dąbrowska: Przeworsk-Kultur. In: Reallexikon der Germanischen Altertumskunde (RGA). 2. Auflage. Band 23, Walter de Gruyter, Berlin/New York 2003, SS. 540-553.

게르만족의 정체성은 내부로부터 형성된 것이 아니고 외부와의 관계, 특히 로마제국과의 갈등과 투쟁 그리고 협상과 교류를 통해서 형성되었다고 볼 수 있다. 이는 게르만족의 이웃이었던 켈트문화가 로마인과 접촉하면서 곧 정복당하고 로마화되었던 것과 비교된다. 이 로마화의 정도는 매우 포괄적이어서 오늘날의 프랑스 지역에서 켈트어는 완전히 소멸되고 말았다.

게르만족의 이동은 이미 B.C. 3세기경에 본격적으로 시작되어 로마제국과 충돌했다. 초기 게르만족이 보헤미아에 머물고 있을 때 바스타르넨(Bastarni)족이 중부 유럽에서 흑해 연안으로 진출했다. 게르만족과 로마제국과의 첫 충돌은 킴버른족과 토이토넨족이 암브로넨족과 함께 로마제국 안으로 침입한 사건이었다.

B.C. 113~101년에는 유틀란트 반도와 슐레스비히-홀슈타인에 거주하던 킴버른(Kimbern), 토이토넨(Teutonen) 그리고 암브로넨(Ambronen)족이 주거 지역의 침하로 남하하여 지중해 세계를 대혼란에 빠뜨렸다. 이들 부족은 B.C. 113년 노레이아(Noreia)에서 로마인에 대해 승리를 거두고 B.C. 102년에는 로마인이 아쿠아에 섹스티에(Aquae Sextiae)에서 토이토넨족을, 로마인은 B.C. 101년 베르켈레(Vercellae)에서는 킴버른족을 제압하는 과정에서 켈트인과 다른 부족으로서의 게르만족을 인지하게 되었다.[3)]

이 사건은 중부 독일, 남부 독일 지역에서의 켈트인의 장악력을 붕괴시켰고 이에 따라 B.C. 70년경에는 수에벤족 출신의 유식한 게르만족장 아리오비스트(Ariovist: ?~B.C. 54)가 엘베 게르만족을 이끌고 라인 강 상류를 넘어 갈리아 지역에 정착했다. 그때 마침 갈리아

3) Vgl. Wilhelm Treue, Deutsche Geschichte, 5. Auflage, Stuttgart 1978, S. 1.

정벌에 나선 케자르와 충돌하여 패배한 후 다시 되돌아왔다. 이 아리오비스트 세력에 밀린 또 다른 게르만 부족들이 라인 강 하류지역에서 라인 강을 넘어 갈리아 땅으로 들어갔으나 역시 B.C. 58년 케자르에게 쫓겨나고 말았다.

케자르는 여기서 더 나아가 B.C. 55년과 53년에 라인 강의 노이비더(Neuwieder) 습지를 넘어 보복공격을 감행했으나 오래 지속하진 못했다. 이때 그는 게르만족에 대한 정치적 경계선으로 라인 강을 인식했고 그의 《갈리아 원정기》에서 라틴어로 게르만족의 습속을 설명한다. 그 후 아그리파(Agrippa)는 이 경계선을 안정적으로 유지하기 위해 게르만족 지파인 우비어족을 강 너머로 불러들였는데 이들이 B.C. 12년 거점도시인 아라 우비오룸(Ara Ubiorum), 즉 현재의 쾰른을 세웠다.[4]

그 이후에도 라인 경계선은 안정적이지 않았다. 그러자 아우구스트 황제는 로마 군대를 라인 강변으로 이동시켰다. 이때 라인 강 왼쪽의 길을 따라 주둔도시들이 세워졌는데 바로 현재의 마인츠와 크산텐이다. 아우구스트 황제는 이곳들을 거점으로 로마제국의 영토를 엘베 강까지 확장할 생각을 했던 것이다. 그리하여 B.C. 12~19년에 아우구스트 황제의 양아들 드루수스(Drusus: B.C. 38~39)와 황제의 장조카 게르마니쿠스(Germanicus: B.C. 25~A.D. 19) 두 장군이 라인 강 동편의 게르만족에게 강력한 공격을 펼쳤다. 이를 통해 로마는 프리젠족, 카우켄족, 브룩터러족, 마르저족, 카텐족 등을 복속시켰지만 이 정복전쟁을 통해 극소수의 부족만 완전한 복속 상태에 머물렀다. 드루수스는 퇴각할 때 낙마하여 사망했고 그의 동생 테베리우스(Tiberius: B.C. 42~A.D. 37)가 B.C. 8년에 정복전쟁을 이어갔

4) 위의 책, 2쪽 참조.

다. 그리고 그는 결국 가장 저항적이었던 케루스커족을 A. D. 4년에 복속시켰고 나중에 라인 강 오른쪽에 세워질 리메스(limes) 지역에 대표적인 로마 도시들을 세웠다.[5]

한편 이런 로마제국의 공세에 독일 중부인 마인 강 유역에서 상당한 세력을 유지하던 마르보드(Marbod: B. C. 30~A. D. 37)의 마르코만넨(Marcomannen) 부족은 동쪽의 보헤미아(지금의 체코)로 이동할 수밖에 없었다. 로마의 북방경계선을 엘베-도나우 라인으로 밀어 올리는 과정에서 만나는 최대 난적인 마르보드의 마르코만넨 왕국을 티베리우스가 거의 성공적으로 복속시키려는 시점에 판토니아(Pannonia)에서 반란이 발생하여 이 시도는 좌절되고 말았다. 마르코만넨 부족은 보헤미아 지역에서 중요한 정치적·문화적 권력중심체를 형성했고 이것은 게르만족의 예술발전과 사회조직에 강력한 영향을 끼쳤다.[6]

로마의 게르마니아 침탈을 결정적으로 제어한 것은 게르만족의 일원인 케루스커 부족 출신인 아르미니우스(Arminius: B. C. 17~A. D. 21)였다. 그는 한때 로마용병대 대장으로 황제군에서 복무한 적도 있었던 인물로 로마시민권과 기사작위를 보유한 인물로 정치 감각도 뛰어나고 시야도 넓었던 유능한 인물이었다. 그는 A. D. 9년 로마 대장군 바루스(Publius Quinctilius Varus: B. C. 46~A. D. 9)가 이끄는 3개 여단 2만 명의 병력을 토이토부르크 숲에서 전멸시켜 로마제국의 간담을 서늘하게 만들었다. 바루스는 패배로 인하여 스스로 목숨을 끊었다.

이후 "의심의 여지가 없는 북부 독일의 해방자"(타키투스)라고 할 수 있는 아르미니우스는 경쟁자인 마르보드와 연합하여 로마제국에 대응한다는 의미에서 바루스의 효수를 그에게 보내었으나, 마르보드

5) 위의 책, 같은 곳.
6) 위의 책, 3쪽 참조.

는 오히려 이것을 아우구스트에게 보내고 말았다. 이는 아르미니우스의 묵언의 제안을 뿌리친 것이었다. 바루스 군단 제압 이후 이뤄진 아르미니우스의 투쟁은 게르만인 사이에 일체감을 불러일으켰고 엘베 강까지의 지역을 로마제국 영토로 삼고자 했던 아우구스트 황제의 의도를 무산시켰다.[7] 그리고 이로써 게르만족은 그들의 삶을 자유로운 상태에서 영위할 수 있게 되었다. 또 로마제국 밖에 머물게 된 남부 게르만족은 나중에 도나우 강 유역을 정복할 수 있는 추동력을 쌓아갈 수 있게 되었다.[8]

19, 20년 마르보드의 몰락 이후 마르코만넨, 크바드 부족이 남동쪽〔메렌(Mähren), 슬로바카이(Slowakei)〕으로 이동하여 반니우스(Vannius, 재위기간 19~50)를 중심으로 쿠바덴 왕국을 설립했다. 이 즈음해서 로마제국은 라인 강 오른쪽의 전진기지를 포기하고 또 로마 확장정책을 포기하게 되었다. 그 이후 라인 강 좌안지대는 로마군 진지의 보호 아래 로마의 변방도시로 발전하고 우안지대의 자유 게르마니아 지역은 게르만 부족장의 지배 아래 있으면서 지속적인 로마 영향(무역, 군 복무)을 통해 서서히 변화되기 시작했다.

69년에는 로마 네로 황제 시절의 복잡한 이탈리아 내부 정정(政情)과 연루되어 게르만 하류지역에서 키빌리스(Julius Civilis: 25~70)를 중심으로 한 바타버 부족이 중심이 된 반(反) 로마제국 반란(69~70)이 대규모로 발생했다. 이것이 진압당하면서 라인 강 하류 양안(兩岸) 지역에서 게르만 독립국가를 건립하려는 시도가 좌절되었다.

그 후 로마 도미티아누스(Domitianus) 황제가 카텐족과 벌인 전쟁(A. D. 85~87)으로 라인 강 상류지역에 로마의 국경방어 장벽인 리메

7) 위의 책, 같은 곳 참조

8) 위의 책, 8쪽 참조.

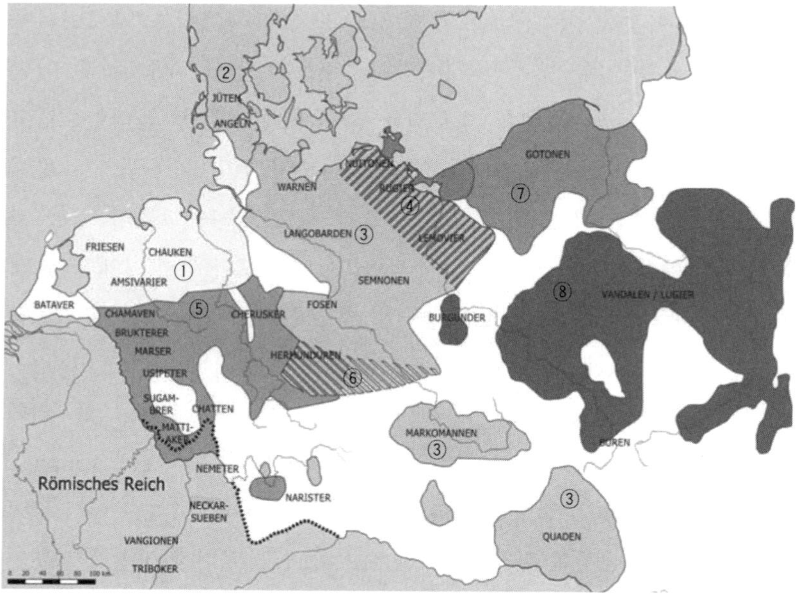

B.C. 50년경의 게르만족 지파들의 거주 위치

① 북해 게르만 그룹: 프리젠, 카우켄, 암시바리어(Amsivarier), 바타버.
② 북방 게르만 그룹: 앙겔른, 위텐.
③ 엘베강 유역 게르만 그룹: 바르넨, 랑고바르덴, 젬노넨, 마르코만넨, 크바덴.
④ 엘베강 유역 게르만 그룹: 누이토넨(Nuitonen), 루기어(Rugier), 레모비어(Lemovier).
⑤ 라인-베저강 유역 게르만 그룹: 캄마벤(Chamvaven), 브룩터러, 케루스커, 마르저(Marser), 우시페터, 주감브러, 카텐, 마티아커(Mattiaker).
⑥ 라인-베저강 유역 게르만 그룹: 헤르문두렌.
⑦ 바이크셀강 유역 게르만 그룹: 고토넨.
⑧ 프르제보르스크 문화권 게르만 그룹.

스가 설치되기 시작하여 2세기 중엽 안토니누스 피우스(Antoninus Pius: 86~161) 황제 때 완성되었다. 이에 따라 아그리 도구마테스[9]가 로마제국에 편입되었다. 또 이런 지역이 커지자 '게르마니아 인페리오르'[10]와 '게르마니아 수페리오르'[11]가 형성되었다.

도나우 강 중류지역에서도 게르만 부족들과 로마제국 사이에 분쟁이 그치지 않았다. 1세기경 분명치 않은 이유로 스웨덴 남부와 고트란트로부터 고트족이 부르군덴족을 따라 바이크셀 강 유역과 쉴레지엔으로 이동했고 카르파텐(Karpaten) 산맥을 우회하여 흑해 연안까지 진출했다. 중부 독일에 형성된 강력한 불안정 상태가 로마 황제 안토니누스 피우스가 사망한 후 결국 폭발하고 말았다.

165년에 랑고바르덴, 마르코만넨, 우비어, 크바덴족이 도나우 중류지역을 넘어 로마제국으로 진입하여 땅을 요구했다. 그들은 요구가 거부당하자 166/167년에 로마제국의 속주인 라에티엔(Raetien), 노리쿰

---

9) 아그리 도구마테스(Agri documates): 라인 강과 도나우 강, 리메스 사이의 땅으로 처음에는 켈트인이 거주했으나 나중에는(90~259/260) 게르만의 수에브족이 거주했다. vgl. Stichwort "Agri documates" in: Die freie Enziklopödie de. wikipedia. org(이하, de. wikipedia. org로 약칭); Stichwort "Germanen" in: *Brockhaus Enzilkopädie*(이하, Brockhaus로 약칭), Bd. 8, S. 364.

10) 게르마니아 인페리오르(Germania infrior)는 '저지 게르마니아'라는 뜻으로, 로마제국 시대 때 라인 강 서안지역이었던 속주(屬州) 이름이다. 이 속주는 85~90년 사이에 세워졌다. 현재의 네덜란드, 독일, 벨기에의 일부 지역을 포함한 지역이며 당시 이 속주 수도는 지금의 쾰른(Köln)이었다. Vgl. Stichwort "Germania inferior" in: de. wikipedia. org.; Brockhaus, Bd. 8, S. 365.

11) 게르마니아 수페리오르(Germania superior)는 '상부 게르마니아'를 뜻하며 90년부터 3세기 말까지 존재했던 라인 강 상류지역의 속주이다. 지역적으로는 현재의 스위스, 프랑스 그리고 독일 서남부 일부 지역을 포괄했고 중심 도시는 현재의 독일 마인츠(Mainz)였다. Vgl. Stichwort "Germania suferior" in: de. wikipedia. org: Brockhaus, Bd. 8, S. 365.

(Noricum), 판노니엔(Pannonien), 다키엔(Dakien)을 덮쳤다.

이에 로마의 철인(哲人) 황제로 알려진 마르크 아우렐(Mark Aurel) 황제(121~180)는 172년에 도나우 유역까지 진격했고 게르만 부족들과의 힘겨운 투쟁 끝에 이주민을 정착시키고 병영을 설치하고 또 도나우 이북으로 7.5㎞ 길이의 무인지대를 설치함으로써 국경선을 어느 정도 안정시킬 수 있었다. 이것이 이른바 마르코만넨 전쟁(166~180)이다.[12]

2/3세기에 게르마니아에서 이뤄졌던 정치적 사회적 차원에서의 집단구성의 변화는 그 후에 더욱 강력하게 모습을 드러낼 소수 거대부족(작센, 프랑켄, 알레만넨[13])의 형성원인이 되었다. 알레만넨족은 213년부터 라인 강 상류 경계지역의 장벽 리메스 곁에 존속하다가 259/260년에 리메스를 돌파하여 로마제국 안으로 진입했고, 3세기 후반부에는 프랑크족 역시 리메스를 돌파하여 라인 강 하류 로마제국 경계선을 무너뜨리고 갈리아를 위협했다.

고트족은 바이크셀 강 하구로부터 동남쪽 우크라이나 방향으로 이동하여 238년 모에시엔(Moesien)으로 진입했고, 250년에 데키우스(Decius: 190~251) 황제 치하의 로마제국과 빈번히 충돌하여 승리를 거두었다. 이 무렵 서(西)고트족이 흑해 서방지역인 다키엔을 점령했다.

역시 3세기 후반 비슷한 시기에 게피덴족이 바이크셀 강 유역으로부터 카르파텐 산맥을 넘어가서 타이스(Theiss) 강 유역에 정착했다. 350년에 알레만넨족과 프랑켄족이 다시 라인 경계선을 돌파하여 로

12) Vgl. Wilhelm Treue, A. a. O, S. 7.

13) 알레만넨(Alemannen)의 명칭은 쉬바벤(Schwaben)으로도 불렸고 이는 초기 게르만족 지파인 '수에벤'에서 유래한 것이다. Vgl. Stichwort "Alemannen" in: Brockhaus, Bd. 1, S. 336.

마제국을 침입하였고 로마군은 357년 아르겐토라테(Argentorate), 오늘날 슈트라스부르크 전투에서 승리하여 겨우 그 침입을 저지할 수 있었다.

로마제국은 게르만 부족들이 빈번히 경계선을 넘어 침입하자 경계지역의 로마 군대를 재조직하였는데 그때 게르만족 출신의 용병을 대거 고용했고 따라서 그들의 비중이 로마 군대 안에서 점차 높아졌다. 그러나 이에 힘입어 군사적 상황은 상대적으로 안정되었으며 게르만족 출신의 군 지휘관이 많이 배출되어 군사령관의 위치에 도달하기도 했다. 스틸리코,[14] 리키메르,[15] 힐데리히 1세[16] 장군이 그 예에 속한다.

---

14) 플라비우스 스틸리코(라틴어: Flavius Stilicho, 365년~408년 8월 22일): 서로마제국 말기 반(半) 게르만계(반달족 출신의 아버지와 로마인 어머니 사이에서 태어났다고 전한다) 장군, 정치가. 각지를 전전하면서 로마를 방위했고 호노리우스를 서로마제국 황제로 옹립해 정치적·군사적 실권을 장악했다. 게르만족과의 싸움에 승리하는 등 다 쓰러져가던 로마제국을 지탱했다.

15) 플라비우스 리키메르(Flavius Ricimer: 405~472): 수에브족의 귀족과 서고트 출신의 공주 발리아(Wallia) 사이에서 출생했으며 출생지는 스페인으로 추정된다. 아리안파 기독교도이다. 로마식으로 교육을 받고 황제근위대에서 경력을 쌓았으며 청년기 때 발렌티아누스 3세 황제 궁정에서 활동하며 아에티우스(Aëtius) 휘하에서 전투경험을 쌓았다.

16) 힐데리히 1세(Childerich Ⅰ.: ?~482년 혹은 483년 사망)는 힐데리히 폰 투르네(Childerich von Tournai)라 불리기도 한다. 메로빙거 가문 출신의 프랑크 왕이다. 460년대와 470년대에 서로마제국의 행정체제가 와해되어가는 때 갈리아 북동부에 지배체제를 구축했다. 이로써 나중에 등장한 프랑크 왕국과 그의 후임자 클로드비히 1세를 위한 정치 초석을 마련했다.

2. 훈족의 침입과 게르만 민족이동의 양상

4세기 후반에 폭발한 게르만족의 대이동은 375년 훈족이 아시아로부터 남부 러시아로 진출하면서 동(東)고트족을 몰락시킴으로써 촉발되었다. 먼저 서고트족은 376년 지벤뷔르겐(Siebenbürgen: 현재 루마니아의 중심지역)을 떠나 알라리치(Alarich: 370~410) 1세의 지휘 아래 로마제국으로 침입하여 아드리아노플[17] 전투(378)에서 로마 발렌스(Valens: 328~378) 황제군을 제압하고 이탈리아로 진격하여 로마를 점령하였다. 이어 서고트족은 419년에 로마제국의 동맹세력으로 안쿠비타니엔(Anquitanien)에 정착하여 그들의 세력을 5세기 후반에 스페인까지 확장했다.

훈족[18]이 카르파텐 분지로 침입해 들어옴으로 인해 동고트족, 헤룰러(Heruler)족, 스키렌족 등이 도나우 강 중류지역으로 밀려왔고 훈족 때문에 슈베벤(Schweben), 크바덴(Quaden), 반달렌(Wandalen)족,

17) 아드리아노플(Adrianopel): 오늘날 터키의 서쪽 끝, 유럽 대륙 동남쪽 끝에 위치한 도시로 현재 이름은 에디르네(Edirne)이다. 로마군 2만 명이 전멸한 아드리아노플 전투는 카르타고의 한니발의 포위전략으로 로마군 16개 여단이 전멸당한 '칸네(Cannae) 전투'(216), 게르만 부족장 아르미니우스에게 바루스 휘하 로마군 3개 여단이 전멸 당한 '토이토부르크 숲 전투(또는 바루스 전투)'(9)와 함께 로마제국이 이민족에게 당한 대 패배 사건에 속한다. 역사가들은 이 전투가 로마-게르만 역사의 한 이정표라고 평가한다. 이 전투 이후 로마 황제는 결코 다시 로마 국경선을 제대로 유지할 수 없었기 때문이다. Vgl. Wilhelm Treue, S. 9.

18) 훈족(Hunnen)은 현재까지도 그 정체가 불명확한 부족이다. 다만 유랑족속의 특성을 지닌 중앙아시아 기마민족에 대한 통칭으로 사용된다. 후기 로마 시대 기록에 따르면 훈족은 4세기 중엽에 돈(Don) 강과 볼가(Wolga) 강 사이에 정주했고 그러다가 서진(西進)하여, 375/376년 당시 전혀 알려지지 않던 기마(騎馬) 전술을 구사하며 유럽에 침입하여 유럽 전역을 초토화했다. 훈족의 영향은 훈족 지도자 아틸라의 사망(453) 이후에도 6세기까지 이어졌다.

이란의 알라넨족 등이 갈리아를 지나 스페인까지 옮겨갔다. 그리고 거기에 자신들의 왕국을 세웠다. 429년 반달족은 그들의 권력중심지를 북아프리카로 이동했다. 413년에 이미 오데르 강에서 마인 강 쪽으로 진입했던 부르군트(Burgund)족은 로마제국의 동맹국으로 현재의 보름스(Worms)를 중심으로 한 라인헤센(Rheinhessen) 지역에 정주했다가 로마제국의 청부(請負)로 공격해온 훈족과의 전투에서 패배한 후인 443년 사파우디아〔Sapaudia: 현재의 레만(Lec Leman) 호수/독일어로 겐퍼(Genfer) 호수〕 지역으로 이동 정착했다.

5세기 중엽 브리타니아 섬의 로마용병으로 활동해온 앙겔른, 작센, 위텐 및 북게르만 부족 등이 브리타니아 섬에 대한 로마 지배권을 종식시키고 게르만족 고유의 왕국을 건립했다. 이에 따라 토착부족들은 브리타니아 섬의 서쪽〔웨일즈(Wales), 콘월(Cornwall), 브르타뉴(Bretagne)〕으로 밀려났다.

454년 네다오(Nedao) 전투[19]를 통해 아틸라 제국이 군사적 정치적으로 멸망한 후 동고트족이 로마제국의 동맹국의 지위로 판노니아 속주에 정착하였다가, 473년 거기에서부터 테오데리크(Theoderich, 455~526) 대왕[20]의 영도 아래 모에시엔까지 영역을 넓혔다.

---

19) '네다오 전투'는 아틸라의 서거(453) 직후 그의 총신이었던 게피덴족의 수장 아르다리크(Ardarich)가 예속되었던 여러 게르만 지파, 즉 스키렌, 루기어, 헤룰러, 도나우수에브(Donausueben), 자르마텐(Sarmaten)족을 규합하여 판노니아(지금의 서부 헝가리)에 있는 네다오 강변에서 아틸라의 아들 엘락(Ellac)이 이끄는 훈족 세력을 격파한 전투이다. 이 전투에서 엘락은 전사했고(Jordanes, Getica 262) 3만 명의 군사가 전몰했으며 이 전투로 훈 제국은 무너지고 말았다.

20) 테오데리크는 동고트족의 왕으로, 특히 동고트족의 아말러(Amaler) 가문 출신이다. 중세문학에서 이 테오데리크 대왕은 '디트리히 폰 베른'(Dietrich von Bern)의 역사적 모범으로 간주된다.

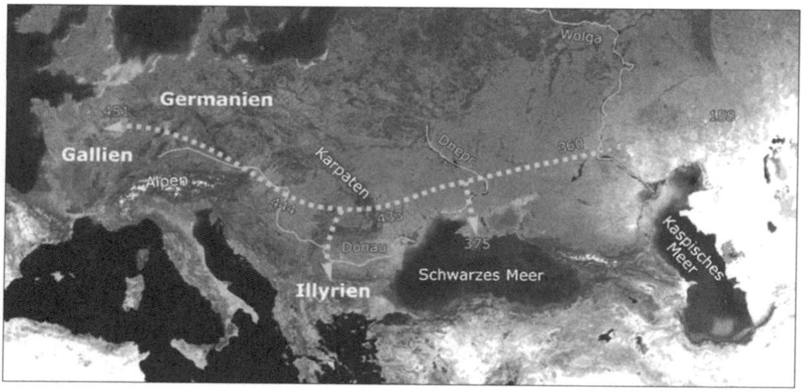

훈족의 유럽 침공 경로(de.wikipedia.org, Stichwort 'Hunen'). Germanien: 게르마니아, Gallien: 갈리아, Alpen: 알프스 산맥, Karpate: 카르파텐 산맥, Donau: 도나우강, Schwarzs Meer: 흑해, Illyrien: 일리리아, Wolga: 볼가강, Kaspisches Meer: 카스피 해

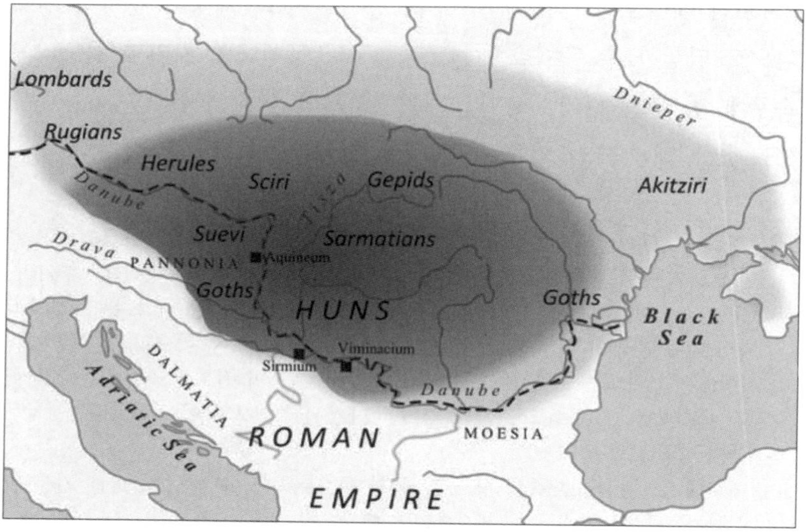

5세기 중엽의 훈족 왕국의 세력권

476년 스키렌족 출신의 오도아케르[21]는 휘하의 동게르만 부족들을 규합하여 서로마제국의 황제권을 종식시키고 지배체제를 교체했다. 그러나 이 체제는 493년 테오데리크 대왕이 이끄는 동고트족이 이탈리아를 쳐들어와 오도아케르를 제거함으로써 종식을 고했다.

한편 서유럽 지역의 경우 486년 프랑켄족의 클로드비히 1세[22]가 솜(Somme) 강과 루아르(Loire) 강 사이에 잔존했던 로마의 마지막 지배권을 소멸시키고 계속 확장시키던 왕국을 확고히 정립하고 이어 전 갈리아 지역을 석권했다.

510년 도나우 강 중류 북부지역에 정착했던 랑고바르덴족은 로마제국의 속주 판노니아로 진입하여 548년까지 자베(Save) 강 지역까지 지배하였다가 아바렌[23]족과의 쟁패 후, 568년 판노니아(지금의 헝가리 지역)를 떠나 이탈리아에서 774년까지 독자적인 왕국을 유지했다.

---

21) 오도아케르(Odoaker: 433~493)는 훈족 아틸라 왕의 봉신이었던 에데콘(Edekon)의 아들이었다. 아틸라의 또 다른 봉신 신하였던 오레스테스(Orestes)는 에데콘과 라이벌 관계였다. 이 오레스테스가 자신 아들 로물루스를 서로마제국 황제 자리에 앉히자 오도아케르는 그를 죽이고 어린 로물루스를 폐위시켰다.

22) 클로드비히 1세(Chlodwig I: 466~511)는 여러 프랑크 족장과 여타 게르만 지파를 무력으로 제압하고 영토의 중심을 파리로 삼았기 때문에 프랑크 왕국의 시조(始祖)로 여겨진다. 특히, 그는 알레만넨족과의 전쟁에서 승리한 후 가톨릭으로 개종했던바, 이는 중세유럽의 상황에 큰 영향을 끼쳤다. 특히, 여타 게르만 부족장이 아리안주의 기독교에 속했다는 점에서 그의 개종은 특이한 것이었다.

23) 아바렌(Awaren)족은 슬라브족과 밀접한 연관을 맺는 족속이었다. 중세 초기에 로마의 속주였던 판노니아를 중심으로 세력권을 형성했다. 현재의 헝가리, 체코, 슬로바키아, 슬로베니아, 루마니아 지역 등 당시 프랑크제국과 비잔틴제국 사이의 동유럽 지역을 2백 년 이상 지배했다. 9세기 초 카를대제가 아바렌 왕국을 정복함으로써 그 정치적 의미는 상실되었다. 이 아바렌족의 영향과 그 생활방식은 10세기까지 헝가리와 불가리아의 상층계급에 영향을 끼쳤다.

이때가 되면 예전의 로마제국 영토 안에 매우 다양한 게르만족 지파의 왕국들이 성립되었다. 이 왕국들은 후기고대의, 이제 완전히 변해버린 지중해 세계에서 새로운 역사를 쓰기 시작했고 이는 곧 중세 초기의 역사가 되었다.

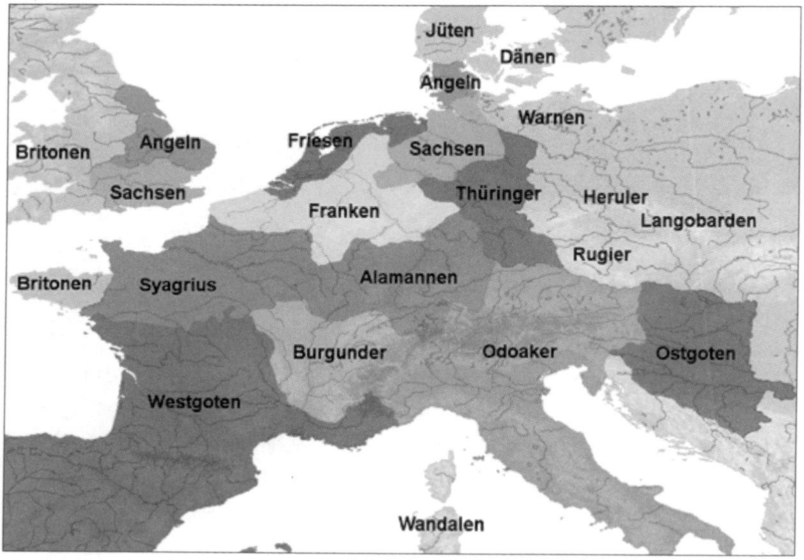

5세기 말의 게르만족 지파들 세력권 양상

3. 게르만 세계의 기독교화

게르만 신화와 기독교와의 관계는 대립적이며 또한 상호적이다. 게르만 부족들은 대규모의 집단이동을 행하면서 기독교를 국교로 받아들인 로마제국과 여러 양상으로 접촉했다. 이들은 로마제국에 편입되면서 기독교를 수용하기도 했고 저항하기도 했다. 그런 과정에서 게르만 풍습이 기독교적으로 변형되어 수용되기도 했다.

유럽의 월력에서 사용하는 요일 명칭이 그 예이다. 영어의 수요일에 해당되는 'Wednesday'의 명칭은 게르만 신 '보단'(Wodan), 즉 '오딘'(Odin)에서 유래했고 목요일인 'Thursday'는 게르만 민중신 '토르'(Thor)에서, 금요일인 'Friday'는 게르만 여신 '프리그'(Frigg)에서 유래했다. 유럽 각지에서 행해지는 기독교 신앙적 습속들이 게르만 종교에서 유래한 것도 게르만 신화와 기독교의 상호관계를 짐작하게 한다. 따라서 로마제국 시대 이래부터 게르만족 왕국이 자리 잡는 초기 중세까지 유럽에서의 기독교 전파 양상도 개괄적이나마 일별해 볼 필요가 있다.[24]

1) 로마제국의 기독교화

유럽의 기독교 역사는 로마의 역사적 변화와 긴밀하다. 로마제국의 종교정책이 예수의 십자가 순교 이후 일기 시작한 신흥종교 기독교 전파에 대해 처음부터 억압적이었던 것은 아니다. 다만 기독교의 유일신 신앙체계가 황제권을 위협하고 신앙공동체의 폐쇄성과 배타

---

24) 게르마니아 지역의 기독교 전파에 대해서는 Vgl. Stichwort "Christentum" in: Enziklopädie Brockhaus Bd. 4, S. 545-549.

성이 사회적 저항감을 증폭시킴에 따라 기독교인에 대한 박해가 이뤄졌고 또 정치적 이해에 따라 그들이 사회적 희생양이 되는 상황이 빚어졌다. 그 대표적인 경우가 네로 황제 때의 기독교도 박해이며 이런 박해는 디오클레티아누스 황제(285~305) 때까지 간헐적으로 이어졌다. 특히, 강력한 황제권을 정립하려는 황제가 등장할 때마다 박해가 반복되었다.

그러나 로마의 사회문화적(헬레니즘 문화와 철학 등) 조건 때문에 로마의 상부계층은 오히려 기독교에 호의적이었고 박해는 사회 하층계급이나 유대인에 의해 이뤄졌다. 일종의 이방신앙에 대한 문화충돌 양상이었다. 어찌 보면 4세기에 이르러 로마를 지탱하는 두 힘은 황제권과 유일신을 믿는 기독교 신앙이었다. 그런 의미에서 '기독교가 로마를 정복했다'는 말도 타당하지만 또 역으로 '로마가 기독교를 통해 세계를 정복했다'는 주장도 일면의 타당성을 지닌다.[25] 유럽의 기독교화에 결정적 역할을 한 인물은 의심의 여지없이 로마제국의 콘스탄티누스 대제(270~337), 테오도시우스 1세 대제(347~395), 이 두 황제였다.

콘스탄티누스는 312년 10월에 경쟁자인 막센티우스(Maxentius: 278~312)와 밀비우스 다리[26] 전투에서 최후의 결전을 벌여 승리한 후 로마제국 황제권을 쟁취하여 서로마 황제의 자리에 올랐다. 그는 권력쟁취의 성공이 기독교 신의 은총 때문이라고 믿었고, 313년 기독교인 입장에서 이교도 입장인 동로마 황제인 리키니우스(Licinius: 265~328)와 밀라노에서 만나 "기독교인과 모든 사람에게 각자가 바

25) 김창성 (2003), 《세계사 산책: 서양 고대》, 서울: 솔, 341~347쪽.

26) 밀비우스(Milvius) 다리는 북부 이탈리아에서 로마로 들어가는 간선도로상에 있는 다리로 티베르(Tiber) 강의 교량이다.

라는 숭배형태를 따르는 권리를 무제한으로 부여하는 것이다. 〔…〕 즉, 어떤 사람이든 기독교인의 예배 또는 자신에게 가장 적합해 보이는 종교에 헌신할 수 있는 자유를 부인해서는 안 된다"[27] 라는 내용을 담은 소위 "밀라노 칙령"을 두 황제의 이름으로 선포했다. 이로써 로마제국 안에서 신앙선택의 자유권이 보장받게 되었다. 이는 곧 그간의 기독교도에 대한 박해가 없을 것임을 의미했지만 그것을 넘어 그 이후 콘스탄티누스 황제는 기독교에 많은 특혜를 부여하였다.

그는 또 논의가 분분한 기독교 내부 교리논쟁을 정리하기 위해 325년 제 1차 니케아 공의회를 열어 국내의 모든 신학자를 불러 모았다. 이 공의회는 결국 아리우스[28] 의 주장을 이단으로 규정하고 삼위일체론을 정통으로 인정했다. 반면에 아리우스파 주장은 게르만족들에게 흘러들었고, 이는 나중에 로마를 점령한 게르만인이 정통신앙을 고수하는 로마인과 동화하지 못하는 결과를 낳았다.[29]

테오도시우스 1세(재위 379~394)[30] 는 기독교에 매우 심취했던 터로, 그는 기독교를 실질적으로 로마의 국교로 승격시켰다. 이전 기독교도 황제들이 예수의 신성을 인정하지 않는 아리우스주의에 동조한 데 비해, 그는 확실한 '가톨릭-정통' 종파의식을 드러냈다. 일체의 비기독교 종교들과 그 종교행위를 금지시키고, 특히 기독교 이단(異端)

---

27) 김창성, 앞의 책, 351쪽에서 재인용.

28) 아리우스(Arius: 250~336): 리비아 출신으로 알렉산더 대주교에게 안수를 받았다. 319년에 예수의 신성을 부정하는 입장을 견지하다 325년 제 1차 니케아 공의회에서 파문당한 후 일리리아 지방으로 추방당했다. 335년에 로마 황제가 그의 정통성을 인정했으나 콘스탄티노플로 오는 중에 사망했다.

29) 김창성, 앞의 책, 346쪽 참조.

30) 테오도시우스 1세 황제에 대해서는 Vgl. Stichwort "Theodosius I" in: Brockhaus, Bd. 22, S. 79-80.

세력(아리우스파 등)과 주장에 대한 금지법을 반포했다.

그의 비타협적인 기독교 신앙의 단적인 예들은 그간 로마 황제의 별칭이었던 '폰티펙스 막시무스'(Pontifex Maximus)가 로마 다신교 신앙체계 안에서 '최고사제'라는 의미를 지닌다고 해서 그 칭호를 거부한 것과 393년 그리스 신화와 종교에 관련된 올림픽 경기를 금지한 것이다. 그의 시대에 기독교도와 이교도 사이에 폭력사태가 발생하기도 했는데 이는 대부분 기독교 대사제들의 부추김에 의해 자행되었지만 황제는 이에 대해 적절히 조치하는 대신 방관을 택했다.

로마제국 안에서의 기독교 기능에 대해서 상반된 의견이 있다. 제정 말기 로마인은 기독교를 제국쇠퇴의 원인으로 간주했다. 즉, 기독교가 국교가 되면서 생겨난 성직자 집단을 제정 말기의 빈사상태에 빠진 로마 경제가 그들을 부양했다는 것은 치명적이었다는 것이다. 또 로마의 엘리트들이 세속에서 이탈하여 교회로 흘러들면서 체제가 위기에 빠지게 되었다는 것이다.

그러나 다른 한편으로는 기독교의 영향으로 노동에 대한 천시 경향이 소멸했고 필사작업을 통해 고전과 고대 문화 내용이 오늘날까지 전수되었으며 로마의 국가조직이 기독교 교회조직을 통해 후대에 계승될 수 있었다는 점 등이 기독교의 긍정적 영향이라는 주장도 있다.[31]

어쨌든 이 대목에서 잊지 말아야 할 대목은 게르만 신앙과 기독교의 관계 측면에서 보면 훈족의 침입으로 375년 동고트 왕국이 멸망하면서 유발된 게르만 민족이동이 곧 게르만 신앙과 당시 이미 로마 국교가 된 로마 기독교 신앙과의 충돌 내지는 융합이 일어나는 과정이 된다는 점이다.

---

31) 김창성, 앞의 책, 346~347쪽 참조.

2) 게르마니아의 기독교화

그럼 기독교는 게르마니아 지역에 언제 처음 포교되기 시작했을까? 기독교 교회 전설(*legend*)에 따르면, 게르마니아 지역의 경우 이미 1세기 말에 라인 강과 모젤(Mosel) 강변에 기독교 교회가 있었다고 전해지지만 역사적으로 확실히 증빙되지는 않는다. 역사적으로 확인된 게르마니아의 첫 기독교 교회는 258년 에우카리우스[32] 라는 트리어(Trier) 주교가 이끈 교회이다. 이레노이스[33] 와 테르툴리안[34] 은 2세기 말에 게르마니아에 교회가 있었다는 발언을 했는데 이는 역사적으로 확인된다. 그리고 게르마니아 내부의 교회 신도는 압도적으로 로마시민권자들로 구성되었다.

게르마니아 지역에서의 실질적인 기독교 역사는 도나우 강 영역에서 시작되었다. 325년에 고트족 출신의 사제 테오필루스(Theophilus)라는 주교가 활동했음이 확인된다. 그러나 게르마니아에서 최초로

---

32) 에우카리우스(Eucharius)가 실재 인물이었는지는 확실하지 않다. 다만 그를 455년부터 숭앙했음이 확인되며 그에 대한 성담(聖譚)은 8세기에 문서로 나타난다. 교회역사가이며 성인(聖人) 연구가인 투르의 주교 레고르 폰 투르(Gregor von Tours: 538~594)는 그를 '트리어를 페스토부터 보호한 성인'이라고 명칭한다. 그 성담에 따르면 에우카리우스는 베드로 제자로서 마테르누스와 함께 말씀 선포자로 갈리아 땅으로 보낸 것이며, 베드로의 지팡이로 그의 동역자인 마테르누스를 석관으로부터 살려냈다는 것이다. 트리어의 전언에 따르면, 에우카리우스는 비너스 입상을 허물고 그 자리에 오늘날의 시장십자가를 세웠다고 한다. Vgl. Stichwort "Eucharius" in: de. wikipedia. org

33) 이레노이스(Irenäus von Lyon: 135~200): 갈리아의 룩두눔(Lugdunum, 오늘날의 프랑스 리옹) 주교. 2세기경의 가장 중요한 신학자로 평가된다. Vgl. Stichwort "Irenäus von Lyon" in: de. wikipedia. org.

34) 테르툴리안(Tertullian: 150~220): 초기 기독교 작가. Vgl. Stichwort "Tertullian" in: de. wikipedia. org.

결정적인 선교활동을 한 인물은 341년에 주교(主教) 서품을 받은 불필라였다. 고트어로 '작은 늑대'라는 의미의 이름을 가진 불필라[35]는 고트족 지파인 테르빙겐(Terwingen)족 최초의 주교였다. 그의 선조들은 터키의 캅파도키아(Kappadokia)에 살던 기독교인이었고 이들은 3세기에 고트족에게 끌려왔던 것 같으며 불필라 자신은 고트인이거나 혼혈 고트인이었던 듯하다.

콘스탄티노플의 제국 주교인 유세비오스 폰 니코메디아(Eusebios von Nikomedia)가 341년 안티오키아(Antiochia)에서 불필라에게 안수하고 그를 '고트 국가 기독교인의 주교'로 서품했다. 그는 348년까지 7년간 당시 테르빙겐족이 지배하던 도나우 강 하류지역에서 선교활동을 벌였다. 그의 활동에 부족들의 반발이 일기 시작하여 불필라는 다른 비(非) 유대 기독교인과 함께 로마인에게로 쫓겨났다. 로마인은 불필라 그룹을 오늘날의 불가리아 지역인 니코폴리스(Nikopolis) 부근에 정주시켰다.

불필라의 가장 큰 업적은 유배생활 중에 예배를 위한 텍스트를 마련하면서 최초로 고트어 문자를 만들고 그것으로 성경의 상당 부분을 번역했다는 점이다. 당시까지만 해도 낱낱의 비명(碑銘)이나 주문(呪文)이 루네 문자로 적혔다. 그가 발명한 고트 문자는 몇몇 개의 라틴어 문자와 루네 문자가 섞인 그리스 문자를 변형한 것이었다. 그는 그리스 개념을 기존 고트어로 표현할 수 없어서 이를 적절히 고트어로 변형 표현하는 어휘를 만들기도 했는데 이는 곧 서로 이질적인 기독교 문화와 게르만 문화가 언어를 통해 융합되는 것을 의미했다. 아

---

35) 불필라(Wulfila : 311~383)에 대한 기술은 다음의 자료를 참고했다. Vgl. Stichwort "Wulfila" in : de.wikipedia.org. 혹은 Brockhaus, Bd. 24, S. 359.

리안주의 기독교 입장이었던 불필라는 383년 당시 로마 황제인 테오도시우스 1세[36]가 여러 교회종파가 참여하는 회의 소집 도시였던 콘스탄티노플에 도착한 직후 사망하고 거기에 묻혔다.

게르만 부족 중에서 고트족 선교는 매우 급박하고 성공적으로 진행되었다. 당시 부족 대이동에 참여한 게르만족 중 많은 수가, 아니 거의 압도적으로 기독교인이었고 대부분 아리우스파 기독교인—이들은 신과 예수의 일치를 부정한다—이며 민족적 성향을 지녔는데 그 점에서 로마 기독교인의 신앙과는 대비된다. 게르만족의 기독교화[37]는 4세기 말 프랑켄족이 갈리아 땅을 완전히 정복한 이래로 이 갈리아 지역으로부터 시작되었다.

메로빙거 가문 출신의 프랑크 왕 클로드비히 1세(Clodwig I: 466~511)는 마치 콘스탄티누스가 막센티우스를 상대로 밀비우스 다리의 전승 이후 기독교로 귀의했듯, 현재 독일 쾰른 부근의 췰피히(Zülpich)에서 알레만족에 대해서 결정적 승리(496)를 거둔 뒤 갈리아 전역의 정복 계기를 갖게 되었는데 이 전투를 계기로 클로드비히는 승리를 보장해주는 기독교 신에 대한 믿음으로 기독교를 받아들였다. 그는 498년 성

36) 테오도시우스 1세(Theodosius I: 347~395): 동로마 황제로 389년 9월부터 몇 달 동안 마지막으로 전체 로마제국 황제로 재위했다. 그의 재위시절은 로마제국에 결정적인 변화가 일어난 때이기도 하다. 우선 처음으로 거대 게르만 부족국가인 고트 왕국이 독립성을 지니며 로마제국과의 동맹국가로 존재하게 된 것과 로마 국내적으로 기독교가 국교(國敎)의 위치로 올라섬과 함께 토착종교를 금하는 법과, 특히 기독교 이단(異端)을 금하는 법령을 반포하였다. 그의 사후에 로마제국은 그의 두 아들에게 나뉘어 할애되면서 그 이후 로마제국은 동서로 나뉘게 되었다.

37) 기독교화(基督敎化: *Christianisierung*)는 개인적인 신앙개종과는 달리 한 부족 또는 한 문화집단이 전체 혹은 대다수가 기존의 종교적 태도를 포기하고 새로운 종교를 국가종교로 수용한다는 의미이다.

탄절에 랭스(Reims) 주교 레미기우스(Remigius)로부터 세례받았다.

그의 세례를 통한 기독교 개종은 향후 유럽 역사에 큰 의미를 지닌 것이었다. 우선 그의 세례 방식이 독특했다. 그 이전의 로마식 개종은 개인 차원이었다. 그러나 클로드비히는 부족 차원의 집단 세례방식을 취했던바, 그 자신이 8천 명의 프랑크 부족원과 함께 합동으로 세례를 받았다. 이런 관습은 그 후 다른 게르만족의 기독교화에 영향을 끼쳤다. 또 하나는 그가 로마 기독교(가톨릭)의 기독론에 입각해서 개종했다는 점이다. 이는 대부분의 게르만 부족(동고트, 서고트, 부르군트, 반달족 등) 왕들이 아리우스 기독론에 입각하여 개종한 것과 차이를 드러낸다. 이는 프랑크 왕국의 정체성과도 연관이 되는데, 그가 정벌을 통해 장악한 로마제국 치하의 갈리아 지역 민중은 모두 로마식 기독교도가 되었다. 새로운 지배계급의 신앙노선이 민중과 다를 경우 문제가 될 수 있을 것이었지만 클로드비히 1세의 개종으로 인하여 프랑크 왕국은 신앙적 내부 균열을 피할 수 있었다.

그 후 클로드비히 1세는 동로마제국과도 긴밀한 관계를 유지했으며 5세기 말 유스티니아누스 동로마 황제가 반달 왕국과 동고트 왕국을 붕괴시키자 서고트 왕국도 로마 기독교로 종파변경을 하게 되었다. 이는 곧 서방에서 아리우스파 기독론이 종말을 고하기 시작했다는 것을 의미했다.[38]

라인강 동쪽의 게르만 부족에 대한 선교활동은 프랑켄족에 의해 이뤄지긴 했지만 더 넓은 범위의 기독교 선교는 아일랜드 출신 선교사 콜롬방[39]과 앙겔작센 출신의 선교사 빌프리트,[40] 빌리브로드,[41]

38) 클로도비히 1세의 기독교 개종에 관련해서는 Vgl. Stichwort “Clodwig I” in: de. wikioedia. org

39) 콜롬방(Columban von Luxeuil: 540~615)은 51세의 나이에 아일랜드를 떠

보니파티우스[42] 등이 프랑켄 교회를 통해 활동함으로써 이뤄졌다. 일찍이 폭력적인 기독교화에 대한 비판적 주장이 제기되기는 했지만 8세기까지 이런 강제적 개종억압은 없었고 이런 사태는 카를대제의 작센전쟁(772~805) 이후에 시작되었다.

3) 카를대제와 작센전쟁

게르마니아 지역의 선교에서 카를대제(747~814)의 역할은 매우 폭력적이었다는 평가를 받는다. 그는 게르마니아 서북부 지역의 전통신앙을 진멸하고 민중을 '기독교화'하기 위해 작센 부족들과 무려 30년 이상 거의 매년 치열하고 힘들고 잔혹한 전쟁을 수행해야 했다.

카를대제의 작센에 대한 '기독교화' 전쟁은 772년에 시작되었다. 프랑

나 브리타니아를 거쳐 프랑크 왕국 내 지금의 독일 서부 지역에 위치한 오스아시엔(Ostasien)으로 와서 선교활동을 벌였고 나중에 보덴 호수를 거쳐 스위스를 지나 이탈리아 북부 랑고바르트 왕국의 봅비오 지역에서 계속 선교사로 활동했다.

40) 빌프리트(Wilfrith: 634~709)는 7세기 후반의 브리타니아 교회사에 매우 중요한 성직자이다. 영국 교회 안에서 켈트식 종교의식과 로마식 종교의식이 서로 논쟁의 대상이 되었을 때 그의 삶이 곧 논쟁의 기호가 되었다. 수도원장, 대주교로서 정치적 영향력이 매우 컸었다. 사후 성인으로 모셔졌다.

41) 빌리브로드(Willibrord: 658~739)는 앙겔작센 출신의 선교사로 지금의 룩셈부르크에 '에히터나하'(Echternach) 수도원을 건립했다. 그의 프리슬란트 선교활동에의 공적으로 "프리슬란트 사도"라고 지칭되었다.

42) 보니파티우스(Bonifatius: 673~754)는 프랑크 왕국에서 가장 유명한 선교사이며 가장 중요한 교회개혁가이다. 그는 선교 대주교, 게르마니아 지역을 관장하는 교황대사, 마인츠와 마지막으로는 위트레흐트 대주교를 역임했다. 그는 또한 수많은 수도원의 건립자인데, 특히 풀다(Fulda) 수도원 건립자이다. 그때까지 아직 게르만 토착신앙이 지배하던 게르마니아 지역에서의 무수한 선교활동 때문에 16세기 이후에는 "독일인의 사도"라는 별칭을 얻었다.

크 군은 작센 영토 안으로 진입하여 그 본거지 에레스부르크(Eresburg)를 점령하고 나아가 게르만 신앙의 상징물인 이르민술(Irminsul)이라는 높고 굵은 목제 기둥을 파괴해버렸다. 제압된 듯했던 작센인은 카를대제가 이탈리아에 머물던 774년 보복작전으로 오늘날 헤센 지역에 해당되는 프랑크 땅으로 쳐들어가 기독교 교회와 수도원을 파괴했다.

755년 카를대제는 대규모 병력을 이끌고 두 번째로 작센을 쳐들어가 잔혹한 응징을 펼쳤다. 그때 카를대제의 구호는 작센인에 대해 '세례를 아니면 죽음!'이라는 거의 생사택일을 요구하는 것이었다. 776년 다시 반란이 일어났으나 진압되고(제 3차) 난 후 작센 영토에 교회와 수도원이 건립되고 카를대제의 통치체제가 강화되었다. 그리고 777년 프랑크 왕국의 통치거점으로 세운 도시 파더본(Paderborn)에서 왕국의회가 개최되었다. 이는 본토 밖에서 개최된 최초의 회의였다는 점에서 프랑크 왕국의 위세 떨치기 행사였다. 같은 해에 기독교 교회법에 따라 부분적으로는 강제적으로 여러 차례 집단세례가 이뤄졌다.

778년(제 4차) 향후 작센의 반(反) 카를대제 투쟁을 일관되게 이끌 지도자 비두킨트(Widukind)가 중심이 된 반란이 다시 일어났다. 이때 이 작센 저항 세력은 그 귀족집단은 이미 프랑크 편에 선 상태에서 처음에는 자유민이나 반(半)자유민이었다. 이번 사태에 대해 카를대제는 작센인이 기독교로부터 다시 이탈하는 것이며 대반역이라고 생각했고 그만큼 반란에 강력하게 대응하여 응징했다. 780년과 782년에 다시 카를대제의 왕국의회가 작센에서 개최되었다. 작센 귀족층은 프랑크 지배층으로 편입되고 보상도 받았고 이제 슬라브족에 대항할 프랑크-작센 군부대가 편성될 것이었다.

782년 비두킨트가 이끄는 작센인 대부분이 참여한 반란(제 5차)이 다시 일어나 작센인은 베저 산악 지대에 있는 쥔텔(Süntel) 고지에서 프랑크 군대를 전멸시켜버렸다. 이에 카를대제는 급히 베저 강변으로 진군하여 반란 세력을 격파했다. 작센인 일부가 항복했지만 이때 카를대제의 명령에 따라 작센인 4,500명을 효수했다는 악명 높은 베르당(Verden) "피의 재판"(Reichsannalen, 782)이 자행되고 작센인은 집단이주를 당했다. 이와 함께 〈작센 인에 관한 법률〉(*Capitulatio de partibus Saxonae*)이 제정되었는데 이에 따르면 기독교 신앙을 이탈하는 것, 기독교 성직자나 성소(聖所)를 습격하는 것, 이교적 제의행위 등은 엄중한 처벌, 즉 사형을 언도하도록 되었다.

783년에도 두 차례 프랑크 군이 전투(제 6차)를 제압했고 784년 말 겨울, 카를대제가 체제를 공고히 하기 위해 작센에 왔다. 785년에도 정벌(제 7차)을 통해 작센인은 처참히 깨졌고 이때 카를대제는 비두킨트에게 대화를 제안했다. 비투킨트는 마침내 이 제안을 받아들이고 카를대제에게 굴복한 뒤 그해 성탄절에 아티그니(Attigny) 궁정에서, 비두킨트는 카를대제가 세례 대부(代父)가 되어 세례를 받았다.

그 뒤에 작센인의 저항은 간헐적으로 이어졌지만 그 규모는 초기 수준에 훨씬 못 미쳤다. 793년 797년 사이에 프랑크 군대가 정기적으로 출정해야 했지만 이는 작센 북동부 엘베 강 유역의 불안정 때문이었다. 이후 프랑크인은 작센에서 지배체제를 공고히 했고 기독교화와 교회의 조직화가 강력히 추진되었다. 802년 작센인에 대한 〈작센법〉(*Lex Saxonum*)이 제정되었다. 802년과 804년에 북쪽 엘베 강 유역에 대한 출정이 이어졌고 작센 지역민이 프랑크 왕국 동쪽으로 집단이주되고 대신 엘베 강 유역에 프랑크인이 정착했다. 긴 작센 전쟁은 그렇게 끝이 났다.

한편, 800년 12월 24일 성탄절에 카를대제는 로마 교황 레오 3세로부터 황제의 칭호를 수여받았다. 476년 서로마제국 황제의 폐위로 소멸했던 로마 황제권이 카를대제를 통해 부활했다. 교황권과 황제권의 교합이 이뤄진 새로운 중세 역사가 본격적으로 시작된 것이었다.

4) 북부 유럽의 기독교화

게르만 문화의 출발지라고 할 수 있는 북유럽(덴마크, 노르웨이, 스웨덴, 핀란드, 아이슬란드, 그린란드, 아일랜드 등)의 기독교 전파와 그 주민의 개종은 10~11세기에 걸쳐 집중적으로 이뤄졌다.[43] 맨 처음 덴마크가 그리고 노르웨이 스웨덴 순서로 기독교화가 이뤄졌고 이어 스칸디나비아 그리고 전체 북유럽으로 확대되었다. 이런 과정의 절정기는 1000년 전후, 즉 970년부터 1030년의 시기였다. 이 시기는 이 지역의 여러 전쟁과 얽혀있고 바이킹 시대와 겹치며 덴마크, 노르웨이, 스웨덴이 하나의 왕국으로 통일되는 시기와도 겹친다. 바이킹족의 기독교화와 더불어 덴마크, 노르웨이, 스웨덴인의 기독교화도 이뤄졌으며 이들은 12세기에 결국 고유의 민족교회를 구성했고 이런 각 민족교회는 그 자체로 벤트(Wenden)족, 핀(Finne)족 및 발트(Balten)족 등에 기독교를 포교했다.

(1) 덴마크의 기독교화

북유럽 게르만족의 기독교 개종은 로마인 또는 프랑크인에 의한 중부 유럽 게르만 부족들의 기독교화의 연장선에 있었다. 이 과정에서 로마-프랑크 선교활동과 아일스코틀랜드(Iro-scottisch) 또는 앙겔작센 선교활동이 갈등을 빚기도 했다. 어쨌든 이미 8세기 초에 앙

---

43) 북유럽의 기독교 전파 및 그 수용과정은 Vgl. Stichwort 'Skandinavische Christianisierung' in: de. wikipedia. org

겔작센 선교사 위트레흐트[44] 폰 빌리브로드(Uetrecht von Willibrord: 658~739)는 유틀란트의 프리젠족에게 그리고 덴마크 왕 앙간티르[45]의 왕궁에서 설교를 펼쳤다. 그리고 프랑크 왕국의 코르비(Corbie) 수도원 출신 수도사들이 덴마크의 리펜[46]으로 왔다.

826년 하랄드 클락[47]은 덴마크 왕으로는 처음으로 세례를 받았다. 그러나 정작 대부분의 덴마크인은 함부르크와 브레멘의 대주교 성(聖) 안스가르(Ansgar: 801~865) 휘하 선교사들의 노력에도 불구하고 아직 북게르만 전통신앙을 견지했으며 많은 기독교 교회가 파괴당하는 상황이었다. 9세기 이후 덴마크와 스웨덴은 동프랑크나 독일의 선교활동 목표지였으며 그 출발 거점은 함부르크와 브레멘의 대주교 관구였다.

바이킹 시대(8세기 후반~11세기 초)에 덴마크와 노르웨이의 종교개종에서 앙겔작센 혹은 영국의 영향이 결정적이었다. 9세기 중엽부터 10세기 중엽 사이에 덴마크 헤타부[48] 지역에 살던 스웨덴의 바이킹

44) 위트레흐트는 네덜란드 중심부에 있는 중요도시이다.

45) 앙간티르(Angantyr)는 710년경에 살았던 인물이다. 빌리브로드는 이 족장으로부터 잡혀있던 기독교 소년 30명을 방면시켰다고 한다. 앙간티르는 게르만 신들에게 충실한 족장이었다. Vgl. Stichwort 'Angantyr' in: de. wikipedia. org.

46) 리펜(Ripen)은 덴마크의 가장 오래된 도시로, 7~8세기에는 북해에 면한 항구도시로 그 중요성이 매우 컸다. Stichwort 'Ribe' in: de. wikipedia. org

47) 하랄드 클락(Harald Klak: 785~846)은 당시 유틀란트 반도의 왕이었으며 아직 통일에 이르지 못한 덴마크의 왕이었다. 그는 826년 6월 24일 프랑크의 경건왕 루드비히가 대부가 된 상태에서 아내와 시종 4백 명이 현재의 독일 마인츠 부근에서 세례를 받았다. Vgl. Stichwort 'Haral Klak' in: de. wikipedia. org

48) 헤타부(Haithabu)는 당시 바이킹의 주거지였으며 북해 무역의 중심지였다. 현재는 독일 슐레스비히 주에 속한다. Vgl. Stichwort 'Haithabu' in: de. wikipedia. org

만이 기독교를 받아들였다. 10세기 중반에 비로소 니더작센 대주교 우니와 프리슬란트의 선교사 포포가 덴마크의 선교활동에 성공을 거두게 되어, 948년 슐레스비히(헤타부) 지역과 리펜에 덴마크 최초 주교구가 설립되었다.

덴마크를 처음 통일하고 노르웨이 왕도 겸했던 푸른 이빨의 하랄드 왕[49]은 프랑크 왕국의 노르망디에 거주하며 게르만 신앙을 믿는 덴마크족(바이킹)의 반란(943)을 지원하기도 했다. 그러나 그가 965년에 포포(Poppo) 선교사로부터 세례를 받고 난 후 덴마크의 기독교화는 상당 수준에 도달하게 되었다. 그러나 민중계층(덴마크, 노르웨이, 스웨덴)의 완벽한 개종을 유도하기 위해 크누트 대왕[50]은 영국 선교사들을 캔터베리에서 불러들여야 했다.

(2) 노르웨이의 기독교화

노르웨이의 기독교화도 덴마크와 유사하여 지배층의 세례에 의해 선도되었다. 노르웨이의 착한 왕 하콘(Håkon: 920~961)은 940년에, 올라프 1세〔Olav Ⅰ: 968~1000, 옛 노르드어로는 '올라프 트릭바손(Óláfr Tryggvason)이라 불림〕는 994년에 각각 영국에서 세례를 받았으나 백성의 기독교 개종을 성사시키지 못했고 하콘 왕과 그의 경쟁자이며 후계자인 푸른 이빨의 하랄드(재위 980~987) 왕도 마찬가지였다.

그 후 황새다리 왕 올라프(Olaf Krähenbein: 1000년 사망), 뚱뚱한 왕 올라프(Olaf dem Dicken: 995~1030)는 무력으로 기독교화를 시도

---

49) 하랄드(Harald Blauzahn: 910~987) 왕은 통일을 이루는 과정에서 교회의 힘을 활용하였는데 이때 게르만 신앙을 견지하는 아들과 갈등을 빚어 전쟁을 치르기도 했다. Vgl. Stichwort 'Harald Blauzahn' in: de.wikipedia.org

50) 크누트 대왕(Knut der Große: 995~1035)은 11세기에 북유럽 전체(영국, 덴마크, 노르웨이, 스웨덴)를 포괄하는 왕국을 지배했다.

했지만 오히려 반란세력과 연계한 덴마크인과 전쟁을 치러야했다. 뚱뚱한 왕 올라프는 노르웨이 중부지역 스티클레스타드(Stiklestad)에서 벌어진 전투에서 게르만 신앙을 주장하는 부족장들의 연합과 전투를 벌여 대승을 거두었지만 전사하고 말았다. 이 전투를 통해 왕권이 정립되고 노르웨이의 통일이 이뤄졌으며 노르웨이의 기독교화도 완성했다.[51] 뚱뚱한 왕 올라프는 사후 1034년에 성인으로 추대되었다. 노르웨이의 기독교화는 덴마크보다 일찍 시작되었고 스웨덴보다는 일찍 마무리되었다.

(3) 스웨덴의 기독교화

스웨덴의 기독교화는 이미 9세기경에 시작되었다. 선교활동의 출발 거점은 함부르크였으며 성인 안스가르(Ansgar: 801~865), 림베르트(Rimberts: 830~888), 우니(Unni: †936) 대주교 등의 활동이 있었으나 기독교화가 제대로 진행되지는 않았다. 대부분의 스웨덴인은 덴마크나 노르웨이인보다 오랫동안 게르만 토착신앙을 견지했기 때문이었다.

1002년에는 올로프 3세(Olof Ⅲ)가 세례를 받고 성인 지그프리트(Heiliger Siegfried)가 선교활동을 벌임으로써 기독교화가 서서히 진행되어 1014년 베스터괴틀란트(Västergötland: 스칸디나비아 반도 남쪽 일부 지역)가 기독교화되었지만 그 후에도 기독교 지역과 게르만 신앙 지역 사이의 싸움은 지속되었다. 게르만 토착신앙의 저항운동은 1081년까지 기독교인에 대한 집단살육 사태를 유발했다. 그러다가 잉게 1세(Inge Ⅰ) 왕이 1087년 게르만 신전인 웁살라 사원을 파괴하

---

51) 뚱뚱한 왕 올라프의 스티클레스타드 최후 전투에 대해서는 Vgl. Stichwort 'Schlacht von Stiklestad' in: de.wikipedia.org를 참조.

고 스베르커 1세(Sverker Ⅰ)가 웁살라 사원의 폐허 위에 교회를 건립하면서 기독교화가 거의 이뤄졌다. 게르만 토착신앙의 상징이랄 수 있는 웁살라 사원이 파괴된 것은 스칸디나비아의 기독교화가 종료되었음을 의미하는 것이었다.

스칸디나비아와 북유럽의 기독교화는 10~11세기에 상층부로부터 강제력을 통해 이뤄졌다. 이런 기독교화는 왕권확립에 기여하였으며 덴마크, 노르웨이, 스웨덴의 왕들은 늘 성공적이지는 않았지만 중앙집권적 왕권을 강화하는 데 교회를 활용했다. 교회는 왕의 통치와 조세 징수에 협력하기도 했다. 한편 왕권신수설이라는 기독교 헌법과 국가종교는 북게르만 부족의 민주적 전통인 팅(Thing) 체계를 약화시켰다.

덴마크와 노르웨이의 경우 최소한 1030년에 기독교화가 종료되었다고 할 수 있지만 9세기와 10세기에 기독교화된 헤타부에서는 1066년 게르만 신앙의 회귀로 기독교 성전이 파괴당하기도 했다. 바이킹 시대는 기독교화와 더불어 종료되었지만 스웨덴에서는 바이킹 시대를 넘어서도 1066년부터 1081년까지 기독교 박해의 유혈사태가 벌어졌다. 그러나 웁살라 사원의 파괴를 포함한 북게르만 성소의 파괴와 더불어 1087년 이래로 북유럽의 기독교화는 모두 이뤄졌다.

(5) 고대 아이슬란드 역사와 기독교화, 《에다》

게르만 신화의 핵심자료이며 유네스코 세계유산 목록에 등재된 《에다》의 발생지는 아이슬란드를 중심으로 한 아일랜드와 그린란드 그리고 스칸디나비아 남부와 덴마크 지역이다. 《스노리-에다》의 필자는 아이슬란드의 문인이며 정치가였던 스노리 스툴루손이다. 따라서 《에다》를 이해하기 위해서는 아이슬란드의 역사를 들여다볼 필요가 있다.

문헌상에 '아이슬란드'에 관한 언급은, 고대 역사가이자 지리학자인 스트라본(Strabon: B.C. 63~A.D. 23)의 기록에 따르면, B.C. 4세기경 피테아스(Pytheas: B.C. 380~310)라는 마르세유 출신 지리학자 겸 상인에 의해 이뤄졌다. 그러나 이 섬의 최초의 지리적 발견은 860년경 악천후로 항로를 이탈한 바이킹족에 의해 이뤄졌다. 그들은 당시 이 섬의 동부 지역에 상륙했고 이 섬 이름을 '눈(雪)의 나라'로 지칭했다고 한다.[52]

아이슬란드 섬의 최초 주민은 870년에 자신의 일족을 거느리고 이 땅을 밟은 잉골푸르 아르나르손[53]이다. 그는 살인죄를 저질러 그 배상금으로 전 재산을 잃게 되자 이복동생인 횔레이푸르 흐로트마르손(Hjörleifur Hróðomarsson)과 함께 두 사람의 모든 유동자산을 갖고, 또 일가 전체를 이끌고 아이슬란드로 이주한 것이었다.

이들은 아이슬란드에 도착하여 남쪽 해안에 둥지를 마련하였다. 그러나 횔레이푸르는 항해를 계속하여 비크(Vík)에 정착하였으나 자신의 노예에게 죽음을 당하였다. 그와 헤어진 잉골푸르는 874년 레이캬비크(Reykjavík)로 이동하여 거주했다. 그가 아이슬란드 수도인 이 도시의 최초 주민이 된 셈이다. 이 최초 주민의 일가가 870년부터

---

52) Uwe Schnall: Navigation der Vikinger. Hamburg 1975. S. 140. 아이슬란드 역사에 관해서는 다음의 책을 참고할 수 있다. Jón R. Hjálmarsson: *Die Geschichte Islands von der Besiedlung bis zur Gegenwart*. Reykjavik 1994; Sigurður Líndal: *Eine kleine Geschichte Islands. Aus dem Isländischen von Marion Lerner*. Suhrkamp, Berlin 2011; Jens Willardt, *Christine Sadler*: *Island*. Erlangen 2003, S. 53~84.

53) 잉골푸르 아르나손(Ingólfur Arnarson)에 관한 문헌으로는 다음의 것이 있다. Ingolf Arnason-Wikinger, Entdecker und erster Landnahmemann Islands. In: Lutz Mohr, Robert Liese: *Wikinger zwischen Pommern und Polarkreis*. Sagas oder Wahrheit. 2. bearb. Auflage. *Leo-Verlag Robert Liese*, Horn-Bad Meinberg 2000, SS. 97-102.

930년 사이에 잇따라 노르웨이에서 아이슬란드로 이주하여 들어왔는데 이들은 땅을 나누어갖게 되었고 이때 땅 분배에 참여했던 일가의 이름 4백여 개 정도가 소위 《토지문서집》(*Landnámabók*)에 기록되어 전해진다.

11세기에 쓰인 이 《토지문서집》은 아이슬란드 식민화 과정을 담은 중요한 역사서이다. 책의 성격은 기본적으로 무주공산이었던 아이슬란드를 소유하게 된, 대부분 노르웨이인이었던 아이슬란드 이주민의 계보집이다. 오늘날에 와서는 이 책의 신뢰성이 100% 인정되지는 않지만, 어쨌든 이 책에 등장하는 이름은 4백 개 정도이고 이들은 870~930년 사이에 이주한 사람의 이름이다. 이 책은 개별 마을의 경계선과 마을사람의 특성을 전하며 인물사적 일화와 그들의 삶에 일어난 중요한 체험 내용도 포함하고 11세기에 이르기까지의 각 가문의 조상과 후손의 숫자도 헤아려 기록한다.[54] 아이슬란드 역사는 이 시기를 '토지접수시대'(874~930)라고 부른다.

이 시기를 지나면서 아이슬란드에는 '자유국가시대'(930~1262)가 펼쳐졌다. 즉, 지역 회의체가 발달하기 시작했다. 남서부 지역에선 잉골푸르의 아들 토트슈타인 잉골프손(Þorsteinn Ingólfsson)에 의해 이런 움직임이 공개적으로 진행되었으며 시간의 경과와 함께 이런 경향은 더욱 많은 지지자를 얻게 되었다. 이는 곧 단일 의회를 갖는 단일 공화국 안에서 전(全) 고데(Gode)가 연합체를 이루는 방향으로 나아갔다.

---

54) Vgl. Stichwort "*Landnámabók*" in: de.wikipedia.org vom 15.11.2015.; *Islands Besiedlung und älteste Geschichte*. Übertragen von Walter Baetke. Neuausgabe mit einem Nachwort von Rolf Heller. Diederichs, Düsseldorf u. a. 1967(Thule Bd. 23).

이를 위해서는 법적 틀이 필요했는데 고데 연합은 현자 울프룔투르(Úlfljótur)를 노르웨이로 파견하여 적절한 규정을 정하기 위한 자료들을 모으도록 했고 그는 3년의 작업을 성공적으로 완수하고 귀환하여 입법부(알팅)의 초대 수장이 되었다.

북유럽 최초의 입법부라 할 수 있는 알팅(Althing)은 연 1회 열리는 고데(Gode)들의 총연합 회의체인데, 930년 최초의 알팅 집회가 팅벨리르(Þingvelli)에서 개최되었다. 팅벨리르라는 이름은 '팅(회의)의 평원'이라는 의미였다. 이 알팅은 나중에 제구실을 하지 못했지만 그 형태는 계속해서 존재했다. 이와 비슷한 민주적인 구조체는 그 이전에 고대 그리스에만 존재했다.

이 시대의 아이슬란드 땅 전체를 행정과 입법을 단순화하기 위해 4개 지역으로 나뉘었으며 각 지역에는 사소한 소송을 위한 지역 재판관이 존재했다. 그러나 법적 집행력이 부재한 까닭에 미해결의 소송으로 인해 나중에 막강한 집안들 사이에 장기간 분쟁이 이어졌다.

다른 시각에서 유럽중세의 유일한 공화정 자유국가였던 아이슬란드에서 1000년은 결정적인 해였다. 기독교화 이전 아이슬란드인은 육지에서 잘 알려진 게르만 신들을 숭앙했다. 그러나 그들은 수년 동안 노르웨이와의 중요한 무역관계에서 여러 가지 긴장 사태에 직면해야 했다. 이는 노르웨이 권력자 올라프 트릭바손이 기독교로 개종하고 난 뒤 통치과정(995~1000) 중 권력정치 차원에서 아이슬란드의 기독교화를 주장하고 나섰기 때문이었다. 상당한 갈등을 거친 뒤인 1000년에 팅벨리르의 알팅은 토착신들에 대한 신앙을 계속 허용하다는 조건으로 기독교를 국가종교로 선포하기로 결의했다.

기독교화를 이룬 후 아이슬란드는 150년가량 평화의 시대(1030~1180)를 구가했다. 최초의 아이슬란드인 대주교 이슬레이푸르 기수라르손(Ísleifur Gissurarson)은 1056년 브레멘에서 서품을 받았다. 그러나 당시 여러 가문 우두머리가 교회의 사제 역할을 병행함으로써 교회권력과 세속권력이 한 손에 통합된 상태였으며 교회는 한동안 독자적인 권력을 갖지 못한 채 계속 국가법의 통제 아래 있었다. 1096/1097년에 처음으로 십일조가 도입되었고 아이슬란드인이 급속히 기독교에 익숙해지면서 많은 교회가 세워졌다. 12세기에는 수많은 수도원도 세워지고 그 안에 부속학교가 들어서면서 민중교육에 긍정적으로 기여했다.

그러나 부정적 현상도 나타났다. 사제와 부유한 대지주라는 두 역할을 겸하는 고데 집단에게 십일조가 흘러들면서 몇몇 인물과 가문은 상당한 권력을 쌓게 되었고 이것이 13세기에 이르러 수많은 갈등을 일으킨 요인이 되었다.

그사이 노르웨이 왕권은 아이슬란드를 병합하려는 시도를 계속했으나 당장은 실패했고 1022년 아이슬란드와 노르웨이 사이에 양국의 의무와 권리를 규정한 조약을 체결했다. 1180년까지 아이슬란드는 평온을 유지했고 그래서 이 시기를 평화의 시대라고 말한다.

'스툴룽겐 시대'(Sturlungen, 1180~1262)라 명명되는 그다음 백 년은 평화의 시대를 마감하고 유혈 낭자한 가문 간의 내전 상태로 점철된 시기였다. 그사이 노르웨이 왕권은 더욱 강력해졌고 아이슬란드 교회 안에서 동맹세력을 구축하게 되었다. 아이슬란드 교회는 모든 결정권을 노르웨이 니다로스(Nidaros) 대주교에 귀속시켰다. 교회 측에서는 교회권력을 세속권력으로부터 분리시켜 좀더 많은 영향력을 행사하려는 욕망을 드러냈다. 1237년 두 주교 자리가 모두 공석이 되는 사태가 발생하여 잠시 두 명의 노르웨이인 주교가 직무를 수행하기도 했다.

한편 노르웨이 왕 하콘 4세[55]는 아이슬란드 내부의 몇몇 권력자를 이간하여 서로 적대하도록 교묘한 방책을 썼다. 당시 여타 유럽 지역의 관행은 저명한 가문의 젊은이들이 왕궁에 들어가서 왕이나 귀족의 신하로 봉사하며 지위에 걸맞은 교양과 지식을 쌓는 것이었다. 하콘 4세는 이런 관행에 따라 자신의 왕궁에 온 아이슬란드 젊은이들의 충성맹세를 받고 이들을 아이슬란드 내부의 지지자로 삼았다.

이런 젊은이들 중 한 명이 바로 스노리 스툴루손(Snorri Sturluson: 1176~1241)이었다. 그러나 스노리는 이런 약조를 액면 그대로 진지하게 생각하지 않았던 듯하며 오히려 자신의 목적을 독자적으로 추구하였고 그 때문에 그는 1241년 노르웨이 왕의 밀명을 받은 세력에 의해 자신의 아들들과 함께 살해당하고 말았다. 그러나 그 이전인 1238년부터 이미 그가 속한 스툴룽겐 가문 세력과 다른 고데 집단 세력과의 싸움이 벌어지기 시작했으며 그 과정에서 스툴룽겐 가문 사람들의 대부분이 제거되었다.

결국 노르웨이는 통상봉쇄령을 통해 아이슬란드를 압박했고 1262년에 협약이 체결되었으며 노르웨이 측에서 임명한 기수르(Gissur) 대공이 아이슬란드의 권력을 장악했다. 노르웨이의 지배는 1380년까지 이르렀다. 이후 아이슬란드는 덴마크 권력의 지배를 받는 등 독립성을 상실하고 외세의 지배를 받는 세월을 살아야 했다.[56]

《에다》(*Edda*)는 게르만 신화를 전해주는 가장 유명하고 중요한 텍스트이다. 이 《에다》와 관련한 많은 것이 미해결로 남았으며 먼저 그 명칭부터 그러하다. 혹자는 '에다'라는 명칭이 '편집'이라는 의미의 단어인 '에디티오'(*editio*)를 고대 아이슬란드 발음으로 표기한 것에서

55) Håkon Håkonarson: 1204~1263, 재위 1217~1263. Vgl. Stichwort "Håkon IV" in: de. wikipedia. org

56) Vgl. Stichwort "Islands Geschichte", in: de. wikipedia. org

비롯한 명칭이라 주장하고 또 다른 사람은 '믿음'이라는 뜻의 라틴어 단어 '크레도'(*credo*)를 아이슬란드로 발음하여 쓰면 '크레다'(*kredda*)인데 '에다'란 말이 여기에서 유래한다는 것이다.[57]

고대 아이슬란드 어로 쓰인 이 《에다》는 《운문 에다》(*Lieder-Edda*) 또는 《고(古) 에다》와 《산문 에다》 또는 《스노리 에다》가 있다. 이 텍스트는 모두 13세기 아이슬란드가 기독교화된 후에 집필된 것으로 보이는데 그 안에는 스칸디나비아의 신들과 영웅 전설들이 기술되었다.

"에다"라는 이름도 원래 아이슬란드의 정치가이며 문인이었던 스노리 스툴루손이 1220~1230년 사이에 집필한 글쓰기 교본을 '스노리-에다'라 이름 지었던 것에서 유래했다. 스노리는 이 책을 노르웨이 왕 하콘 4세와 대공 스쿨리(Skúli)에게 헌정하기 위해 쓴 것이었다.

이 책은 원래 스노리 스툴루손이 옛 노르웨이의 작가계급인 스칼데(Skalde)의 문장훈련 교과서로 활용하기 위해 산문 형태로 쓴 것으로, 3부로 구성되었다. 1·2부는 옛 신화인 가사(歌辭)신화와 영웅전설을 스칼데 문학양식을 이용하여 서술한 산문대화체 텍스트이다. 3부는 여러 시련(詩聯) 목록을 제시하고 각 시련 형식을 예로 들어 설명한다.

한편 《운문 에다》는 신들에 관한 16편의 노래 그리고 영웅들의 노래 24편을 담았으며 이 노래들은 800~1200년 사이에 생성된 것으로 추정되며 그중에서 아주 오래된 것은 노르웨이나 브리타니아(영국) 령 안의 여러 섬에 거주하는 노르웨이인의 노래이고 비교적 나중의 것은 아이슬란드의 노래이다. 유명한 훈족의 왕을 그리는 〈고 아틸라의

---

57) 《에다》의 생성과 내용 등에 대해서는 다음의 글을 참고할 수 있다. 임한순(2004), "북유럽 게르만 신화의 배경과 구조", 임한순·최윤영·김길웅(역), 《에다: 게르만 민족의 신화, 영웅전설, 생활의 지혜》, 서울: 서울대학교출판부, 507~542쪽; 이민용(2013), "유럽 이야기 자원의 보고, 에다이야기", 이민용(역), 《에다 이야기》, 서울: 을유문화사, 253~270쪽.

노래〉는 그린란드에서 생성된 노래로 알려졌다. 각 노래의 작자는 알려지지 않았는데 작품의 작자 미상은 유럽 초기의 중세문학에서 흔히 발견되는 현상이었다.

지금 전해지는 《운문 에다》는 덴마크 코펜하겐 왕립 서고(書庫)에 소장된 〈왕실필사본〉(*Codex Regius*)이라고 불리는 텍스트로 이 필사본이 등장하기 전 여러 사람이 파편적으로 기록해놓은 것들이 존재했고 이런 것들이 1240년에 수집이 완료되고 1270년경 어느 이름 미상의 필사자가 기존의 여러 기록을 정리한 것이 〈왕실필사본〉이 된 듯하다. '왕실'이라는 단어가 덧붙여진 것은 이 텍스트가 당시로서는 상당한 장식이 첨가된 호화장정으로 된 필사본이었다는 것을 의미한다.

이 《운문 에다》는 18세기에 재발견되었으며 발견 당시 뚜렷한 근거 없이 유명학자였던 제그문트 지그푸스손(Saegmundr Sigfusson, 1056~1133)의 것이라고 추정되었다. '에다'라는 이름이 붙여진 것은 스노리가 쓴 작품의 원본(Vorlage)이라 추정했기 때문이었다.

텍스트가 담은 신들의 노래는 여러 종류가 있는데, ① 예언문학으로는 〈뵐루스파〉(예언녀의 시) ② 신들의 장난질, 우스개 이야기로는 〈트림스크비다〉(*Trymskvida*)와 〈로카세나〉(*Lokasena*: 로키의 언쟁), ③ 대화 형식 지식담론으로는 〈바프트루드니스말〉(*Vafthrudnismal*)과 〈그림니스말〉(*Grimnismal*), ④ 잠언문학으로는 〈하바말〉(*Havamal*: 오딘의 말씀들) 등이 그렇다.

영웅들의 노래는 신들의 노래와는 달리 에토스나 묘사형식에서 균일성을 가졌다. 영웅 시가들 중에서 니벨룽겐을 소재로 한 것들, 즉 〈옛 아틸리의 노래〉, 〈지그루트의 노래〉, 〈구드룬의 노래〉 등은 독일 원작의 흔적을 드러내며 기교가 뛰어난 스칼데 문학작품들과는 달리 《운문 에다》의 노래들은 문학적으로 형상화되기는 했지만 민중언어로 쓰였다. 시련(詩聯) 형식에서 《운문 에다》의 영웅 시가들은 옛 고대 영어나 고대 독일어로 쓰인 영웅 시가들과는 다른 모습을 보이는데 이는 스칼데 문학이나 잠언문학의 영향 때문일 것으로 추측된다.

《고 에다》가 전해주는 세계상은 낯설지만 매력적이다. 그 안에 이미 사라진 이교적-게르만적 세계가 담겼는데 이 세계에서는 죄가 용서와 속죄로 이어지는 것이 아니라 다시금 새로운 죄를 유발한다. 아들은 아버지의 살해를 피의 복수로 응징해야하고 이 새로운 살인행위는 다시 사정없는 복수로 이어지는 등 온통 암울한 숙명론이 지배하는 세계이다. 질투, 증상, 물욕 같은 반사회적 행동은 처벌을 받지만 변화 불가능한 것으로 나타난다. 또 모든 것이 고정되었으며 급격한 발전이나 갈등의 중재는 존재하지 않는다. 운명은 정해져 있기 때문에 또한 예견할 수 있다.

지금까지 고대 게르만 역사, 게르만 민족의 이동과정과 서로마제국의 말기 상황, 로마제국을 통한 게르만 부족들의 기독교화 과정과 유럽 각 지역의 기독교화 과정 그리고 《에다》의 발생 지역인 아이슬란드의 고대 역사와 기독교화 과정을 필자의 빈약한 지식의 한계를 느끼며 거칠게 요약했다. 사실 이들 세부사항에 대한 국내의 학문적 접근이 매우 일천한 편이다. 모든 것이 세계화되는 현실 속에서 유럽 문화의 핵심과 관련된 이들 주제에 대한 정치한 연구가 후속될 수 있기를 기대한다.

고대 게르만 역사에 관한 참고문헌

김창성 (2003), 《세계사 산책. 서양 고대》, 서울: 솔출판사.

송완용 (2007), 게르만인 역사의 왜곡과 실상, 〈西江人文論叢〉, 21집(2007년 6월), 52~90.

이광숙 (편역) (1999), 《타키투스의 게르마니아》, 서울: 서울대학교 출판부 〔=*Tacitus Germania.* Lateinisch/Deutsch. Übersetzt, erläutert und mit einem Nachwort hg. von Manfred Fuhrmann. (RUB 9391). Stuttgart 1972〕.

Herbert Jankuhn, Heinrich Beck u. a. (Hrsg.): *Reallexikon der Germanischen Altertumskunde.* 35 Bände, de Gruyter, Berlin/New York 1973-2007, ISBN 3-11-016227-X (sowie 2 Registerbände, erschienen 2008).

Heinrich Beck (Hrsg.) *unter Mitwirkung zahlreicher Fachgelehrter und red.* Leitung von Rosemarie Müller: Germanen, Germania, germanische Altertumskunde. Ungekürzte Studienausgabe des Artikels aus dem Reallexikon der Germanischen Altertumskunde. Berlin 1998, ISBN 3-11-016383-7.

Bruno Bleckmann: *Die Germanen.* Von Ariovist zu den Wikingern. C. H. Beck Verlag, München 2009, ISBN 978-3-406-58476-3.

T. E. Karsten: *Die Germanen, eine Einführung in die Geschichte ihrer Sprache und Kultur.* Marix-Verlag, Wiesbaden 2004, nach der Ausgabe Berlin/Leipzig 1928, ISBN 3-937715-65-7.

Arnulf Krause: *Die Geschichte der Germanen,* Campus, Frankfurt am Main 2005, ISBN 3-593-36885-4.

Bruno Krüger (Hrsg.): *Die Germanen-Geschichte und Kultur der germanischen Stämme in Mitteleuropa.* 4. Aufl., 2 Bände, Akademie-Verlag, Berlin 1983 (Veröffentlichungen des Zentralinstituts für Alte Geschichte und Archäologie der Akademie der Wissenschaften der DDR, Bd. 4).

Walter Pohl: *Die Völkerwanderung.* Eroberung und Integration. 2. Aufl., Kohlhammer, Stuttgart u. a. 2005, ISBN 3-17-018940-9.
Rudolf Simek: *Die Germanen.* Reclam Verlag, Stuttgart 2011, ISBN 978-3150187722.
Rudolf Simek: *Religion und Mythologie der Germanen.* WBG, Darmstadt 2003, ISBN 3-534-16910-7.
Dieter Timpe: *Germanen, Germania, Germanische Altertumskunde.* I. Geschichte. In: Reallexikon der Germanischen Altertumskunde Bd. 11. Berlin/New York 1998. S. 181-245.
Herwig Wolfram: *Die Germanen.* Beck'sche Reihe, 9. Aufl., München 2009, ISBN 978-3-406-59004-7.

게르만족의 기독교화에 관한 참고문헌

Robert Bohn: *Dänische Geschichte* (=Beck'sche Reihe. Bd. 2162). C. H. Beck, München 2001.
Peter Brown: *The Rise of Western Christendom.* triumph and diversity, A. D. 200-1000: 2. Auflage. Blackwell, Cambridge MA u. a. 2003, ISBN 0-631-22138-7.
Ramsay MacMullen: *Christianizing the Roman Empire* (A. D. 100-400). Yale University Press, New Haven CT u. a. 1984, ISBN 0-300-03216-1.
Lutz E. von Padberg: *Die Christianisierung Europas im Mittelalter* (= Reclams Universal-Bibliothek. Nr. 17015). Reclam Philipp Jun., Stuttgart 1998, ISBN 3-15-017015-X.
Hans Ulrich Rudolph, Vadim Oswalt (Hrsg.): *TaschenAtlas Deutsche Geschichte.* Klett-Perthes, Gotha u. a. 2004, ISBN 3-623-00011-6.
Harm G. Schröter: Geschichte Skandinaviens (= Beck'sche Reihe. Bd. 2422). C. H. Beck, München 2007, ISBN 978-3-406-53622-9
Christoph Stiegemann, Martin Kroker, Wolfgang Walter (Hrsg.): *Credo.*

Christianisierung Europas im Mittelalter. Zwei Bände. Michael Imhof, Petersberg 2013, ISBN 978-3-86568-827-9.

게르만 신화에 관한 참고문헌

스노리 스툴루손 (이민행 역) (2013), 《에다 이야기》, 서울: 을유문화사.

안인희 (2005), 〈니벨룽의 반지〉에 얽힌 독일 근·현대사: 게르만 神話-바그너-히틀러로 이어지는 狂氣와 몰락. 〈月刊朝鮮〉, 26권 9호(통권 306호), 406~419쪽.

안인희 (2003), 《게르만 신화, 바그너, 히틀러》, 서울: 민음사.

이민용 (2011), 내러티브와 사회적 치유: 게르만신화 신들의 죽음과 《황금가지》의 사제왕 살해 관습을 중심으로. 〈독일어문화권연구〉, 제 20집, 9~31쪽.

이민용 (2007), 신화와 문화 콘텐츠: 게르만 신화와 영화 〈지옥의 묵시록〉을 중심으로. 〈헤세연구〉, 제 18집, 157~180쪽.

이민용 (2008), 인문학의 치유적 활용과 스토리텔링: 게르만신화를 예로 하여. 〈독일언어문학〉, 제 41집, 135~158쪽.

이민용 (2013), 《황금가지》와 겨우살이 가지, 그리고 사회적 치유의 내러티브: J. G. 프레이저의 게르만신화 〈발드르의 죽음〉 해석을 중심으로. 〈독일언어문학〉, 제 59집, 251~274쪽.

이민용, 송 전, 김길웅 (2007), 현대과학의 눈으로 본 유럽 신화: 게르만신화와 카오스이론을 중심으로. 〈브레히트와 현대연극〉, 제 16집, 461~488쪽.

최상욱 (2010), 《니체, 횔덜린, 하이데거, 그리고 게르만 신화》. 파주: 서광사.

카를 짐록 (임한순·최윤영·김길웅 역) (2015). 에다: 게르만 민족의 신화, 영웅전설, 생활의 지혜, 서울: 서울대학교출판부.

Jacob Grimm: *Deutsche Mythologie*. Neuauflage der Ausgabe 1875-1878 durch Marix Verlag, Wiesbaden 2007.

Wolfgang Golther: *Handbuch der germanischen Mythologie*. Neuauflage

der Ausgabe Hirzel, Leipzig 1895 durch Marix Verlag, Wiesbaden 2004.
Rudolf Simek: *Religion und Mythologie der Germanen*. WBG, Darmstadt 2003.
Rudolf Simek: *Götter und Kulte der Germanen*. Verlag C. H. Beck, München 2004.
Rudolf Simek: *Mittelerde: Tolkien und die germanische Mythologie*. Verlag C. H. Beck, München 2005.
Rudolf Simek: *Lexikon der germanischen Mythologie*. 3. Auflage. Kröner Verlag, Stuttgart 2006.

찾아보기

ㄱ

ㄷ

ㄹ

ㅅ

ㅇ

ㅈ

ㅎ

기타

지은이 약력

엘라르트 후고 마이어(Elard Hugo Meyer: 1837~1908)

독일 브레멘 출신. 독일 본대학, 튀빙겐대학, 베를린 프리드리히-빌헬름 대학 등에서 고전문학과 현대문학을 공부했다. 1875년부터 1878년 사이에 야콥 그림의 《독일의 신화》의 제 4판 발간을 맡기도 했다. 독일 북부 브레멘에서 오래 살다가 병을 앓아 독일 남부의 프라이부르크로 옮겨 프라이부르크대학의 민속학 담당 교수로 임명되어 게르만 신화에 관한 강의를 담당했다. 저서로는 《인도게르만 신화》(1883), 《독일민속학: 독일 생활 및 문화의 역사》(1898, 1997 재출간), 《게르만 신화론: 독일문학 원론》(1891), 《19세기 바덴 지방의 민중생활》(1900, 1984 재출간), 《게르만 신화 연구》(1903) 등이 있다.

옮긴이 약력

송 전(宋 典)

서울대 인문대 독문과 졸업. 독일 보훔 루르대학 수학, 문학박사. 독일 베를린자유대학 객원교수. 현재 한남대 독일어문학과 교수이다. 저서로는 《하우프트만의 사회극 연구》가 있으며, 역서로는 《드라마 분석론》(아스무트, 서문당)과 레싱(드라마 〈에밀리아 갈로티〉), 아르투어 슈니츨러(드라마 〈녹색의 앵무새〉), 베르톨트 브레히트(〈카라 부인의 무기〉, 〈갈릴레이의 생애〉), 슈테판 슈츠(〈오디세우스의 귀향〉)의 작품들이 있다. 하우프트만, 브레히트, 슈니츨러 등 다수의 독일 작가론, 작품론을 발표했다. 브레히트의 〈갈릴레이 생애〉 한국 초연 등 다수의 연극과 무용(〈사랑한다는 것 일곱 가지 빛깔〉), 오페레타(〈다라다라〉) 작품을 연출했다. 최근에는 게오르그 뷔히너의 〈당통의 죽음〉을 〈어느 혁명가의 죽음〉으로 각색하여 연출했다.